TODO LO QUE QUIERO eres tú

Violeta Reed

Todo lo que quiero eres tú

Grijalbo

Papel certificado por el Forest Stewardship Council®

Primera edición: noviembre de 2024
Primera reimpresión: noviembre de 2024

Printed in Spain – Impreso en España

ISBN: 978-84-253-6856-1
Depósito legal: B-14.521-2024

Compuesto en Comptex & Ass., S. L.
Impreso en Black Print CPI Ibérica
Sant Andreu de la Barca (Barcelona)

GR 6 8 5 6 1

Este libro es para todas esas personas que vuelven a levantarse y que no dejan de soñar pese a tener el corazón roto. Y especialmente para la persona que me hizo creer en el amor, en la Navidad y en los cuentos de hadas

Dulce voz,
ven a mí,
haz que el alma recuerde.
Oigo aún cuanto oí
una vez en diciembre.

«Una vez en diciembre», *Anastasia*

I'm so depressed, I act like it's my birthday
every day.
I'm so obsessed with him, but he avoids me
like the plague.
I cry a lot, but I am so productive, it's an art.
You know you're good when you can even do
it with a broken heart.

«I Can Do It With a Broken Heart», TAYLOR SWIFT

La música es una constante en mi vida y ha sido una fuente de inspiración para esta historia, así que aquí os dejo la *playlist*.

Todo lo que quiero eres tú

Mia

«Champagne Problems» — Taylor Swift
«Complicated» — Olivia O'Brien
«where is my mind (piano version)» — your movie soundtrack
«Once Upon a December (piano version)» — William Haviland
«Once Upon a December» — Liz Callaway
«August» — Taylor Swift
«Fade Into You» — Mazzy Star
«I Want You to Want Me» — Letters to Cleo
«Nobody Gets Me» — SZA
«loml» — Taylor Swift
«So Long, London» — Taylor Swift
«But Daddy I Love Him» — Taylor Swift
«Who's Afraid of Little Old Me?» — Taylor Swift

Jack

«My Heart Is Home» — Upstate
«To Build a Home» — The Cinematic Orchestra
«Stop Crying Your Heart Out» — Oasis
«Fast Car» — Luke Combs
«Love, LA» — Joey Myron
«Sharks» — Imagine Dragons
«Snowman (piano version)» — Riyandi Kisuma
«Kiss The Girl» — Brent Morgan

Los dos

«All I Want for Christmas Is You» — Mariah Carey
«Je te laisserai des mots» — Patrick Watson
«Christmas Tree Farm» — Taylor Swift
«Starman» — David Bowie
«Come On! Let's Boogey to the Elf Dance!» — Sufjan Stevens
«Fortnight» — Taylor Swift ft. Post Malone
«Santa Claus Is Comin' to Town» — Teodor Seti
«Santa Tell Me» — Pam Hill
«Everlasting Love» — Love Affair

Nota de la autora

El catorce de marzo de 2023 tenía que enviar el manuscrito de *«Yo también» no es «Te quiero»*. Estaba con las correcciones finales cuando una secuoya milenaria (como me gusta llamarla a mí) se cayó sobre el tejado de mi casa. Tuvimos que mudarnos a toda prisa porque se rompió el techo y había riesgo de derrumbe. Aquella noche, cuando envié el manuscrito alumbrada por las velas (nos habíamos quedado sin electricidad, pero al menos tenía datos en el móvil) dije de broma: «Voy a escribir una historia sobre una escritora a la que se le cae un árbol en su casa y un bombero» y, bueno, aquí estoy unos cuantos meses después.

Prólogo

Mia

Un gusanillo de emoción me recorría el estómago mientras preparaba la maleta. Al día siguiente dejaría Sunnyside y me mudaría a Nueva York para ser becaria en una revista. Yo quería escribir novelas y no artículos, pero estaba contentísima por la oportunidad. Tenía muchas ganas de conocer gente, de pasear por las calles que había visto en las comedias románticas y de vivir experiencias nuevas. Además, las mejores editoriales del país se encontraban allí y por algo había que empezar, ¿no?

Doblaba un vestido cuando oí un golpecito contra la ventana. Giré el cuello y vi una segunda piedrecita rebotar contra el cristal. Se me escapó la risa. Mi novio había salido por la puerta principal hacía veinte minutos, después de cenar con mi padre y conmigo, y ya parecía impaciente por verme. Solté la prenda y me acerqué a la ventana con una sonrisa tonta en la cara. Al abrirla, la brisa nocturna y primaveral me acarició el rostro, trayendo consigo el olor a flores silvestres y a pino de los bosques de California.

Asomé la cabeza y bajé la vista para toparme con Jack. Su rostro estaba iluminado de manera tenue por la luz de la luna y desde el primer piso apenas le vislumbraba. Me aparté del marco y él apoyó la escalera en la fachada de mi casa.

Un instante después su cara apareció delante de mí. Jack tenía el cabello oscuro alborotado por el viento. Sus ojos color miel me sonrieron casi antes que sus labios.

—Has batido el récord de subir por la escalera —bromeé—. En la academia de bomberos deben de estar muy orgullosos.

Sus labios se torcieron en una sonrisa ladeada, marcando el hoyuelo adorable que tenía en la mejilla derecha.

—En realidad, solo entreno para colarme a hurtadillas en tu habitación —aseguró antes de adentrarse en la estancia con el sigilo de un ninja.

Sin preámbulos, colocó las manos en mi cintura.

—Parece que alguien está impaciente por un beso —comenté con una sonrisa.

—Mañana te marchas del pueblo, claro que estoy impaciente.

Le eché los brazos al cuello y sus labios se deslizaron con suavidad sobre los míos. Llevábamos casi seis años saliendo juntos y, cada vez que me besaba, mi corazón saltaba igual de alegre que el primer día. Imaginé que así debió de sentirse Julieta cuando Romeo se coló en su balcón.

—Mia, ¿aún sigues despierta? —oí preguntar a mi padre.

Me aparté de los labios de Jack para contestar.

—¡Sí! —exclamé alzando la voz para que me oyera—. ¡Estoy terminando la maleta!

Agucé el oído. Las pisadas de mi padre subiendo las escaleras se oían cada vez más cerca. Teníamos unos veinte segundos antes de que abriese la puerta y pillase a Jack en mi habitación. Mi novio saltó como un resorte y se zambulló dentro del armario. Mi padre le adoraba, pero era un hombre tradicional y no le gustaba que se quedase a dormir.

Sin perder el tiempo, me detuve frente a la cama, donde me esperaba la maleta abierta de par en par. Me coloqué detrás de las orejas los mechones de pelo que se me habían escapado del moño y me alisé la ropa. Agarré la primera prenda de la maleta y la desdoblé de un tirón.

Mi padre llamó con los nudillos.

—¡Pasa! —contesté con el corazón acelerado por la adrenalina.

Él abrió la puerta y asomó la cabeza. Yo me volví con el vestido amarillo en la mano y fui a dar con su expresión tranquila.

—¿Cómo vas? —me preguntó—. ¿Necesitas ayuda?

—No te preocupes, lo tengo todo controlado. Solo me queda decidir qué libros voy a llevarme.

Doblé la prenda con cuidado y la guardé. Le sonreí al voltearme, rezando para que se fuese a dormir.

Él se internó en la habitación y me colocó una mano en el hombro.

—Mi hija se va de casa —dijo en un tono afectuoso—. ¿En qué momento te has hecho tan mayor?

—Papá, tengo veintitrés años. Ya no soy un bebé.

Sus ojos brillaron con tristeza. Sin previo aviso, me envolvió en un abrazo reconfortante y firme. Tuve la sensación de que él lo necesitaba más que yo. Desde la muerte de mi madre, hacía un año, nos habíamos vuelto inseparables. Aunque tenía muchísimas ganas de mudarme a la «ciudad de los sueños», me daba pena dejarlo solo al frente del Polaris, el *bed and breakfast* que fundó con mi madre. Durante un instante me dejé embargar por la atmósfera melancólica.

—¿Estás seguro de que no quieres que me quede? —le pregunté con un hilo de voz—. El mes que viene el Polaris estará lleno por las vacaciones de verano.

Él se apartó y me sujetó por los hombros.

—Seguro. No puedes desaprovechar una oportunidad así. Llevas diciendo que quieres ser escritora desde que tenías diecisiete años.

—Lo sé, pero...

—Pero nada. —Mi padre cambió a su tono de: «Jovencita, no me lleves la contraria»—. No te preocupes por mí. Estaré bien. La vida es demasiado corta como para perder el tiempo, hay que vivir cada día como si fuese el último.

Solté un suspiro y no contesté.

—Nada me hace más feliz que verte perseguir tus sueños. Estoy muy orgulloso de ti y sé que tu madre, desde donde nos esté viendo, también lo está.

Tragué saliva. Se me había formado un nudo en la garganta y los ojos me escocían.

—Gracias por apoyarme —contesté con la voz quebrada.

—Siempre. —Me dedicó una sonrisa alentadora y depositó un beso en mi mejilla.

—Te echaré de menos. —Esa vez fui yo la que le abrazó a él.

—Y yo a ti, hija. —Me frotó la espalda con cariño—. Venga, no te pongas triste ahora.

Permanecimos unos segundos abrazados.

—Cierra la ventana, que van a entrar los mosquitos —me dijo mientras se encaminaba a la puerta—. Y no te acuestes tarde, que el vuelo sale muy temprano.

—Vale, papá.

—¡Que descanses!

—Igualmente.

Cerró la puerta y oí sus pisadas alejarse. Al cabo de unos segundos, Jack abrió la puerta del armario y salió. Luego, extendió el brazo en mi dirección, con la palma hacia arriba.

—Ven aquí, anda —me pidió.

Coloqué la mano encima de la suya y él dio un tirón. Me rodeó los hombros con un brazo y yo enterré la cara en su pecho.

—También te echaré de menos a ti —confesé en un susurro—. Mucho.

—Y yo a ti, pero hablaremos todos los días y, antes de que te des cuenta, habrán pasado dos meses y estaré en Nueva York contigo.

—¿Lo prometes? —pregunté, sintiéndome vulnerable.

—Claro. —Jack me estrechó con fuerza—. ¿Cuándo he roto yo una promesa?

Jack se mudaría conmigo el próximo junio, en cuanto terminase la academia de bomberos. A ambos nos hacía mucha ilusión vivir juntos.

—¿Te animarías si te doy tu regalo?

—¿Me has traído un regalo? —Me aparté de golpe.

Jack introdujo la mano en el bolsillo interno de su chaqueta vaquera y sacó lo que parecía ser un libro envuelto en un papel marrón.

—¿Qué es? —le pregunté con curiosidad al cogerlo—. ¿Es un libro?

—Ábrelo y lo verás.

Tenía una rama de lavanda sujeta con un cordón, que estaba

segura de que había arrancado del campo antes de venir. Los bordes del papel estaban doblados con torpeza y de manera desigual, y había varios trozos de celo superpuestos. Envolver regalos no era su fuerte, pero me gustaba que lo intentase por mí.

Quité la ramita de lavanda y la dejé sobre la cama. Le di un tirón al cordón y lo desenvolví a toda prisa. Se trataba de un cuaderno rojo de cuero. A simple vista se veía elegante. En la parte frontal tenía grabado mi nombre: MIA ELIZABETH SUMMERS.

Acaricié el relieve con delicadeza y esbocé una sonrisa. Era perfecto.

—¿Te gusta?

—¡Me encanta! —murmuré en voz baja—. Muchísimas gracias, es precioso.

—Tiene una goma elástica para enganchar el boli. —Señaló—. Como siempre los pierdes...

Mi corazoncito empezó a derretirse. No conocía un chico más generoso y atento que él.

Le sonreí agradecida y bajé la vista al cuaderno. Cogí la cinta dorada que sobresalía por la parte inferior y lo abrí. Las hojas eran suaves y densas. En la parte trasera tenía un sello que indicaba que estaba hecho a mano. En ese instante caí en la cuenta de una cosa.

—¿Cuánto te ha costado? —le pregunté, temiéndome lo peor.

—Eso da igual. —Él se encogió de hombros, restándole importancia.

—No da igual, Jack. Estás ahorrando para comprarte unas botas nuevas. —Las suyas tenían la suela desgastada y le hacía falta cambiarlas.

—Eso puede esperar, pero tus historias no, Best Seller.

Mi corazón terminó de fundirse. Me gustaba mucho ese mote.

—Llevas un tiempo diciendo que tienes ganas de empezar una novela —me dijo—. Lo único que puedo hacer para contribuir a la causa es regalarte un cuaderno bonito.

Me puse de puntillas y lo besé; tenía claro que no había nadie en el mundo que estuviese más enamorada de lo que estaba yo de Jack Halliday.

—Yo también tengo una cosa para ti —le dije poco después—. Es una chorrada en comparación.

Abrí el cajón del escritorio y saqué un recipiente de cristal lleno de las galletas que había preparado esa misma tarde.

—He pensado que puedes comerte una cuando me eches de menos y te apetezca decirme que me quieres —informé.

—¿Sabes cuál es el problema de eso? —me preguntó al aceptarlas—. Que no me van a durar ni un solo día, porque en lo único que puedo pensar a todas horas es en decirte que te quiero.

Las comisuras de mi boca se extendieron hacia arriba y le sonreí encandilada. Cuando me miraba así, como si yo fuese lo más importante del mundo, cientos de mariposas echaban a volar desde mi estómago hasta mi pecho.

Jack se puso serio de golpe. Atrapó mi mano izquierda y me acarició el dedo anular con el pulgar.

—Algún día, cuando tenga dinero, te compraré un anillo —aseguró mirándome a los ojos—. Y me casaré contigo en el jardín trasero del Polaris.

Mi corazón ya estaba por las nubes.

Habíamos hablado de la posibilidad de casarnos alguna que otra vez, pero era la primera que lo decía tan solemne.

Quería decirle que me daba igual el anillo, que me casaría con él llevando uno de papel si hacía falta, pero me había quedado sin aliento y me había olvidado de cómo se hablaba. Respondí dándole un beso dulce y cargado de sentimiento, en el que intenté demostrarle sin palabras lo mucho que lo quería.

Esa noche me fui a la cama tranquila. Jack Halliday siempre cumplía sus promesas.

1

Mia

Cinco años y siete meses más tarde

Cualquier plan es mejor que acudir a la lectura del testamento de tu padre.

Observé la fachada del ayuntamiento de Sunnyside a través de la ventanilla del coche de alquiler. La lluvia caía con fuerza y el viento de finales de noviembre agitaba con violencia las ramas desnudas de los árboles de la plaza.

Estaba cansada. Me había pasado la noche de Acción de Gracias metida en un vuelo nocturno, en el que apenas había dormido, y después había conducido una hora desde el aeropuerto de Reno. A eso había que sumarle el cambio horario de Nueva York a California.

Respiré hondo.

Todavía no podía creerme que mi padre hubiese fallecido de un infarto a los sesenta años. Habían pasado tres meses y, desde entonces, me había refugiado en la escritura y en la vida de mis personajes. No quería entrar al ayuntamiento y que me leyesen sus últimas voluntades, recordándome que su pérdida era real.

Consulté la hora en el reloj del salpicadero. Faltaban dos minutos para las nueve de la mañana, que era la hora a la que me había citado el albacea.

Tragué saliva intentando deshacer el nudo de la garganta. Me bajé del coche y el otoño frío me dio la bienvenida. Cerré la puerta y crucé la plaza corriendo bajo la lluvia.

Me detuve debajo del tejadillo del edificio para secarme la cara con la manga de la chaqueta y justo sonó mi móvil. Al sacármelo del bolsillo me topé con varios mensajes de Chelsea. Mi amiga me había mandado ánimos virtuales en forma de gifs. En el primero salían Rachel y Monica de *Friends* abrazándose, y en el segundo aparecía Chris Hemsworth, uno de mis amores platónicos, sonriendo.

Cuando entré en el ayuntamiento, el malestar creció en mi interior. Caminé con los ojos clavados en la pantalla, contestando a Chelsea, y me estampé contra la espalda de una persona. Ahogué una exclamación por el susto y el móvil se me resbaló de las manos. Un instante después, bajé la vista al suelo. A mis pies estaba mi teléfono, un vaso de papel de la máquina expendedora y los restos de un café.

—Lo siento —me disculpé a la par que me agachaba para recoger el desastre—. Puedo comprarte otro café si...

—¿Mia?

Un escalofrío me atravesó la piel al oír esa voz áspera y grave. La última vez que Jack Halliday pronunció mi nombre fue la noche que rompimos, cinco años atrás.

Desde entonces solo habíamos coincidido una vez: hacía tres meses, en el funeral de mi padre. Aquel día lo vi a lo lejos, a través de la seguridad de los cristales oscuros de mis gafas de sol, y no intercambiamos palabra.

Había fantaseado con nuestro reencuentro un par de veces. En mi imaginación, yo llevaba un vestido rojo y el cabello rubio recogido en un moño elegante, y él se quedaba con cara de gilipollas al verme despampanante y se arrepentía de haberme dejado escapar. En la realidad, llevaba unos vaqueros desgastados que tenían un roto en la rodilla, las Converse rosas llenas de barro y el pelo mojado por la lluvia.

Su mano enorme y varonil apareció en mi campo de visión para recoger el vaso. Atrapé el móvil y me incorporé de golpe, como si hubiese recibido un latigazo en mitad de la espalda.

Jack se irguió y nos quedamos cara a cara.

Levanté la cabeza deseando encontrarme con una persona del

atractivo de una piedra y me llevé un chasco. El chico que me había roto el corazón había dado paso a un hombre de treinta y un años que me observaba con atención. Jack me sacaba una cabeza de altura. Seguía teniendo el pelo de protagonista de novela romántica, aunque parecía algo más largo de lo que recordaba. Su cabello marrón chocolate estaba húmedo por la lluvia y llevaba los rizos peinados hacia atrás. Su rostro se veía más maduro; tenía alguna línea de expresión finísima en la piel aceitunada y una barba de varios días ensombrecía su mandíbula cuadrada, dejando libres sus pómulos marcados. Vestía una sudadera azul marino del cuerpo de bomberos de Sunnyside que se tensaba a la altura de sus hombros, vaqueros y botas. Su complexión era robusta y atlética. En resumen: estaba increíblemente bueno.

Tuve la sensación de que el vestíbulo empequeñecía ante su presencia imponente, que parecía ocupar toda la estancia. Y eso no se debía a que Jack tuviese la espalda ancha, sino a que yo era muy consciente de la fuerza gravitacional que lo rodeaba y que atraía a todo el mundo en su dirección.

Cuando nuestros ojos se encontraron, el corazón se me aceleró y el tiempo se ralentizó. El verde de su mirada se veía más oscuro bajo aquella iluminación amarillenta. Sabía que a la luz del sol sus ojos color miel parecían más verde oliva que avellana, y que cuando sonreía se le formaba un hoyuelo encantador en la mejilla derecha. En aquel instante, le rodeaba un aura de cansancio y no había ni rastro del hoyuelo.

Algo en su mirada penetrante e hipnótica me atrapó y, entonces, un millón de recuerdos me pasaron por la mente:

Jack y yo sentados en el tejado de casa de mis padres, hablando sobre nuestros sueños. Jack dándome mi primer beso en el porche del Polaris. Jack colándose en mi habitación por la ventana. Jack consolándome en el velatorio de mi madre. Jack llevándome a caballito por el embarcadero.

Mis instintos se pusieron en alerta cuando despegó los labios carnosos para hablarme.

«¡Vete!», me pidió mi corazón magullado.

—Llego tarde. —Lo sobrepasé, sin darle tiempo a responder.

Crucé el vestíbulo como si me persiguiesen los Vulturi y subí las escaleras a toda prisa, con el pulso acelerado y las emociones a flor de piel.

Al llegar a la primera planta, giré a la derecha y me dirigí al despacho del alcalde. La puerta estaba abierta. Me quedé paralizada en el umbral; dentro estaba Tom, conversando con mi madrastra. Carol rondaba los sesenta años. Era una mujer morena de facciones delicadas, algo más bajita que yo y vestía con ropa colorida. A simple vista todo en su apariencia era inofensivo, pero yo no me dejaría engañar por su amabilidad, ni por su sonrisa conciliadora, ni por el reno adorable de su jersey.

Salí de mi estupor cuando Jack se materializó a mi lado y me preguntó:

—¿Vas a pasar?

Resoplé incrédula. ¿De verdad mi padre le había dejado algo en herencia a Jack?

El alma se me cayó a los pies cuando Tom confirmó mis sospechas al decir:

—Buenos días. Os estábamos esperando.

«Genial».

Durante unos segundos contemplé la posibilidad de una huida rápida. Como si adivinase mis intenciones, Jack me hizo un gesto con la mano, señalando el interior del despacho.

—Después de ti —comentó para cederme el paso.

«Malditos sean él y sus modales».

Cuadré los hombros, entré en la sala en contra de mi voluntad y rehusé mirar a Carol.

—Buenos días —dijo ella con su voz dulce.

—Buenos días —musité por educación.

Había tres sillas frente al escritorio. Ocupé el asiento derecho, que estaba al lado de la ventana, porque era el más alejado de Carol.

No aparté los ojos de mis uñas pintadas de rojo vibrante mientras Jack se sentaba en la silla contigua a la mía.

Ellos mantuvieron una conversación trivial sobre el clima y yo guardé silencio. Conocía de toda la vida a las tres personas con las que compartía la sala y, sin embargo, me sentía una extraña entre ellas. Incómoda, paseé la vista por la estancia. El despacho no era muy grande. Las paredes color crema estaban iluminadas por la luz cálida de la lámpara. En el centro había un escritorio de madera robusta, sobre él descansaba una pila de documentos, un bote de bolígrafos y una taza roja en la que podía leerse: SUNNYSIDE, EL PUEBLO FAVORITO DE SANTA.

El albacea, que también era el alcalde y había sido mi profesor de matemáticas, se aclaró la garganta para reclamar nuestra atención. Me fijé en que las canas comenzaban a conquistar su cabello oscuro.

—Bueno, estáis aquí porque, como albacea de Douglas, voy a proceder a la lectura de su testamento —comentó Tom, poniéndose las gafas de ver.

Sacó un abrecartas en forma de espada de un cajón y abrió un sobre naranja. Se me revolvió el estómago al verle extraer una hoja pulcramente doblada del interior. Me removí en el asiento y crucé una pierna por encima de la otra, buscando una posición que me hiciese más cómodo el momento.

—Última voluntad y testamento de Douglas Summers —comenzó a leer Tom.

Me quedé rígida. El corazón me retumbaba con fuerza dentro del pecho y me sudaban las palmas de las manos.

—Yo, Douglas Summers, lego el Polaris Lodge de la siguiente manera: a mi hija, Mia Elizabeth Summers, le dejo un setenta por ciento de la propiedad, a Caroline Woods le dejo un veinte por ciento, y a Jack Halliday le dejo el diez por ciento restante.

—¿Qué? —Salté de la silla y miré al albacea boquiabierta.

Por su parte, Tom me devolvió una mirada impasible. Al darme cuenta de que aquello iba en serio y de que no era una broma de cámara oculta, me embargó una oleada de indignación.

Estaba abrumada y la única válvula de escape que encontré para soltar mis sentimientos fue el enfado.

—¿Cómo que hemos heredado el Polaris los tres? —exclamé más alto de lo que pretendía—. ¡No puede ser! ¡Tiene que tratarse dc un error!

—Mia —Tom se dirigió a mí—, no hay ningún error —continuó sin perder la calma—. Estas eran las últimas voluntades de tu padre. Douglas quería que tú heredases un setenta por ciento del Polaris Lodge, y que el resto se repartiese entre Carol y Jack.

Negué con la cabeza, incrédula, y, durante un instante, volvió a reinar el silencio tenso. La presión que sentía en el pecho parecía aumentar por momentos. Se me cerró la garganta y una gota de sudor frío me bajó por la nuca. Me estaba agobiando. Mucho.

El testamento de mi padre era tan ridículo que no sabía si echarme a reír a carcajadas o a llorar desconsolada. Nos habíamos distanciado un poco, pero siempre imaginé que, al ser hija única, heredaría yo sola el *bed and breakfast* que compró y regentó con mi difunta madre.

Con veintitrés habitaciones, el Polaris Lodge era un alojamiento que ofrecía desayuno y un ambiente íntimo y acogedor. Era perfecto para disfrutar de la auténtica experiencia californiana en Sunnyside, un pueblecito tranquilo situado a orillas del idílico lago Tahoe, lejos del ajetreo y del caos de la ciudad. Desde que tenía memoria, aquel lugar había sido el sueño y el sustento de mi familia. Había crecido rodeada de huéspedes, viendo a mis padres dedicarse en cuerpo y alma a su negocio. Algunos de los mejores momentos de mi vida habían sucedido allí. Por todo eso, me costaba entender que mi progenitor les hubiese dejado parte de la propiedad a las dos últimas personas con las que querría relacionarme.

Caroline Woods había sido la mejor amiga de mi madre y había aprovechado su muerte para liarse con mi padre. Y Jack Halliday era el hombre que me había herido al romper sus promesas. Teniendo estos detalles en cuenta era lógico que estuviese alucinada y disgustada.

—Quiero impugnarlo —aseguré rotunda—. Es evidente que mi padre no estaba en sus cabales cuando redactó el testamento.

—Mia, te aseguro que tu padre estaba en plenas facultades cuando repartió la herencia —me contestó Tom—. Y, ahora, si eres tan amable, te ruego por favor que te sientes para que pueda continuar con la lectura.

Me quedé allí plantada, sin saber qué hacer.

—Mia, siéntate —intervino Jack pasados unos segundos.

Me mordí la lengua para no mandarle a la mierda.

Cogí aire de manera profunda y lo solté despacio por la nariz, intentando serenarme. Apreté los puños y me volví para encararlo.

Jack estaba muy serio, su ceño fruncido propiciaba que un par de arrugas adornasen su frente.

—Por favor… —añadió suavizando el tono.

Tragué saliva, desconcertada, y rompí el contacto visual antes de delatar lo afectada que estaba. Tan pronto como me senté, lo oí suspirar aliviado.

A esas alturas de la película solo quería que Tom terminase de leer y salir corriendo de ahí.

El alcalde de Sunnyside se subió las gafas por el puente de la nariz y volvió a centrar los ojos en el papel que sostenía.

—Prosigo —nos informó—. Ruego que esta vez no haya interrupciones.

Me di por aludida con el comentario, pero no repliqué.

—Además, hago los siguientes legados específicos de los bienes —continuó el albacea—. Lego a mi hija, Mia Elizabeth Summers, la casa adyacente al Polaris ubicada en el 241 de Lake Avenue. Por último, lego la colección de bolas de nieve a Caroline Woods.

Apreté los labios y guardé silencio. Los ojos me escocían, pero conseguí apañármelas para controlar las lágrimas. Lo último que quería era echarme a llorar delante de ellos. La colección de bolas de nieve era algo que hacíamos mi padre y yo, y ¿él se la dejaba a Carol?

Me dolían sus decisiones, pero ya no podía hacer nada. Con la mirada perdida, tiré de uno de los hilos deshilachados del roto de mi vaquero.

Tom siguió leyendo los artículos del testamento, pero mis pensamientos lo eclipsaron sin querer. Su voz fue desapareciendo y dio paso al sonido de la lluvia que caía a raudales. A través de la ventana, se veía el cielo lleno de nubes grises. Varios transeúntes cruzaban la plaza apresurados bajo sus paraguas. La llovizna había dado paso al diluvio universal.

El día que me fui de Sunnyside para no volver era la víspera de Nochebuena y también llovía. Visualicé la imagen en mi mente a la perfección: caminaba con el corazón lleno de agujeros y con las ruedas de la maleta hundiéndose en el barro.

Volví al despacho cuando Tom pronunció mi nombre.

—Sobre Mia recae un setenta por ciento...

—Perdón —lo interrumpí, mirándolo—. ¿Qué recae sobre mí?

—La deuda del préstamo que pidió tu padre para rehabilitar el Polaris asciende a cuatrocientos veintiocho mil dólares con veintitrés centavos —repitió Tom— y se os asigna en la misma proporción que el reparto de este.

Abrí los ojos sorprendida.

El Polaris se había quemado aquel verano, en medio de un incendio devastador que asoló parte de la propiedad. Por suerte, los bomberos llegaron a tiempo y nadie resultó herido, aunque hubo bastantes pérdidas materiales y gran parte del *bed and breakfast* quedó reducido a cenizas.

—Pero ¿no lo cubría casi todo el seguro? —pregunté atónita. Eso era lo que me había dicho mi padre.

—El seguro solo cubrió la reconstrucción de la estructura del edificio —me contestó Jack—. Tu padre tuvo que pedir un préstamo para la restauración del interior.

«Madre mía, papá...».

Me llevó unos segundos calcular que me correspondería asumir unos trescientos mil dólares.

No me di cuenta de que la lectura había terminado hasta que Carol se estiró para coger la copia del testamento que le entregó el albacea.

—Gracias, Tom —le dijo con dulzura. Luego, tuvo la osadía de dirigirse a mí—: Mia, cielo, ¿tienes un momento?

—Lo siento, tengo prisa —respondí levantándome y sin mirarla.

Formulé una despedida rápida y salí escopetada de la sala.

—¡Mia, espera! —Jack me llamó y yo aceleré el paso.

Necesitaba estar sola para ordenar mis pensamientos. Lo último que había esperado al llegar a Sunnyside era encontrarme la sorpresa de heredar el Polaris junto a mi madrastra y mi exnovio. Había contado con la posibilidad de cruzármelos. A fin de cuentas, el pueblo era pequeño. Pero había imaginado que, si los veía, sería de lejos y que no tendría que interactuar con ellos.

—¡Mia, por favor! —exclamó Jack.

Bajé las escaleras de mármol a toda velocidad. Por desgracia, sus pisadas retumbaron detrás de mí. Al llegar al vestíbulo, no corrí por vergüenza y porque algunas caras conocidas nos observaban con atención.

—¡Buenos días, Jack! —El vigilante de seguridad alzó la mano para saludarlo.

Esa distracción me serviría para dejarlo atrás. El Jack que conocía era demasiado cortés como para no detenerse a saludar a alguien. Bordeé el árbol de Navidad que estaban colocando un par de empleados en el centro y empujé la puerta de cristal que daba a la calle.

Al salir, me estremecí por el viento y me encogí bajo la chaqueta de flecos.

Sin pensármelo mucho, di un paso al frente y me interné en el aguacero. En cuestión de tres pasos, me calé hasta los huesos y lamenté no haber traído un paraguas.

—¡Mia, joder! —La voz de Jack volvió a sonar a mi espalda—. ¿Quieres parar, por favor?

Apenas di un par de pasos más cuando él se interpuso en mi camino. Chasqueé la lengua fastidiada y me detuve de manera súbita para no darme de bruces contra su pecho. Eché la cabeza hacia atrás para mirarlo a la cara. Él medía un metro ochenta y seis y yo, con las Converse de plataforma, rozaba el metro setenta.

—Te has dejado tu copia del testamento —dijo, alargando un sobre blanco en mi dirección.

Se lo arrebaté y me lo guardé en el bolsillo interno de la chaqueta para protegerlo de la lluvia.

Estaba tan ocupada mirándolo con frialdad que tardé unos

segundos en comprender que ya no me estaba mojando. Jack sujetaba un paraguas negro, tan grande que nos cubría a ambos. Sus dedos largos se cerraban con tanta fuerza alrededor del mango que tenía los nudillos blancos.

—¿Tienes un segundo? —me preguntó.

—No tengo nada que hablar contigo —contesté de manera brusca.

—Yo contigo sí. ¿Por qué no vamos a tomar un café? —Señaló su camioneta rojo cereza—. Hay un par de cosas que Carol y yo queremos comentarte.

—¿Carol y tú? —Di un paso atrás mientras negaba con la cabeza.

El agua volvió a caer sobre mí.

Jack avanzó un paso y me cubrió de nuevo con el paraguas. Al parecer, su cabezonería seguía intacta. Por la determinación de su mirada sabía que, si me iba, me seguiría hasta el coche. Lo mejor para mi bienestar mental era cortar esa situación cuanto antes.

—Tengo muchísima prisa —me apresuré a añadir—. Lo que sea puedes decírmelo aquí.

Él asintió con la mandíbula apretada y me dijo:

—En realidad, solo quiero saber qué tienes pensado hacer con tu parte del Polaris. Sigo con la reforma y...

—¿Cómo que sigues con la reforma? —lo corté, sin comprender.

—Sí. Me estoy encargando de las últimas cosas. Queda poner a punto las habitaciones, pintar, instalar la iluminación, amueblar y eso. Pero vamos, no te preocupes, que yo me ocupo de todo.

—No entiendo nada. ¿Por qué sigues con esto?

—Porque tu padre y yo estábamos trabajando en ello. Él quería reabrirlo dentro de tres semanas, justo antes de Navidad, y yo le prometí que lo conseguiríamos a tiempo. Carol y yo queremos seguir adelante con su plan.

Me quedé de piedra. La temperatura de Sunnyside descendió un par de grados y el frío se coló bajo mi ropa empapada. Sabía que Jack estaba ayudando a mi padre, pero creía que todo aquello se había paralizado tras su fallecimiento.

—¿Te parece bien reabrir el veinte de diciembre, para Navidad? —La voz cautelosa de Jack resonó por encima de la lluvia que amortiguaba su paraguas.

Estaba en vilo, mirándome fijamente. Era como si lo que yo respondiese fuese lo más interesante del mundo. Una enorme sensación de incomodidad se adueñó de mí. No quería que me observase así. No quería dejarme arrastrar por los recuerdos. Solo quería marcharme y procesar toda la información.

Me forcé a tragar saliva para deshacer el nudo de la garganta y ser capaz de contestar.

—Eso tendrás que hablarlo con el siguiente propietario —informé con la mayor indiferencia posible.

—¿Qué?

Jack se quedó pálido y parpadeó confundido. Parecía que acababa de arrojarle un cubo de hielos a la cara.

Opté por ir al grano y decirle la verdad:

—Jim Blackheart me ha hecho una oferta para comprar el Polaris. Tengo una reunión con él dentro de cinco días, aquí. Voy a venderle mi parte, pero tranquilo, estoy segura de que os contactará para comprar las vuestras también.

Y, sin más, aproveché su perplejidad para marcharme antes de que me alcanzase nadie.

2

Jack

Tres semanas para la reapertura del Polaris

Me quedé ahí plantado mientras Mia se alejaba contrariada. Había pasado las últimas cuarenta y ocho horas mentalizándome para que el reencuentro no me afectase. Como sospechaba, no había servido de nada. Tenerla cerca había reavivado viejas costumbres. Tragué saliva y me obligué a reprimir el impulso de acompañarla con el paraguas hasta su coche.

Hacía unos minutos, en el despacho de Tom, había buscado las diferencias entre la mujer que me observaba con recelo y la aspirante a escritora que se había marchado herida tantos años atrás. Al verla, me había quedado sin aliento, como si alguien me hubiese dado un puñetazo en el estómago. Mia seguía siendo preciosa. Tenía la cara ovalada, los ojos azules y almendrados y la nariz respingona salpicada de pecas diminutas. Para mí, que me la sabía de memoria, las diferencias eran evidentes: llevaba el pelo más rubio y un poco más largo, tenía varios pendientes nuevos en el lóbulo derecho, vestía de una manera más informal y una capa de resentimiento empañaba su mirada. No sabía si su sonrisa seguiría siendo dulce y enigmática y, dada la indiferencia con la que me había tratado, dudaba que fuese a descubrirlo en un futuro próximo.

Por el rabillo del ojo vi a Carol detenerse a mi izquierda, pero yo no aparté la mirada de Mia, que, en aquel momento, se subía a un sedán gris.

—¿Cómo estás? —oí que me preguntaba, con su característico tono de voz amable.

Me encogí de hombros por toda contestación.

«Ni idea», esa era la respuesta más sincera que podía darle.

Estaba hecho un lío y conmocionado tras el regreso de Mia.

Era normal que Carol me preguntase. Todos los habitantes de Sunnyside sabían que Mia y yo habíamos estado juntos seis años, y que unas Navidades me dejó y se fue para no volver.

Cuando el vehículo gris desapareció de mi vista, me volví hacia la izquierda. Carol me observaba expectante bajo su paraguas azul estampado de galletas de jengibre. La mujer tenía la edad de mi madre, algunas canas adornaban su pelo oscuro y tenía arrugas alrededor de los ojos marrones. Con su carácter afable, era una de las personas más queridas del pueblo. En los últimos tiempos habíamos trabajado mucho juntos. Yo me había volcado en la reforma del Polaris, y ella se había asegurado de que no me faltase comida o cualquier cosa que necesitase mientras estaba allí. Supongo que esa era nuestra manera de lidiar con el vacío que había dejado Douglas en nuestras vidas.

—Podría haber ido peor, ¿no? —me preguntó.

Odiaba ser yo quien le diese la noticia.

—Quiere vender su parte —informé en tono monocorde.

Ella dejó caer los hombros con un suspiro. Acto seguido, se me enganchó del brazo.

—¿Por qué no vamos a desayunar? —propuso mientras tiraba de mí—. Tienes pinta de necesitar un café.

Unos minutos más tarde estacioné mi *pick-up* roja frente a The Dam Cafe. Eran las diez de la mañana de un viernes y, como siempre, el aparcamiento estaba hasta los topes. Reconocí varios coches, entre ellos el de Marge, la bibliotecaria, y el de Pete, el repartidor de correos. Esperaba que no me preguntasen por la lectura del testamento, ellos eran los encargados de que las noticias volasen en el pueblo.

Seguía lloviendo sin tregua, así que, al bajarnos de la camioneta, Carol y yo echamos mano de nuestros paraguas. Cuando nos detuvimos bajo el tejadillo para cerrarlos, me fijé en que le habían colocado un gorro de Santa Claus al oso tallado en madera que tenían al lado de la puerta.

El local en forma de cabaña era uno de los puntos de encuentro favoritos. Era un sitio pequeño en el que te rellenaban la taza de café cuando se te acababa y en el que podías conversar con los vecinos. Además, una de las camareras era mi hermana pequeña, Ivy.

La campanita sonó cuando abrí la puerta. La sostuve para que Carol pasase primero.

Al internarme en el local, el olor a bollería me abrió el apetito por arte de magia. Dejé el paraguas en el paragüero de la entrada y colgué el abrigo mojado en el perchero. Luego, saludé con un gesto de cabeza a un par de vecinos y me acerqué a mi hermana, que intentaba colgar una guirnalda de pino sobre la barra.

—¡Jack! —Ivy sonrió al verme—. ¡Hola, Carol! —Soltó el adorno dentro de una caja en la que podía leerse NAVIDAD, y se adelantó para saludarnos.

Le dio un beso a Carol en la mejilla y se volvió para abrazarme.

—¿Qué tal el trabajo? —me preguntó al estrujarme con fuerza—. ¿Muchas salidas o pudiste disfrutar del pavo de Acción de Gracias?

—Tranquilo. Solo tuvimos que salir una vez. ¿Tú qué tal, canija?

—Deja de llamarme así. Ya no tengo seis años —me recordó al apartarse.

—Ya, pero sigues siendo del tamaño de un llavero —bromeé.

Ivy y yo no nos parecíamos en nada. Ella era menuda y más inquieta que un minion, y yo era fuerte y de carácter tranquilo. Lo único que teníamos igual era el color marrón oscuro del pelo.

—Me habéis pillado colocando los adornos navideños —nos dijo a Carol y a mí—. Este año somos los últimos con la decoración.

—¿Necesitas ayuda? —preguntó Carol.

—Ay, pues ahora que lo decís, sí.

Entre los dos la ayudamos a colgar la guirnalda con lazos rojos y luces en el borde de la barra de madera. Acto seguido, Ivy le entregó a Carol un set de bolas navideñas para que adornase con ellas el arbolito de la esquina. A mí me dio el calendario y un par de guirnaldas artificiales. Colgué la corona de cedro que tenía el efecto de nieve escarchada en la parte exterior de la puerta, y la corona formada por piñas y pequeñas bayas rojas en la interior. Sobre la repisa de roble que estaba al lado de la entrada dejé el calendario que marcaba la cuenta atrás hasta Navidad. El cartel de madera tenía el borde rojo y las letras en blanco. Coloqué las piezas para que rezase: 26 DÍAS PARA LA LLEGADA DE SANTA.

—¡Muchas gracias! —nos dijo Ivy contenta cuando acabamos—. Sentaos y ahora os llevo el desayuno. Hoy invita la casa por haberme ayudado.

Carol y yo nos dirigimos a la única mesa que quedaba libre al fondo del local y nos acomodamos. Desde que le había dado la noticia de Mia su mirada se veía más apagada. Nunca pensamos que quisiese desprenderse de la casa en la que había crecido.

—Bueno... —empecé—. ¿No vas a decir nada?

—¿Te ha dicho por qué quiere venderlo? —me preguntó ella.

—No. Solo me ha comentado que le ha hecho una oferta un tal Blackheart y que va a quedar con él dentro de cinco días.

Su cara cambió en ese instante.

—¿Jim Blackheart? —interrogó, preocupada.

—¿Mia quiere vender el Polaris? —Esa voz estrangulada era la de mi hermana.

Por fortuna, los villancicos sonaban a todo volumen.

—¿Quieres bajar la voz? —le recriminé.

—Perdón. —Ivy puso cara de circunstancia.

Aunque el Polaris Lodge estuviese cerrado tras el incendio, daba empleo a unos cuantos vecinos. Además, varios negocios dependían de él. No quería que se esparciese un mensaje de alarma entre los habitantes de Sunnyside. Necesitaba centrar mi tiempo y mi energía en la reforma y no en calmar las aguas.

Mi hermana colocó delante de mí un plato con un sándwich de mantequilla de cacahuete y mermelada y un café solo. Frente a Carol dejó un trozo de bizcocho de chocolate y una infusión. Después, se puso en cuclillas al lado de la mesa.

—¿Podéis contarme qué está pasando? —Esa vez Ivy habló en un susurro.

Había varias palabras para describir a mi hermana: carismática, insolente, persuasiva y cotilla. La adoraba, pero se iba de la lengua con una facilidad asombrosa. Yo odiaba ser partícipe de las habladurías, pero, teniendo en cuenta que había heredado parte del negocio estrella del pueblo, quería contárselo.

—Venga, no voy a decírselo a nadie —insistió.

Claudiqué y, entre murmullos, le relaté lo que había ocurrido en la lectura del testamento de Douglas.

—Jim Blackheart... El nombre me suena de algo —confesó Ivy, pensativa, cuando terminé.

—No es la primera vez que ese hombre intenta comprar el Polaris —informó Carol.

La observé sorprendido.

—Antes de verano le hizo una oferta a Douglas, pero él la rechazó de inmediato —continuó la mujer—. Estoy segura de que le habrá ofrecido a Mia una cantidad generosa.

—Un momento... —empecé, cayendo en la cuenta—. ¿No es el mismo hombre que compró la casa rural de Dollar Point?

—Sí —asintió Carol.

Ivy abrió la boca horrorizada y entonces lo entendí. Hacía unos años Jim Blackheart compró la casa rural más famosa del pueblo de al lado. La convirtió en un hotel de lujo y, pese a que le prometió al antiguo dueño que mantendría a los empleados, los despidió de manera fulminante. Los huéspedes adinerados se encapricharon de la zona, comenzaron a comprar casas y eso hizo que se encareciese el pueblo. Como consecuencia, algunas familias se vieron forzadas a mudarse y Dollar Point perdió su esencia.

—Jack, no puedes dejar que Mia le venda su parte a ese capullo para que se lo regale a una corporación hotelera —farfulló Ivy convencida.

—Lo sé, tengo que hablar con ella.

En aquel instante, la campanita de la entrada sonó, avisando de la llegada de nuevos clientes, y mi hermana tuvo que ausentarse.

—¿Te ha dicho Mia dónde va a hospedarse estos días? —me preguntó Carol con suavidad.

La casa que había heredado, aquella en la que había vivido con su familia, estaba en la parte trasera del Polaris.

—Imagino que se quedará en el Polaris... —contesté—. Te lo puedo confirmar en un rato, pensaba pasarme por allí para instalar los grifos que faltan.

—Jack, acabas de salir de un turno de trabajo de cuarenta y ocho horas, vete a casa a descansar. Mañana será otro día.

Abrí la boca para protestar, pero ella se me adelantó.

—Seguro que Mia también querrá descansar después de un viaje tan largo. Hablaremos con ella —me prometió—, pero ahora no es el momento.

La miré sin comprender. Para mí, aquel momento era tan bueno como cualquier otro. De hecho, el tiempo corría en nuestra contra. Estaba a punto de decírselo cuando ella agregó:

—La prisa nunca es buena consejera. La muchacha acaba de enterarse de que su padre ha repartido la herencia familiar con nosotros, necesita digerirlo.

—¿Por qué estás tan tranquila?

¿Es que acaso Carol no tenía un nudo en el estómago como yo?

—Porque estoy convencida de que, al final, hará lo correcto. Es testaruda, como lo era su padre, y tiene el corazón igual de grande que lo tenía él —me contestó calmada.

Guardamos silencio unos segundos. La pregunta que quería hacerle a Carol cada vez me pesaba más en el pecho.

—No comprendo por qué Douglas me ha dejado parte del Polaris —apunté.

—Lo hizo para agradecerte todo el tiempo que estabas invirtiendo en ayudarlo. ¿No te avisó?

—No. Solo me dijo que quería compensarme cuando acabásemos, pero pensé que se refería a invitarme a una cerveza, no a incluirme en su herencia.

Carol se limitó a sonreír.

—En cualquier caso, yo le ayudaba porque quería, no porque

esperase recibir nada a cambio. —Me sentí en la obligación moral de aclararlo.

—Lo sé, y él también lo sabía.

Cuando dos días atrás recibí la citación para la lectura del testamento, me sorprendió mucho. Tras leerla, sospeché que heredaría algo, pero jamás imaginé que sería parte de su negocio. Y, siendo sincero, lo único que ocupó mis pensamientos fue el reencuentro con Mia.

—Eras una persona muy importante para él —prosiguió Carol con dulzura—. Siempre quiso mucho a tu familia, pero eso ya lo sabes.

Centré la mirada en el café humeante que tenía delante.

El padre de Mia también había sido muy importante para mí. Había estado presente en mi vida desde que era pequeño. Él y mi padre habían sido uña y carne desde el colegio. Douglas fue el padrino en la boda de mis padres, y mi padre lo fue cuando Douglas se casó con Stella, la madre de Mia.

Siempre que se estropeaba algo en el Polaris mi padre, que era el carpintero del pueblo, ayudaba a los Summers a arreglarlo. Falleció en un incendio cuando yo era poco más que un adolescente. Aquel año Douglas me contrató para que le echara una mano durante el verano. Decía que necesitaba a alguien que reparase las pequeñas cosas que se iban rompiendo y que yo había heredado ese talento de mi padre. Siempre he sospechado que me ofreció el trabajo porque sabía que el dinero hacía falta en mi casa. Al terminar el verano, me renovó para darles apoyo en la temporada de invierno. Poco a poco fue encontrando excusas para mantenerme en nómina.

Douglas fue como un mentor para mí, y le estaría eternamente agradecido. Por ello, y por todo lo que representaba el Polaris para mí, encontraría la manera de convencer a Mia de que no se deshiciese de él.

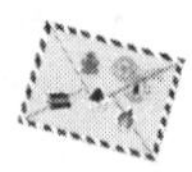

Me descalcé en el porche delantero y dejé en la parte cubierta el paraguas, el abrigo mojado y las botas embarradas. Vivía en un lugar tranquilo, rodeado de bosque y de aire puro. Mi casa era modesta, tan solo contaba con una habitación. Todos los muebles los había hecho yo, estaba orgulloso de haber creado un ambiente rústico y acogedor. Había convertido el garaje en un taller de carpintería en el que las horas pasaban en cuestión de minutos. Por las noches cenaba y leía frente a la chimenea de piedra del salón, con la única compañía del chisporroteo del fuego. Las ventanas de la parte trasera daban al antiguo embarcadero, que estaba en desuso, y a las aguas cristalinas del lago Tahoe. ¿Qué más podía pedir?

Nada más entrar, encendí la chimenea. Después, subí a mi habitación y saqué del armario una camisa roja de cuadros y un pantalón vaquero. Me desnudé, eché el chándal reglamentario a lavar y entré al baño para darme una ducha rápida con la que esperaba evaporar a Mia de mis pensamientos.

Era bombero en Sunnyside, lo que se traducía en que trabajaba cuarenta y ocho horas seguidas, en las que me quedaba en la estación por sí había que salir, y luego libraba cuatro días del tirón. Durante el mes de diciembre solo trabajaría uno de cada cuatro, y usaría los que me quedaban de vacaciones para seguir avanzando en la reforma del Polaris. Desde hacía unos meses, al salir del turno, desayunaba en la cafetería y me iba directo al *bed and breakfast*. Aquel día había contado con hacer lo mismo. Joseph me había llamado la tarde anterior para informarme de que había recibido los grifos en su ferretería. Quería ir a por ellos para instalarlos en el Polaris. En ese instante, el recuerdo de la mirada gélida que me había dedicado Mia antes de irse se coló en mi mente. Cerré los ojos y metí la cabeza debajo del agua caliente. Pese a que tenía planes, la voz de la razón se impuso y decidí hacerle caso a Carol. Era obvio que lo último que le apetecería a Mia sería verme, y por ello lo mejor sería dejarle algo de espacio y visitarla al día siguiente.

Un poco más tarde, estaba en la cocina, preparándome un té para llevármelo al taller, cuando divisé el coche de policía de Paxton aparecer por el camino de tierra que daba a mi casa. Le di la espalda a la ventana y saqué otra taza del armario para él.

Paxton me conocía desde siempre. Teníamos la misma edad y habíamos crecido juntos. Era la definición andante de la sensatez. Le costaba perder los estribos, pero cuando se ponía serio era implacable. En aquel momento, era policía en Sunnyside y aspiraba a ser el sheriff del condado algún día.

Estaba sirviendo el Earl Grey cuando oí la puerta de la entrada abrirse.

—Buenos días —saludó Paxton.

—¿Qué es eso de que tu exnovia va a venderle el Polaris a una corporación maligna? —Me sorprendió oír el tono malhumorado de Blaze.

—Buenos días, no sabía que tú también ibas a venir. —Alcé la voz sin voltearme mientras vertía el líquido en la segunda taza.

Donde Paxton era tranquilidad, Blaze era todo lo contrario. Su carácter se parecía más a un incendio descontrolado e imprevisible. Tenía un par de años más que nosotros y llevaba solo tres viviendo en el pueblo. Le conocí el día que le trasladaron a nuestro cuerpo de bomberos. Teníamos el mismo turno de trabajo y, antes de que me sumergiese de lleno en la reforma, se pasaba la mitad del tiempo en mi casa. Podía decirse que le veía más que a mi madre, y eso que vivía a diez minutos en coche de ella.

No tenía sentido preguntarles cómo se habían enterado. En el pueblo las noticias corrían tan rápido como la pólvora. Aunque estaba bastante seguro de que las palabras que había usado yo eran «corporación hotelera» y no «maligna».

A mi espalda, el suelo de madera crujió bajo las pisadas de Paxton y de Blaze. Cuando me di la vuelta con las dos tazas de té en la mano, ya tenía delante a mis mejores amigos. Blaze tenía el pelo oscuro aplastado por la lluvia y la sudadera del cuerpo de bomberos mojada. Estaba cruzado de brazos y me observaba con una mueca de desaprobación en el rostro.

—Entonces los rumores son ciertos —comentó Paxton al ver que no contestaba.

Al contrario que Blaze, me miraba con una mezcla de compasión y curiosidad. La placa que llevaba en el pecho de su chaqueta negra relucía bajo los halógenos de mi cocina, y su cabello rubio asomaba por debajo de la gorra bordada del cuerpo de policía.

—No es una corporación maligna —respondí calmado—. Se lo quiere vender a Jim Blackheart.

—¿El que compró la casa rural de Dollar Point y la convirtió en un resort horroroso? —preguntó Paxton, incrédulo.

—El mismo —contesté con un asentimiento.

—Pero ¿cómo puede querer venderle el Polaris a ese cabronazo? —Blaze hablaba indignado.

—¿Seguimos en el taller? —Señalé la puerta con la cabeza.

La cocina no era la parte más espaciosa de la casa. Además, tenía que continuar cortando tablones de madera para llevármelos al Polaris.

Alargué el brazo y le tendí una taza de té a Paxton. Cuando hice amago de darle otra a Blaze, este negó con la cabeza y me sobrepasó para sacar una cerveza de la nevera.

El taller era algo así como mi santuario. Allí podía evadirme labrando la madera. De las paredes colgaban mis herramientas. En el centro tenía un banco de trabajo grande y robusto. El ambiente olía a serrín y a barniz. Nada más entrar me situé detrás de este y ellos se quedaron enfrente.

—Douglas me ha dejado un diez por ciento del Polaris —les informé a la par que sacaba una cinta métrica de un cajón—. A Carol le ha dejado un veinte, y a Mia, un setenta.

Paxton se mantuvo en silencio mientras que Blaze dijo:

—Vamos, que tu ex puede hacer con el Polaris lo que le dé la puñetera gana.

Me mordí el carrillo por dentro al asentir.

—He hablado con ella después de la lectura del testamento —proseguí—. Le he contado que Carol y yo queremos reabrirlo para la temporada de Navidad, y ella me ha dicho que tiene la reunión con Blackheart en cinco días.

—¿En cinco días? —Blaze alzó la voz y se pasó la mano por el pelo castaño—. Tío, habla con ella ya. No puedes dejar que se lo venda a ese cerdo. Tendrá el porcentaje mayoritario y lo tirará abajo para hacer un spa o cualquier mierda para pijos.

—¿Crees que no lo sé? —le pregunté en tono duro.

El lago más famoso de California atraía turistas en todas las épocas del año. El Polaris estaba muy bien localizado: a tan solo diez minutos en coche del lago Tahoe y a pocos minutos de la carretera que subía a las pistas de esquí. En verano se llenaba de gente con ganas de hacer senderismo, desconectar y darse un baño en sus aguas azules. En invierno se abarrotaba de huéspedes aficionados a la nieve y al esquí. Aunque el plato fuerte era la Navidad. La demanda en aquellas fechas señaladas era tal que las reservas se abrían con un año de antelación. Y para eso faltaban tan solo tres semanas…

—Me pasaré a verla mañana… —continué—. Igual cambia de idea si le cuento lo que ha hecho el impresentable de Blackheart en Dollar Point.

—Es una pena que quiera desentenderse de Sunnyside así, con lo feliz que ha sido aquí… —comentó Paxton—. Aunque la entiendo, ya no tiene nada que la ate al pueblo: se ha muerto su padre, hace años que no está contigo y, hasta donde sé, las cosas le van de lujo en Nueva York.

En lugar de contestar me dediqué a medir el trozo de madera que tenía sobre la mesa. Luego, hice varías marcas con un rotulador para saber por dónde tenía que cortar. Cualquier cosa que me distrajera del recuerdo de lo que habíamos sido Mia y yo era suficiente.

—¿Qué tal va la reforma del Polaris? —me preguntó Paxton, cambiando de tema.

—Ya casi está —contesté mientras cogía las protecciones de la estantería.

—Llevas semanas diciendo lo mismo. ¿Qué queda por hacer?

—Un par de cosillas —respondí. Paxton arqueó una ceja—. ¿Quieres una lista?

—Sí.

—Me falta revestir los suelos y las paredes de la sección de las habitaciones. Tengo que hacer las puertas, instalar los grifos de la planta superior, que, por cierto, ya han llegado a la ferretería, amueblar las habitaciones, revisar el sist...

—Pero eso es muchísimo —me interrumpió él sorprendido.

—Qué va, lo hago en nada.

Mis amigos intercambiaron una mirada significativa.

—Te pongas como te pongas, vamos a ir a ayudarte —aseguró Blaze.

Durante el momento en el que guardamos silencio empecé a oír más alto el paso del tiempo de mi reloj de pulsera. Me puse las gafas protectoras para usar la sierra circular. Estaba a punto de colocarme los cascos cuando Blaze dejó su botellín de cerveza sobre mi espacio de trabajo.

—¡Ya sé cómo salvar el Polaris! —exclamó mi amigo—. ¡Eso es!

Por su cara, supe que oiría una idea pésima.

—¿Y si Mia tuviese algo que la atase al pueblo? —Blaze me miraba como si hubiese tenido una idea de un millón de dólares.

—¿Qué estás insinuando? —le pregunté con cautela.

—Estoy insinuando que podrías recordarle lo feliz que era aquí.

Me costó unos segundos entender por dónde iban los tiros. La sonrisa imprudente que me dedicó mi amigo me puso los pelos de punta.

—¡Ni hablar! —Me quité las gafas y negué con la cabeza—. No voy a conquistarla para que no venda el Polaris...

—Bueno, yo no estaba pensando en eso —me cortó Blaze.

—Entonces ¿qué quieres decir? —cuestioné sin comprender.

—Lo que sugiero es que todos seamos majísimos con ella y hagamos que estos cinco días sean tan buenos que no quiera venderlo. —Bordeó el banco y me dio una palmada en el antebrazo—. Aunque, ahora que lo dices, ligártela me parece una idea brillante...

—No contéis conmigo. —Paxton se negó en redondo—. Si soy simpático con ella, será porque me salga natural, y no para conseguir algo a cambio.

Blaze puso los ojos en blanco antes de preguntar un:

—¿Jack? —Sabía que yo jamás accedería a algo así, por eso añadió—: Ten en cuenta que es por el bien de todos.

Me quedé un instante pensativo.

Creía que, si Mia vendía el Polaris, a la larga se arrepentiría. Aunque, si se había marchado y nunca había regresado, sería porque en Nueva York era más feliz, ¿no?

Suspiré.

Todo aquello era un lío enorme.

Lo único que tenía claro era que si la gestión del Polaris caía en las manos equivocadas, Sunnyside correría la misma suerte que el pueblo colindante. Si había algo que pudiese hacer para evitar que eso sucediese, debía intentarlo.

—¿De verdad te lo estás planteando? —Un Paxton incrédulo interrumpió el hilo de mis pensamientos—. Jack, no puedes hacerle eso.

—¿Y ella sí puede putearnos vendiendo el Polaris? —le contestó Blaze.

—Estamos hablando de Mia, la conoces de toda la vida... —continuó Paxton, mirándome—. ¿No crees que ya ha sufrido bastante?

Paxton había sido testigo de todas las fases de mi relación con Mia; desde que empecé a fijarme en ella cuando era un adolescente, pasando por las tardes en las que le decía: «Eh, Pax, ¿sabes qué? Algún día me casaré con esa chica», siguiendo con la ruptura devastadora hasta llegar al funeral de su padre, cuando ella no quiso ni hablarme.

Mi amigo tenía razón. Si me acercaba a Mia con ese fin, sufriríamos ambos. Tenerla de mi lado era fundamental, pero no quería usarla. Prefería ser sincero.

—Voy a hablar con ella ahora mismo —aseguré—, pero nada más. No voy a engatusarla ni nada de eso.

Tenía fe en que bajo esa mirada distante y desconfiada todavía estuviera esa mujer cálida, creativa, amable y nostálgica dispuesta a escucharme, porque no tenía ni un segundo que perder.

3

Mia

Conduje por la carretera principal de Sunnyside mientras le daba vueltas a lo que me había dicho Jack. Tenía la cabeza hecha una maraña de pensamientos: el cabreo, la confusión y la incredulidad campaban a sus anchas por mi mente. Primero, me enteraba de que no era la única heredera del Polaris, y luego, de que Jack y Carol querían reabrirlo antes de Navidad y prácticamente a mis espaldas.

Sentí una punzada amarga en el pecho.

En realidad, no sabía de qué me sorprendía. Solía pensar que Jack era un hombre de palabra y me llevé una sorpresa desagradable cuando, tras seis años de relación, me demostró lo contrario.

Ambos habíamos fantaseado mil veces con irnos a vivir a Nueva York. Cuando tenía veintitrés, me surgió la oportunidad de mudarme allí para escribir en una revista. Antes de que aceptase el trabajo, Jack y yo trazamos un plan: primero iría yo de avanzadilla, y él solicitaría plaza en el cuerpo de bomberos de Nueva York según terminase la academia. El problema fue que, cuando acabó, se comprometió a arreglarle el tejado a la señora Green. Luego llegaron las grietas en las paredes de la casa de los White. Al terminar, se puso manos a la obra con la valla de la granja de los Smith. Y si no era eso, se había roto algo en el Polaris.

Yo intentaba ser comprensiva, todos aquellos trabajos más el sueldo que le pagaba mi padre le permitirían mudarse conmigo. Tras meses de espera en los que él encontraba excusas para retrasarlo, la distancia comenzó a causar estragos en la relación. Cada vez hablábamos menos y algo iba marchitándose poco a poco en mi interior.

Los días previos a nuestro reencuentro fueron los peores. Después de siete meses sin vernos, yo regresaba a casa para pasar las navidades y él estaba más distante que nunca. La situación me entristecía y enfadaba a partes iguales.

Me presenté en Sunnyside por sorpresa, un día antes de lo previsto, y descubrí que mi padre estaba saliendo con la mejor amiga de mi madre. Encontrarme a Carol en la cocina del Polaris preparando las famosas galletas navideñas de mi madre y cantando villancicos con mi padre como si nada fue un golpe duro de encajar. Yo seguía llorando su pérdida y ¿él ya la había reemplazado?

Dolida, acudí a Jack en busca de consuelo. Enterarme de que él ya lo sabía y que llevaba meses ocultándomelo, fue la gota que colmó el vaso. Esa traición se me clavó en el corazón como un puñal y sacó a la luz la frustración que llevaba meses acumulándose.

Jack era la persona en la que más confiaba, la que nunca me mentiría y la misma que, pese a haberme prometido que estaríamos juntos siempre, todavía me tenía esperando en Nueva York. Había llegado el momento de tener la conversación. Le echaba de menos y la situación se había vuelto insostenible. Con los ojos llenos de lágrimas, le pregunté si tenía intención de mudarse. Cuando me dijo que acababa de comprometerse con otra reforma y que le habían ofrecido una plaza como bombero en Sunnyside, me sentí la chica más tonta del mundo. Estaba cansada de luchar sola por una relación que ya no tenía futuro. El peso de la traición me parecía imperdonable, así que rompí con él.

Tras confirmar que más gente estaba al tanto de la relación de mi padre con Carol me sentí muy tonta. Esa misma noche, me marché de Sunnyside y juré no volver. Con el paso del tiempo las aguas se calmaron entre mi padre y yo, pero Carol siempre fue un tema tabú entre nosotros y uno de los principales motivos por los que nunca regresé.

Y ahí estaba, cinco años después, observando a través de la ventanilla el pueblo que me había visto crecer. Estábamos a finales de noviembre y Sunnyside se preparaba para las fiestas. Casi todos los vecinos tenían una guirnalda colgada en la puerta, figuras del soldado de *El cascanueces*, de Santa Claus y los renos o bastones de caramelo gigantes desperdigadas por los jardines delanteros. Los escaparates de las tiendas estaban repletos de regalos envueltos y las farolas lucían lazos rojos. Allí todo el mundo se tomaba la Navidad tan en serio como para poner hasta cuernos de reno en el coche.

Al llegar a las afueras, giré a la derecha para coger un acceso secundario, dejando el lago Tahoe a mis espaldas. El Polaris estaba en medio del bosque, cerca de la carretera que subía a lo alto de la montaña. Para llegar, tenía que conducir varias millas por aquel camino de tierra rodeado de pinos y de campos silvestres.

El cristal frontal comenzó a empañarse, dificultando mi visión. Pulsé el botón que quitaba el vaho y subí la calefacción porque me estaba congelando. La lluvia caía sin descanso, y el parabrisas chirriaba por encima de la voz de Olivia O'Brien, que versionaba «Complicated», una de mis canciones favoritas de Avril Lavigne.

En cuanto vi el cartel de madera rectangular que rezaba con letras blancas POLARIS LODGE y debajo BED AND BREAKFAST, reduje la velocidad.

El Polaris no tardó en quedar a la vista. El cielo gris se cernía sobre él, dándole un aspecto fantasmagórico. Me sobrecogió ver el jardín delantero vacío y descuidado. Normalmente por esas fechas mi padre ya habría hecho el despliegue de luces y figuras navideñas.

El edificio era una casa grande de estilo rústico que imitaba una cabaña, con las fachadas de madera oscura y los techos inclinados de tejas verde musgo. Estaba dividido en dos secciones de distintas alturas. La izquierda, que era donde se encontraban las áreas comunes como la recepción o el comedor, y la derecha, que era más alargada, ya que albergaba las habitaciones de los huéspedes repartidas entre las dos plantas. Todas ellas contaban con su respectivo balcón desde el que admirar el bosque y la montaña.

El incendio había tenido lugar a finales de junio.

Mi padre me contó que el fuego se había originado en la cocina por una fuga de gas y que se había expandido rápidamente hacia la derecha del edificio, con lo que afectó a las habitaciones de los huéspedes en su totalidad. Tanto es así, que esa sección se derrumbó pasto de las llamas. El simple recuerdo de las fotos que me envió me produjo un escalofrío. Aquel día, se me rompió el alma al ver mis raíces arder. Al principio, me aseguró que no tenía nada de lo que preocuparme porque el seguro cubriría los gastos de la reforma. Luego, me dijo que tenía que pedir un pequeño préstamo para pagar la parte que no cubría el seguro y que, tan pronto como la reforma terminase, el Polaris reabriría sus puertas por todo lo alto y con ello recuperaría el dinero invertido. Dos meses después, falleció a causa de un infarto repentino.

Conforme me acercaba, los árboles dieron paso a un claro y pude observar el *bed and breakfast* al completo. Desplacé la vista hacia la derecha y me encontré con que habían reconstruido la sección de las habitaciones. En la esquina del inmueble todavía había colocado un andamio, y parte del tejadillo estaba recubierto con un plástico.

Paré el coche en el aparcamiento de tierra, justo frente a la entrada de recepción. El viento y la lluvia me azotaron sin clemencia cuando me bajé. Eché a correr por el caminito de piedra y temblé de frío. El aire era puro, olía a tierra mojada y a vegetación.

Cuando subí los escalones del porche se me puso la piel de gallina y se incrementó el ritmo de mis latidos. Me detuve en la parte cubierta y miré alrededor. Alguien había quitado las mecedoras y el felpudo con el logo del negocio. En el suelo había marcas blancas de lo que parecía ser la rueda de una carretilla y huellas de pisadas.

Durante unos segundos, permanecí allí plantada, con la vista clavada en la puerta.

Cogí el pomo vacilante y me temblaron las piernas cuando empujé la madera. Al adentrarme en la recepción, me chocó que no me envolviese el aroma a flores frescas ni a galletas. Respiré hondo y arrugué la nariz por el olor a polvo.

—¿Hola? —pregunté a la oscuridad—. ¿Hay alguien?

Nadie contestó.

Lo único que rompía la quietud era el sonido de la tormenta.

Tanteé la pared en busca del interruptor; cuando se hizo la luz, me quedé impactada. Aquella era una de las partes que había sobrevivido al fuego y esperaba encontrarla tal cual la recordaba. Sin embargo, aquella estancia fría distaba mucho de la recepción llena de vida de mis recuerdos. Las paredes estaban vacías, y el suelo, recubierto de un papel protector de color marrón.

El mostrador de admisión seguía estando a mano izquierda, y la chimenea de piedra, a la derecha. Habían retirado todos los muebles y en su lugar había una carretilla, una escalera abierta, multitud de tablones de madera apilados y cajas.

Imaginé que así debió de sentirse Anastasia cuando regresó al castillo de los Románov de adulta. En mi caso, nadie cantaba «Una vez en diciembre». No sentí la calidez de volver al hogar, ni vi a los fantasmas de mis seres queridos bailar a mi alrededor, pero sí que un millón de recuerdos danzaron por mi cabeza. Vi a mi padre atendiendo a los huéspedes con una sonrisa detrás del mostrador mientras mi madre les ofrecía sus famosas galletas, visualicé una versión más joven de Jack subido en la escalera y cambiando una bombilla de la lámpara en forma de araña, y también me vi a mí, sonriendo y escribiendo en un rincón.

Sentí que el techo se me venía encima. El nudo que me oprimía la garganta se ciñó aún más alrededor de mi campanilla. De pronto, la copia del testamento que guardaba en el bolsillo pesaba una tonelada.

Al ser consciente de que una sensación desoladora se estaba apoderando de mí, decidí refugiarme en la seguridad de mi habitación. La casa de mis padres estaba ubicada en la parte trasera de la propiedad y conectaba con la recepción por un pasillo. Para acceder a ella tenía que cruzar la puerta que estaba tras el mostrador de admisión.

El papel que recubría el suelo crujió bajo mis pies e intensificó el ruido de mis pisadas.

Me escurrí tras el mostrador y el corazón se me hundió un poco más dentro del pecho; la foto de mi familia que colgaba de la pared ya no estaba.

Abrí la puerta y me enfrenté a un pasillo oscuro. De pequeña, lo atravesaba corriendo porque creía que lo habitaba un fantasma. Cuando se lo conté a mi padre, él lo llenó de fotos nuestras. Creía que al verlas no me daría tanto miedo pasar. Su estrategia funcionó desde el primer momento.

Encendí la luz y di un paso al frente. Las paredes estaban desnudas, lo único que quedaba de mis recuerdos eran los ganchos que habían sujetado los marcos.

En aquel instante, la realidad recayó sobre mí: estaba sola en un lugar al que jamás podría volver a llamar hogar. Ese pensamiento me hizo detenerme. Mi padre me había contado que la casa no se había visto afectada por el incendio. Allí dentro todo debería seguir como siempre, pero que me estuviese agobiando no era buena señal. Había días en los que aquello todavía me parecía una pesadilla horrible.

De repente, me sentía una extraña y estaba asustada. Cuando entrase en casa, el peso de la palabra «huérfana» recaería sobre mí, y no estaba preparada para ello.

Con los ojos empañados, retrocedí lo andado y traspasé la recepción en sentido opuesto. Prefería ver cómo estaba el resto del Polaris antes de decidir dónde soltar mis pertenencias.

Intentando serenarme, me dirigí a la sección de las habitaciones. En aquel pasillo había cajas y listones de madera por todas partes. Anduve con cuidado de no pisar nada y me asomé al primer cuarto. Los techos no eran muy altos y faltaban por colocar algunos tablones de madera en las paredes. En el centro había una cama con la colcha azul oscura, al lado una mesita de noche y una lámpara de pie en un rincón. La ventana daba a la parte trasera; desde ahí se veía el bosque de pinos y la montaña al fondo.

Eché un vistazo a las habitaciones contiguas; todas estaban vacías. El panorama en la planta superior era peor; la mayoría tenían los suelos y las paredes sin revestir y ni siquiera tenían puertas.

Regresé a la única estancia amueblada de la planta baja. Era la más cercana a la recepción. Aquel espacio sería perfecto para pasar la noche. Al día siguiente, ya vería qué hacer.

Dejé la bolsa de viaje y la chaqueta sobre el colchón y pasé al baño. Era pequeño y tenía un plato de ducha. Solté el neceser y la toalla sobre la encimera de madera clara y me desvestí.

Bajo el agua reviví la lectura del testamento, visualicé la cara perpleja de Jack y también pensé en lo que sentiría mi madre al ver el estado del Polaris. Llegado un punto decidí que, como no tenía ganas de lidiar con nadie más, compraría provisiones y pasaría los días siguientes encerrada, escribiendo.

Poco después, salí del baño envuelta en una toalla. Necesitaba desahogarme, así que llamé a Chelsea. En Nueva York eran tres horas más y se había cogido el día para aprovechar el Black Friday, por lo que supuse que estaría a punto de pillarla comiendo.

—Hola —saludé con voz apagada cuando descolgó.

—Uy... Estás fatal —adivinó—. ¿Qué ha pasado?

Tenía el superpoder de detectar mi estado de ánimo con tan solo una palabra. Ella era mi mayor apoyo en Nueva York. Nos conocimos el día que entré a trabajar en la revista. Se ofreció a enseñarme la ciudad y enseguida nos hicimos inseparables.

—Me he encontrado con Carol y con Jack en la lectura del testamento.

Ella ahogó una exclamación por encima del ruido del tráfico. Chelsea estaba al tanto de todo. Además, ella fue la que me acompañó al funeral de mi padre y quien se encargó de hacer de guardaespaldas para que nadie se me acercase.

—Mi padre me ha dejado un setenta por ciento del Polaris —dije mientras caminaba descalza por la habitación. Era una de esas personas que no podían estarse quietas al hablar por teléfono—. El resto está dividido entre Carol y Jack.

—¡No me lo puedo creer!

—Yo tampoco —confesé derrotada—. ¿En qué estaba pensando? ¡Esto era nuestro, algo que hizo con mi madre! —El enfado resurgió en mi interior—. ¿Cómo ha podido dejarles una parte a ellos?

—No lo sé. Que le deje algo a Carol todavía..., pero a Jack no lo entiendo.

Puse el manos libres y solté el teléfono sobre el colchón para buscar algo de ropa en la bolsa.

—Imagino que Jack y él estaban más unidos que cuando me fui —continué—. Hasta donde sé, estaba ayudando a mi padre con la reforma... Aun así, me parece indignante...

—Claro que es indignante. Y un poco raro. Muy unidos tenían que estar para ponerle como heredero al Trono de Hierro.

En otro momento, me habría reído de la broma.

—Ah, y no te lo pierdas —comenté al tiempo que me embutía en los vaqueros—. Jack me ha cogido por banda después de la lectura y me ha dicho que sigue reformando el Polaris porque Carol y él quieren reabrirlo para Navidad. ¿Te lo puedes creer?

—¿Qué dices? ¿Y qué vas a hacer?

Había pasado muchas noches en vela pensando qué destino darle al negocio de mi familia y había llegado a la conclusión de que no tenía sentido reabrirlo sin mis padres. El Polaris era suyo. Era su trabajo, su vida y su sueño. A mí me dolía estar ahí. Ya no me quedaba nadie en Sunnyside. Además, mi vida estaba en Nueva York, donde tenía una carrera literaria que retomar. No podía hacerme cargo de aquello y abandonar el sueño por el que tanto había luchado. Lo mejor para mí era venderlo y cerrar aquel capítulo de mi vida.

—Venderlo —contesté, poniéndome la camiseta blanca—. No quiero estar aquí sin mis padres y tampoco quiero que regenten su negocio Carol y Jack. Además, el Polaris tiene una deuda de cuatrocientos mil dólares. A mí me tocaría pagar unos trescientos mil...

—¡Madre mía! —Chelsea elevó tanto la voz que agradecí no tener el teléfono pegado a la oreja—. Pero ¿tu padre no te dijo que lo pagaba todo el seguro?

—Resulta que el seguro no lo cubría todo. Por eso tuvo que pedir el préstamo...

—Tú no tienes tanto dinero, ¿no?

—Claro que no. —Saqué la cabeza por el cuello del jersey verde botella.

Mi carrera como escritora de novela romántica estaba despegando. En verano había entrado en la lista de los más vendidos de *The New York Times* por primera vez, pero con el dinero que había ganado hasta el momento no estaba ni cerca de poder cubrir esa cifra.

—¿Y puedes vender tu parte igualmente? —quiso saber.

—Supongo que sí.

Hacía unos días Jim Blackheart, un inversor inmobiliario, se había puesto en contacto conmigo. Me habló sin paños calientes y me dijo que, gracias a sus contactos, sabía que mi padre había pedido un préstamo y que tendría lugar la lectura del testamento. Igual que yo, él también había asumido que sería la única heredera y me había hecho una oferta para comprar el Polaris y la deuda que tuviese, según sus palabras textuales: «Sea la cantidad que sea».

—Debería llamar a Jim —reconocí—, aunque imagino que el dinero no es un problema para él. Supongo que también querrá comprar las partes de Jack y Carol.

Me senté en el colchón para ponerme los calcetines más gorditos que tenía.

—¿Ya le has dicho a Jack que quieres venderlo?

—Sí. Ya sabes cómo soy. Se lo he soltado en cuanto he podido. Por su cara, no se lo esperaba.

—¿Cómo estás después del reencuentro con él? —se interesó Chelsea.

Cerré los ojos y agradecí que mi amiga no me viese la cara.

—Bien —intenté fingir indiferencia.

—Mia, venga ya... Has vuelto a hablar con tu ex, después de cinco años, y ¿no tienes nada más que decirme?

Guardé silencio unos segundos y claudiqué con un suspiro.

—Nos hemos chocado y le he tirado el café.

—¿Como en una comedia romántica?

—No. Las comedias románticas son divertidas y entrañables. Este reencuentro ha sido lo contrario... En realidad, no tengo claro cómo me siento. Se me ha removido un poco todo. Esta situación es una mierda. No quiero volver a cruzármelo, Chelsea.

—Me imagino... Bueno, piensa que solo tienes que aguantar unos días. Antes de que te des cuenta estarás en un avión rumbo a Nueva York y volverás a casa. Intenta ver el lado positivo; puedes tomarte estos días como unas minivacaciones en la montaña. Puedes aprovechar para pasear a orillas del lago, leer mientras respiras aire puro y descansar.

Inspiré hondo.

Todo eso sonaba muy bonito.

—Me encantaría, pero tengo que avanzar con el manuscrito. De hecho, he pensado comprar algo de comida y encerrarme a escribir.

—Es un buen plan, eso siempre te ayuda.

—¿Qué tal tus compras del Black Friday? —le pregunté para cambiar de tema.

—Bien. He arrasado en Urban Outfitters y en Victoria's Secret. Ahora voy a pasarme por la librería, te mando una foto con los libros que tengan en oferta.

—Vale. Genial. Por cierto, he avanzado *Los siete maridos de Evelyn Hugo* en el avión.

—Mia, ¿te has vuelto a saltar las metas?

—Puede. —Me reí ante su tono de fingida indignación.

—Yo no sé por qué seguimos haciendo lectura conjunta si siempre haces lo que quieres.

—Que conste que también he visto una peli para no seguir avanzando el libro.

—¿Cuál has visto?

—*Cualquiera menos tú*.

—¿Otra vez?

—No eres la más indicada para hacer esa pregunta. La habrás visto unas mil veces.

—Cierto... La culpa es del rostro precioso de Glen Powell.

Solté otra risita.

—Bueno, te dejo, anda, que voy a ver si me paso por el supermercado —le dije.

—Llámame si necesitas algo.

—Lo haré. Te quiero.

—Y yo a ti.

En cuanto nos despedimos, me encaminé a la cocina del Polaris. Estaba pegada a la sección de las habitaciones y se accedía a ella a través de la recepción. Era enorme y la habían reformado al completo; habían mantenido los tonos neutros y el estilo rústico de su predecesora. Había una isla de madera clara en el centro, a juego con la encimera y con las vigas que estaban a la vista. Las tres ventanas que había sobre la encimera daban al bosque de pinos de la parte trasera.

Me adentré en la estancia para inspeccionar los cajones y los armarios. Allí encontré todos los utensilios necesarios para cocinar. En la nevera había varios botes de mermelada casera de arándanos, mantequilla de cacahuete, beicon, huevos y leche fresca. En el armario encontré varias cajas de té Earl Grey, un paquete de café y pan de molde. Sobre la encimera descansaba una bolsa de rafia llena de las manzanas favoritas de Jack: verdes y ácidas. Aquel rastro de alimentos era el indicador de que él pasaba por ahí con regularidad. Un recuerdo de él sentado en el porche, comiéndose una manzana y sonriéndome, me vino a la mente.

«¿Ya estás pensando en él otra vez?».

En ese instante se me ocurrió preparar galletas de mantequilla. La repostería era algo que solía hacer con mi madre y que me relajaba. Seguir una receta al pie de la letra me ayudaría a alejar la mente de Jack y del testamento.

Salí de la cocina esperando no encontrármelo en el supermercado.

4

Mia

En cuanto entré en el establecimiento, noté un puñado de miradas sobre mí.

Saqué pecho y cogí una cesta de la compra. Los villancicos sonaban por el hilo musical, había flores de pascua y los empleados llevaban un gorro de Santa Claus. En la entrada tenían una sección dedicada a productos navideños donde podías encontrar chocolate, malvaviscos, bastones de caramelo y kits para montar y decorar tu propia casa de jengibre. Eché en la cesta los únicos cortadores de masa que tenían, con forma de árbol de Navidad, y un paquete de cacao para preparar chocolate caliente.

Minutos después, estaba curioseando el estante de las decoraciones para las galletas cuando oí los murmullos que provenían del pasillo de al lado.

—Pete, ¿te has enterado? —dijo una voz femenina—. La neoyorquina ha vuelto…

Me quedé congelada con la mano a centímetros de un paquete de pepitas de chocolate.

«La neoyorquina».

—Eso he oído —respondió su interlocutor.

No me sorprendía que se hubiese corrido el rumor de que había vuelto ni tampoco que me hubiesen puesto un mote. El pueblo era como una gran familia y, desde que me había ido, yo era algo así como la oveja negra.

—Resulta que hoy era la lectura del testamento de Douglas. Al parecer, se ha puesto hecha una fiera en el despacho del alcalde.

Ahogué una exclamación para no delatarme. Me parecía surrealista estar oyendo aquello por encima de la voz aterciopelada de Michael Bublé cantando «Jingle Bells». A través de los paquetes de los estantes vislumbré de refilón a Marge, una de las cotillas del pueblo.

—Y espérate, que aún hay más... —continuó ella—. Va a vender el Polaris porque no quiere saber nada de Sunnyside.

—Qué poca vergüenza.

—Se lo ha gritado al pobre Jack en la plaza.

Me mordí la lengua y no contesté. Ya sabía cómo era Marge y, si le decía cualquier cosa a esa mujer, los testigos acabarían añadiendo más fantasía a la historia. Era cierto que había sido algo borde con Jack, pero no le había levantado la voz, y tampoco había dicho que no quisiese saber nada del pueblo. Aunque aquella situación era el recordatorio perfecto de por qué no quería regresar. En Nueva York era una más y no me perseguían los rumores.

—Ese muchacho tiene el cielo ganado —continuó Pete.

—Y que lo digas —respondió ella—. Fíjate que yo siempre creí que ese par acabaría casándose y regentando el Polaris.

Di un respingo.

Eché el paquete de pepitas de chocolate en la cesta y salí de ahí a toda prisa, huyendo de los cotilleos. Normalmente no me importaba lo que opinasen los demás de mí, pero esos comentarios sobre la relación que había tenido con Jack me escocían.

Al doblar la esquina para llegar a las cajas, me di de bruces contra alguien. Supliqué internamente que no fuese él.

Levanté la vista y me topé con Carol.

—Ay, Mia, perdona —habló ella con suavidad—. ¿Qué tal estás? Antes te has ido muy rápido y no he tenido ocasión de preguntarte.

Me sorprendía que me hablase con tanta naturalidad.

—Bien —respondí con sequedad.

—Tengo una caja que tu padre guardaba para ti. ¿Qué te parece si me acompañas a casa y te la doy? Podemos tomar un té y ponernos al día.

«¿Qué?».

El corazón me retumbaba acelerado dentro del pecho. Solo quería salir del supermercado antes de protagonizar otro cotilleo. Miré por encima del hombro y me encontré que las dos personas que habían estado cuchicheando nos observaban con atención.

—Tengo prisa —contesté un poco a la defensiva.

—¿Prefieres que te la lleve al Polaris?

—¡No! —exclamé, perdiendo los nervios—. No quiero ninguna caja. Déjame tranquila, por favor.

Traté de ignorar las miradas de desaprobación y los murmullos de Pete y Marge, pero fue superior a mis fuerzas. A fin de cuentas, nunca había tenido pelos en la lengua.

—Si tenéis algo que decirme, podéis hacerlo ahora, a la cara —les dije. Ellos mantuvieron la boca cerrada—. Y para vuestra información, no le he gritado a nadie en la plaza del pueblo.

Sin darles tiempo a replicar, los sobrepasé y me dirigí a las cajas para pagar.

«Cinco días. Solo tengo que aguantar cinco días más», era todo lo que me repetía mientras cargaba la compra al coche.

Después de meter las galletas en el horno, puse el temporizador y me senté en un taburete frente a la isla. Apoyé los brazos en la madera y escondí la cabeza entre ellos. Cerré los ojos mientras el olor de la mantequilla y el azúcar llenaba la cocina del Polaris. Había conseguido distraerme y estaba más tranquila.

La calma no duró mucho, ya que, al cabo de un rato, oí el ruido de unas pisadas firmes que reconocería en cualquier parte.

Suspiré cuando los pasos se detuvieron cerca de mí. Un instante después, alcé la cabeza sabiendo de antemano a quién me encontraría.

Jack estaba plantado en la entrada de la cocina. Había cambiado su sudadera del cuerpo de bomberos por una camisa roja de cuadros que le sentaba fenomenal. Se había afeitado y estaba guapo.

Tras observarme unos segundos, me saludó aparentando normalidad:

—Hola. —Me dedicó una sonrisa escueta que no se parecía en nada a las sonrisas sinceras que recordaba.

Me pregunté entonces si alguna vez volvería a ver su hoyuelo asomar.

«¿Se puede saber para qué quieres ver su hoyuelo?», preguntó una vocecita molesta.

Al darme cuenta del rumbo que estaban tomando mis pensamientos, me levanté de un salto.

—¿Qué haces aquí? —solté en un tono frío.

—Quería hablar contigo, ¿tienes un momento?

—No. —Negué con la cabeza—. Estoy ocupada haciendo galletas y necesito concentrarme en la receta. Si haces el favor de irte, te lo agradecería. —Señalé la puerta con la mano.

Él desvió la vista al horno, que estaba detrás de mí, y arqueó una ceja al ver que las galletas ya estaban dentro. No me gustó nada la determinación que encontré en sus ojos cuando volvió a mirarme.

—No voy a irme hasta que hablemos —aseguró—. Además, han llegado los grifos y quiero instalarlos en las habitaciones de la planta superior.

Nerviosa, repiqueteé en el suelo con el pie.

Quería que se marchase para atiborrarme a galletas tranquila y sentarme a escribir mi novela romántica.

—Mira, tengo que trabajar y no me apetece hablar ni tenerte pululando por aquí. Vete.

Ignorándome, Jack se adentró en la estancia y dejó una bolsa de herramientas sobre la isla.

—Navidad está a la vuelta de la esquina y vamos justos con la reforma —me dijo.

Me envaré y se me aceleraron los latidos.

—Estás invadiendo una propiedad privada —contesté entre dientes.

—Me pertenece un diez por ciento de este edificio, así que no voy a irme a ninguna parte.

—O te vas o llamo a la policía. —No sé por qué dije eso. Quizá porque tenerlo tan cerca despertaba emociones que solo sabría gestionar volcándolas sobre un papel en blanco.

Jack me obsequió con una sonrisa incrédula, se sacó el móvil del bolsillo y lo extendió en mi dirección.

—Toma, llama —me animó, sin perder la calma—, así Paxton podrá explicarte por qué tengo derecho a quedarme y por qué no puedes echarme.

Apreté los labios y sentí cómo se me coloreaba el rostro.

¿Qué podía hacer? ¿Sacarlo a empujones?

Por suerte, el horno pitó, salvándome de responder. Giré sobre los talones y me agaché para sacar la bandeja. El dolor fue instantáneo.

—¡Au! —grité cuando me quemé la piel y solté la bandeja de metal.

Estaba tan agitada que había olvidado ponerme los guantes. Los ojos comenzaron a escocerme por la quemazón de la mano.

Algunas galletas se rompieron al aterrizar sobre la puerta abierta del horno y otras al estrellarse contra el suelo, junto a la bandeja.

Sin perder el tiempo, Jack se situó a mi lado.

—Déjame echarle un vistazo —me pidió con un tono más conciliador.

—No hace falta.

Alargó el brazo y no me dio tiempo a reaccionar. Cuando me cogió la mano derecha para examinarla, me quedé aturdida. Fuera hacía frío, pero Jack tenía la piel caliente. Hice amago de retirarla y él suspiró. Acto seguido, me empujó con cuidado hacia el fregadero.

—Hay que enfriar la quemadura —informó mirándome a los ojos.

Abrió el grifo y colocó mi mano debajo del chorro de agua fría. Solté un quejido bajo y me tragué como pude las lágrimas.

—Deja el agua correr unos minutos —me dijo al soltarme.

Asentí en silencio.

Por el rabillo del ojo le vi sacar los guantes del cajón para recoger la bandeja, y me sentí un poco tonta por no haberlos cogido yo. En silencio, Jack barrió los pedazos de galletas del suelo y dejó la bandeja con las tres que habían sobrevivido sobre la isla.

Cuando cerré el grifo, él se sacó un pañuelo de tela del bolsillo de la camisa y me secó la palma con cuidado. Eso me recordó a cuando tenía once años y me caí de la bicicleta cerca del río Truckee. La situación era parecida, aunque ahora lo sentía tan lejos que parecía que habitábamos planetas distintos.

Jack entró en la despensa sin decir nada.

Al quedarme sola respiré hondo un par de veces. Tenía que encontrar la manera de echarlo.

—Esta crema va muy bien para las quemaduras —comentó al salir, poco después.

Se acercó a mí con la intención de ponérmela, y yo retrocedí de su cercanía como si fuese una serpiente venenosa. No quería que volviese a tocarme. No quería desbloquear más recuerdos, pero parecía que ya era tarde para huir de mi memoria.

5

Mia

Dieciocho años antes

Era la mañana del veinticinco de diciembre, estaba ilusionada y nerviosa. Santa Claus estaba repartiendo los regalos a los niños en la recepción del Polaris. Yo estaba esperando mi turno con mamá, al lado del mostrador de recepción.

Desde hacía dos años sabía que papá era la persona que se disfrazaba de Santa. Lo descubrí cuando se me cayó el colmillo derecho en el colegio y una compañera me contó que el Hada de los Dientes y Santa Claus eran los padres. Saberlo no me quitó la ilusión de la Navidad. Además, papá seguía pidiéndome que escribiese la carta para Santa y me acompañaba a echarla en el buzón que ponían en la entrada del Polaris cada uno de diciembre.

El árbol estaba en medio de la sala. Era muy grande, tenía lazos rojos, bolas doradas y muchas luces. A nuestro lado, los niños correteaban felices con sus juguetes nuevos. Se oían gritos emocionados, risas y villancicos.

Cuando papá entregó el penúltimo regalo, se agachó para fingir que leía la etiqueta del único que quedaba envuelto bajo el árbol. Luego, alzó la voz y dijo:

—Este es para Mia Summers.

Caminé rápido en su dirección.

Tenía once años y había pedido una bicicleta para ir sola al colegio como mis compañeras. A diferencia de ellas, yo vivía lejos y no podía ir andando a clase. El regalo tenía forma de bici y estaba ansiosa por abrirlo.

Cuando me detuve delante de papá, él bajó la cabeza y me observó por encima de las gafas de pega.

Le sonreí al agacharme al lado del regalo. La bicicleta estaba envuelta en dos tipos de papel distintos. Uno era verde con lazos rojos y otro negro con bastones de caramelo. Nerviosa, lo rasgué. Mi nueva bici era rosa clara y tenía una cesta blanca delante para la mochila. Me imaginé llegando al colegio con ella y sonreí.

—¿Te gusta? —me preguntó papá en voz baja.

—¡Mucho! —le contesté, admirándola.

Cuando me incorporé, lo abracé.

—Gracias, papá —le susurré al oído, contenta—. Es la bici más bonita del mundo.

Papá me devolvió el abrazo cariñoso.

—Feliz Navidad, princesita —respondió en otro susurro antes de soltarme.

—A ver, Mia, ¿qué te ha traído Santa Claus? —Mamá se acercó con su cámara de vídeo nueva.

Me daba un poco de vergüenza seguir haciendo eso, pero a ellos les hacía ilusión. Y a mí me gustaba verlos sonreír.

—¡Una bici chulísima! —respondí con una sonrisa.

Papá me dio un apretón en el hombro antes de apartarse para marcharse.

—¡Jou, jou, jou! —exclamó poniendo su voz grave para llamar la atención de todos—. ¡Feliz Navidad! ¡Espero que paséis un bonito día rodeados de vuestros seres queridos! ¡Y recordad que tenéis que ser buenos! ¡Me voy, que tengo que seguir repartiendo regalos! —Se despidió con la mano mientras la gente le aplaudía.

Cuando desapareció por la puerta que daba a nuestra casa, mamá paró de grabar y bajó la cámara.

—¿Te gusta la bici? —me preguntó, sonriendo.

—Me encanta —asentí, antes de abrazarla.

Ella me estrujó entre sus brazos. Cuando nos separamos, me rasqué la mejilla. El tejido de su jersey navideño picaba un poco.

—Me alegro de que te guste, cariño. Yo también estoy muy contenta con mi regalo. —Alzó la cámara de vídeo en el aire para mostrármela.

Sonreí.

Papá y yo habíamos ido a comprársela hacía unas semanas. Guardar el secreto había sido muy difícil.

Agarré el manillar de la bicicleta y le quité el freno con el pie.

—¿Adónde vas? —me preguntó ella cuando eché a andar hacia la puerta.

—A estrenarla —le contesté por encima del hombro.

—¿Y el casco?

—Mamá, solo voy a dar una vuelta por aquí al lado. Además, ya sé montar, no necesito casco.

Ella se paró delante de mí y me puso la bufanda que me había tejido alrededor del cuello; era amarilla, gordita y suave.

—Tienes que abrigarte, que luego te pones mala —me dijo en tono maternal.

Después, me dio un beso ruidoso en la mejilla y me dejó irme.

Fuera hacía frío y sol. Bajé la bicicleta como pude por las escaleras del porche delantero. Cuando llegué al aparcamiento, me subí en ella. Al principio me tambaleé de un lado a otro. Mientras intentaba mantener el equilibrio, mi corazón daba saltos. Tras dar un par de vueltas pensé en bajar hasta el pueblo para practicar el camino al colegio. En lugar de pedalear por la carretera principal, seguí el caminito de tierra que atravesaba el bosque. Así mamá y papá no me regañarían por ir por el mismo sitio que los coches. Cogí un poco de velocidad en la bajada. Al llegar a la primera curva, aparté la vista del camino porque vi un ciervo precioso en un claro del bosque. No me di cuenta de que una persona había aparecido delante de mí hasta que la oí gritar. En un acto reflejo, giré hacia un lado para esquivarla y pillé un bache gigante. Agarré el manillar con fuerza, perdí el control y volqué.

Antes de que me diese tiempo a entender que me había caído, oí una voz familiar.

—¡Mia, ¿estás bien?! —preguntó Jack alarmado.

Parpadeé confundida y no contesté.

Me quitó la bici de encima, la tumbó en el suelo y se agachó a mi lado.

El corazón me latía a toda prisa por el susto. Alcé el brazo para enseñarle el dedo pulgar en un gesto que significaba: «Estoy bien», y un dolor agudo se me extendió desde el codo. Ahogué un quejido.

—¿Te has hecho daño? —quiso saber.

—No. Estoy bien —contesté apresurada—. Perdón, me he distraído y no te he visto.

—No pasa nada.

Jack Halliday era el hijo de los amigos de mis padres. Tenía tres años más que yo. Antes jugábamos juntos en el Polaris, pero desde que empezó el instituto, dos años atrás, parecía interesado en otras cosas.

Jack me tendió la mano y me ayudó a incorporarme. Me había roto el jersey a la altura del codo y tenía raspones en las palmas de las manos. Mamá me echaría la bronca.

—¡La bici! —exclamé preocupada—. ¡Acaban de regalármela!

—Tranquila, está bien. —Jack la recogió mientras yo me limpiaba la tierra de las manos en el pantalón—. Parece que solo se le ha salido la cadena. No tiene ni un arañazo.

Suspiré aliviada y él colocó la cadena en su sitio.

—Gracias por ayudarme —le dije.

—No se dan.

Me devolvió la bici.

—Sabes que hay una cosa que se llama freno, ¿verdad? —me preguntó medio en broma—. Es esto de aquí. —Puso la mano encima de la mía izquierda y lo apretó.

—Muy gracioso.

Jack sonrió y la quitó.

—¿Adónde vas? —me preguntó, sorprendido, cuando me vio subirme en ella de nuevo.

—Al colegio, ¿y tú?

—Deberías volver a casa. Te está sangrando el codo.

—Bah, no es para tanto —le dije agitando el brazo en el aire—. Esta vez no me he roto nada.

Jack no me rio la gracia.

—Tus padres se enfadarán conmigo si se enteran de que te he dejado irte —contestó—. Venga, vamos al Polaris a curarte.

—No puedo. Tengo que practicar —comenté al poner los pies en los pedales—. Ya sabes lo que decía Dory. Si te caes, te levantas y «sigues nadando, sigues nadando» —canturreé al ponerme en marcha.

—¡Dory es un pez y no lo decía al caerse de la bici! —exclamó a mi espalda.

—¡Nos vemos luego! —grité sin mirar atrás.

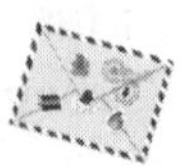

Esa misma tarde estaba tumbada en la cama leyendo, con mi sudadera nueva de corazones, cuando llamaron a la puerta.

—¡Pasa! —exclamé.

Pensaba que serían mamá o papá, pero el que abrió fue Jack. Cerré el libro y lo dejé sobre el colchón.

—Hola —me saludó desde el umbral—. ¿Puedo pasar?

—Eh..., sí.

—Te he traído una cosa.

Me levanté y me acerqué a él. Observé con curiosidad el objeto rosa que tenía en la palma de la mano.

—¿Es un timbre para la bici? —le pregunté.

—Sí. Así la próxima vez puedes tocarlo antes de atropellar a alguien.

Le reí la broma y él continuó:

—Cuando tenías seis años, Santa te trajo una bicicleta diminuta por Navidad, ¿te acuerdas?

Negué con la cabeza y él sonrió.

—Tenía una cesta blanca y ruedines a juego. Creo que era de la Barbie o algo así.

—¡Ay, es verdad! —dije al hacer memoria.

—Aquel día paseaste la bicicleta por el Polaris, enseñándosela a todos los huéspedes. Les tocabas el timbre y les decías: «¡Mira qué chula es mi bici, tiene timbre!».

—Lo recuerdo.

—Fuiste muy pesadita, y me he acordado por eso.

Le saqué la lengua.

Él extendió la mano en mi dirección y yo cogí el timbre de metal. Al observarlo de cerca, me di cuenta de que le faltaba pintura en algunas partes.

—¿Lo has pintado tú? —le pregunté.

—Sí, así va a juego con la bici.

—Muchas gracias. —Sonreí.

—No se dan. —Él se encogió de hombros—. Si quieres, te ayudo a ponerlo —se ofreció pasado un instante.

—¿Ahora?

Jack asintió.

—Vale. Genial.

Salimos de mi habitación y llevamos mi bici al jardín delantero. Jack lo colocó rapidísimo. Me subí y di un par de vueltas para probarlo.

—¡Mil gracias! —Toqué el timbre varias veces.

—No me las des más —me dijo cuando frené a su lado—. Es tu regalo de Navidad.

Sonreí ilusionada.

Era la primera vez que Jack me hacía un regalo.

—Espera un momento. —Me bajé y corrí dentro de casa.

Regresé unos minutos después con un puñado de galletas navideñas envueltas en papel de aluminio.

—Tu regalo —le dije al dárselas—. Las he hecho con mi madre.

Jack las desenvolvió y se comió una.

Unos minutos después, se despidió y solo me dijo:

—Feliz Navidad, Mia.

—Feliz Navidad, Jack.

Mientras lo veía marcharse sonreí contenta y pensé:

«Ojalá todos los días fuesen Navidad».

6

Jack

—No seas cabezota —le pedí a Mia.

Intenté convencerme de que no me escocía que se alejase instintivamente de mi contacto y que tampoco me afectaba tocarla. Hasta hacía unos minutos parecía enfadada y dispuesta a echarme a patadas de la cocina del Polaris. Ahora tenía los ojos entristecidos y se la veía alicaída.

Respiré hondo y el olor dulce de las galletas me hizo retroceder al pasado. A un tiempo en el que su risa resonaba por encima de los villancicos cuando me pringaba la cara de masa de jengibre y en el que siempre me daba a probar la primera galleta. A un momento de mi vida en el que habría hecho cualquier cosa por ella. Solo que, antes, Mia me miraba con amor en lugar de con desconfianza.

Dejándome llevar por mi instinto, le agarré la muñeca con suavidad y le giré la palma. Tenía parte del dedo índice y del pulgar enrojecidos. Su piel suave despertó un hormigueo cálido en la mía. Aquellas sensaciones llevaban mucho tiempo dormidas.

—La quemadura es superficial, no se te quedará marca —la informé en tono neutro.

Ella no contestó.

Le puse un poco de crema de aloe vera en las partes quemadas y chasqueó la lengua dolorida. Se la esparcí con movimientos lentos y con sumo cuidado mientras el peso de los recuerdos recaía sobre mí. Sus manos siempre me habían parecido bonitas, con unos dedos largos y delicados, y las uñas pintadas de rojo.

Al terminar, me aventuré a mirarla a la cara. Mia llevaba el pelo recogido en uno de esos moños deshechos que solía hacerse para estar en casa, tenía la vista clavada en nuestras manos unidas y la mejilla derecha y el jersey manchados de harina. Llevaba un calcetín de cada. A simple vista podía parecer que iba hecha un desastre, pero yo la encontraba preciosa.

Tuve que resistir el impulso de alzar el brazo y limpiarle la cara con las yemas de los dedos.

—¿Mejor? —le pregunté, refiriéndome a su mano.

—Sí... —contestó con un hilo de voz.

Pasados unos segundos, levantó la cabeza despacio. En cuanto nuestros ojos se encontraron, saltaron un par de chispas. Olía tan bien como recordaba, a una mezcla dulce de flores y vainilla. Estaba lo suficientemente cerca de ella como para ver las pecas que adornaban su nariz y sus mejillas. No las tenía muy marcadas y para apreciarlas debías tenerla muy cerca. Cuando salíamos juntos, solía entretenerme contándolas.

Sabía que, si había estado horneando galletas, era porque le ocurría algo y necesitaba despejar la mente. En su expresión se veía que estaba dolida, pero no sabía si era por la quemadura, por haber heredado el Polaris con Carol y conmigo, por mi mera presencia o por todo a la vez. En el pasado le habría preguntado directamente, pero hacía tiempo que había perdido ese derecho. Escaneé sus ojos en busca de la respuesta a mi pregunta. Antes nos entendíamos solo con mirarnos, como si tuviésemos telepatía, pero parecía que habíamos perdido esa capacidad.

Había cientos de cosas que quería preguntarle: ¿cómo había estado todos estos años? ¿Era feliz en Nueva York? ¿Alguna vez se acordaba de Sunnyside? ¿Qué sentía ahora que había vuelto a casa? ¿Cómo llevaba el duelo tras la muerte repentina de su padre? Y, mal que me pesase, también quería saber si alguna vez pensaba en mí.

Tragué saliva mientras reunía el valor para abrir la boca. Cuando estaba a punto de hacerlo, ella rompió el contacto visual de manera abrupta y bajó la mirada hacia nuestras manos. Ahí fue cuando me percaté de que mis dedos habían ido por libre y le acariciaban el dorso de la mano.

—Perdón —me disculpé.

Tan pronto como la solté, ella dejó caer el brazo a un costado. Dio un paso atrás y la incomodidad se alzó entre nosotros como un muro invisible. Busqué algo que decir para rellenar el hueco que había dejado el silencio. Solo se me ocurrieron comentarios triviales sobre el clima, así que me los ahorré.

Entonces recordé que estaba ahí para convencerla de que no vendiese el negocio de su familia y no para charlar sobre nuestras vidas.

—El hombre que quiere adquirir el Polaris compró hace dos años la casa rural de Dollar Point —le informé—, la que estaba cerca de la avenida del lago, ¿te acuerdas?

—Sí —me contestó con un asentimiento.

Claro que se acordaba. Habíamos pasado por delante mil veces al escapar de Sunnyside en busca de intimidad en las localidades vecinas.

—La tiró abajo y construyó un resort con spa y casino —proseguí—. Convirtió la casa rural en una atracción para turistas con unos precios desorbitados que solo podían permitirse los ricos.

Resoplé y negué con la cabeza. Me indignaba solo con pensarlo.

—¿Por qué me cuentas esto? —me preguntó extrañada.

—Porque seguramente planea hacer lo mismo aquí.

—No entiendo dónde está el problema.

—El problema está en que hay vecinos de Sunnyside que dependen de la reapertura del Polaris.

—Mejor me lo pones. Si construye un resort, le dará empleo a más gente del pueblo.

Sentí una llamarada de calor subirme por el pecho. Ese hombre la tenía completamente engañada.

—¿Eso crees? —le pregunté escéptico.

—Sí.

—Estás muy equivocada. En Dollar Point despidió a toda la plantilla y trajo personal de sus otros hoteles. Tu padre siguió pagando a los empleados después del incendio. ¿Y sabes cómo lo hizo?

Abrió la boca, pero no le di tiempo a contestar.

—Con su propio dinero.

—No lo sabía —comentó sorprendida.

Tenía claro que Douglas le habría asegurado que no había nada de lo que preocuparse. Eso era lo que le había dicho a todo el mundo. Nadie sabía que el dinero de las nóminas había salido de su bolsillo.

—Mira, no sé dónde quieres ir a parar con todo esto —dijo Mia—, pero no puedo hipotecar mi tiempo y mis ahorros en la reforma. Le he dado muchas vueltas y creo que esto es lo mejor.

—¿Lo mejor para quién?

—Lo mejor para todos —sentenció—. Si Jim tira esto abajo —señaló la cocina con la mano—, y construye un resort enorme como el Northstar, vendrán más turistas al pueblo. Eso significa más clientes en las tiendas y más comensales en los restaurantes. Tú te desentenderías de la reforma, y yo volvería a Manhattan y continuaría con mi vida. Es una situación en la que ganamos todos.

—Por el amor de Dios... No sabes lo que estás diciendo. —Negué con la cabeza—. Eso suena muy bonito al principio. La gente de Dollar Point pensaba lo mismo, ¿y sabes qué sucedió?

Ella me aguantó la mirada y no respondió.

—Que se llenó de turistas sin escrúpulos que lo único que querían era comprarse una casa con vistas al lago Tahoe —continué—. Los precios subieron tanto por su culpa que la gente del pueblo tuvo que marcharse. Los negocios familiares han desaparecido. ¿Recuerdas la cafetería de Rosie, esa a la que íbamos a por un batido cuando salíamos del cine? Ha cerrado y ahora es un sitio de *brunch* en el que te cobran veinte dólares por una tostada con aguacate y tres tomates cherry mal puestos.

—¿Y qué quieres que haga? —me preguntó, perdiendo la paciencia—. Jim es el único que me ha hecho una oferta. Nadie más quiere hacerse cargo de esto. Además, no tengo trescientos mil dólares para asumir lo que me corresponde de la deuda...

Entendía su razonamiento. La deuda era altísima y aún quedaba trabajo por delante. El camino fácil era desprenderse del

Polaris, pero yo no podía hacer eso. Primero, porque le prometí a su padre que el *bed and breakfast* reabriría sus puertas en Navidad y pensaba cumplir mi palabra. Y segundo, porque jamás le daría la espalda al pueblo así. Todos confiaban en mí para la reapertura y no podía defraudarlos.

«Si al menos fuese a vendérselo a una persona decente...».

Un momento...

—¿Y si Jim no fuese el único interesado en comprar tu parte del Polaris? —le pregunté de sopetón.

Ella adivinó mis intenciones.

—¿Tan bien paga el departamento de bomberos? —cuestionó escéptica.

—No he dicho que vaya a comprártelo yo.

No tenía ni idea de la oferta que le había hecho Jim. Yo no tenía tanto dinero ni por asomo, pero confiaba en que Lisa, la directora del banco de Sunnyside, me concediese un préstamo. Era amiga de la familia de toda la vida y, en cuanto le contase para qué lo necesitaba, haría todo lo posible por ayudarme.

Si le decía a Mia de buenas a primeras que yo quería comprar su parte, se negaría en redondo. Como estaba convencido de que lograría mi propósito, le pregunté:

—¿Qué oferta te ha hecho Jim?

—Da igual su oferta —me dijo—. Yo solo quiero quitarme la deuda de encima y volver a Nueva York.

—Si yo te consiguiese otro comprador, alguien que fuese a respetar los valores del pueblo y que te hiciese una oferta por el valor de tu deuda, ¿se lo venderías a esa otra persona?

Ella miró por la ventana y se quedó pensativa.

Tenía la sensación de que podía derretir la capa de hielo que convertía su mirada tierna en una desconfiada y desdeñosa. Por eso añadí:

—Con esta opción sí que saldríamos todos ganando. El Polaris se quedaría en manos del pueblo. Se reabriría para Navidad, nadie perdería su trabajo y tú podrías regresar a Nueva York.

Volvió a mirarme.

—No sé... —dijo poco convencida.

«Al menos no es un no».

—Vamos, Mia, déjame intentarlo, por favor. —Traté de sonar persuasivo—. Tu padre querría que el Polaris siguiese funcionando...

Ella sopesó mis palabras y dijo:

—Si consigues un comprador antes de mi reunión del miércoles, mi parte del Polaris será para esa persona.

Suspiré aliviado y sentí que me quitaba un peso enorme de encima.

—Pero, si no lo consigues, se lo venderé a Jim —puntualizó.

—Gracias —comenté más animado.

Ella se encogió de hombros, como si todo le diese igual.

—Te diré algo lo antes posible. Hasta entonces, continuaré con la reforma —le dije con determinación.

—Perfecto.

Cogí una galleta de la encimera y la mordí, sin dejar de mirarla. Paladeé el sabor dulce y sonreí.

—Está mejor de lo que recordaba —le dije.

Ella me observó en silencio. Durante una fracción de segundo, sus defensas se cayeron y la vi.

La chica compasiva que conocía seguía ahí, sepultada bajo capas de falsa indiferencia y frialdad. Sus valores permanecían intactos. Estaba seguro. De lo contrario, no me dejaría intentarlo y vendería el Polaris directamente.

Recogí el maletín de herramientas de la isla y le dije:

—Si necesitas algo, estaré instalando los grifos de los baños en la planta superior.

Sin decir nada más, le di otro mordisco a la galleta y me encaminé hacia la salida convencido de que tenía que darle una segunda oportunidad al Polaris. Esa que Mia y yo jamás tendríamos.

7

Mia

En cuanto Jack abandonó la cocina, sentí que el aire regresaba a mis pulmones. Cogí una de las galletas que no se habían caído al suelo y le di un mordisco con la vista clavada en el hueco de la puerta.

Seguía algo desorientada. Cuando me había tocado, había notado algo familiar colarse bajo mi piel. Y ahora que se había ido, tenía la sensación de que la mano seguía cosquilleándome de manera leve. Eso era la prueba de que tenía que mantener una distancia prudencial. No podía dejar que los recuerdos revolviesen mi mente porque, a la larga, el que lo pagaría caro sería mi corazón.

Lo mejor habría sido negarle la oportunidad de buscar otro comprador y limitarme a esperar la llegada de Jim Blackheart. Pero su tono cautivador y la historia que me había contado de Dollar Point consiguieron ablandarme lo suficiente como para claudicar.

Envolví la galleta que había sobrevivido en una servilleta y salí de la cocina. Me encerré en la habitación de huéspedes y me senté en la cama. Volvía a diluviar y el paisaje verde se emborronaba tras el rastro que dejaban las gotas sobre el cristal de la ventana. Saqué el portátil de la bolsa y abrí el programa de escritura con la esperanza de quitarme a Jack de la cabeza de inmediato.

Escribir era mi trabajo y mi pasión, pero también era algo terapéutico y una vía de escape con la que expresarme. Al meterme en la mente de mis protagonistas, conseguía evadirme de mis problemas y me sentía menos sola.

Intenté trabajar durante unas horas, pero el día había sido muy intenso y estaba descentrada. Hice todo lo que pude para inspirarme: escuché música, abrí la ventana para oír el sonido de la lluvia, me puse el ruido de una hoguera y navegué un rato por Pinterest en busca de fotos de Chris Hemsworth.

Al final, no me quedó más remedio que asumir que no era el mejor día para escribir.

Con un suspiro eterno y frustrado, cerré el portátil y me acosté sin cenar.

Busqué descanso bajo las sábanas de franela desgastadas, que tenían un olor familiar, pero tenía la mente más despierta que nunca. Rodé sobre el colchón y, sin pretenderlo, mi mente vagó hacia Jack otra vez. Le di vueltas a todo lo que había dicho, a sus gestos y, lo peor: repasé todas las miradas que me había dedicado, hasta que mi cuerpo se rindió al sueño.

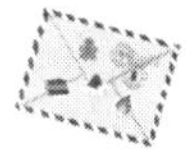

A la mañana siguiente me desperté sobresaltada por un ruido fuerte y desagradable. Despegué los párpados con dificultad y me llevó unos segundos comprender que estaba en el Polaris. La ventana no tenía cortinas y la luz blanquecina del exterior auguraba otro día de lluvia.

Alargué el brazo y cogí el móvil de la mesita de noche. Eran las ocho y media de la mañana. La última vez que había consultado la hora eran las cuatro. Cansada, solté el teléfono y cerré los ojos.

Intenté volver a conciliar el sueño, pero varios golpes secos rasgaron el silencio.

¿Qué estaba ocurriendo? Parecía que alguien intentaba tirar la casa abajo. Al entender que el ruido que me estaba dando dolor de cabeza era un martillo, abrí los ojos de sopetón.

—¡Jack! —exclamé con voz pastosa.

La única respuesta que obtuve fueron otro par de martillazos.

El cabreo me subió como la espuma.

Planté los pies en el suelo de madera y atravesé la habitación a zancadas. Una cosa era permitirle continuar con la reforma y otra muy distinta que me despertase un sábado con semejante escandalera.

«Se va a enterar».

Al salir al pasillo, seguí el ruido molesto y subí el primer tramo de las escaleras. Lo encontré en el rellano, de espaldas a mí, afianzando con ganas un listón de madera contra la pared. Confirmar que estaba haciendo obras desde tan temprano terminó de amargarme el humor.

—¿Se puede saber qué estás haciendo? —Alcé la voz mientras subía los escalones que nos separaban hecha una furia.

Él se sobresaltó y se volvió para mirarme. Aquel día llevaba una camisa verde de cuadros, unos pantalones de trabajo color avellana y un cinturón marrón con múltiples bolsillos, de los que sobresalían el mango de un destornillador, el de unos alicates y una cinta métrica, entre otras herramientas. Mal que me pesara, era muy atractivo.

Me observó desconcertado un instante. Acto seguido, sus ojos color miel bajaron por mi cuerpo. El martillo se le escurrió entre los dedos.

—¡Au! —exclamó dolorido cuando aterrizó en su pie—. ¡Dios, joder!

Jack se apoyó en la pared, cerró los ojos y apretó los labios para no soltar otra palabrota.

—¿Estás bien? —Di un paso en su dirección.

En lugar de contestar de viva voz, emitió un sonido afirmativo sin despegar los labios.

Con la expresión todavía dolorida, despegó la espalda de la pared y se sacó la camisa de los pantalones. Luego comenzó a desabrocharse los botones sin mirarme.

—¿Qué estás haciendo? —le pregunté, notando como algo se agitaba en mi interior.

Jack me ignoró.

Cuando llegó al tercer botón, se sacó la prenda por la cabeza en un gesto impaciente, y se quedó en una camiseta interior blanca que se ceñía a su torso y a sus bíceps musculados.

«Madre mía. Está buenísimo. ¡Qué alguien llame a la ambulancia!».

—Póntela, ¿quieres? —Fue todo lo que me dijo al estirar el brazo en mi dirección.

Sus ojos seguían clavados en el hueco de la escalera que había a su derecha.

—¿Qué dices? —Retrocedí un paso a tientas y lo miré como si hubiese perdido la cabeza—. No voy a ponerme tu camisa —comenté con la incredulidad adornando mi tono.

Eso era algo que hacía antes, cuando estábamos juntos. ¿Se le había olvidado que éramos expareja?

—Mia —Jack pronunció mi nombre entre dientes—, tápate, por el amor de Dios —me pidió en un susurro torturado—. Que vas a pillar una pulmonía...

Bajé la vista, extrañada, y me encontré con el par de calcetines desparejados y mullidos que me había puesto la tarde anterior. Eran largos y me llegaban hasta la rodilla, tenía el rojo arrugado alrededor del tobillo y el verde subido hasta la mitad de la pantorrilla.

Una oleada de calor me subió por el cuello al comprender por qué me ofrecía su camisa con insistencia.

¡¡ESTABA EN BRAGAS!!

Antes de acostarme no me había molestado en ponerme el pijama. Lo único que hice fue quitarme los vaqueros a patadas y tirarlos al suelo. Había dormido con la camiseta blanca, que era entallada y me llegaba hasta las caderas. Con las prisas de gritarle cuatro cosas, había salido de la habitación sin pantalones.

Notaba las mejillas encendidas.

Enseguida me dije que no era para tanto. Me había quedado un millón de veces en ropa interior delante de él. Al menos, llevaba unas bragas negras y sencillas, y no unas semitransparentes y de encaje, que habrían hecho la situación más embarazosa.

Jack seguía sosteniendo la camisa en alto, con los ojos clavados en la pared. Parecía algo tenso. Le conocía lo suficiente como para saber que había apartado la mirada por educación y que no volvería a mirarme hasta que me pusiese la maldita camisa.

Sin pensarlo, me adelanté y le arranqué la prenda de la mano. Me la metí por la cabeza de un tirón; me quedaba holgada y me llegaba por debajo del culo. Lo primero que detecté fue el olor amaderado y masculino que despedía. Jack siempre olía a una mezcla de bergamota y sándalo. Aquello significaba que no había cambiado de loción de afeitar. Al reconocer ese detalle, me embargó una sensación agradable.

Jack se aventuró a mirarme. El alivio recorrió su rostro cuando vio que me había tapado, tal y como me había pedido. Se rascó la mandíbula en un gesto que me resultó dolorosamente familiar. Pasamos unos segundos en silencio, observándonos con fijeza. La chispa de añoranza que me pareció entrever en su mirada despertó algo en mi interior. Quería decir algo, pero tenía que gestionar antes mis emociones para no soltar lo primero que se me pasase por la mente. Sus ojos color miel abandonaron los míos y bajaron despacio por mi cuerpo hasta llegar a mis piernas desnudas. La piel comenzó a quemarme. El estómago se me contrajo y el pulso se me aceleró cuando alzó la vista de nuevo hasta mi cara. Me observaba con tanta intensidad que olvidé que había subido a montarle un pollo. En aquel momento lo único que quería era acercarme un poco más a él y comprobar si su torso era tan duro como parecía. Su nuez se movió cuando tragó saliva. Un calor comenzó a despertarse entre mis piernas.

No entendía por qué mi cuerpo me estaba traicionando así.

«Es bombero y está tremendo. —Mi voz interior sonaba divertida—. ¿Qué te esperabas?».

Aquello era lo opuesto a mantenerme alejada de él y, de alguna manera, no lo sentía incorrecto.

«¿En serio no lo sientes incorrecto? —Otra parte de mí estaba indignada—. ¡Genial! ¿Qué va a ser lo siguiente? ¿Fantasear con besar al hombre que te dejó tirada?».

De pronto, el calor de mi estómago entró en ebullición, transformando la calidez en rabia, que me subió por la garganta.

—Pero ¿tú de qué vas? —le pregunté agitada mientras me recogía las mangas hasta los codos.

Jack arrugó las cejas.

—¿Por qué me hablas así? —pronunció en tono duro.

—¡Porque no puedes ponerte a tirar la pared abajo como un neandertal!

—¡Ya sabías que continuaría con la reforma!

La poca paciencia que me quedaba se evaporó.

—¡Son las ocho de la mañana de un sábado y me has despertado! —Señalé el suelo con la mano.

Jack me devolvió la mirada sorprendido.

—Dios, lo siento —se disculpó—. Creía que estabas durmiendo en tu casa.

—¡Pues ya ves que no! —repuse, haciendo aspavientos con las manos.

—¿Por qué has dormido aquí?

—Porque soy la dueña y duermo donde quiero —contesté de mala gana.

Su expresión se ensombreció un segundo. Luego, cerró los ojos y suspiró de manera profunda para recuperar la compostura. Él no quería enzarzarse en una discusión, pero yo estaba en todo mi derecho de cabrearme. Cuando separó los párpados, me dedicó una mirada penetrante que, de alguna manera, consiguió tranquilizarme lo suficiente como para rebajar mi enfado. La falta de sueño y el cansancio debían ser la explicación a aquellas sensaciones involuntarias de mi cuerpo. Quería seguir discutiendo, y también quería pedirle que se quitase la camiseta.

—Si quieres seguir durmiendo, puedo ponerme con otra cosa —comentó, suavizando el tono.

—Haz lo que quieras. Ya da igual.

Luego, giré sobre los talones y me dispuse a bajar las escaleras con dignidad. Al pisar el tercer escalón, la madera se hundió un poco bajo mi pie. Perdí el equilibrio y tuve que aferrarme a la barandilla para no caerme rodando escaleras abajo. Bajé la vista. La madera parecía estar algo podrida por la humedad.

No me di la vuelta para comprobar si Jack me estaba mirando. En lugar de eso, levanté la cabeza, tal y como haría Blair Waldorf, y salí de ahí con dignidad.

—¡Deberías arreglar este escalón! —agregué molesta, antes de perderme por el pasillo.

Entré en la habitación como un vendaval. Cerré la puerta con un poco más de fuerza de la necesaria y caminé hasta el baño, pisando tan fuerte como un elefante.

Apoyé las manos en la encimera y suspiré. ¿Desde cuándo me perseguían las situaciones surrealistas como a las protagonistas de mis novelas?

Durante un instante, evalué el reflejo que me devolvía el espejo. Me había quedado dormida con el moño y lo tenía prácticamente deshecho. Tenía los párpados y los labios hinchados, y cara de no haber descansado nada. Me recliné sobre el lavabo y me lavé el rostro.

Me quité la camisa a toda prisa y la arrojé sobre la encimera. La observé con el corazón acelerado, como si se tratase de un escorpión y no de una prenda de ropa inofensiva.

«¿Qué está pasando, Mia? ¿Ahora te asusta una camisa?».

Negué con la cabeza y volví a observar mi reflejo.

«Eres una mujer fuerte y centrada, que siempre consigue todo lo que se propone. Estás aquí para vender el Polaris, no para bailar con el fantasma del hombre que quisiste una vez. De aquí al miércoles solo tienes dos objetivos: avanzar la novela y no meterte en situaciones ridículas con Jack. No vas a olvidar tus propósitos por un bombero atractivo. Jack está bueno, vale, pero ¿es acaso Chris Hemsworth o Glen Powell? No, ¿verdad? Pues entonces, ¿qué haces perdiendo tu tiempo?».

Asentí para mí misma.

Acto seguido, me desnudé y me metí en la ducha. Necesitaba eliminar cualquier rastro de su olor que se me hubiese podido quedar adherido. Me froté la piel a conciencia, intentando deshacerme también de la agitación que sentía, y permanecí bajo el agua hasta que volví a ser la dueña de mis emociones.

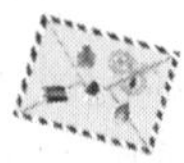

Un poco más tarde, abandoné la habitación con la chaqueta de flecos puesta y mis adoradas Converse rosas. Había decidido desayunar fuera para poner algo de distancia con Jack.

Cogí aire y subí el primer tramo de escaleras. Jack seguía donde le había dejado hacía media hora, dando martillazos a la parte alta de otro listón. La posición y la camiseta ajustada remarcaban los músculos de su espalda.

«¡Mia, por ahí no!».

Resoplé fastidiada y me reprendí mentalmente. Si quería mantenerme alejada de él, había varias cosas que no podía hacer, como: quedarme en bragas en su presencia, ponerme su ropa o fijarme en su espalda ancha.

—Tu camisa —le dije, dejando la prenda sobre el tope de la barandilla.

Los martillazos cesaron en ese momento. Retrocedí sobre mis pasos. Juraría que sentí sus ojos clavados en la nuca hasta que llegué abajo y desaparecí de su ángulo de visión.

Según puse un pie en el porche no me quedó más remedio que abrocharme la chaqueta. La prenda era fina y no abrigaba lo suficiente como para enfrentar aquel frío. Como yo, los árboles que rodeaban la propiedad también temblaban por el viento. Caminé apresurada hasta el coche mientras me abrazaba las costillas. Al menos, todavía no estaba lloviendo.

Una vez que me monté, encendí la calefacción y la radio.

Conduje hasta la cafetería que estaba cerca del muelle, en la zona turística y menos transitada por los locales.

A través de los ventanales, vi desde fuera que el ambiente festivo reinaba en el establecimiento. De la puerta colgaba una corona hecha con vasos rojos desechables. En cuanto entré, me invadió el olor a café, canela y azúcar. Una guirnalda preciosa de ramas de abeto y bayas rojas embellecía el mostrador. Todas las mesas tenían un centro con una vela roja, y en un rincón había un árbol de Navidad pequeño y decorado con lazos dorados. El hilo musical estaba muy bajito y reproducía música navideña a piano. Eché un vistazo alrededor y, al no reconocer ninguna cara, me relajé. Después de consultar la pizarra que exhibía las distintas bebidas navideñas, pedí un café de caramelo y una galleta de jengibre.

Me senté en la mesa que estaba en la esquina, al lado del árbol, dispuesta a disfrutar de unos minutos de soledad. Sumergí los pies del muñeco de galleta en la taza y me los comí.

—¿Mia? —preguntó una voz femenina—. ¿Eres tú?

Me detuve con la galleta a centímetros de la boca. Ese tono cantarín solo podía ser de Holly. Con el corazón en un puño, levanté la cabeza y me topé con la sonrisa risueña de la que solía ser mi mejor amiga.

Holly se acercó a mí con los ojos marrones chispeando de alegría y con su eterna sonrisa. Se había dejado crecer la melena y ahora las ondas castañas le caían en cascada hasta el pecho. Llevaba el cárdigan abierto y su tripa adorable de embarazada asomaba bajo un peto vaquero.

Estaba a punto de decírselo cuando el cuerpo de la galleta se desprendió y me quedé con la cabeza entre los dedos. Aterrizó dentro de la taza y el café salió disparado en todas las direcciones, poniendo la mesa perdida.

—Veo que sigues dejando la cabeza para el final —comentó divertida al pasarme una servilleta.

—Sí. —Contuve la risa—. Gracias —dije al aceptar la servilleta.

Limpié la superficie, apresurada, y me levanté para saludarla.

Holly separó los brazos para acogerme en un abrazo cálido. Nos estrujamos la una a la otra con cariño. Enseguida me embargó la añoranza.

—¡Madre mía, cuánto tiempo! —la oí decir.

—Casi cinco años, ¿verdad? —No sé por qué lo pregunté si sabía la respuesta.

Cuando me fui, Holly y yo intentamos mantener el contacto. Ella era de las pocas personas que no sabían nada del idilio de mi padre con Carol, se enteró cuando se lo conté yo y se quedó igual de sorprendida. Al principio hicimos un esfuerzo por seguir presentes la una en la vida de la otra, pero llegó un punto en el que fue imposible. Al final, lo único que hacíamos era escribirnos una vez al año para felicitarnos la Navidad, más por compromiso que por otra cosa.

—Estás guapísima. —Me agarró las manos y me miró emocionada.

—Tú más —contesté, dejándome contagiar por su entusiasmo—. ¡Enhorabuena por el embarazo!

Ella me soltó y se acarició la tripa con suavidad.

—Muchas gracias. —Sonrió de manera maternal—. Esta vez tengo el pálpito de que será una niña. Paxton está encantado con la idea de tener una mini-Holly para malcriarla.

Sonreí enternecida.

Paxton y Holly llevaban juntos una eternidad. Empezaron a salir poco después que Jack y yo. Hubo un tiempo en el que los cuatro éramos inseparables.

—¿Quieres sentarte conmigo? —Señalé la silla libre con la mano.

—Claro.

Tomamos asiento la una frente a la otra.

—¿Cómo está Robin? —le pregunté por su hijo.

—Muy bien, creciendo rapidísimo. El otro día nos hicimos las fotos navideñas, mira.

Holly sacó el móvil del bolso y me enseñó una foto en la que salían ella, Paxton y Robin. Le habían puesto al niño un trajecito de Santa Claus y estaba adorable. Era clavado a su padre en todo salvo en el pelo, que lo tenía del mismo castaño que Holly.

—Es monísimo —confirmé—. ¿Cuántos años tiene ya?

—Cuatro.

La miré con cariño y ella volvió a guardarse el teléfono.

En ese instante apareció el camarero con una manzanilla para ella.

—¿Qué tal van tus novelas? —me preguntó interesada.

—Muy bien. La verdad es que todavía no me creo que haya podido dejar el trabajo de la revista para dedicarme cien por cien a escribir.

—¿Por qué no? Si son buenísimas... —Holly jugueteó con la cuerda de su infusión—. Mi favorita es la tercera.

—¿Te las has leído?

—Sí, claro —contestó de manera evidente—. Estoy enamoradísima de Ben. Me encanta la escena del megáfono en el Empire State, es muy de comedia romántica.

Se me escapó la risa.

—A mí también me gusta —coincidí—. Creo que es la preferida de la mayoría de las lectoras.

—No me extraña... —Holly sonrió—. Me alegro mucho de que estés triunfando. Te lo mereces.

Le devolví la sonrisa agradecida y le di un sorbo al café.

—¿Tú cómo estás? —le pregunté al cabo de un instante.

—Muy contenta también. Estoy dando clases de música en el colegio.

—Anda, ¿y qué tal es trabajar con niños?

—Es una locura genial. La verdad es que es muy bonito verlos crecer y aprender. —Sonrió—. Y ahora estoy deseando que lleguen las vacaciones de Navidad. Robin se entera cada vez de más cosas y nos lo pasamos pipa.

En esa ocasión fui yo la que sonrió.

—¿Tienes a alguien especial esperándote en Nueva York? —me preguntó Holly de pronto.

—No —confesé—. He estado con algún que otro chico, he quedado con otros tantos, pero nada trascendental. Siempre que la cosa se ha puesto un poco seria se ha terminado estropeando.

No iba a confesarle que, secretamente, comparaba a todos los hombres con Jack.

Holly le dio un sorbo a su taza.

—Ya has visto a Jack, ¿no? —dijo al cabo de unos segundos.

—Sí.

—Y... ¿qué tal el reencuentro?

—Bien. Hola, adiós y poco más... ¿Qué tal las cosas con Paxton? —Desvié la atención hacia ella.

—Superbién. Sigo sintiendo que estoy dentro de una peli Disney. Le veo con Robin y me muero de amor, te lo prometo.

—La verdad es que formáis una familia preciosa.

—Gracias.

Su expresión alegre cambió a una compasiva que puso mis instintos en alerta.

—Oye, Mia, quería decirte que siento mucho lo de tu padre —me dijo—. Nos pilló fuera del pueblo, si no habríamos ido al funeral.

Se me cerró la garganta y se me formó un nudo en el estómago. De pronto, necesitaba salir de esa conversación.

—No te preocupes —le contesté apresurada.

—Le echamos mucho en falta por aquí... —agregó entristecida—. No me imagino cómo debes estar pasándolo tú.

Sentí que alguien me dejaba un yunque muy pesado encima del pecho.

—Si necesitas cualquier cosa, no dudes en llamarnos.

—Gracias —respondí, incómoda—. Bueno, yo me voy ya, que tengo que escribir —me excusé con agilidad—. Voy retrasada con el manuscrito y tengo que entregarlo en unas semanas.

—Ah..., vale. —Se quedó un poco cortada al verme levantarme—. ¿Hasta cuándo te quedas?

—Hasta el miércoles.

—Oh, vaya, te perderás la apertura de Winterdale.

—Sí... —Asentí.

Winterdale era el festival navideño de Sunnyside. Se inauguraba el primer fin de semana de diciembre con el encendido del árbol de la plaza del ayuntamiento. Atraía turistas y gente de los pueblos vecinos gracias a la variedad de entretenimiento y a la multitud de puestos de artesanía y comida que se exponían en la calle principal. Allí se podían comprar decoraciones navideñas hechas a mano, disfrutar de uno de los famosos chocolates calientes en el puesto de Beth o bailar en la plaza al ritmo de los conciertos de la banda del pueblo.

—Si tienes un hueco, Paxton y yo estaríamos encantados de que vinieras a casa antes de irte. Él también tiene muchas ganas de verte, y así podrías conocer a Robin.

Habíamos desviado la conversación, pero yo seguía notando la opresión en el pecho.

—Claro, te aviso con lo que sea.

—Perfecto. —Holly me regaló otra sonrisa encantadora—. Te dejo irte a escribir, entonces. Si necesitas distraerte, dar un paseo o lo que sea, llámame.

Nos despedimos y salí de la cafetería a toda velocidad. Una vez dentro de la seguridad del coche, respiré hondo un par de veces. Me sentí fatal por haber cortado la conversación así. Le guardaba mucho cariño a Holly y me reconfortaba saber que todo le iba bien, pero no estaba preparada para hablar de mi padre cuando ni siquiera me había atrevido a visitar su tumba tras el funeral.

Aquella tarde, mientras intentaba escribir, en la soledad de la habitación de huéspedes, con la única compañía del viento que ululaba de manera fantasmal, no pude evitar preguntarme si mi vida se parecería a la de Holly de haberme quedado en el pueblo.

La imagen de Jack y yo casándonos en una carpa, en el jardín trasero del Polaris, se dibujó a la perfección en mi cabeza. Sentí una punzada amarga en el pecho. Aunque nunca habíamos llegado a comprometernos de manera oficial, habíamos hablado sobre nuestra boda un millón de veces.

¿Cómo se podía sentir nostalgia de algo que no se había vivido?

En cuanto detecté mi cambio de humor, me regañé a mí misma.

No tenía sentido darle cuerda a ese tipo de pensamientos. Hacía tiempo que me había acostumbrado a la vida sin él, y dejar a mi mente vagar por los recuerdos solo me aportaría sufrimiento. Jack era sinónimo de Sunnyside. Su vida estaba aquí, en el pueblo que nos había visto crecer, enamorarnos y separarnos. Él pertenecía a este lugar. Del mismo modo que yo pertenecía a la Gran Manzana. Allí tenía todas mis necesidades cubiertas, sentía que la vida avanzaba y que una nueva aventura me esperaba detrás de cada esquina. Vivía en la ciudad de los sueños, de las posibilidades infinitas y de las comedias románticas.

Sunnyside y sus habitantes parecían estar congelados en el tiempo por un hechizo. La gente llevaba la misma vida, todo seguía en su sitio y la tranquilidad reinaba en el lugar. Todo estaba igual que cuando me fui.

Todo… menos yo.

Yo había cambiado.

Ya no era una chica de veintitrés que iba en bicicleta a cualquier sitio. Había salido de mi zona de confort y me había convertido en una mujer de veintiocho años que había madurado en un nuevo hogar. Me había acostumbrado a dormir con el ruido de las sirenas y del ajetreo del tráfico. Disfrutaba yendo cada fin de semana a un restaurante distinto con Chelsea, y no me importaba hacer cola para comerme «la mejor gyoza de la ciudad». Me gustaba ir a eventos literarios y relacionarme con otros escritores. Incluso encontraba cierto encanto a eso de correr de un lado a otro, arrastrada por la marea de gente que te miraba mal si caminabas despacio.

En cierta manera, regresar a Sunnyside era como volver a una vida en pausa que ya no era para mí. La realidad era que, si no me hubiese ido, no me habría atrevido a perseguir mi sueño y nunca me habría sentido realizada. Y eso sí que jamás me lo habría perdonado.

8

Jack

Cuando salí del Polaris, estaba a punto de anochecer y seguía lloviendo.

No había vuelto a ver a Mia en todo el día, pero no conseguí sacármela de la cabeza. Sabía que se encontraba en el Polaris porque su Toyota de alquiler estaba en el aparcamiento. Bajé apresurado las escaleras del porche y me dirigí hacia mi camioneta. La brisa gélida me heló las manos y la cara enseguida.

Tras nuestro encuentro en las escaleras, había trabajado de manera mecánica y desconcentrado. El día anterior, al mirarla, había sentido un par de chispas intentar avivar algo en mi interior. Hacía unas horas, al verla en bragas, las chispas resurgieron y dieron paso a una llama. Por suerte, reaccioné rápido, aparté la vista y pude controlar el fuego a tiempo. Después, me quedé pasmado al verla con mi camisa. La prenda apenas le cubría el culo y estaba espectacular con ella puesta.

Una parte de mí quería volver a acercarse a ella. Había echado de menos sentir el calor en el pecho. La parte racional, que era a la que debía hacerle caso, sabía que eso era una idea pésima. Si no me andaba con ojo, esa sensación cálida podría prender a toda velocidad y, una vez que el incendio arrasase con todo, mi pecho tendría que volver a ser declarado «zona catastrófica», porque lo único que me quedaría dentro sería un puñado de cenizas.

En cierto modo, que no soportase verme casi era una ventaja y me facilitaba las cosas.

Los ojos azules que antes destilaban cariño ahora me observaban con la frialdad de un iceberg. Aquello era... ¿resentimiento por nuestra ruptura? ¿Dolor sin gestionar por el fallecimiento de su padre? ¿O quizá era que en Nueva York no era tan feliz como yo creía?

Y yo... ¿por qué sentía la necesidad de indagar bajo esa capa de hielo que palidecía su mirada?

Exhalé y una nube de vaho se dibujó delante de mi rostro.

Lo mejor era que me dejase de tonterías. Tenía cosas más importantes de las que ocuparme, como conseguir trescientos mil dólares.

Las bisagras de mi Chevy chirriaron cuando abrí la puerta. Era bastante vieja. En algunas partes la pintura roja estaba oxidada por el exceso de humedad, pero no tenía intención de llevarla al desguace del condado pronto. Le tenía bastante cariño porque había pertenecido a mi abuelo, y después a mi padre. Aprendí a conducir en ella cuando tenía dieciséis años. La camioneta tenía historia y millas para un rato más.

Al sentarme tras el volante, fui consciente de lo cansado que estaba.

Me había pasado el día trabajando y apenas había parado para picar algo. Después de instalar los revestimientos de madera en la escalera, me había puesto manos a la obra con el montaje de los marcos de las puertas de la planta superior.

Douglas invirtió mucho dinero en la rehabilitación del Polaris y, en su momento, decidimos que acabaríamos lo que quedase entre los dos para ahorrar gastos. Desde su fallecimiento, estaba haciendo el trabajo solo. No podía permitirme contratar a alguien y tampoco me gustaba pedir ayuda.

Cuando necesitaba un descanso, me echaba un rato en la única habitación que estaba parcialmente amueblada, pero ese día fue imposible porque estaba ocupada por Mia. Sospechaba que no le haría gracia enterarse de que, indirectamente, habíamos compartido mis viejas sábanas de franela.

Metí la llave en el contacto y la giré. El motor rugió feroz cuando arranqué para salir de allí.

En mi camino a casa, me desvié para hacer una visita a Lisa

Green. La madre de Paxton era una de las empleadas del banco de Sunnyside. Estaba al borde de la jubilación. Tenía el pelo corto del mismo color rubio ceniza que su hijo y unas finas arrugas enmarcaban sus ojos.

—Hola, Jack. —Me saludó con una sonrisa al abrir la puerta.

Le correspondí el saludo, y ella salió al porche para recibirme con un abrazo.

—Siento presentarme sin avisar, pero quería hablar contigo —le dije—. ¿Tienes un momento?

—Sí. Claro. Pasa, que hace un frío que pela. —Me hizo un gesto con la cabeza y se apartó del umbral.

Me limpié las botas en el felpudo. Al entrar en su casa, detecté el olor a comida casera.

—¿Te apetece un té? —me ofreció.

—Sí. Gracias.

—Venga, siéntate en el sofá, enseguida voy.

Lisa se perdió en la cocina y yo colgué mi abrigo en el perchero de la entrada.

El salón de los Green siempre me había parecido muy acogedor, pero en Navidad lo era aún más. Las paredes amarillas estaban repletas de fotos familiares, encima de la chimenea estaban colocados los calcetines navideños con las iniciales bordadas. El sofá era azul oscuro, tenía tapetes bordados a mano sobre los respaldos y cojines rojos con motivos navideños en los asientos. Frente a él había una mesita de madera rústica. En un rincón estaba el árbol de Navidad lleno de luces y bolas de colores.

Ver el salón preparado para las fiestas me hizo darme cuenta de que todavía no había decorado mi casa.

Lisa apareció unos minutos después cargada con una bandeja. Al verla, me levanté como un resorte para ayudarla.

—Tranquilo, siéntate —me pidió.

Dejó en la mesita la bandeja con las tazas, una tetera, un platillo con pastas, una porción generosa de bizcocho y unos sándwiches de jamón y queso.

—No sabía si preferirías dulce o salado —comentó mientras servía el té Earl Grey en una taza.

—Muchas gracias, pero no hacía falta, mujer.

—En mi casa se podrá pasar de todo, pero hambre, jamás.

Me reí entre dientes. Había perdido la cuenta de las veces que la había oído decir eso. Cuando era pequeño y me quedaba a merendar con Paxton, los Green hacían un despliegue de comida para un regimiento, y Lisa siempre me decía: «No puedes volver a casa y decirles a tus padres que has pasado hambre».

—Bueno, ¿qué te trae por aquí, muchacho? —Se sentó a mi izquierda y me dedicó una mirada afectuosa.

Me incliné sobre la mesa y atrapé la mitad de un sándwich de jamón y queso.

—¿Qué tal el tejadillo nuevo? —contesté con otra pregunta.

—Bien. No ha vuelto a dar problemas desde que lo cambiaste, pero ambos sabemos que no has venido a visitarme por eso.

Mordí el sándwich y me tragué un trozo sin apenas masticar.

—No sé si Paxton te ha contado que he heredado parte del Polaris Lodge —le dije.

—No me lo ha contado, no. —Negó con la cabeza—. Mi hijo te guarda los secretos tan bien como Cerbero guardaba las puertas del infierno. Me he enterado esta mañana, en la carnicería. De eso y de que el sinvergüenza de Blackheart quiere comprárselo a Mia.

«Fantástico».

A esas alturas debía de saberlo el pueblo entero. Era posible que se hubiese corrido la voz de alarma y que la gente estuviese preocupada por sus negocios.

—Sí. Es verdad. —Asentí, y procedí a revelarle la única parte que no sabía nadie más—: Blackheart le ha hecho una oferta, pero he estado hablando con ella y creo que he encontrado la manera de que no se lo venda.

—Eso es estupendo, Jack. —Me miró con orgullo por encima del borde de su taza de té—. Qué haría Sunnyside sin ti… —musitó cuando terminó de beber.

«Ha llegado el momento de soltar la bomba».

—Lisa, ¿crees que el banco podría concederme un préstamo de trescientos mil dólares?

Ella abrió los ojos sorprendida y me observó con cara de circunstancias.

—Quiero hacerle una contraoferta a Mia para que me lo venda a mí —proseguí—. No te molestaría con esto un sábado si no fuese urgente, pero tengo hasta el miércoles para conseguir el dinero.

—Me encantaría ayudarte con esto. De verdad que sí, pero ya tienes una hipoteca a tu nombre.

—Lo sé, pero esta vez el dinero no es para mí. Es por una causa mayor.

—Ya lo sé, querido, pero el proceso es el mismo para todos los clientes. Te tengo mucho cariño y valoro tu implicación. Por eso quiero ser sincera contigo: es muy difícil que desde la central te aprueben un préstamo tan grande. Y digo difícil por no decir imposible.

—Lisa, tú me conoces. Jamás me he retrasado en un pago. Devolveré cada céntimo y, si es necesario, ampliaré mis guardias en el parque para devolverlo antes.

Ella me miró con compasión.

—Voy a intentar ayudarte, pero es complicado. Lo único que puedo decirte por ahora es que te pases el lunes por la oficina, así lo miramos con calma. Tendremos que contactar con la agencia de crédito y tardarán unos días en decirnos algo.

Asentí y suspiré.

La parte de esperar unos días me ponía un poco nervioso.

Bajé la vista al sándwich que todavía sujetaba.

Yo no era de los que se desanimaban a la primera. Sabía que Lisa haría lo que estuviese en su mano para ayudarme. A fin de cuentas, en Sunnyside éramos como una gran familia. Todo el mundo arrimaba el hombro cuando hacía falta. Y esa era una de esas ocasiones en las que toda ayuda sería más que bienvenida.

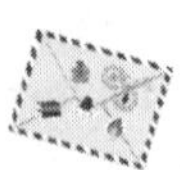

—¡¿Trescientos mil dólares?! —preguntó Blaze sorprendido.

—¿Quieres bajar la voz? —amonesté—. Eres igual de indiscreto que Ivy —agregué, negando con la cabeza.

Mi amigo puso cara de fastidio y le dio un trago largo a su cerveza. Acabábamos de sentarnos en los taburetes de madera, frente a la barra del Pete 'n Peters. Eran las diez de la noche y el bar estaba hasta los topes. La mayoría de los clientes habituales estaban de pie alrededor de la mesa de billar o sentados en las mesas altas del fondo. La música country se reproducía al volumen justo como para mantener una conversación sin necesidad de gritar. El karaoke navideño estaba a punto de inaugurarse, y el ambiente que nos rodeaba era animado y bullicioso.

Blaze dejó su jarra medio vacía sobre la barra y se inclinó en mi dirección.

—Ahora en serio, Jack, ¿has perdido la puta cabeza? —Me miraba consternado.

Clavé la vista en los grifos de cerveza que estaban detrás de la barra y me encogí de hombros antes de darle un sorbo a la mía.

—Ni de coña van a darte tanta pasta —lo oí decir—. Si ni siquiera has terminado de pagar tu casa...

Dejé el botellín sobre la madera y levanté una esquina de la pegatina.

—No pierdo nada por intentarlo —dije mientras me entretenía arrancando la etiqueta con cuidado.

—Eres consciente de que, en el hipotético e improbable caso de que te concedan el préstamo, estarás pagándolo hasta que estés en la residencia de ancianos, ¿verdad?

Levanté la cabeza para encontrarme con su mirada de desaprobación.

—Eso no va a pasar porque el Polaris recuperará dinero en cuanto reabra —le dije—. Estoy convencido de que la gente vendrá, se lo pasarán bien, querrán volver el año que viene y todo volverá a ser como antes.

—Cuando te pones así de cabezón, te juro que no te soporto... —Blaze negó con la cabeza—. ¡No puedes tirar tu vida por la borda así!

—¿Se te ocurre una alternativa mejor?

—¡Sí! —exclamó, perdiendo la paciencia—. De hecho, te la dije ayer: ¡convence tú mismo a la neoyorquina!

—¡No la llames así! —le pedí en un gruñido.

—¡Medio pueblo la llama así!

—¡Me importa un bledo, tú no lo hagas!

—¿Vas a corregir a todo el mundo?

—Si hace falta, sí.

Blaze le dio otro trago a la cerveza y, durante un instante, se hizo el silencio entre nosotros.

—Yo ya te aconsejé que fueras majísimo con ella —recordó enseguida—. ¿Lo has sido?

—No es tan fácil.

—Claro que lo es. Has estado con ella un millón de años.

—Seis —le corregí.

—Lo dicho: seis años es una barbaridad de tiempo. Ya la conoces. Tú sabrás qué puedes hacer para convencerla. Y si no, vete a la floristería y cómprale sus flores favoritas o...

—La lavanda —musité casi más para mí mismo.

—¿Qué? —Blaze arrugó las cejas.

—Esa es su flor favorita —expliqué.

—Perfecto. Pues mañana se las compras en el mercado de agricultores.

—Sí, claro...

Si aparecía en el Polaris con un manojo de lavanda era probable que me lo tirase a la cara.

—Bueno, tú inténtalo —insistió él—. Y si lo de ser majo no funciona, ya sabes lo que tienes que hacer.

Lo miré con una interrogación dibujada en el rostro.

—Seducirla —agregó pasados unos segundos.

—Tío, ya lo hablamos ayer: no puedo hacer eso.

—¿Por qué no? Lo mires por donde lo mires para ti todo serían ventajas. Te quedarías con el Polaris y con ella.

—Te aseguro que reconquistarla no está en mi lista de prioridades.

Blaze arqueó una ceja.

—Mia ya no me interesa de esa manera —aseguré.

—Por favor, Jack, ¿a quién quieres engañar? —Puso los ojos en blanco—. En los últimos meses solo te he visto enrollarte un par de veces con Ginger y para de contar. En cambio, desde que tu ex ha regresado estás muy susceptible.

—No es verdad.

—Entonces si Mia entrase ahora mismo por la puerta y quisiese echar un polvo contigo, le dirías que no, ¿verdad, campeón?

Aparté la mirada y no contesté.

Que Mia me atraía físicamente era innegable. De ahí a querer acostarme con ella había un trecho considerable. La imagen de ella en bragas, llevando únicamente mi camisa, apareció en mi mente.

Suspiré.

A mi lado, Blaze soltó una carcajada y dijo:

—Lo sabía.

Con gesto ausente, doblé la etiqueta que acababa de arrancar del botellín. En aquel momento, conseguir que el Polaris resurgiera de las cenizas como un ave fénix era mi mayor motivación. Si alguien me quitaba aquello, me quedaría demasiado tiempo libre para pensar. Por el contrario, si estaba entretenido, el peso que cargaba en el pecho se hacía más liviano. Además, todo el mundo tenía puestas sus esperanzas en mí y no quería decepcionar a nadie.

Pero... ¿de verdad estaba dispuesto a reconquistar a Mia?

—No estoy seguro de que sea una buena idea —concedí al cabo de un rato—. Además, si me acerco a ella con ese fin, ¿no estoy siendo un egoísta?

—Al contrario, es un sacrificio que vas a hacer por el bien del pueblo —contrarrestó Blaze—. Yo, por ejemplo, mañana cuando vaya contigo al Polaris, pienso ser encantador con ella.

—Ni se te ocurra acercarte a Mia...

Blaze me aguantó la mirada impasible unos segundos y, después, sonrió de manera burlona.

—¿Ves qué susceptible estás? —Me señaló con la mano—. Tú no eres así... Ahora vete a contarle a otro el cuento de que no te interesa esa mujer, porque yo no me lo trago.

Estaba a punto de contestarle de malas maneras cuando alguien me dio una palmada sonora en la espalda.

—¡Hola! —nos saludó una voz masculina y jovial.

Eché un vistazo por encima del hombro para encontrarme con Michael, el hijo del alcalde y la última incorporación al cuerpo de bomberos. Tenía veinticinco años, era un chico entusiasta y trabajador. Se quitó la gorra y dejó al descubierto un pelo oscuro y revuelto.

—¿Qué hay? —le saludé con un gesto de cabeza.

—¡Hombre, Campana! —Blaze se levantó y le dio un abrazo con palmada en la espalda incluida—. ¿Listo para que te dé una paliza al billar?

—Pensaba que íbamos a estrenar el karaoke —contestó este.

—No me subo al escenario a cantar ni a tiros —aseguró Blaze—. Necesitaría beberme, como mínimo, tres cervezas más, y ya te digo yo que ni por esas.

Le echó el brazo por encima del hombro a Michael y se lo llevó hasta la mesa de billar.

Yo me volví hacia la barra, dispuesto a terminarme la cerveza.

Empezaron a sonar los acordes de «Santa Claus Is Coming to Town», indicando que alguien había subido al escenario para estrenar el karaoke. Aquel era uno de los villancicos favoritos de Mia.

Una imagen de ella llevando un jersey navideño y abriendo un regalo, al lado del árbol en la recepción del Polaris, cruzó mi mente como un rayo. El recuerdo de su risa alegre y cálida me hizo darle otro trago a la cerveza. Las navidades siempre habían sido su época favorita del año. Se emocionaba al abrir los regalos e intentaba adivinar qué eran mientras rasgaba el papel con ansias. Mia disfrutaba comprando regalos y preparando galletas al ritmo de los villancicos. Aunque lo que más le encantaba era ver a su padre disfrazado de Santa Claus, repartiendo alegrías y sonrisas entre los huéspedes más pequeños.

Quizá podría aprovechar esas fechas señaladas para recordarle aquello que decía Douglas, que la Navidad iba más allá de los regalos y que era el mejor momento del año para ser generoso y para demostrarle tu afecto a los demás.

Aunque no estaba del todo convencido, de pronto, la idea de reconquistarla ya no me sonaba tan loca.

Vacié lo que me quedaba de cerveza de un trago.

El problema era que no tenía ni idea de cómo acercarme a ella y proteger mi corazón al mismo tiempo.

9

Mia

El domingo me desperté cansadísima después de apenas haber pegado ojo otra vez. Era de sueño ligero y el ruido de la lluvia y de los truenos no me había dejado descansar, y me habían tenido en una especie de duermevela casi toda la noche. Aunque no lo recordaba, estaba segura de que había soñado con Jack.

Después de pasar por la ducha me vestí con un pantalón vaquero de pierna ancha y con un jersey de punto de color terracota. Al salir de la habitación, agucé el oído. Por suerte, lo único que se oía en el pasillo era el rumor del viento. Me asomé por una de las ventanas de recepción que daban al jardín delantero. El cielo estaba gris y chispeaba. El clima era perfecto para avanzar en mi novela. Además, no había ni rastro de la camioneta de Jack. Supuse que, al ser domingo, no aparecería por allí.

Me dirigí a la cocina con el portátil en las manos. Quería aprovechar la soledad para releer lo que había escrito el día anterior mientras desayunaba. Me preparé un café y, tras agregarle leche y azúcar, me senté en un taburete en la isla. Le di un sorbo a la taza humeante y me recogí el pelo en un moño. Acto seguido, abrí el documento que contenía mi novela. Era uno de diciembre. Tenía poco más de un mes para acabarla y revisarla.

Estaba escribiendo mi cuarto libro romántico. Hacía dos años que había autopublicado el primero: *Querido corazón, ¿por qué él?* Cuando llevaba unos meses a la venta, empezó a ganar popularidad entre la comunidad lectora. Mientras escribía la segunda parte, *Querido corazón, ojalá no hubiese sido él*, fue cuando me contactó Raquel García, quien más tarde se convirtió en mi primera editora.

En la primera videollamada me confesó que le había encantado la novela y quería saber cómo continuaba la historia. Cuando le conté que estaba trabajando en la segunda parte y que tenía en mente escribir una tercera, ella me ofreció la posibilidad de publicar las tres novelas en Evermore Publishers, una de las editoriales más importantes del país. Acepté su oferta sin dudarlo. Esa chica de sonrisa risueña me estaba ofreciendo llegar más lejos de lo que había soñado, y no me lo podía creer.

Aquella mañana, en cuanto colgué, la puerta de mi habitación se abrió de golpe y Chelsea, que había estado escuchando desde el otro lado de la pared, entró corriendo y chillando. Cuando me atrapó entre sus brazos, me puse a llorar. Estaba contenta e incrédula por la oportunidad. Por la tarde, salimos a celebrarlo. Cuando se pasó la euforia inicial, no pude evitar acordarme de Jack. Él era la persona que más veces me había escuchado hablar de mi sueño, la misma que me había animado a perseguirlo y la que no estaba en Nueva York para festejar conmigo.

Mi trilogía se había publicado a lo largo de este año, con un lapso de dos meses entre cada entrega. El último, *Querido corazón, siempre será él*, salió a principios de verano. Los libros habían tenido un crecimiento paulatino y, justo antes del fallecimiento de mi padre, despuntaron, lo que me permitió entrar en la lista de los más vendidos de *The New York Times*. Al día siguiente, dejé el trabajo en la revista y me busqué un piso para mí sola. Si quería dedicarme cien por cien a escribir, necesitaba tener mi propio espacio. Desde entonces, estaba inmersa en la escritura de mi nueva historia.

Días atrás, había empezado el segundo acto de la novela. Emma, la protagonista, estaba planteándose romper su compromiso con Greyson porque estaba enamorada del que iba a ser el padrino en su boda. Travis era un hombre de pocas palabras, con el que nunca se había llevado especialmente bien. Además, era el hermano de su prometido. El drama estaba más que servido.

Lo único que había escrito la tarde anterior fue una discusión entre Travis y Emma. El diálogo me gustaba, lo que no me convencía era la narración. Emma estaba en una encrucijada: se moría por besar a Travis, pero no quería hacerle daño a Greyson, y yo no estaba reflejando sus emociones como me gustaría. Borré el primer párrafo y probé a reescribirlo tras reorganizar mis ideas.

Estar en un lugar que me traía tantos recuerdos de mi familia me hacía estar dispersa y no me ayudaba a avanzar con la historia.

Decidida a sacar adelante el capítulo, abrí la libreta. Distraída, jugueteé con el bolígrafo entre los dedos mientras pensaba en los motivos que tenían mis personajes para estar enfadados. Enseguida imaginé el rancho caluroso de Texas. Emma estaba dando una vuelta subida a lomos de su caballo. El sol picaba y el aire olía a tierra polvorienta. Se acercó hasta la cerca de madera que delimitaba el fin de la propiedad de su prometido. Desde allí, observó las montañas escarpadas del horizonte mientras pensaba en lo que sentía. Iba a casarse dos días después y tenía ganas de llorar. Estaba enfadada con Travis por ponerle las cosas tan difíciles. Pensar en el interés amoroso de Emma me bastó para inspirarme. Me apreté el bolígrafo contra la barbilla para abrirlo y comencé a escribir en la libreta. Y así, casi sin darme cuenta, terminé una escena con la que estaba medianamente contenta. Me coloqué el bolígrafo detrás de la oreja y pasé lo que había escrito al ordenador.

Un rato más tarde, el ruido de las pisadas firmes de Jack me sacó del rancho en el que mis protagonistas se estaban peleando y me devolvió al día nublado que reinaba en el Polaris.

—Buenos días —lo oí saludarme.

—Hola.

Despegué la vista del portátil para verlo detenerse en el extremo opuesto de la isla.

Ese día llevaba una chaqueta de cuadros de distintos tonos marrones, era de lana y parecía abrigar mucho. Por debajo de la prenda, asomaba una sudadera azul oscura con capucha que tenía bordado en el pecho el logo del cuerpo de bomberos de Sunnyside. Unas finas ojeras adornaban su rostro y llevaba barba de dos días.

—Te he traído esto. —Jack dejó una bolsa de papel marrón con manchas de grasa sobre la mesa.

No me hacía falta preguntarle qué era. Reconocería ese olor en cualquier parte. Eran unas tortitas de patata de mi cafetería favorita, aquella que había evitado para no cruzarme con nadie. Recordar lo bien que sabían me estaba abriendo el apetito y, de un momento a otro, mis tripas protestarían. Me apetecía estirar la mano y coger la bolsa, pero sabía que, en el mundo de Jack, eso era una ofrenda y no quería aceptarla.

—¿Por qué? —cuestioné con desconfianza.

—Porque quería disculparme por haberte despertado ayer.

Tragué saliva y me limité a mirarlo. Su mera presencia ya me ponía nerviosa. Jack clavó sus ojos en los míos y una sensación agradable se despertó en mi interior, poniéndome en alerta.

«¿De verdad vas a ablandarte por unas tortitas de patata? Tienes dos propósitos, Mia, y uno es alejarte de este hombre».

—Gracias, pero ya he desayunado. Estoy llena —mentí.

—Siempre tienes hueco para tus tortitas favoritas. —Empujó la bolsa en mi dirección—. También te he traído el calendario de las actividades navideñas —comentó mostrándomelo—, por si te apetece echarle un ojo.

Colocó el folleto al lado de la bolsa que contenía mi desayuno favorito. Lo observé desconcertada. Jack sabía que no iba a quedarme en el pueblo. Cuando volví a posar los ojos en él, me dijo:

—Bueno, te dejo a lo tuyo, voy a ponerme con las puertas.

Sin más, me dio la espalda para salir.

—¿Tú no eras bombero? —La pregunta se me escapó—. ¿Qué pasa? ¿Te has pedido una excedencia o algo así?

Él se giró sobre los talones para enfrentarme.

—Qué va. —Negó con la cabeza—. Solo me he reducido la jornada para trabajar en la reforma estas semanas —me explicó con tranquilidad—. No tengo que volver al parque hasta el martes. Por eso quiero aprovechar para avanzar aquí todo lo que pueda entre hoy y mañana.

«Genial».

Eso se traducía en otros dos días de obra que me impedirían concentrarme al cien por cien. Aunque no estaba muy segura de si lo que no me dejaba trabajar era el ruido de los martillazos o saber que Jack estaba paseándose por el edificio con la chaqueta de cuadros que le sentaba de muerte.

—¿Huele a tortitas de Joe's? —Una voz rasposa y masculina me sacó de mis pensamientos—. Jack, es todo un detalle, porque me muero de hambre.

Un hombre alto, de pelo castaño y tez aceitunada, se detuvo en el umbral de la cocina. Sus ojos oscuros vagaron de Jack a mí. La única pista que tenía sobre él era la sudadera del cuerpo de bomberos, que era idéntica a la que lucía Jack. La hebilla de su cinturón era dorada y tan grande que me recordó a las de los vaqueros del antiguo Oeste. Era un buen detalle para incluirlo dentro de mi novela.

El desconocido se adentró en la cocina, caminando con seguridad, como si estuviese más que familiarizado con la estancia.

—Hola. —Me saludó con un gesto de cabeza.

—Hola —respondí, escueta.

—Este es... —empezó Jack.

—Blaze —le cortó el hombre, extendiendo una mano en mi dirección—. Tú debes de ser Mia. Encantado.

Asentí al tiempo que le estrechaba la palma.

—Jack me ha hablado mucho de ti —agregó.

—¿Ah, sí? —contesté con un deje de sospecha en la voz.

Giré el cuello hacia la izquierda, en busca de Jack, y lo encontré asesinando al tal Blaze con la mirada.

—Sí. ¿Te vas a comer eso? —Blaze señaló con la mano la bolsa de papel que descansaba sobre la isla, a medio camino entre nosotros.

Entrecerré los ojos ligeramente. Por alguna razón sentí que estábamos echando un pulso con la mirada.

—Lo pregunto porque, si lo vas a dejar ahí, prefiero comérmelo antes de que se enfríe —puntualizó con tranquilidad.

De ninguna manera le daría a un extraño la comida que tanto había echado de menos. Había probado muchas tortitas de patata distintas en Nueva York y ninguna me había gustado tanto como las que preparaba Joe. Pensaba comérmelas en la soledad de la habitación, donde Jack no pudiese verme disfrutarlas.

—Sí, voy a comérmelo. —Me estiré sobre la encimera para coger la bolsa y la arrastré en mi dirección.

—Sabia decisión —contestó Blaze.

Iba a contestarle cuando un segundo hombre entró en la estancia. Me levanté de un salto al ver a Paxton.

—¡Mia! —exclamó él emocionado—. ¿Cómo estás? —Bordeó la isla para darme un abrazo afectuoso—. ¡Holly me dijo que os encontrasteis ayer!

—¡Sí! ¡Enhorabuena por el bebé! —le felicité al corresponder a su abrazo—. Está convencida de que será una niña.

Se le escapó una carcajada alegre.

—Eso espero, estoy deseando malcriarla. —Sonrió al retirarse.

Le devolví la sonrisa contenta. Paxton era capaz de contagiarle su buen humor a cualquiera.

—¿Te quedas para la inauguración de Winterdale? —me preguntó al ver el folleto que había dejado Jack en la mesa.

—No. —Negué con la cabeza—. Me voy dentro de tres días.

—Qué pena... Holly me ha dicho que estás muy liada, pero, si tienes un hueco, nos encantaría que vinieras a cenar a casa.

Sentí los ojos de Jack atentos a nuestra conversación y fijos en mi rostro.

—Lo intentaré —contesté.

—Bueno, vamos —Blaze le dio una palmada a Paxton en la espalda—, que las puertas no se lijan solas.

—Id tirando. Ahora vo... —Paxton se calló cuando Blaze le lanzó una mirada significativa y añadió—: Claro. Las puertas... Eh... Sí, vamos. Un placer verte, Mia —me dijo—. Luego hablamos.

Blaze y Paxton salieron de la cocina. Jack se quedó rezagado, contemplándome.

—Van a echarme una mano hoy —me informó en tono neutro—. Nos quedaremos en la planta de arriba para molestarte lo menos posible con el ruido.

—Gracias —respondí.

El silencio se extendió entre nosotros.

—Espero que te gusten —dijo él señalando la bolsa que contenía las tortitas—. Si necesitas algo, ya sabes dónde encontrarnos.

En cuanto me quedé sola, cogí la bolsa grasienta y escondí el folleto dentro del cuaderno. Una vez en mi cuarto, me senté en la cama y abrí la bolsa. Respiré hondo, dejando que el olor salado me llenase los pulmones. Saqué una patata circular y le di un mordisco. Estaba tan buena y crujiente como recordaba. Mi madre solía decir que las tortitas de Joe estaban así de ricas porque las freía dos veces y por el toque final que les daba la pimienta. La primera la engullí. La segunda la saboreé despacio, intentando guardar para siempre el sabor en mi memoria. Al comerme la tercera la mente se me fue a Jack y a la última vez que comimos tortitas juntos. Después de chuparme los dedos, me lavé las manos y abrí el portátil para escribir durante el resto del día.

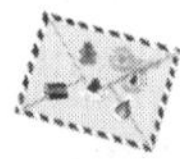

A última hora de la tarde la puerta sonó tres veces. Me levanté de la cama y arrastré los pies por la habitación. Sabía a quién me encontraría al otro lado. Antes de abrir, me alisé el jersey con las manos y suspiré.

«¿Por qué haces eso?», me reprendí.

Cuando abrí, me topé con Jack. Estaba despeinado y tenía alguna viruta de madera enredada en el pelo. Llevaba las mangas de la sudadera recogidas hasta los codos, dejando a la vista sus antebrazos fuertes, y tenía la prenda manchada de polvo y serrín. Mi cerebro se las ingenió para encontrarle atractivo con la ropa sucia y el cinturón de las herramientas. Su mirada se detuvo un instante en mi oreja y un atisbo de sonrisa asomó a su rostro cansado. Me llevé la mano a ese punto y recuperé el bolígrafo que llevaba un rato ahí olvidado.

Era curioso, porque me sentía igual de agotada de lo que parecía estar él y yo no había estado lijando madera todo el día.

—¿Necesitas algo? —le pregunté.

—No. Solo venía a decirte que me marcho ya.

Tras unos segundos de silencio, agregó:

—Como no has bajado a comer, te hemos dejado pizza en la cocina.

En cuanto noté las ganas de sonreír, me contuve y le dije:

—Te lo agradezco, pero no tengo nada de hambre.

En realidad, estaba famélica, pero tenía que mantenerme firme. No podía ablandarme porque tuviese un par de gestos corteses conmigo. Además, quizá eso no significada nada. Jack era así con todo el mundo.

—Bueno... Mañana llegaré algo más tarde que hoy —me avisó.

—Vale.

—Hasta mañana.

Estaba a punto de cerrar la puerta cuando me asolaron los remordimientos. Reabrí y asomé la cabeza al pasillo.

—Jack —lo llamé.

Él se detuvo y se volvió para mirarme.

—Gracias por las tortitas. Estaban buenísimas.

Sonrió y negó con la cabeza.

—No se dan —me dijo pasados unos segundos—. Me alegro de que te hayan gustado.

Me despedí y cerré la puerta. Esperé con la oreja pegada a la madera mientras oía sus pisadas alejarse por el pasillo. Acto seguido, caminé hasta el otro lado de la habitación y bajé la tapa del portátil.

Unos minutos más tarde, salí al pasillo cargando la novela que estaba leyendo. No se me ocurría un plan mejor para el domingo por la noche que cenar pizza mientras leía un buen libro. Al pasar por delante de las escaleras, vi de reojo movimiento. Me llevé la mano al pecho por el susto. Giré el cuello para ver a Jack aparecer por el rellano superior.

—Me había dejado el móvil —me informó mientras comenzaba a bajar.

Estaba a punto de contestarle cuando se oyó un crujido espantoso. Ahogué una exclamación y fui testigo de cómo el escalón que se había hundido el día anterior bajo mi pie cedía bajo el peso de Jack. La madera se rompió y se tragó su tobillo izquierdo.

Perdió el equilibrio, pero consiguió aferrarse a la barandilla a tiempo.

En otra circunstancia me habría reído, pero no sabía si se había hecho daño.

—¿Estás bien? —Subí los escalones corriendo y con las pulsaciones aceleradas.

—Sí, tranquila. —Jack intentó sacar el pie un par de veces—. Tengo la madera astillada alrededor de la bota y no puedo sacarlo.

—¿Cómo puedo ayudarte? —pregunté preocupada—. ¿Rompo el escalón con el martillo? ¿Llamo a Paxton?

—Paxton se ha ido hace un par de horas.

Dejé mi libro en un escalón.

—¿Pruebo a tirar de ti? —propuse.

—Sí, aunque no sé si eso servirá.

—¿Y si te desabrocho el cordón y sacas el pie de la bota?

—Eso sí es buena idea.

Me agaché en el escalón inferior al que se le había quedado el pie pillado. Por suerte, sus botas acababan por encima del tobillo, que era hasta donde tenía atascado, y no parecía haber madera astillada en su pierna. Tiré del cordón para deshacer la lazada.

—Listo —anuncié.

Después, me armé de valor y coloqué las manos alrededor de su gemelo izquierdo. Conté hasta tres en voz alta para avisarlo y tiré sin éxito. Una vez. Y después otra. No entendía por qué mi corazón se estaba acelerando.

—Mia, necesito que tires con todas tus fuerzas.

Le solté y me incorporé para encararlo. Desde mi posición, y con nuestra diferencia de altura, tenía que echar el cuello hacia atrás para mirarlo a los ojos.

—Te recuerdo que siempre tenías que abrirme los botes de pepinillos —le dije.

No quería resaltar lo evidente, pero, a mi lado, Jack era tan grande como el armario evanescente.

Con un suspiro resignado volví a agacharme y cerré las manos un poco más arriba, alrededor de su rodilla. El primer tirón no funcionó. Con el segundo, conseguí que se moviera un centímetro, pero mis manos resbalaron y terminaron en mitad de su muslo. Lo solté y juraría que lo oí coger aire.

—Tira sin miedo, por favor —me pidió.

A la tercera, le hice caso y empleé todas mis fuerzas. La madera crujió al ceder. Jack logró desenganchar el pie a la par que yo perdía el equilibrio. Solté un chillido al caerme hacia atrás, y el corazón me pegó un bote tremendo dentro del pecho.

Habría rodado escaleras abajo si Jack no hubiese reaccionado rápido. Atrapó mi antebrazo izquierdo y tiró en su dirección con tanto ímpetu que me estrellé contra su pecho. Por el impacto, Jack se desestabilizó y se cayó de espaldas contra el rellano superior, arrastrándome con él.

—Dios, joder... —Ahogó un quejido y aspiró el aire entre los dientes.

Yo no me hice daño porque él me envolvió con los brazos y su cuerpo me protegió del golpe contra las escaleras.

—¿Estás bien? —me preguntó dolorido.

Su preocupación me pilló con la guardia baja. Alcé el rostro para mirarlo a la cara, con la respiración acelerada por el susto.

—Sí —asentí—. Y ¿tú?

—También —contestó con voz ronca.

Estábamos tan cerca que su aliento me calentó el rostro cuando habló.

Tenía cara de estar cansado, y acababa de darse un golpe tremendo. Que aparentase estar bien para no preocuparme hizo que algo se derritiese alrededor de mi corazón y aumentó aún más mis ganas de acercarme a él.

Durante unos segundos, me quedé atrapada por el magnetismo de su mirada. Siempre había pensado que sus ojos miel parecían un bosque, inmenso y frondoso, en el que podría perderme con facilidad.

En ese instante, fui consciente de la postura comprometida en la que nos encontrábamos. Con la caída, mis manos habían ido a parar a su pecho. Nuestras piernas estaban enredadas de tal manera que no sabía dónde acababan las suyas y dónde empezaban las mías. Su pecho se alzó contra el mío cuando respiró hondo.

La luz amarillenta de la lámpara que colgaba de la pared nos daba un ambiente más íntimo que el que habíamos tenido por la mañana en la cocina.

Sin poder evitarlo, alcé la mano derecha y le quité las virutas del pelo con suavidad.

Jack se quedó más serio todavía.

«Está guapísimo».

—Tenías serrín. —Me justifiqué en voz baja.

—Gracias —susurró—. Tú llevas el jersey del revés.

Bajé la mirada y vi que la costura del hombro estaba por fuera. Se me colorearon las mejillas. Salía con la ropa del revés más veces de las que me gustaría admitir.

Volví a mirarlo a los ojos y él desvió la vista a mis labios. El silencio se cernió sobre nosotros y las paredes menguaron a nuestro alrededor. En sus ojos vislumbré una sombra del anhelo que empezaba a sentir yo en el pecho. Su nuez subió y bajó cuando tragó saliva, acaparando mi atención, y el ruido de su respiración profunda fue lo único que rasgó la quietud sepulcral.

De manera inconsciente, me moví un ápice, en busca de una posición más cómoda. Con aquel roce accidental me percaté de varias cosas. La primera era que la piel me cosquilleaba porque su mano había terminado colándose por debajo de mi jersey. Tenía la palma apoyada contra mi cintura y los dedos abiertos sobre mi espalda. Y la segunda fue que le había notado endurecerse contra la cremallera de mi pantalón.

Al darme cuenta de eso, el estómago me dio un vuelco y me quedé sin aliento, como si hubiese tropezado otra vez. El calor de su piel estaba embotando mis sentidos, se me aceleró la respiración y se duplicó la velocidad de mis latidos. Era como si mi cuerpo guardase una especie de memoria del suyo y se le hubiese olvidado que ya no estábamos juntos.

Cuando exhaló, su respiración se enredó con la mía. De pronto, tenía mucho calor y el jersey de lana me sobraba. La química que siempre había existido entre nosotros parecía estar despertando.

La parte imaginativa de mi cerebro fue por libre y proyectó una imagen de mí cerrando el espacio que nos separaba para...

«¿Besarlo? —Una voz consternada se alzó en mi mente por encima de las demás—. ¿Al hombre que te dejó plantada? ¿Qué será lo siguiente? ¿Bajarte las bragas para él y tirártelo sobre el rellano? ¡Espabila y recuerda tus propósitos!».

Empujé las palmas contra su pecho para separarme y Jack me soltó de inmediato. Necesitaba poner distancia antes de hacer alguna tontería de la que luego no pudiera huir. Me incorporé, fijándome dónde apoyaba los pies y sujetándome a la barandilla para no caerme.

Cuando nuestros cuerpos dejaron de estar unidos, fue como despertar de un hechizo. Bajé los escalones y me agaché para recoger mi libro. Alcé la mirada para verlo incorporarse hasta sentarse sobre un escalón, con los ojos fijos en mí. Respiré hondo, en busca de serenarme. Jack introdujo la mano entre la madera con cuidado y recuperó su bota llena de rozaduras. Yo me apreté el libro contra el pecho como si fuese un escudo que pudiese proteger mi corazón.

Jack se concentró en abrocharse los cordones. Cuando terminó, señaló mi libro con la barbilla y, entonces, soltó unas palabras que creí que jamás volvería a escuchar:

—Bueno, cuéntame, ¿qué aventura estás viviendo hoy?

10

Mia

Once años antes...

Cuando cumplí dieciséis años me apunté al taller de periodismo que impartía mi profesora de lengua y literatura. Fue ella quien me animó después de corregir la redacción que presenté a un concurso que organizó en clase. Parte de los deberes del taller era escribir para la revista del instituto. Días más tarde de la publicación de mi primer artículo, estábamos terminando de comer en casa de los Halliday cuando mi madre sacó el tema.

—A Mia le han publicado un artículo en la revista del instituto —le contó a la madre de Jack.

—¡Enhorabuena, cielo! —Helen me felicitó con una sonrisa alegre.

—¡Eso es fantástico, Mia! —intervino Shepperd, su marido.

—Gracias. —Les dediqué a ambos una sonrisa escueta.

—¿Podemos leerlo? —me preguntó la señora Halliday interesada.

—¡Por supuesto que sí! —Mi madre contestó por mí—. Os he traído una.

Sorprendida, me giré hacia la derecha para verla sacar del bolso un ejemplar de la revista.

—¡Mamá...! —protesté, notando cómo me subían los colores por la cara.

—¿Qué pasa, hija? —Ella me miró sin comprender—. Es un artículo buenísimo, y lo has escrito para que lo lea la gente, ¿no?

—¡Es tan bueno que vamos a enmarcarlo! —agregó mi padre contento.

—Además, sale guapísima en la foto. —Mi madre abrió la revista y la sostuvo en alto para que todos los comensales vieran el primer plano de mi cara.

Puse los ojos en blanco y me escurrí hacia abajo en la silla, rezando internamente para que se abriera la tierra y me tragase o para volverme invisible y salir corriendo hasta mi casa. Mis padres ya habían entrado en el modo «progenitores orgullosos», poco podría hacer para que cambiasen de tema. Desde hacía tiempo me daba vergüenza que contasen mis cosas. Especialmente, si el chico que me gustaba estaba delante.

Conocía a Jack Halliday de toda la vida. Era el chico más simpático, inteligente y guapo del pueblo. Si nos encontrábamos por la calle, me saludaba, y también lo hacía cuando iba a su casa de visita con mis padres. En verano, un día que llovía mucho y que yo iba en la bici, nos cruzamos y me acercó a casa en la *pick-up* roja que había heredado de su padre, pero nada más allá de eso. Yo achacaba nuestro distanciamiento a que me sacaba tres años. Aunque no terminaba de entenderlo, yo era dos años mayor que su hermana Ivy, y me llevaba de maravilla con ella. De hecho, en aquel instante, estaba echándola mucho de menos en la mesa. Por lo general, se sentaba a mi izquierda y solíamos conversar durante las comidas sobre nuestras cosas. Aquel día estaba en el cumpleaños de su amiga Brenda y Jack había ocupado su lugar. Lo que se había traducido en que llevaba toda la comida un poco nerviosa. Nuestro único intercambio de palabras fue cuando él me pidió la sal. Al entregársela, nuestros dedos se rozaron por accidente. El corazón me dio un saltito. Aunque me daba algo de vergüenza que me pillase mirándolo no podía dejar de hacerlo. En una de las ocasiones en que me sonrió, se le marcó el hoyuelo y suspiré internamente.

Él nunca parecía reparar en mi presencia. En cambio, yo cada vez me fijaba más en él. Sabía un millón de cosas suyas, como que le pirraban los sándwiches de mantequilla de cacahuete y mermelada, que escuchaba canciones de David Bowie y que, ahora que acababa de terminar el instituto, estaba aprendiendo el oficio de carpintero de su padre.

En los últimos tiempos, cuando mis padres me avisaban de que los Halliday vendrían a casa o de que iríamos nosotros a la suya, sacaba toda la ropa del armario y la tiraba sobre la cama para decidir qué ponerme. Aquella mañana no había sido diferente. Después de probarme tres modelitos distintos, al final opté por vestirme con los vaqueros de siempre y el cárdigan blanco que tenía parches en forma de un corazón rojo en los codos.

—¿De qué va el artículo? —La voz de Jack me sacó de mis pensamientos.

Despegué la vista del espárrago que estaba mareando en el plato y me encontré con sus ojos, atentos a mis movimientos. Su interés me cogió por sorpresa y una oleada de agitación sacudió mi estómago.

—Solo es la reseña de un libro —contesté, encogiéndome de hombros como si nada. Intenté parecer indiferente, pero la emoción era palpable en mi tono de voz.

Nunca me había subido a una montaña rusa, ni a un avión, ni tan siquiera a un edificio muy alto, pero cuando Jack Halliday me devolvió la mirada con curiosidad, sentí vértigo por primera vez en mi vida.

—Ah, pues si es tan buena, tendré que leerla —me aseguró antes de darle un sorbo a su limonada.

El calor me subió por el cuello y un cosquilleo agradable se adueñó de mi pecho.

Por suerte, nuestros padres estaban sumidos en su conversación paralela y no nos prestaban atención.

—Vale. Guay. —Me coloqué un mechón de pelo detrás de la oreja y le sonreí—. Ya me dirás qué opinas.

Jack dejó el vaso sobre la mesa. Me devolvió la sonrisa y el hoyuelo encantador volvió a asomar a su mejilla derecha.

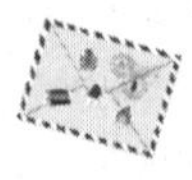

Después de ayudar a recoger la mesa, me despedí de todos porque había quedado con mi amiga Holly. Estaba a punto de salir por la puerta cuando apareció Jack.

—¿Te acerco a algún sitio? —me preguntó, antes de agacharse para recoger sus botas negras del suelo.

«¡Dile que sí!», chilló mi corazón.

—Vale. —Sonreí emocionada.

Nuestros brazos chocaron cuando pasó por detrás de mí, y sentí un chisporroteo de energía.

Para forzarme a apartar la vista de él, me situé frente al espejo de la entrada y me puse la bufanda. Era de color rojo cereza y me la había tejido mi madre. Le eché un vistazo a mi reflejo: tenía las mejillas un poco sonrosadas, a juego con la prenda que me abrazaba el cuello.

—¿Dónde has quedado? —me preguntó mientras se calzaba a toda prisa.

—En la plaza.

—Genial —musitó para sí mismo. Por el rabillo del ojo lo vi ponerse de pie—. Para ir a casa de Paxton tengo que pasar por delante.

Una sensación cálida se arremolinó en mi pecho cuando se acercó a mí. Con la plataforma de mis botines la diferencia de altura entre nosotros se había reducido un par de centímetros. Desde que había pegado el estirón años atrás era tan alto como el Everest.

Jack cogió su chaqueta vaquera del perchero. La prenda tenía el cuello y el interior forrado de borrego, y estaba muy guapo con ella puesta. Aparté la mirada de su rostro cuando me pilló mirándolo. Él alargó el brazo para coger las llaves de su camioneta del aparador de nogal. Después, abrió la puerta y me la aguantó para que pasase delante.

Al salir, me encogí de frío debajo del cárdigan. Halloween estaba a la vuelta de la esquina y el otoño brillaba en cada rincón de Sunnyside con todo su esplendor. Las hojas de los árboles se habían teñido de tonos anaranjados y había calabazas talladas en las puertas de todos los vecinos.

La camioneta de Jack estaba aparcada en la acera de enfrente de su casa. Caminamos hacia ella en silencio. Él llevaba las manos metidas en los bolsillos, y yo cargaba un libro en una de las mías.

Cruzamos la calle y nos montamos en su camioneta. Los nervios juguetearon en mi estómago. El asiento era de una sola plaza y estaba tapizado en color crema. El motor rugió con fuerza cuando arrancó y me llegó el olor a carburante. Su *pick-up* era idéntica a la de Bella Swan, y lo suficientemente antigua como para tener la palanca de marchas detrás del volante.

El vaho se había adueñado de los cristales, así que Jack encendió la calefacción.

—Hay que esperar unos minutos —me avisó—. No puedo conducir así.

—Vale —contesté mientras daba golpecitos con las uñas al libro que tenía encima de las piernas.

Tras unos segundos de silencio, que se me hicieron eternos, me preguntó:

—¿Por qué estás siempre leyendo?

Podría darle un millón de respuestas a esa pregunta. Leía porque me entretenía, porque podía viajar sin salir de casa, porque podía vivir mil aventuras y me evadía del mundo, porque podía soñar, porque me sentía menos sola, porque veía las cosas desde distintas perspectivas y porque estaba descubriendo nuevos sentimientos. Había lecturas que me hacían plantearme cuestiones filosóficas y otras que me hacían desconectar y vaciar la mente. Leyendo reía, lloraba, suspiraba enamorada y era feliz. Para mí leer era como el sol para las plantas: lo necesitaba para vivir. Después de sopesarlo un instante, me decanté por darle la respuesta más sincera:

—Porque quiero vivir aventuras. Aquí todos los días son iguales, pero aquí dentro —acaricié el libro con cariño— cada día pasa algo nuevo.

—Mmm... ¿Y qué aventura estás viviendo hoy? —Señaló el libro con la cabeza.

—Una del futuro, en la que el mundo está dividido en facciones.

—¿En facciones? —consultó intrigado—. Cuéntame más.

Los escasos cinco minutos en coche que separaban la casa de Jack de la plaza del pueblo se me pasaron volando mientras le resumía la trama de *Divergente*.

—¿También vas a reseñarlo para la revista? —me preguntó cuando puse la mano en la manija de la puerta para bajarme.

—No lo sé. —Me encogí de hombros al abrir—. Lo decidiré cuando lo acabe.

Él me dedicó un asentimiento, y yo salí de la camioneta.

—Gracias por acercarme —le dije con una sonrisa.

—No se dan.

Nos despedimos y cerré la puerta.

En cuanto me di la vuelta y vi la cara de sorpresa de Holly, terminé de sonrojarme. Mi amiga estaba esperándome al lado de nuestra cafetería favorita. Eché a andar nerviosa por si Jack seguía mirándome.

Holly se asomó por un lateral de mi cuerpo para observar la camioneta y parpadeó sorprendida un par de veces.

—¿Qué haces? —pregunté, alzando la voz—. ¡No le mires! —le chisté.

Ella volvió a erguirse y centró sus ojos en mí. Se llevó la mano a la boca y soltó una risita tonta. Mi amiga estaba al tanto de que me gustaba Jack. Se lo conté en verano, un día que coincidimos con él en la piscina municipal. Recuerdo que lo vi cargando la nevera portátil de la señora Green. Cuando nuestras miradas se encontraron y me saludó con un gesto de cabeza, sentí que mi corazón echaba a bailar. De inmediato, tuve la necesidad de compartirlo con Holly.

—¡Eh, Mia! —Oí la voz de Jack y se me contrajo el estómago.

Me volví para mirarlo con un atisbo de sonrisa en la cara.

—Te olvidas el libro. —Jack lo sostuvo en el aire.

Retrocedí lo andado un poco avergonzada. Él se inclinó sobre el asiento y me lo dio por la ventanilla.

—Gracias —le dije.

—Ya me contarás qué tal está —contestó él.

En cuanto volví a darle la espalda, oí el inconfundible sonido del motor que indicaba que Jack se alejaba.

—Perdona, pero ¿acabas de bajarte de la camioneta de Jack Halliday? —me preguntó Holly cuando llegué a su altura.

—Sí. —Asentí con energía un par de veces.

Ella se me enganchó del brazo y me interrogó como si fuese la jefa de policía del condado:

—¿Y eso? ¿Se lo has pedido tú? ¿Se ha ofrecido él? Cuéntamelo. ¡Todo!

Cuando terminé de narrarle con la mayor exactitud posible cómo habían sido los hechos y le repetí palabra por palabra todo lo que habíamos hablado, ella soltó:

—¿Crees que le gustas?

Aquella pregunta se quedó horas danzando en mi cabeza. No sabía la respuesta, pero esperaba que sí.

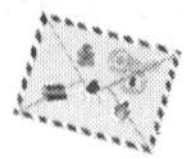

Esa noche, estaba tumbada en la cama leyendo cuando mi móvil pitó con un mensaje entrante. Tanteé la mesilla en busca del teléfono. Probablemente sería Holly. Una sonrisa tonta asomó a mis labios al ver que se trataba de Jack. Era la primera vez que me escribía. Abrí el mensaje y algo aleteó en mi estómago.

He leído el artículo, tus padres tienen razón, es muy bueno

«Se ha leído mi artículo», pensó una vocecita optimista.

Ahora me apetece leer el libro que recomiendas

En serio?

Sí

Lo compraré en mi próxima visita a la librería

Noté cómo se ensanchaba mi sonrisa. Eso era un piropo, ¿no?

Vale. Genial!!!

Pasaron un par de minutos en los que no contestó. Quería seguir hablando con él, pero no sabía cómo continuar la conversación. Al final, lo único que me salió decirle fue:

Ya me contarás qué te parece 

Claro!

Solté el teléfono encima de la cama y me dejé caer sobre la almohada con el libro apretado contra el pecho. Ese chico comenzaba a gustarme mucho. Lo sabía porque estaba empezando a sentir las emociones intensas que se describían en los libros y en las revistas. Una parte de mí quería llevarse el secreto a la tumba, pero otra estaba deseando ser valiente, arriesgarse y decírselo.

Aquella noche fue la primera vez que imaginé que Jack y yo nos besábamos.

Unos días más tarde, recibí otro mensaje suyo que me hizo sonreír: se había leído el libro que había recomendado en la revista. Antes de que me diese tiempo a contestar, me llegó un segundo mensaje suyo que rezaba:

Cuéntame, qué aventura estás viviendo hoy?

11

Jack

El tacto suave de la piel de Mia, el olor floral de su colonia y el anhelo que me pareció ver durante unos segundos en sus ojos azules avivaron la llama que había prendido en mi pecho el día anterior.

Lo único que se me ocurrió para distraerme de la erección fue preguntarle: «¿Qué aventura estás viviendo hoy?». Le había hecho esa pregunta cientos de veces y ella siempre me había respondido ilusionada. Los libros eran su tema de conversación favorito. En el pasado, había leído muchísimos buscando la excusa de hablar con ella.

—La de una actriz —me contestó al final con reticencia.

Ladeé la cabeza y la observé con curiosidad.

—El libro narra la historia de una mujer increíble que está contándole a una periodista los escándalos que ha protagonizado a lo largo de su vida, para que escriba su biografía —prosiguió.

Asentí, tratando de mantener las emociones a raya. Aquella era la frase más cordial que me había dedicado desde que había vuelto a Sunnyside.

—¿Te está gustando? —le pregunté.

—Mucho —respondió con una pequeña sonrisa—. La historia es buenísima y visibiliza temas muy importantes.

Al incorporarme roté los hombros y el cuello; notaba los músculos entumecidos por lo rígido que me había quedado al tenerla encima. Me levanté y bajé los escalones que nos separaban. Después, me fijé en la portada de su libro. En ella, aparecía una mujer a la que no se le veía la cara, con un vestido verde muy elegante.

—No te dejes engañar por el título —me pidió—, porque no define la historia.

Alargué la mano y le hice un gesto para que me prestase la novela. Me entregó *Los siete maridos de Evelyn Hugo* y yo intenté concentrarme en leer la sinopsis.

—Parece interesante —comenté distraído.

Después de fracasar tres veces en leer la contraportada, desistí.

Reparé en el marcapáginas amarillo que asomaba por arriba, señalando que prácticamente estaba acabando su lectura. Anoté mentalmente que tenía que leerme aquel libro. Cuando alcé la cabeza, la encontré mirándome.

—Ya me contarás qué tal cuándo lo termines... —le pedí al devolvérselo.

Ella asintió y no agregó nada más.

Sentí una punzada amarga en el centro del pecho. Tuve la certeza de que se lo acabaría y no me contaría qué le había parecido. Me daba pena porque hubo un tiempo en el que yo era el primero en conocer su opinión sobre casi cualquier cosa.

—Bueno, voy a cenar —me soltó de repente.

—Yo voy a arreglar el escalón.

—¿Ahora? —Me miró sorprendida.

—Sí, claro. No te voy a dejar esto así. —Señalé el agujero del suelo—. Es peligroso.

—No te preocupes, puedo saltarlo sin problemas. Y dudo mucho que suba porque estoy durmiendo abajo.

—No me cuesta nada. Además, tengo un trozo de madera que juraría que es del mismo tamaño.

Sin darle tiempo a replicar, me saqué el martillo del bolsillo lateral del cinturón y me arrodillé al lado del agujero. Usé la garra en forma de uve que tenía la cabeza de la herramienta para sacar los clavos de la madera.

—¿Te ayudo? —Mia habló a mi espalda.

No lo necesitaba, pero que se ofreciese a prestármela, tal y como estaban las cosas entre nosotros, era una señal de avance, y eso me venía bien para el acercamiento.

Giré el cuello y la miré por encima del hombro.

Mia estaba inclinada hacia delante, con el libro apretado contra el pecho y los ojos fijos en mí. Algunos mechones dorados se habían escapado de su moño deshecho, enmarcando su cara. Estaba guapísima.

Alzó las cejas en una pregunta muda y me di cuenta de que me había quedado mirándola como un idiota otra vez.

«Espabila, tío, que parece que te ha dado un aire…».

—Sí que me vendría bien un poco de ayuda —contesté—. ¿Te importa ir a por una tabla, por favor?

—¿Dónde está?

—En la recepción. Verás que hemos improvisado una estructura para cortar la madera. En el suelo hay varias de distintos tamaños. Creo que la mediana nos puede hacer el apaño.

—La mediana —repitió para sí misma a la par que asentía—. Vale, ahora vuelvo.

Se dio la vuelta y bajó el tramo de escaleras. Cuando sus pisadas se alejaron, dejé el martillo en el suelo y me apreté el ceño.

Respiré hondo un par de veces. Acto seguido, recuperé la herramienta y terminé de quitar los clavos para apilarlos con cuidado en el escalón superior. Mia reapareció unos minutos más tarde, justo cuando yo me incorporaba con la madera partida entre las manos.

—¿Esta sirve? —me preguntó, refiriéndose a la tabla que cargaba.

—Sí —confirmé antes de dejar la otra a un lado.

Volví a hincar la rodilla en el suelo y coloqué el listón de madera de pino en su sitio. El escalón sobresalía un poco, tendría que lijar el saliente con calma, pero de momento nos valía para no dejar la estructura de la escalera al descubierto. Lo empujé hasta colocarlo en su sitio. En un momento, clavé los clavos. Luego, pisé el escalón para asegurarme de que no crujía y de que no se vencía bajo mi peso.

—Mañana lijaré lo que sobra —le dije a Mia—, pero ya no debería dar problemas.

Después, bajé y me uní a ella en el rellano. Me guardé el martillo en el bolsillo del cinturón y me crucé de brazos. Los escalones eran de madera de roble, más oscuros que el de pino que acababa de colocar. La diferencia saltaba a la vista.

—Podemos poner moqueta encima como antes, ¿te acuerdas? —le pregunté.

—Sí. Me acuerdo.

—Así las escaleras serían más seguras, no se notarían los distintos tipos de madera y aislaríamos el ruido de las pisadas de los huéspedes. ¿Qué opinas?

—¿Yo? —dijo sorprendida—. El experto en madera eres tú.

—Ya, pero quiero saber lo que piensas tú.

—La moqueta puede ser una buena solución —reconoció al cabo de un instante.

—Sí, yo también lo creo. —Me agaché para recoger los clavos—. Tú tienes más gusto para decorar que yo, si tienes alguna idea del color que quieres para la alfombra, soy todo oídos.

En ese instante, ella volvió corriendo a su guarida y se escondió tras la máscara de la indiferencia. ¿Tan malo era lo que le había dicho? Solo le había pedido que eligiese un color, no que fuésemos juntos de compras ni nada parecido.

—Se ha hecho un poco tarde —dije mirando la hora en mi reloj de pulsera—, debería irme ya.

—Yo voy a cenar.

Le hice un gesto con la mano y le cedí el paso. Al llegar a la recepción, ella recogió su libro, que estaba abandonado sobre una de las maderas, y yo guardé las herramientas en la bolsa. Ni Mia me invitó a cenar en su compañía ni yo le pregunté si podía quedarme. Si quería convencerla de que no vendiera el Polaris, tenía que ganármela poco a poco.

—Buenas noches —le dije, al tiempo que recogía mis pertenencias de la mesa improvisada.

—Hasta mañana —se despidió, antes de darse la vuelta y encaminarse a la cocina.

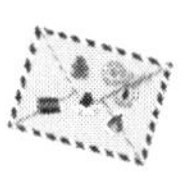

Según entré en casa, minutos más tarde, me fui directo a la ducha. Tenía la espalda dolorida, pero no encontré ninguna marca en el reflejo que me devolvía el espejo. Dejé que el agua caliente me cayese sobre los hombros y la espalda, me notaba los músculos agarrotados. Recordar la calidez de la piel de Mia y su respiración sobre mi boca hizo que se me volviese a poner dura. Resoplé y me froté el torso con la esponja. Llevaba varios días negándome una realidad aplastante. ¿A quién quería engañar? La atracción que había sentido por Mia no se había ido a ninguna parte, seguía ahí, latente y esperando su turno para salir. Me encantaría volver a tocarla, pero por el bien de mi cordura no debería fantasear con desnudarla. Eso sería un billete directo a Villa Problemas.

Después de secarme y vestirme me encerré un buen rato en la cocina. Preparé pescado al horno, puré de patatas, arroz blanco y filetes de pollo para los días siguientes.

Estaba sentado en el sofá, cenando pollo al pesto con la única compañía de las noticias, cuando sonó mi móvil. Observé la pantalla y me topé con varios mensajes de Ivy.

Qué tal con Mia?

Has conseguido convencerla de que no venda el Polaris?

Estoy en ello...

No iba a contarle a mi hermana pequeña que tenía intención de pedir otro préstamo, ni que había iniciado un acercamiento con Mia para recordarle lo mucho que le gustaba la Navidad. No quería que se preocupase por algo que iba a salir bien.

Me he enterado de que se encontró con Carol en el supermercado

Las malas lenguas dicen que se pelearon, pero conociéndolas, suena raro

Yo he oído algo parecido, pero no me lo creo

Por muy enfadada que pudiese estar Mia con Carol, jamás le montaría un espectáculo en público, y Carol no le haría daño ni a una mosca.

Ya...

Oye, y tú cómo estás?

Bien. Como siempre

Jack... 🙄

El amor de tu vida ha vuelto al pueblo

No creo que estés del todo bien

Agradezco que te preocupes por mí, pero te aseguro que estoy perfectamente

«El amor de mi vida».

Noté el sabor amargo del pollo en la lengua, se me cerró la garganta y se me quitaron las ganas de seguir cenando. Observé la frase unos segundos.

No. Por desgracia, la amargura no venía del pollo, venía del peso de aquellas palabras.

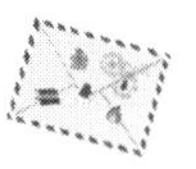

Eran las nueve y media del lunes cuando estacioné frente al Polaris. El coche de alquiler de Mia seguía aparcado en el mismo sitio. No había obtenido la respuesta que me habría encantado escuchar en el banco. Lisa me había repetido lo mismo que me había dicho en el salón de su casa: que era extremadamente difícil que me concedieran el préstamo y que tardarían un par de días en verificar mi solvencia, lo que significaba que me confirmarían algo el miércoles por la mañana. Mia tenía ese día la reunión con Blackheart, pero no sabía a qué hora. Tenía que preguntárselo y, ya de paso, contarle lo que estaba intentando.

Nada más entrar en la recepción me quité la chaqueta, quedándome con una camiseta térmica negra, y la dejé en el perchero. Pasé a la cocina, pero no había ni rastro de Mia. Mientras esperaba a Blaze, que iba a echarme una mano en su día libre, pensé en llevar las puertas a la planta de arriba para colocarlas en las habitaciones. Cogí una de ellas y atravesé la estancia.

En cuanto llegué al pasillo de las habitaciones, vi que la puerta de Mia estaba cerrada. Decidí que si para mediodía no me había cruzado con ella, llamaría para preguntarle por su reunión. Estaba pensando en ello cuando un chillido agudo me sobresaltó y puso mis instintos en alerta.

—¡¿Mia?! —pregunté en cuanto comprendí que era la única que podía haber gritado.

Solté en el acto la madera que cargaba. La puerta armó un gran estruendo al aterrizar en el suelo. Abrí la de la habitación de Mia de un empujón y oí un golpe metálico, que provenía del baño.

—¿Mia? —Llamé a esa segunda puerta con el puño—. ¿Estás bien?

Esperé y nadie contestó.

—¡Mia, voy a entrar! —advertí, preocupado.

Al no obtener respuesta, perdí la paciencia y abrí. Me quedé paralizado en el umbral y me transformé en piedra, como una de esas gárgolas de Notre Dame.

«Madre de Dios».

Mia estaba en la ducha. El vapor del cristal empañado tapaba la mayor parte de su cuerpo desnudo, aun así, intuía su figura curvilínea a través de él.

Dentro del baño hacía el mismo calor que en el infierno.

—¡Jack! —chilló mientras cogía la toalla del toallero para cubrirse a la velocidad de la luz.

Me aclaré la garganta para contestar, pero no pude. Su visión me había arrebatado el aliento.

Mia salió de la ducha sujetándose la toalla blanca a la altura del pecho y con la respiración acelerada. Tenía el cabello chorreando, las mejillas coloradas y restos de espuma en el cuello y en los brazos. Intenté comportarme como un caballero y no bajar la vista, pero me moría de ganas de hacerlo. Varias imágenes explícitas me pasaron por la cabeza. Sin querer imaginé que Mia dejaba caer la toalla, que yo la subía en la encimera y que ella me rodeaba la cintura con las piernas mojadas...

—¡¡Ha explotado la tubería!! —exclamó en otro chillido, señalando la pared y sacándome de mis fantasías.

En ese momento, volví en mí y comprendí que el ruido del agua caliente que caía en cascada no provenía de la ducha, sino de la tubería externa, que había reventado. También entendí que ella debía de haber gritado al salirle el agua de repente.

Allí dentro todo era un caos. El agua salía a borbotones y el suelo se estaba encharcando.

Mia se acercó a la tubería, intentó tapar el reventón con la mano y soltó otro grito.

—¡Está ardiendo! —exclamó dolorida—. ¡Jack, ¿quieres ayudarme?! ¡Se está inundando el baño!

Eso bastó para que me pusiera en marcha.

—Dame una toalla —le pedí, adelantándome.

—¿Cuál quieres? —ironizó—. ¡¿La que llevo puesta?! ¡No hay más!

Mia estaba estresada, pero yo estaba acostumbrado a enfrentarme a situaciones de emergencia y mantuve la calma. En mi trabajo eso era fundamental para tomar decisiones bajo presión. Al acercarme a la tubería, me empapé entero. Chasqueé la lengua, el agua quemaba demasiado. Me aparté para quitarme la camiseta y la usé para taponar el agujero.

—Cierra la llave de paso. Está ahí arriba. —Señalé la pared con la cabeza, mi camiseta ya estaba calada.

Ella me dio la espalda. Cuando alzó el brazo derecho, la toalla se le subió unos centímetros hasta el borde del culo.

—Joder... —mascullé para mí mismo, mientras apartaba la mirada.

«Me va a dar un puñetero infarto».

—¡No llego! —me dijo con otro grito nervioso.

—Ven aquí, anda —le contesté, lo más calmado posible—. Sujeta la camiseta, que yo corto el agua.

Mia se resbaló al acercarse a mí. Nos chocamos al intercambiar posiciones y por poco no nos caímos al suelo. La sujeté por los hombros. Tenía la piel mojada y caliente. La electricidad pasó de su cuerpo al mío. Tras unos segundos de desconcierto en los que me observó como si fuese un conejito alumbrado por los faros de un vehículo, se apartó.

Salí del trance, estiré el brazo y cerré la llave de paso. Cuando conseguí cortar el agua, estábamos chorreando y el suelo parecía el lago Tahoe.

—Ya está, ya puedes soltar —la informé.

Ella retiró la mano con cautela y suspiró al comprobar que ya no salía agua de la tubería.

—Esto es surrealista —comentó en un murmullo a la par que dejaba caer mi camiseta al suelo.

Me retiré el pelo empapado de la frente y me pasé la mano por la cara.

Mia alzó la cabeza para mirarme. Lo correcto era salir, dejarla cambiarse y volver para limpiar el suelo. Eso era lo que debía hacer, pero la realidad era que no podía apartar los ojos de los suyos. Además, empezaba a cansarme de hacer lo correcto. Me quedé contemplándola con prudencia y, de buenas a primeras, ella me sorprendió estallando en carcajadas.

El sonido de su risa melódica me dejó igual de paralizado que cuando había entrado en el baño. Esa carcajada alegre hizo que la piedra que protegía mi pecho empezase a resquebrajarse. Cuando Mia se reía de verdad echaba el cuello hacia atrás, se llevaba la mano al pecho y se le empañaba la mirada.

—¿De qué te ríes? —le pregunté extrañado.

—De que arreglas un problema y surge otro —contestó, riéndose—. Anoche se rompió el escalón, ahora estalla la tubería... Tiene que ser una señal.

Su risa era tan contagiosa que se me escapó una carcajada. Cuando terminamos de reírnos, le sonreí y ella se quedó muy seria.

—¿Qué pasa? —le pregunté.

—Nada, es solo que tu hoyuelo... Sigue ahí. Pensé que...

—¿Qué?

—Nada. Es una tontería. —Negó con la cabeza.

—¿Qué pensaste? —le pregunté en voz baja.

—Que no volvería a verlo —musitó.

Ella tomó la iniciativa al dar un paso en mi dirección y yo di otro en la suya.

—Ya no sonríes como antes —lo dijo más para sí misma que para que yo la oyera.

—Tú tampoco. No te oía reírte así desde que limpié el hollín de la chimenea de recepción y...

—... te pringaste entero —terminó por mí.

—Sí. No parabas de burlarte y salí corriendo detrás de ti, ¿recuerdas?

No hizo falta que contestase en voz alta. El brillo de sus ojos azules hablaba por ella. Mia se acordaba de aquella anécdota tan bien como yo.

Ninguno de los dos comentó que, cuando la alcancé, restregué la cara contra la suya para mancharla, y tampoco mencionamos que acabé besando su risa en el jardín trasero.

Mia se acercó un poco más, colocó la mano en mi bíceps y un rayo de energía recorrió mi cuerpo. La tenía tan cerca que veía sus pecas a la perfección. El olor a fresa de su champú me atolondraba los sentidos. El corazón me martilleaba con fuerza contra las costillas y la piel húmeda me ardía bajo su contacto. En ese baño el calor era sofocante, sentía que me faltaba el aire.

«Eh, capullo, te estás empalmando».

Recé para que ella no bajase la vista y se percatase de lo que ocurría dentro de mis pantalones.

Me obligué a no deslizar los ojos hacia abajo y a no pensar en el cuerpo precioso que se ocultaba tras la toalla. No sabía si lo que me nublaba el juicio era la condensación de la estancia o el deseo que sentía por ella.

—¿Qué te ha pasado aquí? —me preguntó.

Desvié la vista y me encontré con la cicatriz que adornaba mi bíceps izquierdo. Tenía la sensación de que, si me concentraba lo suficiente, podía oír el sonido que hacían las chispas que saltaban inquietas y cargaban el ambiente entre nosotros.

—Fue hace bastante, se me cayó una viga encima, en un incendio —le contesté.

—¿Y aquí? —Apoyó la palma en la marca blanca que atravesaba mi pecho y el hormigueo agradable fue conquistando terreno.

—Fue en el mismo incendio, no pude desalojar el edificio a tiempo y se derrumbó parte de la estructura.

Ella alzó el rostro de manera súbita. Sus ojos brillaban y me observaban con compasión. Un segundo después bajó la vista hasta mi boca. De manera inconsciente, Mia entreabrió los labios. Mis ojos se quedaron anclados en la gota de agua que estaba posada sobre su arco de cupido. Lo único que quería hacer era agacharme y...

Besarla.

Quería besarla.

La llama que había sentido el día anterior había dado paso al fuego, que me corría por las venas como si fuera lava. Me volvía un poco loco pensar que lo único que cubría su cuerpo era esa dichosa toalla. Me moría por estirar la mano y tocar su piel cálida. No era capaz de pensar en otra cosa. Los ojos azules de Mia estaban anclados en mi torso desnudo. Diría que le gustaba lo que veía. Su mirada quemaba mi piel como un hierro incandescente.

—Jack... —Mia se aproximó un poco más a mí.

Era la primera vez en años que pronunciaba mi nombre sin que sonase a reproche.

Estaba sopesando la idea de cerrar la distancia que nos separaba cuando la voz de Blaze nos interrumpió:

—Jack, he oído gritos. ¿Todo bien?

Mia se apartó de golpe y yo me giré en dirección a la puerta, con la mandíbula apretada y maldiciendo el don de la oportunidad de mi amigo. Un instante más tarde, Blaze ensombreció el umbral. Sus ojos vagaron del suelo a mí, y después a Mia. Le vi sumar dos más dos y un atisbo de sonrisa apareció en su rostro cuando volvió a mirarme.

—Perdón por la interrupción... —empezó mi amigo.

—Solo era la tubería —se apresuró a contestar Mia—, que ha explotado.

Los ojos de Blaze volvieron a posarse en ella, y yo sentí el calor de mi pecho mutar en una sensación incómoda.

—Sal de aquí —le pedí de malas maneras, molesto por la interrupción—. ¡Ya!

Blaze se marchó por donde había venido, y yo me giré para encarar a Mia. Ella desvió la vista un instante a la cicatriz de mi pecho. Resistí las ganas de recolocarme el pantalón, que me apretaba en la entrepierna. Cuando nuestros ojos tropezaron, cogió aire y me dijo:

—Voy a vestirme.

«BA-JO-NA-ZO».

—Y yo a llamar a Billy, a ver si puede venir de urgencia —contesté, aparentando normalidad.

—¿Billy es fontanero? —me preguntó sorprendida—. Pensaba que quería dedicarse a la pintura.

—Quería, pero heredó el negocio familiar.

Ella asintió y se marchó sin decir nada más.

Recogí mi camiseta empapada y la escurrí. Después, cerré los ojos y me apoyé contra una de las paredes resbaladizas.

Sí. Sin duda, ahora entendía aquello de: «Donde hubo fuego, cenizas quedan».

12

Mia

Me interné en la habitación hecha un lío y me escondí tras la pared que separaba la estancia del baño.

El momento que habíamos compartido Jack y yo había sido íntimo, caluroso y sexy. Tenía el corazón acelerado y la respiración entrecortada. Necesitaba recomponerme para reordenar lo que sentía. Jack me había dedicado una de esas sonrisas que marcaban su hoyuelo y yo había sentido un aleteo débil dentro del pecho, como el de un pájaro que ha pasado tanto tiempo encerrado en una jaula que ahora le cuesta extender las alas del todo y echar a volar. Hacía tiempo que no sentía algo parecido y eso me asustaba.

Si estaba así de afectada y ni siquiera habíamos llegado a besarnos, ¿qué habría pasado si lo hubiésemos hecho?

Una imagen de él besándome en la boca, y después en el cuello, se deslizó por mi mente. Seguida de otra en la que capturaba las gotas de agua de mi pecho con la lengua. Eso bastó para que el calor se avivase en mi estómago. Una parte de mí estaba deseando caer en la tentación de volver al baño y besarlo, tal y como había hecho miles de veces.

Enseguida me cuestioné a mí misma. Me había propuesto mantenerme alejada de ese hombre y… ¿lo primero que hacía era pegarme a él cuando la ropa escaseaba? ¿En qué estaba pensando? Aquello no era una de mis novelas románticas. Si pasaba algo entre nosotros y me arrepentía, no podría pulsar la tecla de borrar y volver a empezar sobre una página en blanco. Lo que hiciera con Jack se quedaría grabado a fuego en mi memoria y me costaría mucho tiempo olvidarlo.

Un cúmulo de emociones y sentimientos entremezclados danzaban a su ritmo y sin control por mi interior. Sabía ponerles nombre a todos ellos: compasión, confusión, cariño, añoranza, deseo y miedo. Pero había una que imperaba por encima del resto: estaba preocupada después de ver las cicatrices que marcaban su piel. Eran lo suficientemente grandes como para estar segura de que Jack habría pasado, al menos, un par de días recuperándose en la cama de un hospital.

Recogí la bolsa de viaje del suelo y la arrojé sobre el colchón de cualquier manera. Al abrirla, escogí entre la ropa que me quedaba para tres días. Lancé sobre la cama unas bragas y un sujetador desparejados, los mismos vaqueros que me había puesto el día anterior y un jersey de ochos de color cereza.

Como pude, me sequé el cuerpo con la toalla húmeda. Me subí las bragas a toda prisa y siendo muy consciente de que Jack estaba al otro lado de la pared. Al abrocharme el sujetador, me llegó el sonido de su voz amortiguada. Mientras me vestía intenté prestar atención a su conversación, pero no capté ni una sola palabra.

Regresé al baño con el corazón en un puño.

Jack tenía la espalda apoyada en la pared de baldosa, la vista clavada en el suelo mojado y el teléfono pegado a la oreja. Su camiseta estaba colgada en el toallero. Al percibir movimiento en el umbral, alzó la cabeza. En aquel momento, asintió a algo que le dijo su interlocutor mientras sus ojos pasearon con tranquilidad desde mi cabello húmedo hasta el roto de la rodilla de mis vaqueros *vintage*.

—Perfecto, muchas gracias, aquí te esperamos —contestó antes de colgar.

Acto seguido, se apartó de la pared para guardarse el móvil en el bolsillo trasero del pantalón.

—Billy va a pasarse para evaluar los daños de la cañería —me explicó unos segundos más tarde—. Sin verla, no sabe decirme con exactitud si podrá repararla hoy.

—Vale, voy a por algo para recoger este desastre —puntualicé, señalando el suelo encharcado.

—Te acompaño.

Dio un paso en mi dirección.

—No hace falta. —Retrocedí—. Además, estás empapado y vas a ponerlo todo perdido.

Me felicité internamente por haber dado con la excusa perfecta para alejarme de su cercanía unos minutos.

—Cierto... —comentó.

—Ahora vuelvo.

Salí disparada y atravesé la recepción.

En la cocina me topé con su amigo Blaze. Estaba sentado en uno de los taburetes altos que se encontraban frente a la isla, bebiéndose un café con toda la calma del mundo y leyendo las noticias en el periódico local.

—Hola —me saludó, despegando los ojos del papel—. ¿Quieres uno? —Me ofreció una bandeja de *croissants* diminutos rellenos de lo que parecía ser mermelada de arándanos.

Por el olor dulce y apetecible que despedían supe que eran caseros.

—No, muchas gracias.

—¿Segura? Están buenísimos —insistió.

—Segura.

Apenas lo conocía, pero mi instinto me pedía que me mantuviese alejada de su excesiva amabilidad.

—¿Y Jack? —me preguntó.

—En el baño —contesté—. ¿Sabes si tiene ropa seca en algún sitio?

Blaze torció el gesto y se quedó pensativo un instante.

—No que yo sepa, pero puedo pasarme por su casa y traerle algo —me dijo, levantándose—. No tardo nada.

Sin más, abandonó la cocina, dejándome sola con mis pensamientos.

Cuando me fui del pueblo, Jack todavía vivía con su madre y con su hermana. Aunque, a efectos prácticos, se pasaba gran parte del día metido en la academia de bomberos, y por las noches se colaba en mi habitación y dormía conmigo. Sabía que ahora tenía casa propia porque me lo había contado mi padre en una ocasión, pero no tenía ni idea de cómo sería.

Eché un vistazo rápido por la ventana. Para no variar, el cielo había vuelto a amanecer cubierto de nubes.

Cogí un par de fregonas de la despensa y regresé a la habitación. Al llegar, me detuve en el umbral del baño y volví a sentir el aleteo dentro del pecho. Jack se había quitado las botas y los calcetines, y se había doblado el bajo de los pantalones por encima de los tobillos. Seguía igual de guapo y alto que cuando me fui, pero, con los años, se había puesto más fuerte y había ganado más definición. Me pareció muy atractivo llevando solo los vaqueros y con la piel y el cabello mojados.

Él, ajeno a mis pensamientos, se adelantó.

—Trae, deja que te ayude. —Me quitó una de las fregonas—. ¿Y el cubo?

Arrugué la nariz. Iba distraída y lo había olvidado.

—En la despensa.

—Veo que sigues tan olvidadiza como siempre. —Sonrió.

«Maldito hoyuelo adorable».

Sin decir nada, le alcancé la otra fregona y volví a la cocina.

Un minuto más tarde, ya estaba de vuelta con el cubo y un par de toallas.

Lo dejé en el suelo de la entrada del baño.

—Toma —le dije estirando el brazo.

Nuestros dedos se rozaron con brevedad cuando cogió las toallas.

Decidí imitarle y me deshice de las deportivas y de los calcetines. Mientras me recogía el bajo de los pantalones, Jack se secó el pecho y los brazos. No podía encontrar irresistible algo tan mundano como verlo secarse el torso con una toalla, ¿no?

«Por poder...».

Finalmente, Jack se pasó la toalla por la cara y por el pelo. En ese instante me olvidé de respirar.

Di un paso adelante y la atmósfera cálida del baño me envolvió. Pisé el suelo mojado con cuidado de no resbalarme. El agua se había enfriado lo suficiente como para que me diera un escalofrío. Mientras se secaba la parte posterior del cuello, Jack me dio un repaso con la mirada que provocó que se me endurecieran los pezones debajo del sujetador.

Cogí una de las fregonas que él había dejado apoyadas contra la pared y comencé a limpiar el suelo. Por el rabillo del ojo lo vi soltar la toalla mojada sobre el lavabo y coger la otra fregona. Durante un rato lo único que hicimos fue secar y escurrir el agua sobre el cubo, en silencio.

El ambiente entre nosotros se fue relajando conforme la tensión se iba evaporando. Parecía que ninguno de los dos estábamos por la labor de sacar el tema del beso. En otra circunstancia se lo habría preguntado sin rodeos, pero algo me decía que, por una vez en la vida, lo mejor era no hacer preguntas para cuya respuesta no estaba preparada.

—Has quedado con Jim el miércoles, ¿no? —me preguntó Jack mientras escurría el agua por enésima vez.

—Sí.

Plantó la fregona en el suelo y me observó con cautela durante un instante.

—¿A qué hora? —me lanzó la siguiente pregunta.

—A las cuatro.

Asintió a la par que volvía a recoger el charco del suelo. A esas alturas teníamos todo más o menos controlado.

—¿Por qué me lo preguntas? —quise saber.

—Porque he pedido un préstamo al banco para comprar tu parte de la deuda del Polaris —me explicó tranquilo.

Abrí los ojos sorprendida y alcé la voz para decir:

—¿De verdad has pedido un préstamo de trescientos mil dólares?

—Sí —asintió.

Suspiré mientras procesaba aquella información. Cuando Jack me ofreció la posibilidad de encontrar un comprador, debí suponer que se refería a sí mismo.

—El miércoles por la mañana Lisa me confirmará si me lo han concedido o no —prosiguió.

No quería pensar en el tiempo que tardaría en devolver todo ese dinero. Sabía que ese hombre era testarudo. Cuando algo se le metía entre ceja y ceja, no paraba hasta lograrlo, pero pedir un préstamo astronómico era una locura. De las grandes. Una idea igual de mala que cuando improvisamos un trineo con una bandeja del comedor del Polaris y estuvimos a punto de despeñarnos por un barranco.

—¿Por qué estás tan decidido a sacar esto adelante? —la pregunta se me escapó de lo más hondo del alma.

—Porque era lo que tu padre quería, ya te lo dije.

—Jack... —Enarqué la ceja derecha y lo miré con la incredulidad pintada en la cara.

Los dos sabíamos que esa no era la única razón. O, al menos, no la principal. Él me aguantó la mirada unos segundos y, al final, claudicó con un suspiro.

—No hemos avisado del estado del Polaris a los clientes que reservaron el año pasado sus vacaciones de Navidad. Así que el veinte de diciembre esto estará lleno hasta la bandera.

—Dios mío, Jack... —Sujeté el mango de la fregona con fuerza y negué con la cabeza. No sabía cómo sentirme con esa nueva información—. ¿Por qué no les habéis dicho que esto se incendió?

—Porque la gente viene aquí, año tras año, para tener unas vacaciones perfectas. No se han ido y ya quieren volver. Tú lo sabes mejor que nadie. La Navidad es la época más importante para el Polaris.

«Eso era antes —me corté de añadir—. Cuando mis padres todavía...».

—Es una locura —musité en voz baja.

—Lo sé, pero no podemos permitirnos devolver el dinero de las reservas, y pasar unas buenas Navidades no es algo que necesiten solo el Polaris o los turistas. Es algo que necesita el pueblo entero. Después de lo que ha pasado, todos necesitamos un poco de esperanza, y la Navidad va de eso, ¿no?

Sus palabras me conmovieron y no fui capaz de contestar. Aquello era algo que solía decir mi padre.

Los valores que tenía el chico del que me enamoré cuando era una cría seguían presentes en el hombre que tenía delante y que me observaba fijamente. Una parte de mí empezaba a desear que le concedieran el préstamo. Si su plan no salía bien, aquello sería algo que cargaría sobre los hombros el resto de su vida.

Su determinación, la preocupación incesante que sentía por los demás y el miedo a defraudar a la gente que esperaba algo de él formaban parte de su esencia. Era una persona que siempre estaba dispuesta a ayudar, solo él podía meterse de cabeza en una reforma y dejar que el agua le llegase al cuello. Daba igual lo cansado que estuviese, era fiel a su palabra y nunca dejaba a nadie atrás.

«Excepto a ti», me recordó una vocecita.

En cuanto el eco de ese pensamiento llegó hasta mi pecho, aparté la mirada y volví a centrarme en la fregona, saliendo así de su encantamiento. Esa era una gran verdad, la que yo siempre arrastraría. Jack estaba ahí para todos, menos para mí.

—He oído que en Nueva York te va de maravilla —dijo, dispuesto a seguir con la conversación—. Tus libros están entre los más vendidos de *The New York Times*, ¿no?

Me mordí el carrillo por dentro y asentí para responder con un sonidito afirmativo.

—No quiero decir «te lo dije» —prosiguió—, porque lo odio, pero sabía que triunfarías, Best Seller.

El estómago me dio un vuelco al oírlo llamarme por mi apodo.

Me había puesto aquel mote cariñoso hacía muchos años. Una noche de verano estábamos sentados en el tejado del Polaris, disfrutando de la brisa y del cielo estrellado; yo estaba fantaseando con ganarme la vida escribiendo historias de amor y él dijo: «Estoy seguro de que lo conseguirás, Best Seller. Y yo estaré allí contigo para verlo. Aplaudiendo desde la primera fila».

Aquel logro había supuesto mucho para mí. Fue mi agente literaria la que me llamó hace unos meses para darme la noticia de que había entrado en la lista de los superventas. Recuerdo que chillé de alegría, pero, cuando colgué, me puse un poco triste por no poder compartirlo con Jack, igual que cuando me llamaron para ofrecerme publicar una novela. Qué tontería, ¿verdad? Hacía años que no estábamos en contacto, ¿por qué me daba pena no poder contárselo?

Durante meses no había obtenido la respuesta a esa pregunta, y ahora la tenía delante de mí. Me dio pena entonces, igual que me la estaba dando en ese momento, porque era un recordatorio de la única promesa que Jack había roto en su vida. Sentí una sensación amarga abrirse camino por mi pecho. Ni siquiera entendía por qué me seguía importando. Había pasado mucho tiempo.

—Tú... Allí eres feliz, ¿verdad? —me preguntó Jack, sacándome de mis pensamientos.

Levanté la cabeza y traté de ocultar la nostalgia que sentía.

—Sí —respondí.

Me dio la impresión de que observaba mis expresiones con atención, tratando de discernir si le había dicho la verdad o no. Por eso, añadí:

—En Nueva York tengo todo lo que necesito, y las cosas me van cada vez mejor.

—Me alegro —susurró.

Curvó los labios hacia arriba, pero no sonrió de verdad. Esa sonrisa impostada no le marcó el hoyuelo como cuando nos estábamos riendo, hacía unos minutos.

Cuando sus ojos color miel se posaron en los míos, rompí el contacto visual. Nunca me había importado que supiese las emociones que me provocaba, pero estaba un poco afectada y no tenía ganas de hablar con él.

—Yo diría que esto ya está —comenté, tras escurrir la fregona por última vez.

—Mia... —Jack me llamó con ese tono descorazonado que uno usa cuando su gato ha arañado los cojines de terciopelo del salón y la situación ya no tiene arreglo.

Me volteé para mirarlo y él solo me dijo:

—¿Te apetece desayunar conmigo?

Le contemplé unos segundos.

«¿Por qué? ¿Para ponernos al día de los cinco años que te has perdido?», pensé con acidez.

Hasta hacía un rato estaba muerta de hambre, pero el estómago se me había cerrado. Además, desayunar con él era una situación demasiado familiar por la que no quería pasar.

—Tengo que escribir —contesté con sequedad.

Sin darle lugar a replicar, me di la vuelta para salir en el mismo instante que apareció Blaze seguido de Billy. Ambos se detuvieron en la puerta.

—Te he traído algo de ropa seca —le dijo Blaze a Jack, después de saludarme.

Le pasó la mochila a su amigo por encima de mi cabeza.

—Gracias —respondió, aceptándola.

Esquivé a Blaze para saludar a su acompañante. Billy era uno de los mejores amigos de Ivy, la hermana pequeña de Jack. La última vez que lo vi, él tenía veinte años. El muchacho delgaducho que recordaba había dado paso a un hombre fuerte y grande de pelo oscuro y amplia sonrisa.

—¡Billy, cuánto has crecido! —exclamé contenta de verlo.

—Pegué el estirón tarde. —Al abrazarme me levantó del suelo—. ¿Cómo estás, chica de la Gran Manzana?

—Muy bien, ¿y tú? —Al apartarme le dediqué una sonrisa pequeña y afectuosa.

—Bien. Ahora llevo el negocio de mi padre.

—Sí, ya me he enterado. ¿Qué tal está tu madre?

—Ahí anda, la operaron hace poco de la rodilla. Pásate a verla si tienes tiempo, le hará mucha ilusión reencontrarse con su alumna prodigio.

Me sorprendió que Jack cortase nuestra conversación de manera brusca diciendo:

—Siento interrumpir el reencuentro, pero ¿revisamos la tubería?

13

Mia

Billy reparó la tubería en tan solo dos horas. Cuando se fue, me encerré en la habitación con el portátil, lejos de Jack.

A ratos, conseguí sumergirme en la trama amorosa y enredada que vivían los personajes de mi novela, aunque pasé gran parte de la tarde lluviosa pensando en el «casi beso» con Jack y en la electricidad que había sentido correr de su cuerpo al mío. Intenté ser compasiva conmigo misma y no regañarme mucho por pensar en él. Estaban siendo unos días raros. Estar ahí me hacía sentir vulnerable y me confundía.

Al final, caí en la cuenta de que lo importante era que en menos de dos días volvería a Nueva York, Jack se quedaría en Sunnyside y todo volvería a la normalidad.

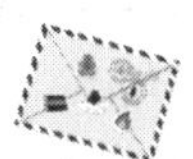

Cuando Jack llamó a mi puerta por la tarde volví a sentir el aleteo en el pecho. Me quité los cascos y contuve el aliento, con los dedos suspendidos a centímetros de las teclas del portátil. Sabía que al otro lado de la puerta estaba él porque siempre llamaba tres veces. Crucé la habitación y, cuando estaba a punto de abrir, lo pensé mejor. Había puertas que era mejor no reabrir. No quería verle y pasar otra noche en vela por su culpa. Ni mi corazón ni yo merecíamos eso.

—¿Mia? —preguntó Jack desde el otro lado.

Era probable que hubiese oído mis pisadas al acercarme.

Esperó unos segundos antes de hablar otra vez:

—Solo venía a decirte que me marcho ya... —Hizo una pausa—. Mañana tengo guardia, así que no vendré.

Una punzada de preocupación atravesó mi pecho y sus cicatrices volvieron a mi cabeza. Me recorrió una oleada de nerviosismo al imaginar que se le caía un edificio encima. Que me preocupasen los peligros que se escondían tras sus cicatrices o que no le concedieran el préstamo evidenciaban que empezaba a implicarme con un hombre que no me había seguido la primera vez. Estaba haciendo míos sus problemas y no podía olvidar que él fue quien sacrificó nuestra relación. El resentimiento se alzó en mi corazón.

Cerré los ojos y tragué saliva, sintiendo cómo el aleteo perdía fuerza poco a poco. Tenía la sensación de que la puerta que nos separaba dividía nuestros mundos.

—Volveré el miércoles —puntualizó.

Esperé unos segundos, hasta que oí sus pisadas alejarse, y me dejé caer en el colchón. Saqué el libro que no había terminado la noche anterior y leí para huir mentalmente de Sunnyside.

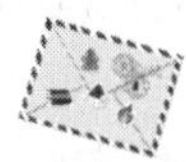

A la mañana siguiente salté de la cama tan pronto como sonó la alarma. Tenía una reunión con mi editora para hablar de la promoción de mi siguiente libro y, en lugar de rebosar de emoción, estaba agobiada. Parecía que me había olvidado la concentración en Nueva York y me estaba costando horrores escribir algo con lo que estuviese contenta. En el fondo, sabía que no podía usar al pueblo de excusa. La realidad era que desde que había muerto mi padre no tenía el espíritu adecuado para escribir una comedia romántica.

Después de despejarme en la ducha, salí a prepararme un café con el portátil bajo el brazo. Quería aprovechar la paz de estar sola en el Polaris para escribir. El día estaba nublado y la iluminación cálida de la cocina era mucho mejor que la de la habitación.

Un rato más tarde, Grace, que era mi editora en Evermore Publishers desde hacía unos meses, me saludó con la mano desde su despacho.

—¿Qué tal en tu pueblo? —me preguntó con una sonrisa adorable—. Lo he buscado en Google y parece un lugar idílico para pasar las Navidades.

Suspiré internamente.

—Bien, ¿y tú? —Forcé una sonrisa de vuelta y esquivé la pregunta de Sunnyside.

—¡Contentísima porque te traigo buenas noticias! ¡El equipo de comunicación ha conseguido cerrarte una entrevista con *The Today Show* para el día del lanzamiento!

Abrí los ojos sorprendida y tragué saliva.

—¿Voy a salir en las noticias? —Estaba atónita.

Ella se colocó un mechón rubio detrás de la oreja y soltó una risita.

—¡Sí! —continuó emocionada—. ¡Además, te hemos concretado otra entrevista con la revista *ELLE*, y ya tengo confirmadas las fechas del tour! ¡La primera presentación será en The Strand! He pensado que podría presentarte William.

—¿Anderson?

—Sí. Como tú lo presentaste a él y lo hicisteis tan ameno...

—¿William Anderson ha accedido a presentarme? —Parpadeé sorprendida—. ¡Eso es una pasada!

William era uno de los escritores más famosos de Estados Unidos. Había mencionado mis libros en un reputado programa de televisión y eso había disparado mis ventas.

—Todavía no se lo he preguntado, pero seguro que me dirá que sí. —Grace le restó importancia con un gesto de la mano—. Vale, sigo. De Nueva York nos vamos a Texas. Como la novela transcurre en Dallas y es un libro de *cowboys*, se nos ha ocurrido hacer un evento especial. ¿Qué te parece bailar country con algunas lectoras privilegiadas y merendar luego con ellas en un rancho? Creo que les encantará comentar el libro contigo allí.

—Me parece un planazo. ¡Ya sabes que yo me apunto a lo que sea!

—Hablando del libro, ¿cómo llevas el manuscrito? ¡Estoy deseando leerlo!

Los remordimientos crecieron en mi interior. El equipo de Evermore se estaba volcando en mí, y yo no sabía si terminaría una novela con la que estuviese satisfecha a tiempo.

Tragué saliva, intentando bajar la culpabilidad, y me sinceré:

—Bueno..., no estoy avanzando tan rápido como me gustaría. Estoy releyendo y cambiando muchas cosillas con las que no estoy cien por cien contenta...

Los ojos azules de Grace reflejaron compasión.

—Es comprensible. En los últimos meses te has enfrentado a muchos cambios, es normal que no estés escribiendo tan rápido.

Asentí, incómoda.

—Mia, si necesitas más tiempo, es el momento de decirlo. No es lo ideal porque nos ha costado mucho conseguir las entrevistas con los medios. No puedo garantizarte que podamos aplazarlas y que no las perdamos, pero es una situación excepcional.

Volví a asentir.

—Dicho esto, ¿necesitas que retrasemos la entrega?

Consideré la idea un instante. Contar con más tiempo reduciría mi preocupación, ya que podría pensar y repasar con más calma, pero no quería arriesgarme a perder el hueco en dos medios de comunicación tan grandes. Era la primera vez que iba a tener un tour por el país y no quería permitirme ese desliz. Por mucho que Grace asegurase que no pasaba nada, para mí sí que era importante entregar a tiempo. Aquello era mi trabajo, me había costado mucho llegar hasta donde estaba y me lo tomaba tan en serio como para no querer tirar piedras contra mi propio tejado.

—No te preocupes. —Negué con energía—. Llegaré a tiempo.

—¿Estás segura? —me preguntó.

—Sí. Es solo que aquí voy más lenta porque no tengo mi espacio. Necesito estar en mi casa, con mis cosas, pero la buena noticia es que vuelvo mañana. Así que a partir del jueves estaré a tope.

Grace no parecía convencida con mi respuesta.

—¿Por qué no te lo piensas unos días? —propuso—. Cierra tus asuntos tranquila y, cuando vuelvas, nos reunimos otra vez y lo vemos.

—No hace falta, de verdad. El ocho de enero tendrás el libro.

—Acabaría ese manuscrito como que me llamaba Mia Elizabeth Summers.

Ella me observó unos segundos antes de decir:

—Vale, como quieras.

—¿Qué más ibas a contarme? —pregunté.

—A ver, déjame ver el siguiente punto de mi lista —dijo para sí misma—. Ah, sí, desde marketing me han propuesto lanzar una edición especial de tu trilogía en tapa dura.

A partir de ahí, centré toda mi atención en ella mientras la culpabilidad seguía alzándose en mi interior.

Cuando nos despedimos, abrí el documento que contenía mi novela. Estaba agobiada y dispuesta a no malgastar ni un segundo más. No había terminado de escribir la primera frase cuando me sobresaltó el sonido del timbre.

Arrugué las cejas, extrañada, y me levanté. El cerrojo del Polaris nunca estaba echado. Atravesé la recepción y, cuando abrí la puerta, me llevé una sorpresa desagradable al toparme con el reno del jersey navideño de Carol.

—Hola. Perdona que me presente sin avisar, pero quería hablar contigo... —empezó con suavidad.

«Lo que me faltaba...».

—¿Puedo pasar? —me preguntó.

—Lo siento, pero me pillas escribiendo. —Eso era verdad.

Ella puso cara de circunstancias y agregó:

—Jack me ha dicho que te marchas mañana y no quiero que te vayas sin esto.

La miré desconcertada cuando alzó la caja que sujetaba. Era roja y tenía pequeños trineos azules. El estómago se me puso del revés. Mi madre tenía una idéntica en lo alto del armario.

—Son cosas que tu padre guardaba para ti —terminó Carol.

Se me cerró la garganta y una sensación repentina de angustia se me despertó en la boca del estómago. No quería llevarme nada que mi padre hubiese tenido guardado en casa de Carol. Por eso me apresuré a negar con la cabeza.

—No pued... —empecé.

—Cógela, por favor.

Algo instintivo me pidió que la cogiera. Acepté la caja con cuidado, como si fuese una bomba de relojería a punto de estallar, y me sorprendió lo ligera que era.

—Gracias —me dijo Carol aliviada. Parecía que acababa de quitarse un peso de encima—. Si tienes tiempo, estaría encantada de invitarte a cenar esta noche en mi casa. Puedo preparar pollo asado con puré de patata —se ofreció con amabilidad—. Te gustaba mucho, ¿no?

Aparté la mirada y no contesté.

—Tengo algunas cosas de tu padre —continuó al cabo de unos segundos—. Podrías revisarlas y llevarte lo que quisieras.

La ansiedad afloró dentro de mi pecho. Tenía que cortar la conversación cuanto antes.

—No quiero nada de la persona que no fue capaz de honrar la memoria de mi madre —contesté.

Carol me observó detenidamente antes de exhalar. Su expresión entristecida le abrió la puerta a mi sentimiento de culpa.

—Quiero que sepas que jamás pretendí reemplazar a tu madre —me dijo en voz baja—. Una parte de tu padre siguió enamorado de ella hasta el final, pero tienes que entender que gracias a él recuperé la felicidad en un momento muy oscuro de mi vida. Y creo poder decir que a él le pasó lo mismo.

No fui capaz de responder. Tenía un nudo oprimiéndome la garganta.

—Piénsatelo, por favor —agregó al final en tono neutro—. Ya sabes dónde encontrarme.

Me regaló una sonrisa dulce y, acto seguido, me dio la espalda y bajó las escaleras del porche.

Cerré la puerta con las emociones a flor de piel. Los ojos me escocían y tenía el corazón acelerado. Estaba confundida, rabiosa y triste. La bola de agobio que sentía en el pecho se hizo más pesada. Me sentía fatal por haber sido una borde con esa señora que conocía de toda la vida. El sonido de lo que parecía ser un cascabel me llegó a los oídos. Estaba tan alterada que me llevó unos segundos comprender que provenía de la caja y que se movía debido al temblor en mis manos.

Me tomé un momento para respirar hondo y calmarme.

Después, me alejé de la puerta y me dirigí a la habitación. Dejé la caja sobre la mesa y me senté en la cama. La observé durante unos minutos con cautela, como si fuese un horrocrux de Voldemort. Dudé si abrirla o no. Lo que encontrase ahí dentro podría destruir mi corazón, pasarlo por una trituradora y dejarlo inservible.

A una parte de mí empezaban a darle pena Carol y Jack. Su empeño por sacar adelante el Polaris hizo que me replantease las cosas. ¿Haría lo correcto al vendérselo a Jim Blackheart? ¿De verdad despediría a los empleados y pasaría como en Dollar Point? ¿Qué habrían querido mis padres? ¿Y yo... qué quería? Me levanté y caminé de un lado a otro de la estancia, nerviosa, y, finalmente, llamé a Chelsea.

Según descolgó, le escupí todo lo que acababa de pasar con Carol y lo que sentía al respecto.

—¿Quieres saber mi opinión o solo querías desahogarte? —me preguntó Chelsea cuando me callé.

—Quiero saber tu opinión.

—Vale. Yo creo que tienes que abrir la caja. Como bien has dicho, dentro hay cosas que tu padre quería que tuvieras. Además, si tanto empeño tenía Carol en dártela, sería por algo, ¿no crees?

—Supongo... —No estaba convencida—. No sé si me atrevo a abrirla sola —reconocí con un hilo de voz.

—Bueno, no pasa nada. Si te atreves, perfecto, y si no te la traes mañana y la abrimos juntas.

—Me parece bien. —Contar con su apoyo siempre era un plus—. Si te digo la verdad, ya no estoy segura de querer venderle a Jim el Polaris. Tengo la sensación de que metería la pata hasta el fondo. Creo que a mis padres no les gustaría que esto se convirtiese en un resort de alto lujo. Además, hay otra cosa que no te he contado...

Suspiré y le revelé la última parte a mi amiga:

—Jack y yo hemos estado a punto de besarnos... De hecho, fui yo la que tomó la iniciativa y la que se acercó a él. Si no nos hubiese interrumpido su amigo, lo habría hecho.

—Eh…, ¿puedes rebobinar y contarme todo lo que me he perdido?

Le hice un resumen breve del incidente del escalón y de la rotura de la tubería, también le conté que Jack parecía empeñado en tratar conmigo.

—Madre mía… —silbó ella—. Tu vida es como una de las novelas turcas que ve mi madre, con tío bueno incluido.

—¿Podemos no hacer bromas sobre mis problemas?

—Si que te persiga un bombero guaperas que se parece a Aaron Taylor-Johnson es un problema, entonces quiero tener cientos.

Negué con la cabeza y contuve la risa. Chelsea era la única que podría hacerme reír en una situación así.

—Ahora en serio, ¿tú quieres liarte con él o no? —me preguntó—. Porque me estoy haciendo un lío.

El mero pensamiento de besar a Jack puso mi corazón a temblar como una gelatina.

—No lo sé —confesé alicaída—. Creo que sí, pero no estoy segura. No me reconozco, Chelsea... No sé qué me está pasando. Yo soy una mujer valiente, segura y decidida, siempre tengo las cosas claras y no me da miedo equivocarme. En cambio, ahora parezco una sombra de eso. Siento que desde que he llegado no paro de hacer el idiota…

—Bueno, mujer, no seas tan dura contigo misma. Estás pasando por muchos cambios, es normal que te sientas así. Además, cualquiera podría cometer el desliz de enrollarse con su ex en un momento de vulnerabilidad. No te martirices por eso.

Guardé silencio.

—Mia, igual es una locura, pero ¿por qué no te quedas allí unos días y descubres lo que quieres antes de hacer algo de lo que luego podrías arrepentirte? Te conozco como si te hubiese parido; si te están entrando dudas en el último momento es por algo.

—Uf… No sé si es buena idea.

—Tú piénsatelo, pero no tomes una decisión a la ligera, por favor. Las dos sabemos que no te lo perdonarías… Quizá mientras decides lo que quieres hacer, puedes ayudar a Jack a sacar adelante el Polaris y, de paso, darle una alegría a tu cuerpo con él. No has vuelto a liarte con nadie desde que te enrollaste con el contable estirado, ¿no?

—Eres mi amiga. Se supone que deberías ser la primera en decirme que liarme con mi ex es una idea pésima porque Jack podría volver a romperme el corazón y todo eso...

—Nadie dice que tengas que salir con él ni volver a enamorarte, pero si te apetece que te enseñe la mangue...

—No digas «manguera», por favor —la corté riéndome—. Es demasiado pronto para que hagas esas bromas.

—Vaaaaale —concedió a regañadientes—. Me las guardaré para más adelante.

Permanecimos un instante en silencio.

—En realidad, sé que, cuando tengas las cosas claras, las harás —me dijo de pronto.

—¿Te refieres a abrir la caja?

—Sí. Y a enrollarte con Jack.

Medité sus palabras unos segundos. Sabía que encontraría fuerzas de donde hiciera falta para abrir la caja, igual que las encontraría para acabar el libro y vender el Polaris. La parte de Jack era la que tenía menos clara.

—¿Sabes qué me encantaría hacer ahora mismo? —le pregunté.

—¿Abrir una botella de vino y sentarte conmigo en el sofá para contarme que te has saltado todas las metas y que ya te has acabado *Los siete maridos de Evelyn Hugo* mientras nos atiborramos a queso?

—Sí. —Me reí—. Eso mejoraría considerablemente mi humor. Aunque solo tengo chocolate caliente.

—Corre a por él y hacemos videollamada en cinco minutos.

14

Jack

Dos semanas y media para la reapertura del Polaris

A diferencia de Mia, yo no tenía problemas para dormir cuando había tormenta. No me molestaban los relámpagos ni el ruido de la lluvia. Sin embargo, ahí estaba, desvelado y cruzado de brazos frente a la ventana de mi habitación. Era una noche fría en la que reinaba el rugido salvaje del viento. El cielo estaba encapotado y, desde mi posición, no veía el lago al final del camino que normalmente iluminaba la luz plateada de la luna.

Hacía rato que había desistido a lo de dormir plácidamente y me había levantado. Mi problema era que había dado un millón de vueltas en la cama porque, en cada trueno que se había impuesto por encima del viento, la mente se me había ido a Mia. Sin poder evitarlo, volví a preguntarme si estaría despierta, pensando en mí de la misma manera que yo estaba pensando en ella.

No me había entusiasmado presenciar el abrazo afectuoso que le había dado a Billy. Siempre había sospechado que él tenía un interés en ella que iba más allá del cariño de una simple amistad. Si tuviera que poner la mano en el fuego, diría que se enamoró de Mia cuando tenía catorce años y ella fue su canguro. No es que estuviera celoso ni nada por el estilo, pero sí había sentido un regusto amargo en la garganta al comprender que Mia sí se alegraba de reencontrarse con Billy mientras que a mí solo me había obsequiado con señales contradictorias.

Verla cerrarse como una ostra después de que hubiésemos estado a punto de besarnos me había escocido. Que horas más tarde hubiese guardado silencio desde el otro lado de la puerta había sido el detonante de la sensación incómoda que se había instalado en mi estómago.

¿Le había ofendido algo que había dicho? ¿O es que se arrepentía de haberse acercado a mí?

Más allá de todo eso, había un pensamiento zumbando en mi cabeza, como un mosquito que no te deja dormir en verano. Tenía la sensación de que Mia estaba un poco triste. Me sentía impotente al no poder hacer nada.

Le eché un vistazo al reloj digital que tenía en la mesita de noche.

—Joder. —Me pasé las manos por la cara y clavé los ojos en el techo, que apenas veía en la oscuridad.

Teniendo en cuenta que eran las dos y media de la madrugada, y que en menos de cinco horas tenía que estar en el parque de bomberos, debería estar durmiendo.

Resoplé frustrado, volví a acostarme y me eché la colcha de cuadros por encima.

No comprendía el comportamiento errático de Mia, pero sí entendía lo que me ocurría a mí. Quería volver a acercarme a ella, quería que las chispas volviesen a saltar entre nosotros y notar el hormigueo en la piel. Cuando me había tocado había sentido que, por primera vez en mucho tiempo, todo estaba bien, en su sitio.

Cerré los párpados y recordé a Mia envuelta en la toalla blanca, con el pelo chorreando y riéndose sin parar. Esa imagen dio paso a otra y, ahora, me observaba con los labios entreabiertos y los ojos cargados de deseo. Pensé en la gota de agua que adornaba su labio y que me habría encantado besar, en cómo la toalla se abrazaba a su cuerpo y le marcaba sus curvas.

«No te pongas a pensar en su culo, hombre», me reprendí cuando noté cómo se despertaba otra parte de mi cuerpo.

Aquello era demasiado intenso para que estuviese sintiéndolo solo yo.

Recordar el anhelo con el que había susurrado mi nombre hizo que el calor bajase desde mi pecho y se propagase en todas direcciones. Cuando quise darme cuenta, estaba empalmado.

Tenía clarísimo que no debía masturbarme pensando en ella. Eso solo me traería más quebraderos de cabeza. La que no lo tenía tan claro era mi polla.

Intenté cambiar el rumbo de los pensamientos subidos de tono prestándole atención al sonido de la lluvia, pero mi mente regresó encantada al baño del Polaris. Solo que esa vez Mia me regaló una sonrisa lasciva antes de dejar caer la toalla al suelo. Sin darme tiempo a admirar su cuerpo desnudo, enredó una mano en mis rizos y con la otra me cogió de la nuca para atraerme contra ella y darme un morreo más que pasional. Mi voluntad quedó reducida a cenizas cuando imaginé que Mia bajaba la mano despacio por la cicatriz de mi pecho para desabrocharme la hebilla del cinturón con ansias.

Hacía tiempo que no estaba tan excitado.

Mi cuerpo quería una cosa, y yo quería exactamente la misma. Rendirme a mis fantasías me ayudaría a conciliar el sueño. Eso fue lo que me dije antes de meter la mano dentro de los pantalones y agarrármela.

La respiración se me aceleró cuando rememoré la electricidad que había corrido de su cuerpo al mío, la calidez de su piel suave y el roce tentador de nuestros labios. Me visualicé cogiéndola de la cintura y alzándola para sentarla en la encimera del baño. En el instante en el que la Mia de mi imaginación me rodeó las caderas con las piernas, apremiándome para que me introdujese en su interior, me sumergí de lleno en la fantasía.

«Jack». El eco de su voz ahogada resonó en mi mente cuando la penetré.

El corazón me latía a cien por hora. El deseo que sentía por ella me abrasaba la piel como el fuego. Jadeé cuando imaginé que Mia me lamía los labios, y también cuando pensé en lo bien que me sentiría si ella me acariciase el pecho. Moví la mano con brusquedad sobre mi erección mientras me visualizaba lamiéndole un pezón. Mia arqueó la espalda en busca de más fricción, tenía los ojos brillantes y los labios enrojecidos, y yo apreté la mandíbula cuando me pidió que me moviese más rápido.

«Jack...», gimió mi nombre al llegar al orgasmo.

Aceleré mis movimientos en busca de liberarme al notar el calor acumulándose en mi interior. Estaba muy tenso.

Cuando en mi mente ella susurró: «Jack, te he echado mucho de menos», me dejé ir con un jadeo ronco. Creí que al correrme me sentiría aliviado, que podría conciliar el sueño tranquilo y que me la sacaría de la cabeza.

Pero no sucedió.

Respiré hondo mientras se calmaban mis latidos.

Casi al instante, el desahogo quedó reemplazado por una sensación amarga. Ese alivio momentáneo no se asemejaba en nada al que sentía cuando ella me tocaba de verdad. Sabes que estás jodido cuando lo que hace que te corras es imaginar que tu exnovia te susurra lo mucho que te ha echado de menos. Una imagen apareció en mi mente para atormentarme: la de Mia abrazándome con una sonrisa perezosa y satisfecha en la cara después de haberse acostado conmigo. Algo que había hecho cientos de veces y que nunca más volvería a ocurrir.

Mia siguió danzando por mis pensamientos hasta las tantas de la mañana, robándome el sueño, tal y como había hecho desde que había regresado.

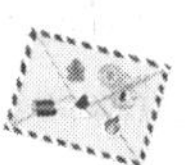

Eran las siete menos diez de la mañana y los colores del amanecer no se apreciaban en el cielo, que seguía cubierto de nubes. El día era lluvioso y ventoso. Conduje por la carretera vacía rumbo al parque de bomberos, dejando el lago Tahoe a la izquierda, con la única compañía de la locutora de la radio que anunciaba que se avecinaba una tormenta de nieve y un descenso notable de las temperaturas.

Me encantaba mi trabajo, había nacido para ello, pero el turno sería duro y, después de una noche de duermevela, estaba cansado, confundido y tenía un dolor de cabeza importante. Los días de tormenta y viento eran los peores para nosotros. Entre otras cosas porque el mal tiempo traía consigo accidentes de coche, caídas de árboles, inundaciones y personas atrapadas.

Salí de mis pensamientos cuando los faros del Chevrolet 4x4 del cuerpo de policía, que circulaba en el sentido opuesto al mío, parpadearon un par de veces. Sabía que era Paxton, llamando mi atención para saludarme, en su camino a la comisaría. Reduje la velocidad de la camioneta al aproximarme y mi amigo aminoró la marcha de su vehículo. Aprovechando que no había nadie más, nos detuvimos el uno al lado del otro.

—Buenos días —me saludó cuando bajó la ventanilla—. ¿Qué tal? Tienes mala cara.

Dentro de lo malo, era una suerte que hubiese sido Blaze y no Paxton quien irrumpió en el baño cuando estaba con Mia. Más que nada porque Paxton me habría sometido a un interrogatorio, como si estuviésemos en comisaría, para saber cuáles eran mis intenciones con ella. Si le contaba los motivos por los que apenas había dormido, no pararía hasta arrancarme una confesión sobre lo que sentía por Mia. O peor, me daría una charla sobre conducta y moral si sospechaba que estaba acercándome a ella para que no vendiera el Polaris.

No estaba listo para tener aquella conversación, así que intenté desviar la atención.

—Buenos días, agente —contesté bromeando—. No me diga que va a detenerme por haberme saltado la señal de STOP.

—Qué gracioso te has levantado hoy.

La sombra de la duda asomó a sus ojos cuando asentí, forzando una sonrisa.

—Estoy algo cansado —admití, adelantándome a su siguiente pregunta.

—Normal, solo sales del Polaris para dormir. Lo raro sería que no lo estuvieses.

Le aguanté la mirada intentando mantenerme inexpresivo para no delatarme, aunque me sentí un poco mal por ocultarle lo que sentía.

Paxton me observó unos segundos. La compasión se adueñó de su tono de voz cuando preguntó:

—Se va mañana, ¿no?

Sabía perfectamente que se refería a Mia.

La incomodidad de mi estómago se transformó en una bola pesada.

Tragué saliva y asentí, tratando de mantener mis emociones bajo control.

Por fortuna, Paxton señaló la parte trasera de mi camioneta con la cabeza. Extrañado, miré por el retrovisor y descubrí que el coche del alcalde se había detenido justo detrás y que estaba entorpeciendo la circulación. Despegué la mano derecha del volante para saludar a Tom y disculparme.

Quité el freno de mano y volví a mirar a Paxton.

—¿Por qué no vienes a cenar a casa un día de estos? —sugirió mi amigo—. Robin tiene ganas de ver al tío Jack.

—Dalo por hecho.

Le sonreí y él asintió conforme.

—Y ahora circule, señor Halliday —puntualizó, antes de subir la ventanilla y acelerar.

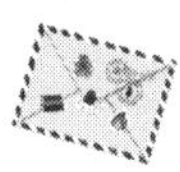

Cinco minutos más tarde aparqué frente al parque de bomberos. El coche de mi jefe ya estaba allí, junto al de los compañeros del turno saliente. Nuestra estación prestaba servicio a toda la zona norte del lago Tahoe. La plantilla estaba formada por bomberos de todo el distrito, algunos éramos de Sunnyside y otros de los pueblos de alrededor como Dollar Point, Tahoe Pines o Kings Beach.

El edificio era alargado y estaba dividido en dos partes. A mano izquierda estaban los garajes para la flota de vehículos que usábamos en las emergencias. A la derecha se encontraba el pabellón principal, que era donde se ubicaban las instalaciones como la cocina, el comedor, la sala común, el gimnasio y las habitaciones. Para no desentonar con la zona, la estructura simulaba la de varias cabañas adosadas con ventanales enormes, tejados verdes y fachadas revestidas en madera.

Después de subirme la capucha, me eché la mochila de deporte al hombro y salí de la camioneta. Fuera me recibieron seis grados, el olor a tierra mojada y un viento fuerte que hizo que la lluvia me golpease el rostro sin piedad. Eché a correr y no me detuve hasta llegar a la zona que cubría el tejadillo.

—Buenos días, Thor —oí una voz a mi espalda.

Todos los bomberos teníamos un mote. El mío era ese porque solía decir que cualquier herramienta se podía utilizar como un martillo. Además, en el pueblo siempre había sido el hijo del carpintero. Eché un vistazo por encima del hombro y me topé con la cara redonda y amable de Nick, también conocido como «Siniestro». En su primer entrenamiento como conductor destrozó el parachoques trasero al estrellar el camión contra un muro, y de ahí surgió el mote.

—Buenos días. —Le abrí la puerta para que pasase delante y me interesé por su hija—. ¿Qué tal se encuentra Alice?

—Bien —me contestó—. Se ha recuperado de la apendicitis a tiempo para las Navidades.

Nada más entrar nos dirigimos a los vestuarios, que estaban situados entre los garajes y el edificio principal.

Al entrar, escaneé la estancia de paredes blancas y saludé a los compañeros. La sala estaba repleta de taquillas de color beis. Cada uno teníamos una asignada y nos servían para colgar el uniforme. En el estante superior guardábamos el casco, y en el inferior, las mochilas que cargábamos con nosotros en las salidas. Debajo y en el suelo teníamos las botas desabrochadas con los pantalones enganchados, listos para ponérnoslo todo a la vez y casi de un salto. En una emergencia el tiempo era valioso y no podíamos perder más segundos de los necesarios en vestirnos.

Me detuve frente a la que tenía la pegatina HALLIDAY y la abrí. Dejé la bolsa dentro y me puse el traje del parque, que consistía en un pantalón azul marino y una chaqueta a juego que tenía en el brazo derecho un parche con el emblema del cuerpo de bomberos. El escudo era circular y de color azul oscuro; en letras amarillas se leía: TAHOE NORTE. Tenía el lago con las montañas al fondo y delante dos hachas cruzadas y un casco de bombero.

Después de cambiarme, me encaminé con Siniestro a la sala de reuniones.

Anthony, nuestro capitán, ya nos esperaba frente a la pizarra. Su bigote poblado resaltaba sobre su rostro serio. Sujetaba una taza con el logo del cuerpo. Lo saludé y me senté en uno de los sofás.

La sala contaba con varios de ellos frente a una televisión antigua, dos mesas alargadas y sillas. Una de las paredes estaba decorada con una pizarra blanca y otra con una estantería con distintos trofeos. La última incorporación era el que habíamos ganado en la competición de fútbol contra el cuerpo de policía.

El siguiente en aparecer fue Blaze, que se sentó a mi lado. Poco a poco, llegaron los demás.

La rutina en el parque siempre era la misma.

Primero, teníamos una reunión de quince minutos con el turno saliente para que nos contasen las actualizaciones del equipo. Cuando nuestros compañeros se marchaban, nos quedábamos con el capitán evaluando los posibles riesgos del condado —el mensaje que nos dio nuestro jefe aquel día fue que la noche sería movidita por el temporal—, y se distribuían las tareas. Allí todos cumplíamos una función: un día cocinabas, otro ibas a la compra, otro limpiabas las instalaciones y así un largo etcétera.

Después de la reunión comprobábamos los camiones, las herramientas y los equipos, y desayunábamos juntos antes de hacer las maniobras. Aquella mañana hubo un pequeño cambio en nuestra rutina, fue cuando nuestro jefe irrumpió en el desayuno y nos dijo:

—Acaban de traer el árbol de Navidad. —Dejó en la mesa una bolsa con gorros de Santa Claus y añadió—: En cuanto terminéis, vamos al almacén a por las decoraciones.

Atrapé uno y pasé una pierna por encima del banco de madera para levantarme. Mis compañeros me imitaron enseguida.

Un rato más tarde, estábamos todos decorando el árbol en el vestíbulo mientras sonaba «Last Christmas» por los altavoces. Me agaché para recoger una bola roja y brillante del suelo y, al hacerlo, se me cayó el gorro de Santa. Al incorporarme, suspiré cansado y eso llamó la atención de Tarzán. Matthew tenía el récord de velocidad en subir por la cuerda y por eso tenía ese mote.

—¿Y tú por qué tienes esa cara tan larga hoy? —me preguntó.

Le eché un vistazo rápido. Llevaba una guirnalda verde colgando del cuello y de su gorro sobresalían algunos mechones rubios. En aquel momento, me observaba con el ceño fruncido.

—¿Yo? —Me hice el tonto mientras colocaba el adorno en su sitio.

Blaze se asomó por detrás del árbol y contestó a la pregunta por mí:

—No habrá dormido mucho. —La burla iba implícita en su voz.

Volví a ponerme el gorro y sentí que todas las miradas recaían sobre mí. Antes de que me diese tiempo a pedirle que se callase, mi amigo prosiguió:

—Ayer lo pillé ligerito de ropa con su exnovia.

Abrí los ojos sorprendido por esa revelación.

—Solo me quité la camiseta para tapar el agujero de una tubería en... —empecé a justificarme.

—¿Qué exnovia? —me interrumpió Elsa, que estaba a mi izquierda.

Giré el cuello para mirarla y me encontré con sus ojos marrones observándome con curiosidad.

—La neoyorquina —contestó el hijo del alcalde de Sunnyside.

Blaze me dedicó una mirada que significaba: «¿Lo ves? Te dije que todo el mundo la está llamando así». Yo me limité a respirar hondo.

—La nueva dueña del Polaris —agregó Blaze, para darles a los demás el contexto que les faltaba.

—Espera, entonces... —Matthew se dirigió a Blaze—. Thor estaba usando el martillo para arreglar la tubería del baño o para arreglar la de...

—Madre mía, sois unos memos —interrumpí cuando entendí por dónde iba el comentario—. Y se llama Mia —clarifiqué, molesto.

Las carcajadas de mis compañeros resonaron por encima de los villancicos.

Negué con la cabeza cuando Blaze y Matthew chocaron los puños en un gesto cómplice.

—¿Cómo va el Polaris? —me preguntó Elsa, que sí estaba dispuesta a ayudarme a cambiar de tema cuando entendió que no me hacía gracia.

—Bien —contesté.

Nuestro turno fue el que acudió a la llamada cuando se incendió el *bed and breakfast*. Todos presenciamos con impotencia, y con el corazón encogido, cómo se desplomaba el bloque de las habitaciones. Mis compañeros habían conocido a Douglas y sabían que yo me estaba encargando de continuar con la reforma.

—¿Necesitas que te echemos una mano? —intervino Siniestro—. Navidad está al caer.

—No, tranquilo. Me las apaño solo —les aseguré a todos.

Blaze enarcó una ceja al oírme decir eso, pero guardó silencio. Debió de captar en mi mirada asesina que no me apetecía contarles a mis compañeros el tema del préstamo.

—Esto ya está —le dije a nadie en particular—. Voy a buscar un casco —puntualicé señalando la punta con la mano.

En vez de una estrella, en lo alto del árbol solíamos poner un casco de bombero y a los pies un par de botas. Acto seguido, salí del vestíbulo sin decir nada más.

Aquel día nuestro entrenamiento consistió en cortar un coche que nos habían traído del desguace del condado para practicar la descarcelación y liberación de víctimas. Centrarme en el entrenamiento me había servido para despejarme. Por eso, al pasar por el vestuario para quitarme el traje, me puse el chándal reglamentario, que era azul oscuro y tenía el escudo del parque bordado en el pecho, y me dirigí al gimnasio. Quería entrenar un rato más con el propósito de mantener la cabeza alejada de Mia.

Un poco más tarde estaba tumbado sobre el banco de ejercicio, con la camiseta empapada de sudor, cuando la cara de Blaze apareció en mi campo de visión. Apreté los puños alrededor de la barra de acero y empujé la pesa hacia arriba, ignorándolo.

—¿Qué te pasa? —me preguntó, serio.

—No quiero decírtelo... —comencé con la voz entrecortada por el esfuerzo—. No vaya a ser que se te escape delante de todos.

Bajé la pesa hasta que tocó mi pecho y volví a subirla con un jadeo.

—¿Estás así por lo de la neoyor... Mia? —se corrigió al ver que ponía mala cara—. No te cabrees, hombre, que solo era una broma.

—Odio ser el centro de las conversaciones..., y lo sabes —comenté volviendo a bajar la pesa.

—Aquí nunca pasa nada, Jack. Te guste o no, lo tuyo con Mia es el cotilleo del momento. Medio pueblo está hablando de vosotros, y el otro medio está preocupado por la venta del Polaris.

Guardé silencio y levanté la pesa otra vez.

—Venga, y ahora dime la verdad —insistió—. ¿Qué te ocurre?

Blaze me ayudó a colocar la barra en el soporte. Luego, me incorporé hasta quedarme sentado y giré el cuello para mirarlo. Respiraba con dificultad y me llevó un momento que el ritmo de mis latidos se sosegase.

—Lisa me acaba de llamar para decirme que me han denegado el préstamo —confesé agobiado—. Me he quedado sin opciones.

—Eso no es verdad. —Negó con la cabeza—. Todavía tienes un cartucho que quemar. Ahora sí que tienes que ir a saco con Mia. Si le quitas de la cabeza lo de vender el Polaris, tendréis más tiempo para conseguir el dinero del préstamo con el *bed and breakfast* en marcha.

Tragué saliva y reconsideré la idea unos segundos.

Conquistarla para que no vendiera el Polaris era jugar con fuego. Y yo ya sabía lo que pasaba cuando jugabas con fuego. Antes de que te dieses cuenta, la llama se transformaba en un incendio descontrolado y necesitabas un equipo, sangre, sudor y lágrimas para extinguirlo. Me preocupaba en qué estado podría quedarme después, pero me preocupaba más aún que se lo vendiese a Blackheart y se marchase sin mirar atrás.

Me sentí un capullo memorable. Me enfadaba que la gente la llamase «la neoyorquina» y ahora ¿pensaba ligármela? ¿Qué dirían los demás si se enterasen?

No podría soportar las caras de decepción de Paxton, Holly, Carol o mi familia, por no hablar de Mia. Pero ¿qué podía hacer? Me gustase o no, parecía que esa era mi única alternativa para salvar el pueblo. Y, a decir verdad, cada vez tenía más ganas de estar cerca de ella.

Me pasé la toalla por la cara para limpiarme el sudor y resoplé frustrado.

—No puede enterarse nadie —le advertí a Blaze un instante más tarde—. No quiero que esto salga de aquí. Ni siquiera voy a contárselo a Paxton.

—Tranquilo, campeón. Mis labios están sellados.

Mi amigo me hizo un gesto con la mano para que le cediese el sitio en el banco.

—Sabía que entrarías en razón. —Blaze me dio una palmada en el hombro cuando me levanté—. El pueblo te lo agradecerá. Ya verás.

Blaze se tumbó y yo me coloqué al otro lado, cerca de su cabeza.

—Y, ahora, cuéntame, ¿qué vas a hacer para reconquistarla? —me preguntó—. ¿Vas a usar las mismas tácticas que cuando eras un joven guapo y galán?

—En realidad, la primera vez me conquistó ella a mí.

Blaze cerró los puños alrededor de la barra y le ayudé a sacarla del soporte.

—Empieza a largar —me dijo al bajar la pesa—. Soy todo oídos.

15

Jack

Once años antes

No recuerdo la primera vez que vi a Mia. Probablemente fue cuando éramos pequeños. Nuestros padres eran muy buenos amigos y por ello nuestras familias siempre pasaban tiempo juntas. En la infancia, ella solía jugar con mi hermana y sus muñecas, mientras que yo me pasaba el día correteando por el campo con Paxton.

Al llegar a la adolescencia, comencé a fijarme más en ella. Era una chica mona y divertida, pero le sacaba tres años y no dejaba de verla como una cría.

Habíamos empezado a hablar más el año anterior, cuando yo tenía diecinueve años, a raíz de la reseña de una novela que le habían publicado en la revista del instituto. En ese artículo hablaba con tanta emoción sobre el libro y lo que este había significado para ella que me dio la sensación de estar descubriendo un lado suyo que hasta entonces desconocía. Sus palabras despertaron mi curiosidad. Quería entender qué tenía esa historia para que hablase con tanta pasión acerca de ella. Días más tarde me compré el libro en cuestión. Lo primero que hice al terminarlo fue enviarle un mensaje. Aquella fue la primera noche que me quedé hasta las tantas de la madrugada mensajeándome con una chica.

Con la tontería, fui leyendo algunos de los libros que recomendaba en su sección y los comentábamos. Poco a poco fuimos hablando más y descubrí que la adolescente que vivía pegada a sus historias era una chica curiosa, creativa, empática y divertida.

Meses después su padre me contrató para trabajar en el *bed and breakfast*, y ahí fue cuando empezamos a vernos más a menudo.

Una tarde de finales de agosto estaba reemplazando los listones viejos de la cerca de madera que separaba el Polaris Lodge del bosque, en la parte más alejada de la propiedad, cuando ella irrumpió en mi vida de manera definitiva.

—¡Jack! —oí la voz de Mia a mis espaldas y me sobresalté.

Me di la vuelta con el martillo en la mano y me quedé pasmado unos segundos. Mia caminaba hacia mí con decisión. Su cabello rubio brillaba bajo la luz dorada del atardecer. Llevaba un vestido veraniego de color morado que flotaba a su alrededor. Sujetaba el cuaderno rojo del que no se despegaba y un bolígrafo.

Estaba guapa.

Se detuvo a un par de pasos de distancia.

—¿Qué necesitas? —le pregunté, limpiándome el sudor de la frente con el guante de trabajo.

—Quiero hablar contigo, ¿tienes un momento? —me dijo, repiqueteando en el suelo con el pie.

—Sí, dime. —Dejé el martillo en el suelo y, al incorporarme, me quité los guantes.

Mia me observó con interés durante unos segundos. A juzgar por cómo apretaba el cuaderno y por cómo sacudía la tierra con el pie, parecía nerviosa.

—Me gustas —me soltó sin vacilar.

Parpadeé un par de veces confuso.

¿Había oído bien?

—¿Qué quieres decir? —le pregunté con cautela.

—Lo que he dicho, que me gustas. —Me sonrió como si yo fuese idiota.

—Sí, tú también me caes bien. —No sabía qué más decir.

—No, yo me refiero a que me gustas, me gustas —clarificó con las mejillas coloradas.

—¿En plan novio o algo así?

—Sí, Jack, en plan novio —contestó perdiendo la paciencia—. Llevo un tiempo intentando que te des cuenta, pero no lo haces... Así que he decidido decírtelo.

Guardé silencio.

¿Por qué mi estómago centrifugaba como una lavadora?

—Han estrenado la peli de Cazadores de sombras —prosiguió ella—. Está basada en el libro que te recomendé y quiero ir a verla. ¿Te apetece acompañarme?

«Hostia..., ¿me está pidiendo una cita?».

Puse cara de situación y negué con la cabeza.

—Podemos ir a ver otra si quieres... —continuó ella—. Creo que sigue en cartelera la de Superman.

—Mia, eres una chica majísima, pero no puedo ir al cine contigo.

—¿Por qué no?

—Porque tus padres...

—¿Qué tienen que ver mis padres en esto? —me interrumpió, con el ceño fruncido.

—Tus padres me han contratado para reparar cosas, no para salir con su hija.

Ella desvió la mirada al horizonte mientras asentía para sí misma. De pronto, esbozó una pequeña sonrisa.

—Entonces... —Volvió a mirarme esperanzada—. ¿No es porque no te guste?

Suspiré.

Ni siquiera me había planteado si Mia me gustaba o no. Y hacerlo parecía de todo menos una buena idea.

Los últimos meses de mi vida habían sido una mierda tras la muerte repentina de mi padre en un incendio. Mi madre estaba triste, mi hermana se pasaba el día llorando y yo me había acostumbrado a esconder mis sentimientos. Lo único que tenía era ese trabajo. No podía arriesgarme a perderlo, mi sueldo era el único sustento que tenía mi familia en aquel momento.

—¿No vas a contestar a mi pregunta? —soltó, pasados unos segundos.

Volví a negar con la cabeza.

Ella solo se encogió de hombros y dijo:

—Supongo que tendré que encontrar la manera de que respondas.

Y, sin más, tal y como había venido, se fue.

Días más tarde coincidimos en el cine de verano. Cada miércoles proyectaban una película por la noche, a orillas del lago. Se llenaba hasta los topes. La gente se traía sillas, mantas y linternas, porque la única iluminación era la del cielo estrellado. Normalmente solían ser películas aptas para todos los públicos. Aquella noche estaban echando *Iron Man 2*.

En los créditos iniciales Mia llegó con Holly y su prima. Se sentaron atrás del todo, cerca de donde estábamos mis amigos y yo. Desplegaron una toalla bastante grande sobre la arena y sacaron refrescos y gominolas de sus mochilas.

A mitad de la película me entró hambre, así que crucé la carretera y fui al restaurante de Joe's.

Cuando llevaba diez minutos en la cola, Mia apareció de la nada y se detuvo a mi lado. Me saludó con una sonrisa angelical y tiró de mi brazo para que me agachase un poco.

—¿Me pides tres tortitas de patata y te las pago? —me preguntó en un susurro al oído—. Hay mucha cola y me muero de hambre. —Sus labios rozaron mi lóbulo por accidente y sentí un escalofrío.

Cuando se apartó, eché un vistazo por encima del hombro. La cola daba la vuelta al edificio.

—Vale —contesté entre dientes—, pero disimula, anda, que parezca que estabas conmigo de antes.

—Ah, no te preocupes, pensaba quedarme contigo.

Asentí y clavé la vista al frente, todavía nos quedaban tres personas delante.

—¿Te está gustando la peli? —me preguntó para darme conversación.

—Sí. Aunque la vi el año pasado. ¿Y a ti?

—A mí también me está gustando.

En aquel momento, se levantó una brisa fría que hizo que Mia se estremeciese.

—¿No te has traído algo de abrigo? —le pregunté.

—Se me ha olvidado en casa.

Observé la piel de gallina de sus brazos. Sin decir nada, me quité la chaqueta vaquera y la extendí en su dirección.

—Gracias. —La aceptó sin rechistar y se la puso sobre la camiseta blanca.

La prenda le quedaba bastante ancha y prácticamente cubría los pantalones cortos y morados que llevaba a juego con las Converse.

Se recogió las mangas y me dedicó una amplia sonrisa.

—¿Qué tal estoy? —me preguntó.

—Bien —me limité a contestar.

Ella asintió y jugueteó con uno de los botones.

Sus ojos azules brillaban como dos luciérnagas bajo la luz de las farolas.

En realidad, estaba guapísima con mi chaqueta.

Cuando nos entregaron la comida, le faltó saltar de felicidad.

—Me encantan las tortitas de Joe's —me informó.

Estaba tan contenta como si fuera la mañana de Navidad en el Polaris.

Sacó una de la bolsa y, pese a que todavía quemaban, le dio un mordisco.

—En serio… —empezó con la boca llena—, no creo que haya nada en el mundo mejor que esto.

Lo dijo con tanta convicción que me hizo reír.

Tras eso regresamos juntos al cine dando un paseo.

—Voy a quedarme la chaqueta —me informó en cuanto pusimos un pie en la arena.

Acabábamos de pararnos para despedirnos e irnos con nuestros respectivos amigos.

La miré sin comprender y ella añadió:

—Si la quieres, tendrás que venir mañana a mi casa a buscarla.

—Mañana no trabajo —le recordé.

Los jueves no solía acercarme al Polaris porque libraba.

—Lo sé —aseguró—, solo te estoy dando una excusa para que vengas a verme.

Me dedicó una sonrisa insolente y yo sentí un calor agradable e intenso removerse en mi estómago. Luego, se dio la vuelta y yo me quedé ahí plantado. Dio tres pasos y, entonces, giró sobre los talones y me dijo:

—Por cierto, estás muy guapo con el nuevo corte de pelo.

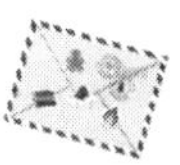

Dos días después, estaba cortando las malas hierbas del jardín delantero del Polaris cuando Mia apareció con su cuaderno rojo y un libro bajo el brazo. Llevaba el pelo recogido en un moño sujeto con una pinza, un top azul oscuro y unos pantalones cortos. Sin mirarme, se dirigió a una de las mesas que estaban a la sombra, dejó su limonada y se sentó a escribir.

Éramos los únicos que estábamos en el jardín. Sabía que me había visto y que me había ignorado adrede. Imaginé que estaba molesta porque el día anterior no había ido a buscar la chaqueta. Esa mañana, al entrar, me la había encontrado tirada en la recepción.

Seguí trabajando, aunque, de cuando en cuando, no podía evitar echarle un vistazo rápido a Mia. Una de las veces que la miré estaba cruzada de piernas, y la chancla, que le colgaba del pulgar, se balanceaba al ritmo de su pie. Otra, tenía la mirada perdida en el infinito y el bolígrafo apoyado en la barbilla. El resto de las veces la pillé escribiendo a toda velocidad en su cuaderno, concentrada y con una sonrisa en la cara.

Horas más tarde, cuando bajaba las escaleras del porche para irme, me la encontré tumbada bocarriba sobre el césped recién cortado, leyendo. Sus piernas largas estaban al descubierto y cruzadas a la altura de los tobillos. Al fijarme en la piel expuesta de su estómago, sentí el calor recorrerme las palmas de las manos y no pude resistirme a interrumpirla.

—¿Qué aventura estás viviendo hoy? —le pregunté desde el camino de piedra.

Ella se incorporó hasta sentarse, con el libro pegado al pecho. Se había soltado el moño y el pelo le cayó en cascada hasta las clavículas.

—La de una chica que recibe su primer beso —me respondió con sequedad.

—¿Y qué tiene de especial?

—Muchas cosas. Si quieres saberlo, te lo tendrás que leer.

Viendo que no estaba dispuesta a mantener una conversación, reanudé la marcha hacia mi camioneta.

—¿Has besado a muchas chicas? —Me detuve al oír su pregunta.

Estuve tentado de decirle: «Depende. ¿Qué entendemos por "muchas"?», pero le contesté con la verdad:

—No.

—Dicen que besaste a Stacey la otra noche, después del cine de verano.

Me había enrollado con ella una vez, hacía meses.

—Solo la acompañé a casa —aclaré.

—Eso no es lo que va diciendo ella.

Mia dejó el libro sobre el césped y me observó fijamente.

«¿Por eso está cabreada?».

—Bueno, pues ya sabes mi versión de los hechos.

—Supongo... —comentó con un asentimiento.

—¿Qué hay de ti? —le pregunté, con curiosidad—. ¿Has besado a muchos chicos?

Ella respondió encogiéndose de hombros.

Me aguantó la mirada unos segundos. Sus ojos azules parecían estar descifrando un enigma dentro de los míos.

—¿No vas a contestar a mi pregunta? —dije al cabo de un momento.

—No. Tú tampoco contestas a las mías, así que estamos en paz.

Acto seguido, volvió a recostarse sobre el césped y se sumió en su libro.

Esa noche, cuando me acosté, me encontré pensando en Mia y en si habría besado a alguien o no.

El golpe de realidad llegó el fin de semana siguiente. Eran las fiestas de Sunnyside. Durante una semana se colocaban distintos puestos de comida y productos artesanales en la calle principal. En la plaza del ayuntamiento tocaba el grupo local y se organizaba el baile, donde normalmente participaba la gente mayor. El atractivo para los jóvenes estaba a orillas del lago, donde se montaba la feria.

El sábado por la noche estaba allí con mis amigos, sentado cerca del embarcadero, cuando Mia pasó por delante acompañada de un tío que me sonaba de algo. Juraría que era uno de los idiotas del pueblo de al lado, al que habíamos ganado en la competición de billar de hacía unas semanas. Se llamaba Brian… algo. No recordaba el apellido.

Sin poder evitarlo, los seguí con la mirada hasta que se detuvieron frente al puesto de tiro al blanco. Ella llevaba un vestido de tirantes amarillo y se había recogido el pelo.

—Jack, ¿me estás escuchando? —Paxton me pasó la mano por delante de la cara y sacudí la cabeza.

—Eh, sí, sí. —A regañadientes, aparté los ojos de Mia y lo enfrenté—. Que si llevamos bebida, tengamos cuidado de que no nos pillen. Y si nos pillan, tú nos echarás la culpa a nosotros —repetí como un loro sus palabras.

—Exacto, no puedo permitirme hacer el tonto si quiero entrar en el cuerpo de policía —contestó sin inmutarse.

Por aquel entonces, teníamos veinte años y nos faltaba uno para poder comprar alcohol de manera legal. Aunque, en el pueblo, sí tenías los veinte, todo el mundo hacía la vista gorda en las fiestas.

—Pax, nadie va a llamar a la policía porque pongamos un poco de música en tu casa —prosiguió Kyle—. Y si vienen, es tan fácil como guardar el alcohol en el armario y decir que es de tus padres.

Desconecté de su conversación y volví la vista al puesto de tiro al blanco. El tío con el que estaba Mia acababa de fallar el primer tiro con la escopeta.

Cuando falló el segundo, Mia le frotó el brazo y una sensación desagradable empezó a hacerme compañía.

Tras fallar el último, dejó la escopeta sobre el mostrador. Bastó que le pusiese una mano a Mia en la cintura para que, guiado por un impulso, me bajase de la valla de madera en la que estaba sentado. La gravilla resonó bajo mis deportivas desgastadas. Con los ojos clavados en Mia, le di un último trago a la cerveza. Me limpié la boca con el dorso de la mano y arrojé el botellín vacío a la papelera.

—¿Adónde vas? —me preguntó Paxton en cuanto me puse en movimiento.

—Ahora vengo —fue todo lo que contesté.

Caminé hacia el puesto de tiro sin pensar en lo que hacía. Llegué a su altura justo cuando ellos se daban la vuelta. Al verme, Mia se detuvo de golpe. En cuanto nuestros ojos se encontraron, sentí que la intranquilidad se calmaba un poco.

—Buenas noches, Mia —le dije.

—Hola —me devolvió el saludo con una sonrisa escueta—. Jack, este es Brian. Brian, te presento a Jack.

—Ya nos conocemos —le dijo su acompañante.

—Sí, de cuando os ganamos en la competición de billar, ¿no? —pregunté yo con aire de suficiencia.

Estiré la mano derecha y Brian tuvo que soltar la cintura de Mia para estrechármela.

—¿Qué tal lo estás pasando? —me preguntó ella—. ¿Has venido con tus amigos?

—Sí. Están ahí atrás. —Apunté con el pulgar por encima del hombro, sin volverme—. Solo venía a saludarte. —No sé por qué narices añadí eso último.

Ella miró el lugar que señalaba; cuando volvió a observarme, me dijo:

—Bueno, nosotros vamos a montarnos en la noria. Luego nos vemos.

Asentí y me despedí de ellos.

Regresé con mis amigos sintiéndome el tío más gilipollas del condado. De camino, me compré otra cerveza en la caseta de las bebidas.

—Así que la razón por la que estás atontado es la hija de los Summers... —empezó Paxton por lo bajini cuando volví a sentarme a su lado.

—No estoy atontado —aseguré.

—Mientes de pena, lo sabes, ¿verdad?

Después de eso, estuve distraído toda la noche. Al final, antes de regresar a casa, pasé por el puesto de tiro al blanco.

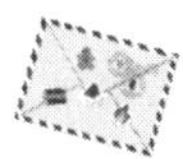

La tarde siguiente, en mitad de mi turno de trabajo, me planté delante de la puerta de la habitación de Mia, aprovechando que sus padres estaban charlando con los huéspedes. Antes de llamar, me pasé una mano por el pelo para peinármelo un poco y traté de alisarme la camiseta.

—¿Mia? —Toqué la madera tres veces.

Ella abrió al cabo de unos segundos.

—Hola —me dijo—. ¿Necesitas algo?

Tenía el pelo recogido, un bolígrafo detrás de la oreja y el cable de los cascos colgando del cuello.

Tragué saliva y se lo solté de sopetón:

—¿Qué haces esta noche?

—No tengo planes, ¿por?

—¿Quieres ir al cine conmigo?

Se quedó dubitativa un instante.

—¿En plan romántico o en plan: «Paxton se ha ido de vacaciones y no tengo con quien ir al cine»? —quiso saber.

Reprimí la sonrisa.

—En plan me apetece ir a ver contigo la peli de Cazadores de sombras... —En su día me había leído el libro solo por poder comentarlo con ella.

Mia sonrió y un sentimiento esperanzador se abrió camino por mi pecho.

—¿Es una cita, entonces? —me preguntó a las claras.

—Sí.

—¿Ya no te importa lo que piensen mis padres?

—Sí que me importa, no me gustaría que se enfadasen y que me despidiesen, pero me importa más lo que pienses tú.

Ella se mordió la parte izquierda del labio inferior y me observó con ojos soñadores. Al cabo de unos segundos dijo:

—Mis padres no tienen por qué enterarse.

—¿Qué?

—Que no tenemos por qué contarles que vamos a ir al cine juntos. No tengo que darles explicaciones, y así tampoco te dirán nada a ti.

No me entusiasmaba la idea de mentir, pero, si no se lo contaba a nadie, no estaría mintiendo, ¿no?

—Vale —acepté.

—Podemos ir al cine de Northstar —sugirió—. Así no nos encontraríamos con nadie.

Northstar era el resort que estaba ubicado en lo alto de la montaña, al lado de las pistas de esquí y donde básicamente solo había turistas. Lo que proponía era buena idea. En cuanto alguien nos viese entrar juntos al cine de Sunnyside, la noticia se esparciría a toda velocidad y cuando saliésemos de ver la película el pueblo entero lo sabría.

—Podemos quedar allí directamente —añadió al ver que no contestaba.

—¿Y cómo piensas ir? Todavía no te has sacado el carnet de conducir.

—Puedo pedirle a Holly que me lleve.

Negué con la cabeza y le dije:

—Es nuestra primera cita. Quiero llevarte yo.

Mia dio un paso adelante, se puso de puntillas y me dio un beso en la mejilla. Sentí un hormigueo placentero en el moflete, traté de ignorarlo y proseguí:

—Te he llevado a los sitios y te he traído varias veces. No tiene por qué ser sospechoso.

—Mmm... Es verdad. Puedo decirles a mis padres que voy al

cine con Holly, y tú puedes ofrecerte a llevarme como el que no quiere la cosa.

—Me parece bien. —Acepté su propuesta—. ¿Quedamos abajo a las siete?

—Vale. Genial.

Volvió a sonreír y, por primera vez, fui consciente de que esa chica me gustaba de verdad.

16

Mia

Llevaba un rato hecha un ovillo en la cama, con los ojos fijos en la caja que me había dado Carol. Seguía en el mismo lugar en el que la había dejado la tarde anterior, en un rincón, sobre la mesa. Me dolía la cabeza y estaba desganada después de otra noche de insomnio. Desvié la vista hacia la ventana, los copos de nieve caían con suavidad y empezaban a acumularse sobre el suelo de la terraza formando una fina capa. El clima invitaba a quedarse todo el día debajo de la colcha leyendo un romance de vampiros que intentan pasar desapercibidos en un pueblecito de Washington.

Consulté la hora en el móvil y suspiré. Había retrasado el momento de levantarme porque no tenía ganas de despedirme de la casa de mis padres. Era mi último día en Sunnyside, esa misma tarde cogería un avión rumbo Nueva York. Les había dado muchas vueltas a las palabras de Chelsea: «¿Por qué no te quedas allí unos días y descubres lo que quieres antes de hacer algo de lo que luego podrías arrepentirte?». Al final, caí en la cuenta de una cosa: si quería volver a Nueva York con el corazón ileso no podía permitirme el lujo de preocuparme por Jack. Me había costado cinco años construir una vida nueva y estable lejos de allí. No iba a tirar todos mis esfuerzos por la borda. No podía dejarme arrastrar por los dramas de aquel pueblecito, ni por los viejos sentimientos, ni por la nostalgia de los recuerdos. Había decidido mantener la mente fría y pensar qué era lo mejor para mí. Por eso, pasase lo que pasase con el préstamo, esa tarde me despediría del Polaris y de Jack Halliday.

Después de ducharme, me vestí y recogí las pertenencias que tenía desperdigadas por la habitación de huéspedes. Luego, salí de allí con la bolsa de viaje cargada al hombro y sujetando la caja que me había dado Carol. Bajé las escaleras y atravesé la recepción vacía con decisión.

Abrí la puerta que estaba tras el mostrador de admisión y me enfrenté al pasillo lúgubre por el que corría cuando era pequeña. Al fondo, estaba la que daba a casa de mis padres. Con cada paso, se incrementaba la opresión que sentía en el pecho.

«Estás bien, respira hondo», me repetí al detenerme delante de la entrada del que solía ser mi hogar.

Tras unos segundos de vacilación, me apoyé la caja en la cadera y agarré el pomo con la mano temblorosa. Cuando giré el tirador, el clic que hizo la cerradura al abrirse resonó en mi corazón. Estaba a punto de abrirles la puerta a mis recuerdos y no sabía si estaba preparada para enfrentar lo que me esperase al otro lado.

Empujé la madera con cuidado y fui a parar al salón. Lo primero que detecté fue el olor a cerrado. La escasa luz que entraba por la ventana apenas iluminaba la estancia, lo que la hacía parecer aún más sombría de lo que era. Encendí el interruptor y me quedé petrificada. Parte del papel azul que recubría las paredes se había desprendido. El sofá y la televisión estaban tapados por unas sábanas amarillentas, y las estanterías, recubiertas de una capa de polvo.

Una de las cosas que más me aterraban era que mi padre hubiera reemplazado nuestros recuerdos por unos nuevos que hubiera creado con Carol. Lo único que me quedaba de mi familia estaba entre aquellas cuatro paredes. Aquellos que no se habían convertido en ceniza por el incendio estaban allí, olvidados y recubiertos de polvo. El corazón me palpitaba con fuerza y el nudo que me atenazaba la garganta cada vez se apretaba más.

Todo parecía estar en su sitio, pero tenía los instintos en alerta, como si un peligro inminente se cerniera sobre mí. El sonido alegre de las risas de mi madre y de la música de los vinilos de mi padre me llegaron como un eco lejano. Agucé el oído y el silencio que reinaba amenazador se me clavó en el pecho como un puñal.

Eso era lo que no estaba bien. Antes, aquella casa era todo bullicio.

De pronto, mis nervios se dispararon. Incapaz de quedarme quieta, atravesé el salón y subí las escaleras para llegar a mi antigua habitación. Las bisagras crujieron cuando abrí la puerta. Encendí la luz y me reencontré con mi pasado. La estancia estaba tal cual la había dejado cinco años atrás. Nada más entrar estaba el armario en el que se había colado Jack tantas veces. A mano derecha, estaba el escritorio en el que había pasado horas escribiendo, y las estanterías repletas de libros gracias a los que había vivido miles de aventuras. Enfrente, seguía la cama cubierta con una colcha invernal hecha con parches de retales. Apoyado contra la almohada descansaba uno de los cojines de *crochet* que me hizo mi madre. Encima y pegado a la pared resaltaba mi corcho de los sueños.

Me acerqué para verlo mejor. Allí, sujetos por chinchetas y cubiertos de polvo, estaban mis recuerdos, como si fuesen los únicos testigos del paso del tiempo. Observé la entrada del cine de *Cazadores de sombras: ciudad de hueso*, la tira de fotos en la que Jack y yo salíamos besándonos y haciendo muecas, la última felicitación de cumpleaños que me había dado Holly, una rama de lavanda reseca que Jack me trajo después de que hiciésemos el amor por primera vez y varias polaroids en las que aparecían mis padres sonrientes.

Tragué saliva con los ojos fijos en la instantánea descolorida en la que salía mi padre sosteniéndome cuando yo era poco más que un bebé. En ese momento, comprendí que el estado de abandono en el que se encontraba la casa era un reflejo de mi interior. Porque yo sentía que la mitad de mi corazón estaba en ruinas, y la otra, oculta bajo una sábana polvorienta, esperando que alguien retirase la tela y abriese las cortinas para que volviese a darle el sol.

Intentando controlar mis emociones, me dejé caer sobre la cama, que se hundió debajo de mí. Coloqué la caja encima de mis piernas mientras intentaba recomponerme. Desde la estantería me observaba el peluche en forma de camaleón que me había regalado Jack en nuestra primera cita y varias láminas que había comprado de mis personajes literarios favoritos.

Fuera, el viento silbaba cada vez con más fuerza y parecía gritar lo que mi corazón no podía.

Guiada por un impulso, levanté la tapa de la caja con cuidado y la dejé a mi lado, sobre la cama. Lo primero con lo que me topé fue con un folio doblado por la mitad. Lo desdoblé con las manos temblorosas. Era una nota de Carol, al contrario de lo que había pensado.

Tu padre guardaba esta caja para ti. Estos recuerdos eran importantes para él y simbolizan lo mucho que te quería. Estoy segura de que, esté donde esté, se siente muy orgulloso de ti. Él creía que la Navidad era el momento perfecto para compartir lo que tenemos y crear nuevos momentos con nuestros seres queridos.

Cualquier cosa que necesites, ya sabes dónde encontrarme.

Con todo mi cariño,

CAROL

La nota me reblandeció y me entraron ganas de llorar. Volví a doblar el papel y lo dejé encima de la tapa. El nudo se comprimió un poco más alrededor de mi garganta al ver la fotografía enmarcada de mi familia en Navidad que me esperaba dentro de la caja. Solía estar colgada tras el mostrador de recepción. En la imagen se veía a mi padre disfrazado de Santa Claus y, a ambos lados, estábamos mi madre y yo, sonrientes y con un gorro de Santa cada una. Sostuve el marco mientras sentía cómo las grietas mal selladas de mi corazón comenzaban a reabrirse. En ese momento, el peso de la palabra «huérfana» me aplastó. Aquella fotografía era un recordatorio doloroso de lo que había perdido. Había actuado como si la muerte de mi padre no hubiese sido más que una horrible pesadilla de la que despertaría en cualquier momento cuando la realidad era que no lo haría.

La Navidad solía ser mi época favorita del año gracias al espíritu navideño y contagioso de mi padre. Año tras año, él y mi madre se esforzaban por darle unas fiestas de ensueño a cualquiera que viniera a visitarnos. Yo había seguido celebrándola en Nueva York, pero siempre lo había hecho bajo el paraguas de la nostalgia. Festejar sin mis padres carecía de sentido. Por eso era incapaz de imaginarme reabriendo el Polaris con Jack y Carol.

Aquel lugar vacío de sentimientos ya no era un hogar para mí. Solo eran cuatro paredes que guardaban algunas pertenencias. Nada más. Para mí, «casa» era el lugar en el que siempre era bienvenida, en el que podía ser yo misma y en el que me sentía segura, eran las bromas de mi padre, las risas de mi madre, el olor a galletas, la Navidad y, también, era Jack. Lo único que conservaba de todo aquello era la caja que descansaba sobre mis piernas, que no eran más que los escombros de mis recuerdos felices.

Dejé la fotografía en el colchón y me enfrenté a un montón de sobres amarillentos. Tragué saliva al reconocer mi caligrafía en el primero; el destinatario de aquella carta era Santa Claus. Pasé al siguiente, era otra carta que le había escrito a Santa, y lo mismo sucedió con el de después. ¿Mi padre había guardado todas las cartas que le había escrito a Santa Claus?

Mi corazón terminó de romperse al ver que algunos sobres tenían los bordes quemados. ¿Habría salvado mi padre aquellas cartas del incendio?

Observé la primera mientras una sensación incómoda me revolvía el estómago. Estaba abrumada y no sabía qué quería hacer. ¿Estaba preparada para ver lo que había escrito tantos años atrás? ¿Me derrumbaría si lo hacía? ¿O sería una manera de reconciliarme con mis recuerdos?

Mientras sopesaba si leer la primera, mi móvil pitó con un mensaje. Se trataba de Jim Blackheart.

> Señorita Summers, sintiéndolo mucho, no puedo llegar hoy a Sunnyside debido al temporal. Aplacemos la reunión a finales de año. Estaré personalmente en Manhattan por negocios

Confundida, desvié la vista a la ventana. La nevada se había intensificado, los copos eran más densos y caían con fuerza. Si Jim no podía llegar hasta Sunnyside, eso significaba que, pronto, yo no podría salir.

En cuanto ese pensamiento colisionó en mi cabeza, me levanté de golpe.

Como si el destino adivinase mis intenciones, en ese instante recibí una alerta en el móvil que llegó acompañada de un pitido estridente y horroroso. El alma se me cayó a los pies al leer que las autoridades recomendaban no salir de casa porque se avecinaba una tormenta de nieve. Para evitar accidentes por baja visibilidad y suelos resbaladizos, el cierre de las carreteras de montaña era inminente.

Cerré la caja a toda prisa. Me sentía demasiado vulnerable y lo único que sabía era que tenía que irme antes de desmoronarme.

Estaba a punto de salir de mi habitación cuando retrocedí sobre mis pasos. Cogí el peluche del camaleón y lo eché en mi bolsa de viaje, junto al cojín que me había tejido mi madre.

Sin pensar en lo que hacía, bajé las escaleras corriendo.

Estaba muy nerviosa y agitada. Salí de mi antigua casa sintiendo que me perseguían todos los fantasmas de las Navidades pasadas. Atravesé el pasillo que llevaba de vuelta al Polaris a toda velocidad. En el instante en el que puse un pie en la recepción, me topé con Jack.

—Hola —me saludó mientras dejaba su abrigo sobre la caja gigante que cumplía la función de perchero—. ¿Qué tal?

Me quedé pasmada al ver que a sus pies había una mochila y dos bolsas llenas de cosas.

—¿Qué haces aquí? —pregunté con un hilo de voz.

No me sentía capacitada para despedirme de él.

Jack se secó el rostro con la manga de la sudadera del cuerpo de bomberos de Sunnyside. Algunos copos de nieve adornaban su cabello oscuro y tenía la nariz y las mejillas enrojecidas.

—He venido a traerte un par de mantas, van a bajar mucho las temperaturas y creo que aquí no hay ninguna —me dijo, señalando las bolsas—. Y también quería hablar contigo —terminó centrando sus ojos en mí.

Tragué saliva y lo miré expectante.

Conforme se fue acercando al mostrador, el corazón empezó a latirme con más fuerza dentro del pecho. Cuando lo tuve delante, me di cuenta de que tenía ojeras. Se lo veía igual de cansado de lo que me sentía yo.

—Me han denegado el préstamo que había pedido... —me informó tras una pausa.

¿Qué se suponía que debía responder a eso?

Ni siquiera sé cómo conseguí permanecer impasible en aquel momento.

Al ver que no decía nada, él prosiguió:

—Necesito que me des un par de días más para buscar otro comprador.

—Lo siento, pero no. —Apreté los labios y negué con la cabeza—. Teníamos un trato.

Jack tensó la mandíbula y me observó unos segundos.

Dejé la caja sobre el mostrador. Le cambió la cara al reparar en la bolsa de viaje que cargaba en el hombro y entender que me marchaba.

—¿Y qué vas a hacer? —me preguntó, incrédulo—. ¿Venderle el Polaris a ese cabronazo?

—Es lo que acordamos...

—¿De verdad piensas dejar sin trabajo a la gente en estas fechas? —Jack alzó la voz—. ¡Por el amor de Dios, Mia, que los conoces de toda la vida! ¡Se supone que la Navidad va de ayudar a los demás, no de ponerles la zancadilla! ¿Es que ya no te importa nadie que no seas tú misma?

Sus palabras y el tono cortante me quemaron el corazón como un hierro incandescente.

—¡No sigas por ahí! —contesté a la defensiva.

Después de días sin apenas dormir, estaba cansada de reprimir mis emociones. El vaso de mi paciencia estaba a punto de rebosar. No quería discutir con él y decir algo de lo que luego me arrepintiese.

—¡La Mia que yo conocía jamás vendería el legado de su familia! —Jack negó con la cabeza—. ¿Qué te ha pasado?

—¡La Mia que conocías ya no existe! —exclamé, ofendida.

—Ya lo veo. —La decepción era visible en su mirada gélida—. Está claro que he sido un ingenuo...

—¿Un ingenuo? —pregunté con escepticismo—. Que yo sepa, he sido sincera contigo desde el primer momento. Te lo dije... Te dije que yo solo quería vender mi parte y volver a Nueva York.

La sonrisa sarcástica de Jack me puso los pelos de punta. Bordeé el mostrador para salir.

—Lo vendes y te vuelves a Nueva York. —Sonaba ultrajado—. ¿Así de fácil es para ti?

Me detuve frente a él, a un par de metros de distancia.

—¿Fácil? —Alcé el tono yo también—. ¿De verdad crees que esto es fácil para mí? —Me señalé con el dedo índice—. ¡No tienes ni idea!

—¡Yo lo único que sé es que tu padre no querría que esto acabase en manos de un tiburón de los negocios!

Jack parecía desesperado por hacerme cambiar de opinión, pero era inútil. No solo no estábamos en la misma página, es que, desde hacía años, ni siquiera estábamos en el mismo libro.

—¡No entiendo por qué tienes tanto empeño en sacar esto adelante! —exclamé perdiendo los nervios—. ¡Parece que te va la vida en ello! ¡Lo has intentado! ¡No ha podido ser! ¡Ya está!

—¿Empeño? —preguntó de manera retórica—. ¿Quieres saber por qué tengo tanto empeño en que esto salga adelante? ¡Fantástico, yo te lo cuento!

Se acercó a mí en dos zancadas y se detuvo a centímetros.

—¡Para empezar, porque le guardo un profundo respeto a tu familia! —comenzó—. ¡Para seguir, porque le da trabajo al pueblo! ¡Y, para terminar, quiero conservarlo por ti! —escupió en un grito.

El corazón se me aceleró de manera inevitable.

—¿Por mí? —pregunté sin comprender.

—¡Sí, por ti! ¡Y por mí! —Nos señaló a ambos—. ¿No ves que a mí esto me está matando?

—¿De qué estás hablando?

—¿Es que tú no piensas nunca en nosotros? —Volvió a alzar la voz.

—¿Qué tiene esto que ver con nosotros?

—¡Todo, joder! —Jack se pasó las manos por la cara en un gesto desesperado—. ¡Este lugar es nuestra historia! ¡Somos nosotros! ¡En las escaleras del porche delantero nos dimos nuestro primer beso! ¡En tu habitación perdimos la virginidad! —Fue señalando con la mano los rincones que mencionaba—. ¡En la valla que separa la propiedad de la granja todavía están nuestras iniciales talladas! ¿No lo ves? ¡Después de todo lo que hemos vivido aquí juntos ¿y quieres venderlo?!

Aparté la mirada. El malestar cada vez pesaba más en mi pecho.

Tenía que irme. No podía seguir oyéndole decir esas cosas que me confundían. Si me quedaba allí, acabaría como una de esas ejecutivas de las comedias navideñas de Hallmark que tanto me gustaban y, desde luego, yo no tenía intención alguna de volver a Sunnyside.

—¿Sabes qué? —Intenté rebajar el tono—. Esta discusión me está aturrullando la cabeza, me voy.

—Mia... —me llamó, cansado y entre dientes—. No puedes salir ahora. Hay aviso de temporal.

Le ignoré y pasé por su lado sin detenerme, olvidando la caja en el mostrador.

—¡Si te marchas, te pones en peligro a ti y a la persona que tenga que ir detrás a buscarte!

—¡No necesito que nadie venga a buscarme!

Sus pisadas retumbaron detrás de mí.

Me estaban entrando ganas de llorar. Tenía la ansiedad por las nubes. Llevaba días aguantando mucho estrés y lo último que quería era derrumbarme delante de él.

Abrí la puerta y atravesé el umbral. Una ráfaga de aire frío trajo consigo unos cuantos copos de nieve que aterrizaron en el suelo.

Jack se detuvo a mi lado en el porche.

—¿No ves que no puedes conducir así? —Señaló con la mano el aparcamiento, donde la nieve ya se había acumulado formando un manto blanco y el viento agitaba los árboles de un lado a otro de manera amenazadora—. ¡Están cortando las carreteras!

La tristeza y el enfado que giraban en mi interior como un torbellino tomaron las riendas.

—¡Y por eso tengo que irme ya! —vociferé—. ¡No quiero quedarme atrapada en este pueblo de mierda!

Jack se quedó perplejo, y yo bajé a toda prisa las escaleras del porche. El viento gélido me azotó la cara. En cuanto salí de la zona que cubría el tejadillo, eché a correr por el camino de piedra. Los copos de nieve caían con violencia. Al llegar al aparcamiento, me resbalé y acabé metiendo el pie en un charco de agua helada. Abrí la puerta del vehículo y lo oí gritar por encima del rugido del viento:

—¡Mia, espera!

Cerré la puerta y arranqué sin abrocharme el cinturón. No quería volver la vista y verlo a los pies del lugar al que ya no podía llamar hogar. Activé los parabrisas para quitar la nieve que se había acumulado sobre el cristal delantero. En cuanto pisé el acelerador, un ruido fortísimo reverberó en mi interior; parecía que el mundo se estaba partiendo por la mitad. Avancé por el camino de tierra y, entonces, vi un árbol enorme caer en mi dirección. Horrorizada, tuve claro que no me daría tiempo a esquivarlo.

17

Mia

Pisé el freno y chillé cuando las ruedas resbalaron sobre el barro. El árbol aterrizó a escasos centímetros del capó con un estruendo espantoso. Me salvé por los pelos.

En algún lugar lejano alguien gritó mi nombre con desesperación.

Asustada, solté el volante y me quedé inmóvil, con la vista clavada en las ramas que sobresalían por encima de la parte delantera del coche.

El pulso me palpitaba en las sienes. Tenía la respiración agitada. La opresión que notaba en el pecho era insoportable. Sentía que el aire no me llegaba a los pulmones. Me ahogaba.

Quería bajarme del coche, pero estaba paralizada.

—¡Mia! —oí a Jack gritar por encima de la neblina mental.

Una ráfaga helada se coló en el vehículo cuando él abrió la puerta. Sentí su mano apoyarse en mi hombro.

—¡Mia, ¿estás bien?! —me preguntó a toda prisa.

Desorientada, giré el cuello hacia la izquierda y me encontré con su rostro preocupado. Jack se había agachado a mi lado.

Asentí levemente mientras mi pecho subía y bajaba a toda velocidad.

Jack escaneó mi cuerpo con rapidez. Acto seguido, se inclinó para apagar el motor del coche. Y, sin previo aviso, me sujetó de los hombros y me atrajo en su dirección.

—Joder, te podías haber muerto —se lamentó al envolverme en un abrazo protector. Su tono era mitad angustiado mitad aliviado—. Dios, no quiero ni pensarlo. —Me apretó con más fuerza—. Menos mal que no te ha pasado nada.

La presa de hormigón que rodeaba mi corazón se resquebrajó y el malestar que cargaba en el pecho desde hacía días se desbordó.

Los ojos me ardían. En cuanto empezó a temblarme el labio inferior, correspondí su abrazo y enterré la cara en el hueco que había entre su cuello y su hombro. Con el primer sollozo ahogado que salió de mi garganta, la ansiedad me absorbió y, cuando quise darme cuenta, estaba llorando de manera descontrolada.

—Solo ha sido un susto. —Jack habló en un tono más calmado.

Me frotó la espalda con suavidad para reconfortarme. El gesto tranquilizador me hizo soltar otro sollozo, más angustioso que el anterior. Las lágrimas calientes no dejaban de correr por mis mejillas, empapando su sudadera.

—Mia, me estás asustando... —comentó inquieto al cabo de unos segundos.

Hizo amago de apartarse y yo le sujeté con toda la fuerza que fui capaz de encontrar en mi cuerpo cansado. La única vía de escape que tenía para aflojar la presión del pecho eran las lágrimas, y el refugio para mi corazón desgarrado era el abrazo cálido de Jack.

—No me sueltes, por favor —le pedí con voz baja y temblorosa.

—Vale, tranquila, no te suelto —me susurró antes de apretar sus labios contra el lateral de mi cabeza—. Estoy aquí contigo, cariño.

Estaba sobrepasada por la mezcla de emociones que sentía. En mi interior se había desatado un caos emocional que solo supe gestionar llorando. Estaba asustada y angustiada por la caída del árbol, y también estaba enfadada y triste por todo lo que había perdido.

—Se ha ido —le dije entre lágrimas—. Ya no puedo despedirme... Mi padre ya no está. —Necesité decirlo en voz alta.

Jack apretó su agarre a mi alrededor. Lo oí tragar saliva con dureza.

—Lo siento mucho —me contestó con un tono cargado de pena.

—Le echo de menos —confesé, destrozada.

—Lo sé. —Con esas dos palabras a Jack se le quebró la voz—. Yo también.

Sonaba tan triste y dolido como yo.

Su pecho subió y bajó, y cuando retiró una mano de mi cuerpo, supe que fue para limpiarse las lágrimas.

Volví a sumergirme en el llanto amargo y profundo que era incapaz de contener.

No lo entendía. Si mi corazón estaba escondido, debajo de la sábana en mi habitación, ¿por qué aquello dolía tanto?

Jack me sostuvo mientras lloraba. No tenía fuerzas para gritar, pero no importó, fuera de aquel coche, la naturaleza lo hizo por mí. El aullido del viento era cada vez más agudo y desgarrador y le pondría los pelos de punta a cualquiera.

—La Navidad ya no tiene sentido —susurré apenada.

—Haremos que vuelva a tenerlo —me prometió él.

Durante unos minutos, se dedicó a consolarme con palabras de aliento y a calmarme acariciándome el pelo con suavidad. Él no lo sabía, pero el calor de su abrazo era lo único que me mantenía a flote en ese momento.

No sé cuánto rato estuve allí, rompiéndome entre sus brazos. El único que sabe lo mucho que lloré aquel día es él. Jack esperó paciente mientras yo derramaba toda mi oscuridad sobre su hombro. Hacía tiempo que ningún hombre me abrazaba así, y era reconfortante. Cuando conseguí calmarme, la carga de mi pecho parecía algo más liviana. Estaba agotada, mental y emocionalmente, y centré las pocas energías que me quedaban en no soltarlo.

Me habría quedado un rato más abrazándolo si no hubiera sido porque él dijo:

—Estás temblando. Vamos dentro, anda, que te vas a congelar.

Me separé a regañadientes de su cuerpo y lo encaré.

Algo en su mirada removió los cimientos de mi mundo. Tuve la sensación de que podía leer la vorágine de sentimientos entremezclados con la que me observaba: compasión, tristeza, miedo y ternura. En ese instante, supe que no tenía que seguir corriendo porque él no me haría daño. Por primera vez desde que había regresado, nos entendimos sin necesidad de palabras y fue como si todo ese tiempo separados nunca hubiese existido.

Alzó la mano para retirarme el pelo de la cara con delicadeza y usó el pulgar para borrar el rastro de mis lágrimas. Me dedicó una leve sonrisa y volví a sentir un aleteo débil dentro del pecho. Luego, extendió la palma izquierda en mi dirección en una invitación muda. Cuando la acepté, sentí que dos piezas volvían a encajar después de muchísimo tiempo.

Jack me ayudó a bajar del coche. Al salir, me estremecí por la impresión que me dio ver el tronco enorme que había estado a punto de aplastarme. Mi chaqueta de flecos no era una buena protección contra la nieve que seguía cayendo sin piedad. Jack se echó mi bolsa de viaje al hombro y cerró la puerta del vehículo. Después, me agarró la mano con firmeza. La calidez de su piel sobre la mía me hizo sentir un poco más segura.

Caminamos apresurados y con cuidado de no resbalarnos.

Al llegar al porche, Jack me soltó para abrir la puerta y la sostuvo para que pasase delante. Tenía la cara entumecida por las temperaturas, y los pies congelados.

Nada más adentrarme en el Polaris me froté las manos para entrar en calor. Jack pasó detrás de mí y cerró la puerta. Luego, se agachó para coger una de las bolsas que había dejado en el suelo, antes de nuestra discusión. Cuando se irguió, me fijé en los copos de nieve que descansaban sobre su cabello oscuro y su sudadera, que lo hacían parecer adorable.

—¿Has comido? —me preguntó.

Negué con la cabeza.

Él se aproximó con decisión y volvió a atrapar mi mano. Me dejé arrastrar, era únicamente consciente de que el cosquilleo había regresado a mi palma.

Una vez en la cocina, colocó la mano en mi espalda baja y me condujo hasta uno de los taburetes. Después, se detuvo en el extremo opuesto de la isla. Dejó la bolsa de la compra que había traído sobre la encimera y me devolvió la mía acompañada de una mirada significativa. Abrió la boca para decir algo, después la cerró y se concentró en sacar los alimentos.

—El otro día me fijé en que apenas quedaba comida —apuntó como el que no quiere la cosa.

Lo único que quedaba eran los ingredientes de repostería que me habían sobrado después de hacer las galletas.

—He traído un par de latas —me informó.

—Gracias —contesté en voz baja.

—¿Qué te apetece comer?

—Me da igual. No tengo mucha hambre.

Todavía tenía el estómago cerrado por el disgusto.

Cuando guardó todos los productos en los armarios, preparó té para los dos. Yo aproveché para ausentarme y ponerme ropa seca.

—Veo que el Earl Grey sigue siendo tu favorito —le dije al regresar poco después.

Sujeté la taza que me entregó para que se me calentasen las manos.

—Sí. Supongo que hay cosas que nunca cambian.

Por la intensidad de su mirada me dio la impresión de que esa frase iba con segundas.

Le di un sorbo a la bebida para no pensar en el nerviosismo que se había despertado en mi interior. Jack sacó una cacerola del armario y me preguntó:

—¿Te parece bien pasta boloñesa?

—Sí. Genial. —Sonreí.

Me hizo ilusión que hubiese traído ingredientes para preparar uno de mis platos favoritos.

Lo observé mientras empezaba a cocinar.

Aquello era algo que habíamos hecho cientos de veces juntos, con la diferencia de que antes yo no tenía el corazón hecho pedazos. Al darme cuenta de que me estaba absorbiendo la melancolía otra vez, me levanté y me quité la chaqueta. Tras dejarla en la silla, cogí el paquete de macarrones de la encimera.

—Toma —le dije, deteniéndome a su lado.

—Gracias.

Jack esbozó una sonrisa sincera de agradecimiento, y yo me quedé ahí pasmada, asimilando el pequeño vuelco que acababa de darme el estómago.

—¿Te ayudo con algo? —le pregunté—. Me servirá para distraerme.

—¿Quieres preparar la boloñesa?

—Vale.

Nos pusimos mano a mano a picar la cebolla y la zanahoria. Luego, me encargué de dorarlas en la sartén. Cuando el agua rompió a hervir, Jack agregó la pasta y puso el temporizador. El olor de las especias se adueñó de la estancia y me abrió el apetito.

—¿Puedes echar la carne picada? —le pedí.

—Voy.

Jack abrió el paquete y lo volcó con cuidado sobre el sofrito. Cuando se retiró, su brazo rozó el mío por accidente. Intenté concentrarme en remover el contenido de la sartén, pero notaba su mirada clavada en cada uno de mis movimientos.

Al cabo de un rato, bajé el fuego al mínimo, solté la pala de madera y lo miré. Había algo que me estaba carcomiendo desde hacía un rato.

—Siento mucho haberte gritado antes —me disculpé—. Y también siento haberme ido así. Tenías razón, era peligroso y no te he hecho caso.

—Yo también siento haberte gritado.

—¿Me perdonas, entonces? —pregunté con la boca pequeña.

—Ya lo he hecho. ¿Y tú?

—Yo también.

Una pequeña sonrisa brotó a mis labios.

Me volví y recuperé la pala de madera. Estaba a punto de remover la carne otra vez cuando él alargó el brazo por encima de la sartén. Atrapó mi muñeca, obligándome a soltar la pala, y la giró para observar la palma de mi mano.

—La quemadura no te ha dejado marca —habló más para sí mismo.

En lugar de responder, me limité a observar nuestras manos unidas y a tratar de acallar las emociones que estaban resurgiendo. Tardé unos segundos en darme cuenta de que el pulgar de Jack viajaba por mi palma con suavidad. Sin ser muy consciente de lo que hacía roté la muñeca para acariciarle yo también. Entrelacé los dedos con los suyos. Él respondió dándome un apretón, y un cosquilleo dulce se propagó por la piel que estaba en contacto con la suya.

—Mia... —susurró mi nombre.

Cuando levanté el rostro, nuestros ojos se enredaron en una interacción silenciosa. El cosquilleo que sentía en la mano viajó hasta mi pecho y le dio una descarga eléctrica a mi corazón, devolviéndole un poco de vida. Nos acercamos el uno al otro, despacio. El pulso se me había acelerado otra vez. La atmósfera entre nosotros había ido cambiando. Jack me colocó un mechón de pelo detrás de la oreja. Tragué saliva al sentir el roce suave de sus dedos. Quería alargar la mano libre y acariciarle la mejilla, y también quería acercarme un poco más. Tenía la sensación de que él deseaba hacer lo mismo y de que se estaba conteniendo, dándome la posibilidad de tomar la iniciativa. En el instante en el que desvié la vista a sus labios y valoré la posibilidad de ponerme de puntillas para besarlo, me sobresaltó la campanilla del temporizador.

Como si despertase de un sueño, retiré la mano. Jack soltó un suspiro eterno. Sin decir nada, se dio la vuelta y apagó el temporizador, y yo saqué el colador de un cajón.

Colamos la pasta, la agregamos a la sartén y la removí un par de veces. Al terminar, pinché un macarrón con un tenedor. Alcé la mano para acercárselo a Jack a la boca; siempre que cocinábamos nos dábamos a probar el uno al otro.

«Vosotros ya no hacéis eso, ¿recuerdas?», susurró una vocecita en mi mente.

Me detuve súbitamente y sacudí la cabeza. Por un segundo, me había olvidado de que no estábamos juntos. Disimulé como pude y me llevé el tenedor a la boca.

—Buenísimo —dije mientras masticaba, un poco nerviosa.

Enseguida tomamos asiento en la isla, con los platos cargados.

—¿Qué tal tu guardia de ayer? —le pregunté mientras comíamos.

Eso me distraería del hecho de que había fantaseado con besarlo.

—El día fue tranquilo. Decoramos el parque de Navidad y luego entrenamos y eso... —me explicó—. Por la noche, cuando empeoró la tormenta, tuvimos que salir a varias emergencias. Una de ellas fue porque el alcalde tuvo un accidente de coche por esquivar a un ciervo.

Ahogué una exclamación.

—¿Tom está bien? —le pregunté alarmada.

—Sí, sí. Se chocó contra un quitamiedos, pero, por fortuna, saltaron los airbags y salió ileso.

—¿Y el ciervo?

—También. —Jack me sonrió con afecto—. El que peor parado salió fue el coche. El capó se aplastó como un acordeón y tuvimos que usar el cabestrante para remolcarlo.

—¿Fue un rescate complicado?

—Si te soy sincero, la peor parte fue calmar a Campana.

—¿A quién? —Arrugué las cejas.

—A Michael.

—¿Su hijo estaba en el coche? —Abrí los ojos, consternada.

—No. Su hijo trabaja con nosotros. Empezó hace poco.

—Ah... ¿Por qué le llamas Campana?

—Siempre llamamos así a la última persona que se incorpora al cuerpo. Antiguamente, cuando todavía no había sirenas, el novato se encargaba de tocar la campana del camión en las emergencias.

—¿En serio? —se me escapó la risa.

En lugar de contestar, Jack se me quedó mirando unos segundos. Parecía maravillado por algo. Cuando terminé de reírme, respondió un:

—Y tanto.

Le dediqué una sonrisa escueta y, durante un rato, comimos en silencio.

—¿Puedo preguntarte una cosa? —le dije.

Él ya casi había acabado con su plato, a mí todavía me quedaba la mitad.

—Sí. Lo que quieras.

—Carol me dio ayer una caja con algunas cosas que mi padre quería que tuviese —empecé—. Entre ellas, están las cartas que le escribí a Santa. La mayoría tienen los bordes quemados... ¿Sabes si...?

Jack asintió y dejó el tenedor en su plato vacío.

—Las sacó tu padre cuando esto se incendió. —Señaló la cocina mientras hablaba—. Cuando llegamos con el camión, Carol estaba fuera, desesperada. Me dijo que tu padre había ido a buscar algo al almacén y que todavía no había salido... Al entrar en el edificio, Blaze y yo bajamos a buscarlo y nos lo encontramos saliendo, con las cartas apretadas contra el pecho, en mitad de la humareda.

Los ojos se me empañaron otra vez. Aparté la vista y abrí mi bolsa de viaje para rebuscar los pañuelos.

—Gracias por contármelo —susurré, conmovida y con un hilo de voz.

—No se dan.

Me había descolocado saber que mi padre había arriesgado su vida por las cartas. Quizá por eso Carol había insistido tanto en entregarme la caja. Quizá leerlas fuese lo único que podía hacer para honrar su memoria. Así, al menos, no se habría arriesgado en vano.

—El incendio debió de ser horrible... —se me escapó el pensamiento en voz alta.

Jack asintió en silencio.

—Lo importante es que nadie perdió la vida esa noche —me dijo—. Aunque fue muy doloroso ver algunos de nuestros recuerdos arder.

Me levanté para recoger la mesa, rehuyendo de su mirada intensa. Por el rabillo del ojo le vi ponerse de pie para ayudarme. Estaba metiendo mi plato en el lavaplatos cuando lo oí preguntar:

—¿Este es Pascal?

Me erguí y, al darme la vuelta, me topé con sus ojos brillantes. Jack sostenía el peluche en forma de camaleón que me había llevado de mi habitación. Debía de haberlo sacado de mi bolsa de viaje.

—Sí. —Asentí.

—Todavía me acuerdo de la cara que pusiste cuando te lo regalé —comentó con nostalgia—. Te emocionaste mucho, ¿recuerdas?

El hoyuelo se le marcó cuando me sonrió con cariño. Y, de pronto, retrocedí en el tiempo, a esa adolescencia tardía en la que estaba total y absolutamente colada por él.

18

Mia

Once años antes

—¡Jack acaba de pedirme una cita! —exclamé en cuanto Holly descolgó el teléfono.

Soltó un grito desde el otro lado de la línea con el que casi me dejó sorda, y a mí me entró la risa. En aquel momento, estaba eufórica.

—¡Qué fuerte! ¡Cuéntamelo todo! —me pidió.

—Hace cinco minutos ha venido a mi cuarto y me ha preguntado si tengo planes esta noche —dije mientras caminaba nerviosa por la habitación—. Le he dicho que no y, entonces, me ha invitado a ir al cine con él.

Holly soltó otro gritito.

Mi amiga llevaba un tiempo oyéndome suspirar por Jack y siendo testigo de cómo me quedaba embobada mirándolo.

—Obviamente le he dicho que sí —proseguí.

—¿Y luego le has confesado que te mueres por besarlo desde el año pasado?

—¡No! —Volví a reírme.

—Oye, ¿y dónde ha quedado todo ese rollo de que le importaba lo que pensasen tus padres?

—Me ha dicho que le sigue importando porque no quiere que le despidan, pero que le importa más lo que yo pienso.

—¡Hala! ¿Te ha dicho eso? —preguntó Holly impresionada—. ¡Madre mía, está pillado hasta las trancas! Seguro que anoche se puso celosísimo al verte con Brian en la feria.

—¿Tú crees?

—¡Pues claro! Le ha faltado tiempo para presentarse en tu puerta como un perrito abandonado en busca de cariño.

Se me escapó otra risita.

—No parecía un perrito abandonado. Si le hubieses visto, Holly... —solté un suspiro amoroso—. Hoy lleva mi camiseta favorita y está monísimo.

—Hablando de eso, ¿qué te vas a poner?

—Uf. No lo sé. Dame un segundo que miro.

Me planté delante del armario, sujeté el teléfono con el hombro y abrí las dos puertas. Quería ir cómoda y también quería que a Jack se le quedase la misma cara de tonto que a Derek cuando se reencuentra con Odette. Escaneé las perchas a toda velocidad, pero no encontré nada que me gustase para nuestra primera cita.

—¡No tengo nada que ponerme! —exclamé de manera dramática.

—¿Por qué no te pones el vestido amarillo? Te queda superbién.

—Imposible. Me lo puse anoche.

—Mmm... ¿Y el blanco?

—Lo tienes tú —le recordé—, te lo presté el otro día.

—Ay, es verdad.

Mientras Holly pensaba, yo fui pasando las perchas, una a una.

—Teníamos que haber ido de compras el finde pasado —me lamenté.

—El finde pasado no sabíamos que tu *crush* te invitaría al cine.

—Ya... Por cierto, hemos decidido ocultárselo a mis padres por el momento. Así que les diré que voy contigo, y Jack se ofrecerá a llevarme él.

—Vale. Por si me preguntan, ¿qué vamos a ver?

—*Cazadores de sombras: ciudad de hueso.*

—¿Soy tu *parabatai* y de verdad vas a verla sin mí? —Se hizo la ofendida—. No me lo puedo creer.

—La veré dos veces —aseguré.

—Más te vale, porque no creo que Steven vaya a acompañarme.

El novio de Holly no me caía especialmente bien. No me había hecho nada directamente, pero no se interesaba por ninguno de los hobbies de mi amiga y siempre tenían que hacer lo que él quería.

—Bueno, te dejo ya, que tengo una hora para ducharme y arreglarme.

—Vale. ¡Pásatelo bien! ¡Exijo un reporte exhaustivo en cuanto te deje en casa!

—Será lo primero que haga —aseguré antes de colgar.

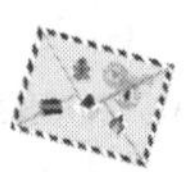

A las siete en punto salí de mi habitación con los nervios a flor de piel. Después de vaciar el armario sobre la cama me decanté por vestirme con un top blanco y sencillo de tirantes que tenía el escote en pico y unos vaqueros. Me había hecho un semirrecogido en el pelo que, por aquel entonces, me llegaba por las clavículas, y llevaba puesto mi colgante favorito; era dorado y tenía una mariposa morada chiquitita. Bajé las escaleras corriendo y atravesé el salón emocionadísima. Al llegar al pasillo que separaba mi casa del Polaris, reduje la velocidad para no acabar con la lengua fuera.

Abrí la puerta que daba a recepción con cuidado para no darles un golpe a mis padres, que estaban detrás del mostrador. Al otro lado, y hablando con ellos, estaba Jack, que me dedicó una sonrisa escueta al verme.

—Hola —los saludé.

—¿Adónde vas tan guapa? —me preguntó mi madre.

—He quedado con Holly para ir al cine.

—¿Qué vais a ver? —se interesó mi padre.

—La peli de Cazadores de sombras.

—¿La película del libro? —Mi madre me acarició un mechón de pelo—. Creía que íbamos a verla juntas.

—Otro día voy contigo —le prometí—. Seguro que estará en cartelera un montón de tiempo.

Miré a Jack de soslayo.

—¿A qué hora te recoge Holly? —cuestionó mi padre.

—Pensaba ir en bici. —Iba con ella a todas partes, mis padres no tendrían que sospechar.

—Mia, ya sabes que no nos gusta que vuelvas de noche por la carretera con la bicicleta. —El tono de desaprobación de mi madre era evidente—. Es peligroso.

—Si quieres, puedo llevarte yo —se ofreció Jack enseguida.

Sonreí para mis adentros y lo miré.

—¿Estás seguro? —le pregunté, intentando no sonreír.

—Sí —asintió—. He quedado con Paxton ahora y la casa de Holly me pilla de cine.

Arrugué las cejas y él se dio cuenta de su error.

—Quería decir que el cine me pilla de paso a casa de Paxton —se corrigió.

Reprimí una sonrisa y solo le dije:

—Vale. Genial. Gracias. —Acto seguido, enfrenté a mis padres y añadí—: Me lleva Jack y luego me traerá Holly. Así os quedáis tranquilos.

Después, me despedí de ellos dándoles un beso en la mejilla a cada uno.

Jack pagó las entradas y yo compré un menú gigante de palomitas de mantequilla, y limonada para los dos. Tenía muchas ganas de ver la adaptación, el libro me había encantado y llevaba esperándola un tiempo. Sin embargo, en la oscuridad de aquella sala, estaba más pendiente de mirar a Jack a hurtadillas que otra cosa y no me estaba enterando de mucho. Además, nuestras manos se habían rozado un par de veces al ir a coger palomitas a la vez, y mi nerviosismo aumentaba por momentos.

Cuando llevábamos un rato de película, nos quedamos sin palomitas.

—¿Quieres que salga a por más? —me preguntó Jack cerca del oído.

La piel se me puso de gallina al notar su aliento cálido en la oreja.

Giré el cuello hacia la izquierda para mirarlo y me encontré con su cara a centímetros de la mía. Un aleteo tímido se despertó en mi pecho cuando nuestros ojos se encontraron en la oscuridad. El cine desapareció y me transporté a una realidad paralela en la que solo existía él.

¿Era el momento adecuado para inclinarme y besarlo?

A mí me apetecía muchísimo, pero ¿debía esperar a qué él diese el primer paso?

No estaba segura.

Mientras lo observaba, me mordí el labio, indecisa.

«¡Venga, reacciona, que te has quedado embobada!».

En ese momento, una chica que llegaba tarde se tropezó con los pies de Jack y nos tiró su cubo de palomitas por encima. El grupito de chicas que ocupaban los asientos de mi derecha soltaron carcajadas estruendosas.

—¡Lo siento mucho! —se disculpó avergonzada.

—No pasa nada —le susurró Jack.

En un primer momento, me molestó que la chica hubiese roto la magia del momento, pero cuando me volteé y lo vi lleno de palomitas me entró la risa a mí también. De los dos, él se había llevado la peor parte.

—Supongo que ya no hace falta ir a por más —me susurró mientras se llevaba a la boca una de las que le habían caído sobre el regazo.

Atrapé otra de las que habían aterrizado en mi pierna y se la tiré. No le dio tiempo a esquivarla y le di en la mejilla. Jack giró el rostro a cámara lenta y me miró con una cara que traduje como: «Conque esas tenemos, ¿eh?».

Contraatacó haciéndome cosquillas. Al notar su mano en mi cintura, se me contrajo el estómago. Me revolví en la butaca mientras una carcajada reverberaba en mi garganta.

—¡Estate quieto! —le di un manotazo cariñoso en el brazo.

—¡Shhh! —nos chistó la mujer que teníamos detrás.

A mí se me escapó otra risita. Jack se volteó sobre el asiento y se disculpó en un susurro:

—Perdón, señora.

Al darse la vuelta, me guiñó un ojo y volvió a clavar la vista en la pantalla.

Con una sonrisa tonta en la cara, me comí las pocas palomitas que me habían caído encima. Después, miré de reojo a Jack; todavía tenía un puñado en la mano izquierda y unas cuantas más en la pierna. En un arranque de valentía, me incliné en su dirección y le robé una de las que tenía en la mano. Cuando hice amago de quitarle la segunda, él las alejó a toda velocidad.

—¡Qué egoísta! —exclamé en un murmullo apenas audible.

—Te daría, pero luego me las tiras —respondió muy bajito y mirándome.

Las luces de la pantalla se reflejaban en su rostro con suavidad.

«Está tan guapo…».

Con disimulo, fui a coger una de las palomitas que se habían quedado atascadas en uno de los dobleces de su camiseta. Estaba a punto de cogerla cuando él atrapó mi mano. El estómago se me subió a la garganta y sentí un escalofrío.

«¡Me ha cogido la mano!», pensé emocionada.

Volví a recostarme sobre el asiento mientras los dedos de Jack se enredaban con los míos. Intenté aparentar normalidad, pero por dentro estaba al borde del desmayo.

Desde ese momento, no volvimos a hablar y nuestras palmas no se separaron ni un segundo. No quería que esa película terminase nunca. Quería quedarme para siempre sentada en aquella butaca, sintiendo el cosquilleo en la piel y con la sonrisa estampada en la cara.

Me encantaría saber si Jack sentía lo mismo que yo, si me miraba de reojo y si también quería besarme.

Cuando la película estaba llegando a su fin, me incliné para coger el vaso de limonada con la mano libre. Al hacerlo, el tirante izquierdo del top resbaló por mi hombro. Después de darle un sorbo a la bebida, la dejé en su sitio. Volví a recostarme sobre el asiento y, entonces, sentí los dedos de Jack sobre el hombro. Con una caricia, me colocó el tirante en su sitio. El vértigo regresó a mi estómago y lo que antes era un aleteo en el pecho, ahora parecían cientos de mariposas volando en todas direcciones.

—Gracias —contesté en un susurro.

Él asintió en silencio, parecía un poco tenso.

Por mi parte, me puse tan nerviosa que no me enteré de nada del final.

Jack y yo nos quedamos sentados con los ojos fijos en los créditos, acariciándonos la mano el uno al otro y sin decir nada. Cuando encendieron las luces, la gente a nuestro alrededor empezó a levantarse y a comentar la película, pero ni siquiera eso consiguió sacarme de la atmósfera de intimidad en la que estaba inmersa. Lo único de lo que era consciente era de lo rápido que me latía el corazón.

—Bueno, habrá que irse, ¿no? —me preguntó Jack cuando entraron los chicos que se encargaban de limpiar.

Hice un mohín porque no me apetecía, pero no me quedó más remedio que asentir.

Para mi sorpresa, Jack se levantó sin soltarme la mano. Me puse de pie yo también. Después, tiró de mí para salir de la sala.

Fuera del cine nos recibió la brisa fresca de la montaña, que me hizo estremecer. El aparcamiento estaba casi vacío. Conforme nos acercamos a su camioneta me recorrió una sensación triste. Eran las once y media de la noche y no tenía ganas de volver a casa. Como si adivinara mis pensamientos, Jack me preguntó:

—¿A qué hora tienes que estar de vuelta?

—No tengo hora —me apresuré a añadir.

—¿Te apetece dar un paseo?

—Sí. —Sonreí ampliamente.

Y así, de un plumazo, regresó la alegría.

—Tengo la chaqueta en el coche —me dijo Jack—. ¿La quieres?

—Sí, porfa.

Cuando llegamos a la camioneta, me soltó la mano y abrió la puerta para coger la chaqueta vaquera del asiento. Me la puse y les di un par de vueltas a las mangas.

—¿Qué? —le pregunté al ver que me observaba con una sonrisa.

Abrió la boca para contestar y luego negó con la cabeza.

—Dímelo.

—Estás muy guapa.

Sentí el rubor subirme desde el cuello y calentar mis mejillas. Sabía que más tarde, cuando estuviese en la cama, reviviría aquel momento hasta quedarme dormida.

—Gracias.

Recorrimos aquel pueblecito tres veces. Comentamos la película, hablamos de libros, de música y de lo que queríamos hacer con nuestras vidas. Conocer a Jack era algo así como leer mi libro favorito por primera vez. Quería memorizar y marcar todas sus frases, y a la vez estaba deseando avanzar para sumergirme más en su historia.

—Cuéntame algo de ti que no sepa nadie —le pedí mientras paseábamos.

—Estoy ahorrando para matricularme en la academia de bomberos.

Lo miré sorprendida.

—Llevo pensándolo unos meses, desde que murió mi padre en el incendio, en realidad —agregó. Le di un apretón en la mano—. Quizá es una tontería, pero siento que es una buena manera de honrarlo.

—No es una tontería —aseguré conmovida—. Si alguna vez quieres hablar de tu padre, estoy aquí.

Él me devolvió el apretón de la mano y dijo:

—Gracias. Tu turno de contarme algo.

Me habría gustado ahondar más en el tema, pero si él no quería, yo no le forzaría.

—Todavía no se lo he contado a mis padres, pero algún día me gustaría ser escritora.

—Ya lo eres, ¿no?

Arrugué las cejas.

—No... Escritoras son Stephenie Meyer, Margaret Atwood o Isabel Allende. Yo no.

—Claro que sí —me llevó la contraria—. Estás todo el día escribiendo en tu cuaderno. Yo diría que eso es ser escritora. Para mí, lo eres. Solo he leído lo que has publicado en la revista del instituto, pero escribes muy bien.

Una parte de mi corazoncito empezó a derretirse y mis ganas de besarlo aumentaron.

En mi vida había estado tan a gusto con nadie. Tanto es así que, cuando nos dimos cuenta, era de madrugada.

Cuando estacionó su camioneta en el aparcamiento lleno del Polaris, volví a ponerme nerviosa. Todas las luces estaban apagadas y se apreciaba a la perfección el cielo estrellado. Nos quedamos unos minutos dentro del coche.

«Me muero por besarte», intenté mandarle el pensamiento por telepatía mientras me giraba en su dirección.

La impaciencia no tardó en hacer acto de presencia en mi estómago. Al ver que no daba el primer paso, abrí la puerta y le dije:

—¿Me acompañas hasta la puerta?

—Claro.

Me bajé del coche y lo esperé mientras él cogía una bolsa de papel marrón del asiento. Cuando cerró la puerta, bordeó el vehículo para reunirse conmigo en la parte de atrás. Esa vez no me cogió de la mano y sentí una punzada de decepción. Me armé de valor, estiré el brazo y se la di yo. Él me dio un pequeño apretón que hizo que las emociones negativas pasasen a un segundo plano.

La gravilla resonó bajo nuestros pies cuando echamos a andar despacio, y un búho ululó en la oscuridad.

—Lo he pasado muy bien —le dije en voz baja, una vez que llegamos al porche.

—Yo también. Te he traído esto. —Jack extendió la bolsa en mi dirección.

—¿Qué es? —pregunté con curiosidad.

—Ahora lo verás.

La acepté sin tener ni idea de qué podría ser. Le solté la mano y la metí en la bolsa. Toqué algo blandito y suave. Al sacarlo reconocí el peluche en el acto. Era Pascal, el camaleón adorable que tenían en el puesto de tiro de la feria. Aquel peluche era el que me habría encantado llevarme a casa la noche anterior.

Levanté la cara para mirarlo con una sonrisa.

—¿Te gusta? —me preguntó, rascándose la nuca en un gesto que se me antojó adorable.

—¡Sí! ¡Me encanta! —aseguré emocionada, acercándome a él—. ¡Muchas gracias!

Jack y yo estábamos a un par de palmos de distancia. Él se había quedado un poco serio. Me imaginé estirando el brazo para retirarle el mechón de pelo que adornaba su frente, y que él me correspondía colocando una mano en mi nuca y besándome como en las películas.

—Te lo conseguí anoche, en la feria —comentó—. No sé cuál querías, pero este es el que más me recordó a ti. Como te encanta *Enredados* y siempre estás cantando las canciones...

«Jo, ¿va a besarme ya o necesita que se lo cante el cangrejo de la Sirenita?», pensé descorazonada.

—Me pasé antes de volver a casa —siguió, ajeno a mis pensamientos—. Estaba a punto de irme, pero pensé que te gust...

—Jack —lo interrumpí impaciente—, me encanta oírte hablar, pero ¿puedes callarte y besarme ya, por favor?

Él cerró la boca en el acto.

Se acercó a mí con un atisbo de sonrisa en el rostro. Cuando puso una mano en mi barbilla y la empujó hacia arriba con delicadeza, sentí que me recorría una corriente de energía. Se inclinó muy despacio y apretó los labios contra los míos. En ese instante, los cientos de mariposas echaron a volar. Le devolví el beso con la misma ternura y creí que el corazón se me saldría por la boca. Luego, se apartó y me observó expectante. Y, entonces, como si fuésemos dos imanes que se atraen, volvimos a juntarnos. Sin estar muy segura de lo que hacía, y dejándome llevar por el instinto, le metí la lengua en la boca. Él subió la mano hasta mi mejilla en una caricia suave. Las piernas me temblaron cuando su lengua cobró vida para enredarse con la mía. Solté la bolsa y el peluche para echarle los brazos al cuello. Un cosquilleo viajó por todo mi cuerpo cuando colocó la mano libre en mi cintura. Sus besos sabían ligeramente a menta. Sin dejar de besarme, Jack bajó la mano que tenía en mi mejilla hasta mi cintura y me atrajo contra él. Al hacerlo, cogió aire de manera profunda y su respiración calentó mis labios.

Mi corazón estaba saltando, chillando, bailando y dando volteretas. ¿Cómo era posible que una persona me hiciera sentir tantas cosas a la vez?

Cuando hizo amago de retirarse, bajé las manos hasta su pecho y tiré de su camiseta en mi dirección. Él soltó una risita baja y grave contra mis labios que, de alguna manera, revolucionó aún más a las mariposas que vivían en mi pecho, y lo besé con más ímpetu. Aplasté las palmas contra su torso y sentí su corazón latir igual de desesperado que el mío.

El canto de los grillos había pasado a un segundo plano. Lo único que llegaba a mis oídos era el sonido de nuestras respiraciones aceleradas y el ruido que hacían nuestros labios al encontrarse una y otra vez.

No sé cuánto tiempo estuvimos besándonos, pero a mí se me pasó la noche en cinco minutos. Al separarnos, ambos teníamos la respiración agitada. Jack tenía el pelo revuelto y apenas veía su rostro en la penumbra. Yo me notaba los labios hinchados y parecía que mi corazón era un poco más grande.

—¿Te ha gustado? —le pregunté sin titubear.

Jack me acarició la mejilla con el pulgar.

—Mucho —dijo a la par que me sujetaba la cara con las dos manos—. ¿Y a ti?

—También. —Sonreí.

Aquel beso había sido perfecto, y esperaba que fuese el primero de muchos. Quería atesorar aquel recuerdo para siempre. Ojalá pudiese conservarlo en un pensadero, como Dumbledore. En ese momento, se me ocurrió que, en cuanto subiese a mi cuarto, lo escribiría en uno de mis cuadernos. Así no lo olvidaría y podría regresar a ese recuerdo en el futuro. No quería olvidar el millón de sensaciones que había experimentado al sentir sus labios suaves sobre los míos.

Jack me observó unos segundos y se inclinó para darme otro beso, más sosegado que los anteriores.

—Podría quedarme besándote toda la noche —reconoció.

—Pues hazlo.

—Tus padres van a levantarse dentro de un rato...

—Bueno, siempre puedes quedarte cinco minutos más —le

dije en tono meloso, a la par que le echaba los brazos al cuello otra vez.

Esa vez fui yo la que se puso de puntillas para besarlo. Jack no tardó en agacharse un poco para enroscar los brazos alrededor de mi cintura. Me dio un par de besos más, que me supieron a poco, y se apartó mucho antes de lo que me habría gustado.

—No han pasado cinco minutos —aseguré.

Jack me retiró el pelo del hombro y me rozó la piel del cuello.

—Es tardísimo —susurró cuando hice un mohín.

Solté un suspiro eterno. Pese a que eran las cinco de la mañana, no tenía sueño.

Hice amago de quitarme su chaqueta, pero él me agarró las manos y negó con vehemencia con la cabeza.

—Quédatela —me pidió antes de robarme un beso más—. Así mañana ya tengo excusa para pasarme por tu habitación y besarte un rato.

El corazón me dio otro saltito emocionado. «Mañana» sonaba estupendo.

—Vale. Genial. —Asentí, mirándolo hipnotizada.

Nos besamos por última vez y, entonces, Jack se agachó, recogió el peluche y la bolsa, que se había volado un poco por la brisa, y me los devolvió. Después, se dio la vuelta y bajó los escalones del porche. No había dado ni dos pasos por la explanada delantera cuando miró por encima del hombro. Al verme ahí plantada, se detuvo y se volvió de nuevo.

—Venga, entra —me pidió en un susurro—, que si no, no voy a irme tranquilo.

En un impulso, dejé la bolsa en el suelo, bajé las escaleras corriendo y me arrojé a sus brazos. Jack me rodeó la cintura con un brazo y me alzó en el aire para darme un beso, suave y lento. Apreté los labios una vez más contra los suyos y, cuando, me dejó en el suelo le dije:

—Buenas noches, Jack.

—Buenas noches.

Subí las escaleras y me despedí con la mano antes de abrir la puerta del Polaris. La cerré y me asomé por la ventana para verlo caminar hasta el aparcamiento. Cuando su camioneta desapareció de mi vista, solté un suspirito. Atravesé la recepción con la linterna del móvil encendida y balanceando la bolsa, contenta. Me descalcé antes de entrar en casa y subí las escaleras intentando hacer el menor ruido posible. Cerré la puerta de mi habitación con sigilo. Me dejé caer sobre la cama con una sonrisa tonta en los labios y con el peluche apretado contra el pecho. Desbloqueé el teléfono para escribirle a Holly y le envié dos mensajes:

Ha sido increíble 💖

Mañana te cuento bien, pero tengo la tripa así 🦋🦋🦋

19

Mia

Desvié los ojos de la sonrisa nostálgica de Jack al peluche que sostenía entre las manos. El recuerdo de nuestra primera cita había despertado la añoranza en mi interior, y las ganas de acercarme a él habían aumentado.

—¿Dónde estaba? —me preguntó, mientras le quitaba con la mano el polvo al peluche.

—En mi habitación.

Volvió a mirarme y la cocina del Polaris empequeñeció.

—¿Ibas a llevártelo?

—Sí.

—¿Por qué?

No me había parado a pensar en por qué había sentido la necesidad imperiosa de llevármelo, simplemente lo había cogido en un impulso. Después de lo que me había confesado en la discusión, del susto por la caída del árbol y de mi posterior bajada de barreras, sentía que estábamos en tierra de nadie.

Durante el instante que guardé silencio solo se oyó el silbido del viento.

—Porque es un recuerdo bonito y quiero conservarlo —respondí con la verdad y me encogí de hombros para restarle importancia.

Jack asintió en silencio. Luego, dejó el peluche dentro de mi bolsa y recogió su plato. Estaba metiéndolo en el lavaplatos cuando sonó su teléfono. Cerró la puerta del electrodoméstico y se sacó el móvil del bolsillo trasero del vaquero. Le dejé algo de espacio y bordeé la isla para sentarme al otro lado.

—Hola, Ivy —saludó al descolgar—. Bien, ¿y tú? ¿Estás ya con mamá? —Asintió a algo que le dijo su interlocutora con la vista clavada en el suelo—. Yo sigo en el Polaris. Se ha caído una secuoya en el aparcamiento y no se puede salir... Estoy bien, tranquila... Mia también está bien, sí.

«¿Su hermana ha preguntado por mí?».

—Solo ha sido un susto... —Jack cambió a un tono confortador—. No llames a nadie. El árbol está bloqueando la carretera y ahora mismo no se puede ni entrar ni salir de la propiedad. Además, la tormenta está empeorando... Ahora se lo digo, no te preocupes... —Jack alzó la cabeza y me observó unos segundos antes de responder un rotundo—: Sí. Voy a pasar la noche aquí con ella...

El estómago me dio un vuelco. Mi piel comenzó a calentarse bajo la intensidad de su mirada.

—Bueno, cualquier cosa me escribes... —le dijo antes de despedirse—. Otro para ti, canija. Adiós.

Jack se guardó el móvil.

—Mi hermana te manda saludos.

Le dediqué una sonrisa escueta.

—¿Cómo está? —le pregunté, interesada.

Ivy y yo nos habíamos llevado muy bien hasta que Jack y yo rompimos. Desde entonces, no habíamos vuelto a hablar.

—Bien, está trabajando en The Dam Cafe.

—¿Y tu madre qué tal sigue?

Jack ocupó su asiento, frente al mío.

—Mi madre está genial. Sigue en la panadería y se ha apuntado a clases de baile de salón.

Sonreí. Mi madre solía decir que Helen era un culo inquieto.

—Va dos veces por semana al estudio que está cerca del lago —continuó—. La verdad es que está muy contenta.

En ese instante, volvió a interrumpirnos el pitido de su teléfono. Jack estaba recibiendo varios mensajes.

—Perdón —se disculpó al tiempo que tecleaba—. Me está escribiendo medio pueblo. Ya se han enterado de lo del árbol.

—No te preocupes —comenté mientras rebuscaba mi teléfono

en la bolsa—. Yo debería avisar a Chelsea de que no voy a llegar hoy a Nueva York. —No sé por qué dije aquello en voz alta.

Me sorprendió ver que tenía varios mensajes esperándome.

El primero era de Chelsea.

Oye, no sé nada de ti desde ayer

Al final qué has decidido?

Una tormenta de nieve ha decidido por mí

Estoy atrapada en el Polaris

En cuanto tenga vuelo de vuelta, te aviso!

El segundo era de Holly:

Estás bien?

Me he enterado de lo del árbol!!!

Vaya susto, no?

Si necesitas hablar, llámame!

Una oleada de gratitud me recorrió entera. No esperaba que nadie de Sunnyside se preocupase por mí.

Estoy bien. Gracias por preguntar

Sí... me he llevado un susto de muerte. Por suerte no ha pasado nada

El móvil de Jack volvió a sonar con una llamada entrante.

—Carol, ¿cómo estás? —preguntó al responder.

Al oír su nombre, no pude evitar tensarme un poco. Me guardé el teléfono en el bolsillo y observé a Jack.

—Sí, estamos bien —continuó—. De verdad, no ha pasado nada... Ha sido en el aparcamiento, delante del coche de Mia... Sí, yo también espero que no se caiga ningu...

Jack se vio interrumpido por un ruido sordo que provocó que nos sobresaltásemos los dos. La ventisca era cada vez más fiera y las contraventanas de madera habían empezado a turnarse para chocarse contra los marcos.

—Carol, perdona, pero tengo que dejarte —avisó Jack—. No te preocupes por nosotros. Tenemos de todo y estaremos bien.

Antes de que le diese tiempo a colgar, yo ya me había puesto en marcha. Me acerqué a toda prisa a la encimera. Abrí la ventana y me estremecí por la corriente de aire frío que me revolvió el pelo. Apoyé la mano izquierda sobre la encimera y alargué el brazo derecho para atrapar el trozo de madera que se agitaba con violencia. Jack se situó a mi lado. Entre los dos conseguimos cerrar las tres contraventanas y la estancia quedó iluminada por la luz amarillenta de los halógenos.

Me froté las manos, que se me habían quedado heladas, y justo oímos un ruido similar provenir de la recepción.

—Deberíamos cerrar todas las contraventanas. —Jack echó a andar hacia la salida dando zancadas—. El viento sopla muy fuerte y podrían desprenderse.

Lo seguí a toda prisa.

—Yo empiezo por las habitaciones de esta planta —continuó al llegar a la recepción—. Y tú por aquí.

Jack desapareció por la puerta que daba a la sección de los dormitorios y yo me quedé allí cerrando las contraventanas. Eran las cuatro de la tarde y estaba a punto de anochecer. Nuestros coches estaban cubiertos por un manto blanco, igual que el suelo y las copas de los árboles. En otras circunstancias me habría quedado ensimismada admirando esa estampa invernal, pero el rugido del viento era aterrador y no auguraba nada bueno.

Cuando terminé de cerrarlas todas, corrí a por las del comedor, y de ahí a la planta superior.

Estaba a punto de entrar en una habitación cuando me di de bruces contra Jack, que salía de ella.

Me sujetó por los hombros y me observó un instante. Mi corazón estaba acelerado por las prisas y su cercanía no ayudaba en nada a calmarlo.

—Perdón —me disculpé.

—No pasa nada —dijo sin soltarme.

Las bombillas del pasillo parpadearon sobre nuestras cabezas, pero no dejamos de mirarnos a los ojos. Hubo un par de destellos intermitentes más y, entonces, se apagaron, sumiéndonos en una oscuridad total.

—¿Es que aquí no hay ni un segundo de paz? —musité para mí misma.

Jack retiró las manos de mis hombros al tiempo que se le escapaba una risa baja. Ese sonido grave reverberó debajo de mi piel.

—Abajo tengo una linterna —me informó al encender la de su móvil.

Sin añadir nada más, atrapó mi mano y tiró de mí en dirección a las escaleras. Lo seguí con cuidado de no tropezarme y siendo muy consciente del calor que me subía por el brazo.

De vuelta en la recepción, Jack me dio el móvil para que le alumbrase mientras rebuscaba dentro de la mochila. Encendió la linterna y la dejó apoyada sobre una de las cajas que estaban apiladas en mitad de la sala. No era suficiente como para iluminar la estancia entera, pero nos hacía el apaño. El haz de luz apuntaba hacia la derecha, donde estaba la chimenea de piedra.

Jack pasó por delante y su sombra se proyectó en la pared. Lo observé caminar hacia el radiador más cercano.

—Nos hemos quedado sin calefacción —me informó. Luego, bajó la vista a la pantalla de su móvil y me dijo—: No tengo cobertura, ¿y tú?

Comprobé mi teléfono y tragué saliva.

—Yo tampoco.

Jack y yo nos miramos sin decir nada.

Nos separaban un par de metros y, en la penumbra, no apreciaba sus ojos bien.

Se me contrajo el estómago conforme asimilaba la realidad.

No era la primera vez que el Polaris quedaba incomunicado, pero sí era la primera que Jack y yo nos quedábamos solos y atrapados. Me estremecí por el nerviosismo, como si me hubiese golpeado otra ráfaga de viento helado.

—Voy a encender la chimenea —me dijo, malinterpretando mi reacción—. Esto no tardará en parecer el Polo Norte.

Desde la entrada, lo vi acercarse a ella. Se agachó y retiró el papel que recubría el suelo de aquella zona. Luego, agarró unos cuantos troncos que estaban apilados al lado y los colocó dentro con cuidado. Alzó la mano y cogió el encendedor, que estaba sobre la repisa.

Mis pasos resonaron sobre el papel protector cuando me acerqué. Lo contemplé mientras encendía el fuego. Me detuve a una distancia prudencial y reparé en la anchura de sus hombros. Su sudadera no era muy ajustada, pero le había visto sin camiseta y sabía que era más corpulento que antes.

Cuando la leña comenzó a prender, se incorporó y se dio la vuelta para encararme. Fuera, el silbido del viento era cada vez más potente y las contraventanas temblaban.

—¿Quieres que nos sentemos aquí? —propuso, señalando el suelo que había a sus pies.

—Sí.

Jack atravesó la estancia y sacó un par de mantas dobladas de sus bolsas. Desde mi posición, apenas vislumbraba el mostrador de recepción que tenía enfrente.

Al regresar a mi altura, extendió una de ellas en el suelo, frente al fuego. Era de color gris, estaba algo desgastada y parecía mullida y calentita. Se sentó en un extremo, con las piernas cruzadas, y me observó expectante.

Lo imité y tomé asiento en el borde opuesto. No había terminado de cruzarme de piernas cuando él alargó la otra manta en mi dirección.

—Para ti —me dijo.

—Gracias. —La acepté agradecida y me la eché por encima de los hombros. Era tan abrigada como se veía y olía a limpio.

Intenté aparentar calma, pero tenía el corazón un poco revolucionado por la atmósfera cálida e íntima que creaban la penumbra y el crepitar del fuego. Hacía siglos que no compartíamos un momento así.

—Carol ha preguntado por ti cuando ha llamado —me soltó Jack de pronto—. Está preocupada. Igual podrías hablar con ella.

—Era la mejor amiga de mi madre y se lio con mi padre —le recordé en voz baja.

—La cosa no es tan simple como tú piensas. Deberías escuchar la otra parte de la historia.

Aparté la mirada de sus ojos profundos y la centré en el fuego, que les comía cada vez más terreno a los troncos.

—Ella también lo pasó mal —continuó—. Quería mucho a tu padre, y también te tiene aprecio a ti.

Suspiré.

Agradecía que Carol me hubiese traído la caja con las cartas y tenía que reconocer que su nota me había conmovido, pero no estaba segura de poder enfrentarme a una conversación con ella.

—No sé. Ya veré qué hago —concedí pasados unos segundos.

—Mia...

Giré el cuello para mirarlo y me quedé absorta. El resplandor anaranjado de las llamas titilaba en la parte izquierda de su rostro, llenándolo de luces y sombras. Una barba incipiente recubría su mandíbula y me daba la sensación de que sus ojos parecían más vivos que nunca. Se había recogido las mangas de la sudadera, dejando al descubierto sus antebrazos fuertes. Hacía tiempo que no encontraba a un hombre tan atractivo.

—Quería disculparme por no haberte contado que Carol y tu padre estaban juntos. —Jack me sacó de mi ensimismamiento—. Lo siento mucho. Metí la pata hasta el fondo. Tu padre me pidió que no te dijera nada. Quería contártelo él y creí que eso era lo mejor...

Asentí, notando cómo se me formaba un nudo en la garganta. Me abracé las rodillas y apoyé la mejilla encima. Jack me dedicó una mirada larga, para cederme el turno de palabra.

Despegué la cara de las piernas y cogí aire.

—No rompimos solo por eso —le recordé lo más calmada posible—. Me dolió mucho que me lo ocultases. Por mucho que mi padre te lo hubiese pedido y por mucho cariño que le tuvieses, eras mi novio. Se suponía que tu lealtad estaba conmigo antes que con nadie.

Asintió con una mueca apenada en la cara.

—Te distanciaste sin ninguna explicación —apunté con el corazón en un puño—. Yo estaba emocionada por volver en Navidad y parecía que a ti todo te daba igual.

—No me daba igual, pero me sentía un miserable por ocultártelo cada vez que me llamabas. —El arrepentimiento era palpable en su tono de voz—. Quise decírtelo un millón de veces, pero sabía que te dolería mucho y no me atreví.

Respiré hondo.

El día que rompimos fue en mitad de una discusión espantosa. Entonces, yo era una chica de veintitrés años a la que los dos hombres de su vida acababan de traicionar. Jack y yo hablamos del tema a voces, no llegamos a tener la conversación calmada y adulta que estábamos teniendo en ese momento. Quizá había llegado el momento de dejar el rencor atrás, de perdonar y de avanzar. Y yo no podría hacerlo si no me sinceraba antes con él. Necesitaba decirle todo aquello que había guardado dentro durante los últimos años.

—De todos modos, lo que más me dolió fue que no te mudases a Manhattan conmigo —confesé—. Me sentí muy tonta al volver sola después de esperarte tantos meses.

—Quería ir en cuanto terminase la academia —reconoció pasados unos segundos—. Estaba ahorrando para ello, pero me entró miedo. Tú estabas allí, haciendo cada día un millón de planes nuevos, conociendo gente y siendo feliz. Y yo, de pronto, no me sentí preparado para salir de Sunnyside. Además, aquí la gente me necesitaba y tú... tú estabas bien allí sin mí.

—Eso no es verdad. —Negué con la cabeza—. Claro que te necesitaba, Jack. Eras la persona que más me importaba en el mundo. Estaba deseando despertarme a tu lado cada mañana. Cada vez que conocía a alguien, lo primero que hacía era hablarle de ti, y me rompiste el corazón... —Terminé con un hilo de voz.

—Te aseguro que, en todos estos años, no ha habido ni un solo día en el que no me haya arrepentido de lo que hice. Lo siento mucho, de verdad.

Asentí y no dije nada.

Verlo afligido despertaba viejos sentimientos que no estaba preparada para asumir. En su mirada y en sus palabras encontré la sinceridad de un hombre atormentado que buscaba ganarse mi perdón.

Aunque no compartiese su decisión, hasta cierto punto, podía entender los motivos que lo habían llevado a comportarse así, incluso podía empatizar un poco más con él. Pasar de un pueblo diminuto a la Gran Manzana era un cambio importante, pero yo lo habría hecho por él, sin mirar atrás.

—Agradezco que te hayas disculpado y quiero que sepas que te perdono —mi parte compasiva habló por mí—, pero eso no borra el sufrimiento de un plumazo.

—Lo entiendo.

Durante un rato lo único que se oyó fueron los chasquidos que hacía la leña al quemarse. Apoyé la cara en las rodillas y observé el fuego bailar mientras pensaba en nuestra conversación.

—Tu padre me hablaba un montón de ti, ¿sabes? —me dijo—. Cada vez que lo llamabas por teléfono, me contaba tus novedades. Lo hacía sin que le preguntase. Cuando me enteré de que iban a publicarte el primer libro, estuve a punto de escribirte.

El corazón me pegó un bote con esa confesión.

—Te habría contestado —aseguré.

«Me habría encantado compartir aquel momento contigo», me guardé ese pensamiento para mí.

—¿Qué tal llevas el nuevo? —me preguntó para suavizar la charla.

—Bueno... No he estado muy concentrada últimamente.

—¿De qué trata?

—Es un romance.

—Eso ya lo suponía. —Sonrió y la tensión se relajó un poco más entre nosotros—. Me refería a la historia en sí, quiénes son los personajes y todo eso.

—Ah… Es un amor prohibido. La protagonista se llama Emma y está enamorada de Travis, que es el hermano de su prometido. Quiere dejar a Grayson, su pareja —aclaré—, pero no se atreve porque no quiere hacerle daño y faltan pocos días para la boda.

Jack separó los párpados, atónito.

—¿Y va a casarse con él aun estando enamorada de su cuñado?

Se me escapó la risa por su tono de asombro.

—No —negué—. Al final se irá con el hombre que quiere, pero primero tengo que hacerlos sufrir un poco. Si todo fuera perfecto, sería aburrido, ¿no crees?

Asintió conteniendo la sonrisa.

Durante un rato, estuvo haciéndome preguntas sobre la historia y los personajes, y poco a poco fui olvidándome de la tormenta de nieve que caía en el exterior. Parecía que lo que le contaba era lo más fascinante que había escuchado en su vida, y eso me daba cuerda para seguir.

—No tiene pinta de que vayan a volver la luz ni la calefacción hasta mañana —apuntó Jack pasado un rato—. Estoy pensando traer tu colchón aquí para que duermas frente al fuego. ¿Te parece bien?

Cuando dijo aquello, consulté la hora en el móvil. Me sorprendió comprobar que la tarde se nos había pasado en un suspiro.

—Sí —contesté.

No había terminado de pronunciar la palabra y Jack ya estaba levantándose.

—Te ayudo —dije poniéndome de pie yo también.

Al alejarme de la chimenea, me sobrecogió una oleada de frío.

Cogí la linterna y lo seguí fuera de la sala. Al entrar en la habitación con él, el nerviosismo se despertó en mi estómago. Lo acallé como pude.

Primero, trasladamos las almohadas y el nórdico a la recepción. Después, regresamos a por el colchón. Me gustaría decir que le ayudé a moverlo, pero la realidad fue que él cargó la mayoría del peso.

Cuando lo plantó frente al fuego, caí en la cuenta de una cosa: éramos dos y había una sola cama. Algo se agitó en mi pecho al pensar en compartir sábanas con mi exnovio. Aquella situación parecía sacada de una comedia romántica tan enredada como las que escribía yo. Me pregunté si él habría llegado a la misma conclusión y alcé el rostro en busca de la respuesta. Jack no tenía la vista clavada en el colchón, estaba contemplándome a mí. Despegué los labios y, entonces, los dos hablamos a la vez:

—Podemos compartir el colchón —propuse.

—Dormiré en el suelo —apuntó él.

—¿Cómo vas a dormir en el suelo? —Negué con la cabeza mientras colocaba una almohada sobre el colchón—. Te dejarías la espalda y te congelarías.

—Puedo usar una manta —dijo, dejando la otra almohada en su sitio.

Jack era grande, pero podía acostarme a su lado, hecha un ovillo y sin rozarle.

—Jack, somos adultos y el colchón es doble. Podemos dormir juntos sin que sea incómodo. Tú en tu lado y yo en el mío. —Señalé con la mano ambos lados de la cama.

Él asintió despacio con la cabeza y sin llevarme la contraria.

—¿Cenamos? —sugerí antes de que el ambiente se enrareciera más entre nosotros.

—Sí —accedió.

Fuimos hasta la cocina alumbrados con la luz de la linterna. Como no podíamos usar ni el fuego ni el microondas, preparamos unos sándwiches de mantequilla de cacahuete con mermelada de arándanos. Esa era una de las comidas favoritas de Jack desde que era pequeño. Cuando los tuvimos listos, cogimos un par de manzanas y regresamos con los platos al calor de la recepción.

Jack arrojó otro trozo de madera sobre la chimenea para que no se apagase. Nos sentamos en el colchón, uno en cada extremo y, durante un instante, nos concentramos en comer.

—¿Tienes novio en Nueva York? —soltó sin venir a cuento.

La pregunta me pilló por sorpresa.

—No —respondí, después de tragar un trozo de sándwich.

Él sonrió sin disimulo.

—Me alegro. —Mordió la manzana.

—¿Por qué? —quise saber.

—Porque me gustaría invitarte algún día a cenar por ahí.

Si hubiese estado masticando, me habría atragantado. El estómago me dio un vuelco involuntario, igual que cuando el árbol cayó delante de mí. Me tomé unos segundos para procesar lo que acababa de oír. No ayudaba en nada que Jack me observase con una mezcla de emoción y expectación.

—Ya estamos cenando —repuse, lo más calmada posible.

Jack negó con la cabeza.

—Sabes a lo que me refiero. Esto está bien —señaló el colchón que nos separaba—, pero me gustaría llevarte a un restaurante.

—No voy a ir a un restaurante contigo —aseguré rotunda.

—¿Por qué no?

Me comí lo que me quedaba del sándwich de un mordisco y mastiqué mientras negaba con la cabeza otra vez.

—Porque no es lo mismo —contesté con la boca llena.

Jack arrugó las cejas y dijo:

—No entiendo cuál es la diferencia entre cenar aquí, como estamos haciendo, o ir a algún sitio bonito.

Tragué la comida antes de contestar:

—Cenar en un restaurante bonito lleva muchas connotaciones implícitas. Significa muchas cosas.

—Bueno, para mí, cenar aquí y ahora, contigo, significa muchas cosas.

Después de soltar eso, se quedó tan tranquilo y me contempló de manera penetrante.

Se me aceleró tanto el corazón que me levanté asustada. No me gustaban las reacciones de mi cuerpo.

—Ya es un poco tarde —musité nerviosa—. Deberíamos dormir.

Me encaminé hacia la entrada, sintiendo los ojos de Jack fijos en mí. Rebusqué el neceser y el pijama en mi bolsa de viaje. Acto seguido, cogí la linterna y le dije:

—Voy a ponerme el pijama. Ahora vengo.

Atravesé la recepción aparentando seguridad en mí misma. Al desaparecer de su vista, prácticamente corrí hasta los baños del comedor. Tras cerrar la puerta, dejé la linterna sobre la encimera del lavabo. Respiré hondo. Estaba visiblemente agitada. ¿Jack acababa de pedirme una cita? Si le había rechazado, ¿por qué mi corazón seguía latiendo a mil por hora? ¿Cómo iba a ser capaz de compartir cama con él después de eso?

Me alisé el pelo revuelto con los dedos. Quería recogérmelo en un moño, pero me había olvidado el coletero en alguna parte. Me tapé la cara con las manos y suspiré. Era una mujer adulta. Yo jamás huiría de un hombre atractivo que me encendía una chimenea o me pedía una cita. No podía dejar que aquello me sobrepasase, pero estaba hecha una vorágine de sentimientos.

Me lavé los dientes mientras las palabras que había dicho Jack me asaltaban, una tras otra.

«¿Es que ya no te importa nadie que no seas tú misma?».

«¡Este lugar es nuestra historia! ¡Somos nosotros!».

«Estoy aquí contigo, cariño».

CARIÑO.

Me había llamado cariño, y me había resultado tan natural oírlo que ni le había corregido.

«No ha habido un solo día en que no me haya arrepentido de lo que hice».

Al recordar su mirada penetrante, me lavé los dientes con más ímpetu del necesario. Una mirada no podía afectarme tanto o estaría perdida. Sin duda no estaba lista para las emociones que sentía. Estaba molesta conmigo misma, no podía dejar que la situación escapase de mi control.

Escupí la espuma de la pasta sobre el lavabo y me enjuagué la boca.

«Para mí, cenar aquí y ahora, contigo, significa muchas cosas».

—¿A quién narices se le ocurre soltar algo así? —resoplé al aire.

En un santiamén me cambié los vaqueros por los pantalones del pijama. Eran blancos, largos, y tenían corazones diminutos de color morado. Hacía meses, en una de mis visitas a la lavandería, había perdido la parte de arriba que iba a juego, así que me quedé con el jersey granate puesto.

Cuando regresé al salón, me detuve en el umbral. Jack estaba agachado, entre el colchón y la chimenea, echando más leña al fuego. Un calor familiar despertó en la base de mi estómago. Él debió de detectar mi presencia, porque giró el cuello y miró en mi dirección. Se incorporó y, cuando me observó de arriba abajo con intensidad, el calor viajó hacia el sur.

«No puedes excitarte por una mirada y una chimenea. Esto no es una de tus novelas».

La frustración resurgió en mi interior. Eso era exactamente lo que estaba pasando.

Me adentré en la estancia dando zancadas y con el corazón martilleándome con fuerza contra las costillas. No me detuve hasta llegar a los pies del colchón. El pecho me subía y bajaba a toda velocidad.

—¿De verdad acabas de pedirme una cita frente al fuego? —Apunté a la chimenea con la mano.

—Sí —contestó tranquilamente.

—¡No puedes hacer eso! —Negué con la cabeza, indignada—. ¡No puedes aprovecharte así del factor romántico, no está bien!

El haz de luz de la linterna bailó en todas direcciones cuando gesticulé.

Dejé el neceser y la linterna en el suelo para poder cruzarme de brazos y mirarlo con desaprobación.

—Estás preciosa —señaló con voz grave y penetrante.

Se me incendiaron las mejillas y no pude replicar. El comentario me desarmó.

Tenía el pelo algo encrespado y llevaba puesto un pantalón de pijama viejo y raído. Y, aun así, él… ¿me veía preciosa?

¿Y qué le pasaba a mi pecho? ¿Por qué el aleteo agitado que sentía estaba haciéndose más firme?

—No digas esas cosas —le pedí.

Cada paso que dio en mi dirección retumbó en el fondo de mi corazón.

—Has estado a punto de morir delante de mis ojos —me dijo muy serio—. Por supuesto que voy a decirte lo que siento. No quiero perder más el tiempo.

—¿Y qué es lo siguiente que vas a soltar? ¿Qué sigues deseándome después de todo este tiempo? —resoplé, incrédula.

—Nunca he dejado de desearte, Mia.

—¡Cállate! —Me di la vuelta, incapaz de soportar su cercanía.

—¿Por qué debería hacerlo?

Volví a encararlo y perdí la paciencia.

—¡Porque, Dios, no puedes decir esas cosas tan tranquilo y esperar que yo…!

Me callé a tiempo.

Negué con la cabeza y me mordí la lengua. No podía confesarle lo que sentía. Todo aquello acabaría siendo un lío épico.

Jack se acercó despacio, como si yo fuese un animal herido que se había cruzado en la carretera.

—¿Que tú qué? —preguntó en voz baja al detenerse delante de mí.

¿Qué podía contestar que no fuese a enredar las cosas más entre nosotros?

Lo veía en su mirada. Sabía lo que estaba deseando que le dijera.

—Nada. —Agaché la cabeza—. Da igual.

—Mírame.

No le hice caso.

—No puedo tenerte tan cerca —confesé derrotada.

—Pues tenemos un problema, porque yo ya no puedo alejarme.

Dio otro paso al frente y sus pies se introdujeron en mi campo de visión. La atmósfera cálida me estaba atrapando otra vez.

—Mia, háblame —susurró—. Tú no eres así.

—Ya no sabes cómo soy…

Jack me empujó la barbilla hacia arriba con suavidad.

Traté de ignorar el vuelco que metió mi estómago cuando sus ojos se posaron sobre los míos. Tenía las pupilas dilatadas por la penumbra y el color miel de su mirada estaba oculto tras el negro. Sentí que, de alguna manera, veía el caos que se había desatado en mi interior. Una parte de mí quería cerrar la distancia que nos separaba y besarlo, pero otra parte estaba agazapada en un rincón, muerta de miedo.

—Sí que sé cómo eres. —Jack me dedicó una sonrisa compasiva y me acarició la mejilla con el pulgar.

Ese roce despertó todas mis terminaciones nerviosas. Para entonces, tenía el corazón desbocado.

—No puedes guardarte dentro las historias de tus personajes y tampoco las tuyas —continuó sereno—, y eso incluye lo que sientes. Necesitas comunicarte, eres así.

Me aterró que me leyera con la misma facilidad que a un libro abierto. Desperté del letargo momentáneo y reaccioné dando un paso atrás, retrocediendo ante su cercanía.

—¿Y qué quieres que te diga, Jack? —Elevé el tono, dejando que toda la frustración saliese—. ¿Que estoy confundida porque empiezo a sentir cosas que no debería? —Gesticulé—. ¿Quieres que te diga que estoy cansada y que por las noches no puedo dormir? ¿O que estoy todo el rato intentando no pensar en ti?

Estaba tan nerviosa que ni siquiera era consciente de lo que estaba revelando.

—¿Quieres que te diga que me has tocado la mano antes y que he sentido algo? —continué—. ¿O prefieres que te diga que he fantaseado varias veces con besarte?

Jack se quedó muy serio y tragó saliva.

Parecía que acababa de darle un puñetazo en pleno estómago, y yo terminé de descontrolarme.

—¡Dime, ¿en qué ayuda que te diga todas estas cosas?! —le pregunté en un grito—. ¿Es que no ves que no podemos hablar de esto y luego compartir cama como si nada? ¡Las cosas no funcionan así! ¡Nosotros no…!

—¡Mia! —Jack me cortó, impaciente—. ¡Me encanta oírte hablar, pero ¿puedes callarte y besarme ya, por favor?!

20

Mia

Mi corazón se rindió ante la desesperación de Jack. Llevaba días aguantándome las ganas de besarlo, intentando mantener la distancia física y emocional con él. Estaba exhausta y no podía más. Por la manera que tenía de mirarme, con una mezcla de anhelo y cautela, era evidente que él había dejado de pelear hacía rato.

Nos observamos un par de segundos y el ambiente fue cargándose de electricidad. Bajo aquella penumbra reinaba una sensación de falsa calma, y parecía que todo estallaría por los aires en cualquier momento. El pulso me latía con fuerza en las orejas, tenía la respiración acelerada y estaba más agitada que nunca.

Entreabrí los labios de manera involuntaria y, cuando Jack se fijó en ellos, di un paso adelante, sucumbiendo a la fuerza invisible que tiraba de mi cuerpo en su dirección. Él terminó de recortar la distancia que nos separaba y, de pronto, nos estrellamos el uno contra el otro.

Coloqué las manos a ambos lados de su cara y le atraje hacia mí para besarlo. El estómago se me subió a la garganta cuando apretó sus labios carnosos contra los míos. Casi al instante, me agarró de la cintura y me pegó a él en un ademán posesivo con el que se despertaron todas mis terminaciones nerviosas.

Sin perder el tiempo, su lengua salvaje se adentró en mi boca y, cuando se juntó con la mía, ambos gemimos de alivio. No sabía quién de los dos llevaba esperando aquello más tiempo, pero estaba claro que nuestra paciencia se había agotado y que no podíamos pasar ni un segundo más alejados.

Jack me había besado miles de veces. Sabía lo que esperar, pero nada me preparó para el fuego y la necesidad que crecieron conforme su boca se movía sobre la mía con habilidad. Enterró la mano en el pelo de mi nuca para profundizar el beso y supe que estaba perdida.

Nuestras lenguas se enredaron en un baile pasional, y los pensamientos racionales me abandonaron a mi suerte. En una centésima de segundo, la situación se descontroló y el beso pasó a ser demandante y fogoso. Él tiró de mí aún más contra su cuerpo. Al notar su erección, el deseo reprimido se desbordó y retumbó entre mis piernas.

Le lamí los labios y me bebí el gemido que se le escapó contra mi boca. Ese sonido ronco y placentero provocó que se me endurecieran los pezones.

La temperatura aumentó y la ropa se convirtió en un estorbo pesado y agobiante. Cuando el calor se me hizo insoportable, me aparté de sus labios para quitarme el jersey. Lo arrojé a los pies de la cama y le dediqué una mirada cargada de intenciones. Como si no pudiese soportar estar separado de mí, Jack me agarró de la cintura y tiró con ímpetu en su dirección.

Nuestras manos no pararon quietas, acariciando las partes que llevaban años sin tocar. Las mías recorrieron su torso con necesidad, y las suyas se enredaron en el dobladillo de mi camiseta. Alcé los brazos para que pudiera quitármela, revelando un sujetador negro y sencillo.

Sin dejar de mirarme, Jack dejó caer la prenda a nuestros pies.

Tragó saliva y resopló.

Me estremecí cuando apoyó una mano áspera en mi cintura desnuda. Con la otra, me retiró el pelo del cuello y me acarició el hombro. El corazón me latía con golpes sordos dentro del pecho.

—Eres tan bonita... —susurró en mi oído.

Un escalofrío me recorrió la columna vertebral cuando sus labios rozaron mi oreja, y eso fue todo lo que necesité para que mis manos ansiosas regresasen a su cuerpo. Le saqué la sudadera y la camiseta por la cabeza, a la vez y de un tirón. Las prendas se fueron al suelo a hacerle compañía a mi camiseta.

Bajé las manos hasta su pecho, pasando por sus hombros fuertes. Jack contrajo el estómago cuando pasé las palmas por encima. Me encantó que se estremeciese con mis caricias.

Coloqué una mano en su nuca y empujé hacia mí para que se agachase un poco más. Al inhalar la fragancia masculina de su loción de afeitar, terminó de embotarme los sentidos. Cuando tuve su cuello al alcance, repartí unos cuantos besos por su piel caliente. Sabía que eso le excitaba. Su respiración se espesó y la humedad aumentó en mi ropa interior. Guiada por las viejas costumbres, le mordí el lóbulo.

—Mia... —Jack gimió—. Si me besas el cuello así, voy a perder la cabeza.

—Es la idea.

Demasiado impaciente, bajé las manos y le acaricié la erección por encima del pantalón de chándal. Jack respondió apretándome el culo y empujándome aún más contra él. Subió las palmas por mi espalda y me soltó el cierre del sujetador. Me bajó los tirantes, y la piel de los hombros me ardió por el contacto con las yemas de sus dedos. Apretó la mandíbula cuando la prenda se deslizó entre nosotros hasta el suelo. Sus ojos resbalaron como una caricia hasta mi pecho, y sentí una punzada entre las piernas al verlo observarme con tanto deseo. Estaba tan febril como yo. Lo único en lo que podía pensar era en tenerlo más cerca para sentirlo con cada centímetro del cuerpo.

Mientras soltaba el cordón de su pantalón de chándal, él apoyó las manos sobre mis caderas y las subió por mi cintura. Parecía que necesitaba tocarme en todo momento, como si quisiese recuperar el tiempo perdido. Yo me sentía igual.

Gemí cuando me rozó el pezón con el pulgar y creí que me derretiría bajo sus caricias cuando cerró la mano derecha alrededor de mi pecho. El placer que sentía era demasiado intenso y, aun así, no era suficiente. Me apresuré a bajarle los pantalones y la ropa interior. Sentí un tirón en el estómago al tenerlo desnudo delante de mí. Cerré la palma alrededor de su erección y el beso se hizo más frenético.

Me temblaron las piernas cuando metió la mano dentro de mi pantalón del pijama y de las bragas. Jack me acarició con movimientos circulares. Mis latidos aumentaron tanto de nivel que estaba segura de que él los oía por encima del crepitar del fuego. Introdujo un dedo en mi interior y tuve que aferrarme a su hombro en busca de equilibrio. Nuestros dientes chocaron por accidente mientras nos besábamos.

Le deseaba tanto como él a mí. No había nada más que ver la posesividad y el ansia con las que nos tocábamos.

—Jack —lo llamé pasado un momento.

—Dime.

—Vamos a la cama —le pedí en un susurro anhelante.

Era incapaz de decir nada más. Estaba muy excitada y apenas podía pensar.

Él asintió despacio.

Sin dejar de besarme, me guio por las caderas y me arrastró con él. En un abrir y cerrar de ojos, me tumbó con cuidado sobre el colchón y se colocó encima. Restregó su erección contra mí, y yo no tardé en alzar las caderas, buscando más fricción.

El calor que despedían las llamas de la chimenea no era comparable al que sentía en cada centímetro de piel por el que pasaba su boca. Repartió un número incontable de besos por mi cuello y clavículas. Me gustó sentir el roce de su barba de dos días arañándome la mandíbula, el cuello y el pecho.

Jadeé cuando me lamió un pezón y arqueé la espalda cuando frotó el otro con el pulgar.

Su boca caliente sobre mi pecho mandaba oleadas placenteras por todo mi cuerpo.

Lo habíamos hecho despacio cientos de veces. Pero, en ese instante, en el que habíamos perdido la razón por la lujuria, la necesidad que recorría nuestros cuerpos era la que nos dominaba. Lo único que me importaba era sentirle dentro de mí. Algo se estaba quemando entre mis piernas y el único que podía apagar esa agonía era él.

Me besó la tripa y yo me retorcí impaciente debajo de su cuerpo. Jack me bajó los pantalones y las bragas, acariciando y besando cada centímetro de piel que quedaba a la vista. Sentí que con cada prenda de ropa que me quitaba se caía una de las capas que protegían mi corazón.

Cuando estuve completamente desnuda, él se arrodilló a los pies de la cama y me observó con devoción durante unos segundos. Era increíble que tantísimos años después sus ojos tuvieran el poder para hacerme sentir tan deseada.

Separé las piernas en una invitación y una sonrisilla perversa asomó a su cara.

A la velocidad del rayo, metió la mano en su mochila y rebuscó una caja de preservativos. Le observé mientras se ponía uno y suspiré. La atmósfera que daban la penumbra y el fuego, que ardía a nuestra derecha, hacían el encuentro mucho más íntimo.

Jack volvió a tumbarse sobre mí y me besó con pasión. Al sentir su calor, mis sentidos bloquearon el mundo exterior. Ya no oía el sonido del viento golpeando las contraventanas, ni el de los troncos crujiendo al doblegarse ante el fuego. Todo lo que oía era su respiración entrecortada y mis ojos solo registraban su rostro. Solo era consciente de su olor masculino, del sabor de sus besos embriagadores, de sus caricias suaves y cálidas, de cómo se me erizaba el vello cada vez que susurraba algo en mi oído con su voz grave y de su erección restregándose entre mis piernas.

—No puedo esperar más. —Empujé las caderas contra las suyas.

Jack apoyó un brazo en el colchón y coló una de sus piernas entre las mías para separármelas. Después, se posicionó entre mis muslos. Bajé la vista por su cuerpo y temblé de anticipación cuando se la agarró para alinearse conmigo.

Cuando empujó sobre mi entrada creí que el corazón se me saldría del pecho. Solté un jadeo ahogado al sentirlo introducirse en mi interior y me aferré a las sábanas. Gemí mientras me penetraba un poco más. Subió la palma hasta mis costillas en una caricia suave. Después, buscó mi mano y entrelazó sus dedos con los míos. Acto seguido, llevó nuestras manos por encima de mi cabeza y las aplastó contra el colchón. Se hundió en mi interior poco a poco, sin dejar de mirarme a los ojos. Arqueé la espalda en su dirección y me quedé sin aire en los pulmones cuando llegó al fondo. Un gemido se escapó de entre sus dientes apretados y se quedó muy quieto, como si estuviese asimilando que estábamos completamente unidos.

—Dios... —gimió contra mi boca—. Te he echado tanto de menos...

—Y yo a ti.

Despegué la cabeza de la almohada para besarlo. Impulsé las caderas contra las suyas, pidiéndole así que reanudase los movimientos. El sonido de nuestros besos nos hizo compañía mientras volvía a penetrarme con una lentitud tortuosa, una y otra vez. El sudor enseguida le perló la frente por el esfuerzo que parecía estar haciendo para no perder el control. Demasiado impaciente para un encuentro lento, rodeé sus caderas con las piernas y separé el culo de la cama. Necesitaba que se descontrolase, igual que yo. Esa vez, cuando volvió a unir su cuerpo al mío, llegó más profundo. Soltamos un gemido altísimo y eso fue el detonante para que se moviera con más energía.

El pecho me subía y bajaba apresurado bajo la familiaridad de sus caricias. Jack no necesitaba preguntarme cómo me gustaba que me lo hiciera porque ya lo sabía, y se movía en consecuencia.

—Es aún mejor de lo que recordaba... —dijo entre jadeos.

El calor se adueñó de la base de mi estómago cuando su voz grave y sensual se coló en mi oído.

—¿El qué? —pregunté.

—Tú... —Se movió sobre mí—. Estar dentro de ti... Lo bien que me siento contigo.

Esas palabras, lejos de asustarme, de alguna manera me excitaron aún más. Le lamí los labios y volví a besarlo con pasión, liberando sentimientos que llevaban años enterrados bajo mi piel.

—Jack... —gemí en su oreja y después le lamí el lóbulo—. Quiero ponerme encima.

Estaba impaciente por hacerle perder la cabeza.

Se tumbó sobre el colchón, a mi lado, y yo me senté a horcajadas sobre él. Para entonces, Jack tenía la mirada vidriosa, los labios enrojecidos y el pelo pegado a la frente por el sudor. Una expresión de placer adornaba su rostro y estaba más guapo que nunca.

Suspiró cuando se la cogí. No dejó de mirarme a los ojos mientras yo bajaba para encontrarme con él. En cuanto volvimos a estar pegados, apoyé las manos sobre su pecho y comencé a moverme con decisión.

Sus manos sujetaron mi cintura, no con la intención de marcar el ritmo, sino porque necesitaba tocarme. Se lo veía en la mirada. A mí me pasaba lo mismo. Me sentía vulnerable y expuesta.

Le acaricié el pecho sudado y noté su corazón latir apresurado bajo mi palma. Cuando subió las manos por mi cuerpo y las cerró alrededor de mis pechos, me mordí el labio y me balanceé con más determinación.

Lo oí gemir por debajo del ruido ensordecedor de mis latidos. Quería inclinarme y besarlo, pero no podía detenerme. Me separé de su cuerpo todo lo que pude, y me dejé caer sobre él.

—Qué bueno, cariño… —gimió, apretando su agarre sobre mis caderas.

—Sí… Mucho.

Alentada por sus palabras y sus jadeos repetí el movimiento. Una vez y otra.

—Podría hacer… esto… toda la noche —confesé, abrumada por la necesidad que sentía.

—Yo también…

Estaba totalmente entregada a lo que experimentábamos juntos.

Cuando reduje la velocidad de mis movimientos, Jack tomó el relevo y se movió debajo de mí.

Durante un rato, ninguno fue capaz de articular palabras coherentes. Solo se oían nuestras respiraciones entrecortadas, nuestros jadeos y los susurros en forma de ruego que impregnaban nuestros nombres en la boca del otro. Sus embestidas cada vez eran más potentes. Incapaz de mantener el equilibrio, me incliné para besarlo. No tardé en tensarme a su alrededor. Gemí en su oído mientras un orgasmo intenso se desataba en mi interior y él me entregó todo lo que tenía. Estallé en mil pedazos y sus jadeos roncos aumentaron mientras me seguía por el precipicio.

Cuando me recosté contra su pecho, él me envolvió en un abrazo protector y, sin que me diese cuenta, su corazón volvió a sincronizarse con el mío.

21

Jack

Después de una guardia de veinticuatro horas, dos discusiones con Mia y un orgasmo, debería estar para el arrastre. Sin embargo, estaba pletórico. Mia tenía la cabeza apoyada sobre mi pecho y una de sus piernas estaba enredada entre las mías. Mientras me acariciaba el torso y el estómago con los dedos, yo trazaba círculos sobre su espalda con los míos. Me gustaba sentir su piel suave. El ritmo de mis latidos se había sosegado un poco. Estaba aliviado, pero seguía necesitando más. Más de ella. Más de ese hormigueo cálido y adictivo que se propagaba allí donde ella tocaba.

Sabía que el sexo le había gustado tanto como a mí y, teniendo en cuenta que solo se había despegado de mi cuerpo para cubrirnos a ambos con la manta, diría que estaba tan a gusto como yo. Le pasé una mano por el pelo despacio y le di un beso en la parte posterior de la cabeza. Ella respondió acurrucándose más cerca de mí, y sonreí para mis adentros.

La luz tenue y el crepitar del fuego creaban un ambiente relajante que no tenía intención de abandonar.

—Mia... —la llamé pasados unos segundos.

—Mmm..., ¿qué?

—Lo he pensado mejor, retiro la oferta de dormir en el suelo.

Ella soltó una risita suave y yo sentí que mi pecho se ensanchaba.

—¿Ya no quieres ser todo un caballero? —me preguntó.

—No. Era todo fachada. En realidad, soy un egoísta y mientras estés aquí desnuda no pienso salir de la cama.

Mia apoyó la palma en mi pecho y se irguió para mirarme.

Las llamas titilaban sobre su rostro. Estaba preciosa con el pelo revuelto y los labios hinchados. Sus ojos se veían más oscuros en la penumbra. No había ni rastro de la capa de indiferencia con la que me había mirado en los días anteriores. Ahora, parecía observarme con cariño.

«Bien. Vamos por el buen camino».

—¿Podemos hablar del hecho de que llevabas preservativos en tu mochila de emergencia? —me preguntó conteniendo la sonrisa.

—Soy bombero, tengo que estar preparado para cualquier situación —me justifiqué.

—Claro... Por eso has traído mantas y condones para pasar la tormenta, ¿no?

—Y comida —puntualicé, siguiéndole la broma.

Sonreí al oírla reírse.

Esa era la Mia que recordaba.

Me encantaba verla así de relajada y despreocupada. Su sonrisa perezosa me transportaba al pasado, a cuando estábamos juntos y todo iba bien entre nosotros.

—No sonrías así, que se te marca el hoyuelo —me pidió.

Arrugué las cejas, sin comprender.

—Creía que te gustaba. —Le retiré un mechón de pelo de la cara y se lo coloqué detrás de la oreja.

—Ese es el problema. Se te marca y solo me apetece besarte.

—Por mí no te cortes. Puedes volver a abalanzarte sobre mí si quieres.

Ella desvió la vista hasta mi boca. Después, se inclinó y apretó los labios contra los míos. Bajé la mano hasta su espalda en una caricia y la atraje hacia mí en busca de profundizar el beso. Mia se retiró antes de lo que me habría gustado. Depositó un beso en mi barbilla y otro en mi esternón, y luego se recostó sobre mi pecho.

Nos sumimos en una quietud absoluta. Solo se oían nuestras respiraciones acompasadas y el chisporroteo del fuego.

—Jack, ¿qué pasó? —me preguntó al cabo de un rato.

En ese momento, su dedo índice paseaba por encima de la cicatriz que atravesaba mi torso en diagonal.

Cogí aire y me dispuse a narrarle uno de los momentos en los que más miedo había pasado.

—Fue hace dos años, en una salida de mi unidad —comencé—. Unos adolescentes estaban haciendo botellón en una casa abandonada, en mitad del bosque de Burton Creek. Se les ocurrió tontear con gasolina mientras grababan un vídeo y se les fue de las manos.

La oí suspirar.

—Cuando llegamos, la casa estaba envuelta en llamas —proseguí—. Había que actuar rápido para comprobar que no quedaba gente dentro y para evitar que el fuego se propagase al bosque. Era de noche, había muchísimo humo y apenas se veía nada... Los edificios abandonados son como un queso gruyere, están llenos de agujeros. En mi caso, el suelo se abrió cuando lo pisé y me caí al sótano. Estaba recuperándome del golpe cuando se desplomó parte de la estructura. Se me cayó una viga encima y me quedé atrapado.

Mia se tensó entre mis brazos y paró de acariciarme. Le froté entre los omóplatos con suavidad para tranquilizarla.

—¿Y cómo saliste? —me preguntó con un hilo de voz.

—Gracias a Blaze, que escuchó mi alarma de movimiento —respondí en tono monocorde—. En los incendios jamás verás a un bombero solo. Por seguridad siempre nos movemos en parejas. Esto es lo que se conoce como binomios. El mío es Blaze, le conociste el otro día en la cocina.

—Me acuerdo de él —dijo al tiempo que reanudaba las caricias sobre mi pecho.

Me tomé unos segundos para disfrutar del hormigueo familiar que recorría mi piel conforme sus dedos avanzaban hasta la cicatriz de mi bíceps.

—En el traje llevamos una alarma —continué poco después— que suena si nos quedamos quietos durante más de treinta segundos. Cuando me caí, la mía empezó a pitar. Blaze siguió el sonido y me encontró. Fue él quien bajó a buscarme con la cuerda y quien me sacó de ahí.

Ella apoyó la palma sobre mi pecho y se impulsó para mirarme preocupada.

—Qué horror... —susurró—. Debió de ser un momento muy angustiante para ti.

Le acaricié la mejilla.

—Estaba asustado —confesé—, pero intenté mantener la calma. Estresarse en esos momentos no sirve de nada, solo hace que respires más rápido y que consumas antes el oxígeno de la bombona.

—¿Cuánto tiempo te dura la bombona?

—Treinta minutos.

—¿Y cuánto tiempo estuviste ahí abajo?

—Veintiocho.

—Jack... —Ella me miró horrorizada—. Podrías haber... —Negó con la cabeza y no terminó la frase.

Durante un instante ninguno de los dos dijo nada. Ella me cogió la mano con la que le rozaba la cara y enredó nuestros dedos.

Mia me dedicó una mirada compasiva antes de darme un beso tierno en la boca.

—Me alegro de que todo acabase bien —comentó al volver a recostarse contra mi pecho—. Tendré que darle las gracias a tu amigo Blaze.

Me echó la pierna y el brazo por encima y me envolvió en un abrazo reconfortante, como si quisiese protegerme de mis malos recuerdos. Apretó los labios contra la cicatriz de mi torso y yo sentí una chispa despertarse en mi pecho que me hizo sentir más unido a ella y más especial. Después, hizo lo mismo con la del brazo. El hormigueo se hizo más intenso, me encantaba sentir sus besos en mi piel. En ese instante, tuve la certeza de que estaba donde tenía que estar. Llevaba un tiempo sintiéndome un extraño y, ahora, con Mia pegada al cuerpo, me sentía bien. Ella me acarició el pecho, despertando una corriente de energía a su paso. Entonces fui consciente de una cosa: no quería despedirme de esa sensación.

Pese a que me había disculpado, sabía que aún quedaban cosas por arreglar entre nosotros. Me costaría ganarme su perdón, pero quería intentarlo.

En otras circunstancias podría ser paciente y esperar a que ella se me acercase. Pero era consciente de que, en algún momento, se iría. Y, después de casi haberla visto morir aplastada por un árbol, no quería esperar más.

Quería llevarla a una cita, invitarla a cenar, pasar un buen rato con ella, hacerla reír y volver a casa para desnudarla.

«Si no quiere cenar en un restaurante bonito, ¿dónde puedo llevarla...?».

—¿En qué piensas? —me preguntó al cabo de un rato.

—En que el viernes abren Winterdale, y me preguntaba si te apetecería ir conmigo. Has dicho que no quieres ir a cenar a un restaurante bonito, pero no has dicho nada de tomar un chocolate en el mercadillo navideño.

Ella soltó una risita.

Luego, me besó el pecho y yo sentí que había ganado un partido muy importante. Mia jamás podría resistirse al chocolate caliente de su puesto favorito.

—Es probable que el viernes ya no esté aquí... —comentó.

La sensación triunfal se transformó en una de pesadez que se instaló en mi estómago.

Lo que acababa de suceder entre nosotros había sido increíble, pero no era suficiente para lograr que se quedase. Entonces recordé que todavía no le había preguntado algo muy importante.

—¿Y qué pasa con tu reunión con Blackheart? —pregunté con cautela.

No tenía ganas de que nos pusiéramos a discutir otra vez, pero necesitaba saberlo.

—Se ha pospuesto hasta fin de año —me informó—. Hemos quedado en Manhattan.

Clavé la vista en el techo, aunque apenas lo vislumbraba.

Acabábamos de hacerlo frente al fuego y habíamos creado otro recuerdo. Aquella sala ya no sería simplemente la recepción para mí. Sería el sitio donde nos habíamos reencontrado. Igual que el jardín trasero era nuestra primera pelea, y el porche delantero, nuestro primer beso.

El Polaris era nuestro por todo eso.

Pensar que un capullo lo destruiría me dejaba mal cuerpo. Quería creer que, en el fondo, ella se sentía igual al respecto. Estaba seguro de que podría hacerle recordar lo mucho que significaba aquel sitio para su familia, para nosotros, para el pueblo, y también para todas las personas que acudían allí cada diciembre. Si Mia se iba, la perdería a ella y al Polaris, y también defraudaría al pueblo entero.

Por muy especial que hubiese sido lo que acabábamos de hacer, mi verdadero objetivo era conseguir que no vendiese el *bed and breakfast*. Me devané los sesos en busca de una solución.

Tragué saliva, incómodo, y me sentí un egoísta. No tenía claro si quería que se quedase el Polaris por el bien del pueblo o por mí. La culpabilidad fue abriéndose camino en mi pecho. Quizá si le entregaba algo a cambio, dejaría de sentirme como un capullo. ¿Qué podía hacer por ella?

«La Navidad ya no tiene sentido», había dicho al romperse entre mis brazos.

Había sentido como propio el dolor que había impregnado en sus palabras.

Quería que las navidades recuperasen el sentido para ella y que sintiese que siempre tendría un sitio al que regresar. Y esperaba que, por el camino, cambiase de opinión en lo de venderlo, o que me diese tiempo a encontrar otro comprador.

Decidido a conseguir mis propósitos, le di un toquecito en el hombro para llamar su atención.

—Quédate conmigo hasta Navidad —le pedí cuando levantó la cabeza para mirarme—. Vamos a reabrir esto juntos.

Puso cara de situación.

—Jack, teníamos un trato. No puedo quedarme…

—Reabrimos en Navidad —continué—, recuperamos parte del dinero y ya vemos quién se queda a cargo del Polaris después para que tú puedas volver a Nueva York.

—¿Y si no funciona?

—Va a funcionar. Estoy convencido de que esto va a recuperar dinero en cuanto reabra. Ya lo verás. Y si no funciona, lo vendes y ya está.

—No sé…

Me observó dubitativa, y yo sentí la esperanza crecer en mi interior.

—Venga, Mia, dame una última oportunidad, por favor.

—No puedes pedirme algo así después del sexo —me dijo con la boca pequeña.

Sonreí ampliamente.

—¿Por qué no? —le pregunté.

—Porque no está bien convencer a la gente de esta manera.

La empujé con suavidad de las caderas. Su espalda terminó contra el colchón, y yo encima de ella.

—¿Ah, no? —pregunté contra su boca.

—No.

—Como antes has dicho que podrías acostarte toda la noche conmigo, yo diría que tengo un buen rato para convencerte.

Bajó sus palmas por mi piel, acariciándome la espalda.

—Podrías intentarlo —me dijo con una sonrisilla juguetona—, pero no va a funcionar.

Me incliné para besarla y me encendí tan rápido como una cerilla. Tener su cuerpo desnudo debajo del mío hizo que me empalmase otra vez.

Quería que supiese lo excitado que estaba por ella. Empujé las caderas contra las suyas y Mia jadeó al sentirme.

Ahora el que la miraba con la sonrisilla era yo.

Apreté los labios contra su pulso y después contra su clavícula.

Le chupé un pezón y ella enroscó los dedos en mi pelo para mantenerme ahí. Sonreí contra su pecho antes de volver a lamerlo despacio. No hacía falta que me sujetase porque no tenía intención de apartarme. El gemido que se le escapó me instó a subir la mano a su otro pecho. Rocé y lamí sus pezones mientras ella retorcía las caderas en busca de un placer mayor. Aunque me apetecía muchísimo ponerme otro condón y follar con ella, resistí el impulso.

La primera vez, al tenerla encima, mi autocontrol había saltado por los aires. Esa segunda, quería durar un poco más y disfrutar con ella.

Apreté los labios contra su estómago y tembló de anticipación. Sin prisas, besé y lamí cada rincón, haciendo el descenso tortuoso para ella. Inspiró con fuerza cuando le besé la cara interna del muslo y jadeó cuando presioné la boca contra su ingle.

—¡Jack, por favor!

Quería enloquecerla un poco más, pero no me quedó más remedio que ceder a su ruego desesperado.

Hundí la cara entre sus piernas y me puse extremadamente cachondo por el gemido altísimo que soltó. Era increíble lo mucho que me ponía aquella mujer.

Pasé la lengua por su clítoris y ella volvió a retorcerse.

—¿Voy por el buen camino? —le pregunté.

Ella despegó las caderas del colchón, incitándome. Volví a lamerla despacio.

—Ahora sí —jadeó.

Quería complacerla hasta que estuviese saciada. Quería ver su cara de gusto y oírla gemir en mi oído. Durante un rato, me dediqué a tentarla con la lengua, arrancándole suspiros hasta que alcanzó el orgasmo.

Cuando por fin la penetré, la tenía durísima. Me sumergí en ella lo más despacio que pude, siendo consciente de mis movimientos. Estaba tan excitado que podría correrme rapidísimo, y no quería eso. Estar dentro de ella era la mejor sensación del mundo y quería alargarlo todo lo que fuera posible.

Mia cerró las piernas alrededor de mis caderas y llegué hasta el fondo, apreté la mandíbula con tanta fuerza que juraría que me rechinaron los dientes. Una gota de sudor me cayó por la frente. Balanceé las caderas con lentitud y me tomé mi tiempo para besarle el cuello, lamerle el lóbulo y susurrarle al oído lo mucho que la deseaba. Cada vez que ella se restregaba contra mí, yo me retiraba más lento aún de su cuerpo.

Todo iba la mar de bien, pero, entonces, me agarró la nuca con firmeza y me atrajo contra ella.

—Jack... —rogó contra mis labios—, te necesito.

«Me necesita», el orgullo se abrió paso por mi pecho.

Sabía lo que me estaba pidiendo con esas palabras. Quería que se lo diese todo. Una corriente de energía me recorrió el cuerpo. La velocidad de mi corazón se multiplicó por tres.

Mia tenía las mejillas sonrosadas y los labios entreabiertos. Respiraba con dificultad y era la viva imagen del abandono. Era una diosa preciosa que me observaba con los ojos nublados por el deseo, y yo estaba en el paraíso.

—Fóllame más rápido… —susurró.

«Joder».

Debería estar acostumbrado a que me soltase las cosas así.

Era incapaz de negarle nada. En ese momento, el sexo pasó de ser tierno y lento a salvaje y rápido. Sus gritos llenaron la estancia, alentándome a continuar. Oírla gemir era el combustible que necesitaba para seguir ardiendo. Le lamí el cuello y le di un morreo pasional.

Cuando se ciñó a mi alrededor y comprendí que estaba cerca, perdí la cabeza. La lujuria se apoderó de mí y aumenté la intensidad de mis embestidas. Lo único que me importaba era que sintiese el mismo placer que sentía yo. Su piel sudada resbalaba contra la mía. Antes de que me diese cuenta, Mia gimió en mi oído mientras alcanzaba el orgasmo, y yo sentí una sacudida en la polla y me corrí casi a la par que ella.

Salí de su interior un instante más tarde, con el corazón latiéndome a toda pastilla. Me incliné para besarla mientras mis latidos se calmaban. Después, me recosté a su lado y rodé sobre el colchón para mirarla. Ella hizo lo mismo.

—¿Convencida? —le pregunté, acariciándole el brazo.

—Casi… —Me regaló una sonrisa traviesa—. Me parece que tendrás que intentarlo una vez más.

Solté una carcajada. Estaría más que encantado de tirarme así toda la noche.

—Ven aquí —le pedí.

Mia se refugió en mi pecho y la abracé.

Lo último que pensé antes de quedarme dormido fue que ojalá nevase durante tres días seguidos, porque no tenía ninguna gana de salir de esa cama.

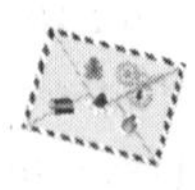

Horas más tarde, me desperté sobresaltado cuando alguien me zarandeó. Parpadeé un par de veces mientras enfocaba la realidad que me rodeaba.

—¡Jack, vamos! —oí decir a Mia.

—Mmm..., ¿adónde? —pregunté soñoliento.

Al no recibir respuesta, me incorporé, apoyando el codo en el colchón. La manta se deslizó hasta mi estómago. A los pies de la cama, estaba Mia subiéndose las bragas a toda velocidad. Me froté los ojos para comprobar que no estaba soñando. Admiré sus pechos perfectos y la curva de su cintura.

—¿Qué haces? —le pregunté confundido—. Vuelve a la cama.

Mi erección se había despertado antes que yo y estaba impaciente por volver a tocarla.

—¡Vístete, están todos fuera! —Ella recogió mis pantalones y me los tiró.

La prenda aterrizó sobre mi regazo.

—¿Quién? —Estaba demasiado dormido y no entendía nada.

—¿Y mi camiseta? —habló para sí misma.

Atontado, la observé mientras buscaba su ropa entre las mantas. Hacía días que no dormía tan bien. No me apetecía salir de la cama, y mucho menos vestirme.

Mia se metió la camiseta por el cuello de un tirón. Parecía nerviosa. Miré alrededor, en busca del problema, y no lo encontré. Seguíamos solos en la recepción del Polaris, en la chimenea solo quedaban las ascuas y hacía algo de frío. Estaba tan desorientado que ni siquiera me di cuenta de que la luz había vuelto.

—¡Jack, vamos, levántate! —insistió—. ¡Escóndete o algo!

De pronto, estaba inquieto.

—¿Por qué?

—Porque está la mitad del pueblo fuera —comentó mientras se ponía los pantalones—. La gente no puede enterarse de que hemos dormido juntos.

Mia me quitó la sábana de encima y se quedó unos segundos paralizada. Los colores se le subieron a la cara al verme desnudo.

—Todo el mundo sabe que he pasado la noche aquí, atrapado, contigo —comenté mientras me levantaba.

—Tú lo has dicho: te has quedado atrapado. Nada más.

Ella me pasó la ropa interior.

Arrugué las cejas al cogerla.

—Mia, no entiendo nada —comenté mientras me subía los calzoncillos—. Anoche dijiste que me echabas de menos...

—¿Qué tiene eso que ver? —cuestionó tras ponerse el jersey.

—¿Es que esto no ha significado nada para ti?

—Yo creo que lo hemos pasado bien y ya está.

Su respuesta me cayó como un jarro de agua fría.

—¿Qué quieres decir con eso? —pregunté, atónito.

—Lo que he dicho: esto ha sido algo casual. —Nos señaló con la mano.

—¿Casual?

Se me formó un nudo en el estómago.

—Sí, casual —contestó—. La gente en la ciudad lo hace todo el tiempo.

Aparté la mirada y me concentré en subirme los pantalones.

Un sentimiento amargo se adueñó de mi pecho al pensar en ella con otros hombres. Había dicho que no tenía novio, pero no se me había pasado por la cabeza la posibilidad de que se acostase con nadie más.

Sabía que no tenía derecho a que eso me molestase. Mia podía hacer con su vida lo que quisiese. Sin embargo, ahí estaba: escocido por su rechazo.

Después de la noche inolvidable que habíamos compartido, aquello me había pillado de sopetón y con la guardia baja.

—Jack, creo que fuera están Carol y tu madre... —insistió, poniéndome la camiseta en la mano—. Me moriría de la vergüenza si se enterasen de lo que hemos hecho aquí.

Me envaré como si me hubiese dado una bofetada.

—¿Te morirías de la vergüenza si se enterasen de que hemos follado, dices? —pregunté más ofendido de lo que pretendía—. Fantástico —musité mientras me enfundaba la camiseta.

—No es eso, pero... —empezó.

—No te preocupes —la corté mosqueado—, les diré que he dormido en el suelo.

Arrojé una manta y una almohada al suelo, al lado del colchón. Después, me agaché para calzarme.

Siendo sincero, en aquel instante me sentí un auténtico gilipollas.

—Jack...

La ignoré y caminé hasta la puerta principal, deseoso de zanjar la conversación. Al abrir me topé con un montón de caras conocidas a las que, por primera vez, no tenía ninguna gana de ver.

22

Mia

La madre y la hermana de Jack fueron las primeras en entrar en la recepción.

—¡Menos mal que estás bien! —Helen le cogió por los hombros y le escaneó a toda prisa—. ¿Dónde está Mia?

A Jack no le dio tiempo a contestar porque su hermana se abalanzó sobre él.

—Te he llamado diez veces esta mañana cuando ha vuelto la señal. —Ivy le dio un puñetazo cariñoso en el brazo—. Como no has respondido, pensábamos que os había pasado algo, cabeza de chorlito.

Al verlos juntos, era evidente que estaban emparentados. La familia Halliday tenía el cabello de un tono marrón chocolate idéntico y la misma expresión amable y cálida.

—¡Qué susto más grande nos has dado! —prosiguió su madre.

—Perdón. Estamos los dos bien —aseguró Jack, al tiempo que las envolvía en un abrazo protector.

Tragué saliva y sentí que alguien me estrujaba el corazón. Me alegraba mucho que Jack tuviese personas que lo quisieran tanto, pero aquella estampa familiar era un reflejo de lo que yo había perdido.

Me quedé rezagada al lado del colchón. No sabía dónde meterme y me sentía un poco fuera de lugar. Por eso, me entretuve peinándome el pelo con los dedos y alisándome el jersey.

—¡Gracias al cielo que estás bien! —Carol fue la siguiente en aparecer. Le dio un abrazo a Jack igual de apretado que el que le había dado su madre—. ¿Dónde está Mia?

Me sorprendió que preguntase por mí y que me buscase con la mirada nada más entrar.

Jack giró el cuello en mi dirección. La culpabilidad me arañó el estómago al tropezarme con sus ojos dolidos. Me vi forzada a apartar la mirada de su rostro cuando su hermana se me tiró encima.

—¡Mia! —Ivy me abrazó—. ¿Cómo estás?

Le devolví el abrazo, sintiendo que un calorcito agradable se esparcía por mi pecho.

—Bien, ¿y tú? —le pregunté, dejándome contagiar por su entusiasmo.

Ivy se apartó y me agarró las manos.

—No tan guapa como tú —contestó con una sonrisa—. Estás radiante.

—Gracias. Tú también.

La última vez que la vi, era una adolescente de cabello indomable. Su rostro había perdido la redondez infantil y había dado paso al de una mujer adulta de facciones finas y expresión dulce.

Ivy volvió a apretujarme entre sus brazos. Parecía tan enérgica y sonriente como siempre.

—¡Qué bien que estés aquí! —dijo contenta—. ¡Tenía muchas ganas de verte!

Cuando me soltó, me encontré con la mirada cariñosa de Helen.

La madre de Jack era un poco más bajita que yo y vestía con ropa colorida. Su rostro tenía alguna que otra arruga y lucía canas en el cabello, lo que evidenciaba el paso del tiempo.

—Hola, cielo. —Helen sonrió antes de separar los brazos para recibirme.

—Hola. —Le devolví la sonrisa, conmovida, y la abracé.

—Siento mucho lo de tu padre —me dijo con la voz apagada al tiempo que me frotaba la espalda con afecto.

—Gracias —contesté con un hilo de voz.

No hizo falta que dijéramos nada más.

Cerré los ojos y apoyé la cara en su hombro.

Recibir su abrazo reconfortante me hizo pensar en mi madre. Y, durante un instante, me sentí más cerca de mi familia y del lugar que una vez fue mi hogar.

Cuando nos separamos, ambas teníamos los ojos llorosos.

—Cada vez te pareces más a Stella —apuntó emocionada.

Sonreí levemente.

—Toma, te hemos traído esto. —Me tendió una bolsa de tela roja que tenía un reno estampado.

Curioseé el interior. Al toparme con varios recipientes de lo que parecía ser comida casera, me embargó un sentimiento de gratitud enorme. Contuve las ganas de llorar y recompuse el rostro como pude. Hacía tiempo que nadie tenía esos detalles conmigo.

—Muchas gracias —comenté—. De verdad.

—No se dan. —Ella negó con la cabeza—. ¿Por qué no vienes un día a cenar a casa? —dijo a continuación—. ¿Tienes algo que hacer mañana? Puedo prepararte pastel de manzana.

Helen lo cocinaba cada Navidad, era uno de mis postres favoritos. Después del gesto que acababa de tener conmigo, me sentía incapaz de rechazar su invitación.

—Vale —acepté—. Me encantaría ir algún día.

—Estupendo. Así me cuentas qué tal te va todo y, ya de paso, me firmas tus libros.

—¿Tienes mis libros? —pregunté sorprendida.

—Claro. Los tiene todo el pueblo —respondió como si fuera obvio—. Hay un *stand* muy vistoso en la tienda de Carol. ¿No lo has visto?

—No.

Atónita, miré por encima de su hombro.

Carol seguía hablando con Jack al lado de la puerta. Entre las personas que estaban entrando en tropel divisé a Blaze, a Billy y a Tom.

Como si la hubiese invocado, Carol giró el rostro y cruzamos miradas. Me dedicó una sonrisa escueta y yo contesté con un asentimiento de cabeza a modo de saludo. Se apartó del grupo y, cuando echó a andar en mi dirección, me puse algo nerviosa. Tan pronto como llegó a nuestra altura, Helen se disculpó con la excusa de achuchar otra vez a su hijo, y nos dejó a solas.

—¿Cómo estás? —me preguntó Carol con cautela.

—Bien —respondí con suavidad.

—Jack me ha dicho que casi se te cayó el árbol encima. —Me frotó el hombro de manera cariñosa—. Menudo miedo debiste de pasar.

—Sí... Me quedé paralizada y no supe reaccionar.

—Normal. A mí me habría pasado lo mismo.

Asentí sin saber qué más añadir.

—Te he traído unos dónuts glaseados —me dijo a la par que extendía una bolsa en mi dirección.

—Gracias. —La acepté con la mano libre.

Los dónuts glaseados eran la perdición de mi padre.

Poco a poco, el resto de los vecinos se acercaron a mí. Cuando quise darme cuenta, se había hecho un corrillo a mi alrededor. De pronto, en la recepción del Polaris parecía haber más gente que el veinticinco de diciembre por la mañana. Aquella escena me recordó a cuando la madre de Holly se partió la pierna, a cuando falleció el padre de Jack y también a cuando murió mi madre. El pueblo siempre se volcaba con los vecinos que lo necesitaban.

Llegó un punto en el que la gente se dispersó y me quedé sola con Billy. Para entonces, tenía que hacer malabares para sujetar todas las bolsas que me habían dado.

—¿Qué tal la tubería? —me preguntó Billy—. ¿Ha vuelto a dar problemas?

—Qué va. —Negué con la cabeza—. Todo bien. La dejaste como nueva.

—Me alegro... Oye, mañana Ivy y yo iremos a tomar algo, y el sábado iremos a la apertura de Winterdale. ¿Te apetece venir con nosotros?

Titubeé unos segundos y justo apareció Jack de la nada.

—Mi hermana te está buscando —le dijo a mi acompañante en tono serio—. Está fuera.

Billy asintió y luego me dijo:

—Mañana. Piénsatelo y me avisas con lo que sea.

Después, me guiñó un ojo de manera exagerada y se fue por donde había venido.

—Trae, que te ayudo —me dijo Jack.

Nuestros dedos se rozaron cuando me quitó unas cuantas bolsas, y volví a sentir el cosquilleo en la piel. A juzgar por su mandíbula apretada, él seguía molesto.

—Gracias —le contesté.

Él asintió sin mirarme para indicarme que me había oído.

—Hijo, mañana no trabajas, ¿no? —Helen se nos acercó.

Jack giró el cuello para encarar a su madre.

—No —contestó él.

—He invitado a Mia a casa —dijo al detenerse a nuestro lado—. Podríamos cenar los cuatro juntos.

—No te preocupes, mamá. Estoy seguro de que Mia tiene cosas más importantes que hacer mañana.

Sin agregar nada más, giró sobre los talones y se fue rumbo a la cocina.

Le dediqué una sonrisa leve e incómoda a su madre y lo seguí. No estaba dispuesta a dejar que me hiciese un desplante, y menos cuando no tenía razón. La conexión que habíamos tenido en la cama había sido alucinante, pero no dejaba de ser sexo. No quería que todo el pueblo se enterase de lo que había pasado entre nosotros ni que fuesen comentando por ahí que habíamos vuelto.

Cuando entré lo vi dejar las bolsas en la isla central. La bordeé y me detuve enfrente de él.

—¿Podemos hablar? —le pregunté tras soltar las bolsas sobre la encimera.

—¿De qué? Si ya está todo dicho —apuntó con acidez—. Además, no pueden verte hablando conmigo, ¿no?

—Mira, no tienes derecho a ponerte así.

Jack se cruzó de brazos por encima del pecho y se le marcaron los bíceps a través de la camiseta.

—Además, una cosa es hablar y otra muy distinta es que...

Cerré la boca cuando la puerta se abrió dando paso a Carol, que entró cargando una bandeja de cristal.

—Molly te ha traído pastel de patata —me dijo la mujer.

—Vale. Genial. Ahora salgo a darle las gracias. —Le sonreí de manera escueta.

Carol se internó en la estancia, ajena a la atmósfera incómoda, mientras decía consternada:

—Pobres. Aquí encerrados toda la noche... —Se detuvo frente a la nevera—. Lo habréis pasado fatal.

Los ojos de Jack buscaron los míos y se me aceleró el corazón. Ninguno dijimos nada y, durante un momento, el mundo se emborronó para mí. Acto seguido, él rompió el contacto visual y se adelantó para abrirle la puerta del frigorífico a Carol.

—Voy a ayudar a los chicos a retirar el árbol —nos informó él antes de abandonar la cocina.

Tras guardar toda la comida en la nevera, regresé a la recepción. Alguien había abierto las contraventanas y la luz blanquecina entraba en la estancia. Eché un vistazo alrededor; ya no había ni rastro del colchón ni de las mantas. No me hacía falta preguntar para saber que Jack se habría encargado de recogerlo. Lo encontré conversando con Ivy, al lado de la puerta.

—No me habías dicho que ibas tan atrasado para reabrir en Navidad —oí que le decía ella en tono acusador—. Igual ya va siendo hora de que pidas algo de ayuda, ¿no crees?

Al escuchar aquello, frené en seco; me quedé detrás de una columna sin saber qué hacer.

—No me gusta pedir favores a nadie —contestó él—. Además, ya me están ayudando Paxton y Blaze.

No quería que pensasen que los estaba espiando, así que reanudé la marcha y caminé hacia la ventana. Al oír mis pasos, Jack apartó la vista de su hermana para mirarme. Cuando volvió a centrarse en Ivy, solo le dijo:

—Luego hablamos.

Ella abrió la boca para protestar, pero se vio interrumpida por un chillido emocionado.

—¡Tío Jack! —Un niño entró corriendo en la recepción.

A Jack le cambió la cara al verlo. Se agachó para recibirlo con una sonrisa encantadora y el crío le saltó encima sin dudar.

—Hola, pequeñajo —le dijo Jack encandilado.

Absorta, lo observé incorporarse con él en brazos.

Reconocí al niño de las fotos que me había enseñado Holly. Robin era rubio, tenía la cara redonda y llevaba puesta una sudadera de los marcianitos de *Toy Story*.

—¡Tío, hay un árbol tirado! —Le quitó un brazo a Jack del cuello y señaló el exterior—. Es gigaaaaante.

—Lo he visto —le contestó Jack con cariño.

—Mamá y papá dicen que se ha caído por la nieve.

—Así es.

No había ni rastro del tono ácido con el que me había hablado a mí.

—¿A mí no me saludas? —le preguntó Ivy al niño.

Él respondió tirándole un besito al aire.

Jack le hizo cosquillas en la tripa y el crío soltó una risita adorable. En ese instante me di cuenta de que estaba ahí, pasmada, siendo testigo del cariño que se tenían. Mi exnovio le hizo una carantoña y yo sentí que el cosquilleo cálido y agradable regresaba a mi estómago.

«Son monísimos», suspiró una vocecita.

Sin duda, mi corazón no estaba preparado para el Jack que derrochaba ternura.

Desvié la vista hacia la izquierda y me topé con la mirada curiosa de Ivy. Sentí cómo se me coloreaba la cara, y ella salió de la estancia sin decir nada.

—¿Y el árbol de Navidad? —le preguntó el niño a Jack, extrañado.

—Todavía no tenemos.

Él curvó los labios hacia abajo, entristecido.

—¿Y dónde va a dejar Santa mis regalos? —Hizo un puchero.

Tragué saliva al entender a lo que se refería. Una imagen de mi padre disfrazado repartiendo regalos a los niños me vino a la cabeza. A él también debía de habérselos entregado.

Jack giró el cuello en mi dirección y me dedicó una mirada significativa, confirmando así mis sospechas. Luego, volvió a centrar su atención en el niño.

—Tú tranquilo, que Santa te los traerá todos —le aseguró.

Robin le sonrió antes de recostarse contra su hombro. Entonces, su mirada infantil se cruzó con la mía. Volvió a erguirse y se acercó a la oreja de Jack.

—¿Quién es esa chica? —le preguntó, apuntándome con el dedo.

—Es la hija del tío Douglas —contestó Jack.

Se me formó un nudo en el estómago ante la mención de mi padre.

Jack volvió a mirarme, y esa vez detecté la compasión en sus ojos.

El pequeño me saludó con la mano justo cuando Holly y Paxton irrumpieron en la recepción. Los dos se acercaron a saludar a Jack. Paxton le dio una palmada en el hombro y Holly le cogió al niño de los brazos.

—Robin, ¿quieres conocer a la tía Mia? —le preguntó Holly a su hijo en un tono maternal.

—¡Síííííí!

«Por supuesto».

Un crío así de adorable solo podía ser hijo de Paxton y Holly.

Ella sujetó al niño con una mano y me rodeó los hombros con el brazo libre cuando me saludó.

—Hola. —Me agaché un poco y saludé a Robin con la mano.

—Hola. —Sonrió él—. ¿Cuántos años tienes? —me preguntó con curiosidad.

—Veintiocho.

—¡Haaaaala, como mi mami! —me dijo.

—Mia era mi compañera de clase —le explicó Holly con dulzura—. Era mi amiga, como John y tú. —Ella le sonrió como si fuese lo más importante de su vida.

Sonreí sin poder evitarlo. Me encantaba ver a Holly en su faceta de madre amorosa.

Paxton se acercó para darme un beso en la mejilla.

—Te hemos traído un par de cosillas —me dijo él, entregándome una bolsa.

—No hacía falta, pero muchas gracias.

—Claro que hacía falta —repuso Holly.

—¿Quieres ver cómo el tío parte el árbol? —le preguntó Paxton a su hijo.

—¡Sííííí! —chilló él.

Holly le entregó el niño a Paxton y yo los observé enternecida mientras se alejaban.

—Vaya susto con el dichoso árbol, ¿no? —Holly me abrazó cuando nos quedamos solas.

—Sí. Un poco —confesé.

—Menos mal que estaba Jack contigo y que no has tenido que pasar la noche sola, ¿no?

El estómago me dio un vuelco al recordar lo bien que me había sentido durante la noche.

—Sí... —contesté con la boca pequeña—. ¿Cómo es que habéis venido todos? —pregunté para desviar la atención.

—Carol nos ha escrito esta mañana. Estaba preocupada porque no había vuelto a saber nada de vosotros y nos ha organizado para venir.

—¿En serio?

—¿Por qué estás tan sorprendida? —quiso saber Holly—. Carol se preocupa y nosotros también, como hacen todos los vecinos del pueblo.

—Supongo...

Yo llevaba tres meses viviendo en un apartamento en Nolita y todavía no me sabía el nombre de ninguno de mis vecinos. La mayoría ni siquiera me saludaban si coincidíamos en las escaleras.

Una de las cosas que más me gustaban de la ciudad era que podía pasar desapercibida. Los cientos de personas que me cruzaba por la calle no sabían que era una escritora huérfana, ni que me encantaban las tortitas de patata o montar en bicicleta. Allí era una más, pero en Sunnyside no. En aquel pueblo era Mia Elizabeth Summers y todo el mundo conocía mi historia.

En ese momento, el ruido de las motosierras llamó mi atención.

Fuera, el cielo seguía nublado, pero al menos ya no nevaba ni llovía. Había un montón de gente rodeando la secuoya y el camión de bomberos. Jack se había puesto la chaqueta del uniforme y el casco, y estaba cortando el tronco junto a Blaze y el resto de sus compañeros.

—¿Hasta cuándo te quedas al final? —me preguntó Holly.

Suspiré con los ojos fijos en Jack y contesté con sinceridad un:

—No lo sé.

—Al final, parece que estarás para la apertura del mercadillo navideño —bromeó.

—Eso parece... —musité para mí misma.

Aparté los ojos de Jack y me encontré con la mirada ilusionada de Holly. Estaba tan reblandecida que le pregunté:

—¿Te apetece que vayamos juntas?

—¡Sí! —Holly dio un saltito—. ¡Me apetece mucho ir contigo!

—¡Genial! —Sonreí ampliamente—. Entonces, tenemos una cita.

Necesitaba disfrutar de un ratito de normalidad con una vieja amiga en medio de aquel caos.

En ese instante, Ivy y su energía chisporroteante irrumpieron en nuestra conversación.

—Vaya bomberos más guapetones —apuntó con una sonrisilla—. ¿No te parece, Mia?

Tuve la impresión de que con esa pregunta quería saber si pensaba que su hermano lo era.

Volví a dirigir la vista hacia Jack. Era la primera vez que lo veía con el uniforme. Mi cerebro se las ingenió para encontrarlo atractivo concentrado mientras cortaba otro trozo de madera con la motosierra.

Claro que pensaba que Jack era guapo. Era imposible no hacerlo.

—Sí —contesté—. La verdad es que son muy guapos.

Ivy sonrió con complicidad y solo dijo:

—Sí, yo también lo creo.

Jack y sus compañeros cortaron el tronco en distintas piezas y lo dejaron apartado a un lado del aparcamiento. Después, la mayoría de la gente se fue.

Cuando me quedé sola en la recepción, cogí del mostrador la caja con motivos navideños que me había dado Carol días atrás y me dirigí a casa de mis padres. Había llegado el momento de recuperar las riendas de mi vida. Aunque me daba miedo lo que pudiese encontrar, había decidido leer las cartas y prefería estar refugiada en la seguridad de mi habitación.

Pero antes saqué el peluche de mi bolsa de viaje y lo dejé sobre mi antigua cama.

Me senté en mitad del colchón con las piernas cruzadas y apoyé la espalda en la pared. Acaricié la caja con cuidado y levanté la tapa. Dejé la fotografía en la que salía mi padre vestido de Santa Claus a mi lado y, con las manos temblorosas, agarré el taco de cartas.

Respiré de manera profunda y cogí el primer sobre, que tenía el borde derecho quemado. Lo abrí y, con el corazón en un puño, desdoblé el papel despacio. Sonreí al ver la caligrafía desordenada, torcida y desigual que tenía cuando era pequeña. La primera carta la había escrito con lo que parecía ser un Plastidecor rosa.

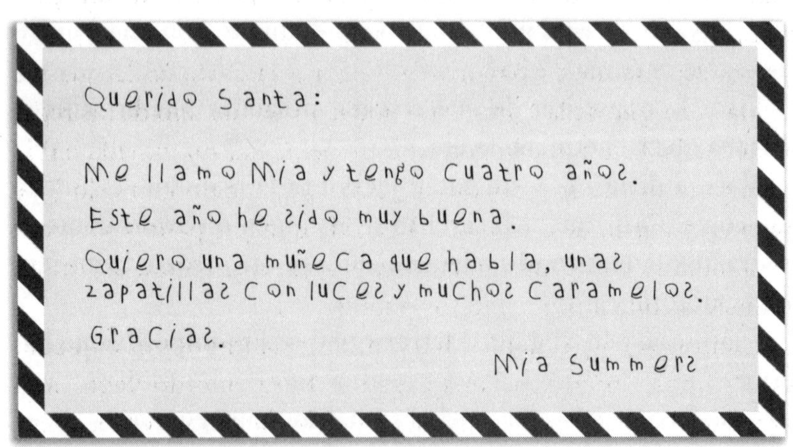

Querido Santa:

Me llamo Mia y tengo cuatro años.
Este año he sido muy buena.
Quiero una muñeca que habla, unas zapatillas con luces y muchos caramelos.
Gracias.

Mia Summers

Dejé la carta a un lado y abrí la siguiente. Y después otra más. El corazón se me llenó de alegría al leer que, con seis años, quería una bici con ruedines y cesta. Luego, se me escapó una carcajada al leer la carta que escribí cuando tenía siete años, con un rotulador morado.

Querido Santa:

Este año me he portado muuuuuuy bien.

He ayudado a papá y a mamá, y he ido todos los días al cole.

Quiero un poni. Me haría mucha ilusión tenerlo para ir a clase montada encima.

¡Gracias!

MIA SUMMERS

Debajo de la firma había dibujado un poni deforme. Tenía un cuerno, y su cara consistía en dos puntos que se suponía que eran los ojos y una medialuna repleta de dientes torcidos que era la boca. Aquel año, Santa Claus me trajo un poni de juguete de la colección de *My Little Pony*, y no uno de verdad. Era de color azul y tenía el pelo rosa y morado. Sonreí conmovida al recordar que me lo llevaba a todas partes; me pasaba el día jugando con él, peinando su cabello e imaginando que era la princesa de un reino encantado.

Los ojos se me empañaron al llegar a la carta en la que me pedí la *boutique* de la Barbie. Sin duda, aquel fue uno de los regalos que más ilusión me hizo recibir de pequeña. En mi vida había chillado tanto de la emoción al recibir un regalo como lo hice aquel veinticinco de diciembre. Recordé que mis padres se sentaron a mi lado y que me ayudaron a montarla en mitad del salón. Después, se quedaron jugando conmigo.

Conforme los recuerdos habían ido calentando mi corazón, las lágrimas empaparon mis mejillas. Para cuando llegué a la carta que escribí con once años, ya estaba llorando a moco tendido.

Querido Santa:

Este año me he portado genial. Quería pedirte una bicicleta rosa para ir al instituto.

También quería pedir una cámara de vídeo para mamá y una bola de nieve para papá.

Te quiere mucho.

Mia Summers

Sonreí al ver cómo había evolucionado mi letra, los regalos que pedía y el significado que tenía la Navidad para mí. Había pasado de pedir juguetes de niña a libros y ropa en la adolescencia.

La carta que escribí con diecisiete años, con un bolígrafo negro, me hizo sonreír con nostalgia.

Querido Santa:

Este año solo quiero pedirte un cuaderno rojo.

Todavía no se lo he dicho a mis padres, pero creo que quiero ser escritora.

Te quiere mucho,

Mia Summers

P. D.: Ojalá fuese Navidad todo el año.

Cuando leí la última carta, se me formó un nudo en el estómago. Era increíble cómo algunos de los momentos más felices de mi vida me dolían tanto al echar la vista atrás.

Querido Santa:

Quiero pasar todas las Navidades de mi vida en el Polaris, con mis padres y con Jack.

Mia Summers

P. D.: Te quiero mucho, y a mamá también :).

P. D. 2: El último libro de Los Juegos del Hambre también me haría muy feliz.

Una lágrima aterrizó sobre el papel, al lado de mi firma.

Había escrito aquella carta cuando tenía veintiún años. La melancolía se apoderó de mí, aquellas fueron las últimas Navidades que pasé con mi madre. Tras su muerte, no volví a escribir cartas.

Me sorbí la nariz y me limpié las lágrimas con la manga del jersey. Estaba hecha un cúmulo de emociones. Estaba conmovida porque mi padre tuviera esas cartas guardadas. Se me había encogido el corazón cada vez que me había topado con un borde quemado.

Me abracé las rodillas y comencé a llorar desconsolada.

Mi padre había arriesgado su vida por esas cartas y no me lo había dicho. Si no hubiese sido por Carol, nunca habrían llegado a mí.

Al leerlas, había conectado con mi niña interior, con esa Mia alegre que, cada año, echaba la primera carta en el buzón que ponían en la recepción. Y también con la Mia adolescente que esperaba paciente su regalo en la última fila mientras los niños pequeños corrían contentos alrededor del árbol.

Había tenido una infancia buenísima, llena de alegría y juguetes. Había crecido en un ambiente feliz, rodeada del amor de mis seres queridos. Les estaría eternamente agradecida a mis padres por haberme dado aquello.

La Navidad siempre había sido mi época favorita y eso era así por la gente que llenaba de vida el Polaris. Desde los empleados que hacían que fuera una época maravillosa a los turistas que venían dispuestos a pasar unas fiestas de cuento de hadas.

Mientras sollozaba, la voz de Jack se hizo eco en mi cabeza:

«Se supone que la Navidad va de ayudar a los demás, no de ponerles la zancadilla».

«¡Este lugar es nuestra historia! ¡Somos nosotros!».

«Quédate conmigo hasta Navidad. Vamos a reabrir esto juntos».

Me abracé las rodillas más fuerte, deseando que fuese Jack el que me sostuviera, el que me frotase la espalda y el que me tranquilizase llamándome «cariño».

Recordé lo que decía siempre mi padre de que la Navidad era la época perfecta para ayudar a los demás y ser generoso, y no solo para intercambiar regalos. Las cartas que acababa de leer eran un claro ejemplo de esa enseñanza.

En ese instante, caí en la cuenta de varias cosas: era cierto que ya no le veía el mismo sentido a la Navidad que antes, pero no podía arrebatarles esa felicidad a los niños como Robin, que esperaban impacientes a que fuese veinticinco de diciembre, ni a las familias que tenían las vacaciones reservadas desde el año anterior. Tampoco podía darles la espalda a esos vecinos que aquella mañana me habían traído lo que habían podido de sus casas. Y lo más importante de todo: no podía emborronar así la memoria de mis padres. Guardaba muy buenos recuerdos de aquel lugar y no me sentía capaz de desprenderme de él así como así.

El Polaris tenía mucho trabajo por delante para reabrirlo a tiempo, pero ¿qué había de malo en intentarlo?

Me sentía una temeraria, pero estaba decidida a hacerlo. Les daría una oportunidad a Jack, al Polaris y a Carol.

Guardé las cartas en la caja y me saqué el móvil del bolsillo.

Ahora solo me quedaba decírselo al hombre que se había ido enfadado y sin despedirse.

23

Mia

Me monté en el coche hecha un manojo de nervios. Dejé la caja con las cartas en el asiento del copiloto y arranqué. Había pasado la máquina quitanieves y el camino que bajaba al pueblo estaba despejado. En cuanto salí del aparcamiento, llamé a Jack por el manos libres.

—Necesito hablar contigo —escupí con urgencia en cuanto descolgó—. ¿Dónde estás?

Él guardó silencio unos segundos y después suspiró de manera profunda.

—En mi casa.

—¿Puedo acercarme?

—Sí. ¿Sabes dónde es?

—Cerca del embarcadero de Sierra Road, ¿no?

—Sí.

—Vale. Genial, ahora te veo.

Al colgar, bajé hasta el pueblo y conduje hasta la frontera con Dollar Point. Jack vivía a orillas del lago, algo apartado. Reduje la velocidad al internarme en el caminito de tierra secundario que zigzagueaba por mitad del bosque. En esa zona las copas de los árboles y el suelo estaban cubiertos por una capa de nieve que parecía tan esponjosa como el algodón.

En cuanto divisé la camioneta de Jack aparcada delante de lo que asumí que era su casa sentí un gusanillo inquieto removerse en mi estómago.

Aparqué frente al porche delantero y apagué el motor. Me tomé un momento para apreciar el paisaje encantador, que parecía sacado de una postal navideña. Era una cabaña de madera oscura que contaba con dos plantas. A simple vista, no parecía muy grande. El porche y el tejado estaban cubiertos de nieve. Los estores estaban echados, pero, a través de ellos, se intuía la luz cálida del interior.

No había entrado y ya sabía que me gustaría.

Detrás de la casa se vislumbraba parte del embarcadero y del lago Tahoe al atardecer. La vista era increíble.

Bajé el parasol del asiento del conductor y me enfrenté al espejito. Tenía los párpados un poco hinchados y la nariz roja. Pese a que me había lavado la cara antes de salir, se veía a leguas que había llorado.

Respiré hondo y cogí la caja.

Al salir del coche me recibió el aire helado, que trajo consigo el olor a pino y a tierra mojada. Lo único que interrumpía la quietud de lugar era el rumor del agua del lago movida por el viento.

La nieve amortiguó mis pisadas y temblé de frío. Si iba a quedarme unos días más, tendría que hacerme con unas botas. Me detuve debajo del tejadillo, me apoyé la caja contra la cadera y la sujeté con una mano. Con la otra abrí la mosquitera y llamé con los nudillos a la puerta de madera.

Jack abrió unos segundos más tarde.

Su expresión seria cambió a una preocupada nada más verme.

—¿Va todo bien? —me preguntó enseguida—. ¿Ha pasado algo?

—Estoy bien.

—Pasa. —Se hizo a un lado.

Atravesé el umbral y fui a parar a un saloncito que olía a madera. Jack cerró la puerta detrás de mí.

—¿Quieres un té? —me preguntó.

—Sí, por favor.

La atmósfera estaba un poco tirante entre nosotros, y parecía que volvíamos a estar en tierra de nadie.

Él asintió y se puso en marcha.

Cuando se perdió en la cocina, dejé la caja en el aparador de nogal de la entrada y me agaché para soltarme los cordones de las zapatillas. Fue entonces cuando reparé en la caja enorme que descansaba a mi lado; tenía las tapas entreabiertas. Le eché un vistazo rápido y vi que se trataba de los adornos navideños. Era curioso que a esas alturas no tuviese la casa lista para la Navidad.

Me erguí y, mientras me descalzaba con la ayuda de los pies, recorrí detenidamente el salón con la mirada. El suelo y los techos eran de madera oscura. Era acogedor y estaba iluminado por varias lámparas de pie. El fuego crepitaba en la chimenea, que estaba a mano izquierda. Enfrente se hallaba el sofá; la tapicería azul marino se veía algo desgastada. La mesita de café rústica llamó mi atención porque parecía artesanal. Me pregunté si la habría hecho Jack. Encima había un periódico y una taza con el logo del cuerpo de bomberos. Al fondo, se encontraba una mesa de comedor grande de madera, que también parecía hecha a mano, y una estantería a juego repleta de libros. Visualicé a Jack desayunando ahí, mirando el lago a través de la ventana. Frente a ella unas escaleras ascendían a la planta superior.

Aquella estancia era perfecta para sentarme con mi nueva lectura: *Rojo, blanco y sangre azul.*

Al oírle trastear en la cocina, recogí la caja del aparador y me encaminé hacia allí. Era pequeña y de estilo rústico. Las paredes eran de madera clara, y los muebles y la encimera de madera oscura, a juego con los del salón.

Jack estaba de espaldas a mí, frente al fuego. La camisa de cuadros roja se pegaba a sus brazos y remarcaba la anchura de su espalda. Llevaba unos vaqueros negros y estaba descalzo.

—¿Por qué no tienes la casa decorada de Navidad? —le pregunté desde el umbral.

—Porque no me ha dado tiempo —contestó sin mirarme.

—¿Sigues molesto?

Jack vertió el agua caliente de la tetera en dos tazas y se dio la vuelta para encararme.

—Molesto no es la palabra. —Alargó una en mi dirección.

Di un paso adelante, dejé la caja en la encimera y acepté el té.

—Gracias —le dije.

Acto seguido, le di un sorbito y empecé a entrar en calor. Jack me imitó.

—Lo siento si he ofendido tus sentimientos o si te ha sentado mal lo de esta mañana —me disculpé—. No era mi intención.

Él torció el gesto y asintió.

—No es nada personal —continué—. Simplemente, no me apetece que la gente se ponga a hablar de nosotros otra vez. Ya tuve bastante en el supermercado.

—¿De qué estás hablando?

—El otro día fui a la compra y oí a Peter y a Marge criticarme. Me llamaron despectivamente «la neoyorquina» y dijeron que te había gritado en el despacho del alcalde y que pobrecito eres porque tienes que aguantarme...

Jack se frotó la frente y soltó un suspiro.

—Siento que tuvieras que escuchar a esos dos —me dijo al cabo de un instante—. Se pasan la mitad del tiempo hablando de todo el mundo porque no tienen nada mejor que hacer.

—Lo sé, pero no quiero darles más historias que contar. Además, lo nuestro ha sido cosa de una sola vez y, teniendo en cuenta el pasado que compartimos, sería un cotilleo muy jugoso. No he venido aquí para tener a todo el pueblo opinando sobre lo que hago o dejo de hacer. Me agobia.

Jack asintió y no dijo nada. Por su mirada herida, era evidente que no le gustaba lo que oía. Aproveché su silencio para darle otro sorbo al té.

—La verdad es que me gustaría que las cosas fuesen distintas, pero es tu decisión y la respeto. Perdona si he reaccionado mal antes. No es por excusarme, pero me ha pillado de sopetón y no me lo esperaba.

En esa ocasión la que asentí fui yo.

—¿Todo bien, entonces? —le pregunté.

—Todo bien.

Jack le dio un trago largo a su taza. Esperé a que la volviese a dejar sobre la encimera para romper el silencio.

—He estado pensando en lo que dijiste —empecé— y quiero ayudarte para reabrir el Polaris en Navidad.

Jack me miró sorprendido.

—¿Eso significa que te quedas hasta Navidad? —preguntó, dando un paso en mi dirección.

—Sí. —Asentí—. Antes de que te emociones, hay dos cosas que quiero dejar claras —comenté al ver el atisbo de sonrisa que asomó a su rostro.

—Dispara.

—La primera es que, si llegamos a tiempo para reabrir el veinte de diciembre y pasamos unas buenas Navidades que nos permitan empezar a pagar la deuda, genial. Pero si para esa fecha no es viable la reapertura y tenemos que devolver el dinero de las reservas, entonces se lo venderé a Jim.

—No te preocupes, vamos a llegar —aseguró convencido.

Suspiré.

—Jack, lo digo en serio.

—Yo también.

—¿Trato? —Extendí la mano en su dirección

—Trato —contestó al estrechármela.

Me obligué a ignorar el cosquilleo que se adueñó de mi palma y proseguí:

—Tampoco podré ayudarte todo el tiempo porque tengo que escribir.

—No pasa nada. Lo entiendo.

—Genial. Pues todo dicho.

—¿Qué te ha hecho cambiar de opinión? —me preguntó con curiosidad.

—Varias cosas... —Hice una pausa y valoré por dónde empezar—. La verdad es que no me siento capaz de darle la espalda al pueblo después de la manera en la que me han arropado esta mañana. Además, he estado leyendo las cartas que me dio Carol y me he dado cuenta de que no quiero quitarles a los niños la oportunidad de disfrutar de la Navidad como hacía yo.

—Eso está muy bien. —Jack se acercó un poco más a mí.

Me dedicó una sonrisa amplia que agitó algo en mi pecho.

—Antes de irme, me gustaría enseñarte la última carta que escribí —dije.

Abrí la caja, saqué el último sobre con cuidado y se lo entregué.

Los nervios juguetearon con mi estómago mientras él leía la carta en la que pedía pasar todas las navidades en el Polaris con mi familia y con él.

Cuando levantó los ojos del papel, me observó muy serio durante unos segundos.

—¿Cuándo escribiste esto? —me preguntó al devolvérmela.

—Cuando tenía veintiún años.

Jack contrajo el rostro y me lanzó otra pregunta:

—¿Las penúltimas Navidades que pasamos juntos?

—Sí... He leído esa carta y me ha dado que pensar —me sinceré—. Si he sido feliz aquí, ha sido por mi familia y también por ti. Y tenías razón, el Polaris somos nosotros y, aunque ya no estemos juntos, es parte de nuestra historia. No se me ocurre una manera mejor de honrar a mis padres que ayudarte a sacarlo adelante.

Jack cogió aire de manera profunda.

Yo aparté la mirada y doblé la carta con cuidado. Luego, la dejé dentro de la caja y la cerré.

—Mia, te voy a besar —anunció muy seguro de sí mismo.

El estómago se me puso del revés.

—¿Qué? —Lo miré estupefacta.

—No puedes venir a mi casa, enseñarme esa carta y esperar que me quede de brazos cruzados —dijo aproximándose muy despacio a mí—. Así que, a no ser que me pidas que no lo haga, voy a besarte.

Se detuvo al llegar a mi altura.

Tragué saliva y no dije nada. De pronto, la atmósfera se intensificó entre nosotros.

Enterró una mano en mi melena, a la altura de mi nuca, y yo separé los labios. Quizá besarlo fuese una mala idea, pero se me olvidó cuando sus ojos resbalaron hasta mi boca. Se inclinó en mi dirección y el ritmo de mis latidos se hizo ensordecedor. Incapaz de aguantar la espera, cerré la distancia que nos separaba y lo besé. Introdujo su lengua en mi boca, arrasando con todos los pensamientos racionales, a la par que me rodeaba la cintura con el otro brazo.

El beso se volvió frenético en un santiamén. La temperatura aumentó cuando posé una mano en su pecho.

Jack me sentó en la encimera y se colocó entre mis piernas. Me besó los labios y la mandíbula, y se deshizo de mi jersey y de mi camiseta. Después, me apartó la melena del cuello con suavidad y apretó sus labios calientes contra mi pulso.

El contacto mandó una descarga directa a mi entrepierna y se me escapó un gemido.

—Jack, para —imploré tirando del último resquicio de lucidez del que disponía.

Él se retiró en el acto y buscó una respuesta en mis ojos.

—No me he duchado y estoy asquerosa —le expliqué.

—Me importa un bledo —aseguró.

Hizo amago de volver a lanzarse sobre mi cuello y yo le detuve poniéndole las manos sobre el pecho. Deberían darme un premio por ser capaz de resistirme a su mirada salvaje. Él arqueó una ceja y se pasó la mano por la cara. Sus ojos hambrientos calentaban cada rincón de mi cuerpo.

—¿Quieres ducharte conmigo? —propuso.

—¿Ahora?

—Sí, ahora. Tú quieres ducharte y yo quiero follar contigo.

Sus palabras me provocaron una sacudida. Todo mi cuerpo gritaba que le dijera que sí. Le eché los brazos al cuello y lo atraje en mi dirección.

—No tengo ropa limpia —murmuré contra sus labios.

—Luego te dejo algo.

—Vale.

La palabra no había terminado de salir de mi boca cuando él tiró de mí. Con una facilidad asombrosa me cargó sobre su hombro, como si yo fuese la víctima de un incendio.

—¿Qué haces? —le pregunté con una risita—. Puedo caminar.

—No hay tiempo que perder —contestó.

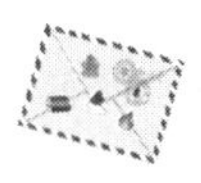

—Quédate... a cenar —me pidió Jack, entre besos, un rato más tarde.

Acabábamos de alcanzar el orgasmo. Después de ducharnos juntos le habíamos dado rienda suelta a la pasión en la encimera del baño. Yo seguía sentada y él estaba entre mis piernas.

Tenía el cuerpo laxo y la respiración y el corazón agitados. Solo era consciente de sus dedos acariciando mi cintura con suavidad.

Jack apoyó su frente contra la mía y yo busqué sus labios con los míos.

—¿Eso es un sí? —me preguntó al cabo de unos segundos.

Sonreí.

Mis dedos resbalaron por la piel húmeda de su espalda. Y después por sus bíceps: eran mi debilidad. Estábamos mojados por el agua y por el sudor de nuestro encuentro apasionado.

—Tienes que dejar de pedir las cosas así —murmuré contra sus labios—. No puedo pensar con claridad si acabamos de hacerlo y estás desnudo... No es justo —apunté después de besarlo.

—A mí me parece muy razonable.

Volvió a pegar su boca a la mía. Su mano aterrizó en mi muslo, dibujó círculos sobre mi piel con el dedo índice.

—¿Y ahora... qué me dices? —me preguntó al apartarse.

Observé su desnudez y me mordí el labio. Nunca me acostumbraría a verlo sin camiseta.

—Me quedo. —Asentí.

Él me dedicó una sonrisa triunfal y se le marcó el hoyuelo.

Me bajé de la encimera y me envolví con la toalla que me alcanzó. Él hizo lo propio. Después, cogió del estante una toalla más pequeña y se secó el pelo.

Lo seguí fuera del baño envuelta en la toalla. Mientras él abría el armario me fijé en su habitación.

En el centro estaba la cama doble, cubierta con una colcha de color verde musgo. El cabecero, la mesita y la cómoda eran de la misma madera rústica.

—Ven, coge lo que quieras de ropa —me dijo.

Su armario estaba formado por distintas camisas de cuadros,

pantalones, jerséis y sudaderas. En busca de una camiseta vieja, agarré los tiradores del primer cajón de la cómoda. La mano de Jack apareció de la nada. Empujó en sentido contrario antes de que me diese tiempo a abrirlo.

Alcé el cuello para mirarlo con curiosidad.

—¿Guardas ahí las bragas de tus conquistas? —bromeé.

—No. Ahí solo tengo el uniforme —respondió de manera esquiva.

Me dio la impresión de que parecía un poco incómodo.

Solté los tiradores.

—Cualquier cosa que te pongas para estar en casa está bien —le dije—. Voy a terminar de secarme.

Sin decir nada más, regresé al calor del baño.

Cuando salí, unos minutos más tarde, me encontré una camisa verde de cuadros, perfectamente planchada, esperándome sobre la cama. Al reconocerla, se me detuvo el corazón. Aquella camisa la había comprado yo. Fue uno de los regalos que le había hecho las últimas navidades que pasamos juntos.

La prenda estaba descolorida y desgastada. Se notaba que se la había puesto muchísimas veces. No tenía claro cómo me hacía sentir eso. De pronto, los nervios regresaron a mi estómago. Yo había dejado todas sus pertenencias y regalos en casa de mis padres, y los que tenía en Manhattan los había guardado en una caja que estaba cogiendo polvo en el altillo del armario. Y, sin embargo, él se ponía con regularidad la camisa que le había regalado. Y... ¿me la dejaba para cenar con él? ¿En su casa? ¿Qué significaba eso?

«Los hombres son muy básicos. Solo es una camisa, y probablemente ni siquiera recuerde que se la regalaste tú».

Me convencí de que aquello era cierto y cubrí mi desnudez con ella. La prenda me quedaba holgada y me llegaba por debajo del culo.

—¡Mia! —exclamó Jack desde la planta inferior—. La cena ya está lista, baja cuando quieras.

—¡Voy!

Aquello era demasiado íntimo como para no asustarme.

«Solo vas a cenar con él —me dije—. Os habéis acostado sin compromiso. Tu corazón está a salvo».

En cuanto salí de la habitación, me llegó el olor de las especias y se me abrió el apetito. Bajé las escaleras recogiéndome las mangas de la camisa. Cuando puse un pie en el último escalón, alguien llamó a la puerta principal.

¿Jack esperaba visita y no me lo había dicho?

Oí sus pasos acercarse a la entrada y me quedé en vilo, escondida tras la pared.

—Ginger, ¿qué haces aquí? —preguntó sorprendido.

Arrugué las cejas, extrañada.

Ginger era una excompañera del instituto que siempre había mostrado interés por Jack. Hasta donde recordaba, era una mujer guapa y excesivamente simpática.

—El otro día me dejé una pulsera en tu mesilla de noche y venía a buscarla —respondió ella con lo que parecía ser un deje juguetón.

—No hay ninguna pulsera en la mesilla —contestó Jack.

—Ya lo sé, bobo. —Soltó una risita tonta—. Solo era una excusa. Estoy aquí porque me apetecía verte —añadió en un tono sensual y descarado—. ¿Puedo pasar?

Ahogué una exclamación al comprender lo que había venido a buscar en realidad y sentí que el corazón se me hundía un poco dentro del pecho. ¿Jack y Ginger se acostaban?

Se me encogió el estómago ante la perspectiva.

—Eh... —vaciló él—. Ahora no es un buen momento.

—¿Qué pasa? ¿No te apetece pasar un buen rato? La última vez que vine lo pasamos...

—Blaze está a punto de llegar —le cortó Jack—. Viene a cenar.

—Ah, vaya. —Parecía chafada.

Se hizo el silencio unos segundos.

—Nos vemos otro día entonces —agregó Ginger.

Cuando se despidieron, Jack cerró la puerta y soltó un suspiro eterno.

Oí sus pisadas aproximarse al hueco de la escalera y mi nerviosismo aumentó.

¿Cómo se suponía que tenía que reaccionar a eso? No debería escocerme que él compartiese su espacio con otras mujeres. Habíamos pasado mucho tiempo separados y era normal. Yo también lo había hecho. Sin embargo, estaba irritada.

No tenía nada en contra de Ginger, pero pensar que había venido a acostarse con Jack cuando él acababa de hacerlo conmigo me dejaba en una posición incómoda y nada amistosa con ella. Apreté los puños y, durante un instante, le deseé lo peor.

Sabía que esa sensación punzante eran celos. Estaba celosa de Ginger y no tenía ningún derecho a estarlo.

Los pasos de Jack cada vez estaban más cerca.

Recompuse el rostro como pude y bajé el último escalón para enfrentarlo, siendo consciente de que las cosas podrían enredarse entre nosotros.

24

Mia

Jack se detuvo a un par de metros de distancia. Su cara era un poema. La preocupación y la culpabilidad que detecté en su mirada indicaban que estaba a punto de disculparse o de justificarse conmigo. Se me formó un nudo en el estómago. No quería ponerle en esa posición porque, en el fondo, sabía que no era justo. Él no había hecho nada malo, pero no podía evitar sentirme dolida y vulnerable.

Jack y Ginger eran dos personas que jamás habría imaginado juntas. Nunca había tenido que enfrentarme al hecho de que él se acostase con otras mujeres. Verlo en primera persona, cuando el recuerdo de sus besos ardientes todavía cosquilleaba en mi piel, no era muy halagador.

Hice un esfuerzo terrible para no tomármelo a malas, pero la irritación que sentía era el indicador de que, quizá, mi corazón no estaba tan a salvo como creía.

De todos modos, solo iba a quedarme en Sunnyside un par de semanas, lo que hiciese Jack con su vida privada no era asunto mío, y tampoco necesitaba que me jurase amor eterno.

—Mia... —comenzó él con una nota tensa en la voz.

Se lo vi en la mirada; iba a darme explicaciones, y se generaría una situación incómoda entre nosotros. No me sentía capaz de lidiar con aquello mientras estaba hecha un lío, en su casa, con su camisa puesta y sin bragas. Tendría que gestionar toda esa confusión más tarde, cuando estuviese a salvo, en la soledad de mi habitación.

—Lo de Ginger es… —continuó.

—Asunto tuyo —le corté con el tono más suave posible—. No tienes que darme explicaciones.

Él parpadeó confundido y yo me forcé a dedicarle una sonrisa escueta.

—Solo voy a quedarme un par de semanas —añadí, para marcar la distancia emocional que necesitaba mantener entre nosotros—. No hay necesidad de hacer que esto sea incómodo, ¿no te parece?

Jack asintió despacio mientras asimilaba mis palabras. El silencio se prolongó unos segundos. Me sentí culpable por ser tan directa, pero prefería poner las cartas sobre la mesa y ser sincera para evitar malentendidos. Ninguno debíamos olvidar que, después de Navidad, nuestros caminos volverían a separarse.

Tragué saliva mientras esperaba que me diese una respuesta.

—Supongo que tienes razón —dijo al fin—. ¿Cenamos? —Señaló la cocina con la mano.

—Sí, por favor —comenté, decidida a recuperar la atmósfera distendida—. Me muero de hambre.

Lo seguí hasta la cocina y se me derritió un poco el corazón.

Jack había preparado huevos rancheros.

—No estarán tan buenos como los que hace mi madre, pero espero que te gusten —dijo al entregarme un plato.

—Así que has intentado copiar la famosa receta de Helen Halliday… —Sonreí—. Muchas gracias.

Acepté el plato que me entregaba y, entonces, me sobrevino una certeza: algún día, Jack haría muy feliz a una mujer. Y yo no estaba muy segura de cómo me hacía sentir aquello. Para acallar esos pensamientos, lo único que se me ocurrió preguntarle fue:

—¿Por qué no me cuentas qué queda por hacer en el Polaris y vemos cómo puedo ayudarte?

Nos sentamos el uno frente al otro en la mesa del salón con la comida.

—Mmm…, a ver, te lo cuento en el orden de prioridad que le daría yo. Primero, hay que terminar de instalar las puertas de la planta superior, que para eso vendrán Paxton y Blaze el fin de semana. Luego, tocaría pintar todas las habitaciones.

—Me apunto a pintar —le dije antes de llevarme el tenedor cargado a la boca.

—¿Qué tal están? —me preguntó él.

—Buenísimos.

Jack relajó los hombros y continuó:

—Queda toda la parte de la iluminación; tendremos que comprar lámparas, porque no tenemos ni una. —A partir de ahí, Jack fue enumerando con los dedos las tareas pendientes—: Hay que amueblar las habitaciones, el comedor y la recepción. Tenemos que arreglar el porche trasero y amueblarlo, instalar las estanterías del comedor, arreglar el jardín... Y no tenemos decoraciones navideñas. Se quemaron todas en el incendio.

Ahogué una exclamación.

Las decoraciones eran tan importantes como algunas de las tareas que él había mencionado. Mi padre solía llenar el jardín delantero de figuras navideñas de todos los tamaños. Dentro de la recepción se colocaban calcetines cargados de caramelos y un buzón para que los más pequeños metiesen sus cartas. El resto de las estancias se adornaban con multitud de guirnaldas y lazos. Eso sin contar el árbol, que solía ser la estrella durante las navidades. Todo ello, más los muebles y las lámparas, supondría un desembolso importante de dinero.

—Mmm, ¿qué te parece si yo me encargo de conseguir los muebles y las decoraciones navideñas? —le propuse.

—Me parece bien.

—También puedo ayudarte a pintar, montar muebles, cortar el césped o lo que haga falta.

Jack asintió varias veces.

—¿Crees que deberíamos pedirle ayuda a alguien más? —le pregunté.

—Qué va. Nos las apañamos solos —contestó enseguida—. Vamos a cenar antes de que se enfríe la comida —apuntó, cambiando de tema.

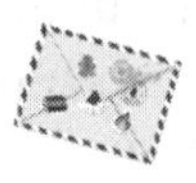

A la mañana siguiente me desperté por la luz que se filtraba a través de las cortinas. Era el primer día que salía el sol desde que había llegado. Parpadeé para acostumbrarme a la claridad y enfoqué mi habitación de la adolescencia. La noche anterior, después de cenar, me marché de casa de Jack. Él no me pidió que me quedase a dormir y yo tampoco lo propuse. Cuando llegué al Polaris, en lugar de dirigirme a la habitación de invitados, fui a casa de mis padres. Tras leer las cartas me sentía más cerca de mi familia y más segura y cómoda durmiendo allí.

Lo primero que hice al levantarme fue pasar por la ducha. Un poco más tarde y ya en la cocina del Polaris, me topé con Jack. Estaba apoyado contra la encimera, comiéndose una manzana ácida.

—¿Qué tal has dormido? —me preguntó, tras darme los buenos días.

—Bien.

«Mentira».

Me había quedado un buen rato dando vueltas en la cama, preguntándome si Jack sería igual de fogoso con Ginger que conmigo y echando de menos el calor de su cuerpo.

—¿Y tú? —cuestioné, sin mirarlo, y abrí la nevera.

—Bien, también.

La atmósfera volvía a ser tirante entre nosotros.

—He estado pensando... —dije al coger el cartón de la leche—, y creo que para comprar los muebles y las decoraciones navideñas podría organizar una recaudación de fondos.

—Es buena idea. ¿Qué se te ha ocurrido?

—Nada todavía. —Negué con la cabeza.

La manzana verde crujió bajo sus dientes y recordé lo mucho que me había gustado que me mordiese el cuello.

Carraspeé y me concentré en preparar café, antes de que los pensamientos subidos de tono me calentasen otra vez.

Sin querer, volvimos a sumirnos en un silencio incómodo. Eché un vistazo por la ventana. El cielo estaba pintado de azul y el sol brillaba en todo su esplendor. Parecía que el clima nos daría una tregua.

—¿Mia? —Di un respingo al oír una voz masculina—. ¿Jack? ¿Dónde estáis?

—¡En la cocina! —exclamó Jack.

Me di la vuelta para ver entrar al alcalde; llevaba un jersey verde bastante llamativo con la cara de Santa Claus estampada.

—Buenos días, chicos —nos saludó alegre—. Ayer me fijé en que un par de cristales del pasillo superior se habían roto con la tormenta y venía a cambiarlos.

—No hacía falta, hombre. —Jack se acercó a la puerta para saludarlo—. Iba a ponerme con eso... más tarde.

—Gracias, Tom, eres muy amable —dije yo.

—No hay de qué. Yo lo hago encantado.

—¿Quieres un café? —Le ofrecí—. Está recién hecho.

—Te lo acepto para cuando termine con los cristales —respondió él—. Por cierto, ¿vendréis mañana a la inauguración de Winterdale?

—Yo sí —comenté, antes de darle un sorbo a mi taza.

Tom me sonrió.

—¿Vas con mi hermana y con Billy? —quiso saber Jack de sopetón.

Desvié la vista hacia él; estaba de pie al lado del alcalde. Se había quedado un poco serio y me observaba fijamente.

—Voy con Holly —aclaré.

Juraría que relajó un poco los hombros.

—¿Tú vas? —quise saber.

—Sí.

«¿Con Ginger?», me mordí la lengua para no preguntárselo. Asentí fingiendo la mayor indiferencia posible. Esos pensamientos no me llevarían a ningún lugar.

—Genial, entonces os veré por allí —comentó el alcalde encantado—. Daré el pregón a las siete en punto, y luego será el encendido del árbol. Llegad pronto, que ya sabéis que la plaza se llena hasta los topes.

Jack y yo asentimos en respuesta.

Tom no se había dado cuenta del ambiente incómodo que nos envolvía.

—¿Alguno puede echarme una mano? —nos preguntó al cabo de unos segundos.

—Yo mismo, vamos. —Jack le puso una mano en el hombro y lo condujo fuera de la cocina.

El festival de Winterdale era uno de los eventos más importantes y esperados de Sunnyside. Nadie se perdía la apertura porque coincidía con el encendido del árbol de la plaza del ayuntamiento, inaugurando así las fiestas de manera oficial. La calle principal se cortaba al tráfico para colocar el mercadillo navideño. Al final, en la explanada que estaba a orillas del lago, se montaba la feria, que contaba con distintas atracciones y que incluía una noria y la pista de patinaje.

Aparqué cerca de la plaza, donde ya estaba el árbol listo, esperando que cayese el atardecer para que lo encendiesen. Según me bajé del coche, me recibieron la brisa fría, la música navideña y las risas alegres de los transeúntes. Habían retirado la nieve de las aceras. La poca que quedaba en el suelo estaba sucia, pero a los niños les daba igual y disfrutaban tirándosela entre ellos. Lo que sí seguían nevados eran los tejados.

—¡Qué alegría que hayas podido venir a la apertura! —exclamó Holly al abrazarme.

—Sí. —Le devolví el abrazo—. Al final voy a quedarme unas semanas.

—¿Y eso? —Ella se apartó y me miró con curiosidad.

—He decidido ayudar a Jack con la reforma del Polaris.

—¿De verdad? —preguntó sorprendida, y yo asentí—. Jack no nos ha dicho nada...

—Es que ha sido decisión de último momento.

—¡Qué bien! Me alegro un montón. Cualquier cosa que necesitéis, ya sabéis que podéis contar con nosotros.

—Gracias.

Acto seguido, se me enganchó del brazo y dijo:

—Venga, vamos. Hay un par de puestecitos nuevos que te

encantarán. Uno es de gorros de lana, de esos con pompones enormes. Me compré uno el año pasado y te prometo que jamás he tenido un gorro tan calentito.

—¿Sí? —Me dejé contagiar por su entusiasmo. Aquel plan me apetecía mucho.

—Sí. —Me regaló una sonrisa risueña—. El resto es básicamente lo de siempre.

Holly y yo nos perdimos entre el gentío que caminaba frente a la hilera de puestecitos de artesanía y comida. Mirases donde mirases, primaban los tonos rojos, dorados y verdes de los adornos. Había luces brillantes, guirnaldas, lazos enormes y figuritas por todas partes. El aire olía a una mezcla perfecta de dulce y salado. Respiré hondo y distinguí el olor de almendras garrapiñadas, galletas de jengibre, chocolate y pretzels.

El ambiente era bullicioso y estaba cargado de la ilusión de los niños que correteaban de un lado para otro.

Recorrer el mercadillo nos llevó un buen rato porque nos paramos a charlar con medio pueblo. Algunos vecinos me preguntaban qué tal estaba tras el susto del árbol, otros se interesaban por el estado del Polaris, y siempre tenían palabras de afecto para Holly y su embarazo.

—¡Mira qué bonito! —Holly habló por encima de «Christmas Tree Farm», el villancico de Taylor Swift que se reproducía a través de los altavoces.

Nos habíamos parado en un puestecito de ropa navideña.

Giré el cuello para observarla. Tenía entre las manos un body de bebé monísimo. Era de forro polar de color beis y tenía un elfo adorable estampado.

—¿Lo compro? —me preguntó, dubitativa.

—Si te gusta, sí.

—Creo que mi hija estará muy graciosa con esto puesto, pero no nacerá hasta dentro de dos meses. No puedo ponerle esto en febrero, ¿no?

—¿Quién dice que no? —le pregunté—. En febrero hace frío.

Ella me dedicó una sonrisa risueña.

Luego, ahogó una exclamación. Sin darme tiempo a reaccionar, soltó el body y buscó mi mano para colocársela sobre la tripa.

—Acaba de dar una patada —me explicó.

Esperé unos segundos y, entonces, sentí el golpecito contra la palma de la mano.

—¿Lo has notado? —preguntó ilusionada.

—Sí.

Se me empañaron los ojos.

—¿Qué te pasa? —Holly me observó preocupada.

Aparté un momento la mirada, tenía las emociones a flor de piel.

—Nada. —Me limpié las lágrimas con el dorso de la mano libre—. Es solo que estoy aquí contigo y siento que el tiempo no ha pasado, pero sí que lo ha hecho... —Se me quebró la voz.

Me tomé unos segundos para recomponerme y retiré la mano de su tripa.

—Me da pena porque nos hemos perdido muchos momentos importantes de la vida de la otra.

—Lo sé. —Sus ojos brillaron humedecidos—. Yo siento lo mismo contigo...

Se me echó encima y me dio un abrazo fuerte.

—Te he echado mucho de menos —confesó.

—Y yo a ti.

—Quería llamarte, lo he pensado un millón de veces, pero siempre... —dejó la frase inacabada.

No hacía falta que la terminase porque sabía lo que diría. Yo me había descubierto muchas veces pensando en si ella se acordaría de mí o con el móvil en la mano, a punto de escribirle. Al final, siempre había encontrado la excusa perfecta para no hacerlo. Me daba miedo que no me contestase, que fuese demasiado tarde o que ya no tuviese sentido intentar reconectar.

Holly y yo nos balanceamos de un lado a otro, sin soltarnos, diciéndonos en aquel abrazo todo lo que habíamos callado esos años.

—Siento mucho no haberte llamado en todo este tiempo —me disculpé cuando recuperé la voz.

—Yo también. —Apretó los brazos a mi alrededor—. Pero lo importante es que ahora estás aquí.

—Tenemos que aprovechar para hacer muchos planes —dije al apartarme.

—¡Claro que sí! —Holly soltó una risita llorosa—. ¡Ay, qué bobas somos!

Asentí con una sonrisa leve. Después, me limpié las lágrimas y me sorbí la nariz.

—Oye, ¿ya habéis pensado nombre para la bebé? —le pregunté pasados unos segundos.

—Nos gusta mucho Faith.

—Me encanta —reconocí—. ¿Y si es niño?

—Faith también —bromeó—. En serio, no me gusta otro nombre.

Se me escapó la risa.

—Estoy convencida de que será una niña —continuó Holly—, pero Paxton y yo no queremos saberlo, preferimos que nos sorprenda.

Tras eso, dejó el body doblado en su sitio y reanudamos la marcha. Anoté mentalmente que tenía que regresar y comprárselo. Podría ser un regalo de Navidad adelantado para el bebé.

Seguimos paseando un rato. Al pasar por delante del puesto que vendía bolas de nieve de cristal se me encogió el estómago. Aun así, tiré del brazo de Holly para acercarnos. Cogí una que tenía dentro una casita de jengibre preciosa y diminuta. La agité y observé cómo los copos brillantes de *glitter* caían hasta el fondo.

—Tu padre y tú las coleccionabais, ¿no? —me preguntó Holly.

—Sí. Siempre le regalaba una en Navidad —comenté con nostalgia—. La última se la compré en el Empire State. La traje en la maleta y me fui antes de dársela.

Le dediqué una sonrisa triste a Holly y dejé la bola en su sitio.

—Perdón —se apresuró a decir mi amiga—. No era mi intención sacar el tema…

—No te preocupes. No me importa hablar de él.

—Siempre que lo necesites, aquí estaré.

—Gracias.

—¿Te apetece que vayamos a por algo calentito?

Acepté y me dejé guiar por ella hasta uno de los puestecitos de bebida. Ella cogió un té y yo me decanté por el ponche de huevo, era una de mis bebidas favoritas en Navidad, y nos sentamos en una mesa que estaba situada debajo de un calefactor. Estaba a punto de atardecer y habían comenzado a encender las luces navideñas del mercadillo.

—Oye... —empecé como quien no quiere la cosa—. ¿Qué rollito se traen Jack y Ginger?

Ella levantó la cabeza a la velocidad del rayo y me echó una mirada escrutadora.

—Creo que han quedado alguna vez —dijo, pasado un instante—. ¿Por qué quieres saberlo?

Tenía que haber estado preparada para la pregunta, pero no era así. Busqué una respuesta rápida y lo más sincera posible:

—Porque los he visto muy cercanos... y tengo curiosidad.

—Sí. Se llevan bien —concedió con cara de circunstancias.

Intenté no sonar despechada cuando dije:

—Bueno, pero Jack se lleva bien con todo el mundo, ¿no?

—Eso es verdad. —Asintió para darme la razón—. Creo que han quedado alguna que otra vez, pero yo diría que no tienen nada serio. Y hablando del rey de Roma, parece que lo has invocado.

Seguí el curso de su mirada y me quedé atónita. Jack estaba entrando en la zona del mercadillo. Iba vestido enteramente de negro. Llevaba una cazadora ancha que parecía de cuero y que le sentaba fenomenal, y debajo una camisa del mismo color. Se había afeitado y estaba muy atractivo.

La atmósfera seguía un poco rara entre nosotros. Después de la visita del alcalde, me había encerrado a escribir en mi habitación y no habíamos vuelto a coincidir en todo el día. A primera hora de esa mañana, Blaze y Paxton llegaron con Jack y se pusieron a colocar las puertas que faltaban. Yo los ayudé, pero no volvimos a quedarnos a solas.

Cuando lo vi reírse, me di cuenta de que lo acompañaban el hijo del alcalde, Blaze y otro hombre cuya identidad desconocía. Caminaban conversando entre ellos. La escena me recordó a cuando los Cullen llegaban a la cafetería del instituto y todas las caras se giraban para mirarlos.

—Ivy tiene razón —oí que decía Holly—. Los bomberos del condado son guapísimos.

Asentí distraída sin apartar los ojos de Jack.

«La verdad es que podrían salir en un calendario», me guardé el comentario para mí.

Dejé volar la imaginación y varias imágenes de Jack se deslizaron por mi mente. Jack posando con el uniforme de bombero y sujetando una manguera. Seguida de otra de Jack cortando un árbol con la motosierra. Y de otra un poco más sugerente de Jack con la chaqueta del uniforme entreabierta, sin camiseta, y con el casco en la mano.

—¡Eso es! —exclamé para mí misma.

—¿Qué pasa? —me preguntó Holly—. ¿Por qué sonríes así?

—Porque se me acaba de ocurrir una idea buenísima para recaudar fondos gracias a ti —dije, plantando las manos sobre sus hombros—. ¡Holly, eres brillante!

Ella contuvo la sonrisa y me miró sin comprender.

—¿De qué estás hablando?

—De que podríamos hacer un calendario para el año que viene con los bomberos del pueblo.

—¿Me lo estás diciendo en serio? —Contuvo la risa.

—Claro. ¿Quién no querría tenerlo colgado en su casa? —pregunté emocionada—. Tú lo has dicho: son guapísimos, y es un regalo perfecto para las fiestas.

Holly soltó una risotada.

—Me parece una idea buenísima —coincidió—. Pero tendrás que pensar cómo vas a convencerlos para que participen.

—Estoy segura de que, si Jack accede, el resto irá detrás.

Mi amiga me dio la razón.

—¡Ahí están Paxton y Robin! —Señaló la plaza que estaba a mi espalda—. ¿Vamos?

Eché un vistazo por encima del hombro y vi que la gente empezaba a concentrarse frente al árbol para ver el encendido. Cuando volví a girarme, mis ojos tropezaron con los de Jack.

Me saludó con un gesto de cabeza que, por alguna razón, se me antojó irresistible.

Le sonreí y miré a Holly, que ya se había puesto de pie.

—¿Te importa adelantarte? —le pregunté, levantándome—. Quiero comprar unas tortitas. Enseguida os alcanzo.

Me despedí de ella y le lancé una mirada a Jack. Esperaba que las tortitas me ayudasen a convencerlo.

25

Jack

Dos semanas para la reapertura del Polaris

El puesto de las bebidas estaba nada más entrar en el mercadillo. Era una caseta de madera pequeña. Había tiras de luces doradas que parpadeaban en el tejadillo, en la barra y en las paredes. El mostrador estaba decorado con una guirnalda de pino. Sobre él, en una vitrina se exhibían pasteles, galletas y bollos. Al lado, se apilaban tres montañas de vasos rojos desechables. La parte trasera contaba con una pequeña barra donde se preparaban las bebidas, una estantería repleta de siropes y una pizarra que anunciaba los precios.

—¿Qué te pongo, Jack? —me preguntó Beth, la hija del alcalde, con una sonrisa amable.

—Dos chocolates calientes, por favor —le contesté.

—¿Quieres añadirle algún *topping*?

—Sí. —Asentí—. Quiero uno con virutas de galleta de jengibre y la cuchara de caramelo, y el otro con malvaviscos.

—Marchando.

Aquel chocolate era el favorito de Mia. Le encantaba pedirlo con la cuchara comestible. Era roja y blanca, y sabía a menta porque estaba hecha del mismo caramelo que los bastones navideños. Siempre que nos habíamos tomado un chocolate juntos, ella había acabado metiendo la cuchara en mi vaso para quitarme malvaviscos. El recuerdo me hizo sonreír y me llevó a actuar en un impulso.

—¿Te importa añadirle otro extra de malvaviscos? —le pregunté a Beth.

—Sin problema.

—¿Qué te debo? —Me saqué la cartera del bolsillo trasero del pantalón.

—Invita la casa.

—Beth...

—Por sacar a mi padre del coche el otro día, cuando tuvo el accidente —concluyó.

Cuando se dio la vuelta para preparar las bebidas, metí un billete de diez dólares en el bote de las propinas. Después, me hice a un lado mientras esperaba y eché un vistazo alrededor. Eran cerca de las seis de la tarde. Hacía rato que había anochecido, y todas las luces y decoraciones navideñas estaban encendidas. La calle estaba iluminada por tonos verdes, rojos y dorados.

Se oían las risas de los niños que jugaban al pillapilla. El ambiente era festivo y contagioso. Allí lo único que importaba era celebrar la llegada de la Navidad y pasárselo bien.

—¡Jack! —Me llamó Beth—. ¡Aquí tienes!

—¡Gracias! —Acepté el par de vasos rojos que me tendió—. ¡Que pases buena noche!

—¡Igualmente!

Caminé a contracorriente. La mayoría de la gente se dirigía a la plaza para presenciar el encendido del árbol.

Barrí los puestos con la mirada en busca de Mia. Desde que Ginger se había presentado en mi casa, la notaba distante. Después de los avances de los últimos días, me inquietaba ese retroceso. Quería volver a verla contenta y oírla reír. Quería hablarle de las chispas que sentía dentro del pecho y notar el fuego correr por mis venas cuando me tocase. Quería besarla y desnudarla, y oírla hablar sobre sus libros durante horas. Estando a su lado me sentía bien y estaba dispuesto a recortar las distancias otra vez.

Al enterarme de sus planes para esa noche, y como sabía que coincidiríamos en Winterdale, había decidido arreglarme. Me había afeitado y me había puesto una camisa negra con la que esperaba que me encontrase atractivo. A juzgar por la miradita que me había echado hacía unos minutos, parecía que no me había equivocado al elegir ropa.

La encontré en la cola de Joe's. Aproveché que era la última de la fila, y que estaba distraída con el teléfono, para detenerme detrás. Me incliné hacia delante y le hablé en un susurro, cerca de la oreja:

—¿Me pides tres tortitas de patata y te las pago, por favor?

Ella dio un respingo y se volvió para encararme. Estaba muy guapa con el gorro rojo, el jersey blanco y la chaqueta de flecos, con los botones mal abrochados.

—Vale... —concedió pasados unos segundos—. Pero me cobraré el favor de colarte —bromeó.

Me ahorré decirle los favores que estaría encantado de hacerle.

—Igual esto lo compensa. —Alargué un vaso en su dirección.

Nuestros dedos se rozaron brevemente cuando lo aceptó. Tuve que fingir que no me percataba del calor que me recorrió la mano, ni del hormigueo que se adueñó de mis yemas de manera repentina.

—Gracias. —Me regaló una sonrisilla.

«Parece más receptiva que esta mañana, voy bien», pensé encantado.

Me saqué la cucharilla de caramelo del bolsillo y ella me la arrebató en un santiamén. Rasgó el plástico protector con los dientes y la introdujo en su vaso. Removió el contenido y, luego, le dio un sorbito.

—¿Me lo has pedido con galleta y con la cuchara de menta? —me preguntó enternecida.

—Claro. Solías decir que la Navidad sabe a una mezcla perfecta de chocolate, jengibre y menta.

Ella asintió con una sonrisa amplia.

—Gracias. Está tan bueno como lo recordaba.

—No se dan. —Negué con la cabeza, restándole importancia.

—Cuántos malvaviscos te han puesto hoy, ¿no?

Desvié la vista a mi vaso. Estaba a rebosar de nubecitas.

—Sí...

«Si supiera que has pedido un extra solo para ella…».

Mia sacó la cuchara del vaso y la chupó. Sin pedir permiso, la sumergió en el mío. Se me calentó el pecho cuando se la llevó a la boca, cargada de malvaviscos diminutos, tal y como hacía cuando estábamos juntos.

—Mmm… —Señaló mi vaso con la cuchara—. Eso sí que sabe a Navidad —comentó con la boca llena.

La sensación agradable se expandió. Me quedé mirándola embobado mientras gestionaba lo que sentía.

—¿Por qué me miras así? —me preguntó, extrañada, después de tragar—. ¿Me he manchado?

—No. —Le sonreí levemente y negué con la cabeza.

—¿Entonces?

—Acabas de robarme malvaviscos.

«Y estás preciosa».

—Ah, perdón. La costumbre… —se justificó.

—No pasa nada. Coge más si quieres.

Le acerqué el vaso y ella no lo dudó ni un segundo.

—He pedido extra por ti —confesé, contento de haberle dibujado una sonrisa.

Mia me observó perpleja mientras masticaba.

Las luces rojas y verdes de la decoración de la farola se reflejaban en su rostro y yo solo quería aproximarme un poco más para ver sus pecas mejor. Cuando estaba cerca de ella se me olvidaba todo lo demás. Mia tenía el poder de silenciar el resto del mundo. Al volver a estar ahí, en Navidad, con ella, sentía que cualquier cosa era posible.

—Estás muy guapo con esa chaqueta —dijo de pronto.

—Gracias. —Sonreí.

—¿Alguna vez te he dicho que eres muy fotogénico?

—Eh… No lo sé. Puede ser…

—He pensado que podríamos hacer un calendario con los bomberos del condado para recaudar fondos para el Polaris —soltó sin vacilar.

—¿Qué? —Parpadeé confundido.

—¿A que es una idea increíble?

Estaba tan estupefacto que me costó unos segundos asimilar sus palabras.

—¿Te refieres a uno de esos calendarios horribles en los que los tíos posan sin camiseta? —pregunté, para cerciorarme de que lo había entendido.

Soltó una risita y yo negué en el acto con la cabeza.

—No tienes que salir sin camiseta si no quieres... —dijo para convencerme.

Estaba dispuesto a hacer muchas cosas por verla sonreír, pero hacer el ridículo y que quedase inmortalizado en un calendario que podría comprar cualquiera no entraba dentro de ellas. No me apetecía estar en las casas de medio Sunnyside. Y mucho menos que lo comprasen mi madre, Carol o mi hermana.

—No lo veo... —contesté.

—¿Por qué no?

—Porque me da vergüenza.

—¿Vergüenza por qué? —preguntó extrañada—. Si estás buenísimo con el uniforme. Todo el mundo querrá comprarlo.

En cuanto me di cuenta de que estaba a punto de sonreír por el cumplido, me puse serio de inmediato.

«Jack, no vas a ceder porque reconozca que te encuentra atractivo...».

—¿No se supone que los calendarios son de cosas adorables como gatitos recién nacidos? —le pregunté.

—Los gatitos están bien, pero ahora no tenemos un puñado a mano. En cambio, sí que tenemos un cuerpo de bomberos perfecto.

—No creo que mis compañeros quieran prestarse a esto.

—Si se lo pides tú, participarán seguro. Además, he pensado que entre la gente que compre el calendario podríamos hacer una rifa y sortear una estancia en el Polaris después de Navidad. Así incentivamos la compra. ¿Qué te parece?

La observé detenidamente unos segundos. ¿Por eso volvía a acercarse a mí? ¿Para convencerme de salir en el calendario?

—No sé si me convence la idea... —le dije.

Mia se adelantó y metió de nuevo la cuchara en mi vaso.

—Si estás tan comprometido con el Polaris como dices, no tendrás problemas en aceptar.

Acto seguido, me dedicó una sonrisa insolente y se acercó la cuchara llena de nubes a la boca.

—¿Desde cuándo eres una chantajista?

—Venga, Jack... —Mia cambió a un tono meloso, al que me sería mucho más complicado resistirme—. Solo serán un par de fotos. Será divertido y recaudaremos dinero para una buena causa. ¿No eras tú el que decía que la Navidad iba de hacer felices a los demás?

—Sí, pero no...

—Pues ya está —me interrumpió—. Te aseguro que esto hará feliz a todo el mundo.

Me hizo ojitos y me observó expectante.

Parecía cien por cien convencida de que la idea funcionaría.

«Puede ser una buena manera de acercarte a ella un poco más», susurró una vocecita en mi interior.

Suspiré.

Mi voluntad comenzaba a flaquear.

—¿Cuál sería tu papel en todo esto? —quise saber.

—Yo me encargaría de todo —se apresuró a contestar—. Haría la sesión de fotos, lo imprimiría y lo vendería. Podría ir por los pueblos de alrededor, igual que cuando vendía las galletas de pequeña. Y tú solo tendrías que preocuparte de posar. Yo ya te he imaginado en mi cabeza. Estás guapísimo así, mira...

Me entregó su vaso para que se lo aguantase. Después, adelantó la pierna derecha y la flexionó ligeramente. Simuló que sostenía algo en el aire y se puso muy seria.

—¿Qué haces? —pregunté.

—Sujetar una manguera.

—No voy a posar así.

—¿Significa eso que sí posarías de otra manera? —se aventuró esperanzada.

Permanecí impasible y ella contuvo la sonrisa.

—Déjame pensarlo —le pedí.

Abrió la boca para contestar, pero la voz sorprendida de Joe nos interrumpió:

—¿Mia Summers?

Ella apartó los ojos de los míos y se acercó a la ventanilla del bar que servía los pedidos para llevar. Yo me quedé rezagado.

—Dichosos los ojos que te ven —añadió el hombre.

—¿Cómo estás? —saludó contenta.

—No tan bien como tú —respondió él—. Déjame adivinar..., ¿tres tortitas de patata?

—¿Aún te acuerdas?

—La duda ofende. Hace mucho tiempo vino una niña con sus padres por primera vez. Pidieron tres tortitas de patata, una para cada uno, y ¿sabes qué pasó? Que la pequeña se comió las tres y no les dejó ninguna a sus padres.

Sonreí cuando oí a Mia reírse. Había escuchado esa historia de la boca de Douglas varias veces.

—Hoy te quería pedir una docena —le dijo Mia, poco después.

—Enseguida. —Joe se internó en la cocina y no tardó en regresar con el pedido.

—¿Dónde vas con tantas? —le pregunté a Mia cuando se despidió de Joe.

—Tres son para ti, tres son para mí y el resto son para Holly y su familia.

—No vas a convencerme de salir en un calendario con unas tortitas —le advertí.

Mia se acercó a mí muy despacio y me dijo:

—Todo el mundo tiene un precio, Jack Halliday. Solo tengo que descubrir el tuyo...

Sonreí a la par que negaba con la cabeza.

—Vamos, anda, no quiero perderme el encendido del árbol —comenté, cambiando de tema.

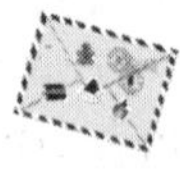

Cuando llegamos a la plaza, escaneamos la multitud que se congregaba frente al árbol, buscando a nuestros amigos. El abeto, que mediría unos cuatro metros, era frondoso, tenía las luces apagadas y estaba lleno de adornos brillantes. Al lado, había un escenario pequeño.

—¡Están ahí! —oí decir a Mia.

No me pasaron desapercibidas las miradas curiosas y los murmullos indiscretos de varios vecinos. Mientras serpenteábamos entre la gente reconocí palabras como: «Jack», «Mia» y «juntos».

Holly, Paxton y Robin nos esperaban junto a Ivy y Blaze a un lado. Un poco más allá, en primera fila, divisé a Carol y a mi madre con el alcalde. Después de saludar, Mia repartió las tortitas entre nuestros amigos. De pronto, me embargó una sensación agradable. Hacía mucho tiempo que no estábamos todos juntos. Durante un momento todo volvió a ser como antes.

—¿Ya te ha convencido? —me preguntó Holly.

—Todavía no. —Mia se adelantó al contestar.

—¿Convencido para qué? —cuestionó Ivy.

—Para salir en un calendario de bomberos para recaudar fondos para el Polaris —contestó Mia.

—¿Un calendario de machotes enseñando pechote? —Ivy soltó una risotada—. ¡Yo voto sí!

—¡Yo también! —apuntó Holly divertida.

—¡No pienso salir sin camiseta! —Alcé la voz, llamando la atención de varias personas.

—Tenéis que hacerlo sí o sí —intervino mi hermana—. Sois los solteros más cotizados del pueblo. Se venderán muchísimos.

—Por una vez en la vida, estoy de acuerdo con la canija —dijo Blaze refiriéndose a mi hermana.

—¡Pienso colgarlo en la entrada de la comisaría! —bromeó Paxton.

—Si haces eso, te juro que te cortaré las... —La amenaza de Blaze se vio interrumpida por Holly.

—¡¡Hay niños delante!! —le recordó, señalando a su hijo.

Robin jugaba a nuestros pies con un muñeco de *La Patrulla Canina*, ajeno a nuestra conversación.

—Mami, ¿me coges en brazos? —oí preguntar a Robin.

—Claro, mi amor. —Ella se agachó.

—Mia, no hagas ni caso a mi hermano —apuntó Ivy—. Si no quiere salir, él se lo pierde. Seguro que sus compañeros sí estarán dispuestos a colaborar con una buena causa.

—Lo dudo —repuse yo.

En ese momento, se nos unieron Billy y Michael.

—Eh, Campana —me dirigí a este último—. ¿Te gustaría salir en un calendario con el uniforme de bombero y posando sin camiseta?

—No tienes que posar sin camiseta —le dijo Mia.

—Es para recaudar fondos para el Polaris —le explicó mi hermana—. Y suena la mar de divertido.

Michael se quedó mirando a Ivy unos segundos y, entonces, dijo:

—Me apunto.

—¿Lo ves? —Ivy lo señaló con la mano—. Mia, ya tenemos dos. Seguro que encontramos reemplazo para mi hermano.

Solté un resoplido.

Blaze aprovechó que los recién llegados estaban saludando a nuestros amigos para acercarse a mí. Me echó el brazo por encima de los hombros y me dijo al oído:

—Tu única misión es tenerla contenta para que no venda el Polaris, ¿recuerdas?

Tragué saliva y no contesté. La sensación agradable de mi pecho se convirtió en una incómoda.

—Si Jack no quiere salir, yo puedo ponerme su uniforme para las fotos —le dijo Billy a Mia.

«Y una mierda...».

De pronto, me sobrevino una oleada de irritación.

Una punzada de celos me atravesó como un rayo al imaginar a Billy posando para Mia. Me tensé y apreté el puño a un costado.

Antes de contestar a Billy, Mia buscó mis ojos y me preguntó:

—¿Quieres salir?

Blaze, que todavía tenía su brazo alrededor de mis hombros, me dio una palmada en el centro del pecho con la mano libre y dijo en alto:

—Por supuesto que quiere salir. Jack haría lo que fuera para salvar el Polaris, ¿verdad, amigo?

Asentí con los labios apretados.

Mia me sonrió y yo decidí que me encargaría de convencer a todos mis compañeros para que Billy no tuviese que salir en el calendario.

—¡Mami, mira! —exclamó Robin.

El alcalde se subió al escenario y carraspeó tras el micrófono para llamar nuestra atención. Nos recolocamos para verlo dar el pregón y Mia acabó a mi lado.

—Buenas noches a todos —comenzó Tom en tono solemne—. Como cada año, estamos aquí reunidos para darle la bienvenida a la Navidad juntos. Esta vez, hemos traído un abeto noruego de la granja de los Smith, que estará aquí hasta el próximo uno de enero. Vamos a darles un caluroso aplauso por haberlo cedido.

La gente arrancó a aplaudir.

—La Navidad es una época para celebrar con nuestros seres queridos —continuó Tom—, y, también, para prestar nuestra ayuda a aquellos que lo necesitan. Es un momento de reflexionar sobre lo acontecido durante el año, y también de añorar a aquellos que, por desgracia, ya no están con nosotros...

Sin apartar la vista del escenario, busqué la mano de Mia a tientas y le di un apretón. Ella me lo devolvió antes de soltarme.

—... la estrella que corona la copa siempre nos guía de vuelta a casa y nos recuerda que, incluso en los peores momentos, podemos encontrar la luz de la esperanza —siguió el alcalde—. Quiero pediros que extendáis vuestra generosidad con quien más lo necesite, porque en Sunnyside no somos vecinos, somos familia. Para finalizar, quería dar las gracias a todos los que habéis ayudado en la decoración del árbol y en la organización del mercadillo.

Los asistentes le dedicaron un caluroso aplauso mientras se encaminaba hacia la escalera de metal. Cuando Tom colocó la estrella en la copa comenzamos a la vez la cuenta atrás:

—¡Cinco... cuatro... tres...!

La emoción del público iba subiendo conforme se agotaban los segundos.

—¡Dos... uno...! ¡¡Cero!!

La estrella dorada se encendió a la par que empezó a sonar el famoso villancico de Mariah Carey a través de los altavoces. De manera gradual la luz de la estrella se extendió hasta la base y dio paso al espectáculo de luces del árbol. A mi alrededor se oían vítores y cantos, y los vecinos se abrazaban unos a otros.

—¡Feliz Navidad a todos! —gritó el alcalde antes de bajar las escaleras.

Torcí el cuello hacia la derecha y cuando Mia me sonrió solo a mí, me sentí afortunado. La sensación desagradable de mi pecho se diluyó hasta casi desaparecer.

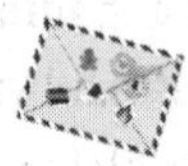

Un par de horas más tarde, nos despedimos de los demás en la puerta del restaurante.

—¿Te acerco a casa? —le pregunté a Mia cuando nos quedamos a solas.

Estaba deseando que me dijese que sí.

Me apetecía pasar un rato con ella. Al día siguiente tenía guardia y no la vería.

—Tengo el coche detrás de la plaza —me contestó.

Algo en mi interior se desinfló como un globo.

—Te acompaño hasta el coche entonces. —Señalé la calle con la cabeza y echamos a andar.

Nos azotó una brisa fría y ella se estremeció.

—¿Quieres mi chaqueta? —le pregunté.

—No puedo ponerme tu chaqueta. ¿Qué dirían los vecinos?

—Dirían que estás preciosa porque es la verdad.

Ella contuvo la sonrisilla y se abrazó las costillas.

—Los he oído cuchicheando antes sobre nosotros... —me dijo.

Suspiré y no contesté.

Caminamos en silencio. Con cada paso que dimos, aumentaron mis ganas de cogerla de la mano y besarla. Cuando nos paramos al lado de su coche, la miré con intensidad. Llevaba dos días durmiendo fatal. Quería pasar la noche con ella. Era un hecho.

Estaba a punto de decírselo cuando apartó la mirada.

—¡No encuentro las llaves del coche! —comentó mientras rebuscaba en su bolso.

—¿No las tendrás en los bolsillos?

Metió las manos en todos ellos y negó con la cabeza.

—¡Las he perdido! —comentó nerviosa—. Ay, madre mía, ¡que el coche es alquilado...!

—¿Cuándo recuerdas haberlas visto por última vez?

—¡Cuando estaba tomando algo con Holly! ¡Estaban en la mesa! —Ahogó una exclamación y se tapó la boca—. ¡Me las he dejado ahí!

El mercadillo había cerrado hacía horas.

—Tranquila, seguro que Beth las ha guardado —aseguré—. Llámala mañana; si quieres, te doy su número.

Ella asintió poco convencida.

No era la primera vez que le ocurría algo similar. Ser despistada era parte de su encanto.

—Ahora ya no podemos hacer nada —le dije—. Venga, vamos, que te acerco.

Cuando aparqué frente al Polaris unos minutos después, el silencio se asentó entre nosotros. La noche estaba despejada y desde allí, en mitad de la montaña, se veían las estrellas. Me volví en su dirección y ella hizo lo mismo.

—Mañana tengo guardia —le dije.

—Lo sé...

Se había quitado el gorro y jugueteaba con él sobre su regazo.

—Convenceré a mis compañeros para salir en el calendario.

—¿De verdad?

—Sí. Si estás tan segura de que servirá para recaudar fondos, tendremos que intentarlo.

Mia se desabrochó el cinturón de seguridad y se me tiró encima.

—¡Gracias! —Me abrazó.

Un chisporroteo de energía me recorrió el pecho. Su olor a vainilla me entró por la nariz.

—A ti por tener la idea.

—Quedará chulísimo, ya lo verás —prometió al apartarse.

—No quiero que lo compren ni mi madre ni Carol.

—Vetadas de la lista.

Nos observamos unos segundos en silencio.

Ella no parecía tener intención de bajarse del coche, y yo no iba a pedírselo.

—Ayer te mentí —confesé—. Llevo dos noches durmiendo fatal.

—Yo también —reconoció en voz baja.

La chispa de la esperanza resurgió en mi interior, agitándolo todo a su paso.

Tomé la iniciativa de inclinarme en su dirección. Atraída como un imán, me imitó. Desvié la mirada hacia sus labios y susurré con voz grave:

—Cuando estoy en la cama, me gustaría estar besándote, no echándote de menos.

Ella acarició mi nariz con la suya y solo dijo:

—Opino exactamente lo mismo.

Un instante después, la tenía encima y nos estábamos besando con pasión.

26

Jack

Entré al parque de bomberos el último y a la carrera. Por lo general, me duchaba en cuestión de minutos, pero aquella mañana me había pasado casi una hora bajo el agua con Mia.

—Buenos días —saludé a Blaze al pasar al vestuario.

Mi amigo estaba cambiándose frente a su taquilla, situada al lado de la mía. Faltaban tres minutos para que comenzase nuestro turno.

—Buenos días —me contestó—. Debe de ser el primer día que llego antes que tú.

Abrí la puerta de mi taquilla de un tirón y arrojé la mochila dentro. Sin perder un segundo, me quité la chaqueta de cuero. La colgué en la percha y comencé a desabrocharme los botones de la camisa negra a toda prisa. Al soltar el tercero, perdí la paciencia y me saqué la prenda por la cabeza. La lancé dentro de cualquier manera y me puse la camiseta azul. Acto seguido, me senté en el banco que tenía detrás para quitarme las botas a la velocidad del rayo.

—Un momento... —Blaze cerró su taquilla—. ¿Has pasado la noche con ella?

—No es asunto tuyo —contesté sin mirarlo.

Él soltó una carcajada y solo dijo:

—Tío, llevas la misma ropa que anoche...

Me levanté para terminar de cambiarme.

—Veo que estás esforzándote muy duro para que no venda el Polaris —bromeó.

—Blaze —advertí lo más tranquilo que pude—. No tiene gracia.

Me subí los pantalones reglamentarios de un tirón y cerré la puerta con más fuerza de la necesaria.

—Pero, a ver, que yo me entere, ¿vais en serio o qué? —me preguntó al cabo de unos segundos.

No sabía qué responder.

«Esto ha sido algo casual... La gente en la ciudad lo hace todo el tiempo», había dicho Mia.

Solo nos habíamos acostado un par de veces, pero la había visto reaccionar al enterarse de que me había liado con Ginger. La conocía y sabía que se había puesto celosa. Si lo nuestro fuese algo meramente casual, no se habría alejado de mí después de eso, ¿no? Y luego estaba el hecho de que habíamos vuelto a acostarnos. ¿A partir de cuántas veces dejaba de ser casual?

Blaze alzó las cejas expectante y yo respondí a su pregunta encogiéndome de hombros.

—Vamos, anda. —Le hice un gesto de cabeza para salir de la sala—, que llegamos tarde y tengo que convencer al resto de lo del calendario.

A las tres en punto de la tarde Mia entró en el vestíbulo del parque de bomberos cargando una bolsa. Llevaba la chaqueta de flecos, una falda de cuadros diminutos blancos y negros, que había rescatado de su antiguo armario, leotardos y las Converse rosas. Como siempre, estaba guapísima.

Me acerqué a la puerta para recibirla y fruncí el ceño al ver que detrás aparecía mi hermana. Ivy la adelantó diciendo:

—Hermanito, ¿qué tal?

—¿Qué haces tú aquí? —le pregunté.

—No me perdería esto por nada del mundo —comentó riéndose—. He traído bastones de caramelo para disfrutar del espectáculo y todo. —Alzó una bolsa transparente, llena de chucherías.

Negué con la cabeza y ella me abrazó.

—Estoy deseando verte hacer el ridículo —me dijo en voz baja—. Hola, Blaze. —Se apartó en el acto y fue a saludarlo.

—¡Eh, venid aquí! —Oí que decía Blaze—. ¡Han llegado las fotógrafas!

Antes de que me diese tiempo a saludar a Mia, mis compañeros salieron en tropel de la sala común. Recibieron a Ivy y a Mia entre vítores y aplausos. Después de saludar a mi hermana, se aproximaron a Mia para presentarse.

Ella nos estrechó la mano a todos, uno a uno. Me convencí de que no me importaba recibir el mismo trato cordial que el resto de mis amigos, aunque me habría encantado que me besase como había hecho esa mañana al despedirse.

Mia nos organizó a todos enseguida y repartió los meses en los que nos tocaría posar a cada uno. A mí me asignó diciembre.

—Antes de empezar quería daros las gracias a todos por haberos prestado a participar —nos dijo Mia.

—Lo que sea por el Polaris —respondió Blaze.

Mia le sonrió y prosiguió:

—He estado pensando y creo que podríais posar haciendo algo que esté relacionado con vuestro mote, aparte de con la temática del mes que toque. ¿Qué os parece?

—Mia, a veces me pregunto si en tu cabeza solo hay buenas ideas —se rio mi hermana.

Todos aceptaron la propuesta con entusiasmo.

—¿Qué te parece si te enseño las instalaciones y así decides dónde quieres hacer las fotos? —le pregunté.

—Vale. Genial. —Sonrió ella.

Un rato más tarde Mia nos sacó una foto a todos juntos en el garaje, frente a los camiones, para usarla de portada del calendario. Tras eso, siguió con Siniestro para el mes de enero. Se desternilló cuando este le contó qué le llamábamos así porque estrelló el camión en la primera salida, y se le ocurrió que sería gracioso sentarlo detrás del volante para la foto. Después le tocó a Campana; como él posaba para febrero, le dio un peluche en forma de corazón rosa por San Valentín que había traído en su bolsa. Elsa posó en marzo con unas gafas en forma de trébol, por San Patricio, y bajo un paraguas. Y así fueron posando todos para ella.

—¿Fósforo? —Mia arrugó las cejas al oír el mote de Blaze—. ¿Por qué te llaman así?

—Porque tiene muy mala hostia —respondió Matthew.

—El fósforo blanco es extremadamente inflamable —le contó mi hermana entre risas—. Y digamos que Blaze tiene la mecha bastante corta.

Para el mes de julio, Blaze posó con cara de pocos amigos. Llevaba un sombrero de vaquero y la bandera de Estados Unidos sobre los hombros para conmemorar el Cuatro de Julio.

Mia soltó una carcajada estruendosa cuando Matthew le contó que su apodo era Tarzán porque tenía el récord en subir por la cuerda. Para hacer honor a su mote, decidió subirla para las fotos, por lo que nos trasladamos todos al gimnasio.

Matthew se detuvo al lado de la cuerda, se quitó la chaqueta y se bajó los tirantes para sacarse la camiseta por la cabeza.

Resoplé cuando su torso quedó al descubierto.

Mi hermana, que estaba a mi lado, giró el cuello para mirarme con una sonrisa burlona.

—¿Qué pasa? —me preguntó en un susurro—. ¿Te molesta que un tío guapo se quite la camiseta delante de tu chica?

—No es mi chica, y no me molesta —repliqué en voz baja.

—Entonces ¿por qué resoplas?

—Simplemente no creo que sea necesario quitarse la camiseta para subir por ahí.

—Bueno, si a él le apetece... No veo el problema. Además, está buenísimo y puede alegrarle la vista a Mia.

Forcé la sonrisa y no contesté.

Ivy me dedicó una mirada significativa. Era una de las personas que más me conocían y mi mejor amiga. Sabía lo que quería encontrar, así que me obligué a mantenerme inexpresivo.

—¡Mia! —exclamó Ivy al cabo de unos segundos—. ¡Deberías fotografiarle desde más cerca para que se aprecien bien los detalles!

Giré el cuello para ver a Matthew subido en la cuerda, a un metro por encima del suelo, posando con cara de modelo de colonia. Mia se acercó a él para hacerle un par de fotos más. Yo apreté la mandíbula y no dije nada.

Ivy se acercó y susurró más bajito todavía:

—Me parece que un poquito sí que te molesta.

Cuando fue mi turno, nos movimos al vestíbulo. Mia quería fotografiarme al lado del árbol de Navidad.

—¿Puede ayudarme alguien a poner una mesa delante del árbol? —nos preguntó Mia.

Matthew y Blaze se adelantaron y fueron a buscar una al comedor. En un momento, la colocaron donde les indicó Mia.

—Ponte detrás de la mesa —me pidió a mí.

Me situé en el hueco que había entre el árbol y el escritorio. Ella se adelantó y me entregó un martillo.

—¿Qué hago con esto? —pregunté sin comprender.

Estaba más perdido que un pulpo en un garaje.

—Posar —contestó Mia con una sonrisilla—. Puedes hacer como que estás poniendo un clavo en la mesa o algo así.

—Pero aquí no hay nada que clavar. —Me sentía un poco ridículo.

—Da igual, es para la foto.

Ella levantó la cámara y yo hice amago de golpear la mesa con el martillo.

—¿Puedes sonreír un poco? —me preguntó a través de la cámara—. Estás muy serio.

Según levanté el martillo por segunda vez, empezaron las bromas y las risas de mis compañeros:

—¡Vamos, Thor, cómete la cámara! —se burló Ivy.

—¡Dale más fuerte! —oí decir a Matthew.

—¡Cuidado, que la rompes! —se mofó Siniestro.

—¡Saca el otro martillo! —exclamó Campana.

Con esa última, todos se troncharon de risa. Solté la herramienta sobre la mesa y me volví para encararlos.

—Joder, ¿podéis parar ya? —estallé irritado—. ¡Yo he estado callado durante vuestras fotos!

Se hizo el silencio unos segundos y entonces Blaze intervino:

—Vámonos, parece que Jack necesita un poco de intimidad para soltarse.

Uno a uno todos desfilaron fuera de la sala. Cuando Blaze le dio la espalda a Mia, me guiñó un ojo y luego añadió:

—Ivy, tú también, ven conmigo.

Mi hermana se dio la vuelta para seguirlo.

Cuando Mia y yo nos quedamos a solas, se acercó a mí. Llevaba la cámara colgando de una tira alrededor del cuello.

—Perdónalos, son idiotas —le dije mientras sacudía la cabeza en un ademán negativo.

—A mí me han caído bien, y tienes que reconocer que lo del martillo ha sido gracioso.

—No ha tenido ninguna gracia.

Ella soltó una risita. Acto seguido, retrocedió hasta donde estaban sus pertenencias. Se agachó y rebuscó el móvil en su bolso. Tecleó algo en su pantalla y los acordes de «Starman», mi canción favorita de David Bowie, empezaron a sonar. Subió el volumen y se acercó a mí balanceándose de un lado a otro. Al llegar a mi altura, atrapó mi mano y la movió de un lado a otro, instándome a seguirla. Contuve la sonrisa cuando empezó a canturrear bajito para no desafinar. Habíamos cantado esa canción en mi camioneta un millón de veces. Empecé a menear la cabeza al ritmo de la música.

—Estás muy sexy con el uniforme —confesó justo antes de llegar al estribillo.

Las comisuras de mi boca se estiraron hacia arriba formando una sonrisa.

—Sigue sonriendo así. —Mia dejó el móvil en el suelo, retrocedió un paso y se acercó la cámara a la cara—. Coge el martillo, porfa. —Hice lo que me pedía—. Imagínate que estás en el Polaris, si quieres. Igual te resulta más fácil.

Levanté el martillo y fingí que iba a golpear la mesa con él.

—Así, genial —dijo ella—. Gírate un poco hacia la derecha.

Mientras posaba para ella me sentí un poco menos imbécil. Me sacó un par de fotos y se apartó la cámara del rostro para verlas.

—Mmm..., siento que falta algo... —Se quedó pensativa un instante y entonces exclamó—: ¡Ya sé! ¡Quítate la chaqueta y el casco! —me pidió mientras buscaba algo en la bolsa que había traído.

Hice lo que me pedía. Me quedé con la camiseta azul que tenía bordado el escudo del parque, con los pantalones del mismo color y los tirantes rojos del uniforme.

Sacó un gorro de Santa Claus y se acercó a mí girándolo en el aire. Me lo puso en la cabeza sin mediar palabra. Acto seguido, se apartó y me dedicó una sonrisilla.

—Estás monísimo.

Colocó el casco en un extremo de la mesa.

—Vuelve a posar como antes —me pidió al mirar por el visor—. Así. Levanta el martillo. Ahora voy a sacarte alguna con la chaqueta puesta.

Mia me hizo un par de fotos más. Cuando las revisó solo dijo:

—Son perfectas. Mira. —Se acercó para enseñármelas.

Le eché un vistazo rápido a la primera y me dio un poco de vergüenza.

—Esta es genial —dijo al pasar a la siguiente.

Alcé la cabeza mientras pasaba las fotos sonriente y no pude más que mirarla a ella.

—¡Se me acaba de ocurrir el eslogan para vender el calendario! —exclamó entusiasmada—. ¡Tengo que decírselo a Chelsea ya!

—¿A Chelsea tu amiga de Nueva York?

Ella guardó la cámara en la bolsa.

—Sí —me contestó—. Va a ayudarme a hacer la portada y todo eso.

Recuperó el teléfono del suelo, quitó la música y comenzó a teclear a toda velocidad, sin perder la sonrisa.

—Perdona, pero, si no se lo digo ya, me voy a olvidar —me avisó.

—No te preocupes.

Esta Mia de ojos soñadores y expresión dulce que tenía siempre una idea en la punta de la lengua era la Mia de siempre. La misma que había echado de menos.

—Voy a decirles adiós a tus amigos —me dijo enseguida.

—Y yo a cambiarme —le informé—. No te vayas sin despedirte.

—Tranquilo, te espero.

Acto seguido, recogí mis cosas y me encaminé a los vestuarios. Abrí mi taquilla y dejé dentro el casco y el gorro de Santa Claus. Me encantaba mi trabajo, me hacía sentir realizado, pero en ese instante tenía muchas ganas de cambiar la chaqueta de bombero por la de cuero y salir a cenar con Mia.

Estaba tan enfrascado en mis pensamientos que no oí la puerta abrirse y cerrarse.

—¿Jack? —preguntó Mia desde algún lugar.

Extrañado, avancé hasta el pasillo y asomé la cabeza. Mia estaba parada frente al umbral, mirando alrededor.

—¿Qué haces aquí? —le pregunté, saliendo para quedar a la vista.

Ella se encaminó en mi dirección con decisión.

—Venía a traerte una cosa —me dijo.

Cuando llegó a mi altura, atrapó mi mano y depositó algo en mi palma. Bajé la vista y me encontré con un preservativo. Despegué la vista del envoltorio plateado y alcé la cabeza para mirarla interrogante. Mia me observaba con la palabra «deseo» escrita en los ojos.

La agarré por el codo y le di un suave tirón, para ocultarnos tras la pared de las taquillas.

—No puedes hacerme esto ahora, Best Seller... —le dije en voz baja.

—¿Por qué no? —Ella me regaló una sonrisa juguetona.

—Porque podría entrar cualquiera.

Mia negó con la cabeza.

—Están entretenidos jugando al *Pictionary*, y yo voy a echarte mucho de menos en la cama esta noche.

Aparté la vista y me pasé una mano por la cara. ¿De verdad estaba considerando la posibilidad de follármela contra las taquillas? Solo de pensarlo empecé a empalmarme.

—Jack... —susurró.

Atraído, giré el cuello para volver a mirarla.

En cuanto mis ojos se posaron en ella, Mia se sacó el jersey por la cabeza, quedándose en una camiseta ajustada de tirantes. Dejó caer la prenda al suelo y su sonrisilla se ensanchó.

Sin poder evitarlo, bajé la vista hasta su escote. Un trozo de encaje negro asomaba por encima de la prenda.

Tragué saliva y respiré hondo.

—No me lo pongas más difícil —le pedí, notando cómo mi autocontrol comenzaba a flaquear—. Estoy de servicio...

Mia me echó el brazo al cuello y me atrajo hacia ella.

—Entonces tendrás que apagar este fuego muy rápido —susurró contra mi boca.

Sin un ápice de vergüenza, perfiló mis labios con la lengua. Sin contenerme, cerré la distancia que nos separaba y todo estalló por los aires.

En un abrir y cerrar de ojos, la apoyé sobre mi taquilla y coloqué las manos a ambos lados de su cabeza. Al besarla, me recorrió una oleada de alivio; era como si llevase ochenta años sin tocarla en lugar de unas horas. Gimió cuando apreté la erección contra ella. Para entonces, la tenía durísima.

—Vas a tener que ser muy silenciosa —le advertí al apartarme.

—Sin problema.

Tiró de mi chaqueta, impaciente, y yo me incliné para devorar sus labios con pasión. En cuanto su lengua rozó la mía, mi cuerpo entró en combustión espontánea. Sus labios encontraron mi cuello. Mia me lamió el pulso despacio y el calor en los vestuarios se volvió insoportable.

Hice amago de deshacerme de la chaqueta.

—Déjatela puesta —me pidió con la voz entrecortada. Sus labios recorrieron mi mentón—. No te quites el uniforme...

Un atisbo de sonrisa socarrona asomó a mi cara. Por alguna razón, me ponía más cachondo aún saber que la excitaba verme con el traje de bombero puesto.

Mis manos acapararon su cintura. Ella me echó los brazos al cuello y tiró de mí para profundizar el beso. Subí las palmas por sus costillas. Le apreté un pecho por encima de la camiseta y ella dejó escapar un jadeo ahogado contra mis labios.

Soltó el enganche de mis tirantes sin titubear. Me estremecí cuando sus manos aterrizaron en el botón de mi pantalón. Me lo desabrochó y me tensé de anticipación. Supe que, si me la agarraba, estaría perdido. Protestó cuando me agaché. Colé las manos debajo de su falda, enganché la costura de sus leotardos y se los bajé hasta la mitad del muslo. Cuando volví a erguirme, subí una mano por su pierna y ella apoyó la cabeza contra la taquilla.

Mia me deseaba tanto como yo a ella. Se lo veía en la mirada.

Apretó los labios cuando empecé a trazar círculos con los dedos por encima de su ropa interior. Sabía cómo le gustaba que la acariciase para que perdiese la cabeza, y ella sabía cómo tocarme para volverme loco.

Le aparté las bragas a un lado y ella gimió.

—Shhh… —le pedí antes de volver a besarla.

Soltó el aire bruscamente cuando le acaricié el clítoris despacio.

—Dios, estás empapada —observé cuando deslicé un dedo en su interior.

Volvió a jadear.

—Llevo… un rato… pensando en esto —murmuró.

Me ponía que estuviese así de húmeda por mí. La lujuria me nublaba la mente, el deseo que sentía por ella era incontrolable.

—¿Ah, sí?

—Sí —gimió—. Te estaba haciendo las fotos y…

—¿Y estabas pensando que te follaba? —le pregunté sin dejar de mover la mano.

—Sí.

Moví la muñeca con decisión y ella me la sacó de los pantalones. Cuando me la agarró, fui yo el que gimió.

—Shhh. —Sonrió contra mis labios.

El corazón me latía desbocado por ella, por las sensaciones que me provocaba y por la adrenalina de que nos pudiesen pillar. Hacía mucho que no hacía algo así de arriesgado.

—Jack —me apremió enseguida—, no hay tiempo.

Quería tentarla hasta que se deshiciese bajo mis caricias, pero teníamos que darnos prisa.

Me retiré para sacarme del bolsillo el preservativo que me había dado. Ella aprovechó para quitarse las deportivas, los leotardos y las bragas. Acto seguido, me empujó del pecho hasta que acabé sentado sobre el banco que tenía a mis espaldas. Me puse el condón y Mia se colocó a horcajadas sobre mí.

—La cosa está que arde —murmuré.

Ella asintió con una sonrisilla lasciva dibujada en el rostro. Esa mujer iba a acabar conmigo y no me importaba.

Sin perder un segundo, me la agarró y me guio hasta su entrada. El fuego avanzó por mi piel, y solo era consciente de la atracción enorme que sentía. Bajó un centímetro las caderas y yo empujé contra ella. Jadeamos el uno contra la boca del otro. Me sumergí en ella despacio y, cuando llegué al fondo, todo se incendió entre nosotros. La realidad que me rodeaba dejó de existir.

Mia me lamió el cuello hasta la oreja. La sangre se me acumulaba en la polla y no podía pensar en otra cosa que no fuese el placer que sentía teniéndola encima. Se aferró a mis hombros y comenzó a balancearse con energía sobre mí.

—Fóllame —me susurró al oído enseguida.

«Jo-der».

Mia y su lengua ardiente carbonizaron hasta el último de mis pensamientos racionales. Me descontrolé en cuestión de segundos. Se separó un poco para que pudiera moverme. La sujeté por las caderas y aumenté la intensidad, alentado por las ganas de hacerla disfrutar y por la necesidad que tenía de correrme. Durante un momento lo único que se oyó en aquel vestuario fueron nuestras respiraciones entrecortadas y el sonido que hacían nuestros cuerpos al encontrarse.

—Esto... me gusta... mucho... —confesó entre gemidos, volviendo a tomar el relevo.

No tenía claro si se refería a lo que le hacía en ese instante o si se refería a mí y a eso que llevábamos varios días haciendo.

Me aparté de su cuello en busca de la respuesta en su mirada.

Mia tenía la mandíbula enrojecida por el roce con mi barba incipiente y los labios hinchados. No fui capaz de articular palabra para preguntarle de viva voz qué quería decir porque se tensó, indicando que estaba cerca de terminar. Se movió con ganas, en busca de su propio placer. Era increíble todo lo que me hacía sentir. Cuando contrajo las paredes a mi alrededor, la besé para acallar sus gemidos. Me mordió el labio mientras alcanzaba el orgasmo y se movió más fuerte sobre mi cuerpo. Pasados unos segundos, aflojó el agarre contra mis hombros y se apartó de mi boca en busca de aire. Yo enterré la cara en su cuello y alcancé mi propio placer poco después.

Me quedé quieto mientras mi respiración empezaba a regularse. Eché la cabeza hacia atrás en busca de sus labios y nos besamos con dulzura. Sus manos seguían en mis hombros y las mías alrededor de su cintura. Quería quedarme más tiempo así. Me gustaba tenerla relajada entre mis brazos, que me besase con ternura y también que me pidiera que me la follase.

—Haces conmigo lo que quieres... —le dije.

Una sonrisa perezosa se extendió por su cara y me pasó una mano por el pelo sudado.

—No te he oído protestar —me contestó—. Podrías haberte negado.

—En la vida me negaría a follar contigo.

Ella se apartó y yo la solté a regañadientes. La tela de la falda le cayó hasta mitad de los muslos cuando se puso de pie. Recogió los leotardos del suelo y comenzó a vestirse. Por mi parte, me levanté para subirme los pantalones. No quería que se marchase todavía. Incapaz de resistirme, tiré de su codo en mi dirección y le di un beso tierno.

No se había ido y ya quería volver a verla, pero no sabía qué quería ella. Se lo pregunté para salir de dudas:

—Esto que hay entre nosotros, ¿qué es? —Nos señalé con la mano cuando me aparté.

—Puede ser como lo que tienes con Ginger... —me dijo, restándole importancia—. Si nos apetece, lo hacemos y ya está, ¿no?

«¿Qué?».

La comparación era horrible. Yo no tenía ningún interés en Ginger. Mi cabeza la había borrado del mapa desde que Mia había regresado a Sunnyside. Que Mia me gustaba era una obviedad hasta para la persona más obtusa. No quería limitarme solo a acostarme con ella, pero si le decía que prefería algo más serio, corría el riesgo de que me mandase a tomar por el culo. Por otro lado, no quería ni pensar en ella acostándose con otros tíos, me ponía enfermo solo de imaginarlo.

Estaba a punto de decirle que no me convencía lo de no ir en serio cuando recordé las palabras de Blaze:

«Tu única misión es tenerla contenta para que no venda el Polaris».

Aunque me escociese, sabía que en el fondo aquello era lo mejor. Además, no debía pillarme por alguien que lo único que esperaba de mí eran un par de polvos. Por eso, fui yo quien dijo:

—Vale, pues sigamos así. A escondidas de todos, ¿no?

Mia abrió la boca para contestar y se vio interrumpida por la alarma estridente que indicaba una emergencia. Un instante después, se oyó la voz de Sally por megafonía decir:

—Incendio en Cristal Bay, camión de bomberos veintitrés y ambulancia siete.

—Es el nuestro —le dije a Mia.

Ella se quedó congelada, pero yo actué con rapidez.

La cogí de la mano y la arrastré hasta uno de los cubículos del baño para que no la viesen mis compañeros cuando entrasen a cambiarse. La empujé dentro con suavidad y apreté los labios contra los suyos una última vez. Acto seguido, salí corriendo.

27

Mia

Seguía inquieta cuando aparqué frente a la tienda de Carol en el centro del pueblo. Desbloqueé el móvil y observé el mensaje que le había enviado a Jack hacía escasos quince minutos.

Avísame cuando puedas de que estás bien

Ya había oscurecido y la iluminación dorada de las tiras de luces que colgaban en el escaparate acaparaba la atención. Tras el cristal había dos maniquíes vestidos con jerséis navideños, a sus pies descansaban varios regalos apilados y detrás se vislumbraba parte de un abeto decorado.

Le había dado muchas vueltas al hecho de hablar con Carol o no. Me había reblandecido que hubiese movilizado a medio pueblo cuando se cayó el árbol días atrás, y también ver la preocupación y el cariño infinito que parecía sentir por Jack. Aunque lo que más me había conmovido había sido que me entregase las cartas por las que mi padre había arriesgado la vida en el incendio. Me había pasado años sintiendo una enorme antipatía hacia ella, porque pensaba que había aprovechado la muerte de mi madre para ocupar su lugar, y ahora el corazón me pedía que le diese una oportunidad y que hablara con ella.

Me bajé del coche con el móvil en la mano y me encogí de frío bajo la chaqueta. Enseguida me llegó el ruido de la música navideña y del gentío que recorría el mercadillo de Winterdale en la calle paralela.

La campanita sonó cuando abrí la puerta.

—¡Salgo en un momentito! —La voz de Carol me llegó desde la trastienda, por encima de la versión de jazz de «Jingle Bells» que se reproducía en el hilo musical.

El suelo de madera crujió bajo mis pies cuando me refugié en el calorcito del local. Me quité el gorro y jugueteé con él entre los dedos. La tienda era pequeña y estaba vacía. Las paredes estaban pintadas de color verde musgo y varias tiras de lucecitas recorrían el techo de lado a lado, lo que le daba un aspecto festivo. Nada más entrar, a mano izquierda, estaba el mostrador decorado con varios lazos rojos y dorados. Al lado había un expositor amarillo lleno de libros. Incapaz de quedarme quieta, como siempre que había libros de por medio, me acerqué para verlos mejor. Una guirnalda verde rodeaba la parte superior y había un cartel en el que podía leerse: MIA SUMMERS, EL ORGULLO DE SUNNYSIDE. Me recorrió una oleada de gratitud hacia Carol al ver esas palabras. Debajo había, por lo menos, treinta ejemplares de mi primera trilogía. Nunca me acostumbraría a la ilusión que me hacía ver mi trabajo expuesto en las estanterías.

No pude evitar volver a encender la pantalla del móvil para ver si Jack había contestado. La incertidumbre y la preocupación me estaban haciendo trizas.

—¿Mia? —Oí la voz dulce de Carol detrás de mí.

Bloqueé el teléfono y me di la vuelta para saludarla.

—Hola —contesté.

—¿Qué tal? —Se acercó a mí con una sonrisa tierna—. Perdona por la espera. ¿Necesitas algo?

—Eh... Un abrigo —solté lo primero que se me ocurrió—. Esta chaqueta es preciosa, pero no me sirve para este frío. —Levanté el brazo y los flecos de la manga bailaron a su aire.

—Ven conmigo. —Me hizo un gesto con la cabeza—. Los abrigos están al fondo, creo que tengo un par de tu talla. Seguro que alguno te servirá.

La seguí serpenteando entre los burros de ropa y las estanterías giratorias que exhibían recuerdos y postales del pueblo.

Carol se detuvo frente a una pared que tenía varios ganchos

de los que colgaban los abrigos. Solo tenía dos modelos distintos: uno era largo y granate, y el otro era verde y más corto. Ambos eran acolchados y parecían calentitos.

—Estos son abrigados y se han vendido muy bien —me informó—. ¿Te apetece probarte alguno?

—Sí. El verde.

Sin perder la sonrisa, Carol le bajó la cremallera y lo sacó de la percha. Tras guardarme el teléfono en el bolsillo trasero del pantalón, me deshice de la chaqueta y Carol me la intercambió por la parka.

Después de ponérmela, me abroché la cremallera hasta la barbilla. Con cuidado, me saqué el pelo del interior de la prenda.

—Tienes un espejo ahí. —Carol señaló la pared que había a mi izquierda.

Caminé hasta el probador, que tenía la cortina abierta, y me detuve frente a él. El abrigo me llegaba por la cadera, era verde botella y acolchado. Me subí la capucha y giré sobre los talones para observar mi reflejo desde distintos ángulos.

—¿Qué tal te lo ves? —Carol se paró a mi lado.

—Bien —respondí—. Es justo lo que estaba buscando, me lo llevo.

—Estupendo. ¿Necesitas algo más?

—Mmm..., me vendría bien un par de botas.

—Sígueme. A ver si tengo algo que te guste.

Por suerte, encontré un par de mi talla. Eran marrones y de montaña; no eran las más estilosas, pero me servirían para el mal tiempo. También cogí unos guantes y ropa térmica para pasar las dos semanas que me quedaban allí.

Entre las dos cargamos todo hasta el mostrador. Esperé mientras ella doblaba la ropa y la guardaba en una bolsa enorme y reutilizable que tenía el nombre de la tienda.

—Toma. —Me la pasó por encima de la mesa.

—¿Cuánto es?

—Nada. A la familia no se le cobra.

—No. No. —Negué con la cabeza—. Dime qué te debo, por favor.

Ella me aguantó la mirada unos segundos antes de contestar:

—Setenta dólares.

—No puede ser. El abrigo solo ya cuesta algo más que eso.

—El abrigo te lo regalo yo. El resto lo pagas tú. ¿Te parece?

—Yo…

—Considéralo un regalo adelantado de Navidad —me interrumpió con una sonrisa—. Serían setenta dólares, ¿con efectivo o tarjeta?

—Tarjeta —contesté con la boca pequeña.

Me saqué el móvil del bolsillo para pagar.

—¿Te apetece pasar a casa y tomar un té? —me preguntó Carol con cautela.

—Sí. —Asentí.

—Estupendo, así me das una excusa para cerrar antes.

Ella salió de detrás del mostrador y se acercó a la puerta. Echó la llave y giró el cartelito blanco en el que ponía CERRADO, para que se viese desde fuera.

Mi nerviosismo aumentó cuando atravesamos la trastienda y Carol se detuvo delante de la puerta de su casa. Estaba a punto de ver el hogar que mi padre había compartido con otra persona.

Abrió y la seguí al interior. Siempre había imaginado que sería horrible y lúgubre, algo así como el castillo de Bestia cuando estaba bajo el encantamiento de la hechicera. Pero allí no había ningún retrato desgarrado ni estatuas deformes. En su lugar fuimos a dar a un saloncito espacioso, de paredes color crema y suelo de madera de roble. La huella de mi padre estaba presente en los vinilos apilados en el mueble del televisor y en los bastones de caramelo que colgaban del árbol de Navidad. Pude imaginarlo a la perfección sentado en el sofá azul marino, escuchando jazz y decorando el árbol de Navidad que descansaba en un rincón.

Respiré hondo cuando se me aceleró el pulso.

—Entra, no te quedes ahí —me pidió Carol, sacándome de mis pensamientos.

Di un paso al frente y me adentré en aquella estancia que, de alguna manera, me resultaba familiar. La Navidad allí reinaba como Elsa en su castillo de hielo.

La mesa de café tenía un centro formado por hojas de acebo y una vela roja. El mueble de la televisión estaba decorado con una guirnalda dorada. Sobre la chimenea había un gorro colgado de Santa Claus un poco desgastado. Era el que se ponía mi padre cada veinticinco de diciembre para repartir regalos en el Polaris. Al verlo, se me encogió el estómago.

Con un nudo en la garganta, me acerqué a la estantería en busca de una distracción. En una balda estaban mis libros expuestos con la portada al frente. Al lado y en la pared, había un papel enmarcado. Se trataba del primer artículo que escribí para la revista del instituto. El nudo se ciñó aún más alrededor de mi campanilla. De pronto, los ojos me escocían.

—No puedo creer que esto esté aquí —comenté casi para mí misma.

—Fue lo primero que colgó tu padre —me dijo ella.

Hice un esfuerzo por tragarme las lágrimas.

Por el rabillo del ojo vi a Carol situarse a mi izquierda. La mujer alargó la mano, cogió un cuaderno rojo de la balda en la que estaban mis libros y lo tendió en mi dirección. Antes de aceptarlo, me embargó una oleada de nostalgia. Abrí la tapa y leí lo que ponía en la primera página: «*Cuentos de Navidad,* por Mia Summers».

—Tu padre guardaba el cuaderno como si fuese oro en paño.

Pasé otra página y me topé con la primera historia. Era un relato sobre una niña a la que Santa Claus le regalaba un par de botas mágicas que la llevaban a cualquier tiempo y lugar que desease. El cuento causó sensación entre los huéspedes más pequeños. Desde entonces, cada Navidad, había escrito uno nuevo.

—Ese es muy entrañable —apuntó Carol.

—Gracias.

—Bueno, ese y todos los que escribiste —aseguró—. Hemos seguido tu tradición de leérselos a los niños en Nochebuena.

Sorprendida, me volteé para mirarla. Tenía los ojos empañados y la veía borrosa. Estaba un poco abrumada por todo y necesitaba unos minutos para gestionar mis emociones.

—¿Puedo pasar al baño? —pregunté.

—Claro. Está en el pasillo. —Señaló el extremo opuesto del salón con la mano—. La primera puerta a la derecha.

—Gracias.

En el pasillo había colgadas varias fotos de mi padre con Carol, en todas ellas se los veía sonrientes. Parecía que lo había hecho feliz en esos últimos cinco años.

Busqué refugio en el baño. Lavarme la cara me sirvió para serenarme. Unos minutos más tarde, regresé al salón y Carol se ofreció a enseñarme el resto.

—Tienes una casa preciosa —le dije cuando nos sentamos frente a la mesa del comedor, poco después.

Dejé el móvil al lado de la taza de té; si Jack me escribía, quería verlo.

—¿Esperas alguna llamada? —me preguntó Carol.

—No. Es solo que Jack...

Me callé al darme cuenta de lo que había estado a punto de decir. Ella ladeó la cabeza para observarme con curiosidad.

—He ido al parque de bomberos para hacer las fotos del calendario y justo han tenido que salir corriendo por un incendio en Crystal Bay.

—Ah, sí, he oído las sirenas hace un rato. No te preocupes, esos muchachos están hechos de acero. Regresarán de una pieza.

Guardamos silencio unos segundos.

Le di un sorbo a la taza porque no sabía qué decir.

—Ahora vengo. —Carol se levantó y salió de la sala.

Volvió un poco después cargando una caja blanca que tenía un patrón de arbolitos de Navidad. La dejó en el centro de la mesa y le quitó la tapa.

—Tu padre me dejó la colección de bolas de nieve, pero sé que era algo que coleccionabais juntos. Creo que lo mejor es que las tengas tú.

Me incliné hacia delante para verlas mejor. Algunas las habíamos comprado de vacaciones, como la del Golden Gate. Otras, se las había regalado yo en Navidad.

Cogí una que albergaba una casita de jengibre en su interior. La agité y observé los copos plateados caer con un baile grácil.

—Esta era su favorita —la informé—. Se la regalé en su cincuenta cumpleaños.

Dejé la bola en su sitio y Carol me obsequió con una sonrisa tierna.

—La primera vez que subí al Empire State le compré una. —Sentí la necesidad de compartirlo con ella—. Pensaba regalársela las últimas Navidades que vine... Ya nunca podré dársela... —Se me quebró la voz y no pude continuar.

Ella extendió la mano por encima de la mesa y atrapó la mía. Un par de lágrimas silenciosas calentaron mis mejillas.

—Perdón. —Me disculpé—. No quería llorar.

—No me pidas perdón por llorar. Está todo bien. Llora todo lo que necesites.

Carol se sacó un paquete de pañuelos de la manga del jersey y me lo entregó. Cogí uno y me limpié las lágrimas.

—Gracias por darme las cartas... —le agradecí cuando me recompuse.

—No me las des. Douglas las guardaba para ti.

—Jack me contó que entró a buscarlas durante el incendio.

Ella asintió.

—Significaban mucho para él. Por eso insistí tanto en dártelas.

Aparté la mirada un instante.

Echaba de menos a mi padre. Era un hecho. Había llegado el momento de sacar el tema por el que había ido a verla. Era adulta. Podía enfrentar una conversación con ella.

—¿Cómo te enamoraste de él? —le pregunté con un hilo de voz.

Necesitaba entenderlo para poder avanzar.

Carol le dio un sorbo a su taza. Cuando la dejó sobre la mesa, me dedicó una sonrisa nostálgica.

—Sin darme cuenta... —confesó.

Tras eso se tomó unos segundos para sí misma. Parecía estar decidiendo por dónde empezar.

—Volví a Sunnyside cuando mi exmarido me pidió el divorcio. Llevaba meses viéndose con otra mujer más joven. Quería que me fuera de casa para meterla a ella.

Abrí los ojos estupefacta. Creía que su separación había sido de mutuo acuerdo.

—No lo sabía —le dije.

—Al principio nadie lo sabía. Me daba vergüenza lo que opinase la gente. Me había ido del pueblo por amor y regresaba años después con el corazón roto. A los pocos días me encontré con tu padre en la panadería y fuimos a tomar un café. Había pasado un año desde la muerte de tu madre, y tú acababas de mudarte a Nueva York. Se sentía un poco solo, echaba de menos a Stella y necesitaba a alguien con quien hablar de ella.

Los ojos me ardían y el pecho me escocía.

—No lo entiendo —susurré—. Nunca me dijo que se sintiese así.

—Si te lo hubiera dicho, jamás te habrías ido a Manhattan, y él sabía que tu sueño era escribir.

Carol me dejó asimilar esa información y se limitó a beber de su té.

—Quedábamos de vez en cuando para hablar de ella —siguió al cabo de unos segundos—. Yo también la echaba de menos. Era mi mejor amiga y mi confidente, tú lo sabes.

Asentí.

Cuando era adolescente, veía la amistad entre Carol y mi madre como la versión adulta de lo que éramos Holly y yo.

—Un día hablábamos de tu madre, otro de cómo nos iba en el trabajo y de qué nos depararía el futuro, y al final acabé contándole lo humillada que me sentía tras el divorcio y que no había sido de mutuo acuerdo. Sin pretenderlo, encontramos consuelo el uno en el otro en un momento complicado de nuestras vidas.

Las lágrimas estaban a punto de desbordarse de mis ojos otra vez.

—Poco a poco, hablábamos más y más, y nos colamos el uno en la rutina del otro —continuó—. Llegó un punto en el que me descubría esperando que llegase el final del día para recibir su llamada. Necesitaba saber qué tal le había ido en el Polaris y contarle mis avances con la tienda. Douglas me hacía reír, el tiempo se me pasaba volando y el dolor se mitigaba en su presencia. Al cabo de unos meses, se declaró.

Hizo una pausa. Sus ojos también se habían humedecido.

—Me puse muy nerviosa y lo eché de casa sin dejarle terminar —me informó con tristeza—. Me sentía una persona horrible y estaba aterrada por el qué dirán. Pasamos tres días sin hablar. El cuarto, le llamé por teléfono. Entre lágrimas, le hablé de la culpabilidad enorme que me carcomía y de que sentía que estaba traicionando la memoria de mi mejor amiga. No podía permitirme disfrutar de su compañía ni alegrarme de que me quisiera. Él también se sentía culpable, pero decía que la vida era demasiado corta como para perder el tiempo y que teníamos que vivir cada día como si fuese el último.

Había cogido carrerilla y no quería interrumpirla. Parecía que hablar de aquello le dolía tanto como a mí escucharlo.

—Nos queríamos, Mia. Nos enamoramos, a nuestra edad, cuando una segunda oportunidad parece imposible... —Cogió un pañuelo y se secó las lágrimas—. Merecíamos intentar ser felices. Crecí con la idea de que las mariposas y los nervios simbolizaban el amor verdadero, pero estaba equivocada. Con tu padre descubrí que el amor era la tranquilidad al final del día, era sentirme acompañada, escuchada y querida.

Carol soltó un suspiro profundo y yo me estremecí por el dolor que acompañaba sus palabras.

—No se lo dijimos a nadie para evitar las habladurías. Faltaban un par de meses para que volvieras por Navidad y tu padre quería que fueses la primera en enterarse. Entonces Jack nos oyó hablando sobre cómo contártelo. Él quería llamarte en el acto, pero Douglas le suplicó que no lo hiciera... Discutieron, y Jack estuvo semanas sin hablarnos. No le pusimos en una posición justa, créeme que lo sé, pero tu padre creía que era lo mejor.

Cogí otro pañuelo y me soné la nariz.

—Poco después volviste al pueblo —prosiguió—. A Douglas le hacía mucha ilusión tenerte en casa por Navidad. Él quería que cenásemos los tres juntos para contártelo. No esperábamos que aparecieses por sorpresa un día antes.

Cerré los ojos al recordar el *shock* que supuso para mí.

—Nunca quisimos hacerte daño —me dijo Carol—. De verdad. Queríamos hacer las cosas bien porque era un tema delicado.

—Estabas en mi casa... preparando las galletas de mi madre, canturreando villancicos con mi padre como si nada... Parecías encantada de reemplazar a mi madre.

—Esa nunca fue mi intención. Tu padre quería continuar con la tradición de las galletas navideñas en la recepción. Decía que así lo habría querido tu madre. Me recordó aquello que solía decir Stella de que no había Navidad sin galletas y... no pude negarme. De todo corazón te pido que me perdones. Siento mucho todo el daño que te pudiera causar.

La angustia de su expresión me decía que todo aquello era verdad. En sus ojos dulces y entristecidos vi un reflejo de mi propio sufrimiento. Hacía tres meses que me había quedado huérfana. El mismo día, ella había perdido a su pareja.

El pensamiento me hizo levantarme de golpe. Carol me imitó. Sin mediar palabra, la abracé.

—Yo también lo siento —me disculpé con voz temblorosa.

Ella me acogió entre sus brazos y rompí a llorar. Había pasado demasiado tiempo enfadada y dolida, y ahora que había escuchado su parte de la historia y que entendía lo que había pasado me sentía lista para perdonar a Carol, a mi padre y a la Mia de veintitrés años que se marchó sin mirar atrás. Era el momento de soltar lastre y tirar el resentimiento por la borda.

—Siento no haberos escuchado y haber sido una borde contigo... —seguí.

—Cielo, es normal que te comportaras así. —Carol me frotó la espalda.

La estreché con más fuerza. No sé quién de las dos necesitaba más aquel abrazo. Nos quedamos un rato así, consolándonos sin palabras, reconciliándonos la una con la otra y con nosotras mismas. Después de llorar la pérdida de mi padre con Jack estaba algo más en paz conmigo misma. Terminar de sacar con Carol el sufrimiento que tenía escondido debajo de la alfombra fue como quitarle la sábana polvorienta a mi corazón. Aquello dolía, pero era lo que indicaba que mi órgano más valioso seguía latiendo y luchando por seguir adelante. Saber que ellos también lo echaban de menos de manera desgarradora me hacía sentir comprendida y acompañada.

Al apartarme, un rato después, me limpié las lágrimas con otro pañuelo. Carol tenía la nariz roja y los ojos llorosos.

—¿Sigue en pie la invitación de cenar que me hiciste el otro día? —le pregunté.

—Claro que sí. —Sonrió a la par que se secaba el rostro—. Siéntate si quieres, voy a calentar la comida.

Carol se perdió en la cocina.

Estaba a punto de seguirla cuando sonó mi móvil. Lo agarré a toda velocidad y el corazón me dio un vuelco: era un mensaje de Jack.

Estoy sano y salvo

Cuatro palabras bastaron para que me inundase un gran alivio.

Por fin parecía que todo se ponía en su sitio: veía a Carol de otra manera, Jack estaba bien y había hecho las paces conmigo misma. Quizá, después de todo, Sunnyside y mi pasado me importaban más de lo que creía.

28

Mia

Después de cenar con Carol volví a casa con los sentimientos a flor de piel y acudí a mi refugio particular: la escritura. Transformé el dolor que sentía por la pérdida de mi padre y la preocupación por Jack en la vorágine de sentimientos que experimentaba la protagonista de mi novela. Emma quería dejar a su prometido porque se había enamorado de su cuñado. Faltaban dos días para la boda y la culpabilidad la reconcomía. No quería herir a nadie, pero parecía que, hiciera lo que hiciera, alguien sufriría. Estaba a punto de fugarse del pueblecito de Texas en el que vivía cuando Travis la había interceptado. Él tenía claro que no la dejaría marchar sin pelear antes.

Ahora eran las nueve y media de la mañana. Estaba sentada frente a la isla de la cocina, con el portátil, releyendo lo que había escrito la noche anterior. El corazón me dio un vuelco cuando releí la última línea del manuscrito.

«Cuando estoy en la cama, me gustaría estar besándote, no echándote de menos».

Esa frase se la había dicho Travis a Emma cuando ella estaba subiéndose al caballo para marcharse. Cerré los ojos y visualicé lo que ocurriría a continuación, como si de una película se tratase. Emma se quedaba perpleja tras esa confesión. Travis se acercaba a ella muy despacio, advirtiéndola de que iba a besarla a no ser que ella le pidiese que no lo hiciera. Emma, cansada de luchar contra lo inevitable, se quedaba callada. Esa frase acababa de poner su corazón y su mundo del revés, tal cual me había pasado a mí cuando Jack me la había dicho noches atrás.

La imagen de Travis y Emma besándose en el establo se difuminó y dio paso a una de Jack besándome a mí.

Separé los párpados y volví a echarle un vistazo a la puerta. Jack debía de haber llegado hacía un rato del parque de bomberos y tenía ganas de verlo. Minimicé el documento de la novela y abrí mi fotografía favorita de las que le había sacado la tarde anterior.

Me mordí el labio y suspiré.

Salía monísimo con el uniforme y el martillo en la mano. Le había pillado riéndose, al oírme desafinar con David Bowie, y se le marcaba el hoyuelo.

Recordé lo que habíamos hecho después en los vestuarios y esbocé una sonrisa.

«¿Y esa sonrisilla? —dijo la voz de la preocupación en mi mente—. No estarás pillándote por un hombre que no vive en la misma ciudad que tú, ¿no?».

Resoplé al aire.

¿En qué hora se me había ocurrido que era buena idea enrollarme con mi exnovio? Si ni siquiera vivíamos en la misma ciudad. Lo nuestro era como un yogur de esos que colocan en la parte frontal de la nevera del supermercado porque la fecha de caducidad está próxima.

Decidida a sacarle de mis pensamientos, apoyé la frente sobre la mesa y cerré los ojos. A través de los cascos se reproducía «But Daddy I Love Him», de Taylor Swift. Estaba escuchando la canción en bucle porque la letra cuadraba a la perfección con los sentimientos de Emma y me ayudaba a conectar con ella. Tarareé la melodía y escapé de la realidad a la vez que me sumergía en la cabeza de mi protagonista. Ella también estaba hecha un lío por culpa de un hombre. No me costó regresar al rancho donde Travis estaba a punto de besarla. Fui alzando la voz sin darme cuenta. Al llegar al estribillo, me incorporé para bailar sobre la silla. Lancé los brazos hacia arriba y le di un manotazo a algo.

—¡Au, joder! —Una voz grave se coló por encima de la aterciopelada de Taylor Swift.

Del susto, di un respingo y solté un gritito. Con el corazón acelerado, me di la vuelta y me topé con el rostro dolorido de...

—¡Jack! —exclamé sorprendida.

Él se frotó el puente de la nariz con los dedos.

—¡Lo siento! —me disculpé al comprender que acababa de arrearle un manotazo en la cara—. ¿Estás bien?

Jack tenía los ojos humedecidos por el golpe. Arrugó la nariz y torció el gesto, dolorido. Movió los labios, pero yo solo oí a Taylor Swift cantando un segundo estribillo.

—¿Qué has dicho? —Me quité los cascos inalámbricos.

—Que estoy bien —dijo, restándole importancia—. La pena es que has tirado el chocolate que te había traído.

Bajé la mirada. En el suelo había un vaso de papel rojo y un charco. Al lado, descansaba una bolsa de papel marrón manchada de grasa.

—¿Eso son tortitas de Joe's? —Me agaché para recogerlas, emocionada.

Por fortuna, habían aterrizado lejos del chocolate.

—Sí. Hemos ido a desayunar después del turno, y he pensado que te apetecerían.

—Mil gracias. —Sonreí por el gesto.

—No se dan.

Al erguirme, las dejé sobre la isla y me topé con la fotografía de Jack. Bajé la tapa del portátil con la mayor discreción posible.

Estaba a punto de tirar de su camiseta para besarlo cuando oí voces masculinas. Me volví hacia la puerta y me encontré con la mitad del cuerpo de bomberos en el umbral.

—Buenos días, chicos —saludé.

Blaze, Matthew y Michael me devolvieron el saludo. Detrás de ellos reconocí a Elsa y a Nick.

—Se han empeñado en ayudarnos a pintar —me informó Jack—, así que estarán por aquí.

—Vale. Genial. —Les sonreí con gratitud—. ¿Queréis algo? ¿Agua? ¿Un café...?

Ninguno quiso nada.

—Acabamos de desayunar —dijo Michael—. Veníamos comentando que ayer nos lo pasamos genial haciendo el calendario.

—Si podemos ayudarte haciendo otra cosa, no dudes en decírnoslo —siguió Matthew.

—Ah, vale, gracias, lo pensaré y os digo —contesté.

—Por cierto, menudo concierto estabas dando. Se te oía desde recepción —bromeó Michael.

—El sábado tendrás que venir con nosotros al karaoke navideño —agregó Matthew, conteniendo la risa.

El rubor me subió desde el cuello y me puse como un tomate.

—¿Qué tal anoche? —les pregunté para cambiar de tema—. ¿Qué pasó en Crystal Bay?

—Se incendió una cocina —me explicó Jack—. Por suerte, llegamos antes de que el fuego se expandiese.

—¿No vas a contarle que rescataste al perro? —le preguntó Blaze. Jack negó con la cabeza y él continuó—: Jack sacó de la cocina a un cachorro de dálmata. La niña se echó a llorar cuando le vio salir de la casa con Manchitas en brazos.

—¿Salvaste a un perro que se llama Manchitas? —le pregunté a Jack, llevándome la mano al pecho. La imagen de Jack con el uniforme y el cachorrito en brazos que se acababa de proyectar en mi cabeza era increíblemente tierna. Me moría por besarlo.

—Sí. —Jack asintió mirándome—. El pobre estaba asustado y se había escondido dentro del armario.

Acto seguido, se dirigió a sus compañeros:

—¿Habéis descargado todos los cubos de pintura?

—Sí. Los hemos dejado en la recepción —contestó Michael—. Empezamos por las habitaciones de arriba, ¿verdad?

—Sí, por favor —respondió Jack.

—Bueno, andando. —Blaze le dio una palmada a Michael en el hombro y condujo al resto fuera de la cocina.

En cuanto nos quedamos solos, me agaché para limpiar el chocolate y Jack me imitó.

—¿Anoche estuviste en peligro? —le pregunté al pasar el trapo por el suelo.

—No.

—Tardaste un buen rato en contestar y estaba preocupada.

—No tienes por qué preocuparte —aseguró—. Tardamos en volver porque después de extinguir el fuego hay que seguir una serie de procedimientos, como ventilar y medir la calidad del aire, antes de que la familia regrese a la casa.

—Ah, vale...

Guardamos silencio unos segundos y terminamos de recoger.

—Por cierto, ¿has pensado presentarte al casting de *La Voz*? —bromeó.

—Imbécil. —Le di con el trapo en el brazo y él soltó una carcajada.

—Lo digo porque con tu cántico de sirena triunfarías seguro —siguió al incorporarse.

Un instante después, Jack lavó una manzana y se recostó contra la encimera. La mordió sin dejar de observarme. Parecía divertido por algo.

—¿Qué estabas haciendo? —Señaló mi portátil con la barbilla.

—Escribir.

Él volvió a clavar los dientes en la pieza de fruta.

—¿Con mi foto del calendario delante? —me preguntó interesado al masticar.

Me mordí la esquina inferior del labio y emití un sonidito afirmativo al asentir.

—Solo estaba mandándole las fotos a Chelsea. Las va a editar ella para el calendario, ¿recuerdas?

—Seguro... —Una sonrisa de satisfacción asomó a su cara.

No pude evitar corresponderla.

«¿Ya estás otra vez con la sonrisa tonta?», susurró la voz de la preocupación en mi mente.

Violentada por ese pensamiento, le di la espalda y levanté los papeles que tenía desperdigados por la isla en busca del bolígrafo. De pronto, estaba hecha un manojo de nervios. Necesitaba centrarme en escribir otra vez para escapar de los sentimientos que empezaban a despertar en mi pecho.

—Mia... —Jack pronunció mi nombre con suavidad.

Me volteé y lo encontré más cerca de lo que esperaba. Él alzó la mano y el tiempo se ralentizó.

—Lo tienes en el pelo —musitó.

No entendí a qué se refería hasta que él guio la mano a la parte posterior de mi cabeza. Entonces recordé que había usado el bolígrafo para sujetarme el moño. Me lo quitó con delicadeza y el cabello me cayó en cascada sobre los hombros.

Se echó hacia delante y lo soltó en la isla de la cocina. Dejó la mano apoyada sobre la madera, acorralándome. Apenas nos separaban un par de centímetros.

—Gracias —susurré muy bajito.

Sus ojos descendieron hasta mis labios y el corazón se me subió a la garganta. Se inclinó con la total intención de besarme.

—No tan rápido, vaquero —le detuve apoyando la mano en su pecho.

Arrugó el ceño y yo le dije:

—No estamos solos.

—Ayer en los vestuarios eso no te importó.

Contuve la sonrisa, me puse de puntillas y le di un beso fugaz. Los labios le sabían a manzana ácida y se me antojaron irresistibles.

—Ahora sí que son buenos días —dijo antes de marcharse.

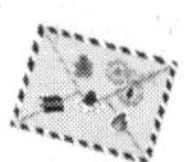

A primera hora de la tarde, cerré el portátil y rebusqué ropa vieja en el armario de mi antiguo cuarto. Encontré una camiseta rosa de manga larga y un peto vaquero y desgastado que tenía un roto en la rodilla. Después de cambiarme, me asomé a todas las habitaciones de huéspedes en busca de Jack. Lo encontré en una de la planta superior, cuchicheando con Blaze.

El suelo estaba cubierto de cartones, y los rodapiés, de cinta de carrocero. En mitad de la estancia había una escalera abierta. Ambos estaban pintando la pared con rodillos extensibles, cuyo mango tenía la misma longitud que el de una mopa. Desde el umbral ya me llegó el olor a pintura.

—Hola —los saludé y se callaron de repente—. ¿Os ayudo?

Los dos se volvieron para mirarme.

—Hostia, gracias al cielo —se apresuró a contestar Blaze—. Toma, sigue tú, porque yo estoy hasta los cojones y el olor me está mareando.

Sin añadir nada más, se acercó a mí con el rodillo en alto.

Me adentré en la habitación. Acepté el testigo y Blaze salió de la estancia.

Jack había reemplazado el chándal del cuerpo de bomberos por uno verde que estaba descolorido y que había conocido tiempos mejores. Sus ojos viajaron desde mi moño deshecho a mis calcetines mullidos.

—No has bajado a comer —me dijo.

—Estaba inspirada escribiendo, y como me había comido las tortitas no me ha entrado hambre.

Jack sonrió y se volvió hacia la pared que estaba pintando de color crema. Nos habíamos decantado por ese color juntos.

Me detuve en el extremo opuesto de la pared y lo observé. Jack mojó el rodillo en la bandeja de pintura que había en el suelo, entre nosotros, y, después de escurrirlo, le dio un par de capas a la madera. Tras verle hacerlo una vez más, retomé la pintura por donde la había dejado Blaze.

—Ayer fui a visitar a Carol —le dije mientras pasaba el rodillo por la pared.

—¿Y qué tal? —Jack se volvió sorprendido y me dedicó toda su atención.

—Nos fue bastante bien. Tenías razón, oír su versión me ha ayudado a comprender mejor lo que ocurrió.

—Me alegro de que hayáis podido hablar.

—Me contó que tú tampoco lo encajaste bien en su momento. No lo sabía...

Jack respiró hondo y asintió.

—Me costó lo suyo aceptarlo. Al principio, solo podía pensar en cómo te lo tomarías tú. Con el paso del tiempo vi que se hacían mucho bien el uno al otro y fui cambiando de opinión.

Volví a empapar el rodillo en la bandeja.

—Carol me dio la colección de bolas de nieve que le dejó mi padre —proseguí al cabo de unos segundos.

Por el rabillo del ojo vi que Jack no había apartado su mirada de mí.

Bajé el brazo y lo contemplé.

—No sé qué hacer con ella —confesé en voz baja—. No sé si quiero dejarla aquí o si debería continuarla en Manhattan...

—No tienes que decidirlo ahora mismo, ¿no?

—Creo que me gustaría seguirla, pero la gracia era que mi padre y yo nos sorprendíamos el uno al otro cada Navidad, ¿sabes? Si ahora las compro yo sola... No sé, quizá haya perdido el sentido.

—Las cosas tienen el sentido que tú quieras darles.

Asentí y suspiré. No quería que me embargase la nostalgia de nuevo, así que levanté el rodillo y me concentré en acabar la tarea.

—¿Qué has escrito hoy? —me preguntó con curiosidad.

Volví a mirarlo.

Me dio la sensación de que intentaba distraerme.

—El segundo beso entre los protagonistas —contesté.

—¿Emma y Travis han vuelto a besarse?

—Sí. Él la ha pillado intentando huir y no se lo ha tomado bien...

Sonreí al recordar el enfado de Travis. En mi cabeza este personaje tenía la cara de Chris Hemsworth. Por alguna razón, imaginarlo cabreado, celoso y dolido era mi debilidad. Con un suspiro amoroso, apoyé la espalda en la pared.

—Estoy muy emocionada —comenté, contenta—. Emma se ha decidido por fin a dejar a Greyson, pero claro..., ¿cómo va a dejarlo y enrollarse con su hermano? No quiere hacerles daño, así que ha optado por darse a la fuga.

La sonrisa de Jack se fue ensanchando conforme yo hablaba, y eso me dio pie a continuar:

—Ya sé lo que me vas a decir. —Sujeté el rodillo con una mano y gesticulé con la otra—. No es la decisión más valiente, pero la pobre no puede más. Tiene el corazón roto. Quiero decir, va a marcharse estando enamorada de Travis, a sabiendas de que jamás le superará, pero no se siente capaz de enfrentarlo. Sabe que, si vuelve a verlo, sucumbirá a sus deseos... Total, que estaba montándose en el caballo para huir, en mitad de la noche, cuando ha aparecido Travis cabreado como un mono. Una cosa ha llevado a la otra y ¡¡se han besado!! Bueno, más que besado. En realidad, van a montárselo en el establo. —Solté una risita, Jack me miró maravillado—. Y, claro, ahora no sé qué hacer con Greyson. Mi idea inicial era que se enrollase con Mary, que es la mejor amiga de Emma y siempre ha estado enamorada de él, pero justo ha llegado Charlotte al rancho, una mujer de la gran ciudad, y ahora no sé con cuál de las dos quiero que se líe. Y tengo que decidirlo ya porque Greyson es el protagonista de mi siguiente libro... En fin, da igual, no sé qué hago contándote esto, si tú solo has preguntado por el beso y esto es otra historia...

—Mia, quiero escuchar todas tus historias —aseguró solemne.

Mi corazón se quedó perplejo y se detuvo un instante. Después, suspiró encantado mientras se derretía dentro de mi pecho.

Sonreí como una idiota.

Él se agachó para dejar su rodillo en el suelo.

—¿Por qué sonríes tanto? —le pregunté.

—Porque eres una despistada y te has apoyado en la pared recién pintada.

Ahogué una exclamación y di un paso al frente. Miré por encima del hombro y me encontré con mi ropa manchada de pintura.

Hice un mohín y Jack se rio de mi cara horrorizada.

Verlo de tan buen humor era un subidón de energía. Atraída de manera irremediable por su fuerza gravitacional, me acerqué a él.

—Tú también te has manchado —apunté, divertida.

—¿Dónde? —Bajó la vista, extrañado, y se escaneó a sí mismo.

Aproveché su distracción para pasarle el rodillo por el brazo.

—Ahí —apunté divertida.

Él levantó la vista despacio.

Al ver su sonrisa burlona supe que tenía escasos segundos para salir de la habitación.

—No sabes lo que has hecho, Best Seller.

Jack recogió su rodillo del suelo. No me dio tiempo a retroceder y me lo pasó por la pierna, iniciando así una guerra de pintura. Con una carcajada me lancé hacia delante, él se escabulló por la izquierda, pero atiné a rozarle la mano.

—En la piel no vale —me dijo.

—En el amor y en la guerra todo vale.

—¿Eso crees, eh? —Me manchó el hombro.

Con la risa resonando en mi garganta, mojé el rodillo en la bandeja de refilón. Levanté la mano para pringarle la cara y él atrapó mi muñeca.

—Estás perdida. Soy más fuerte que tú —me recordó con una sonrisa triunfal.

Tenía el corazón acelerado por la adrenalina.

Jack acercó su rodillo a mi cara, despacio.

—Suéltalo —me pidió.

—No.

—Voy a contar hasta tres —me avisó—. Una... dos...

Intenté buscar una distracción y enseguida la encontré.

—Tr...

No pudo terminar porque me puse de puntillas y estampé los labios contra los suyos. Jack me devolvió el beso casi en el acto. Deslicé la lengua sobre la suya y planté la mano libre en su pecho. Subí la palma hasta su hombro y, cuando pasé los dedos con suavidad por su cuello, él se confió y me soltó. Me rodeó la cintura con el brazo con el que no sostenía el rodillo y me atrajo contra él. Sonreí para mis adentros y, a ciegas, acerqué el mío a su cara. Mi intención era pintarle la mejilla, pero le manché el pelo.

Él se apartó para mirarme con una ceja enarcada y a mí se me escapó la risa. Jack se quedó muy serio. Bajó la mirada hasta mi boca y la sonrisa se me desvaneció hasta desaparecer.

Jack tenía el pelo revuelto y manchado de pintura. Estaba muy guapo con los ojos brillantes y los labios entreabiertos. Ni mi corazón ni yo superaríamos esa imagen.

Posó una mano en mi cintura y se inclinó en mi dirección. El ambiente se cargó de electricidad. Dejé caer el brazo y solté el rodillo. El calor de su palma atravesaba mi ropa y despertaba un cosquilleo agradable en mi piel. Se agachó, poniendo sus ojos miel a la altura de los míos.

—¿Sabes qué pasa cuando juegas con fuego? —murmuró contra mis labios.

Tragué saliva y negué con la cabeza.

Aquello me parecía tremendamente sexy.

—Que te quemas —puntualizó con voz ronca.

Incapaz de soportarlo más, tiré de su sudadera para besarlo. Él se las ingenió para pasarme el rodillo por el cuello.

Abrí la boca y lo miré ultrajada.

—Eres un traidor. No está bien que uses tus encantos.

—Ahora sí que puedes decir que en el amor y en la guerra todo vale.

Jack arrojó el rodillo al suelo. Luego, colocó la mano en mi barbilla, igual que hizo la primera vez que nos besamos cuando éramos adolescentes, y buscó mis labios con los suyos. Un ligero roce bastó para que el corazón me estallase dentro del pecho y liberase cientos de mariposas, que echaron a volar en distintas direcciones. Le devolví el beso, notando cómo mi mundo temblaba y sabiendo que, después de aquello, nada sería lo mismo. Aquel beso lento y dulce fue distinto a todos los que habíamos compartido en días anteriores. No había urgencia ni necesidad. Allí solo estábamos él y yo besándonos con cariño y sin prisa. Un tiempo más tarde comprendí que ese fue el verdadero instante en el que comenzamos a recuperar los cinco años perdidos.

—¡Jack! —exclamó una voz al cabo de un rato.

Él hizo amago de apartarse para contestar, pero yo tiré de sus hombros y no le dejé retirarse.

—Estamos reventados. Blaze se ha ido hace un rato y se ha llevado a Matthew y a Elsa —agregó uno de sus amigos desde el pasillo—. ¿Puedes acercarnos?

Jack me apartó, empujándome de las caderas.

—¡Sí, voy! —le contestó a la voz.

Torcí el gesto con desaprobación. Quería seguir besándolo.

Él me colocó un mechón de pelo detrás de la oreja y solo me dijo:

—Tengo que acercarlos a la estación de bomberos porque han venido en mi camioneta.

Asentí y suspiré.

—¿Quieres venir a dormir a casa? —propuso.

—¿Y si vuelves tú? Nadie va a venir ya por aquí. Y si mañana aparece alguien por la mañana, no le sorprenderá ver tu camioneta en la puerta porque te tiras el día aquí.

—Vale. —Asintió—. Puedo pasar por casa, ducharme, comprar cena y volver.

—O puedes dejarlos y volver aquí directamente para ducharte conmigo.

Una sonrisa lasciva se adueñó de su expresión.

—Cuanto antes me vaya, antes volveré —susurró.

—Vale. Genial. Voy preparando el baño.

Acunó mi rostro entre sus manos y me dio un último beso.

—¡Chicos, nos vamos! —gritó cuando salió al pasillo—. ¡Ya!

Sonreí a la habitación vacía.

Los labios se me quedaron cosquilleando un rato y, entonces, caí en la cuenta de que hacía tiempo que no estaba tan contenta y de que empezaba a sentir lo mismo que las protagonistas de mis novelas románticas. Con la diferencia de que, en la vida real, yo jamás podría reescribir mi relación con Jack.

29

Mia

A la mañana siguiente me desperté sola. Jack y yo habíamos vuelto a dormir en mi cama de la adolescencia, abrazados y algo apretados. La luz de primera hora se filtraba a través de la cortina, iluminando la habitación de manera tenue. Estaba muy calentita bajo el nórdico. Solo me apetecía que Jack regresase y pasar todo el día tumbada con él.

Después de desperezarme, consulté la hora en el teléfono y me encontré con el calendario de bomberos editado por Chelsea esperándome. Lo abrí directamente en el móvil. Sonreí adormilada al ver la fotografía que había seleccionado mi amiga para la portada. Era una en la que posaban todos juntos delante de uno de los camiones. Amplié la imagen para apreciar mejor la cara de Jack y se me escapó una risita. Chelsea había añadido unas llamas al fondo que se veían bastante realistas. En un lateral había colocado un cartelito con el año que cubría el calendario.

Deslicé el dedo por la pantalla hasta llegar al mes de diciembre. Chelsea había editado una foto en la que Jack estaba de pie, delante del árbol de Navidad, simulando que le daba un martillazo a la mesa. Agradecí mentalmente haberle pedido que se pusiera el gorro de Santa y que se quitase la chaqueta; los tirantes rojos resaltaban por encima del uniforme azul marino y me resultaba tremendamente atractivo con la barba de dos días y la cara de concentración.

Pasé el pulgar por la pantalla y fui viendo los meses de sus compañeros. La mayoría salían haciendo actividades cotidianas del parque o posando con algo relacionado con su mote. A excepción de Matthew, que se había empeñado en subir la cuerda sin camiseta, nadie salía luciendo musculitos.

Cuando los vi todos, me llevé el teléfono a la oreja y llamé a mi amiga.

—¡Chelsea, el calendario está genial! —la felicité en cuanto descolgó.

—¿Te gusta? —preguntó emocionada.

—¡Me encanta! Creo que se venderán tan fácil como si fuesen bastones de caramelo en la puerta de un colegio.

—Hija, con lo buenos que están esos hombres no me extraña... Guárdame uno, ¿eh?

Solté una risita.

Su tono chispeante siempre me hacía reír.

—¿Un bombero o un calendario?

—Un calendario —se rio—. Aunque, ahora que lo dices, ¿quién es el bombón de julio?

—Dame un segundo que lo miro. —Me quité el móvil de la oreja y abrí el calendario.

El protagonista de ese mes era Blaze y su cara de mala leche. Llevaba la bandera de Estados Unidos sobre los hombros para conmemorar el Cuatro de Julio y un sombrero de *cowboy* negro.

—Es uno de los mejores amigos de Jack —respondí al pegarme el móvil a la oreja de nuevo—. Se llama Blaze.

—Mmm..., no me importaría que Blaze me diera un manguerazo.

Solté una carcajada.

—¿Por qué lleva puesto un sombrero de *cowboy*? —quiso saber.

—Porque acaba de comprarse un rancho y me pareció que quedaría bien para la foto.

—¿Es bombero y tiene un rancho? —Chelsea hizo una pausa y luego exclamó un—: Ya sabes el dicho popular: «Salva un caballo, monta un *cowboy*». *Yeehaw!*

No pude evitar volver a reírme.

—Creo que Blaze es un poco macarra para ti.

Mi amiga, con su melena cuidada del color del caramelo y sus vestidos veraniegos, podría haber salido de extra en uno de esos episodios de *Gossip Girl* en los que los protagonistas viajaban a los Hamptons. Me resultaba imposible imaginar a Blaze, con sus facciones duras y su ropa oscura, al lado de toda esa delicadeza.

—Hay algo en él que no me convence —proseguí—. Me han advertido de su mal carácter, pero conmigo es majo... Quizá son cosas mías, pero veo su comportamiento un poco extraño...

—No te preocupes. Estoy deseando meter en vereda a un buen gilipollas.

Volvimos a reírnos.

—Háblame de Santa Claus... —continuó ella refiriéndose a Jack—. ¿Vas a sentarte en sus rodillas y decirle que este año has sido una chica muy mala?

Su tono sugerente me arrancó otra carcajada.

—Chelsea, no vamos a hacer bromas sobre la manguera de Santa.

—¿Por qué no?

—Porque me he pasado la mitad de mi vida viendo a mi padre disfrazarse de él.

—Cierto...

Cogí aire y decidí confesarme:

—Jack y yo nos hemos acostado.

—¡Esa es mi chica! —me felicitó. No parecía sorprendida—. Estabas estresada y eso no es bueno para la salud... ¿Qué tal con él? —preguntó tras una pausa.

—Bien. —Le sonreí al techo de mi habitación—. Llevamos viéndonos unos días, desde que se cayó el árbol.

—¿Llevas tirándotelo una semana y no me has dicho nada? —Ahora sí que parecía sorprendida.

—No me ha dado la vida. He estado absorbida por la reforma y por el manuscrito.

—Corrijo: has estado absorbida por la reforma, el manuscrito y las sábanas del bombero.

—Algo así —me reí.

—Entonces... ¿habéis vuelto?

Detecté cautela en su pregunta.

—No. No —me apresuré a responder—. No tenemos nada serio. Simplemente estamos viéndonos porque nos apetece y ya está.

—¿Hasta cuándo decías que ibas a quedarte en Sunnyside? —No me pasó desapercibido su tono receloso.

—Hasta la reapertura del Polaris. Si todo va bien, será el día veinte.

—¿En diez días? Genial. ¿Ya tienes el billete de vuelta comprado?

—Todavía no... Es que no sé si quedarme a pasar las Navidades, para dar apoyo con los huéspedes y eso.

Chelsea guardó silencio unos segundos, casi podía oír los engranajes de su cabeza girar a toda velocidad.

—Mia, ¿te estás colando por tu ex y vas a quedarte en el pueblo para siempre, como en una comedia romántica de esas que tanto te gustan?

Esa pregunta hizo el mismo ruido en mi cabeza que si acabase de estallar una bomba de relojería.

—Qué va —negué—. Mi vida está en Nueva York y quiero volver a ella. Simplemente voy a quedarme unos días más para ayudar en el Polaris. Si la reapertura va bien y al final me lo quedo, tendré que buscar a alguien que se haga cargo de la gestión y todo eso.

—¿Y qué va a pasar con Jack cuando se acaben las fiestas?

—No tengo ni idea... —contesté—. Supongo que volveré a Nueva York, él se quedará aquí y cada uno seguirá con su camino.

Chelsea suspiró.

La conocía lo suficiente como para saber que mi respuesta no la convencía.

Por alguna razón, a mi corazón le incomodó la idea de no volver a saber nada de Jack.

No quería seguir hablando de mi futuro. Por eso desvié la atención y le dije:

—Bueno, ¿qué libro nos empezamos ahora? Te toca elegir a ti.

Tras colgar con mi amiga me di una ducha rápida, salí de mi habitación y me dirigí al Polaris. Jack estaba pintando con sus compañeros. Aquel día también habían venido a echarnos una mano Billy, Tom y Helen. Como era imposible que nos quedásemos a solas, bajé a la cocina para prepararme un café. Tenía que conducir cuarenta minutos hasta la parte sur del lago Tahoe para imprimir los calendarios y necesitaba cafeína.

Un poco más tarde, salí de la cocina para marcharme y Jack se interpuso en mi camino.

—Tengo que darle el visto bueno al calendario antes de que lo imprimas —me dijo.

Arqueé una ceja y negué con la cabeza.

—Lo siento, pero no puedo darte un trato preferencial. Tendrás que esperar como el resto.

Él me regaló una sonrisilla sexy. Luego, miró por encima del hombro para asegurarse de que no había nadie en la recepción y tiró de mí. Me estampé contra su pecho y se me aceleró el corazón. Sus manos estaban en mi cintura y su boca a centímetros de la mía.

—Creo que sé cómo convencerte para que me lo enseñes —susurró con voz grave.

El aire se cargó de electricidad entre nosotros.

Jack se inclinó muy despacio en mi dirección y el anhelo se alzó en mi interior.

Estábamos a punto de besarnos cuando oímos pasos aproximarse.

Jack se apartó de mi cuerpo en el acto.

De reojo vi a Carol entrar en la recepción cargada con una bolsa.

Antes de hablar tragué saliva para bajar el corazón, que se me había subido a la garganta.

—Sí —comenté mirando la pared con las manos en las caderas—. Yo también creo que deberíamos darles una capa de barniz a las paredes —solté lo primero que me vino a la cabeza.

Jack carraspeó y me siguió la corriente:

—Mañana me pongo a ello.

—¡Buenos días! —nos saludó Carol.

Se detuvo a nuestro lado con su eterna sonrisa.

—Buenos días —le respondió Jack, como si nada—. Deja que te ayude.

Se inclinó para coger la bolsa que cargaba. Parecía algo pesada.

—Hola —la saludé yo al cabo de unos segundos.

—Me he enterado de que han venido los chicos a pintar y les he traído unos bocadillos. —Señaló la bolsa que sujetaba Jack.

—No hacía falta, mujer —le dijo él—, pero muchas gracias. Comen como los hobbits, así que estarán listos para el segundo desayuno.

Carol le sonrió, y luego me miró a mí. Me puse un poco nerviosa. Sentía que un neón luminoso adornaba mi cara y anunciaba que había estado a punto de morrear a Jack con pasión.

—Tengo una cosa para ti. —Carol rebuscó en su bolso y sacó varios papeles doblados—. Toma.

Los extendió en mi dirección y yo los cogí, sin tener ni idea de lo que era.

—He ido contando lo del calendario por el pueblo. Te he hecho una lista con las personas que ya me lo han encargado.

Desdoblé los papeles y me encontré una lista numerada que contaba con trescientos veintitrés nombres.

—¿Lo quieren trescientas personas? ¡Guau, eso está genial! —exclamé sorprendida—. ¡Muchas gracias!

—No me las des, no me ha costado nada. Estoy segura de que más gente se animará a comprarlo cuando se corra la voz.

—Justo iba a imprimirlos ahora —la informé—. Con estos números, encargaré unos quinientos… Había pensado venderlos en Winterdale y en los pueblos de alrededor.

—Fantástico —musitó Jack en voz baja.

Contuve la sonrisa.

Sabía que no le hacía ilusión que tanta gente comprase el calendario, pero me alegraba que hubiese aceptado hacerlo por el Polaris.

—¡Me voy! —les dije—. ¡Luego os cuento!

A primera hora de la tarde irrumpí emocionada en la habitación que estaba terminando de pintar Jack. Como había predicho Carol, me habían escrito más vecinos para comprar el calendario. Al final, había encargado setecientos en la imprenta; tendría que recogerlos dos días más tarde. Gracias a la acogida, se me había ocurrido una idea nueva para recaudar fondos.

—¿Te interesaría venderte en la plaza del pueblo este sábado a las siete? —le pregunté a Jack.

Él bajó el rodillo y se volvió para observarme.

Llevaba el mismo chándal manchado de pintura que el día anterior. Parecía algo cansado y estaba monísimo con el pelo revuelto.

—¿Qué? —Parpadeó confundido.

—Que si te apetece participar en la subasta de los solteros del pueblo —expliqué, adentrándome en la estancia—. Ya he conseguido que se apunten Michael, Billy y Matthew.

—Pero ¿de qué estás hablando? ¿Puedes empezar por el principio, por favor?

—A ver, como los calendarios están funcionando tan bien para recaudar fondos, se me ha ocurrido que la subasta benéfica de este año podría ser con los solteros del pueblo.

Todos los años por esas fechas se organizaba una recaudación de fondos en la plaza del pueblo. La tradición había empezado hacía diez años. Cada vez el dinero se destinaba a una causa distinta, algunas veces era para ayudar a vecinos que lo necesitaban y otras simplemente para apoyar iniciativas culturales.

—¿Y qué se subasta exactamente? —cuestionó con desconfianza.

—Una cita con vosotros. —Sonreí—. He recordado lo que dijo tu hermana de que Blaze y tú sois los solteros más cotizados del pueblo y la idea me ha venido sola. A Tom le ha encantado y me ha ofrecido usar el escenario de la plaza el sábado a las siete, antes del concierto.

—¿Ya lo has orquestado todo? —Abrió los ojos, sorprendido.

—Más o menos. Chelsea está haciendo el cartel para anunciarlo, Holly se ha ofrecido para mediar la puja y yo estoy reclutando a los voluntarios para la subasta.

—A ver si lo he entendido… ¿Quieres que me suba a un escenario para que alguien pague por mí? —preguntó incrédulo.

Se me escapó una risita.

—Sí.

Jack arrugó la nariz, no parecía nada entusiasmado con la idea.

—El dinero recaudado se utilizará para comprar las decoraciones navideñas del Polaris —recordé—. Visto el éxito de los calendarios, estoy segura de que la subasta funcionará genial.

Jack dejó el rodillo en el suelo y se acercó a mí. Se detuvo al llegar a mi altura. Estiró el brazo por encima de mi cabeza y cerró la puerta. Tras eso me apoyó con suavidad contra la madera.

—Si te digo que sí… —Bajó la voz y colocó las manos en mi cintura—, ¿pujarás por mí?

Le eché los brazos al cuello y le pregunté:

—¿Tú qué crees?

—Que no te hace falta, porque ya me tienes ganado.

Algo cálido se fundió en el interior de mi corazón. Supe que en el futuro recordaría esas palabras con nostalgia. No me dio tiempo a pensar nada más porque Jack recortó la distancia que nos separaba y me besó, silenciando así la vocecita que volvió a recordarme que aquello era algo pasajero, que acabaría antes de empezar.

30

Mia

Pasé gran parte de la mañana del miércoles ayudando a pintar y a instalar lámparas en el Polaris. Aunque cada vez se acercaba más gente a echarnos una mano, Jack y yo nos las ingeniábamos para robarnos besos a escondidas. Por la tarde fui con Carol, Ivy y Holly a encargar muebles y a empapelar cada rincón de Sunnyside con los carteles de la puja de solteros.

El jueves decidí que quería continuar con la tradición que tenía mi madre de entregarle a cada familia que se hospedase en el Polaris un kit para que armasen su propia casita de jengibre. Me había alegrado saber que Carol y mi padre habían continuado haciéndolo, era un bonito homenaje a mi madre que esas Navidades podría retomar yo. Hacía años que no preparaba esas galletas y, dado que faltaban solo ocho días para la reapertura, quería practicar.

Por la tarde estaba aplanando la masa de jengibre con el rodillo frente a la isla de la cocina cuando alguien apareció en mi ángulo de visión. Levanté la vista; Jack estaba apoyado contra el marco de la puerta. Llevaba una camisa de cuadros roja, unos pantalones de trabajo oscuros y el cinturón marrón de las herramientas abrazado a las caderas. Cuando nuestros ojos tropezaron, le devolví la sonrisa.

Él me saludó con un gesto de cabeza y dijo algo que no entendí.

—Espera —le pedí—, que no te oigo con el audiolibro.

Solté el rodillo y me limpié las manos en el delantal que me había puesto encima del vestido verde de punto. Acto seguido, me quité los cascos y los guardé en su estuche.

—Listo, ¿qué decías?

Jack respondió con otra pregunta:

—¿Qué aventura estás viviendo hoy? —Señaló mi móvil con la barbilla.

—La de una escritora fantasma de novelas románticas que ha dejado de creer en el amor. No sé mucho todavía porque acabo de empezarlo.

—¿Cómo se titula?

—*El amor ha muerto.*

Él asintió.

Un instante después se fijó en el desastre que tenía organizado en la isla. En un descuido el paquete de harina había volcado y se había salido parte del contenido. Al lado estaba el bol sucio que había usado para mezclar los ingredientes y varios botes de especias y decoraciones comestibles desparramados.

Rescaté una almendra laminada de la mesa y me la llevé a la boca.

—¿Te preocupa algo? —me preguntó con cautela.

—No. ¿Por qué?

—Como estás preparando galletas…

—Ah, tranquilo. —Hice un gesto con la mano para restarle importancia—. Esto es solo porque he pensado mantener la tradición de las casitas de jengibre y estaba practicando…

A Jack se le iluminaron los ojos. Cerró la puerta y atravesó la estancia con una sonrisa en la cara. Bordeó la isla y se detuvo detrás de mí. Me abrazó por la espalda, estrechándome contra él.

—¿Qué son esos recortes? —Estiró la mano y atrapó un trozo de papel en forma de casa, que descansaba sobre la madera.

—Verás… —Me reí y cogí el papel cuadrado—. Se me ha olvidado comprar los cortadores de galletas en forma de casa. Así que he recortado las siluetas que necesito en un folio y voy a usarlas como guía para cortar la masa. Este sirve para las paredes y el tejado, y el que tienes tú es la parte frontal y trasera de la casita.

Jack soltó una carcajada ruidosa que resonó dentro de mi corazón. Luego, dejó el papel en su sitio y volvió a rodearme la cintura con los brazos.

—La más creativa del pueblo —dijo antes de besar la parte posterior de mi cabeza.

Aprovechó que llevaba el pelo recogido en un moño para dejar un reguero de besos por mi cuello.

—Qué bien hueles —comentó.

—Seguramente sea la mezcla del azúcar y de la mantequilla de las galletas.

—No. Eres tú.

Me estremecí cuando me rozó con los labios la oreja, y se me endurecieron los pezones cuando me mordió el lóbulo.

Respiré hondo.

Él subió las manos por mi cuerpo y me apretó los pechos por encima de la ropa.

—Jack... —musité en una advertencia—. Nos pueden pillar...

Depositó otro beso en mi cuello y dijo cerca de mi oído:

—Imposible. Los he mandado a todos a recoger los muebles.

Tiró de mis caderas en su dirección. El pulso se me aceleró al sentirlo duro contra mí.

Se retiró y me soltó el nudo del delantal. Me lo saqué por la cabeza y lo dejé caer al suelo. Jack apartó la tabla que contenía la masa de galletas a un lado y dejó su cinturón de las herramientas sobre la isla.

—Como mañana no te puedo ver porque tengo guardia... —Soltó un preservativo al lado del cinturón y el estómago me dio un vuelco—. He pensado darte un incentivo para que el sábado pujes por mí.

—Tendrá que ser un incentivo buenísimo.

—No te preocupes, que vas a querer más —terminó con voz ronca.

Me agarró la cintura y pasé de cero a cien en segundos. El calor de sus manos enormes traspasaba el vestido de punto y me quemaba la piel.

Recosté la cabeza contra su pecho y él subió la mano por mi esternón hasta mi garganta, y de ahí a mi mandíbula. Perfiló mi labio inferior con el pulgar y yo le mordí la punta del dedo con suavidad. Luego, se lo lamí despacio y él gimió detrás de mí.

Con la otra mano me subió el vestido hasta la cadera y coló la mano debajo de la tela para acariciarme la piel del estómago. Un cosquilleo agradable se fue despertando allí por donde bailaban sus dedos.

Me aferré a la encimera cuando me rozó entre las piernas, por encima de los leotardos.

—¿Quieres que te folle? —me preguntó cerca del oído.

—Sí —respondí con voz queda.

Retiró la mano de mi cuerpo.

Temblé cuando oí que se bajaba la cremallera del pantalón. La impaciencia agitó mi interior y el corazón se me subió a la garganta.

Me quité las deportivas con los pies, sin soltarme los cordones. Jack metió las manos por debajo de mi vestido y enganchó la costura de los leotardos. Se agachó detrás de mí y me los bajó hasta los tobillos, ayudándome a sacar primero un pie y después el otro.

Como si quisiera torturarme, me bajó las bragas despacio. Los pezones se me endurecieron aún más y el sujetador empezó a molestarme. Tragué saliva cuando me subió el vestido hasta la cintura. El aire abandonó mis pulmones cuando me mordió el culo y una oleada de placer me recorrió entera.

Acto seguido, me instó a darme la vuelta empujándome de las caderas. Con el pulso latiéndome con violencia en los oídos, me quedé de cara a él. Jack estaba de rodillas delante de mí, observándome con devoción y haciéndome sentir con tan solo una mirada más deseada que nunca.

Temblé cuando hundió la cara entre mis piernas. Trazó un círculo con la lengua y yo enredé los dedos en su pelo, sentir su saliva caliente era demasiado para mí. Un gemido se quedó atascado en mi garganta cuando introdujo un dedo en mi interior.

Cerré los ojos y me concentré en las sensaciones que experimentaba mi cuerpo. El calor fue acumulándose en mi estómago, sentía que me faltaba el aire. Él no se detuvo hasta que me fundí bajo sus caricias ardientes.

Jack se incorporó con una sonrisa lasciva en la cara. Le desabroché los botones de la camisa de manera frenética y se la quité, junto a la camiseta. Necesitaba notar su piel caliente, era como un calmante para mí. Recorrí su torso y su estómago con las palmas, como una ansiosa. Sin dejar de besarlo, me apresuré a bajarle los pantalones y la ropa interior hasta las rodillas. Le lamí los labios y se la agarré.

Soltó un jadeo que consiguió calentarme aún más, incentivándome a mover la mano con energía. Su respiración se espesó. Con el corazón latiéndome a toda pastilla, me arrodillé y volví a cogérsela.

Jack se tensó cuando le acerqué a mi boca. Le lamí despacio y él gimió de alivio. Quería darle el mismo placer que él me había dado a mí. Recorrí su miembro con la lengua una vez y otra más.

—Dios, joder...

Le envolví con la boca y durante un rato me dediqué a complacerlo.

—Mia...

Una nota de deseo impregnaba su voz, haciéndolo más irresistible todavía.

Alcé la vista.

Jack tenía las palmas apoyadas sobre la encimera y la cabeza gacha. Me excitaba verlo a punto de descontrolarse, enseñándome su cara más sexy.

Habría seguido si él no hubiese suplicado.

—Para, por favor —rogó con voz ahogada.

Dio un paso atrás y me pidió que me incorporase.

Jack me acorraló entre su cuerpo y la isla, y me besó con vehemencia. Subí la mano por su torso en una caricia y le introduje la lengua en la boca de manera salvaje. No tardó en darme la vuelta por las caderas para dejarme de cara a la isla, con él a mi espalda.

—Eres tan suave... —murmuró contra mi nuca a la par que me acariciaba el culo.

Sin quitarme el vestido subió las manos hasta el enganche del sujetador y me lo soltó con habilidad. Después, pasó las manos por mis costillas y sus pulgares rozaron mis pezones con delicadeza. Volví a apoyar la cabeza contra su pecho, completamente entregada al placer. Estaba al borde del colapso y lo único que me sostenía era él. El calor no tardó en hacerse insoportable. Con el juicio nublado por el deseo, cogí el preservativo.

—Póntelo. Ya —demandé impaciente.

Jack lo cogió y le oí abrirlo. Un instante después dejó el envoltorio en la encimera y colocó un pie entre los míos.

—Separa las piernas, cariño —dijo con voz ronca.

Hice lo que me pedía.

Jamás cuatro palabras me habían excitado tanto.

Tragué saliva y me quedé en vilo unos segundos.

Jack metió la mano entre nosotros y yo me recosté contra la isla. Empujó en mi dirección para penetrarme y resbaló en mi interior con facilidad.

Mis pensamientos fueron cortados de raíz cuando empezó a moverse.

—¿Te gusta? —me preguntó entre jadeos.

—Sí. Mucho.

Bajó las manos por mis hombros y por mis brazos. Atrapó mis manos y las colocó sobre la isla de madera, cubriéndolas con las suyas, sin dejar de balancear las caderas contra las mías.

Tenía la piel tan caliente que no sabía si la que ardía era yo o si la cocina entera estaba en llamas. El placer que se arremolinaba en mi estómago crecía sin control.

Llegó un momento en el que me agarró con firmeza de las caderas y aumentó la velocidad hasta llevarnos a un punto de no retorno.

—Me encanta... follarte... así —confesó, sin perder el ritmo.

Su voz grave caldeaba el ambiente.

Torcí el cuello para besarlo. Lamió mis labios con codicia y yo saqué la lengua, buscando la suya. Cuando me apreté a su alrededor y él entendió que estaba cerca, sus manos regresaron a mis caderas y aumentó aún más la intensidad de los movimientos. Tuve que aferrarme a la encimera en busca de equilibrio. Jack empezó a jadear incoherencias sobre lo mucho que le gustaba follarme. Estaba a punto de alcanzar el orgasmo cuando una voz femenina nos llegó desde la recepción.

—Mia, ¿dónde estás?

Nos quedamos paralizados unos segundos.

—No me jodas. —Jack salió de mi interior soltando una maldición.

Me llevó unos segundos comprender lo que sucedía.

—Mierda —murmuré.

Había quedado con Holly para vender los calendarios.

El calentón se me pasó de un plumazo.

Me volví horrorizada para observar a Jack. Lo pillé subiéndose los calzoncillos a toda prisa. Todavía podía sentir la adrenalina corriendo por mis venas y el corazón palpitándome en las sienes. Me puse las bragas en un tiempo récord. Metí un pie dentro de los leotardos y por poco me caí al suelo.

—¿Mia? —Esa segunda vez su voz se oyó más cerca.

—¡Escóndete! —le pedí a Jack, nerviosa, en un murmullo.

En ese momento, estaba abrochándose los pantalones. Me subí los leotardos de un tirón y me coloqué el vestido como pude.

Jack se agachó, quedando oculto tras la isla, y yo me giré hacia la puerta con la respiración agitada.

El picaporte bajó y mi vista aterrizó en el envoltorio plateado que estaba al lado de la bandeja. Holly empujó la madera al tiempo que yo di un manotazo sobre la encimera para tapar el preservativo.

—Hola —me saludó mi amiga al abrir la puerta.

—Hola. —Sonreí, tratando de aparentar normalidad.

Apoyé mi peso sobre la encimera, las piernas todavía me temblaban.

—¿Qué tal? —Holly se acercó—. Uy, estás rojísima. ¿Te encuentras bien?

Hizo amago de acercarse y yo la paré extendiendo la palma.

—¡Quédate ahí! —exclamé.

Holly arrugó las cejas.

—¡Se me ha caído antes un huevo y no quiero que te resbales! —agregué a toda prisa.

Sus ojos avellana se dirigieron al suelo, y después me escanearon con desconfianza. Un instante después su mirada se suavizó.

Maldije mi suerte cuando apartó la silla, que estaba en el extremo opuesto de la isla, para sentarse. Aproveché esos segundos vitales de distracción para dejar caer el brazo y pasarle a Jack el envoltorio del preservativo con disimulo.

—¿Y Jack? —me preguntó ella—. He visto su camioneta fuera.

—No está. Se ha ido a recoger los muebles con los chicos.

Asintió sin verbalizar respuesta.

El corazón me seguía latiendo a mil por hora.

Cuando creía que la situación no podía ser más surrealista, Holly dijo:

—Me he encontrado con Billy cuando venía.

—¿Ah, sí? —Intenté sonar despreocupada, pero estaba al borde del infarto.

—Sí. Está deseando que pujes el sábado por él en la subasta.

Jack suspiró de manera profunda y yo carraspeé para camuflarlo. Le di un golpecito discreto con el pie.

—Ah... —No supe qué más decir.

—Deberías hacerlo. El pobre se pasó media adolescencia colado por ti y merece su oportunidad, ¿no crees?

—Lo pensaré. —Me incomodaba hablar de otros hombres delante de Jack—. ¿Nos vamos? —pregunté impaciente.

—¿No íbamos a tomar el café aquí? —Holly me miró extrañada.

—Necesito que me dé el aire, mejor te invito a uno en The Dam Cafe, así le dejamos un taco de calendarios a Ivy.

—Me parece bien. —Holly me dedicó una sonrisa angelical al levantarse.

Salí de detrás de la isla con el pulso acelerado, suplicando internamente por que no me fallasen las piernas.

—¿Vas a dejar todo esto así? —Mi amiga señaló el desastre que había montado en la encimera.

—Sí, luego lo recojo. —Hice un gesto con la mano, restándole importancia.

Anduve lo más deprisa que pude. Cada segundo allí era una oportunidad de que descubriese que Jack estaba agazapado y semidesnudo detrás de la isla.

—Qué guapa estás —me dijo Holly.

—Tú más. —Le di un abrazo fugaz y la enganché del brazo.

Estábamos a punto de salir de la cocina cuando Holly miró por encima del hombro y dijo:

—Por cierto, Jack, la cena en casa es a las siete. No te olvides de traer el postre.

Me paré en seco y la miré confundida.

Holly soltó una risita.

—Perfecto, allí estaré —oí que decía Jack a nuestra espalda.

Una oleada de rubor me subió por el cuello.

Mi amiga me rodeó los hombros con el brazo y me instó a reanudar la marcha.

—¿Cómo lo has sabido? —pregunté estupefacta mientras atravesábamos la recepción.

—Por Dios, Mia, brillas más que el árbol de Navidad de la plaza y parece que te acaba de centrifugar la lavadora. —Sus ojos se detuvieron un instante en mi moño deshecho y otro en mi vestido.

Agaché la vista, el vestido que llevaba era holgado, pero se había dado de sí tras nuestro encuentro apasionado.

—Además, estaban las marcas de vuestras manos en la harina de la encimera y, al lado, su cinturón de las herramientas —continuó—. Es evidente que os he pillado con las manos en la masa. —Se rio ella sola.

—¿Lo de Billy lo has dicho a propósito? —quise saber.

—Puede. —Soltó otra risita—. Ver a Jack celosillo es divertido.

Al subirme en el coche bajé el espejo que estaba encima del volante. Tenía el cabello desordenado, los ojos iluminados y las mejillas sonrosadas. Me solté el moño y me peiné con los dedos.

—Cuando quieras, puedes contarme qué está pasando con Jack —me dijo Holly desde el asiento del copiloto.

Arranqué el coche y salí del aparcamiento. Enseguida empezó a sonar «Christmas Tree Farm» en la radio.

—Nos acostamos el día que nos quedamos encerrados… —confesé.

—¡Lo sabía! —exclamó emocionada—. ¿Habéis vuelto?

Tragué saliva, incómoda, y negué con la cabeza. No quería que se hiciese esperanzas por algo que no pasaría ni en un sueño remoto.

—No hemos vuelto —aclaré—. Solo tenemos… algo casual.

—¿Por qué no me lo contaste el otro día en Winterdale? —cuestionó con un deje acusador en la voz—. Estuvimos hablando de él cuando me preguntaste por lo suyo con Ginger.

—No te lo conté porque hemos decidido mantenerlo en secreto.

—¿Y eso por qué?

—Porque no quiero volver a ser la comidilla del pueblo. Si la gente se entera, todo el mundo dará su opinión...

Holly no dijo nada durante un rato.

Enfilé el camino de tierra para salir de la propiedad y le hice un resumen de todo lo que había pasado entre Jack y yo desde que se cayó el árbol.

—¿Estás segura de que para Jack es solo sexo? —preguntó ella cuando me callé.

—Sí.

Acababa de aparcar frente a la cafetería. Fuera, la tarde era fría y soleada.

Holly se desabrochó el cinturón de seguridad y se ladeó en mi dirección.

—¿Qué pasa? —pregunté.

—¿No crees que Jack está deseando que te quedes aquí?

«¿QUÉ?».

—Claro que no. —Me apresuré a negar con la cabeza.

—Mia, he visto cómo te mira… Va a decirte que sí a cualquier cosa que le pidas, aunque no sea lo que a él le gustaría.

—Eso no es verdad… —Negué con la cabeza con energía.

Ella arqueó una ceja y me observó con compasión.

—Jack no está deseando que me quede —aseguré, nerviosa. No sabía si trataba de convencerla a ella o a mí misma—. Acordamos tener algo casual, como lo que tiene con Ginger.

Holly resopló incrédula.

—Lo vuestro no es ni remotamente parecido.

—¿Cómo lo sabes?

—No deberías enterarte por mí, pero se quedó destrozado cuando le dejaste y es bastante evidente que no te ha superado.

El corazón se me detuvo un instante y me asoló una enorme sensación de vértigo. Mi estómago cayó en picado como una montaña rusa.

—¿Qué dices? —Estaba cada vez más incómoda—. Claro que me ha superado.

—Si tú lo dices...

—No puedes contárselo a nadie —le dije.

—Tranquila, tus secretos siempre estarán a salvo conmigo. Como no quieres opiniones ajenas, voy a dejar que te sigas autoengañando y no te voy a dar la mía. De todos modos, si queréis mantenerlo en secreto, deberíais ser más discretos. Igual que os he pillado yo, podría pillaros cualquiera... Ahora que lo pienso, ¿vas a pujar por él en la subasta?

Me mordí el labio y suspiré.

—Se lo he prometido, pero... ya no sé si es buena idea —confesé derrotada.

Cuando, un rato más tarde, llegamos a Winterdale, parte de mi tensión pasó a un segundo plano. La venta de calendarios fue un éxito en Sunnyside y en los pueblos vecinos. Estaba ilusionada, pero, en el fondo, la conversación con Holly me reconcomía. Por eso, antes de volver a casa, le escribí a Jack y le pedí que no viniese a dormir. Quizá estábamos llevando el juego de las casitas demasiado lejos, y nuestros corazones no se merecían volver a sufrir.

31

Mia

Seis días para la reapertura del Polaris

Eran las siete menos cinco de la tarde y la plaza del ayuntamiento estaba a reventar. Nadie quería perderse la puja de solteros benéfica. Había anochecido y corría una brisa fría. El ambiente era festivo; los villancicos sonaban a través de los altavoces que había sujetos en lo alto de las farolas y las luces del árbol eran un espectáculo.

Cinco de los siete solteros ya estaban subidos en el escenario. Holly y yo estábamos al lado charlando. Mi amiga se encargaría de moderar la subasta y yo de recolectar el dinero.

—Acaban de llegar Jack y Blaze —murmuró Holly en voz baja.

Me volteé para ver a Jack estrecharle la mano a un vecino. Se había puesto la camisa negra que me gustaba junto a la chaqueta de cuero que le sentaba de muerte. No habíamos vuelto a coincidir a solas desde que Holly nos había pillado en la cocina dos días atrás. Él había pasado el viernes de guardia, y yo me había encargado de mantenerme ocupada y lejos de su presencia durante todo ese día.

—¿Has decidido ya si vas a pujar por él? —quiso saber Holly.

Volví a mirarla y suspiré.

Ella era la única que estaba al tanto de mis preocupaciones. Seguía confundida tras la conversación que habíamos tenido cuando fuimos a vender calendarios juntas. No estaba segura de si pujar por él era buena idea o no. Si lo que me había dicho Holly era cierto, Jack podría hacerse ilusiones respecto a lo que teníamos, y no quería hacerle daño. Además, nos convertiríamos en el tema de conversación de todo el pueblo.

—Creo que no debería hacerlo... —le dije a Holly—. No sé, estoy hecha un lío y me gustaría hablar con él —terminé, apretándome el cubo contra el pecho.

—Tienes suerte, viene hacia aquí.

Unos segundos más tarde, Blaze nos saludó sin detenerse y subió las escaleras que daban al escenario. Jack se paró a nuestro lado.

—Hola. —Me saludó con una sonrisa alegre.

—Hola. —Desvié la vista hacia su hoyuelo y esbocé una sonrisa.

«¿Por qué es tan terriblemente guapo?», suspiré.

Jack le dedicó una mirada significativa a Holly y ella se excusó diciendo:

—Bueno, voy a empezar ya..., que la gente se pone nerviosa si tiene que esperar.

En cuanto mi amiga subió las escaleras del escenario, me volteé para mirar a Jack. Desde ahí, nadie podía oírnos.

—Estás muy guapa con el gorro —me dijo.

—Gracias.

Me había puesto un gorro de Santa para que la gente me encontrase rápido a la hora de hacer las donaciones. Jack me observaba encandilado, como si llevase puesto el vestido brillante que lucía Ariel al final de la Sirenita en lugar de mi abrigo nuevo acolchado y unos vaqueros.

—¿Has pensado ya dónde vas a invitarme a cenar? —me preguntó con una sonrisilla sexy.

—Yo...

«¿Qué le digo?».

Me sentí fatal. Parecía contento de verme y no quería desilusionarlo, pero prefería sincerarme y evitar malentendidos.

—Jack, he estado pensando y creo que no es buena idea que...

En ese instante, Holly carraspeó sobre el micrófono y su voz sonó a través de los altavoces:

—Buenas tardes a todos. ¿Qué tal? —preguntó mi amiga con su característico tono chispeante—. ¿Tenéis ganas de que empiece la subasta?

—¡Sí! —respondieron multitud de voces a coro.

—Señor Halliday —Holly llamó a mi acompañante cuando cesaron los vítores—, si es tan amable, suba al escenario, por favor.

—Luego te veo. —Jack se despidió con otra de esas sonrisas que le quitarían el aliento a cualquiera.

Ocupé mi sitio en primera fila junto a Ivy. A su lado estaban Beth, Carol y Helen.

—Bueno, ahora que ya estamos todos aquí arriba podemos empezar. Para los que no me conozcáis soy Holly —bromeó mi amiga—. Y seré la encargada de moderar la subasta. Como ya sabéis, llevamos diez años organizando una recaudación de fondos benéfica en Navidad que nos permite ayudar a quien más lo necesita.

La gente rompió a aplaudir con entusiasmo.

Holly estaba en mitad del escenario, delante de un micrófono. En un segundo plano esperaban los solteros. Algunos como Billy sonreían y saludaban con la mano sin vergüenza, y otros como Jack y Blaze cuchicheaban entre ellos para evitar mirar al gentío.

—En esta ocasión se subastarán los solteros del pueblo —prosiguió Holly cuando cesaron los aplausos—. El dinero recaudado se destinará a comprar las decoraciones navideñas del Polaris Lodge, que reabrirá sus puertas el próximo viernes veinte de diciembre. Antes de explicaros las normas, quiero daros las gracias a todos por venir. Especialmente a los solteros que se han animado a participar. ¡Un aplauso para ellos! —Holly los señaló con la mano.

El público los obsequió con un aplauso caluroso.

—Tenemos siete solteros por los que podréis pujar para cenar con ellos —prosiguió mi amiga cuando cesaron los vítores—.

Quiero aclarar que ninguno de ellos ha sido obligado a participar —bromeó—. Todos se han presentado voluntariamente y están deseando tener una cita, así que no os cortéis pujando.

Se oyeron las risas de los asistentes.

—Aprovecho para hacer una última llamada —anunció Holly—. Si alguien más quiere subirse al escenario para tener una cita, es el momento.

—Tengo una pregunta. —A nuestro lado, Beth levantó la voz—. ¿Solo pueden presentarse hombres a la subasta? ¿Qué hay de nosotras? Yo también quiero tener una cita.

—A mí también me gustaría presentarme como voluntaria —dijo otra voz femenina.

—Claro que podéis —contestó Holly entusiasmada—. Subid sin problemas. Sois más que bienvenidas.

Beth y la otra chica, que identifiqué como Molly, subieron al escenario mientras la multitud aplaudía, y se integraron entre los solteros.

—¡Una subasta mixta, me encanta! —prosiguió Holly—. Bueno, las reglas son sencillas. Os iré presentando a cada soltero o soltera cuando sea su turno, y empezaremos con la puja. Yo iré anunciando el precio y, si aceptáis, levantáis la mano y listo. La encargada de recolectar el dinero es Mia, que está en primera fila. —Mi amiga me señaló con la mano—. La cena correrá a vuestro cargo y no se podrá pujar por más de un soltero.

—¡Chist! —Ivy se inclinó en mi dirección—. Necesito que me aconsejes en una cosa —susurró cerca de mi oído, sin apartar los ojos del escenario.

—Claro, dime —contesté en voz baja.

—¿Cómo puedo hacer que alguien se fije en mí?

Torcí el cuello para mirarla y parpadeé confundida. No entendía por qué acudía a mí en busca de ese consejo.

—No sé qué decirte, la verdad.

—Mia, venga ya... —Ella puso los ojos en blanco—. Eres experta en asuntos del corazón.

—¿Lo dices porque escribo romances?

—Lo digo porque es evidente que mi hermano está loco por ti.

El corazón me dio un vuelco, pero me obligué a mantenerme inexpresiva.

—Ivy, no entiendo dónde quieres ir a parar.

Ella suspiró.

—Estoy pillada por una de las personas que están en el escenario —confesó.

Barrí la tarima con la mirada. De toda la gente que estaba ahí arriba, la persona con la que más se relacionaba Ivy era Billy, su mejor amigo desde quinto de primaria.

—¿Te gusta Billy? —traté de adivinar.

Ella negó con la cabeza y puso cara de situación.

Caí en la cuenta de que si quisiese decirme el nombre, ya lo habría hecho.

—Si quieres que esa persona se fije en ti, podrías empezar pujando por ella, ¿no crees? —pregunté.

—No puedo hacer eso.

—¿Por qué no?

—Porque me muero de la vergüenza. Yo no soy tan echada para delante como tú... Además, todo el pueblo se enteraría de quién me gusta, y ahora mismo no lo sabe casi nadie.

Arrugué las cejas extrañada.

Ivy desvió la vista al escenario y saludó a alguien con la mano. Seguí el curso de su mirada. Blaze le respondió con un asentimiento hosco de cabeza. A su lado, Beth nos sonrió, alternando la mirada de la una a la otra. Billy también reclamó nuestra atención, saludándonos fervientemente con la mano.

—Entiendo que te dé vergüenza pujar delante de todo el mundo, pero creo que deberías coger a esa persona y decirle lo que sientes. Y, luego, ya verás qué pasa después.

Ivy suspiró.

—¿Tú crees que apostará mucha gente? —me preguntó sin apartar los ojos de Blaze.

—Sí —contesté.

Siendo objetiva, Blaze era un hombre atractivo. Como la mayoría de los bomberos del condado, era alto y fuerte. Tenía unas facciones masculinas marcadas y cara de mala leche constante. La mitad del pueblo apostaría por él y la otra mitad por Jack. No tenía duda.

—Qué bien... —Ivy agachó la cabeza en un tono de derrota.

«¿Le gusta Blaze?».

Estaba a punto de preguntárselo cuando Holly alzó la voz por el micrófono y dijo:

—¡Vendido por cincuenta dólares a Amelia Jones!

—¡Nos hemos perdido la primera puja! —exclamó Ivy.

Sobre el escenario, Holly le entregó a Chris un vale para canjear en el puesto de chocolate caliente de Beth cuando la subasta terminase. Ese era el premio que se llevaban los solteros por participar, junto a la cena a la que invitarían las personas que pujasen por ellos. La chica que había ganado se acercó a mí y soltó un billete dentro del cubo que yo sostenía.

—Gracias —le sonreí.

—El segundo soltero de la noche es Tom. —Holly reanudó la subasta—. Este hombre es como una navaja suiza; es el alcalde y da clases de matemáticas en el instituto.

Tom dio un paso adelante y se paró al lado de Holly.

—La apuesta empieza en cincuenta dólares... ¡Cincuenta por ahí, genial! —Holly señaló la fila trasera—. ¿Alguien da setenta y cinco...? ¡Bien, setenta y cinco por allí! ¿He oído cien dólares...? ¿Nadie? —Hizo una pequeña pausa para ver si alguien se animaba—. ¡Setenta y cinco dólares a la una...! ¡A las dos...! ¡Y a las tres! ¡Vendido a Helen Halliday!

—¡¿Mamá?! —preguntó Ivy sorprendida.

Helen se levantó y se encaminó hacia nosotras.

—¿Te gusta el alcalde? —curioseó Ivy en un susurro.

Su madre se encogió de hombros y metió el dinero en el cubo.

—¡Qué calladito se lo tenía, señora Halliday! —murmuré divertida.

—¡No seáis bobas, anda! —Helen acudió al encuentro de Tom, que bajaba del escenario con su vale en la mano.

Conforme los solteros se fueron vendiendo, Ivy se fue inquietando a mi lado. Daba golpecitos al suelo con el pie y resoplaba nerviosa de tanto en tanto. En ese momento, los únicos hombres que quedaban en el escenario eran Blaze y Jack. Las apuestas habían ido subiendo, la mayoría de la gente había perdido la vergüenza inicial y pujaban sin miedo. El ambiente estaba cada vez más animado.

—El siguiente candidato es bombero —dijo Holly frente al micrófono—. Llegó a Sunnyside hace tres años y acaba de comprarse un rancho. Ya sabéis, tiene tierras —bromeó—. Damas y caballeros, aquí tenemos a… ¡Blaze!

Los aplausos se volvieron ensordecedores cuando Blaze dio una zancada y se situó al lado de mi amiga. Le sacaba una cabeza de altura.

—Empezamos con cincuenta dólares. —Holly señaló al público—. ¡Genial! ¿Alguien da cien? ¡Perfecto, cien dólares por allí! ¿He oído ciento cincuenta dólares? ¡Yuju! ¿Doscientos dólares?

Ivy miró por encima del hombro para saber quién había pujado por el amigo de su hermano.

—¿Doscientos dólares? —Ivy resopló cuando aumentó la apuesta—. ¡Venga ya!

Al verla tan nerviosa, se me encendió la bombilla. Quería hacerle un regalo de Navidad a toda la gente que me importaba y el de Ivy lo tenía delante de las narices. En un impulso, levanté la mano.

—¡Seiscientos dólares! —grité, interrumpiendo la puja.

Holly arrugó el ceño en busca de una respuesta en mis ojos, y yo asentí para animarla a seguir.

—Eh… —titubeó Holly—. ¿Alguien da más? —Hizo una pausa y nadie debió de levantar la mano detrás de mí—. ¡Seiscientos dólares a la una…!

Blaze me miró sorprendido.

—¡Seiscientos dólares a las dos…!

—¿Qué haces? —susurró Ivy a mi lado.

—¡Y seiscientos dólares a las tres! —exclamó Holly—. ¡Vendido a Mia Summers!

Noté los ojos de Jack fijos en mí en una acusación silenciosa.

—¿Por qué has hecho eso? —me preguntó Ivy por lo bajo—.

¿Qué pasa con mi hermano? ¿De verdad vas a tener una cita con Blaze?

—Yo no. Vas a tenerla tú. —Sonreí contenta—. ¡Es tu regalo de Navidad!

—¿Mi qué...? —Ivy frunció el ceño—. ¿Por qué?

—Te gusta Blaze, ¿no? No querías apostar por él porque es amigo de tu hermano y...

—Mia —me interrumpió impaciente y en un murmullo—: Te lo agradezco, pero no quiero una cita con Blaze. La quiero con Beth.

En esa ocasión, la que parpadeó confundida fui yo.

—¿Cómo? —pregunté en voz baja—. Pero estabas de los nervios mirando por encima del hombro a las mujeres que iban pujando por él...

—No. Estaba mirando hacia atrás porque Beth acaba de salir con Joseph. ¿En qué momento querría yo liarme con el amigo divorciado de mi hermano?

—¿Blaze está divorciado? —dije sorprendida.

—Sí. Estoy divorciado. —Blaze nos interrumpió con cara de pocos amigos—. Si tienes más preguntas, estaré encantado de respondértelas durante la cena. No tienes que ir cotilleando por ahí, neoyorquina. —Reanudó la marcha y me ladró por encima del hombro un—: Te espero en el puesto del chocolate.

Sin decir nada más, se perdió entre la gente.

«¿Qué he hecho?».

No me dio tiempo a lamentar la decisión porque Holly volvió a hablar animada:

—El último hombre de la noche es uno de los solteros más cotizados del pueblo. Es bombero y un manitas. Es capaz de reparar cualquier cosa que toca: desde una puerta a un tejadillo. ¡Un aplauso para Jack Halliday!

Jack se adelantó a regañadientes mientras la gente le vitoreaba. Levantó la mano para saludar, sin mirar a nadie en particular. Era evidente que estaba incómodo y descontento.

—¿Cincuenta dólares? —empezó Holly—. ¡Guau! ¡Cuantísimas manos levantadas!

Miré por encima del hombro y vi una decena de brazos alzados. Yo mantuve los míos pegados al cubo del dinero. Con todo el dolor de mi corazón, no podía apostar por Jack.

—¿Cien dólares? —Holly siguió con la puja—. ¡Fantástico, cien dólares por ahí! ¿Ciento cincuenta…?

Las cantidades fueron subiendo como la espuma del champán y yo fui incomodándome.

—¡Trescientos dólares! —exclamó una voz aguda y molesta que reconocí a la perfección.

Torcí el cuello para toparme con la mano alzada de Ginger en la segunda fila. Miraba a Jack como si fuese el último bastón de caramelo de la tienda de golosinas.

Sujeté el cubo del dinero con fuerza.

Una sensación desagradable saltó en mi interior. De pronto, el corazón me latía a toda prisa, irritado.

—Trescientos dólares a la una… —comenzó Holly.

—¡Mil dólares! —Me levanté, sin pensar.

Se oyeron un par de exclamaciones entre los presentes.

Ginger avanzó hasta la primera fila, con su melena negra ondeando al viento, y se plantó delante del escenario.

—¡Mil cien! —respondió ella, enfrentándome.

Me dedicó una sonrisa falsa. Parecía una leona mirando a una gacela. Solo de pensar en esa mirada felina observando a Jack con intensidad hizo que mi sangre rompiera a hervir.

«Vas lista si crees que yo soy la gacela, guapa».

—¡Dos mil dólares! —exclamé con decisión.

Ginger abrió la boca sorprendida y yo le dediqué una sonrisa triunfal.

«Chúpate esa».

—Menudo espectáculo —murmuró alguien a nuestra espalda.

Una oleada de rubor me subió desde el cuello hasta las mejillas. Había dejado de importarme eso de convertirme en la comidilla del pueblo. Lo único que sabía era que no quería que Jack tuviese una cita con Ginger.

—Guau, la puja más alta de la noche —dijo Holly maravillada desde el escenario, ajena a todo aquello—. ¿Alguien da dos mil cien dólares por Jack?

Se hizo el silencio.

Lo único que oía era mi corazón, latiendo con golpes sordos, eufórico por la victoria inminente.

Ginger me miró con los ojos ligeramente entrecerrados y yo permanecí impasible. Estaba un poco avergonzada por mi comportamiento.

—Dos mil dólares a la una... —La voz de Holly resonó en mi interior—. Dos mil dólares a las dos...

—¡Un momento! —exclamó Ginger, interrumpiéndola—. Según las normas solo se puede ganar un soltero.

Sentí un retortijón desagradable en el estómago. Con los nervios, se me había pasado esa norma.

«No. No. Con Ginger no».

El horror se alzó en mi interior por encima de la sensación de victoria.

Holly me miró con cara de circunstancias antes de decir:

—Las normas son las normas. Lo siento, Mia, no puedes pujar por otro soltero.

Busqué a Jack con la mirada. Sus ojos me observaban helados. Al cabo de un instante, me apartó la cara.

—Por tanto, la puja más alta sigue siendo la de Ginger. ¿Alguien da trescientos cincuenta dólares?

Miré hacia atrás, pero nadie alzó la mano.

—Trescientos dólares a la una... —empezó mi amiga—. Trescientos dólares a las dos y... trescientos dólares a las tres. ¡Vendido!

Holly le dio el vale por los dos chocolates calientes a Jack. Ginger se me acercó con una sonrisa de superioridad en la cara, arrojó los billetes en el cubo y se alejó para ir al encuentro del hombre por el que yo no debería sentir nada.

Me quedé ahí plantada con cara de tonta. Me había dejado llevar por el espíritu navideño y había metido la pata hasta el fondo.

—Y con esto damos por clausurada la subasta —dijo Holly—. Hemos recaudado un total de mil quinientos cincuenta dólares.

El pueblo entero aplaudió.

—Gracias a todos por habernos acompañado un año más. Y en especial a las personas que habéis pujado —siguió—. Por si alguien quiere hacer alguna donación más, Mia se quedará un rato por aquí con el cubo. ¡Feliz Navidad a todos!

Barrí la multitud en busca de Jack mientras la gente aplaudía. Lo vi encaminarse al puesto de chocolate con Ginger apostada a su lado.

Una punzada dolorosa me atravesó el corazón.

Presentía que la noche sería muy larga.

El alma se me cayó a los pies cuando entré al restaurante con Blaze. Jack y Ginger estaban sentados en una de las primeras mesas, cerca de la ventana. Maldije mi suerte y tragué saliva antes de seguir al camarero. Cuando pasamos por delante de ellos, Blaze se paró para saludarlos. Fueron los treinta segundos más largos e incómodos de mi vida.

—No sé por qué has pujado por mí, pero no voy a enrollarme contigo —me advirtió Blaze según nos sentamos—. Respeto a Jack como si fuese mi hermano. Además, no eres mi tipo.

Le dediqué una sonrisa incrédula.

«Pero ¿este tío qué se ha creído?».

—¿Qué tiene que ver Jack en esto?

—Eres su exnovia.

—¿Y?

—Entre bomberos no nos pisamos las mangueras.

—Puedes quedarte tranquilo, tú sí que no eres mi tipo —contesté.

Cogí la carta, zanjando así la conversación.

Tras eso, nos sumimos en un silencio prolongado. Lo poco que hablamos fue sobre las tareas que quedaban por hacer en el Polaris. Me obligué a no despegar la vista del plato ni una sola vez, pero las carcajadas histriónicas de Ginger se oían en toda la sala. Apenas cené, tenía el estómago un poco revuelto. Cuando el camarero tomó nota de los postres, pedí la cuenta. Solo quería largarme de ese restaurante, volver al Polaris y dedicar la noche entera a escribir. En ese instante, Jack pasó por nuestro lado y se perdió por el pasillo que llevaba a los baños. Esperé tres segundos antes de seguirlo.

—Ahora vuelvo —le dije a Blaze.

Con el pulso acelerado, caminé hasta los servicios. Me paré frente a la puerta del de caballeros y le esperé.

—Jack, ¿podemos hablar? —pregunté en cuanto salió.

Él me observó unos segundos antes de asentir. No había ni rastro de la sonrisa.

—Quería disculparme por haber pujado por Blaze... —empecé.

—Mia, sabías que solo se podía pujar por una persona. Si pensabas pujar por otro, podrías habérmelo dicho y no me habría presentado como voluntario —me contestó muy serio.

—Ha sido un malentendido... Quería hablar contigo antes de la subasta. Me han entrado las dudas por lo que diría la gente, pero justo te ha llamado Holly...

—¿Te importa lo que diga la gente si pujas por mí y por Blaze no? —Arqueó una ceja, escéptico.

No sabía qué responder a eso. No podía contarle que había pujado por Blaze para su hermana sin revelarle que Ivy estaba colada por Beth. A juzgar por el secretismo que se traía, nadie en Sunnyside debía de saber que le gustaban las mujeres. Yo no era quien debía contárselo a Jack, tenía que hacerlo ella misma. Por eso dije:

—No es lo mismo —me justifiqué—. Tú y yo hemos estado juntos y la gente pensará que soy una idiota por volver contigo.

Él retrocedió como si le hubiese dado una bofetada. Quise arreglarlo, pero Ginger apareció de la nada.

—Hola —nos saludó con su voz estridente al pararse al lado de Jack.

Llevaba un vestido rojo y escotado, estaba guapísima.

—Ya he pagado —le dijo—. ¿Nos vamos?

—Sí —contestó Jack con los labios apretados.

Ginger me sonrió con aire de suficiencia, aprovechando que

Jack no miraba, y se dio la vuelta. Después se marchó, contoneando las caderas, seguida de él.

Me imaginé reventándole las ruedas del coche con una navaja.

Inspiré hondo.

Aquel comportamiento no era propio de mí.

Nerviosa, empujé la puerta y entré en el baño. Me lavé la cara para ver si conseguía serenarme.

Nada tenía sentido. Jack no era mi novio. No debería sentir celos. No debería importarme que acabase la noche en la cama de Ginger. Estaba soltera, sin embargo, mi corazón no opinaba lo mismo. Mi corazón había perdido la cabeza y se había encariñado del de Jack. Un miedo irracional se adueñó de mí. Si Jack y Ginger se acostaban esa noche, yo me sentiría devastada. El malestar crecía cada vez más en mi pecho. Me entraron náuseas solo de imaginar a Jack bajándole los tirantes del vestido.

Volví a la mesa con la sensación de haber perdido algo mucho más grande que la puja.

Ocupé mi sitio y miré de soslayo la mesa vacía de Jack y su cita. Nunca me habían dado un puñetazo en el estómago, no sabía cuánto dolía, pero estaba segura de que era una sensación tan desagradable como la que estaba experimentando en ese momento.

—He cambiado de opinión —le dije al camarero cuando apareció con la cuenta y el postre—. Quería pedirte un chupito de tequila.

—Enseguida —contestó él.

—¿Vamos a beber por despecho? —me preguntó Blaze cuando nos quedamos solos.

Aparté la tarta de lima a un lado y no dije nada.

La respuesta debió de ser evidente en mi cara, porque él se frotó las manos.

—¡Por fin se pone la cosa interesante! —exclamó entusiasmado—. ¡Hey, Tim! —llamó al camarero—. Otro para mí.

El camarero regresó con dos vasos minúsculos, los dejó en la mesa y nos sirvió la bebida.

Vacié el mío de un trago. Arrugué la nariz cuando el líquido me quemó la garganta.

—Otro, por favor —le pedí al chico.

Él volvió a rellenarme el vaso y Blaze intervino cuando me vio bebérmelo de golpe.

—¿Sabes qué, Tim? —le dijo con confianza—. Mejor déjanos la botella.

32

Jack

Entré en casa hecho un lío.

Subí a mi habitación y me puse la camiseta gris y el pantalón de chándal a juego que usaba para dormir. Después, me dejé caer en la cama.

Acababa de decirle a Ginger que no quería volver a quedar con ella, tras rechazar la invitación de pasar a su casa, y no le había sentado muy bien. Tan solo nos habíamos acostado un par de veces, no había nada romántico entre nosotros, pero ella esperaba algo más de mí y yo no podía dárselo.

La mujer que protagonizaba mis pensamientos era Mia. Ella era la única a la que deseaba y la única a la que me apetecía besar y abrazar.

Había imaginado que la noche acabaría con su melena rubia esparcida sobre la almohada y con el sonido de su risa llenando la habitación, y no que regresaría a casa solo.

«La gente pensará que soy una idiota por volver contigo...», eso era lo que me había dicho Mia.

Un escozor se adueñó de mi pecho y me sentí un poco estúpido.

La última semana a su lado había sido un soplo de aire fresco. Parecía que todo se había vuelto a poner en su sitio y que estábamos tan a gusto como antes. Pero ella seguía viéndome como el chico que le había roto el corazón.

«Se va dentro de unos días», me recordó sin piedad una vocecita.

No quería ni pensar en volver a separarme de ella. La primera vez había sido muy duro y no estaba listo para pasar por ello de nuevo. Que aquello me afectase tanto solo indicaba una cosa:

«Me he enamorado».

Tragué saliva, incomodado por la magnitud de ese pensamiento.

Había vuelto a enamorarme de ella sin darme cuenta. No podía ponerle a mi corazón un traje ignífugo para protegerlo del fuego. Ya era tarde, se carbonizaría sin remedio.

Suspiré y me pasé una mano por la cara.

¿Qué debía hacer?

Si le decía cómo me sentía, ella podría volver a ocultarse en su caparazón y alejarse de mí. Teniendo en cuenta que faltaban seis días para la reapertura del Polaris, parecía una mala idea.

Por otro lado, si no le decía nada, seguiría pasándolo mal, porque yo quería más. Me arrepentía de haber aceptado la relación sin compromiso y de haberle propuesto llevarlo en secreto para contentarla. No quería esconderme. Quería que ella pujase por mí delante de todo el pueblo y formalizar la relación.

A juzgar por el cariño que destilaban sus ojos cuando me miraba, diría que ella debía de sentir algo parecido. Aunque... si sintiese algo, habría pujado por mí, ¿no?

«Dios, qué jodido estoy».

Resoplé frustrado.

Acto seguido, me levanté y saqué de la cómoda un libro que había leído una decena de veces. Necesitaba distraerme, así que volví a tumbarme, abrí la novela y comencé a leer.

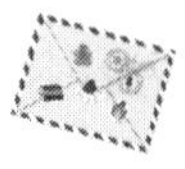

Horas más tarde, las ruedas de un coche aproximándose por el camino de tierra rompieron la paz de la noche. Extrañado, me incorporé hasta sentarme en el colchón. No esperaba visita. El despertador que tenía en la mesita indicaba que eran casi las dos de la madrugada. Coloqué el marcapáginas y me levanté. Guardé la novela en el primer cajón de la cómoda y me puse las zapatillas de estar por casa. Bajé las escaleras justo cuando alguien llamaba a la puerta con insistencia.

—¡Ya voy! —exclamé al salón vacío.

El pulso se me aceleró. Estaba deseando que se tratase de Mia.

Al abrir me topé con la cara de circunstancias de Paxton. Mi amigo llevaba el uniforme, la placa colgada en el pecho y la gorra.

—¿Qué haces aquí? —le pregunté sorprendido.

—Es Mia...

Dos palabras y se me paró el corazón.

—¿Le ha pasado algo? —lo interrumpí preocupado.

—No, tranquilo. Nada grave —aseguró en tono calmado—. Simplemente está borracha como una cuba. La tengo en el coche. —Señaló con el pulgar por encima del hombro.

Me asomé por el lateral de su cuerpo. Al lado de mi camioneta estaba aparcado su todoterreno de policía, con las luces encendidas.

—Estaba armando una escandalera tremenda en la plaza con Blaze —continuó y volví a mirarlo—. Me ha llamado una vecina, quejándose. Pensaba llevarla al Polaris, pero me ha pedido que la traiga contigo. No para de decir que le apetecen galletas.

Me quedé en *shock*.

Sentí que alguien me daba un mazazo en el centro del pecho con el ariete que usábamos en las emergencias para derribar las puertas. Cuando conseguí reaccionar, di un paso adelante y Paxton me detuvo, poniéndome una mano en el hombro.

—¿Qué está pasando aquí? —quiso saber.

Se me tensó el estómago por la pregunta. Me habría encantado darle una respuesta, pero no tenía ni idea.

—Ahora no es el momento —escupí ansioso.

Le aparté con la mano y salí sin molestarme en ponerme la chaqueta. El frío me congeló los brazos, pero me dio igual. Todo en lo que podía pensar era en que Mia había dicho que le apetecía una galleta. Necesitaba hablar con ella y resolver aquello de una vez. Caminé con decisión, la gravilla resonaba bajo mis pies. Al divisarla en el asiento trasero, riéndose con Blaze, me embargó una mezcla de emoción y pánico. Conforme me acercaba me llegó el sonido amortiguado de la música y de sus voces desde el interior del vehículo.

Abrí la puerta de golpe y reconocí al instante la melodía del villancico que estaban destrozando. Los dos torcieron el cuello para mirarme.

Me quedé unos segundos pasmado. Mia llevaba puesto el gorro de Santa Claus que le había visto en la subasta, tenía las mejillas sonrosadas y los ojos vidriosos. Mi amigo se calló en el acto, pero ella siguió cantando y riéndose, ajena al terremoto que sacudía los cimientos de mi interior.

—¿Qué pasa, hombre? —me preguntó Blaze.

—*All I want for Christmas... is youuuu... youuuu... baaaabyyyy.* —Mia terminó de cantar sin dejar de mirarme.

Por el rabillo del ojo vi a Paxton detenerse a mi lado. Desvié la vista hacia él un segundo y le dije:

—Yo me encargo de llevarla al Polaris.

Luego, me agaché para quedar a la altura de la puerta mientras la melodía de la radio se apagaba de manera paulatina.

—Hoooolaaaa, Jaaaaack —Mia me saludó arrastrando las palabras—. ¿Dóóónde está Giiiiinger?

—En su casa —respondí sereno.

—¿Sí? —Ella esbozó una sonrisa lenta y ebria—. Vale. Genial... —Después, se volvió hacia Blaze y le dijo—: ¿Brindis de despedida?

—Por supuesto.

Ella soltó una risita cuando mi amigo se sacó la petaca plateada del bolsillo interno de la chaqueta.

—Guarda eso ahora mismo —intervino Paxton al sentarse tras el volante. Apagó la música y se giró sobre el asiento para mirarlo con severidad—. El consumo de alcohol en espacios públicos es delito. ¿Queréis dormir en el calabozo?

—Vale, vale, tranquilo, oficial. —Blaze se guardó la petaca en el bolsillo y resopló.

A su lado, Mia intentó aguantarse la risa sin éxito mientras levantaba las manos en un gesto de rendición.

Suspiré. Estaba más borracha de lo que creía.

—¿Vamos? —le pregunté a Mia.

—Sí.

Se soltó el cinturón de seguridad y sacó las piernas del coche. Plantó los pies en el suelo y me incorporé para dejarle espacio para bajarse.

—¡Eh, que te olvidas el bolso! —oí que le decía Blaze.

—¡Uy, no, el dinero de la subasta! —Ella se volvió y cogió el bolso que él le tendía—. Gracias.

—Bueno, nosotros nos vamos —dijo Paxton.

—Adiós, jefe de policía Swan —le contestó Mia riéndose. Se acercó a su ventanilla y le dijo algo que yo entendí como—: Dale un beso a Bella de mi parte y dile que soy *team* Edward.

No llegué a oír la respuesta de Paxton porque ella soltó una risotada.

—A ti ya te vale —le dije a Blaze entre dientes.

—No me calientes la cabeza, que ya es mayorcita —respondió mi amigo, fulminándome con la mirada.

Mia se interpuso entre nosotros.

—Adiós, nuevo mejor amigo. —Se despidió de Blaze con la mano.

—Que descanses, Best Seller —le respondió él.

Entrecerré los ojos al oírle pronunciar el apodo cariñoso que yo tenía para Mia.

Blaze cerró la puerta y se dejó caer contra el asiento.

—Mañana hablamos. —Paxton me dedicó una mirada significativa.

Asentí y él subió la ventanilla. Luego, dio marcha atrás y giró el volante para dar la vuelta. En cuanto el coche enfiló el camino de tierra, me aventuré a mirar a la mujer que me estaba volviendo loco.

Mia se quitó el gorro de Santa y me lo puso. Retrocedió para observarme de arriba abajo sin disimulo. Me obsequió con otra sonrisa amplia y yo me quedé serio. Tenía el corazón en un puño y el estómago encogido.

Estaba a punto de preguntarle si de verdad le había dicho a Paxton que le apetecía una galleta cuando ella me preguntó:

—¿Sabes una cosa? —Negué con la cabeza—. Estás muy muy muy monísimo en pijama. —La lengua se le enredó al hablar—. Aunque cuando más guapo estás es con el uniforme de bombero. No, mentira —se corrigió—. Con el cinturón de las herramientas. Ahí sí que estás muuuuuy sexy.

Suspiré.

Ya no tenía nada que hacer. La pregunta que quería hacerle tendría que esperar. Estaba claro que no obtendría ninguna respuesta seria por su parte en aquel momento.

—¿Qué te pasa? —Su sonrisa empequeñeció—. ¿Sigues enfadado?

Dio un paso en mi dirección y se tambaleó. La sujeté por las caderas y la ayudé a estabilizarse.

—Uy, que me caigo. —Soltó otra risita tonta y se enderezó, apoyando las manos en mi pecho—. Perdón.

—No pasa nada.

Mia tenía los ojos enrojecidos y el cabello revuelto. Estaba hecha un desastre y, aun así, yo la seguía encontrando preciosa. Ella subió las manos por mi pecho y me echó los brazos al cuello.

—¿Por qué la luna da vueltas? —me preguntó.

—Porque estás borracha.

Ella echó el cuello hacia atrás y se tambaleó otra vez.

—Todavía no me has dicho si sigues picado conmigo.

Afiancé el agarre en sus caderas y negué con la cabeza.

—Genial. ¿Puedo dormir contigo? —Me hizo ojitos y puso cara de corderito degollado.

«¿De verdad necesita preguntarlo?».

A esas alturas haría casi cualquier cosa que me pidiera. ¿No se daba cuenta?

—Claro —contesté.

Intentó sonreír, pero se quedó a medio camino.

—Uf. Menos mal, porque estoy un poco mareada —confesó, antes de dejarse caer contra mi pecho.

—¿Quieres que te lleve en brazos?

—Eso sería… ideal.

Le rodeé la espalda con un brazo, me agaché y le pasé el otro por debajo de las rodillas. Acto seguido, me incorporé y eché a andar con ella en brazos.

Empujé la puerta de casa con el pie y no la solté hasta llegar a mi habitación. Le presté un chándal viejo para dormir. Se hizo un nudo con el cordón del pantalón, pero le sobraba tela por todas partes. Suspiró rendida al acostarse. La arropé con el nórdico y le di un beso en la frente.

—Gracias —susurró con la voz adormilada cuando me tumbé a su lado.

—De nada, cariño.

Ella se refugió en mi pecho y me rodeó la cintura con el brazo.

—Despiértame si necesitas algo —le pedí al abrazarla.

Le acaricié la parte posterior de la cabeza con suavidad. Su respiración no tardó en espesarse.

—Jack..., quiero que sepas que me gastaría hasta el último centavo pujando por ti —murmuró justo antes de quedarse dormida.

«¿Y ahora qué?».

Lo que Mia le había dicho a Paxton cambiaba las cosas. La esperanza de que mi corazón sobreviviese al incendio echó raíces. La idea de separarme de ella y dejarla marchar me resultaba inconcebible. Especialmente ahora que estaba seguro casi al cien por cien de que sentía lo mismo que yo. Había venido a buscarme estando borracha, y había visto su cara de alivio cuando le había dicho que no estaba con Ginger.

Allí, con su cuerpo abrazado al mío, lo decidí; a la mañana siguiente le confesaría lo que sentía. Estaba cansado y no quería perder más el tiempo. Aprovecharía cada segundo que pudiese en su compañía.

No quería seguir siendo el chico cobarde que se quedaba en un pueblo lleno de recuerdos. Quería ser el hombre valiente que se atrevía a cambiar.

Había llegado el momento.

Pasaría la Navidad en Sunnyside y, después, si Mia me daba

una segunda oportunidad, me mudaría a Nueva York con ella, tal y como debí haber hecho la primera vez.

Me quedé dormido rezando por que al día siguiente siguiese apeteciéndole una galleta.

33

Jack

Once años antes

Me desplomé sobre el colchón con el pulso acelerado. Estaba tan contento que sentía que el corazón me iba a explotar. Mia y yo acabábamos de acostarnos por primera vez y había sido increíble. Rodé hasta quedarme bocarriba. Ella se recostó sobre mi pecho, que subía y bajaba a toda velocidad, y enredó una de sus piernas entre las mías. La rodeé con el brazo y le di un beso en la cabeza. Su cama era un poco estrecha para los dos y se me salían los pies por la parte de abajo, pero lo único que me importaba en aquel momento era que Mia estuviese a gusto.

Durante unos segundos, su habitación quedó sumida en el silencio, solo se oían nuestras respiraciones relajándose y el cantar animado de los pájaros que llegaba desde el exterior. La brisa fresca que se colaba por la ventana movía la cortina con suavidad.

Sus dedos danzaban despacio por mi torso, provocándome un hormigueo agradable. Atrapé su mano y me la acerqué a la boca para depositar un beso en sus nudillos. Cuando la solté, volvió a tocarme con suavidad. Se estremeció cuando sintió mis dedos acariciar su espalda y soltó un suspirito placentero que avivó aún más el calor que sentía en el pecho. En ese instante, con ella pegada a mi cuerpo, me sentí el chico más afortunado del universo.

—¿En qué estás pensando? —quiso saber.

—En que tengo muchísima suerte.

Se incorporó sobre el codo y me observó desde arriba con una sonrisilla adorable y perezosa. Me la quedé mirando embobado. Mia tenía el pelo revuelto, las mejillas sonrosadas y los labios enrojecidos por nuestra sesión de besos. Su piel suave brillaba bajo la luz dorada del atardecer. Podría entretenerme contando sus pecas sutiles.

—Eres muy bonita. —Le coloqué un mechón de pelo detrás de la oreja y ella ladeó el rostro en busca de más caricias.

—Tú estás guapísimo, como siempre.

En ese instante, me di cuenta de que haría cualquier cosa por verla sonreír así: contenta y relajada. Sus ojos azules, brillantes y preciosos, me hacían sentir especial. De pronto, se puso colorada. Me pregunté qué estaría pasando por su cabeza.

—¿Te ha gustado? —me preguntó unos segundos después.

—Me ha encantado —contesté como si fuese obvio.

Ella sonrió complacida y me retiró el pelo de la frente.

—¿Y a ti? —La señalé con la barbilla—. ¿Ha sido como te esperabas?

—Ha sido mejor. Diría que bastante alucinante, en realidad.

Respiré hondo y el pecho se me hinchó de orgullo.

Ella se inclinó y me dio un beso lento y dulce.

—No quiero que se acabe este momento nunca —soltó con sinceridad.

—Yo tampoco. —Bajé los dedos por su hombro, acariciándole el brazo—. ¿A qué hora llegan tus padres?

—Sobre las nueve —contestó con la boca pequeña.

Ese mismo día, Mia les había regalado a sus padres unas entradas para ir al cine. Después, había venido a buscarme entusiasmada. Me había pillado subido a una escalera, cambiando una bombilla del comedor. Ni corta ni perezosa, llamó mi atención y me dijo: «He encontrado la manera de tener la casa sola para nosotros. Te espero en mi cuarto a las siete». Estaba a punto de salir del comedor cuando giró sobre los talones y volvió a acercarse a mí. Abrió la boca y me soltó: «Trae condones». Por poco me caí de la escalera al mirar por encima del hombro para comprobar quc no había nadie.

Tras eso, había pasado todo el día desconcentrado. Esperé hasta que sus padres se fueron y me colé en su habitación por la ventana. No podía arriesgarme a entrar en su casa por recepción y que me pillasen los empleados.

—¿Qué hora es? —le pregunté.

Mia estiró el brazo y atrapó su teléfono de la mesa.

—Las ocho y cuarto —me dijo al soltarlo—. Qué bajonazo. —Volvió a abrazarse a mí como un koala.

—Lo sé. —Era una mierda, pero tendría que irme en media hora a más tardar.

Cuando sus padres regresasen, no podían ver mi camioneta aparcada fuera. Hacía horas que había acabado mi turno.

Ella se recostó en el colchón soltando un suspiro.

—Me encantaría ser Piper para congelar el tiempo ahora mismo —musitó contra mi pecho—. Bueno, y para formar parte de las Embrujadas y tener acceso al *Libro de las sombras*, claro.

Solté una carcajada. Estaba obsesionada con esa serie desde hacía tiempo.

Volvió a apoyarse en el codo y me dijo muy segura:

—La próxima vez les compraré las entradas para el cine de Northstar, así tendremos más tiempo.

—La próxima vez... Me encanta como suena eso.

Me hacía feliz que quisiese pasar más tiempo conmigo, y también que estuviese pensando en repetir.

Ella sonrió ampliamente y el corazón se me aceleró. Estaba totalmente prendado y sentí la necesidad de decirle que la quería.

Abrí la boca para confesarme y la cerré al cabo de unos segundos, sin decir nada. Nunca se lo había dicho. No estaba seguro de si era demasiado pronto o si era el momento apropiado. No quería que pensase que lo decía porque acabábamos de acostarnos. Eran unas palabras que habían estado a punto de escapárseme varias veces en los días anteriores. La última había sido esa misma tarde, en el jardín trasero, mientras me hablaba emocionada sobre el libro que estaba leyendo. Como me dio miedo asustarla, simplemente me limité a decirle: «Me gustas», tal y como le había dicho otras veces.

—¿Qué ibas a decir? —me preguntó, interesada.

«Que te quiero».

—Nada —respondí de manera automática.

«Muchísimo».

—Jack..., dímelo, anda.

Cuando me hablaba con ese tono meloso y persuasivo, era incapaz de negarle nada. Odiaba mentir, pero solo llevábamos saliendo un mes y no quería meter la pata. Podía esperar a que ella estuviese lista para decirlo.

—Solo iba a decirte que me gustas. —Intenté sonar convincente.

—Tú a mí también. —Sonrió ampliamente—. Mucho. Cada vez más.

Tuve que morderme la lengua. El hormigueo agradable que sentía en el pecho me pedía decírselo. Tenía veinte años y nunca le había dicho «te quiero» a una chica.

Suspiré y aparté el rostro. Si ella seguía mirándome como si yo fuese lo más importante de su vida, acabaría confesándome.

—¿Qué pasa? —preguntó preocupada.

Volví a mirarla. Todavía no sé qué me llevó a decir:

—Que casi hago un Mosby.

Ella arrugó las cejas, sin comprender.

—¿Qué es eso?

—¿No sabes quién es Ted Mosby?

—¿El protagonista de *Cómo conocí a vuestra madre*?

—Sí.

—Sé quién es, pero no he visto la serie.

Respiré hondo y se lo solté:

—Hacer un Mosby es decirle «te quiero» a alguien demasiado pronto.

Mia abrió los ojos sorprendida. Sin decir nada se recostó en el colchón y rodó hasta quedarse bocarriba. Se cubrió con la sábana hasta el pecho y clavó la vista en el techo. Parecía realmente impactada.

De pronto, el silencio era ensordecedor.

Tragué saliva duramente.

Acababa de cagarla a lo grande.

Esperé unos segundos, con el corazón en un puño, y comencé a agobiarme.

—¿Ibas a decirme que me quieres? —se aventuró a preguntar, sin mirarme.

—Sí... —Ya no tenía sentido mentir.

—Yo... —comenzó dubitativa.

No entendía qué le pasaba. Ella era directa y ahora ¿se había quedado muda? Si no me quería, podía decírmelo y ya está, ¿no?

—Yo también te quiero, Jack —dijo al fin.

Al oír esas palabras una oleada de alivio me recorrió entero y mi corazón salió disparado, como un cohete.

Coloqué la mano en su barbilla y le giré la cara con delicadeza. En cuanto nuestros ojos se encontraron, vi la emoción contenida dentro de los suyos. Mia me quería. Me quería de verdad.

—Joder, qué susto me has dado —le dije antes de besarla.

—Perdón —se disculpó entre besos—. Llevo todo el día queriendo decírtelo —confesó cuando se apartó en busca de aire—, pero me daba miedo.

—A mí me ha pasado igual. —Volví a besarla.

—Te quiero. —Mia me dio otro beso—. Mucho.

—Yo a ti más. —Se lo devolví encantado—. Voy a querer decírtelo a todas horas y será horrible tener que estar callado delante de los demás.

—No es justo... —se quejó contra mis labios—. Yo quiero que me lo digas a todas horas.

Pegué la boca a la suya una vez más. Mi lengua estaba desesperada por encontrarse con la suya.

—Mañana será una tortura venir a trabajar —aseguré.

Mia se incorporó y me observó desde arriba.

—¿Y si encontramos la manera de decirlo sin decirlo? —propuso con expresión soñadora—. Podemos usar un gesto o una palabra en clave y así nadie se enterará.

—Vale. ¿Qué código quieres?

—Mmm..., tiene que ser algo que podamos decir delante del resto sin levantar sospechas.

Se quedó pensativa un momento.

—¿Se te ocurre algo? —me preguntó.

—No. —Negué con la cabeza—. Si me acaricias, no puedo pensar en otra cosa que no seas tú.

Mia detuvo el movimiento circular de sus dedos sobre mi estómago.

—A ver, puede ser algo que hagamos todos los días o que nos guste mucho —dijo para sí misma—. ¡Lo tengo! —exclamó contenta—. ¡Las galletas!

La miré interrogante.

—Casi todos los días ayudo a mi madre a hornearlas y siempre que pasas por la cocina coges un par.

No era mala idea.

—Entonces, ahora, cuando coja una galleta, tengo que decir: «Quiero muchísimo a esta galleta», ¿no? —bromeé.

Ella soltó una carcajada y yo sonreí. No había nada en el mundo que me hiciese más feliz que oírla reírse.

—También puedes ser menos evidente y decir que te apetece una galleta —sugirió.

—Me parece bien. No queda sospechoso. Además, puedo decirlo en cualquier parte.

En aquel momento, le habría dicho que sí a cualquier cosa que me pidiera.

—Vale. Genial —suspiró contenta—. Entonces, desde ahora, «me apetece una galleta» significa «te quiero».

La empujé contra mí y solo le dije:

—Me apetece muchísimo una galleta.

Acto seguido, atrapé sus labios con los míos. No dejé de besarla hasta que tuve que marcharme.

34

Mia

Cinco días para la reapertura del Polaris

Al despertarme la cabeza me dolía horrores y estaba muerta de sed. Sin despegar los labios, emití un quejido lastimero y me hice un ovillo bajo el nórdico. El estómago me ardía y estaba tan desganada que parecía que me había arrollado una apisonadora.

Despegué los párpados con dificultad. La escasa claridad que entraba a través de los estores me permitió ver que estaba en la habitación de Jack.

«¿Cómo he llegado hasta aquí?».

Extrañada, rodé sobre el colchón y me topé con la cama vacía.

Agucé el oído; la casa estaba sumida en el silencio.

—¿Jack? —lo llamé un par de veces con voz áspera.

Nadie contestó.

Algunas imágenes de la noche anterior se fueron abriendo paso por mi mente: la cara enfadada de Jack, la sonrisa de suficiencia de Ginger y Blaze pidiéndole otra botella al camarero.

La realidad cayó sobre mí como un jarro de agua fría: había descargado mi frustración en compañía de Blaze mientras el tequila me abrasaba la garganta. Un recuerdo de la conversación me vino a la mente.

—¡El amor es una mierda! —asegura Blaze al dejar el vaso de chupito vacío sobre la mesa del restaurante—. Solo sirve para jo-

derte la vida. Crees que eres feliz y de pronto te encuentras en mitad de un divorcio.

Vacío el vaso de un trago y le doy la razón:

—¡Sí! —exclamo, y le apunto con el dedo de manera exagerada—. ¡Empiezas tu relación creyendo que el amor es genial y que estás en tu época Lover *y, sin darte cuenta, pasas por todas las eras de Taylor Swift y acabas siendo una poeta torturada!*

—¿De qué cojones estás hablando? —Blaze arruga las cejas y rellena los vasos.

—De que el amor debería ser algo fácil, que te haga sentir bien, como cuando lees un libro bonito que te calienta el corazón, ¿no crees?

—Escucha, neoyorquina, no me estoy enterando de una mierda, pero brindo por ello.

Levanta su chupito y le imito. Los chocamos en el aire con demasiado ímpetu y el líquido se derrama por mi mano. Suelto una carcajada y apuro lo que queda en mi vaso de un trago.

—¿Tú crees que Jack le ha puesto un mote a Ginger? —le pregunto.

—Todo el pueblo tiene un mote.

—Me refiero a uno cariñoso. Como a mí, que me llama Best Seller.

—¿Te llama Best Seller? —Blaze niega con la cabeza—. No creo que le haya puesto un mote, no. Si estás así porque se ha largado con ella, te diré que puedes estar tranquila.

—¿Y eso por qué?

—Porque Halliday solo tiene ojos para ti.

Suspiro encantada.

—¿Puedo contarte una cosa? —Me inclino sobre la mesa.

—Dispara.

—Me gusta Jack —confieso en un susurro.

—No me jodas —ironiza sirviéndose otro chupito—. No me había dado cuenta.

Arrugo una servilleta y se la lanzo.

El camarero irrumpe en nuestra conversación diciendo:

—Chicos, vamos a cerrar ya.

Miro por encima del hombro y veo que somos los únicos que quedan en el local. Las sillas están recogidas y descansan sobre las mesas. No tengo ganas de irme a casa.

—¿Sabes qué nos levantaría el ánimo? —le digo a Blaze—. ¡Ir al karaoke navideño!

No sé si llegamos a ir al karaoke, después de eso había una laguna importante en mi mente, pero esperaba no haber hecho el ridículo. Me pasé las manos por la cara y suspiré. No podía creerme que le hubiese confesado a Blaze que me gustaba Jack, como si tuviese quince años.

Encendí la luz y me apresuré a cerrar los ojos. Cuando me acostumbré a ella, me arrastré por el colchón hasta la mesilla de noche, donde me esperaba un bote de Advil y una hoja arrancada de un cuaderno. Cogí la nota y distinguí la caligrafía pulcra de Jack. Sus trazos marcados indicaban que seguía apretando el bolígrafo contra el papel, y sus letras estaban ligeramente inclinadas hacia la derecha.

> Espero que no tengas mucha resaca. Te dejo el Advil por si acaso.
> Estoy en el Polaris, llámame si necesitas algo.

Dejé el papel en su sitio y suspiré.

El reloj de la mesita marcaba que eran las once de la mañana.

Estaba muy confusa. Si quería respuestas, tenía que salir de la cama.

Tras desperezarme, reuní todas mis energías y conseguí levantarme.

Le eché un breve vistazo al espejo del baño. Tenía mala cara y estaba lejos del buen aspecto con el que había salido de casa la tarde anterior. Mi pelo estaba tan enmarañado que parecía que una golondrina había anidado en él. Llevaba puesto un chándal desgastado del cuerpo de bomberos que me quedaba enorme.

Abrí el grifo y, cuando el agua salió templada, me lavé la cara. Acto seguido, bajé las escaleras con el bote de Advil en la mano.

Primero, intentaría ponerle freno al dolor de cabeza y, después, hablaría con Jack para que rellenase los espacios en blanco que el alcohol había dejado en mi mente.

Ya en la cocina, rellené un vaso de agua y me tomé una pastilla.

Unos minutos más tarde, estaba apoyada contra la encimera, con los ojos cerrados y masajeándome las sienes, cuando oí la cerradura de la entrada girar.

—¡Servicio de habitaciones! —exclamó la voz alegre de Holly—. ¿Dónde estás?

—¡En la cocina! —contesté confundida.

Holly ensombreció el umbral unos segundos después.

—Una noche movidita, ¿no? —adivinó divertida.

—Y que lo digas...

Mi amiga respondió riéndose. Soltó en el suelo la mochila que cargaba y se adentró en la estancia.

—¿Cómo te encuentras? —Me dio un abrazo fugaz.

—Como si me hubiesen dado una paliza. Nadie me avisó de que la resaca cerca de los treinta sentaba tan mal. No pienso volver a beber en mi vida.

Al apartarse, me entregó una bolsita de papel marrón manchada de grasa.

—Te he traído el mejor remedio para la resaca —bromeó.

—Gracias. Eres la mejor. —Acepté la bolsa y saqué una tortita de patata.

Comer algo me sentaría bien, y si eran tortitas de Joe's mejor que mejor.

—¿Qué haces aquí? —le pregunté con la boca llena.

—Jack me ha llamado hace un rato, como soy la única que sabe vuestro secretito... Me ha dicho que anoche te emborrachaste y me ha pedido que me acercase al Polaris para traerte ropa limpia.

—Por casualidad no te habrá contado cómo he terminado aquí, ¿verdad? —le pregunté tras masticar.

Holly sacudió la cabeza en un ademán negativo.

—Jack ha sido bastante discreto, pero Paxton me ha contado esta mañana que anoche te trajo aquí.

—¿Paxton? —Arrugué las cejas—. ¿Qué tiene que ver tu marido en esto?

—Dios mío, ¿cuánto bebisteis Blaze y tú?

Me encogí de hombros.

—Perdí la cuenta después del quinto chupito —contesté cansada.

Holly se me enganchó del brazo y me arrastró hasta el sofá, donde nos sentamos la una al lado de la otra.

—Anoche Marge llamó a comisaría para quejarse de que un par de borrachos estaban armando una escandalera en la plaza. Cuando Paxton llegó, Blaze y tú estabais cantando y dando voces, subidos en el escenario. Menos mal que los micrófonos estaban guardados, si no habríais dejado sordo a medio pueblo. —Se rio ella sola.

—Madre mía... —Me tapé la boca y la miré consternada—. ¡Qué vergüenza! —puntualicé pasados unos segundos—. He hecho el ridículo total.

—Qué va, mujer. —Le restó importancia con un gesto de la mano—. En realidad, es una anécdota graciosísima. Según me ha contado, no queríais bajaros del escenario y tuvo que amenazaros con deteneros si no os montabais en su coche. —Se tronchó de risa otra vez—. Paxton pensaba llevarte al Polaris, pero le pediste que te trajese aquí.

¿Yo le había pedido que me trajera a casa de Jack?

Como un fogonazo, me vino a la cabeza una imagen de Blaze y de mí cantando en el asiento trasero del coche de policía.

—Al parecer, a Jack le cambió la cara cuando te vio —continuó—. Le dijo a Pax que te llevaría él al Polaris. Eso es todo lo que sé. Imagino que después te quedaste a pasar la noche.

—Supongo... —respondí.

Aunque no lo recordaba con nitidez, lo que contaba Holly me sonaba vagamente familiar.

—Que, por cierto, Paxton me ha dicho que sospecha que estáis liados, como si hubiese resuelto un caso complicadísimo —siguió ella con una sonrisita—. Me ha entrado la risa, pero no se lo he contado, ¿vale?

Asentí y me hundí un poco más en el asiento. Holly me observó expectante, estaba deseando que le contase mi versión de los hechos.

—Blaze y yo nos encontramos a Jack y a Ginger cenando —confesé alicaída—. Él se paró a saludarlos y fue bastante incómodo. Se me cerró el estómago y apenas comí... En un momento en que Jack fue al baño, lo seguí...

—¿Para liaros a escondidas? —se aventuró a preguntar mi amiga.

Negué con la cabeza.

—Para disculparme por lo de la puja —aclaré.

—Hablando de eso, ¿puedes explicarme por qué pujaste por Blaze?

—Fue un error. Quería conseguirle la cita a otra persona que no se atrevía a pujar, pero me confundí de soltero. Resulta que la chica estaba interesada en otra persona y no aceptó mi regalo.

—¿Quién creías que quería enrollarse con Blaze? —indagó Holly con un deje risueño en la voz.

—No puedo decírtelo.

Se quedó pensativa unos segundos.

—¿Creías que era Ivy? —adivinó con una carcajada. No contesté y ella siguió—: Pero si lleva siglos colada por Beth.

—¿Tú también lo sabes?

—Por favor, nunca pongas en duda mi intuición. —Hizo un aspaviento con las manos.

En esa ocasión fui yo la que se rio.

—Creía que era un secreto —confesé.

—No creo que lo sepa todo el mundo, pero estoy segura de que Jack y Helen sí.

Asentí.

—Bueno, ¿qué pasó cuando te disculpaste con Jack?

—Que apareció Ginger de la nada y se marchó con ella.

—¿Y tú te emborrachaste porque se fueron juntos?

—Sí. —No me sentía nada orgullosa de mi comportamiento—. ¿Tú crees que se acostaron?

—Considerando que eres tú la que ha dormido en su cama, yo diría que no.

Sentí una punzada en la cabeza.

—Entonces ¿sientes algo por Jack?

—Yo... no lo sé. Estoy hecha un lío.

Holly inclinó la cabeza hacia un lado.

—Claro que lo sabes. Anoche te emborrachaste porque le viste cenando con otra. Eso, amiga, son tus sentimientos.

—Vale —claudiqué y me hundí un poco más en el sofá—. Sí que siento algo por él. Anoche se lo confesé a Blaze cuando estaba borracha.

Ella dio una palmada, emocionada, y luego me arreó un cojinazo.

—Ay —me quejé.

—Eso es por contárselo a Blaze antes que a mí —bromeó—. Ahora, dime, ¿por qué pones esa cara de lechuga mustia? —cuestionó sin comprender—. Si es genial. A ti te gusta, está claro que él está más que pillado por ti. Díselo y punto.

Me tapé la cara y negué con la cabeza.

¿Cómo iba a ser genial que me hubiese pillado por el hombre que me había roto el corazón? ¿Es que no había aprendido nada?

Sentí la mano de Holly posarse en mi hombro. Me dio un apretón y alcé el rostro para mirarla.

—¿Qué pasa? —quiso saber—. Desahógate conmigo, venga.

—Para empezar, no quiero sentir algo por él, eso complicaría mucho las cosas —confesé derrotada—. Y, aunque, sienta cosas, eso no cambia nada. En unos días volveré a Nueva York y Jack se quedará aquí.

—¿Por qué no hablas con él? Igual está dispuesto a irse contigo.

—¿Como hizo la primera vez? —pregunté incrédula.

Holly guardó silencio y la amargura aumentó dentro de mi pecho.

—No es lo mismo. La primera vez era un chico que estaba acojonado de no estar a la altura.

—Y ahora es un hombre con una casa preciosa y un trabajo aquí —continué—. Jack es sinónimo de Sunnyside.

Ni siquiera sabía qué había pasado entre él y Ginger cuando se fueron del restaurante, ¿y estábamos hablando de pedirle que se mudase a Manhattan? Aquello era un lío gigantesco.

—En lugar de asumir o dar por hecho lo que quiere, deberías hablar con él. Eso es lo que me decías tú cuando me gustaba Paxton, ¿recuerdas?

Cogí aire y me sinceré:

—Lo sé, pero me da miedo que vuelva a romperme el corazón.

—Es normal que estés asustada. Yo también lo estaría. Pero ahora sois adultos. No tiene por qué acabar mal.

—No sé, Holly... —Cerré los ojos y suspiré—. Ahora mismo me duele mucho la cabeza y ya no sé qué pensar. ¿La ropa que me has traído está en la mochila?

—Sí. No sé lo que hay, me la ha dado Jack.

—¿Me ducho y me acercas al Polaris, por favor?

—Claro.

—Vale. Genial. Enseguida vuelvo —dije, levantándome.

Estaba claro que tenía que hablar con él. Cuanto antes lo hiciese, mejor.

Jack y sus compañeros estaban en el jardín trasero, restaurando el porche. Habían improvisado una estructura para cortar madera y trabajaban en cadena.

Al salir, los saludé a todos y crucé la explanada para acercarme a Jack. Estaba cortando una tabla con una sierra eléctrica, me detuve a su lado y esperé a que terminase.

Era uno de esos días fríos donde el sol podía quemarte las mejillas sin que te dieses cuenta.

Vestía una camiseta oscura de manga larga y unos vaqueros grises. De la cadera le colgaba el cinturón marrón de las herramientas, llevaba puesta una gorra del mismo tono y unas gafas transparentes para protegerse los ojos. Lo observé cortar la pieza con la precisión de un cirujano. Sus manos estaban ocultas por unos guantes de trabajo marrones. Se había recogido las mangas, dejando a la vista sus antebrazos fuertes.

—Hola —me saludó cuando soltó la herramienta—. ¿Cómo estás?

—Bien —respondí—. Me he levantado con algo de resaca, pero ya estoy mejor.

—Me alegro.

Estábamos algo alejados del porche y era imposible que sus compañeros nos oyeran, por eso le dije:

—Gracias por cuidarme anoche y por haber mandado a Holly con ropa.

En lugar de contestar su típico: «No se dan», me observó con cautela.

—Mia, necesito preguntarte una cosa.

No sé por qué se me aceleró el corazón.

Estaba serio y parecía preocupado.

—Dime. —Se quitó las gafas protectoras.

Trastocó mi mundo con tan solo una pregunta:

—Anoche, ¿le dijiste a Paxton que te llevase a mi casa porque te apetecía una galleta?

Separé los párpados sorprendida y la sangre me huyó del rostro. Se me cayó el alma a los pies cuando me sobrevino un flashazo de la noche anterior. Mierda. Lo había dicho. Varias veces, además.

«Oh, Dios mío..., ¿qué le digo ahora?».

—¿Qué? —le pregunté para ganar algo de tiempo.

—Anoche —volvió a empezar—. ¿Le dijiste a Paxton que te llevase a mi casa porque te apetecía una galleta? —repitió la pregunta, palabra por palabra.

—Eh... —El agobio me subió de golpe—. Puede ser. Ahora cuando bebo me da por comer oreos —mentí—. Es una nueva costumbre que tengo.

Jack entrecerró los ojos y me miró con desconfianza.

—¿Por qué tengo la sensación de que no estás siendo sincera?

—No lo sé, pero te estoy diciendo la verdad. Se lo dije por eso y por nada más. —Me vi en la necesidad de añadir.

Jack se apretó el puente de la nariz y suspiró.

Cuando volvió a observarme, la decepción en su rostro era visible. Sin duda, aquella no era la respuesta que esperaba.

—¿Es que tú no...? —Pareció pensárselo mejor y no terminó la pregunta—. Da igual, déjalo.

Jack miró por encima de mi hombro y saludó a alguien con un gesto de cabeza. Me volteé para ver llegar a Carol.

—Hola, chicos —nos saludó sonriente—. ¿Qué tal te encuentras? —me preguntó—. Jack me ha dicho que te sentó mal la cena.

Una parte de mí se sintió agradecida de que Jack no le hubiese dicho a nadie que me había emborrachado.

—Estoy mejor —respondí, tragándome como pude la incomodidad que sentía.

Ella me frotó el brazo con cariño.

—¿Quieres que te prepare una manzanilla? —se ofreció, y yo negué con la cabeza.

Luego, nos observó a ambos y preguntó:

—¿Va todo bien?

Debió de percatarse de la atmósfera tirante que había entre nosotros.

—Sí. Todo va genial —contestó Jack, fingiendo indiferencia.

No me pasó desapercibido su tono ligeramente triste.

—Estupendo —respondió Carol—, porque venía a pediros que fueseis a comprar el árbol de Navidad. He oído que se están agotando y necesitamos uno para la recepción. ¿Podéis encargaros?

Jack y yo respondimos a la vez:

—Vale —acepté.

—Lo siento, pero ahora mismo me pillas liado con esto —contestó él—. Tenemos que acabar el porche hoy para ponernos mañana con las estanterías y los muebles que faltan.

—Blaze me ha dicho que lo tiene todo controlado —Carol se dirigió a él.

—No te preocupes, Carol —intervine—. Yo me encargo.

—Tu coche es diminuto —dijo Jack. Una vez más le pudo la cortesía—. No podrás traerlo sujeto al techo... Vamos en mi camioneta y lo traemos en un momento.

Tan pronto como nos montamos en su vehículo encendió la radio, cerrando la posibilidad de dialogar. La granja de árboles de Navidad estaba ubicada en la montaña, más arriba que lo que se encontraba el Polaris. Los veinte minutos de trayecto, inmersos en un silencio incómodo, se hicieron eternos. Al aparcar, Jack saltó del coche sin decir nada.

Cuando salí, me azotó una ráfaga de viento frío. El aire era puro y olía a abeto. La luz del sol se reflejaba en los montoncitos de nieve acumulados a los lados del aparcamiento. Habían despejado el suelo de asfalto y la entrada a la granja.

Unos niños pasaron correteando a mi lado, se reían mientras se lanzaban bolas de nieve, seguidos de sus padres. Jack y yo echamos a andar en silencio. La nostalgia me invadió con el recuerdo de una pequeña Mia visitando la granja con sus padres en busca del árbol perfecto para el Polaris.

Según entramos, la familia Smith nos dio la bienvenida y nos entregaron un bastón de caramelo a cada uno. Nos preguntaron qué tipo de pino estábamos buscando y nos señalaron en el mapa hacia qué zona teníamos que dirigirnos.

Jack agarró uno de los serruchos que estaban colgados en una de las paredes de la entrada y nos perdimos entre las hileras de pinos. Un manto blanco cubría el bosque y parte del camino que serpenteaba a través de él.

Anduvimos durante diez minutos entre árboles de distintos tamaños, algunos tenían restos de nieve en las ramas. Nos detuvimos enfrente del cartelito de madera con letras rojas que indicaba que habíamos llegado a la zona de los abetos de tipo Douglas. Siempre poníamos uno de esa clase en el Polaris. A mis abuelos les encantaba la Navidad a unos niveles dignos de estudio, tanto es así que llamaron a su hijo por ese tipo de árbol.

La última vez que estuve allí, Jack y yo todavía éramos pareja, y nos paramos a besarnos al lado de cada árbol. Sin poder evitarlo, me pregunté si él también lo recordaría.

—Elige el que más te guste —me pidió Jack, sacándome de mis pensamientos.

Paseé despacio entre los árboles, con él pisándome los talones.

—Creo que este es perfecto —le dije al plantarme delante del que me había cautivado.

El abeto mediría aproximadamente dos metros. Era frondoso y tenía numerosas agujas de color verde vibrante. Lo rodeamos para comprobar que estaba en buen estado. Tras eso, él extendió el plástico azul que nos serviría para arrastrarlo por el suelo sin que se estropease. Luego, se agachó y comenzó a cortar el tronco con el serrucho a ras del suelo, lo que permitiría replantar el árbol pasadas las fiestas. En ese instante, me fijé en que sus botas estaban algo desgastadas.

Cuando lo tuvo prácticamente a punto, y sin que yo se lo pidiese, me hizo un gesto para que me agachase a su lado. Me entregó el serrucho por el mango. Lo cogí conmovida y terminé de serrar el árbol. Aquello era una tradición entre nosotros. Él hacía la mayor parte del trabajo y yo siempre cortaba el final. Antes de que el árbol se cayese al suelo Jack lo atrapó y lo dejó encima de la tela.

—Va a quedar precioso cuando esté decorado —le dije emocionada.

Él asintió.

Parecía algo menos serio que antes, pero no me devolvió la sonrisa.

Se agachó al lado del abeto, rodeó el final del tronco con las puntas del plástico e inició el camino de vuelta, arrastrándolo por el suelo.

Dejándome llevar por el poder de los recuerdos, cogí un puñado de nieve. Formé una bola y se la tiré. Atiné en el centro de su espalda. Él se detuvo y se dio la vuelta despacio.

«Por favor, que me siga el rollo».

Sin darle tiempo a reaccionar, cogí otro puñado de nieve y se lo lancé. Esa vez, le rocé la cara. Me mantuve en vilo mientras él se retiraba la nieve del moflete. Cuando vi el atisbo de sonrisa asomarle, supe que tenía que correr. Solté un gritito y me refugié detrás de un árbol. No fui lo suficientemente ágil y Jack consiguió darme en el brazo con una bola más grande que la mía. Le tiré otra, pero él la esquivó. Se acercó a mí con una bola en la mano y una mirada que significaba: «Te vas a enterar».

—No vale tirarlas tan de cerca —le dije.

—¿No eras tú quien decía que en el amor y en la guerra todo vale?

—¡Mira ese perro qué bonito! —exclamé.

—No cuela. —Siguió avanzando.

—Que sí, que es precioso, míralo. —Para darles veracidad a mis palabras, salí de mi escondite—. Es un husky, ¿no?

Jack dudó y yo aproveché para tirarle la bola. Le di en la cabeza y parte de la nieve se coló por el cuello de su abrigo.

—Siempre tan confiado, Halliday —me burlé.

Así, entre risas y nieve, dejamos salir a nuestros niños interiores.

Un rato más tarde, cargamos el árbol hasta el coche. El peso de la conversación pendiente cada vez ocupaba más espacio entre nosotros.

—¿Podemos hablar en un sitio más tranquilo? —le pregunté cuando terminamos de atar el pino al maletero descubierto de su camioneta.

—Sí. ¿Quieres ir a Emerald Bay?

Asentí sin dudar.

Emerald Bay era el lugar al que escapábamos siempre que necesitábamos estar solos. Aquel era nuestro sitio. Me monté en el coche y el pánico se apoderó de mí. Lo único que esperaba era que mi corazón saliese ileso de esa conversación.

35

Mia

El mirador Inspiration Point ofrecía una vista impresionante de Emerald Bay. La bahía estaba rodeada de montañas y de bosques nevados. Había algo mágico en la manera en que los tonos rosados del cielo se reflejaban con suavidad en el agua en calma, gracias a la luz dorada del atardecer.

Respiré hondo y el aroma a pino me entró por la nariz. La única compañía que teníamos Jack y yo ahí arriba era el susurro del viento y el canto de los pájaros.

Durante un rato lo único que hicimos fue admirar en silencio el paisaje que nos rodeaba. Estar ahí con él removía el pasado. Cuando nadie sabía que éramos pareja, solíamos frecuentar aquel lugar en busca de intimidad. Desde ahí arriba, las embarcaciones se veían tan pequeñas que parecían hormigas de colores. En su compañía, cualquier problema se hacía más pequeño y el mundo desaparecía.

Cuando el sol se escondió, empecé a tiritar. Se me estaban congelando las mejillas.

Me volví en dirección a Jack y se lo solté:

—Ayer pujé por Blaze porque creía que le gustaba a Ivy y que ella no se atrevía a hacerlo delante de todo el mundo.

—¿Qué? —Jack arrugó las cejas y echó el cuello hacia atrás—. Pero si a mi hermana le gustan las mujeres.

—De eso me enteré después… Yo la vi nerviosa y creí que era porque estaban pujando por Blaze. Me hice un lío y acabé apostando yo para que ella fuese a la cena con él. En un primer momento me pareció que sería un buen regalo de Navidad.

—Si Ivy estaba nerviosa, probablemente sería porque Beth estaba en el escenario.

—Ya... Bueno, quería decírtelo para que supieses la verdad.

Jack asintió.

—Vale. Pues aclarado entonces. ¿Quieres volver al coche? —me preguntó al verme tiritar de frío.

—Sí, por favor.

Me hizo un gesto con la mano y me cedió el paso.

Dentro de la camioneta la situación no era mucho mejor. En cuestión de minutos se había convertido en un iglú. Jack encendió el motor y puso la calefacción. Me deshice del gorro y de los guantes. Luego, me giré sobre el asiento para encararlo. Había llegado la hora de sincerarme sobre mis sentimientos.

—Anoche lo pasé fatal cuando te fuiste con Ginger —confesé—. Empecé a beber para no pensar en lo que podrías estar haciendo con ella y acabé emborrachándome con Blaze.

—No hicimos nada —aseguró rotundo.

Relajé los hombros, aliviada.

—Solo la acompañé a casa porque me lo pidió —continuó—. De hecho, cuando me invitó a pasar, le dije que no, y también que no quiero verla más.

Intenté mantenerme inexpresiva.

«Ni se te ocurra saltar», le pedí a mi corazón.

No debería alegrarme que la hubiese dejado, pero no pude contener mis emociones.

—¿Por qué le dijiste eso? —La pregunta se me escapó de lo más hondo del alma—. Parece muy interesada en ti.

—Porque Ginger no eres tú...

El estómago me dio un vuelco y el corazón se me detuvo en mitad de un latido.

—Yo solo quiero estar contigo.

El mundo se puso del revés y me quedé sin aliento, como si hubiese tropezado al borde del mirador.

—Por eso quiero pedirte que me des una segunda oportunidad, por favor —siguió—. Lo he estado pensando y estoy listo para dar el salto: quiero mudarme a Nueva York y tener una vida contigo.

Se me aceleró el corazón y el miedo me subió por la garganta. Lo que Jack decía era demasiado bonito para ser verdad. No podía ser tan tonta como para tropezar dos veces con la misma piedra, ¿no?

Aparté la mirada y mis piernas comenzaron un bailecito inquieto, de arriba abajo.

—No puedo. —Negué con la cabeza, sin mirarlo.

—¿Por qué no?

—Porque no... —Volví a clavar la vista en él—. No quiero hacerme ilusiones y que luego te eches atrás.

—Esta vez no voy a echarme atrás —aseguró decidido—. Ya sé lo que es vivir sin ti. Te perdí una vez y no voy a cometer el mismo error ahora. Dame una oportunidad y déjame demostrártelo, por favor.

Me estremecí ante sus palabras. Jack en Manhattan era algo con lo que había fantaseado cientos de veces. Llevaba todo el día hecha un manojo de nervios y con ganas de llorar, ¿y él me soltaba esto y se quedaba tan tranquilo?

—¿Qué piensas? —quiso saber.

—Tengo miedo a decirte que sí y que salga mal, que me rompas el corazón y hacerte daño yo a ti también.

Jack me observó compasivo.

—Yo también estoy asustado, es un cambio muy grande —reconoció—. Pero me aterra más no intentarlo y tirarme el resto de la vida preguntándome qué habría sido de nosotros si hubiese sido más valiente. Ya he estado ahí y te aseguro que no se pasa nada bien. No puedo garantizarte que vaya a funcionar, pero sí puedo prometerte que pondré todo de mi parte para que sí lo haga.

Su mirada era tan intensa que aumentaron mis ganas de abrazarlo. Quería creerle. Quería decirle que sí. Quería coger la bicicleta y lanzarme cuesta abajo, sin mirar atrás, como hacía antes.

—¿Estás seguro? —le pregunté con un hilo de voz.

—Mia, llevo dándole vueltas a esto cinco años. Estoy más que seguro. Quiero ese futuro del que tanto hablábamos.

Mi corazón suplicaba que alzase la bandera blanca. Desde

que había vuelto al pueblo había estado a la defensiva, buscando cualquier indicio que demostrase que Jack volvería a romperme el corazón.

—No sé qué más decir —confesé.

—Entonces dime que sí. —Se aventuró a cogerme la mano—. Ya les haremos frente a los problemas cuando lleguen. Nos las apañaremos. Juntos.

Se me formó un nudo en la garganta.

Me sentía vulnerable y expuesta. Sus ojos me pedían desesperados que confiase en él.

—Vale —claudiqué, entrelazando los dedos con los suyos. Una pequeña sonrisa brotó a mis labios—. Nos doy una segunda oportunidad, sin secretos y cumpliendo nuestras promesas.

Antes de que me diese cuenta, Jack me envolvió en un abrazo y me apretó contra su pecho.

—Dios, te he echado tanto de menos… —susurró.

—Y yo a ti —contesté con un hilo de voz.

Él se apartó y me observó visiblemente emocionado.

Un par de lágrimas traicioneras y silenciosas calentaron mis mejillas.

—¿Por qué lloras? —me preguntó.

—No lo sé. —Me encogí de hombros—. ¿Y tú?

—Porque estoy muy contento. He imaginado tantas veces esto que…

No pudo terminar la frase.

—Yo también. —Me encaramé a su regazo, aprovechando que el asiento de la camioneta abarcaba desde el lado del conductor hasta el del copiloto, y posé las manos sobre sus hombros—. No me rompas el corazón, por favor.

—Nunca. —Jack me sujetó la cara con las manos—. Si te hago daño, me muero. Solo quiero que seas la chica más feliz del mundo.

Acto seguido, me apretó contra su cuerpo. Nos abrazamos y, por fin, sentí la seguridad de volver al hogar. Era feliz en Manhattan, pero siempre me había faltado algo.

Al cabo de un rato, me aparté y lo miré.

Jack me acarició la mejilla con delicadeza y me observó embelesado.

Cuando me miraba así, me hacía sentir que era la única persona que existía en el mundo.

Mi corazón, deseoso de reencontrarse con el suyo, tomó las riendas de la situación. Me incliné y lo besé. Él dejó una mano en mi mejilla y deslizó la otra hasta mi cuello. Introduje la lengua en su boca y busqué la suya sin prisas. Ese beso lento y dulce fue distinto a todos los anteriores. Con ese beso, sellamos una promesa de amor y le entregué el corazón una segunda vez, confiando en que lo cuidaría.

Me aparté unos centímetros de su boca, pero él me siguió. Se me escapó una risita contra sus labios. Hacía tiempo que no me sentía tan viva y contenta. De pronto, me entraron ganas de confesarme.

—Jack —lo llamé entre besos.

En esa ocasión fue él quien se retiró.

Los nervios me agitaron el estómago de la misma manera que el viento agitaba las ramas de los árboles fuera del coche. Estaba oscureciendo y allí no había nadie más que nosotros.

Contuve la respiración y se lo solté:

—Sí que le dije a Paxton que me apetecía una galleta.

Cuando sonrió y se le marcó el hoyuelo, mi corazón empezó a derretirse.

—A mí también me apetece una —me contestó—. Podría comerme cien ahora mismo.

Me atrajo contra él y volvió a pegar sus labios a los míos.

De alguna manera, la ternura del momento consiguió excitarme. Me restregué contra él y gemí al notar su erección. La falda se me había subido hasta las caderas. Lo único que nos separaba eran sus pantalones y mis leotardos. Me bajé la cremallera del abrigo, sin dejar de mirarlo a los ojos, y me deshice de la prenda para tener una mayor libertad de movimientos. Lo dejé a mi lado.

Nos habíamos acostado muchas veces en aquel lugar, sobre aquel asiento y en el maletero descubierto, bajo el cielo estrellado.

Bendije el interior espacioso de su camioneta y que fuésemos los únicos en el mirador. Todo estaba tranquilo. Lo único que importaba éramos nosotros. Jack me rodeó las caderas y nos desplazó hacia la derecha por el asiento de una pieza. Acabamos sentados en el medio, entre la parte del conductor y la del copiloto.

Quería decirle cientos de cosas, pero tenía la lengua ocupada con la suya.

Sin dejar de besarlo, pasé las manos por sus hombros para deshacerme de su chaqueta. Él despegó la espalda del respaldo y yo se la quité, acariciándole los brazos en el camino. Necesitaba sentir su piel caliente.

Jack alcanzó el borde de mi jersey y me lo subió. Abandoné sus labios para que me lo quitase por la cabeza. Aproveché para sacarle la camiseta del pantalón y colé las manos debajo de la prenda. Tembló cuando le acaricié el estómago. Un cosquilleo agradable me subió desde las palmas hasta el pecho. Sus pulgares trazaban círculos sobre mis muslos, aumentando la humedad entre mis piernas. Repartí incontables besos por su cuello a la par que le desabrochaba el pantalón. Lo oí tragar saliva y me asoló una oleada de calor. Me gustaba saber que le volvía tan loco como él a mí.

Le quité la camiseta y, después, me deshice de la mía, quedándome en un sujetador verde de encaje.

Jack plantó las manos en mi cintura. Las yemas de sus dedos viajaron hasta mi espalda, y la piel se me puso de gallina. Cuando me besó el pecho por encima del sujetador, cerré los ojos y eché la cabeza hacia atrás.

—Podrías llevar esto siempre puesto —musitó.

Sentí cómo me bajaba la tela con suavidad y me preparé para el placer que vendría. Jack pasó la lengua sobre mi pezón con una lentitud tortuosa. Jadeé y apoyé la mano en la ventanilla. Volvió a lamerme y mi palma resbaló por el vaho del cristal empañado.

Subió la mano por mi espalda hasta el cierre del sujetador y lo soltó.

—Quítatelo —me pidió con la voz ahogada.

Su aliento cálido me acarició la piel y un escalofrío me recorrió entera.

Jack apoyó la cabeza en el respaldo para mirarme y apretó la mandíbula. Me bajé las tiras verdes por los hombros mientras mi corazón temblaba agitado.

Antes de que el sujetador aterrizase en el asiento, sus manos cubrieron mis pechos y empecé a fundirme bajo sus caricias. Jack exploró mi cuerpo despacio con las manos y la lengua, como si fuese la primera vez. No sé cuánto tiempo consumimos besándonos, pero cuando me senté a su lado para descalzarme era completamente de noche y los cristales estaban empañados. Me quité los leotardos y las bragas, y me quedé solo con la falda. Él se bajó los pantalones hasta las rodillas. Se me contrajo el estómago cuando se puso el preservativo.

—Ven —me apremió en un susurro.

Con el corazón latiéndome en la campanilla, me senté a horcajadas sobre él.

Apenas lo veía en la penumbra, pero la luz plateada de la luna se reflejaba en su rostro. Era muy atractivo.

Se la cogí y lo alineé conmigo. Posó sus manos en mi cintura y yo bajé las caderas. Cuando terminamos de unirnos, jadeé dentro de su boca y él soltó un gemido grave y profundo. En ese instante, el deseo me consumió. Coloqué las manos en el respaldo, en busca de un apoyo firme, y comencé a moverme sobre él, dejándome llevar.

Durante un momento, me concentré en las mil y una sensaciones que experimentaba con su cuerpo debajo del mío. Jack me besó el cuello y cerró una mano sobre mi pecho. Ahí dentro hacía tanto calor que el coche podría explotar en cualquier momento. Y si no era el coche, sería mi corazón.

—Mia... —jadeó cuando subí despacio y bajé para encontrarme con él—. Bésame..., por favor —musitó con la voz entrecortada.

Me incliné sobre él. Solté el asiento y encerré su cara entre las manos. Mi pecho subía y bajaba a toda velocidad. Le lamí los labios y enredé la lengua con la suya.

Estar así con él era como volver a leer un libro que te gusta mucho. Releí sus expresiones y recordé por qué me encantaron la primera vez, tracé líneas invisibles con los dedos sobre la piel de su pecho, como si estuviese subrayando mis partes favoritas. Estaba reconectando con la Mia que creía en el amor para toda la vida. Una sonrisa tonta asomó a mis labios. Ojalá pudiese marcar con un pósit aquel momento para regresar a él siempre que quisiera.

Volví a balancear las caderas sobre las suyas. Jack me acarició la espalda, los brazos y las piernas. Hundió la mano en mi pelo y profundizó nuestro beso. Yo le lamí la garganta, perfilé sus cicatrices con los dedos y le susurré lo mucho que me gustaba sentirle.

Lo hicimos lento, besándonos cada centímetro de piel que teníamos al alcance, demostrándonos con caricias todo lo que habíamos callado hasta ese momento. Mi mano resbaló por su torso y noté su corazón latir apresurado, sincronizado con el mío.

El calor no dejó de aumentar en mi pecho y llegó un punto que se hizo insoportable. Nuestros gemidos eran todo lo que necesitaba para no detenerme. Sus manos recorrieron mi cuerpo cada vez más hambrientas. Jack me agarró las caderas y se movió debajo de mí. No pasó mucho tiempo hasta que me contraje a su alrededor.

—Cerca... —le avisé.

Él afianzó su sujeción y me penetró con más impaciencia. Perdí la cuenta de las veces que mi nombre se escapó de sus labios en forma de ruego desesperado.

Y allí, con la bahía a nuestras espaldas, nos dejamos arrastrar por la ola del placer una vez más.

Nos besamos mientras el ritmo de mis latidos descendía. Luego, me acurruqué contra su pecho y nos quedamos un rato así. Jack atrapó mi mano y me besó los nudillos, uno a uno. Usé las últimas fuerzas que me quedaban para separarme de su cuerpo y contemplarlo. En sus ojos brillantes vi que él sentía lo mismo que yo.

Le pasé una mano por el pelo sudado y le sonreí.

—¿Y ahora qué? —le pregunté.

Jack subió una mano hasta mi mejilla y me dio un beso tierno.

—Ahora es cuando volvemos de la mano y te beso delante de todo el pueblo.

36

Jack

Cuatro días para la reapertura del Polaris

Todo el mundo tuvo algo que decir sobre que Mia y yo hubiésemos vuelto.

La primera en enterarse fue Ivy. A primera hora del lunes fuimos a desayunar a su cafetería. Besé a Mia en la puerta. Ella se quedó fuera porque estaba a punto de llamarla su editora, y yo entré para ir pidiendo el desayuno. Eran las nueve de la mañana y, como era habitual, la mitad del vecindario se refugiaba del frío en su interior. Mi hermana había cambiado su delantal marrón por uno rojo que tenía la silueta de Santa Claus estampada en color blanco.

Ivy se inclinó sobre la barra para besarme la mejilla.

—Acabas de enrollarte en la puerta con Mia —apuntó mientras cogía la jarra de café.

—¿Por qué no estás sorprendida? —pregunté extrañado.

—Porque ya lo sabía.

—¿Cómo es posible? Volvimos anoche y aún no se lo hemos contado a nadie.

—Por favor, Jack...

Dejó dos tazas sobre la barra y me regaló una mueca burlona.

—Os vi besándoos el otro día en el Polaris cuando creíais que estabais solos —explicó mientras echaba leche en una de las tazas—. Y tampoco es que Mia fuese muy discreta en la subasta de solteros. A estas alturas debe de saberlo el pueblo entero.

Por poco me sacó un ojo con el pompón de su gorro navideño cuando se dio la vuelta para meter dos rebanadas de pan en la tostadora. Cogí la taza humeante y le di un sorbo al café solo.

—Entonces ¿es tu novia? —me preguntó cuando regresó.

«Mi novia».

Esas dos palabras sonaban genial.

Eché un vistazo por encima del hombro y sonreí. Mia seguía hablando por teléfono, gesticulaba con la mano libre y parecía emocionada.

Sin apartar los ojos de ella, respondí a la pregunta de mi hermana:

—Sí. Es mi novia.

Enseguida comenzaron los murmullos a mis espaldas. Algunos de los comentarios que capté por encima de los villancicos fueron: «Han vuelto», «Siempre supe que acabarían juntos» y «Le romperá el corazón otra vez». Odiaba ser el protagonista de los cotilleos, pero aquella mañana estaba encantado. Tenía tantas ganas de que todos se enterasen que llegué a considerar la idea de subirme al escenario de la plaza y anunciarlo con el micrófono...

—Oye, ¿y cómo lo vais a hacer? —me preguntó Ivy, sacándome de mis pensamientos—. ¿Mia se va a quedar?

Volví a mirar a mi hermana.

—No —negué—. Me voy yo con ella.

—¿Te mudas a Nueva York? —Elevó la voz y los murmullos cesaron.

—Sí. —Sonreí ilusionado.

Mi hermana bordeó la barra para salir. Extendió los brazos al llegar a mi altura y yo la recibí con un abrazo cariñoso.

—Te voy a echar de menos, cabeza de chorlito —la oí decir.

Estaba preparado para consolarla, pero me sorprendió añadiendo:

—Me alegro tanto por ti. —Me estrechó con fuerza—. Es lo que siempre quisiste.

Ivy y Paxton eran los únicos que sabían lo mucho que me arrepentía de no haberme ido con Mia desde el principio.

—Quiero contárselo yo a mamá —le dije cuando me soltó.

—Si no te das prisa, se va a enterar casi antes que tú —bromeó ella.

La campanita sonó cuando Mia empujó la puerta. Ivy se arrojó a sus brazos.

—¡Volvemos a ser cuñadas! —exclamó mi hermana—. ¡Espero que tengas sofá-cama en Manhattan porque pienso ser la primera en visitaros!

Al verlas abrazarse emocionadas, no pude evitar sonreír.

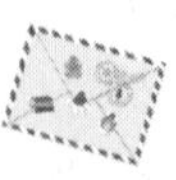

Después de desayunar, Mia se quedó charlando con Ivy y yo me acerqué a la pastelería en la que trabajaba mi madre. Según puse un pie dentro percibí el aroma dulce de la bollería. Saludé a los vecinos que esperaban su turno para ser atendidos y me colé detrás del mostrador para ayudar.

—Mia y yo estamos juntos —le dije cuando nos quedamos solos.

—¡Ay, Dios mío! —Mi madre me puso las manos en los hombros y me observó unos segundos. Después, me rodeó con los brazos—. ¡Es el mejor regalo de Navidad que podías hacerme!

Sonreí y le devolví el abrazo.

—Si es que estáis hechos el uno para el otro —siguió ella al apartarse—. Tengo que llamar a Carol. Se va a poner la mar de contenta. Estábamos deseando que llegase este día.

Parecía tan feliz que casi me dio pena añadir:

—Hay otra cosa que debes saber... Me voy a vivir a Manhattan.

—¿A Nueva York? —Sus cejas se perdieron debajo del flequillo cuando las alzó.

—Sí.

Mi madre asintió varias veces para sí misma, asimilándolo.

—¿Cuándo?

—No tengo fecha exacta. Probablemente después de Navidad.

—¿Y qué vas a hacer con el trabajo?

Sus palabras llevaban impregnado un sentimiento de protección y preocupación maternal.

—No te preocupes por eso. —Le puse la mano en el hombro para tranquilizarla—. Pediré el traslado al cuerpo de Nueva York y, si no se puede, buscaré algo desde allí. Hay muchas unidades, no me costará nada encontrar algo.

—¿Estás seguro?

—No he estado más seguro de nada en mi vida.

Ella se apoyó en el mostrador y se quedó pensativa. De pronto, me miró entusiasmada.

—Tengo el anillo de compromiso de la abuela en el altillo, ¿lo quieres?

Fruncí el ceño y negué con la cabeza.

—¡Mamá, por el amor de Dios, que no llevamos ni veinticuatro horas juntos! —la amonesté.

—Bueno, hijo, aunque hayáis estado separados, en realidad, lleváis juntos seis años. Digo yo que el tiempo que pasaste con ella antes también cuenta.

Me rasqué la mandíbula y me quedé pensativo.

No tenía claro que el tiempo de «antes» contase, pero sí que podía contar desde que habíamos vuelto a besarnos, ¿no?

—Además, como te mudas a la otra punta del país con ella, he pensado que venías a pedírmelo —siguió ella.

A continuación, se dio la vuelta para sacar una bandeja de pan del horno y murmuró algo que sonó a: «No entiendo las modas de la gente joven de no casarse...».

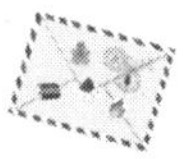

A cuatro días de la reapertura del Polaris nos quedaba poner a punto la recepción y el porche, arreglar los jardines delantero y trasero y comprar las decoraciones navideñas.

Mia y yo estábamos instalando las repisas flotantes en la recepción cuando apareció Blaze. Ella quería dejar ahí los libros que tenía en su casa para que los huéspedes los cogiesen prestados y, como me habían sobrado unas cuantas tablas, nos pusimos manos a la obra.

Por fortuna, mi amigo fue el que menos se metió en el tema del momento.

—Buen trabajo pescando a la chica, Halliday. —Blaze me felicitó con una palmada en el hombro.

—No soy un premio de feria, compañero de tequilas —dijo Mia.

—Claro que no —contestó Blaze acercándose a ella—. El premio te lo llevas tú a Nueva York. Más te vale cuidármelo, ¿eh?

—Sí, señor. —Ella se puso recta y respondió con un saludo militar.

Sin decir nada, Blaze cogió una de las tablas que estaban apiladas en el suelo y le preguntó:

—¿Dónde quieres que coloque esta, jefa?

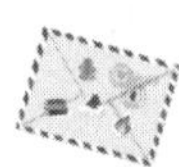

Era una liberación poder besarla y abrazarla cuando quisiera, estuviera delante quien estuviera. Después de comer, nos quedamos unos minutos besándonos en la cocina.

—Venga, vete, que te está esperando Blaze para recoger el sofá —se quejó ella contra mis labios—. Además, tengo que aprovechar el rato de tranquilidad para escribir, que estoy inspirada.

—Bueeeeno, vale —concedí a regañadientes.

Estaba a punto de volver a besarla cuando la voz de Carol nos llegó desde algún lugar.

—¡Qué alegría veros juntos de nuevo! —exclamó ella.

Mia se apartó en el acto.

Nos dimos la vuelta y nos encontramos a la mujer plantada en la puerta, acompañada de su sonrisa enorme.

—Douglas estaría tan contento… —musitó bajando la voz.

Al oír aquello busqué la mano de Mia y le di un apretón.

—Seguro que sí —contestó Mia en un susurro—. Ojalá estuviese aquí.

Acto seguido, me soltó y se acercó para ayudar a Carol con las bolsas.

Paxton fue el último en recibir la noticia.

Se presentó en el Polaris al día siguiente, vestido con el uniforme de policía. La mañana era soleada y fría, quedaban tres días para la reapertura del Polaris y Blaze, Michael y yo estábamos arreglando el jardín delantero.

Solté las tijeras de podar y me incorporé para saludarlo.

—¿Qué te pasa? —le pregunté al ver su expresión severa.

—Necesito hablar contigo en privado.

Paxton me hizo un gesto de cabeza para que lo acompañase. Me quité los guantes de trabajo y lo seguí.

—¿Soy tu mejor amigo y me entero el último, y porque me lo cuenta mi mujer? —me soltó de sopetón en mitad de la recepción—. ¿Me lo estabas ocultando por algo?

Arrugué el ceño y lo miré sin comprender.

—No habrás vuelto con Mia para que no venda el Polaris, ¿verdad? —continuó—. Porque te juro que como hayas hecho eso, no te vuelvo a hablar en la vida. Ni a ti ni a Blaze.

Me tensé por sus palabras y el pulso se me aceleró. Miré a ambos lados, para comprobar que estábamos solos, y le dije entre dientes:

—¿Puedes no sacar ese tema aquí?

Paxton separó los párpados por la sorpresa.

—Entonces ¿es verdad?

La frase se quedó suspendida en el aire, junto a la tirantez que había entre nosotros. Paxton me estudió con la mirada como si yo fuese un criminal. Me quité la gorra y jugueteé con ella entre las manos.

—Al principio sí que me acerqué a ella por eso, pero… —empecé.

—Joder, Jack —me cortó indignado—. No me lo puedo creer.

Me dio la espalda y caminó por la estancia.

—¿Ella lo sabe? —me preguntó.

—No.

Me sentí culpable al recordar las palabras de Mia: «Nos doy una segunda oportunidad, sin secretos y cumpliendo nuestras promesas».

Si Paxton había reaccionado así, no quería ni pensar en cómo lo haría ella. El estómago se me retorció de manera desagradable al imaginar la cara que pondría. Después de haberme pedido expresamente que no le rompiera el corazón, no podía traicionar su confianza así.

—Mia no puede enterarse bajo ningún concepto —le advertí, nervioso—. Por fin la he recuperado y no quiero cagarla.

Paxton negó con la cabeza, decepcionado.

—He vuelto con ella porque la quiero —aseguré—. No lo he hecho por el Polaris. Estoy enamorado, por eso voy a irme a Nueva York con ella.

Era la primera vez que reconocía mis sentimientos en voz alta.

—Me alegro por ti —contestó Paxton al fin—. Es tu vida y puedes hacer lo que quieras, pero, si me permites un consejo de amigo, creo que deberías contárselo. Merece saber la verdad de esta historia.

Tragué saliva, incómodo.

Cuando Paxton entendió que no iba a contestar, añadió:

—Eres un buen tío, no empieces la relación con mentiras.

Me dedicó una última mirada y se marchó.

Trabajé sin parar el resto de la mañana. Ni siquiera me tomé un descanso para comer con los demás. No soportaba la sensación de haber defraudado a Paxton y no tenía ganas de ver a nadie.

Cuando se hizo de noche, mis compañeros se fueron. Mia se había ido con Holly a comprar las decoraciones navideñas, así que me quedé solo con mis pensamientos. Las palabras de Paxton todavía resonaban en mi cabeza. Si le contaba a Mia que me había acercado a ella con el objetivo de que no vendiese el *bed and breakfast*, me arriesgaba a hacerle daño y a que me dejase. Si no se lo contaba, acabaría ahogándome en la culpabilidad.

Después de darle muchas vueltas, decidí que no quería empezar la relación ocultándole algo así. Confiaba en que, si se lo explicaba, lo entendería. En ningún momento había querido herirla, y lo que sentía por ella era verdadero.

Estaba en la cocina, sirviéndome un té, cuando Mia irrumpió en la estancia.

—Tengo que contarte una cosa —escupí tan pronto como entró.

—¡Yo también! —Sonrió ampliamente—. ¡Mira lo que he encontrado!

Plantó sobre la isla un buzón rojo, en letras blancas se leía la inscripción: CARTAS PARA SANTA. Era rectangular, con la parte superior redondeada, y parecía estar hecho de metal. La ranura por la que se introducían las cartas estaba abollada y la pintura roja desconchada en algunas partes.

—Lo he encontrado en el mercadillo —me explicó—. Era el único que tenían, ¿te puedes creer qué suerte he tenido?

Mia tenía las mejillas y la nariz sonrosadas. Los ojos le brillaban como dos luciérnagas en la oscuridad.

—Está un poco viejo, pero no pasa nada. Una mano de pintura y como nuevo. —Me lo mostró desde distintos ángulos—. Quiero ponerlo en la recepción, así los niños podrán echar sus cartas para Santa, como antes.

La culpabilidad no dejaba de burbujear en mi estómago.

—Estoy tan contenta... —Sonrió mientras se quitaba el gorro—. Por cierto, he llamado a la empresa de alquiler de coches y voy a devolverlo mañana. Ahora que vamos juntos a todos los sitios, no tiene sentido seguir pagándolo. ¿Me ayudas a sacar los adornos del maletero, por favor? He comprado un montón de cosas y no puedo yo sola.

—Mia, necesito que me escuches un momen... —empecé.

—Te quiero —soltó como si nada.

Me quedé paralizado.

Estaba seguro de que mi cerebro había cortocircuitado.

No debería sorprenderme que me lo hubiese confesado así. Esa mujer era directa y lanzada como una flecha. Desde que me había dicho que le apetecía una galleta, no había vuelto a decir nada parecido. Siendo sincero, creí que pasarían semanas antes de que Mia me confesase algo así y antes de que estuviese lista para oír lo que yo sentía.

—¿Qué has dicho? —pregunté para cerciorarme de que había entendido bien.

—He dicho que estoy contenta porque los niños van a tener un buzón donde echar las cartas y que voy a devolver el coche mañana.

—Eso no... —Negué con la cabeza y bordeé la isla para acercarme a ella—. Lo otro.

Mia sonrió con dulzura y me echó los brazos al cuello.

—¿Lo de que te quiero? —me dijo con una sonrisa.

Asentí.

—¿Qué pasa con eso?

—¿Puedes repetirlo?

—Jack. —Hizo una pausa y saboreó el momento—. Te quiero.

Sentí que una cerilla prendía dentro de mi corazón. Una sensación de júbilo se propagó por mi pecho como el fuego y carbonizó de un plumazo la culpabilidad y la sensación amarga que me consumían.

«Siente lo mismo que yo».

Encerré su cara entre mis manos y la besé. Una vez y después otra más. La boca le sabía a chocolate y hacía que fuese imposible dejar de besarla. Hacía tiempo que no estaba tan feliz.

—Yo sí que te quiero —pronuncié las palabras contra sus labios—. No sabes cuánto.

Mia sonrió y tiró de mis hombros hacia abajo para volver a besarme.

Desplacé las manos hasta sus caderas y la subí a la encimera. Necesitaba sentir que su corazón latía desesperado junto al mío.

—¿Qué ibas a decirme? —me preguntó, apartándose de mis labios.

—Eh... Nada, que ya está acabada la pérgola —le dije lo primero que se me ocurrió.

—Eso es genial, cariño.

Quizá me estuviese convirtiendo en un egoísta, pero jamás me arriesgaría a perder lo mejor que me había pasado en la vida una segunda vez. No estaba dispuesto a sacrificar la felicidad que hacía tiempo creí que jamás volvería a sentir.

37

Jack

Dos días para la reapertura del Polaris

Al día siguiente, los que peor se tomaron la noticia de mi partida fueron mis compañeros.

Estaba cocinando en el parque de bomberos cuando me sonó el móvil. Solté la pala de madera sobre la sartén y esbocé una sonrisa antes de sacarme el teléfono del bolsillo. Sabía que sería un mensaje de Mia. Hacía un rato me había pedido que le enviase una foto con el uniforme. Me había sentido un poco tonto al cambiarme solo para hacerme una foto, pero se me pasó al leer su mensaje.

Estás muy sexy con la chaqueta abierta y sin camiseta

Sonreí. Sabía que ese detalle le gustaría.

Vas a tener que venir con el extintor 

En cuanto salga del turno iré encantado

Lo justo sería que ahora me mandases tú una foto

Yo no tengo un uniforme de escritora sexy

Cualquier foto tuya es de escritora sexy 😉

Dame un segundo

Esperé con la vista clavada en la pantalla. Por poco se me cayó el teléfono de las manos.

En la foto Mia estaba tumbada en lo que parecía ser su cama y una sonrisilla traviesa adornaba su cara. Llevaba puesto el sujetador verde de encaje que se había quitado para mí en Emerald Bay y, a través de la tela semitransparente, se intuían sus pezones.

—Madre mía... —Me pasé una mano por la cara y resoplé.

Querías que lo llevase siempre puesto, no?

«Y tanto».

Estaba contestándole que me moría por quitárselo cuando oí la voz alarmada de Blaze:

—¿Qué cojones haces?

Levanté la vista y lo miré confuso.

—¿Quieres soltar el puto móvil? —continuó—. Espabila, coño... ¿No ves que se está quemando la comida?

—Joder —maldije.

Solté el móvil en la encimera de mármol y apagué el fuego. Lo que iban a ser unos huevos rancheros ahora era un revuelto que olía a quemado.

—¿Thor ha carbonizado los huevos? —preguntó Siniestro desde la mesa.

—Sí —contestó Blaze—. Ha vuelto con su ex y está atontado con el móvil.

—Jack Halliday, el bombero que provoca más incendios que los que apaga —se burló Campana.

Contuve la risa y negué con la cabeza. Luego, vacié el contenido de la sartén en la basura y la metí bajo el agua del grifo del fregadero.

—¿Qué pasa? —nos preguntó Elsa desde el umbral.

—Thor ha vuelto con su novia —explicó el hijo del alcalde.

—¡Qué bien! —Ella dio una palmada entusiasmada—. ¡Hacéis muy buena pareja!

Sonreí.

—¿Ya les has contado que te mudas a Nueva York? —me preguntó Blaze.

—¿Quéééééé? —se oyeron varias voces a la vez.

—Venga, no me jodas —se quejó Tarzán—. ¿Vas a dejarlo todo por una tía?

—No es una tía. Es mi novia —puntualicé.

—Buuuuu —contestaron ellos a coro.

—No vas a encontrar mejores compañeros que nosotros, ¿eh? —dijo Siniestro.

—Lo dudo —bromeé.

Uno de ellos me lanzó un trapo y yo lo esquivé. Sabía que me echarían tanto de menos como yo a ellos.

—Bueno, ¿qué os parece si pedimos unas pizzas? —sugerí—. Invito yo.

Los abucheos se convirtieron en vítores y aplausos.

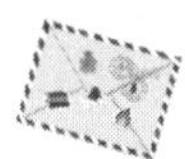

Al salir de la guardia al día siguiente me fui directo al Polaris. Eran las ocho de la mañana y Mia ya tenía la encimera llena de ingredientes. Quedaba solo un día para la reapertura.

—Hola —dije, encantado de verla.

—Buenos días —me saludó con un bostezo y le dio un sorbo a su taza. Acto seguido, se dio la vuelta y sacó una segunda taza del armario.

Se había puesto mi chándal para dormir. Llevaba el pelo recogido en un moño y todavía tenía las marcas de la sábana en la cara. Estaba bastante seguro de que nunca la había encontrado más guapa.

La abracé por la espalda y ella se recostó contra mi pecho.

—Ahora sí que son buenos días —dije antes de besarle la cabeza.

Ella se volteó entre mis brazos y me dio un beso perezoso con sabor a café.

Después, me ofreció una taza humeante. La acepté y me senté en un taburete.

—Pareces cansada —le dije cuando bostezó una segunda vez—. ¿No has dormido bien?

—Anoche me quedé escribiendo hasta las tantas. —Se sentó a mi lado y orientó su silla en mi dirección.

—¿Por dónde vas?

—Casi por el final. Estoy contenta porque Emma ha dejado a Greyson y ahora viene la parte más emocionante: el conflicto. —Suspiró encantada y le dio otro sorbo a su taza—. ¿Tu guardia qué tal?

—Tranquila. Los chicos no se han tomado muy bien lo de la mudanza.

Me acarició el pelo y cerré los ojos.

Podía acostumbrarme a desayunar con ella y hablar de nuestros trabajos mientras la besaba.

—Es normal... —titubeó—. ¿Tú... sigues queriendo venir?

Abrí los ojos de golpe.

—Por supuesto —aseguré—. No tengo intención de separarme de ti otra vez —continué.

Ella me dedicó una sonrisa tierna y me besó.

—Tenemos que comprar el billete —me recordó—. ¿Qué día te viene bien que nos marchemos?

—Mmm..., no lo sé. Podemos ir viendo cómo va la cosa estos días y decidimos, ¿no?

—Vale. —Sonrió—. Me parece bien. Todavía no me creo que mañana esto vaya a estar lleno de gente. Gracias por todo.

—Gracias a ti. Sin tu ayuda, habría sido imposible terminar a tiempo.

Ella soltó una risita.

—Pero si lo has hecho casi todo tú. Bueno, y tus amigos.

—No habría podido pintar las habitaciones sin ti —aseguré—. Odio pintar. No me gusta el olor y me aburre. Tú has hecho el trabajo divertido. Y has montado muchas más repisas que yo.

Ella sonrió.

—Y he cortado el árbol —me dijo, antes de robarme un beso—. Después de las Navidades, cuando entregue el manuscrito, podríamos irnos de vacaciones.

De pronto, hacer planes de futuro con ella era mi pasatiempo favorito.

—Me parece una ideaza. ¿Dónde quieres ir?

—Mmm..., a una playa paradisiaca para descansar.

—Si vamos a la playa, no te voy a dejar descansar. —Me incliné en su dirección y le di un beso lento.

Al cabo de un rato, listamos las tareas de ese último día. Lo único que nos quedaba para poner a punto el Polaris era colocar los muebles del porche y las decoraciones navideñas, y preparar ciento cincuenta galletas para los kits.

—¿Por dónde quieres que empecemos? —le pregunté.

—Creo que podríamos terminar de hacer las galletas ahora. Por la tarde van a venir los demás para ayudarnos a decorar.

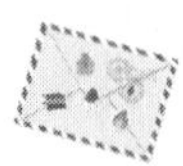

A media tarde ya lo teníamos todo colocado. En el jardín había un despliegue de figuras grandes y llamativas de todo tipo, entre ellas la galleta de jengibre de *Shrek*. La corona de piñas de la puerta de la entrada daba la bienvenida al Polaris con un cartel escrito a mano. El árbol descansaba en mitad de la recepción, decorado con varias tiras de luces, espumillón dorado y bolas rojas y verdes. Los huecos de las puertas estaban enmarcados con muérdago, una guirnalda de pino adornaba la barandilla de la escalera, y otra, el mostrador de recepción. Sobre la repisa de la chimenea había varios calcetines que mi hermana había llenado de bastones de caramelo.

La recepción olía a pino y a galletas. Mia se subió en la escalera. Por un momento, sentí que viajaba al pasado en el Delorean. Desde que era pequeña lo que más ilusión le hacía de decorar el árbol era colocar la estrella. Douglas me había contado la historia un par de veces. Mia sabía que el nombre de su madre, Stella, significaba «estrella». El día que aprendió en el colegio que la estrella polar se llamaba Polaris le dijo a Douglas: «Polaris es una estrella bonita como mamá», y de ahí venían la tradición y el nombre del negocio familiar.

—¡Yooo! —exclamó Robin desde los brazos de Holly—. ¡Quiero ponerla yo!

La mano de Mia se quedó suspendida a escasos centímetros del árbol.

—Cariño, tú ya has puesto la estrella en el árbol de casa —le dijo Holly a su hijo en tono maternal—. Este es el árbol de Mia, le toca ponerla a ella.

Mi novia observó al crío unos segundos y se bajó de la escalera.

—En realidad, el árbol es de todos —dijo ella al plantar los pies en el suelo. Se acercó a Robin y le entregó la estrella—: Toma, ponla tú.

El corazón se me hinchó dentro del pecho. Sabía la ilusión que le hacía poner la estrella. Ese pequeño gesto me hizo quererla aún más.

El niño saltó emocionado cuando Holly le dejó en el suelo.

—¡Papá! —Robin salió corriendo.

Paxton lo cogió en brazos y una sonrisa de adoración se dibujó en su cara. Alzó a Robin y este plantó la estrella en el sitio correcto.

—¡Muy bien! —Aplaudió Holly.

Felicitaron ambos al niño y le dieron un beso en la mejilla.

Sentí envidia sana al presenciar aquella muestra de cariño. Durante mucho tiempo creí que mi final con Mia sería el que ellos tenían; vivir juntos y formar una familia.

«Aún puede serlo», me recordó una vocecita optimista.

Desvié la vista hacia la derecha.

Mia observaba a nuestros amigos con una sonrisa.

La primera vez que empezamos a salir tardé un mes en decirle que la quería y seis en confesarle que mi intención era pasar toda la vida a su lado. Estábamos viendo *Up* en su habitación, ella se echó a llorar en los cinco primeros minutos de película y entonces lo supe: quería envejecer a su lado. El Jack de veinte años estaba igual de enamorado de ella que el Jack de treinta y uno.

Me pregunté si para ella el tiempo que habíamos pasado juntos antes contaba. Para mí sí lo hacía, era parte de nuestra historia y de nuestros recuerdos. En ese instante, caí en la cuenta de que todavía no habíamos hablado sobre si en Nueva York viviríamos juntos o si yo tendría que alquilar un apartamento. Para ese tipo de decisiones me vendría bien saber desde dónde empezaba a contar ella el tiempo conmigo. Habíamos hablado sobre nuestros sentimientos, nos habíamos dicho «te quiero», pero no habíamos tomado ni una sola decisión. Y tenía una gran duda: ¿nuestro aniversario seguía siendo el uno de septiembre? ¿O ahora era el quince de diciembre?

—El árbol ha quedado precioso —dijo Mia, arrancándome de mis pensamientos.

—Sí. —Le rodeé los hombros con el brazo y le di un beso en la cabeza.

—¿Lo enchufo ya? —nos preguntó Ivy desde detrás del mostrador de la recepción.

—¡Sí! —le contestó Mia.

Mi hermana se agachó y, tras unos segundos, las luces de colores comenzaron a parpadear y brillar. Se oyeron un par de aplausos.

Observé el árbol encendido con orgullo. Habían sido unos meses complicados y, por fin, el esfuerzo se vería recompensado.

Todo estaba en su sitio; no había ni un escalón suelto, ninguna tubería parecía a punto de explotar, las habitaciones estaban amuebladas y la Navidad estaba presente en cada rincón.

Carol nos llamó y nos reagrupamos todos al lado del árbol, excepto mi madre, que estaba jugando con Robin.

—¿Todo listo para mañana? —nos preguntó Carol.

—Sí —contestó Mia—. El árbol está decorado, he colgado el calendario de las actividades y el buzón está ahí mismo. —Señaló el mostrador de admisión—. Creo que solo nos falta empaquetar los kits para las casitas de jengibre.

Clavé la vista en el buzón y me quedé pensativo. Mia lo había pintado de color rojo vibrante para disimular los desperfectos.

—¿Quién va a hacer de Santa el día veinticinco? —preguntó Carol.

Todas las miradas se centraron en mí.

Arrugué las cejas. Me llevó unos segundos comprender el significado de esas expresiones.

—¿Yo? —pregunté estupefacto—. ¿Queréis que lo haga yo?

—Un gran poder conlleva una gran responsabilidad —empezó Paxton—, y no hay nadie mejor que tú para llevar ese traje.

Solté una carcajada.

—¿Estás citando al tío Ben de Spider-Man para convencerme? —pregunté divertido.

—Yo puedo citar a Dumbledore si quieres. —Mia se quitó el gorro de Santa que llevaba puesto y me lo entregó—. «Tu padre dejó esto en mi poder cuando murió. Es hora de que te lo devuelvan. Úsalo bien». Se lo dijo a Harry cuando le dio la capa de invisibilidad.

En pocos segundos experimenté una gama amplia de emociones: desconcierto, entusiasmo, incertidumbre, tristeza... Douglas siempre me había inspirado a ser mejor hombre. Él lo daba todo por los demás sin pedir nada a cambio; lo hizo con mi familia cuando faltó mi padre, sacó adelante a su hija después de la muerte de su mujer y cada Navidad se entregaba en cuerpo y alma a los huéspedes. La nostalgia de los recuerdos me envolvió. Lo había visto disfrazado en la recepción tantas veces que, si cerraba los ojos, podía visualizarlo en mi mente a la perfección. A él le encantaba repartir regalos y hacer felices a los demás. Casi podía decirse que él era la atracción principal del Polaris la mañana del veinticinco de diciembre. Agradecía que mis seres queridos pensasen en mí para continuar con su legado, pero no estaba seguro de dar la talla ni de hacerlo igual de bien que él.

Mi hermana, como siempre, me leyó la mente.

—Lo harás genial —apuntó Ivy.

—Por una vez estoy de acuerdo con Paxton —murmuró Blaze—. Nadie podría hacerlo mejor que tú.

—Douglas estaría encantado de que fueses su relevo —me dijo Carol.

Busqué los ojos de Mia y ella me sonrió, dándome los ánimos que me faltaban para aceptar.

—Lo haré —aseguré con la determinación renovada.

—Estupendo —dijo Carol contenta—. Ahora quiero veros a todos empaquetando las galletas que ha hecho Mia.

Uno a uno, fueron desfilando a la cocina.

Mia se quedó rezagada y me dio la mano.

—¿Has pensado ya lo que vas a pedir por Navidad? —me preguntó.

Eché un vistazo alrededor. Todo estaba a punto para la reapertura, mis seres queridos me rodeaban y Mia había vuelto a mi vida. ¿Podía pedir algo más?

Negué con la cabeza y le dije:

—No quiero nada.

Tenía conmigo todo lo que necesitaba.

38

Mia

Horas antes de la reapertura del Polaris

Comprobé por enésima vez que todo estaba en orden en la recepción. El buzón de las cartas a Santa se encontraba sobre el mostrador de admisión, junto a un cuenco con bastones de caramelo. Detrás de él, descansaba el libro de registro para gestionar las reservas. En la pared se extendía el panel del que colgaban las llaves de las veintitrés habitaciones, cada una numerada con un llavero dorado.

Moví el buzón unos milímetros hacia la izquierda y resoplé. Sentía que algo no estaba en su sitio, pero no sabía decir qué era.

Un gusanillo nervioso me retorcía el estómago. Quería que todo fuese perfecto.

Sentí las manos de Jack apoyarse sobre mis hombros.

—Todo va a salir bien. —Me frotó los brazos de arriba abajo.

Me recosté contra su pecho y él me abrazó desde atrás.

—No sé si cambiar la lista de música —reconocí—. No quiero que la gente se aburra.

El hilo musical reproducía villancicos a piano y lo había cambiado varias veces.

—Con la cantidad de actividades que has preparado dudo que alguien vaya a tener tiempo de aburrirse. —Jack apretó los labios contra mi coronilla.

Me giré entre sus brazos y me topé con su expresión tranquilizadora.

—Necesito comprobar que los calcetines tienen los caramelos —escupí a toda prisa.

Hice amago de sobrepasarlo y él me paró, agarrándome de la cintura.

—Están hasta arriba —me aseguró—. Acabo de revisarlos por tercera vez.

Suspiré y él me sujetó la cara.

—Estoy nerviosa. Esto es una responsabilidad gigantesca. En un par de horas llegarán los primeros clientes con sus maletas llenas de expectativas y no quiero defraudarlos.

—Cariño, no te pongas más peso en la espalda del necesario. Hemos hecho todo lo que hemos podido. Estoy seguro de que la gente se lo pasará en grande.

—Vale. —Estaba tan tensa que necesitaba creerle.

Sus ojos miel cargados de afecto hicieron que me olvidase de todo durante un instante.

La luz de primera hora de la mañana entraba por las ventanas de recepción y rebotaba contra la madera impoluta del suelo. Dos sofás y varias sillas tapizadas en color verde botella rodeaban la chimenea encendida, invitando a sentarse y abstraerse del mundo viendo las chispas saltar. En el centro de la estancia destacaba el árbol, imponente.

Todo estaba donde debía estar, pero yo seguía echando algo en falta. Volví a pasear la vista por el mostrador de admisión y caí en la cuenta de que había olvidado lo más importante.

—¡Ahora vengo! —le dije a Jack por encima del hombro.

Me colé tras el mostrador y abrí la puerta que daba a mi casa. Atravesé el pasillo corriendo y subí las escaleras de dos en dos. La caja que me había entregado Carol me esperaba sobre el escritorio de mi habitación. Levanté la tapa y saqué la fotografía enmarcada de mi familia. Me la apreté contra el pecho y salí disparada.

Regresé a la recepción sin aliento. Carol había llegado y charlaba con Jack al lado de la puerta. La saludé con la mano. Después, les di la espalda a ambos y colgué la fotografía en el gancho de la pared, al lado de las llaves de las habitaciones.

—Ahora sí. —Sonreí satisfecha.

Aquella fotografía era lo que había echado en falta desde que había llegado al Polaris tantos días atrás.

Observé la imagen y se me empañó la mirada. Mi padre, vestido con el traje de Santa Claus, nos rodeaba con los brazos a mi madre y a mí. Me encantaría que estuviese a mi lado, viendo con sus propios ojos lo bonito que había quedado el Polaris.

Me di la vuelta hecha un manojo de sensaciones y crucé la mirada con Carol.

—Tu padre estaría muy orgulloso —me dijo ella con dulzura.

Asentí y no respondí. Si abría la boca, sollozaría.

—Estaría orgulloso de los dos —añadió mirando a Jack—. Habéis formado un gran equipo y habéis sacado esto adelante. —Alternó la mirada de uno a otro y luego la centró en Jack—. Gracias por todo el esfuerzo que has hecho —le dijo—. Te has perdido muchas cosas por estar aquí, trabajando de sol a sol.

Jack tragó saliva, conmovido, y no contestó.

—Ojalá algún día podamos compensártelo. —Carol le frotó el brazo.

Mi novio negó con la cabeza, como si lo que hubiese hecho no mereciese reconocimiento.

—Y a ti, cielo. —Carol se acercó a mí—. Estoy segura de que, esté donde esté, tu padre está muy feliz de ver que hemos reabierto a tiempo para la Navidad.

Se me saltaron las lágrimas y asentí.

Bordeé el mostrador y la abracé.

Después, tanteé el aire con la mano en busca de Jack. Él me la agarró y yo tiré de él en mi dirección para que se uniese a nuestro abrazo. Durante un momento, sobraron las palabras. Los tres nos habíamos quedado un fragmento de mi padre guardado en el corazón y su recuerdo seguiría vivo con nosotros.

—¡Abrazo de grupo! —oí que decía Ivy desde algún lugar.

Se nos lanzó encima como un terremoto, haciendo que se me escapase una risita llorosa.

Los empleados del Polaris no tardaron en llegar: Toby, que se encargaba de la limpieza; Claire, que era la cocinera; Evelyn, que servía las mesas, seguidos de nuestros proveedores habituales, que eran vecinos del pueblo. Primero llegó la madre de Jack, cargada con las remesas de pan y bollos de su panadería. Los padres de Holly lo llenaron todo de flores frescas de su floristería, los Smith trajeron sus mermeladas para el desayuno y los hermanos Ferguson, dueños del supermercado, llegaron con un camión repleto de comida que descargamos entre todos.

Me pasé la siguiente media hora mirando por la ventana y caminando de un lado a otro. Cuando divisé el primer coche que no conocía, regresaron los nervios.

—¡Vienen los primeros! —exclamé.

Corrí para reunirme con Carol y derrapé al llegar al mostrador. Jack les abrió la puerta a los recién llegados. Se trataba de una pareja de mediana edad y su hija, que tendría aproximadamente siete años.

—¡Bienvenidos al Polaris! —exclamé sin poder contenerme desde mi posición.

Jack les sostuvo la puerta para que entrasen y los saludó con cordialidad. Ellas miraron en todas direcciones al pasar.

—¡Mi amor, mira qué bonito el árbol! —le dijo la madre a la hija—. Ahí te dejará Santa los regalos.

Los ojos de la pequeña brillaron de emoción. Solo por eso sentí que todo el trabajo y los agobios no habían sido en vano.

Carol les dio la bienvenida, extendiendo el bote de bastones de caramelo en su dirección, y luego les preguntó:

—¿En qué podemos ayudarles?

—Teníamos una reserva —nos dijo el hombre de pelo castaño y gafas—. A nombre de Robert Foster.

—Perfecto —les dijo Carol—. ¿Qué tal el viaje? —les preguntó mientras buscaba su reserva en el libro—. ¿Vienen desde muy lejos?

—Muy bien. Venimos desde San Francisco —contestó él—. Han sido cuatro horas.

—Mira, Anya, un buzón para que eches tu carta a Santa —le comentó la madre a su hija.

—¡Qué guay! —contestó la niña.

Mientras lo admiraban, yo me di la vuelta y cogí de la cesta una bolsa transparente con un lazo rojo que albergaba en su interior las galletas de jengibre.

—Esto es para que hagáis vuestra casita —les dije, colocándola sobre el mostrador.

—Muchas gracias —nos agradeció la mujer pelirroja. Cogió el paquete y se lo entregó a su hija.

—De nada. —Sonreí—. Mañana, después del desayuno, las montaremos todos juntos.

—¡Eso es genial! —exclamó la madre.

Parecía tan emocionada como la niña.

—Su habitación es la nueve —le informó Carol al entregarles la llave—. Está al fondo de aquel pasillo. —Señaló con la mano el corredor que se extendía enfrente—. El desayuno es de ocho a nueve, el turno de comidas empieza a las doce y el de las cenas a las seis. En el cartel que hay a mano izquierda encontrarán los horarios de las actividades.

Sonreí cuando la mujer se acercó a cotillearlo.

Había preparado todo tipo de actividades para los niños: juegos, cuentacuentos, películas e incluso había sacado los disfraces y juguetes que usaba cuando era pequeña, para que se divirtieran. Quería poner en práctica todo lo que mi padre me había enseñado, la Navidad era un momento para ser feliz.

Carol sacó un mapa de Sunnyside del cajón. Lo extendió sobre la mesa y les marcó con un bolígrafo azul los lugares de interés, como el mercadillo de Winterdale, la plaza del ayuntamiento para que viesen el árbol, la cafetería de Ivy y la tienda de artesanías de Joseph.

—Aquí se comen las mejores tortitas de patata del mundo. —Me tomé la libertad de dibujar un círculo alrededor del restaurante de Joe.

—Y para ver el atardecer pueden ir al embarcadero de Sierra Road —sugirió Jack a sus espaldas.

Después de darnos las gracias, la mujer cogió el mapa.

—No te olvides de echar en el buzón tu carta —le recordé a Anya con una sonrisa.

—Esperamos que tengan una estancia agradable —siguió Carol—. Cualquier cosa que necesiten, no duden en preguntar. Mi nombre es Carol, ella es Mia y él es Jack. Estaremos encantados de atenderos.

Jack cogió sus maletas y los acompañó hasta su habitación.

A partir de ese momento, no paramos ni un segundo.

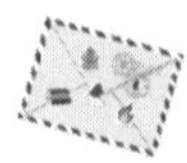

A última hora de la tarde había gente por todas partes. Algunos huéspedes se congregaban alrededor del fuego de la recepción, otros admiraban las figuras iluminadas en el porche delantero, el resto estaban desperdigados y conversando entre ellos mientras los niños correteaban alrededor del árbol.

Sonreí contenta cuando Anya se acercó al buzón y metió la primera carta. El brillo de sus ojos me transportó al pasado, a ese momento especial en el que era yo la que pedía los regalos ilusionada.

—¿Qué le has pedido a Santa? —le pregunté con una sonrisa.

—El *Cluedo*, para jugar con mi familia, y un kit para hacer pulseras para mis amigas. —Sus ojos se avivaron de emoción cuando me lo contó.

—¡Hala, qué chulo!

—Si quieres, puedo hacerte una pulsera con tu nombre.

—Vale. Genial. Me encantaría.

Sentí un cosquilleo familiar en la piel. Al levantar la mirada me topé con los ojos de Jack fijos en mí. Nos sonreímos en la distancia. Cada vez que me observaba así, como si yo fuese lo más bonito del mundo, el aleteo de mi pecho se hacía más fuerte.

Esa noche, cuando nos metimos bajo las sábanas después del servicio de cenas, estábamos derrotados, pero contentos. Usé las pocas energías que me quedaban en echarle una pierna y un brazo por encima.

—Lo hemos conseguido —le dije en un susurro.

—Juntos. —Jack me estrechó contra su cuerpo.

Permanecimos abrazados un buen rato. Repasé el día mentalmente y suspiré satisfecha.

—¿Jack? —lo llamé cuando noté que el sueño empezaba a vencerme.

—Mmm…, dime —murmuró somnoliento.

—Todavía no sé lo que quieres por Navidad… —Fue lo último que dije antes de quedarme profundamente dormida sobre su pecho.

39

Mia

Los días siguientes se me escurrieron como arena entre los dedos, y fueron pasando entre momentos dulces, actividades divertidas, besos de Jack con sabor a galletas y conversaciones con los niños acerca de sus peticiones navideñas. Sentí un pellizquito agradable en el corazón cada vez que uno de ellos echó su carta al buzón con ilusión, y otro cada vez que veía a las familias profesarse su cariño infinito.

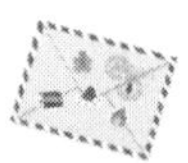

El veinticuatro de diciembre me desperté antes del amanecer. Sentía el corazón pesado y apagado.

Salí de la cama con el mayor sigilo posible para no despertar a Jack. Recogí del suelo la ropa que me había quitado el día anterior, agarré las llaves de su camioneta y abandoné mi habitación. Había llegado el momento de hacer aquello que llevaba días rondándome la cabeza.

Conduje hasta el cementerio de Sunnyside mientras las luces del alba se reflejaban en el lago Tahoe.

La tumba de mi padre estaba ubicada al lado de la de mi madre. Todavía no la había visto de cerca. El día de su funeral me quedé en un segundo plano con Chelsea y no quise acercarme a nadie. Exhalé una bocanada de aire y una nube de vaho se dibujó delante de mi cara. Caminé apresurada abrazándome las costillas. Estaba saliendo el sol, pero yo sentía que llovía dentro de mi pecho.

Al ir acercándome a la tumba, aminoré la velocidad.

Douglas Summers

Amigo, padre, esposo y compañero de aventuras

1961-2024

Al leer la inscripción de la lápida, los ojos se me llenaron de lágrimas. Me agaché y dejé un manojo de flores silvestres sobre el mármol. Permanecí unos minutos ahí, a la espera de que apareciese mi padre por arte de magia. Cerré los párpados e intenté imaginar que él estaba ahí conmigo. No funcionó. Estaba demasiado nerviosa. Hacía frío, pero me sudaban las palmas de las manos.

—No pensé que iniciar esta conversación fuese tan difícil —le dije al aire con voz temblorosa—. Pero es que no sé por dónde empezar...

Me sentí absurda. ¿De verdad no sabía lo que quería decirle a mi padre?

Me tomé unos segundos para escuchar a mi corazón. Acto seguido, me agaché.

—Jack me contó que entraste a por las cartas en el incendio... —comencé con la voz temblorosa—. Mamá y yo te habríamos echado una buena bronca por arriesgar tu vida... Aun así, quiero darte las gracias por rescatar mis recuerdos, significan mucho para mí. Hemos conseguido reabrir el Polaris a tiempo para Navidad, como tú querías. Ahora hay repisas en el comedor con los libros que tenía en mi cuarto, por si alguien quiere leerlos... Tenemos un par de mecedoras nuevas en el porche trasero, te encantaba sentarte ahí con el periódico... Ojalá estuvieses aquí para verlo... Te gustaría mucho.

Al decir aquello, me resquebrajé y rompí a llorar. Tenía el corazón roto en miles de pedazos y quería a mi padre con todos y cada uno de ellos. Me hubiese gustado volver al Polaris y que estuviese esperándome. Quería darle la bola de nieve que le había comprado en el Empire State. Quería retroceder a la noche previa a mi mudanza a Nueva York, deseaba quedarme atrapada en el último abrazo que me había dado para siempre. Me había costado verlo, pero eso era lo que quería por Navidad.

—Te echo de menos… —Me limpié las lágrimas y respiré hondo—. Quiero que sepas que no te guardo ningún resentimiento por lo de Carol. Es una mujer maravillosa, entiendo que te enamorases de ella y… me alegro mucho de que pasases los últimos años con ella… Siento mucho haberme distanciado, pero no supe hacerlo de otra manera…

Reconocer aquello en voz alta fue como arrancar una tirita y dejar la herida al aire, para que empezase a sanar. Me abracé las costillas. Ya no tenía sentido intentar controlar el torrente que me caía por las mejillas.

—He perdonado a Jack… —continué al cabo de un rato—. Supongo que eso también te alegraría. Creías que era el hombre indicado para mí. Hasta en eso tenías razón… Esta vez se muda conmigo a Manhattan… Todavía no lo hemos hablado, pero quiero pedirle que venga a vivir a mi apartamento… Quizá no debería ilusionarme, pero creo que esta vez sí es para siempre.

Una mariposa blanca pasó volando por delante de mi cara. La seguí con la mirada. Mi madre solía decir que daban buena suerte. Cuando la perdí de vista, continué:

—Hoy tu ausencia en la mesa se notará más que nunca… Pero estaré acompañada. Voy a cenar con Carol, y con Jack y su familia… Quería darte las gracias por haberme dado todas esas maravillosas Navidades… He sido la niña más feliz del mundo, te lo prometo…

Me tapé la cara con las manos y sollocé mientras me asolaban un millón de recuerdos de mis padres. Lloré hasta que me quedé sin lágrimas.

—Bueno, ahora me toca asegurarme de que todos tengan una Nochebuena maravillosa, como hacías tú… Te quiero, papá.

Salí del cementerio triste, pero aliviada y más serena.

El Polaris seguía en silencio, nadie se había levantado aún. Pasé por detrás del mostrador de recepción y me dirigí a casa de mis padres. Me metí en la cama con la ropa y abracé a Jack.

—¿Dónde estabas? —me preguntó somnoliento.

—He ido al cementerio.

—¿Por qué no me has despertado?

—Porque necesitaba hacerlo sola.

Jack me estrechó entre sus brazos; el peso que cargaba en el pecho se hizo más liviano y el oleaje que arrasaba mi interior se transformó en un océano en calma. Ese era el poder que tenían sus abrazos; me hacían sentir en casa, eran la garantía de que todo iría bien. De que algún día, aquello ya no dolería tanto.

Por la mañana, Carol y yo les leímos a los niños los cuentos navideños que escribí cuando era una adolescente, y por la tarde Ivy organizó una maratón de las películas de Harry Potter en el comedor. Entre todos nos aseguramos de que la cena fuese inolvidable para los huéspedes. Cuando terminaron, la mayoría se retiraron a sus habitaciones y la recepción se quedó vacía.

Estaba hablando con Jack, frente a la chimenea, cuando un par de hermanos se acercaron a curiosear si ya había regalos bajo el árbol. No parecían tener ganas de irse a dormir.

—¿Oís eso? —les preguntó Jack.

Los niños lo miraron como si estuviese loco.

—¡Son las pisadas de Santa en el tejado! —les dijo—. Está esperando a que os acostéis para bajar por la chimenea.

Ellos ahogaron una exclamación.

—¡Yo he visto el trineo por la ventana! —aseguró el más pequeño—. Pero mi hermano no me cree.

—¿Cómo va a bajar por la chimenea si está encendida? —nos preguntó el hermano mayor.

—Porque puede atravesar el fuego —le contestó el hermano pequeño, convencido—. ¿A que sí? —nos preguntó.

—Sí. —Sonreí y asentí.

La sonrisa que me brindó, cargada de ilusión, me renovó las energías. Todo aquello había merecido la pena solo por llegar hasta ese instante, en el que deseé recuperar esa inocencia que te hacía creer que cualquier cosa era posible. Esa era la magia de la Navidad de la que hablaba siempre mi padre. Ese fue el momento exacto en el que las navidades recobraron el sentido para mí.

Cuando los hermanos se perdieron por el pasillo de las habitaciones, Jack y yo fuimos al comedor. Ahora que se habían acostado todos los huéspedes, cenaríamos nosotros con la familia de Jack, Carol y Blaze, que tampoco tenía a su familia en el pueblo.

—¡Qué alegría que todo haya salido bien! —dijo Carol alegre.

Hacía tiempo que no me sentaba en una mesa tan amplia, multitudinaria y ruidosa.

—Deberíamos empezar la cena brindando por nosotros, ¿no? —propuso Ivy levantando su copa de vino—. ¡Nos lo hemos currado y nos lo merecemos!

Todos alzamos nuestros vasos y los chocamos con el suyo.

Cuando brindamos por mi padre, Carol y yo compartimos una mirada conmovedora y Jack me cogió la mano.

Luego, Blaze cortó el pavo y lo repartió entre los platos, junto al puré de patata. Antes de empezar a cenar, Ivy nos sacó un par de fotos a todos juntos. En la mesa había comida para un regimiento.

—Está buenísimo —comenté contenta al probarlo.

—Gracias —respondió Ivy en broma—. Me he tirado el día entero en la cocina.

—Ivy, todos sabemos que la última vez que te acercaste a los fogones casi quemaste la cocina de tu casa —se burló Blaze.

Solté una carcajada y Jack procedió a contarme la anécdota.

La comida estaba deliciosa y en la mesa reinaba una armonía especial.

Un ratito más tarde estaba hablando con Carol, que se había sentado a mi derecha, cuando Ivy llamó nuestra atención golpeando su copa con un tenedor varias veces.

—Tengo que contaros una cosa importante —anunció, y se hizo el silencio—. He decidido que voy a hacer como Mia. Voy a tirarme a la piscina y declararme a Beth.

—¡Qué bien! —exclamé emocionada.

—¡Aleluya! —murmuró su hermano.

—¿Desde cuándo te gusta Beth? —le preguntó Blaze.

—Desde hace un tiempo —respondió ella—. Espero que no me rechace, la verdad. Aunque, claro, ahora que mamá se ha liado con su padre, podría ser un poco raro...

—Tom y yo solo fuimos a cenar después de la subasta —comentó Helen.

—¡Un momento, eso... ¿nos convierte a Beth y a mí en hermanastras?! —Ivy miró horrorizada a su madre.

Se me escapó la risa.

—Cielo Santo, cuánta tontería... —comentó Helen negando con la cabeza.

Volví a reírme.

—Deberías escribir una novela sobre los líos de Sunnyside —me dijo Ivy—. Sería un exitazo.

Levanté mi copa y la choqué con la suya.

—Lo estoy pensando —concedí divertida.

Un instante después, Jack se inclinó en mi dirección para robarme un beso.

—¡Puaj! ¡Qué asco! —exclamó Ivy con voz burlona—. ¡Cortaos un poco, que hay niños delante y estamos comiendo!

Solté una risita y me aparté de los labios de Jack.

Ivy llevaba haciendo esos comentarios desde que Jack y yo empezamos a salir de adolescentes.

—No seas pesada, canija —le contestó su hermano en broma.

—Hablando de vosotros —empezó Helen, mirándonos a Jack y a mí—. ¿Dónde vais a vivir en Nueva York?

Respondimos a la vez:

—Mamá... —protestó él entre dientes.

—En mi apartamento —contesté yo.

Jack dejó la copa en la mesa y torció el cuello para mirarme.

—¿Vamos a vivir en tu casa? —me preguntó sorprendido—. ¿Cuándo pensabas contármelo?

—Eh... ¿Prefieres que busquemos otro sitio? —cuestioné con un nudo en el estómago.

—No. No. —Me sonrió—. Tu casa suena perfecto.

Me relajé en la silla.

—Estaba acojonado por si no querías vivir con él —apuntó su hermana con malicia.

—¡Cállate, Ivy!

Un montón de preguntas me pasaron por la cabeza, pero me las guardé para la intimidad.

—Blaze, ¿puedo ir un día a visitar tu rancho? —le pregunté para cambiar de tema—. Estoy escribiendo una novela de *cowboys* e igual me sirve.

—Claro, cuando quieras.

—¡Me apunto! —exclamó Ivy.

La cena se me pasó volando.

Al llegar a los postres, Helen trajo de la cocina su famosa tarta de manzana.

—La he preparado especialmente para ti —me dijo.

Jack me sirvió la porción de pastel más grande. Sabía que me encantaba.

Estaba contenta de pasar la noche con personas a las que quería. No compartía lazos de sangre con ninguno, pero siempre los había considerado familia. Incluso estaba empezando a encariñarme de Blaze. Allí, rodeada por todos ellos, sentí que por fin recuperaba lo que había perdido hacía cinco años: un lugar al que regresar cada Navidad.

Cuando terminamos de cenar, salimos a la recepción con el mayor sigilo posible. El corazón se me llenó de alegría al ver que había un montón de regalos a los pies del árbol. Los huéspedes los habían dejado para que Jack se los entregase a sus hijos al día siguiente.

Nos despedimos de todos en la puerta y guardamos los regalos en el saco.

Al pasar por delante del mostrador de admisión, cogí el buzón de las cartas a Santa.

—¿Te apetece leerlas conmigo? —le pregunté a Jack en un susurro.

—Claro.

Entramos en casa de mis padres y él encendió la chimenea del salón. Nos sentamos en el suelo, frente al fuego, y vacié el buzón entre nosotros. Cogí una carta al azar y la abrí. Sonreí al ver la caligrafía torcida y adorable.

—Querido Santa... —comencé a leer—. He sido muy bueno

en el cole y quiero un coche teledirigido y un Lego de un dragón. Si puedes traerle a mi hermano un peluche de un oso, sería genial; todavía no sabe escribir y tengo que pedírtelo yo.

Miré a Jack enternecida y dejé la carta a un lado.

—Querido Santa... —empezó él, leyendo otra—. ¿Qué tal? Soy Anya. Este año solo quería pedirte el *Cluedo* y un kit de pulseras. También quería pedirte ropa nueva para mamá y unas gafas de sol para papá. ¡Muchísimas gracias!

Jack soltó la carta en el suelo y me sonrió. Estaba guapísimo con la camisa de cuadros marrón.

Cogí otro sobre y antes de abrirlo le pregunté:

—¿Cómo podías pensar que no quería vivir contigo?

—No lo sé. —Se rascó la mandíbula—. Creí que te parecería muy pronto, llevamos poco tiempo juntos... No quería agobiarte.

Negué con la cabeza y sonreí.

—Jack, ¿seis años te parecen pocos para vivir juntos?

—Espera, ¿estás contando el tiempo de antes?

—Sí, ¿tú no?

—Yo también, pero creía que tú habías hecho borrón y cuenta nueva.

Aparté las cartas con cuidado y gateé en su dirección.

—Jamás borraría nada de lo que he vivido contigo —le dije antes de besarlo.

Él me devolvió el beso, tiró de mí y acabé tumbada encima de su cuerpo.

—Gracias por devolverle el sentido a la Navidad —susurré.

Jack había cumplido la promesa que me había hecho cuando se cayó el árbol, y siempre le estaría agradecida por ello. En aquel momento romántico quise creer que cumpliría el resto de las promesas.

40

Mia

—¿Que se muda contigo? —me preguntó una sorprendida Chelsea a través de la pantalla de mi móvil—. Madre mía, sí que corréis en los pueblos, ¿no?

—Técnicamente llevamos juntos seis años —le recordé.

—También es verdad... Bueno, pues enhorabuena. Tendrás que presentármelo para que pueda decirle aquello de que si te hace daño, le perseguiré hasta los confines de la tierra.

Se me escapó la risa.

—¿Le vas a decir lo mismo que dijo Charlie en la boda de Edward y Bella?

—Obvio. Charlie es el mejor. Lo aprecio más ahora que me hago mayor.

—Vale. —Volví a reírme—. Aunque estoy segura de que os llevaréis bien.

—Oye, ¿y tu novio no quiere traerse al amigo *cowboy* en la maleta?

—¿Por qué? ¿Quieres echarle el lazo? —bromeé.

—Ríete, pero tengo un lazo rosa de satén monísimo. Podría usarlo con él.

Solté una carcajada.

Mi amiga sonrió y la mascarilla verde que embadurnaba su cara empezó a cuartearse. En ese instante llevaba el pelo castaño recogido en un moño y un albornoz blanco. Aun con esas pintas era la imagen de la sofisticación.

—No pegáis ni con cola. Está divorciado y despechado.

—Uuuh. Mi tipo favorito —se rio—. Oye, ahora en serio, ¿qué día tengo que recogeros en el aeropuerto?

—No lo sé. No tenemos billete todavía, pero me gustaría estar por allí el día uno o así.

—Perfecto. ¡Tengo muchas ganas de que vuelvas! ¡Han abierto un sitio nuevo de *brunch* que tenemos que probar sí o sí!

Sonreí. Estaba deseando reencontrarme con ella y sus cientos de planes.

—En cuanto llegue, vamos —prometí.

—¿Te han dado ya algún regalo de Navidad?

—Aún no, Jack y yo intercambiaremos regalos más tarde. Le he comprado un par de botas, pero no sé si le gustarán...

—Si no le gustan, siempre puedes esperarle en ropa interior roja con un lazo al lado del árbol y listo.

Solté una carcajada.

No iba a preguntarle si había hecho algo parecido porque su sonrisa traviesa indicaba que sí.

—Bueno, te dejo ya, que solo te llamaba para desearte una feliz Navidad.

—Igualmente, bonita. ¡Luego me cuentas dónde te pones el lazo! —se rio antes de despedirse.

Colgué y me guardé el móvil en el bolsillo de la falda. Todavía tenía la sonrisa dibujada en la cara cuando Jack dijo a mi espalda:

—Me parece un regalazo que me esperes en ropa interior.

Me volteé y sentí un tirón vertiginoso en el estómago. Jack estaba parado detrás de mí. Llevaba los pantalones rojos y una camiseta interior blanca de manga corta que se pegaba a su torso.

—¿Me esperarías tú a mí en ropa interior al lado del árbol?

—Y desnudo si quieres. —Sus manos se posaron en mi cintura—. Por cierto, estás increíble.

Le eché los brazos al cuello y sonreí como una boba por el cumplido.

Esa mañana me había puesto un cárdigan de color verde que tejió mi madre unas navidades. Tenía varios parches pegados de distintos motivos navideños, como la cara de Santa Claus, la silueta de un reno, una galleta de jengibre y un bastón de caramelo.

—Tú también estás guapo. Aunque todavía te faltan la chaqueta, la barba y las gafas.

—¿De verdad voy a entregar los regalos? —me preguntó.

—Sí. Tienes un puñado de niños esperando ilusionados.

—Pero ¿y qué les digo?

—Lo que te salga.

—¿Y si no se me ocurre nada?

—Mmm... Si no se te ocurre nada, siempre puedes desearles una Feliz Navidad o decirles «jou, jou, jou». —Eso último lo dije intentando imitar la voz grave de Santa Claus.

Jack no parecía convencido.

—¿Sabes qué es lo mejor para combatir los nervios? —cuestioné.

Negó con la cabeza.

—Distraerse. —Tiré de sus hombros en mi dirección y compartimos un beso lento y dulce.

—¿Mejor?

—No. —Me miró la boca—. Creo que necesitas distraerme un poco más.

—Me encantaría, pero tienes que salir ya.

Jack se apartó de mi cuerpo a regañadientes y subió a terminar de vestirse. Regresó unos minutos después con el disfraz puesto. Estaba muy gracioso con las gafas y la barba de pega. Llevaba el gorro en la mano.

—¿Qué tal estoy? —me preguntó.

Esbocé una sonrisa y me acerqué a él. Le quité el gorro de las manos y se lo puse en la cabeza.

—Eres el Santa Claus más buenorro del mundo —aseguré—. Y te sobra cinturón por todos lados. Hay que arreglarlo.

Le eché un vistazo al salón. Atrapé un almohadón del sofá y lo extendí en su dirección.

—Póntelo dentro del traje —le pedí—. Así parecerá que tienes la tripa de Santa y rellenarás el cinturón y la chaqueta.

Jack hizo lo que le pedí.

—Ahora sí, estás perfecto.

Su barba falsa me hizo cosquillas en la nariz cuando se inclinó para darme un último beso.

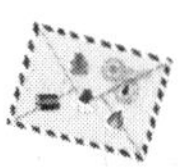

La recepción del Polaris estaba abarrotada. Los huéspedes se congregaban alrededor del árbol y esperaban impacientes la llegada de Santa. La mayoría de las personas llevaban ropa con motivos navideños, bien fuera un jersey, un gorro o una diadema. Los altavoces reproducían villancicos y se respiraba un ambiente alegre y chispeante.

Según me situé al lado de Ivy, cerca del mostrador de admisión, ella me plantó unos cuernos de reno en la cabeza y me felicitó la Navidad con un abrazo apretado.

Enseguida se oyeron aplausos y chillidos emocionados. Solté a mi cuñada y me giré en dirección al revuelo. Jack entró en la recepción por el comedor, caminando con decisión y cargando un saco enorme de regalos. Levantó una mano enfundada en un guante blanco y saludó a todo el mundo. Se detuvo al lado del árbol y se aclaró la garganta antes de hablar:

—¡Muy buenos días a todos y feliz Navidad!

—¡Feliz Navidad, Santa! —respondieron un montón de voces a la vez.

—Me han dicho que este año os habéis portado muy bien —prosiguió él cuando volvió a hacerse el silencio—. Por eso he venido cargado de regalos para vosotros.

—¡Bieeeeen! —chillaron los chiquillos eufóricos.

Algunos saltaban, otros bailaban y otros se abrazaban a las piernas de sus padres. Sonreí al ver a Robin corretear nervioso de un lado a otro, seguido de Paxton y Holly.

Jack se agachó y sacó el primer regalo del saco. Era rectangular y estaba envuelto en un papel azul marino. Saqué el móvil y le hice un par de fotos.

—Este regalo es para... —Jack se bajó las gafas por el puente de la nariz, tal y como hacía mi padre, y leyó el nombre de la etiqueta—: ¡Allison Stewart!

—¡Yo! —Una niña serpenteó entre la multitud y recogió el regalo que le entregaba.

No alcancé a oír lo que él le decía, pero ella dejó la caja en el suelo y le abrazó.

Suspiré y me llevé la mano al pecho.

Mi corazón acababa de triplicar su tamaño y se quedaba sin espacio.

—Estás coladísima —observó Ivy divertida.

—Desde que tenía nueve años más o menos —comenté, sin apartar los ojos de su hermano—. ¿Y tú has decidido ya cuándo vas a declararte a Beth?

—Todavía no. Estoy buscando el momento perfecto.

La pequeña regresó corriendo al lado de sus padres y rasgó el papel de regalo a la velocidad de la luz.

—¡Hala! —exclamó ilusionada—. ¡Es el laboratorio de química que quería!

Una sonrisa enorme me brotó en la cara.

Nunca olvidaría ver a Jack repartir regalos y a los niños gritar, bailar y saltar emocionados. Intenté memorizar cada detalle. Ese sería un recuerdo al que me gustaría volver en el futuro.

—Perdonad que os interrumpa —oímos una voz femenina.

Giré el rostro y me encontré con Shannon, la primera huésped que se había hospedado tras la reapertura.

—Hola, ¿qué necesitas? —le contesté yo.

—Solo quería saber si ya están abiertas las reservas para las Navidades del año que viene —me dijo—. Me he enterado por otro huésped de que las abrís con un año de antelación y me gustaría reservarlas ya.

—¿En serio? —pregunté emocionada.

—Sí. Nos lo estamos pasando muy bien y nos encantaría repetir.

—Vale. Genial. Dame un segundo. —Abrí el libro de registro y en menos de un minuto ya le había gestionado la reserva.

La mujer se fue del mostrador con una sonrisa. Ivy y yo chocamos los cinco. Esperaba que más clientes se animasen a reservar sus vacaciones.

En aquel instante, me di cuenta de que no podía vender el Polaris. Entre esas cuatro paredes estaba la historia de mi familia. Parte de mi corazón estaría siempre ahí. Las cartas que mi padre había rescatado del incendio me habían hecho recordar lo importante que eran aquel lugar y la Navidad para mí. No podía quitarles a todas esas familias felices que llenaban la recepción la posibilidad de pasar unas fiestas mágicas en el corazón de California. Además, la mayoría de los hitos relevantes de mi relación con Jack habían ocurrido ahí. Ese lugar siempre sería nuestro.

Tan pronto como la idea explotó dentro de mi cabeza, bordeé el mostrador de admisión y rebusqué en los cajones.

—¿Qué haces? —me preguntó Ivy con curiosidad.

—Se me ha ocurrido un regalo extra para tu hermano —contesté sin mirarla.

—¿El qué?

Levanté unos papeles y di con el juego de llaves original del Polaris. El llavero era redondo y de metal. En una de las caras tenía dibujado un pino sobre un fondo azul, en la parte superior podía leerse SUNNYSIDE, y en la inferior EL PUEBLO FAVORITO DE SANTA.

—Este es el juego de llaves que les dieron a mis padres cuando firmaron la escritura del Polaris, hace veinticuatro años —expliqué enseñándoselo—. En realidad, es un regalo simbólico. Quiero darle el llavero para decirle que no voy a vender el Polaris.

—¿No vas a venderlo? —me preguntó Ivy para asegurarse—. ¿Ya lo has decidido? ¿Es oficial?

Asentí.

Ella soltó un gritito y se coló detrás del mostrador.

—¡Eres la mejor! ¡A Jack le va a encantar! —dijo al abrazarme—. ¿Cuándo se lo vas a decir?

—Por la tarde —comenté al separarme—. No digas nada todavía, ¿vale?

—No te preocupes, no le diré nada. —Hizo el gesto de cerrarse los labios con la cremallera y después arrojó la llave imaginaria lejos.

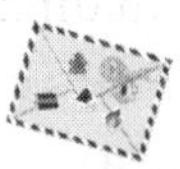

Como cada veinticinco de diciembre, los niños se entretendrían probando los juguetes nuevos y los huéspedes bajarían al pueblo para ver el concierto de Navidad en la plaza. Jack y yo aprovechamos la que sería una tarde tranquilita para escabullirnos después de comer, y dejamos a Carol y a Ivy al frente de la recepción. Llevábamos días rodeados de gente y necesitábamos un poco de intimidad.

Según nos bajamos de la camioneta en su casa, Jack atrapó mi mano y me condujo hasta el garaje. Levantó la puerta y me invitó a pasar. Me sorprendió ver que lo había transformado en un taller de carpintería.

—¿Por qué no me habías enseñado tu taller? —le pregunté.

—La primera vez que viniste a casa estábamos ocupados —me guiñó un ojo—, y la segunda caminabas haciendo eses.

—Cierto.

Lo primero que detecté al adentrarme fue el olor a madera y a barniz. Las paredes estaban llenas de herramientas. En el centro había una mesa de trabajo robusta sobre la que descansaban varios trozos de madera apilados. Una encimera en forma de ele ocupaba dos de las cuatro paredes.

En una esquina, una cuna de madera llamó mi atención.

—¿La has hecho tú? —le pregunté señalándola.

—No está terminada, pero sí. Es para Paxton y Holly.

«¿Se puede ser más mono?».

Él encendió la luz y bajó la puerta del garaje, privándonos de los rayos de sol de la tarde.

—¿Quieres ya tu regalo? —preguntó.

—Sí. —Sonreí.

—Es una tontería… —me avisó mientras cruzaba el taller.

Se detuvo frente a una estantería.

Lo seguí de cerca y me paré a su espalda.

—Cierra los ojos —me pidió antes de darse la vuelta.

Le hice caso, sintiendo cómo la emoción me dominaba. Jack

juntó mis manos y orientó mis palmas hacia arriba. Después, dejó algo sobre ellas.

—Ya puedes abrirlos.

Separé los párpados y me encontré con una bola de nieve. Me acerqué las manos a la cara y la inspeccioné de cerca. Dentro de la cúpula de cristal había un edificio que reconocí al instante.

—¿Es el Polaris? —Alcé la cabeza para mirarlo, sorprendida.

—Sí... Dijiste que te gustaría continuar la colección que tenías con tu padre, pero que no tenía sentido comprarlas tú misma porque perdía la gracia. Así que te he hecho esta.

—¿Esto... lo has hecho tú? —cuestioné, impresionada por la cantidad de detalles que tenía.

—Sí. Pensé que te gustaría llevártela a Manhattan para tener siempre contigo un pedazo del Polaris.

«Ay», suspiré conmovida.

Así fue como Jack terminó de ganarse el último trocito de mi corazón.

—¡Me encanta! —aseguré—. ¡Es el mejor regalo del mundo!

Jack me sonrió y yo me puse de puntillas para besarlo.

—Feliz Navidad, cariño —me dijo con una mirada más dulce que los bastones de caramelo.

—Feliz Navidad. —Dejé la bola con cuidado sobre la mesa y lo abracé—. ¡Vale! ¡Me toca! —exclamé enseguida—. Extiende la mano.

Jack obedeció.

Le entregué la bolsa que llevaba por el asa. Él abrió los ojos y sacó la caja que había envuelto con un papel de regalo rojo.

—Cuando se te quedó el pie atascado en el escalón, me fijé en que tenías las botas un poco desgastadas, y recordé que las navidades que volví a Sunnyside te había comprado un par que nunca llegué a darte.

—Gracias. Me gustan mucho.

Acto seguido, me saqué el llavero del bolsillo y lo deposité en su palma. Él bajó la vista para contemplarlo.

—Es un llavero para que pongas las llaves de nuestro apartamento de Manhattan. No puedo dártelas ahora porque Chelsea tiene la copia. Se las he pedido esta mañana, así que te las daré en cuanto lleguemos.

Jack sonrió como si le hubiese tocado la lotería y yo seguí:

—Es el llavero que compraron mis padres cuando adquirieron el Polaris. Quiero que lo tengas tú porque esta mañana, cuando he visto lo felices que has hecho a los niños, me he dado cuenta de que no quiero venderlo. Es parte de nuestra historia y de la de mi familia. Además, no quiero quitarle a nadie las navidades mágicas que he tenido yo toda mi vida.

—Mia, ¿me lo estás diciendo en serio?

—Sí. Mañana llamaré a Jim Blackheart y cancelaré la reunión del treinta y uno. He hecho cuentas y las Navidades no nos están yendo nada mal. Además, las reservas se están volviendo a llenar.

Cuando me callé, Jack me llenó la cara de besos. Después, me abrazó con tanto ímpetu que consiguió despegar mis pies del suelo. Parecía más contento que nunca.

—He pensado hablar con Carol para ofrecerle que se quede al cargo —continué cuando volvió a dejarme en el suelo—. Se le da genial el trato al cliente.

—Es buena idea. Me parece que está un poco cansada de la tienda. Creo que en el Polaris será más feliz.

—Por cierto, quería pedirte una cosa… Aunque vivamos en Nueva York, me gustaría volver todas las Navidades aquí. ¿Te parece bien?

—¿Que si me parece bien volver a Sunnyside todas las navidades? —soltó Jack, con una sonrisa encantadora—. ¡Claro que sí!

Suspiré. Jamás me cansaría de apreciar su hoyuelo.

Jack volvió a comerme a besos. Su lengua se deslizó con suavidad sobre la mía.

Mi corazón hizo un bailecito cuando dijo:

—Acabas de hacerme el hombre más feliz del mundo.

Sin dejar de besarme, me empujó con delicadeza fuera del garaje.

Al llegar a su habitación, nos convertimos en un lío de caricias y besos mientras la ropa se caía a los pies de su cama.

Un rato más tarde salí del baño con una sonrisa tonta en la cara. Jack y yo acabábamos de ducharnos juntos. Recogí mi ropa del suelo y me la puse. Estaba abrochándome el cárdigan cuando su móvil empezó a sonar con una llamada entrante. Me acerqué a su mesita, el nombre de Blaze iluminaba su pantalla.

—¡Te está llamando Blaze! —alcé la voz para que me oyera desde el baño.

—¡Cógelo, por favor! —me contestó él—. ¡Ahora voy!

Descolgué y me llevé el teléfono a la oreja. No me dio tiempo a responder cuando Blaze exclamó:

—¡Enhorabuena, hombre! ¡El plan de reconquista ha funcionado! ¡Le ha dicho a Ivy que no va a vender el Polaris!

Me quedé de piedra.

—Jack, ¿me oyes? —insistió Blaze al ver que no contestaba.

El pánico me subió por la garganta. Sin saber reaccionar, colgué y arrojé el teléfono sobre el colchón, como si fuese un escorpión. Estaba tan aturdida que ni siquiera noté cómo el corazón se me hundía dentro del pecho.

No entendía nada. Aquello se trataba de una broma pesada, ¿verdad?

En algún momento, Jack abrió la puerta del baño.

—¿Qué quería? —lo oí preguntarme en la lejanía.

No fui capaz de apartar la vista del móvil. El pulso me latía con violencia en el cuello y en los oídos. De pronto, estaba un poco mareada.

—¿Cariño? —su voz sonó más cerca—. ¿Va todo bien?

Salí del trance y me giré para enfrentarlo. Jack tenía la camisa desabrochada y se había puesto los pantalones. Una falsa sensación de calma reinaba en la habitación. Dio un paso en mi dirección y yo retrocedí instintivamente. Algo me pedía poner distancia.

Él parpadeó confuso por mi reacción.

Me armé de valor y se lo solté:

—¿Me has utilizado para que no venda el Polaris?

La sangre le huyó del rostro. Observó el teléfono y llegó a la conclusión obvia.

Jack levantó la mano, como si yo fuese un tigre que estaba a punto de abalanzarse a su yugular.

—Puedo explicártelo... —empezó.

—¿Explicarme qué? —Seguía demasiado impactada como para entender la realidad que encerraban aquellas dos palabras.

Él separó los labios y sentenció el vínculo que teníamos al decir:

—Puede que al principio sí que me acercase a ti por el Polaris, pero enseguida reconectamos y...

—¿Cómo has podido utilizarme así? —estallé, y mi enfado llegó a la estratosfera—. ¡Me has mentido! ¡Otra vez!

—No te he mentido —contestó sin perder los nervios—. Intenté hablar contigo el otro día, cuando llegaste con el buzón, ¿recuerdas? Pero dijiste que me querías y yo no supe qué decir. Parecías ilusionada, todo iba bien entre nosotros y no quería estropearlo.

La traición me atravesó el pecho y lo partió en dos. Ahora dolía el doble que la primera vez, porque había vuelto a depositar mi confianza en él y se habían cumplido mis peores temores. Todas las piezas encajaron de golpe: su simpatía repentina, que apareciese con las tortitas de patata, que sacase a relucir nuestros recuerdos después de que se cayera el árbol.

«Quédate conmigo hasta Navidad —me dijo aquella noche—. Vamos a abrir el Polaris juntos».

Sentí náuseas y me tapé la boca. Lo miré horrorizada al caer en la cuenta de que...

—El día de la tormenta..., ¡¿te acostaste conmigo por el Polaris?!

—¿Cómo puedes pensar eso? —preguntó, dolido por mi acusación—. ¡Me acosté contigo porque me apetecía!

—¡Te denegaron el préstamo y viniste derechito a buscarme! —alcé la voz, perdiendo la paciencia—. ¡Me hablaste de nuestros recuerdos para ablandarme y luego te acostaste conmigo y me pediste que no lo vendiese! ¿Ya lo tenías todo planeado?

Jack separó los párpados como si le hubiese abofeteado.

—¡Por el amor de Dios, claro que no!

Sonaba retorcido, pero eran demasiadas coincidencias.

—Trajiste mantas y condones... —comenté, negando con la cabeza—. ¿Cómo pude ser tan tonta de no darme cuenta?

—Mia, escúchame, por favor. Todo lo que he hecho es porque me ha salido solo. Cometí un error y lo siento mucho, de verdad. Quise decírtelo un millón de veces, pero...

—¡No me lo creo! —lo interrumpí, herida—. Todo esto es una gran mentira.

—No lo es. Pero ¿de verdad hacía falta que te lo contara?

—Entonces ¿pensabas seguir ocultándomelo para siempre? ¿Como hiciste cuando mi padre se lio con Carol? ¡Genial!

—¡No te lo he contado porque no quería hacerte daño! De todos modos, ¿qué más da cuál fuera la razón? Lo que importa es que estamos juntos y que nos queremos, ¿no? Podemos arreglarlo.

Solté una risa irónica. Mi nerviosismo aumentaba por momentos. Aquella discusión era un *déjà vu* de nuestra primera ruptura. La historia se repetía, y yo ya sabía el final.

—¡No, Jack! —Endurecí el tono y seguí de carrerilla—: Tú no me quieres. Cuando quieres a alguien, no haces lo que tú me has hecho a mí. Y yo no te quiero... No puedo querer a alguien así.

—¿Que no me quieres? —preguntó, incrédulo.

Ante mi atónita mirada abrió el cajón de la cómoda, sacó mi primera trilogía de libros y los dejó sobre el mueble.

—¿Qué estás haciendo? —le pregunté en un hilo de voz.

En lugar de contestar, Jack cogió una edición con el lomo gastado de mi primer libro: *Querido corazón, ¿por qué él?* Lo alzó para que viese la portada y dijo:

—En la página trescientos ochenta y seis, Ben le dice a Cassandra que se quede su chaqueta porque así, al día siguiente, tendrá una excusa para pasarse por su habitación y besarla. Eso te lo dije yo a ti en nuestra primera cita.

Soltó el libro sobre la cómoda y cogió el siguiente: *Querido corazón, ojalá no hubiese sido él.*

—En la última frase de la página cincuenta, Ben dice, y cito literal: «Hacer un Mosby es decirle te quiero a alguien demasiado pronto». Que es exactamente lo que te dije después de que nos acostásemos por primera vez.

Depositó el libro encima del anterior y cogió la última parte: *Querido corazón, siempre será él.*

Pasó las páginas y localizó lo que estaba buscando. Sin decir nada, alargó el libro abierto en mi dirección. Lo cogí con las manos temblorosas. Las páginas estaban arrugadas y había varias frases marcadas. Tragué saliva. Subrayada con un bolígrafo azul estaba la frase: «Algún día, cuando tenga dinero, te compraré un anillo y me casaré contigo». Esas eran las palabras que Jack me dijo la noche antes de que me mudase a Nueva York. Esperé unos segundos. Me ardían los ojos y no quería derramar ni una lágrima. Eso solo me haría sentirme más pequeña y humillada.

—¡No sé qué intentas demostrar con esto! —Le devolví el libro con un nudo en la garganta.

—¡Que está claro que nunca me olvidaste! —aseguró—. ¡Igual que yo a ti!

Aparté la mirada y negué con la cabeza.

—Los he leído tantas veces que me los sé de memoria —prosiguió—. Sé que me quieres porque has metido una frase mía en cada uno de tus libros. Solo una, pero ahí están.

—¡Todo eso da igual! —escupí, dejando salir todo el dolor al exterior—. ¡Lo único que te pedí fue que no me rompieses el corazón! ¡Te di una segunda oportunidad sin secretos ni mentiras, y lo primero que has hecho ha sido ocultarme información otra vez! ¡Has tenido un montón de ocasiones para contármelo y te has quedado callado! ¿Cómo esperas que te crea ahora? ¡He confiado en ti y he vuelto convertirme en el hazmerreír del pueblo! ¿Quién más lo sabe? ¿Es un plan que habéis urdido entre todos? —pregunté, nerviosa—. ¿Todos han sido majísimos conmigo adrede? Carol, Ivy…

—¡No, Mia, no! Esto solo lo sabíamos Blaze y yo. Te lo juro.

—¡Me has hecho creer que te importo cuando solo te importas tú mismo y este estúpido pueblo!

—¡No es verdad! —Gesticuló desesperado—. ¡Claro que me

importas! ¡Estoy enamorado de ti! ¡Para mí todo lo que ha pasado entre nosotros ha sido real!

Íbamos a entrar en un bucle y no podía más.

—Me encantaría creerte, pero ¿sabes qué? ¡El amor se demuestra con hechos, no solo con palabras! —grité—. ¡Estaba dispuesta a quedarme el Polaris por ti, por nosotros, y tú ni siquiera te has comprado el billete a Nueva York! ¡Dices que me quieres y me mientes a la cara! ¡No quiero volver a saber nada de ti!

—¿Qué quieres decir? —me preguntó estupefacto.

—Que se acabó.

La relación que habíamos reconstruido se derrumbó con la misma facilidad que un edificio en ruinas. Allí solo quedaban los escombros de lo que un día habíamos sido.

Necesitaba marcharme. ¿Qué estaba pasando? ¿Por qué el aire no entraba en mis pulmones?

Hice amago de sobrepasarlo y él se interpuso en mi camino.

—No te vayas, por favor —me pidió—. No te conviertas en una extraña otra vez. No podría soportarlo.

Su tono afligido me revolvió el estómago.

—Dime cómo puedo arreglarlo. ¿Qué necesitas que haga? —preguntó descorazonado—. Haré lo que sea para demostrarte que te quiero.

El arrepentimiento era visible en su mirada.

—¿De verdad harías cualquier cosa por mí?

Su expresión preocupada se volvió esperanzada.

—Lo que sea —aseguró.

—Pues entonces respeta mi decisión y déjame en paz.

Se quedó blanco.

—No puedo hacer eso... —Negó con la cabeza—. No puedo perderte otra vez.

Sin agregar nada más, recogí mi bolso y salí de la estancia.

Bajé las escaleras a trompicones, luchando por no desmoronarme. Salí de la vida de Jack igual que la primera vez: dando un sonoro portazo y con el corazón fragmentado en mil pedazos.

41

Jack

Cuando oí la puerta cerrarse, algo colapsó en mi interior.

Hice acopio de toda mi fuerza de voluntad y me obligué a no salir corriendo detrás de Mia para respetar su decisión.

En cuestión de minutos había pasado de ser el hombre más afortunado del mundo a uno tan miserable como Jean Valjean. Me había dejado. Otra vez.

Me recosté contra la pared y dejé que mi espalda resbalase por ella hasta acabar sentado en el suelo. El peso del silencio amenazaba con aplastarme. Apoyé la cabeza contra la madera y cerré los ojos. Acto seguido, respiré hondo. Tenía el corazón acelerado y necesitaba calmarme.

«¿Me has utilizado para que no venda el Polaris?».

«Todo esto es una gran mentira».

«Tú no me quieres. Cuando quieres a alguien, no haces lo que tú me has hecho a mí. Y yo no te quiero... No puedo querer a alguien así».

Esas acusaciones se me habían clavado como astillas en la piel.

Mia se había ido odiándome y eso me perseguiría en mis pesadillas. Todos nuestros momentos habían sido reales y no tenía manera de demostrárselo.

Al recordar la última mirada herida que me había dedicado, la culpabilidad me engulló. Estaba profundamente arrepentido de haber seguido el consejo de Blaze, aunque al único al que podía culpar de mi situación era a mí mismo.

El pecho me ardía, mi corazón se estaba carbonizando y no podía hacer nada para salvarlo.

Permanecí allí sentado, autocompadeciéndome, hasta que un rato más tarde alguien llamó a la puerta.

Me levanté de un salto, inundado por la esperanza de que fuese Mia.

—¡Voy! —exclamé para que me oyera.

Bajé las escaleras de dos en dos. Atravesé el salón corriendo y abrí la puerta de un tirón. Me topé con la cara de pocos amigos de Holly. La conocía de toda la vida y sabía que había venido a cantarme las cuarenta. Me hice a un lado y la dejé pasar.

—¿Cómo se te ocurre? —me preguntó enfadada mientras se adentraba en mi casa.

Cerré la puerta y no contesté.

—No entiendo nada, Jack —comentó mientras se quitaba el abrigo—. Tú la quieres, ¿no?

Claro que la quería. Con todo mi corazón. O, al menos, con lo que quedaba de él.

Ella se sentó en el sofá y se cruzó de brazos. Yo me quedé de pie en mitad del salón. No tenía ganas de lidiar con aquella situación, pero Holly no se iría hasta que le diese la explicación que había venido a buscar.

—Mia llegó a Sunnyside con la idea de venderle el Polaris a Jim Blackheart —empecé—. Yo no estaba dispuesto a dejar que eso pasase. Le había prometido a Douglas que reabriríamos en Navidad.

—Esa parte me la sé. —Me hizo un gesto con la mano que significaba «Al grano antes de que pierda la paciencia».

—Después de la lectura del testamento, estaba hablando con Paxton y Blaze cuando salió la idea de reconquistarla.

—¿Paxton está en el ajo? —preguntó, entre sorprendida y horrorizada.

—No —aseguré, y ella suspiró aliviada—. Tu marido dejó claro desde el principio que no estaba de acuerdo. Yo tampoco lo estaba... Solo estaba seguro de que, a la larga, Mia se arrepentiría si le vendía el Polaris a ese hombre, así que intenté hablar con ella. Le conté lo que ese impresentable había hecho en Dollar Point, pero no fue suficiente. Lo único que conseguí en aquella conversación fue que me dejase buscar a otro comprador. Aceptó y yo pedí un préstamo en el banco. Unos días más tarde, me lo denegaron y... —Hice una pausa y tragué saliva—. Reconquistarla parecía la única opción viable que me quedaba.

Holly sacudió la cabeza, decepcionada.

—No quería hacerle daño, pero tenía que intentarlo —proseguí—. Nos enrollamos la noche de la tormenta y, de pronto, todo era perfecto. Intenté decírselo una vez, pero no fui capaz... Hace un rato me ha llamado Blaze, lo ha cogido ella y él ha debido de soltárselo.

—Sí, esa parte me la ha contado mientras la llevaba al aeropuerto.

Sentí esas palabras como un martillazo en la cara.

—¿Se ha ido? —le pregunté con un hilo de voz.

—Sí. Su avión salió hace una hora... Le ha pedido a Carol que se quede al cargo del Polaris hasta Año Nuevo porque no quiere estropearle la Navidad a nadie más.

Joder.

Me dejé caer en el sofá, al lado de Holly, y me froté la cara, derrotado. No sabía qué decir.

—¿Cómo te sientes? —me preguntó ella con compasión.

—Como el mayor imbécil del mundo.

—A ver, el mayor tampoco, pero has metido la pata hasta el fondo.

Asentí en silencio.

La había cagado tanto como para que Mia prefiriese perderse el resto de la Navidad y poner el país de distancia entre nosotros.

Holly me frotó el hombro. Yo me quedé ahí, aturdido por el nuevo giro de los acontecimientos, con el estómago encogido y la vista clavada en el hueco de la chimenea.

—Jack, ¿vas a hacer algo?

—Me ha pedido que la deje en paz. Después del daño que le he hecho, es lo mínimo que puedo hacer.

Guardamos silencio durante unos segundos.

—Oye, no quiero ser maleducado, pero me duele la cabeza —comenté, levantándome.

Ella pilló la indirecta al vuelo.

La acompañé hasta la entrada y le abrí la puerta.

—¿Quieres que llame a Pax? —me preguntó.

—No.

No quería hablar con nadie, y menos con Paxton.

—En lugar de quedarte autocompadeciéndote, deberías pensar cómo vas a demostrarle que la quieres —me aconsejó.

Ese comentario me dio a entender que estaba al tanto de toda la conversación.

Cuando se marchó, hice lo peor que podía hacer: meterme en la cama, bajo unas sábanas que todavía olían a ella.

«No quiere arruinarle la Navidad a nadie más», había dicho Holly.

Esa frase implicaba que yo había arruinado la suya.

Se me empañaron los ojos y me agobié.

Cogí de la mesilla de noche el llavero del Polaris. Fue entonces cuando me di cuenta del error tan grande que había cometido. No tenía ni idea de cómo iba a superar aquello. Quizá estaba condenado a vivir para siempre con ese escozor insoportable en el pecho.

42

Mia

Nueva York me recibió con un cielo nublado que amenazaba tormenta.

Apenas había dormido en el vuelo nocturno y estaba cansadísima. Mental y físicamente. Durante el viaje había estado dándole vueltas a todo, intentando decidir con quién estaba más enfadada, si con Jack por haberme utilizado o conmigo misma por haber sido tan estúpida de confiar en él una segunda vez. Sentía su traición como un peso muerto que me aplastaba el pecho. Le había abierto mi corazón, le había hablado de mis miedos, del duelo de mi padre, le había dado otra oportunidad y él había vuelto a decepcionarme. Me sentía humillada, especialmente por la manera en la que lo había descubierto todo. Solo quería llegar a casa, acostarme y volver a respirar con normalidad.

Según quité el modo avión del móvil, me entraron varios mensajes de mis amigas. Primero leí los de Holly.

He ido a hablar con Jack

Le he visto bastante mal, pero eso no le justifica

Siento mucho que te hayas ido tan triste

Me gustaría decirte que aquí siempre tendrás una amiga

Reencontrarme contigo ha sido el mejor regalo de Navidad

Cualquier cosa que necesites, llámame

Aunque físicamente no esté contigo, te tengo en mente

Te mando un abrazo enorme ❤
Avísame cuando aterrices, vale?
Te quiero mucho

Los ojos se me empañaron al leer su mensaje.

Acabo de aterrizar!

Tú también has sido mi mejor regalo!

En febrero, cuando nazca el bebé, ahí estaré

Gracias por acercarme al aeropuerto, por escucharme y por estar ahí

Te quiero mucho

Nos vemos pronto!

El siguiente mensaje que tenía era de Chelsea:

Ya estoy aquí fuera!

Mueve ese culito, que estoy deseando achucharte!

Aterrizada!

Todavía no he salido del avión!

El estómago se me puso del revés al ver que el último mensaje que tenía venía de Jim Blackheart.

Señorita Summers, la veré el día 31 a las 10 de la mañana en esta cafetería de Grand Central. Le adjunto la dirección

En un impulso, le contesté para confirmar la reunión y me guardé el móvil en el bolso.

En cuanto vi a Chelsea esperándome con un ramo de flores, me arrojé a sus brazos.

—Eh, ¿qué ha pasado? —me preguntó preocupada al abrazarme.

—Jack me ha usado para que no venda el Polaris —decirlo en voz alta fue peor que recibir una bofetada—. Me he enterado por Blaze.

—Perdona, ¿qué? —Chelsea suspiró—. Lo siento mucho.

La hora en coche desde el aeropuerto hasta Manhattan me sirvió para hacerle un resumen de todo lo que había pasado desde que le di una segunda oportunidad a Jack. Le hablé de que sentía que había recuperado la Navidad, de que había reconectado con mi padre y de las cartas. El ruido del tráfico, los cláxones y las sirenas se impuso por encima de los sollozos de mi corazón lastimado.

El apartamento olía a cerrado y hacía frío. Solté la bolsa de viaje y la caja de las cartas en la mesa del salón. Creía que al volver a casa me sentiría mejor, pero no fue así. Chelsea encendió la calefacción y me preparó un té.

—He sido una gilipollas —comenté al sentarme en el sofá.

—No, bonita mía. —Chelsea se sentó a mi lado—. Tú lo único que has hecho ha sido darle una oportunidad a tu exnovio.

Esa última palabra cayó fulminante como un rayo. Chelsea siguió hablando, sin darse cuenta de que se me acababa de partir el alma.

—¿De verdad crees que solo se acostó contigo para que no vendieras el Polaris?

Arrugué las cejas. ¿Acaso Chelsea estaba otorgándole a Jack el beneficio de la duda?

—¿Te estás poniendo de su parte?

—Por favor, la duda ofende. Yo soy cien por cien del *team* Mia, pero sigo pensando que es todo muy extraño. Si solo te quería para un fin, ¿por qué te propuso mudarse a Manhattan?

—Bueno, yo no le veo por aquí... —El enfado habló por mí.

—Tú ya me entiendes. Son demasiadas molestias. No digo que no haya sido un capullo. De hecho, si lo tuviese ahora delante, le atizaría con este cojín. —Cogió el almohadón rosa que descansaba entre nosotras y le arreó un golpe al aire.

Después, apretó los labios y puso cara de circunstancias. Supe que lo que iba a oír me dolería.

—Entiendo que estés enfadada —siguió—. Yo también lo estaría. Pero creo que ese hombre te quiere de verdad, y tú estabas muy ilusionada ayer cuando me llamaste...

Se me llenaron los ojos de lágrimas otra vez.

Un sollozo desgarrado se escapó de mi garganta.

—Ay, Mia... —Ella me abrazó.

Durante un rato, me limité a llorar y Chelsea a estar a mi lado, consolándome y brindándome el apoyo moral que necesitaba.

—Me ha escrito Jim Blackheart para quedar en Nochevieja —le conté en uno de los momentos que tuve de calma.

—¿Le has contestado?

—Sí. Hemos quedado en Grand Central.

—¿Pero...?

—Pero estoy hecha un lío. Ayer le dije a Jack que quería quedármelo y ahora estoy tan dolida que no quiero saber nada de Sunnyside.

—Mira, es normal. Han pasado muchas cosas en las últimas semanas. Piénsatelo unos días y ya decidirás. Seguro que después de dormir un rato lo verás más claro.

—Puede ser —concedí dubitativa—. ¿Tú crees que soy una egoísta si lo vendo?

—¿Por qué? —Ella arrugó las cejas—. Prácticamente es tuyo, le perteneció a tu familia y tienes derecho a decidir lo que quieres hacer con él.

Se me cayeron un par de lágrimas silenciosas.

—Creo que venderlo podría servirme para cerrar esta etapa.

«Será decirle adiós a Jack», eso me lo guardé para mí.

—No sé, Mia. Yo no te veo nada convencida. Al menos, pídele más pasta al empresario este porque te has pegado una paliza con la reforma. Te lo tengo dicho: monetiza tus desgracias.

Me sorbí los mocos y me reí.

Cuando me acosté, lloré hasta quedarme dormida.

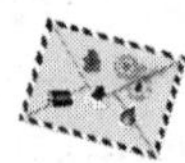

Pasé los días siguientes refugiada en la escritura. Solo quería centrarme en la vida de mis personajes y silenciar el mundo. Las únicas personas con las que estuve en contacto fueron Chelsea y Holly.

Aunque los días eran llevaderos, las noches eran frías, eternas y solitarias. Cuando apagaba la luz del dormitorio, los recuerdos de las Navidades me atormentaban.

Había regresado a Nueva York incompleta porque mi corazón se había quedado en el Polaris, con él. Parte de mí creía que Jack estaba arrepentido y que no me había ocultado nada con fines malignos. Otra parte me recordaba que no podía confiar en él porque me había traicionado dos veces. Además, si de verdad hubiese tenido la intención de mudarse a Nueva York, lo habría hecho.

Lo echaba de menos. Echaba de menos su hoyuelo. Echaba de menos hablarle de mi historia y que me abrazase a la hora de dormir. El problema era que todo lo que añoraba eran espejismos.

Con el paso de los días el enfado fue diluyéndose y la tristeza aumentó.

Cuando quise darme cuenta, era la mañana de Nochevieja y estaba saliendo de casa para reunirme con Jim Blackheart.

El empresario irrumpió puntual en la cafetería. Me localizó con la mirada y se dirigió a mi mesa con sus andares imponentes de tiburón de los negocios. Jim era un hombre alto, de cabello oscuro y expresión seria. Su traje azul marino, que parecía hecho a medida, la camisa abotonada hasta el cuello y la corbata perfectamente colocada contrastaban con el aspecto navideño y colorido del resto de los clientes.

—Buenos días, señorita Summers. —Me estrechó la mano con un apretón firme—. Encantado de conocerla.

—Buenos días —respondí—. Igualmente.

Tomó asiento frente a mí, sacó una carpetilla negra de su maletín y fue directo al grano:

—Este es el contrato de compraventa del Polaris Lodge. —Extrajo el documento que contenía y me lo entregó—. He marcado con un pósit amarillo dónde tiene que firmar. Por favor, compruebe que todos los datos son correctos.

—Vale.

Luego, se sacó un bolígrafo del bolsillo del pecho de la americana y lo alargó en mi dirección. Se trataba de un Montblanc con su apellido grabado en el clip. Probablemente con lo que sumaban el precio del traje, del maletín y del bolígrafo podría haber amueblado la mitad del Polaris.

Bajé la vista al documento y jugueteé con el bolígrafo entre los dedos mientras lo leía.

—Creía que íbamos a revisar la oferta —comenté al ver que no había aumentado la cantidad—. Hemos reformado el edificio y está en perfectas condiciones para...

—Permítame que la interrumpa para ahorrarnos tiempo. —Su tono de voz frío acompañaba a su mirada glacial—. Solo estoy interesado en adquirir el terreno. El estado del inmueble no es relevante, ya que lo derribaré para construir unas casas de lujo.

Una gota de sudor frío me bajó por la nuca.

—Yo... —titubeé.

—La suma de dinero que le estoy ofreciendo es bastante generosa —me cortó tajante—. Le aseguro que nadie pagará más por la propiedad.

Fue tan directo que me quedé cohibida.

De pronto, había tensión en el ambiente.

Volví los ojos al papel.

Lo único que tenía que hacer para empezar de cero era coger el bolígrafo y firmar el documento. Después, podría olvidarme de Jack y de Sunnyside. Aquello habría sido lo mejor para mí desde un principio. Dejé los papeles sobre la mesa y le quité la tapa al bolígrafo. Intenté leer, pero era incapaz de concentrarme.

Si aquella era la decisión correcta, ¿por qué sentía que estaba a punto de cometer un error terrible?

Las palabras de Jack resonaron en mi cabeza:

«¡La Mia que yo conocía jamás vendería el legado de su familia!».

«¡Yo lo único que sé es que tu padre no querría que esto acabase en manos de un tiburón de los negocios!».

«¡Este lugar es nuestra historia! ¡Somos nosotros!».

Se me formó un nudo en la garganta.

«Despidió a toda la plantilla... —me dijo—. Los precios subieron tanto por su culpa que la gente del pueblo tuvo que marcharse... Los negocios familiares han desaparecido».

El Polaris llevaba veinticuatro años en mi familia. ¿De verdad quería vendérselo a alguien que solo se movía por el ánimo de lucro? ¿Despediría a los empleados? ¿Pasaría en Sunnyside lo mismo que en Dollar Point y los vecinos tendrían que irse?

El estómago se me puso del revés al imaginarlo.

—¿Me da un momento, por favor? —le pedí, apartando la silla para levantarme.

No estaba segura de querer decirle adiós a aquella parte de mi pasado. Solo había una persona con la que podía hablar para salir de dudas. En California eran tres horas menos y sería muy temprano, pero esperaba que me cogiera el teléfono.

43

Jack

Cuando mi móvil sonó, el corazón casi se me salió del pecho. Hacía seis días que Mia se había ido y, desde entonces, vivía pegado al aparato, esperando su llamada. Bajé el libro que estaba leyendo y cogí el teléfono de la mesa. Al ver el nombre de Blaze en la pantalla, lo solté. Aunque yo era el responsable de la ruptura, una parte de mí no podía evitar culparlo a él también. En la última guardia Blaze intentó hablar conmigo, pero le pedí educadamente que me dejase tranquilo y se metiese sus disculpas por donde le cupiesen. Desde ese momento, le había evitado.

Estaba tan avergonzado de mi comportamiento que prefería esquivar a mis seres queridos. Cuando no estaba en el Polaris atendiendo a los clientes, me pasaba el tiempo encerrado en el taller.

No estaba durmiendo bien, cada noche al acostarme me preguntaba si ella me odiaría, si estaría tan triste como yo o si estaría pensando en mí.

El teléfono volvió a sonar. En esa ocasión se trataba de Ivy. Era Nochevieja, la llamada sería para asegurarse de que iría a la cena. Me sentí un poco mal al ignorarla, pero eran las ocho de la mañana y solo quería terminarme el café mientras leía.

Silencié el móvil y volví a la novela.

Estaba releyendo *Querido corazón, siempre será él*, el último libro de la trilogía de Mia. Me había comprado sus novelas el día del lanzamiento. Las había leído varias veces porque me hacían sentir más cerca de ella y menos solo. En aquel momento, estaba leyendo uno de los capítulos finales, narrado por el protagonista masculino. Ben estaba contento porque acababa de reconciliarse con Cassandra. Se había comprado un helado de esos que eran mitad chocolate con almendras, mitad galleta.

—Ben, ¿sabes por qué sé que me quieres? —me pregunta Cassandra. Niego con la cabeza y ella añade—: Porque siempre me das la parte de la galleta, pese a que es tu favorita.

—Para mí, esto es amor —le digo sin miedo—. Entregarte algo que me apetece porque soy más feliz si lo comparto contigo.

Se le dulcifica la mirada y me besa. En ese instante tengo claro que siempre le daré la parte de la galleta a esta chica.

Cerré el libro y me quedé pensativo.

«El amor se demuestra con hechos, no con palabras», me había dicho Mia.

Había pasado los últimos días buscando la manera de demostrarle que la quería. Casi envidiaba a Ben; para él la muestra de amor definitiva era darle a Cassandra algo que él quería.

Solté un suspiro y le di el último sorbo a mi café solo. Después, subí a mi habitación.

Abrí el cajón de la cómoda para guardar el libro junto a los dos anteriores. Dentro también estaba el sobre que contenía la copia del testamento de Douglas. Al observarlo todo encajó. Mia creía que lo único que me importaba era el Polaris. Cuando la realidad era que lo había arreglado por ella. No había nada en el mundo que me importase más que ella. Hacía tiempo que había comprendido que no funcionaría con nadie más porque, para mí, siempre sería ella. Yo estaba hecho para Mia. Esa mujer creativa, dulce y atrevida que brillaba con luz propia era la única por la que latía mi corazón. Adoraba la franqueza con la que me decía lo que pensaba y el calor que sentía en el pecho estando a su lado. Echaba de menos tenerla conmigo.

Si le cedía mi parte del Polaris, ya no habría ningún interés interponiéndose entre nosotros. Ya no habría nada que le indicase que yo la quería por otra cosa.

Con las esperanzas renovadas en que me perdonase, cogí la copia del testamento y bajé las escaleras corriendo.

A las nueve y media salí de la notaría con el contrato en la mano. Lo único que faltaba para que la cesión se hiciese oficial era que Mia lo firmase. Conduje de vuelta a casa preguntándome si debía enviarle la copia por correo o si era mejor llamarla. Me pregunté qué haría si fuese el protagonista masculino de alguna de sus novelas. La respuesta me vino enseguida a la mente: Ben o Travis se presentarían directamente en Nueva York sin avisar. Eso sería lo que haría ella por mí si la situación fuese al revés.

De pronto, necesitaba verla ya. Más que cualquier otra cosa. Quería pedirle perdón y besarla hasta que le quedase claro que mi corazón era suyo y que la amaba. Sabía la calle en la que vivía, pero nada más. Tendría que llamar a todos los portales hasta dar con ella. Estaba nervioso y había recuperado la esperanza. Puede que aquello fuese una locura por falta de sueño, pero quería intentarlo.

Hacía cinco años la decisión de irme me parecía abrumadora. Ahora no había nada que me apeteciese más. Estaba preparado.

Cuando llegué a casa, me senté en el sofá y abrí el buscador de vuelos en el móvil. Solo había uno directo de Reno hasta Nueva York y salía dentro de una hora y media. Si compraba ese billete, tendría que irme sin despedirme de nadie. Estaba calculando si me daría tiempo a llegar cuando alguien llamó a la puerta.

—¡Está abierto! —grité con la vista clavada en la pantalla.

Paxton entró en mi casa con el uniforme de policía, se quitó la gorra y me dio los buenos días.

—Me pillas fatal... —contesté, y me levanté para saludarlo.

Detrás aparecieron Ivy y Blaze.

—¿Qué hace él aquí? —pregunté indignado, señalando a Blaze con el dedo.

—Intento hablar contigo —escupió Blaze entre dientes—. Si no fueses tan gilipollas y me cogieses el teléfono, sabrías que...

—¿Que yo soy un gilipollas? —lo corté, dando un paso en su dirección—. Ya te he dicho que no tengo nada que hablar contigo, así que, si no te largas ahora mismo...

—¿Qué vas a hacer? —me desafió él.

—¡¿Queréis comportaros como adultos de una puñetera vez?! —estalló Paxton sin previo aviso—. Parecéis críos, macho. Lo estáis haciendo difícil para todos.

Me quedé perplejo por su reacción. Paxton saltaba muy pocas veces. Debía de estar realmente desesperado con nosotros.

Ivy soltó una risita, sin disimular que la situación la divertía.

Blaze apretó la mandíbula y yo me crucé de brazos. Tras fulminarnos el uno al otro con la mirada, él se adelantó y extendió un folio impreso en mi dirección.

—¿Qué es eso? —ladré.

—Su manera de pedirte perdón —intervino Ivy—. Se siente fatal por lo de Mia.

—¡Ivy! —exclamó Blaze. Respiró hondo y trató de hablar lo más calmado posible—. Es una invitación para la fiesta de Nochevieja en la que estará Mia.

Le arrebaté el papel sin cuidado. La dirección indicaba que el evento era en Manhattan.

—¿Cómo sabes que va a estar ahí? —pregunté ansioso—. ¿Has hablado con ella?

—Lo he intentado varias veces, pero no me ha cogido el teléfono. He removido cielo y tierra hasta dar con su amiga la pija.

—¿Cómo? —Ahora sí que estaba sorprendido—. ¿Has hablado con Chelsea?

—Mejor no preguntes —resopló, y puso los ojos en blanco—. Dice que le debo una, así que más te vale no cagarla.

—Un momento, ¿Mia está al tanto de esto? —pregunté.

—No —comentó Ivy entre risitas—. Pero no pasa nada. Tú te presentas allí con tu hoyuelo, le das la sorpresa y listo.

Volví la vista al papel y me fijé en los detalles. La fiesta empezaba a las ocho de la noche. El vuelo desde Reno aterrizaba a las nueve y media en Nueva York, por lo que llegar puntual no era una opción.

—Jack, espabila —me pidió Ivy—. Es la ciudad de los sueños y de las comedias románticas. Puede aparecer un príncipe con un zapato en esa fiesta y besarla a las doce, ¿es eso lo que quieres?

—No. —Ni en broma iba a besarla otro tío.

Nervioso, consulté mi reloj.

—El único vuelo que sale del aeropuerto de Reno es dentro de hora y cuarto —expliqué desanimado—. Es imposible.

—Vas a llegar a ese vuelo como que me llamo Paxton Green. —Mi amigo se puso la gorra de policía y me hizo un asentimiento con la cabeza.

—¡Dame tu cartera! —me pidió mi hermana a toda prisa—. ¡Yo te compro el billete, tú sube a hacer la maleta! ¡Corre como el niño de *Love Actually*!

Esas palabras me dieron la confianza que me faltaba. Iba a recuperar a mi chica y punto.

Subí a mi habitación y me di toda la prisa que pude. No podía perder ese avión por nada del mundo. Saqué una bolsa de deporte del armario y la lancé sobre la cama. Era una fiesta de etiqueta. El único traje que tenía me lo había comprado hacía unos años, cuando fui el padrino en la boda de Paxton. Era un esmoquin negro que me ponía en todas las ocasiones especiales. Busqué en el armario el traje, la camisa blanca y los zapatos. Los metí en la bolsa junto a un par de camisetas y ropa interior. Me precipité al baño, cogí el neceser y arrojé dentro todo lo que pillé a mano. Por último, metí en la bolsa los libros de Mia, el llavero del Polaris, un cuaderno y un bolígrafo para que firmase la cesión.

Bajé las escaleras a toda velocidad. Los demás ya estaban fuera, esperándome.

—Yo me quedo —me dijo Ivy con una sonrisa—, Carol me ha pedido que le eche una mano.

Nos fundimos en un abrazo. Su júbilo era evidente y contagioso.

—Dile a mamá que luego la llamo —le grité por encima del hombro.

Blaze se había montado en el asiento trasero del coche de policía y yo me subí por el lado del copiloto.

—Caballeros, abróchense el cinturón, que vienen curvas —nos pidió Paxton.

Mi amigo puso la sirena y salimos disparados por el camino

de tierra. Mientras Paxton dejaba Sunnyside atrás conduciendo como si persiguiese a un criminal, la idea de verla me generaba nervios en el estómago.

Paxton derrapó al llegar al aeropuerto. Después de darle un abrazo, salté del coche y salí corriendo.

—¡Blaze! —Retrocedí sobre mis pasos, lo pillé a punto de sentarse en el asiento que había ocupado yo—. ¡Muchas gracias! —le dije al abrazarlo.

—De nada, hombre. —Me dio una palmada sonora en la espalda—. Venga, largo. Como pierdas ese avión seré yo mismo el que te corte las pelotas.

Se me escapó la risa y le solté.

Faltaban veinte minutos para que cerrase la puerta de embarque.

Corrí por la terminal rezando por llegar al avión a tiempo.

44

Mia

Salí de la cafetería y fui a parar a uno de los pasillos de la estación de Grand Central. Me aparté en un rincón para que la marea de gente que caminaba apresurada en hora punta no arrasase conmigo, y pulsé el botón de llamada. Tuve que taparme el oído con la mano para escuchar el tono. La voz de megafonía que anunciaba los trenes sonaba altísima.

—Mia, ¿estás bien? —me preguntó Carol preocupada al descolgar.

—No lo sé... —respondí con la voz temblorosa.

—¿Y eso? ¿Ha pasado algo?

—He quedado con Jim Blackheart. —Me dio vergüenza decírselo.

—Oh, ya veo...

—Me escribió el otro día. Estaba enfadada y le dije que sí, y ahora... no sé qué hacer —escupí nerviosa—. Con el dinero que me ofrece podría liquidar la deuda y ni tú, ni Jack ni yo tendríamos que preocuparnos más. Pero quiere derribar el Polaris para construir unos apartamentos de lujo. Y no paro de pensar en que todo lo que me queda de mi padre está allí y que él no querría eso...

Al reconocerlo en voz alta me entraron ganas de llorar.

—Cielo, tu padre ya no está entre nosotros —contestó con suavidad—. Tienes que vivir tu vida y pensar qué quieres hacer tú. No puedes aferrarte a un sitio solo por los recuerdos. Douglas siempre estará contigo, estés donde estés.

Exhalé hondo. Me faltaba el aire, como si llevase un corsé apretadísimo que no me dejaba respirar.

—¿Qué te dice el instinto? —me preguntó Carol pasados unos segundos.

—Que no se lo venda. Me agobia pensar que quiere derruirlo. No quiero que pase en Sunnyside lo mismo que en Dollar Point. No quiero que despida a los empleados, ni que cierren los negocios locales, ni que la gente tenga que irse.

Y entonces me encontré repitiendo las palabras de Jack:

—No quiero que cierre el bar de Joe y que en su lugar abra una cafetería que te cobre veinte dólares por una tostada de aguacate y tres tomates cherry mal puestos. Ni que la cafetería de Ivy se convierta en un Starbucks, ni que cierre la panadería de Helen...

Cuando me callé, estaba acelerada.

—Ahí tienes tu respuesta —me dijo Carol.

Guardé silencio mientras mi corazón se calmaba.

—Pero ¿qué hacemos con la deuda? —pregunté agobiada.

—Tranquila por eso. Nos las apañaremos. En Sunnyside siempre caemos de pie. Además, Ivy me contó que hiciste cálculos el otro día y que estamos recuperando algo del dinero, ¿no?

—Sí. Es verdad. ¿Cómo...? —titubeé—. ¿Cómo van las cosas por ahí?

—Muy bien. Los huéspedes están emocionados por la cena de esta noche. Le he encargado a Ivy comprar chocolate caliente para todos donde Beth. Y se nos olvidó comprar los cotillones.

—Mmm..., igual podéis quitar las guirnaldas de espumillón del árbol y hacer algún collar —sugerí.

—Podría ser, sí... No me he olvidado de que tenemos que hacer la rifa del calendario de bomberos. He pensado hacerla mañana por la mañana. Antes de que se me pase, quería decirte que casi todos los huéspedes han reservado ya sus vacaciones de Navidad para el año que viene.

El nudo que me oprimía la garganta empezó a aflojarse. El pecho me dio un respiro y el aire regresó a mis pulmones. Carol estaba en todo y eso me dejaba más tranquila.

—¿Te gustaría quedarte a cargo de la gestión del Polaris? —le pregunté lo que llevaba días rondándome la cabeza—. Si no quieres, no pasa nada, buscamos a otra persona.

—Sí que quiero —me respondió conmovida—. Me daba apuro decírtelo, pero tener esto lleno de gente me hace muy feliz.

—Yo podría ayudarte todas las Navidades. Igual podemos contratar a alguien para el verano si hace falta.

—Suena estupendo.

—O podría ir yo.

—Tu padre nunca quiso que dejases tu vida de lado por el Polaris. Nos lo dijo a Jack y a mí cientos de veces. Douglas sabía que tú eres feliz en Manhattan, cumpliendo tu sueño, y que cuando estuvieses lista para volver, lo harías tú sola. Llevo semanas pensando que por eso no te lo dejó a ti por completo y lo repartió en su testamento.

Un par de lágrimas silenciosas rodaron por mis mejillas.

Sí que era feliz en Manhattan, pero me faltaba lo más importante, lo que siempre había querido tener conmigo.

—¿Cómo está Jack? —la pregunta se me escapó antes de que me diese tiempo a procesarla.

Ella suspiró.

—Se ha pasado por aquí todos los días... —me contó, esquivando la pregunta—. Hoy todavía no ha venido. ¿Quieres que le diga algo de tu parte?

—No.

—No sé muy bien lo que ha pasado entre vosotros, pero es un buen hombre y te quiere.

—Lo sé. —Se me quebró la voz—. Yo también a él.

—Siempre he pensado que los sentimientos que vuelven es porque, en realidad, nunca se han ido. ¿Tú qué crees?

Rumié esas palabras unos segundos. Tenía claro que, si abría la puerta, mi corazón saldría corriendo a reencontrase con el de Jack.

—No sé. Nunca me lo había planteado así, pero... puede ser que tengas razón.

Me aguanté como pude las lágrimas y me despedí.

—Muchas gracias por todo, Carol.

—A ti, cielo.

Al colgar sentí que me quitaba un peso de encima.

Volví a la cafetería decidida y me senté frente a Jim.

—He cambiado de opinión, no voy a venderle el Polaris —le informé tajante.

—Señorita Summers, si esto es una cuestión de dinero, podemos revisar la oferta.

—Permítame que le interrumpa para ahorrarnos tiempo —dije parafraseándole—. Sunnyside se merece mucho más que un complejo de lujo. Somos más que números y dinero. Somos una comunidad generosa, amable, llena de esperanza y de buenos vecinos, pero no espero que lo entienda. Ha sido un placer no hacer negocios con usted. —Imprimí todo el énfasis que pude en la palabra «no».

—Está cometiendo un error. Nadie en su sano juicio...

—Que tenga una buena salida y entrada de año.

Salí de allí con la sensación de haber hecho lo correcto. Hacía tiempo que no me sentía tan orgullosa de mí misma.

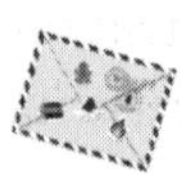

Cuando llegué a casa, saqué del cajón el cuaderno rojo que Jack me había regalado la noche antes de que me mudase a Nueva York y retomé la historia que había dejado a medias hacía tantos años. Me senté frente al escritorio del salón y estuve todo el día escribiendo.

Seguía en ello cuando Chelsea entró en mi casa con su juego de llaves a última hora de la tarde.

—¿Qué haces así todavía? —me preguntó estupefacta.

Despegué la vista del cuaderno y la miré. Estaba guapísima con el vestido dorado de lentejuelas. Parecía una burbuja de champán, brillante y chispeante.

—Guau —admiré—. ¿De qué pasarela te has escapado?

Sonrió pagada de sí misma. Mi amiga era incapaz de resistirse a los halagos.

—No desvíes la atención —me dijo entre dientes—. ¡A la ducha! —Señaló el pasillo de mi apartamento—. ¡Ya!

—No me apetece ir a la fiesta.

—Venga ya, estabas deseando ir y que te besase un buenorro a las doce. Recuerdo que dijiste que esperabas encontrar un tío que te inspirase para la siguiente novela.

—Eso fue antes de... —No pude terminar la frase.

—¿Antes de Jack?

Asentí.

Chelsea se sentó en el sofá y se cruzó de piernas.

—Ten cuidado, que te lo voy a ver todo —bromeé.

Me guiñó un ojo y yo me reí.

—Si Jack no la hubiese cagado, ¿seguirías con él?

Exhalé un suspiro y contesté con sinceridad:

—Sí. Seguro... —Hice una pausa—. Me gustaría contarle que no he vendido el Polaris.

—¿Y por qué no lo haces?

—No lo sé.

Suponía que ya se lo habría contado Carol, y no me parecía una buena excusa para escribirle.

—A ratos, pienso que debería haberme quedado a hablar con él —confesé.

—Bueno, estabas dolida e hiciste lo que necesitabas hacer.

—Ya... —Me quedé pensativa unos segundos—. ¿Cómo se perdona a alguien?

—Eso tendrás que explicármelo tú. Se te da bastante mejor que a mí.

Tragué saliva y aparté la mirada.

—No me gusta verte triste, amiga. —Me frotó el brazo y volvió a la carga—. Así que venga, vístete, que ni en broma vas a quedarte sola en Nochevieja. Celebraremos que te has quedado el Polaris y, con suerte, besaremos a alguien a las doce.

Abrí la boca para protestar y ella se me adelantó:

—Si no te pones el vestido que te compraste, te arrastraré con el pijama.

—Hoy estás un poquito demandante, ¿no? —comenté al levantarme—. Voy a ir porque me apetece pasar un buen rato contigo, no porque me hayas intimidado.

—¡Recuerda ponerte unas bragas rojas! —me gritó cuando enfilé el pasillo—. ¡Da buena suerte! ¡Seguro que así atraes el amor para el año que viene!

—¡No quiero saber nada del amor en una temporada! —aseguré antes de cerrar la puerta del baño.

45

Jack

En cuanto me bajé del avión en el aeropuerto de Nueva York, corrí en busca del baño. Entré dentro del primer cubículo vacío que encontré. Colgué la bolsa de viaje en el gancho que había detrás de la puerta y comencé a desvestirme a toda velocidad. Fui arrojando las prendas sobre el dintel de la puerta.

Maldije en voz baja. Estuve a punto de caerme al quitarme una bota. El espacio era diminuto. Me di un par de codazos contra las paredes mientras me ponía la camisa blanca.

Me subí los pantalones del traje de un tirón y solo me abroché los botones centrales de la camisa. El resto tendría que esperar. Quedaban dos horas y cuarto para la medianoche. Había visto en Google Maps que me llevaría algo más de una hora llegar hasta el corazón de Manhattan.

Guardé la ropa en la bolsa de viaje de cualquier manera y salí del baño.

Localicé un cartel que señalaba dónde se podían coger los taxis y eché a correr como alma que lleva el diablo. No había tiempo que perder.

—¡Perdón! —le grité por encima del hombro a la señora que esquivé en el último segundo.

Atravesé el aeropuerto corriendo, disculpándome con todo el mundo que se interponía en mi camino, oyendo quejas y sintiendo los ojos de los vigilantes de seguridad en la nuca. Pero nada de eso importaba. Lo único que tenía en la cabeza era que tenía que ser yo quien besase a Mia a medianoche.

Al salir a la calle el alma se me cayó a los pies. La cola para coger un taxi era interminable. Corrí hasta el final y me detuve detrás de la última persona de la fila.

Exhalé y una bocanada de vaho abandonó mis labios. Había anochecido. El frío era intenso y cortante.

Eché un vistazo por encima del hombro y evalué mis opciones.

Estaba jodido.

Si esperaba mi turno, no llegaría a la fiesta ni en broma.

«¿Qué harían Travis o Ben?», pensé acelerado.

A lo lejos vi aproximarse un coche. El vehículo se detuvo a unos diez metros de distancia de donde yo me encontraba. Se bajaron la conductora y una pasajera. Mis pensamientos eran un torbellino. Sin sopesarlo ni un segundo, eché a correr.

—¿Puede llevarme a Manhattan? —le pregunté a la taxista cuando me detuve a su lado, frente al maletero.

—Sí, cuando llegue tu turno. —La mujer de mediana edad señaló con la mano la cola que acababa de dejar atrás.

—No puedo esperar tanto. —Me saqué la entrada de la fiesta del bolsillo de la chaqueta—. Tengo que llegar aquí antes de las doce. —Tendí el papel en su dirección.

—Estamos en Nueva York y es fin de año —me contestó mientras se encaminaba a la puerta del conductor—. Toda esa gente que lleva un rato esperando también tiene un sitio al que llegar.

Me apresuré a seguirla.

—Ya, pero yo necesito llegar a tiempo para recuperar al amor de mi vida —escupí.

La mujer se sentó tras el volante y me lanzó una mirada interrogante.

—Hubo un malentendido entre nosotros y se fue muy cabreada de Sunnyside —me expliqué a toda prisa—. Acabo de mudarme desde California y ella no lo sabe. Es una sorpresa. Lo único que tengo es esta entrada y la mochila. —Señalé la bolsa que cargaba al hombro—. Ni siquiera sé dónde vive. Solo sé que estará ahí. —Alargué la entrada—. Necesito decirle que la quiero antes de que se me adelante otro tío.

—¡Tú, guaperas! —gritó una voz femenina. Levanté la vista y

vi que la última chica de la fila se dirigía a mí—. ¡Hay cola para coger un taxi!

Mis nervios aumentaron.

—Por favor —le pedí a la taxista—. Es Navidad. Una época especial de...

—¡Eh, ese capullo se está colando! —La chica alertó al resto.

Varias voces empezaron a increparme a la vez.

—Le pagaré cien dólares extra si me lleva ahora mismo —le dije agobiado.

La conductora me sostuvo la mirada unos segundos. Tuvo que verme bastante desesperado porque dijo:

—Súbete, anda.

—¡Dios, gracias! —Abrí la puerta trasera—. ¡Lo siento! —le grité a la gente que esperaba en la cola—. Pero ¡tengo que recuperar a mi novia!

Me zambullí dentro del taxi y la mujer arrancó. Puse cara de disculpa al pasar por delante de la fila que esperaba. La chica que me había gritado me hizo un corte de mangas. No llegué a escuchar la ristra de insultos que parecía estar dedicándome, porque por la radio sonaba una de mis canciones favoritas. Eso tenía que ser una señal, ¿no?

—¿Adónde vamos? —me preguntó la conductora, bajando el volumen.

—Al hotel Dream Midtown. Está en la calle Broadway con la...

—Cincuenta y cinco —terminó por mí—. Sé dónde es.

Puso el intermitente para incorporarse a la autopista y enseguida nos topamos con un atasco.

—Cuéntame vuestra historia —me pidió ella—. Vamos a estar aquí un buen rato.

—Esto es lo más cerca que puedo dejarte. —La conductora me habló por encima del hombro—. Estamos en la Octava con la Cincuenta y cinco. Tienes que pasar ese control policial. —Señaló las verjas que estaban a mano derecha—. Y luego seguir por esa calle, todo recto hasta el siguiente cruce. El hotel está haciendo esquina.

De camino me había explicado que la zona centro estaba acordonada por la policía para controlar los accesos a Times Square.

Consulté la hora. Faltaban trece minutos para las doce.

—¡Muchísimas gracias! —Me saqué la cartera del bolsillo para pagar.

Salí del taxi y crucé la calle corriendo, ganándome que me pitasen varios coches. Se oían vítores y los ánimos parecían estar por las nubes.

Por suerte, no había mucha gente en el control. Todo el mundo debía de estar ya en sus respectivas fiestas. Les enseñé la entrada a los policías y repiqueteé el suelo con el pie mientras registraban mi bolsa de viaje. Tan pronto como me la devolvieron y apartaron la valla metálica para dejarme entrar, eché a correr.

Quería ser positivo y confiar en que llegaría a tiempo. La adrenalina corría por mis venas a toda velocidad y el aire frío me entraba por la garganta. Amplié la zancada. Me moría por verla. Tenía clarísimo lo que iba a decirle.

Crucé la siguiente calle. Iba tan rápido que estuve a punto de pasarme el hotel. Retrocedí sobre mis pasos. El pecho me subía y bajaba a toda velocidad. Le enseñé la invitación al hombre que controlaba el acceso al edificio. Entré al vestíbulo más lujoso del mundo y me dirigí al mostrador de admisión que me habían indicado fuera.

—La fiesta es en la planta doce —me informó una chica. Me entregó un cotillón—. El ascensor está por ese pasillo a la derecha.

—Gracias.

Mis pisadas resonaron sobre el suelo elegante de mármol cuando eché a correr de nuevo.

Bordeé el árbol de Navidad enorme y por poco no me choqué con un grupo de chicas.

—¡Perdón! —me disculpé al esquivarlas por los pelos.

Ellas soltaron una risotada y brindaron por algo que no llegué a entender.

Al llegar a los ascensores, pulsé el botón cinco veces seguidas. En mi vida había estado tan impaciente. Eché un vistazo al panel que había encima de la puerta, indicaba que estaba parado en la planta doce.

—Venga, joder—mascullé en voz baja.

Nervioso, volví a pulsar el botón varias veces. Eché un vistazo al reloj. Faltaban siete minutos para medianoche.

Regresé corriendo a la recepción.

—¿Dónde están… las escaleras? —le pregunté a la chica que acababa de atenderme.

Ella parpadeó sorprendida por mi urgencia.

—¡Ahí! —Señaló hacia su izquierda.

—¡Gracias!

Empujé la puerta de emergencia de un golpe y subí los escalones de dos en dos. Cuando llegué al rellano del séptimo piso, estaba casi sin resuello. Me descolgué la bolsa para quitarme la chaqueta. Estaba sudando. Acto seguido, me pasé la mano por el pelo despeinado y volví a mirar la hora. Tenía cinco minutos para subir las plantas que me faltaban y encontrarla. Respiré hondo y reanudé la marcha. Ni de coña dejaría que otro besase a mi novia.

46

Mia

Faltaban cinco minutos para las doce cuando los camareros empezaron a pasar con las bandejas ofreciendo copas de champán. La fiesta estaba hasta los topes. Lo más impresionante de la sala eran las vistas panorámicas gracias a los ventanales de suelo a techo que daban al río Hudson y al Empire State. Los techos eran altos y estaban decorados con guirnaldas doradas y plateadas que daban la bienvenida al Año Nuevo. En el centro, sobre una mesa circular, reposaban multitud de botellas de champán, esperando a ser descorchadas. Varias televisiones que colgaban en lo alto de las paredes retransmitían en directo lo que ocurría en Times Square. El ambiente que me rodeaba era festivo, alegre y vibrante.

Chelsea y yo nos habíamos encontrado con uno de sus compañeros de trabajo y sus amigos. Pasamos gran parte de la noche con ellos. De tanto en tanto, mi amiga miraba hacia la puerta, como si estuviese esperando a alguien.

—¿Te he dicho ya que estás guapísima? —me preguntó con una sonrisa.

—Sí. Unas tres veces.

Mi vestido era rojo, con un escote algo pronunciado y detalles de pedrería en los hombros. La tela era ajustada hasta la cintura, y desde ahí caía hasta el suelo con suavidad. Me había dejado el pelo suelto y me había maquillado de manera sutil.

—¿Último brindis del año? —propuso Chelsea.

—Claro.

—Por que el año que viene se cumplan todos nuestros deseos.

—Ojalá. —Levanté mi copa y la choqué contra la suya.

Estaba dándole un sorbo al champán cuando oí a alguien llamarme.

—¡Mia! —gritó una voz grave y masculina que reconocería en cualquier parte.

Extrañada, giré sobre los talones. Me quedé pasmada al ver al hombre que acababa de entrar por la puerta.

—¿Jack? —pregunté en un susurro.

Parpadeé varias veces para asegurarme de que no me estaba traicionando la imaginación.

Sí. Era él. Lo supe porque el corazón se me subió a la garganta.

«Pero… ¿qué hace aquí?».

Llevaba una camisa blanca con los primeros botones desabrochados y unos pantalones de traje oscuros. Del hombro le colgaba una bolsa de viaje y sostenía la americana en la mano.

Sin perder el tiempo, empezó a esquivar a la gente para llegar hasta mí. La urgencia que detecté en su mirada tiró de mi ombligo en su dirección. Dejé la copa en una de las mesas y me abrí paso entre los asistentes.

Nos detuvimos el uno frente al otro, cerca de la mesa de las bebidas.

—Vaya… —Tenía la voz entrecortada. Se pasó la mano por el pelo revuelto mientras recuperaba el aliento—. Estás preciosa y… he olvidado lo que iba a decirte.

Mis piernas se convirtieron en blandiblú.

Jack tenía las mejillas enrojecidas y parte de la camisa por fuera del pantalón. Se notaba que había venido corriendo.

Tenía mil preguntas en la punta de la lengua, pero empecé por la más obvia:

—¿Qué haces aquí?

—Recuperar a mi novia —dijo con aplomo.

La bandada de pájaros que habitaba mi pecho se agitó nerviosa.

—Siento mucho lo que hice. De verdad. —Sonaba arrepentido—. No tenía que haber actuado así y, por supuesto, tenía que habértelo contado. Nunca quise hacerte daño. Aunque sé que no es excusa, solo puedo decirte que me acojoné. Llegaste decidida a vender el Polaris y acercarme a ti era la manera que tenía de convencerte de que no lo hicieras. Nunca llegué a decírtelo, pero tenía tanto empeño en levantarlo porque era la única garantía que tenía de que regresarías al pueblo en algún momento. Pensaba que, si lo reconstruía, recordarías lo felices que fuimos juntos y que me darías una segunda oportunidad. Así que sí, supongo que volver contigo siempre fue mi plan.

Abrí la boca sorprendida y él continuó de carrerilla:

—Me dijiste que el amor se demuestra con hechos, no solo con palabras. —Abrió su mochila, extrajo un sobre blanco y me lo entregó—. Estos son los míos.

Acepté el sobre sin entender nada y lo abrí. Dentro había varios papeles doblados. Saqué el primero y lo desdoblé. Se trataba de un contrato de la cesión de un inmueble. Arrugué las cejas y lo miré interrogante.

—¿Qué significa esto?

—Te cedo mi parte del Polaris para que veas que no hay ningún interés oculto por mi parte más allá de tener una relación contigo —me explicó—. En cuanto lo firmes, mi diez por ciento será tuyo y podrás hacer lo que quieras con él.

—No quiero que me lo cedas —aseguré, negando fervientemente con la cabeza. Le cambió la cara en ese instante—. Mi padre te dejó una parte por algo. Quiero que lo tengas tú. Has trabajado muchísimo para reformarlo. Es lo justo.

Tal vez fuese una tontería, pero llevaba días pensando que quizá mi padre le había puesto en el testamento para que volviésemos a encontrarnos.

Sin añadir nada más, bajé la vista al sobre y saqué con cuidado el otro papel.

—Cuando leíste las cartas a Santa, te faltó la mía —oí que me decía.

Desdoblé la carta con cuidado, sentía que lo que tenía entre las manos era algo muy importante. Enseguida reconocí la caligrafía pulcra de Jack. Se me empañaron los ojos al leer lo que había escrito en el papel arrugado.

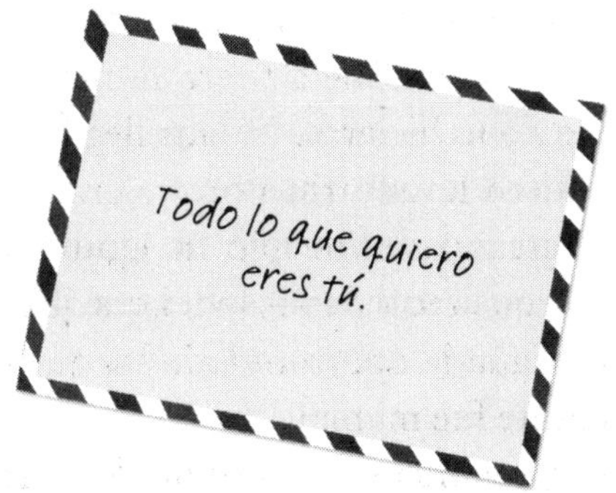

Releí la frase un par de veces. Yo sentía lo mismo por él. Jack me hacía sentir el amor que se describía en los libros. Por eso siempre incluía en mis historias una de sus frases.

—¿Yo soy todo lo que quieres por Navidad? —le pregunté, con el corazón temblando.

—Sí. El resto me da igual. Lo único que me importa eres tú. Solo quiero estar contigo; siempre fuiste tú y siempre serás tú. Para mí esto no tiene sentido con nadie más. Lo que nos lleva al siguiente hecho: estoy aquí. Dispuesto a mudarme contigo ahora mismo si tú lo sigues queriendo así.

—¿Qué? —Acababa de quedarme conmocionada.

La música había empezado a sonar muy fuerte y no estaba segura de haberle entendido bien.

—¡Que te quiero y quiero vivir contigo! —me dijo gritando por encima de la música pop.

El estómago me dio un vuelco por su expresión intensa.

Estaba demasiado impactada y no sabía qué decir. Lo único que tenía claro era que me moría por besarlo. Me acerqué un poco más a él.

—Quiero darte siempre la parte de la galleta del helado, como hace Ben con Cassandra —continuó en voz alta.

En ese instante, el dolor que había sentido empezó a mutar en felicidad.

—¿Sabes cómo sé que estoy enamorado de ti? —me preguntó, invirtiendo el diálogo de mi libro—. Porque en esta habitación llena de gente solo puedo mirarte a ti.

A nuestro alrededor, todos empezaron la cuenta atrás para la medianoche.

—Diez, nueve, ocho... —coreaba la gente.

Jack continuó ajeno a todo aquello:

—¿Recuerdas cuando decías que no podías soltar un libro porque te mataba la ansiedad de no saber qué iba a pasar a continuación?

—Jack... —intenté interrumpirle.

—Pues así me siento yo contigo. Y sé que tú también me amas a mí porque...

—Cuatro, tres... —seguía la cuenta atrás.

—¡Jack! —alcé la voz impaciente.

—¿Me callo ya y te beso? —me preguntó, adivinando lo que iba a pedirle.

—Sí, por favor.

Él soltó la bolsa de viaje y la chaqueta. Luego, colocó las manos en mi cintura y el cosquilleo familiar se propagó por todo mi cuerpo. Cuando estiró las comisuras de la boca hacia arriba y reapareció su hoyuelo, estuve perdida. Antes de que me diese cuenta Jack ya me estaba besando. En cuanto sus labios se movieron sobre los míos, me llegó el eco lejano de unos fuegos artificiales explotando; imaginé que eran los mismos que estallaban dentro de mi pecho.

—¡Feliz Año Nuevo! —corearon un montón de voces a la vez.

Se oían gritos de celebración mientras nos caían globos y confeti encima. Pese a todo ese alboroto, Jack y yo seguimos besándonos como si estuviésemos solos, demostrándonos lo mucho que nos habíamos echado de menos. El momento no podía ser más perfecto.

Cuando nos separamos, la gente había comenzado a bailar.

—Te quiero mucho —me dijo él.

—Y yo a ti. —Le eché los brazos al cuello—. Por si no te has dado cuenta, llevo enamorada de ti desde que me regalaste el timbre de la bici cuando éramos unos críos. Para mí, tú también eres lo más importante.

—Entonces... ¿quieres volver conmigo? —me preguntó vacilante.

Tenía confeti enredado en el pelo y estaba monísimo.

—Sí. —Sonreí—. A la tercera va la vencida, ¿no?

Jack me dedicó la sonrisa más adorable de la historia de las sonrisas, y yo suspiré por su hoyuelo una vez más. Acto seguido, me sujetó la barbilla y volvió a besarme.

Y allí, en mitad de aquella fiesta que le ponía fin a la Navidad, con sus brazos rodeándome, lo entendí. Mi hogar no era un lugar, era una persona. Él era lo que siempre me había faltado. Dentro de su abrazo cálido y apretado me sentí segura, tranquila, querida y feliz. Mi corazón por fin volvía a estar en casa.

Epílogo

Mia

Un año más tarde

Carol salió de la cocina del Polaris cargando una bandeja de galletas de mantequilla con distintas formas navideñas. Las habíamos preparado juntas esa mañana temprano, al volver de visitar a mis padres en el cementerio. Desde el mostrador de admisión, la vi repartirlas entre los huéspedes con su sonrisa eterna. Faltaba media hora para que Santa repartiese los regalos entre los más pequeños y la recepción ya estaba llena. La expectación y la ilusión se palpaban en el ambiente. Los niños correteaban impacientes de un lado a otro. Era el veinticinco aniversario del Polaris y habíamos comprado un árbol más grande que el del año anterior. Los villancicos a piano se entremezclaban con las risas de los clientes.

Carol se acercó a mí, pasó tras el mostrador y me ofreció una galleta. Cogí una y me la comí en tres mordiscos.

—Tengo un regalo para ti —me dijo extendiendo una bolsa roja en mi dirección.

—¿Qué es? —La acepté ilusionada.

Saqué una caja pequeña envuelta en un papel de regalo azul con bastones de caramelo estampados.

—¿Es una caja de música? —intenté adivinar.

Ella negó con la cabeza.

Rasgué el papel a toda prisa y me encontré con una cajita de cartón.

—¿Es una taza? —Volví a intentarlo.

Carol se encogió de hombros y me dedicó una mirada enigmática.

La abrí y aparté las virutas protectoras. Sonreí al sacar la bola de nieve. En su interior albergaba un pingüino patinador.

—¿Te gusta?

—Sí. Es preciosa.

—Jack me contó que querías ampliar la colección de tu padre —me dijo Carol—. Si quieres, podemos continuarla juntas.

Dejé la bola en el mostrador y la abracé.

—Muchas gracias —susurré conmovida—. Me encantaría que continuásemos la colección juntas.

Abrí el cajón en el que había escondido su regalo.

—¡Yo también tengo algo para ti! —le dije cuando se lo entregué—. ¡Feliz Navidad!

Estaba un poco nerviosa. Esperaba que le gustase.

Carol despegó el celo despacio y desenvolvió el regalo con cuidado de no romper el papel.

—Mia... —Sostuvo el marco entre las manos y lo observó emocionada.

Le había regalado una fotografía enmarcada de las Navidades anteriores. En la imagen salía Jack disfrazado de Santa y Carol y yo posábamos sonrientes a su lado, delante del árbol de la recepción.

A lo largo del último año, Carol se había convertido en una persona muy importante para mí. Poco a poco había ido encontrando en ella un refugio parecido a la familia que había perdido y cada vez entendía mejor por qué mi padre la había querido tanto.

—He pensado que podemos colgarla aquí, al lado de la fotografía de mis padres. —Señalé con la mano la pared que teníamos detrás.

Carol la colocó donde le había sugerido y me sonrió.

—Muchas gracias, cielo.

—¡Tía Mia, tía Mia! —exclamó Robin desde algún lugar.

Me di la vuelta con una sonrisa dibujada en la cara y lo vi entrar corriendo en la recepción desde la calle. Llevaba un gorrito de Santa a juego con el abrigo de plumas. Detrás de él pasó Holly, seguida de Paxton, que empujaba el carrito de la pequeña Faith.

Salí de detrás del mostrador y Carol me siguió. Me agaché y Robin saltó a mis brazos sin dudar.

—¡Feliz Navidad, pequeño! —le dije.

—¿Y Santa? —me preguntó él.

—Mmm... Creo que acabo de oír un ruido en el tejado. ¿Voy a ver si es él?

—¡Sííííí! —gritó emocionado.

Después de saludar a mis amigos, me escabullí tras la recepción y abrí la puerta que daba a la casa de mis padres. El pasillo volvía a estar lleno de fotografías. Jack y yo las habíamos colgado cuando vinimos por el Cuatro de Julio. Mientras lo atravesaba, pensé en cómo había cambiado mi vida en el último año. Jack pidió el traslado al cuerpo de bomberos de Nueva York. Su parque era el número 23, estaba cerca de Central Park. Había hecho buenas migas con Chelsea. En lo que a mí respectaba, había vuelto a entrar en la lista de los más vendidos de *The New York Times*; la novela de Travis y Emma había gustado mucho al público y estaba trabajando en la historia de los personajes secundarios. Las cosas entre Jack y yo iban de maravilla y éramos muy felices juntos.

—¿Jack...? —Lo llamé al empujar la puerta de casa.

Él se incorporó hasta sentarse en el sofá y cerró el libro que estaba leyendo. Llevaba una camiseta interior blanca y los pantalones rojos.

—¿Qué haces así todavía? —le pregunté.

Él se tapó los ojos con la mano.

—Cariño, ¿estás llorando? —Me adentré en la estancia.

Él asintió y se enjugó las lágrimas con la mano.

Sonreí al ver la cubierta azul del libro, en ella salía un buzón rojo con el título. Se lo había dejado envuelto en la almohada cuando me había levantado, antes de marcharme, y él todavía dormía.

—¿Por dónde vas? —cuestioné. Quería saber por qué estaba llorando.

—Por la primera cita. —Se levantó—. No sabía que estabas tan impaciente por que te besara esa noche.

—Estaba más que impaciente. —Se me escapó la risa.

—Así que *Todo lo que quiero eres tú*, ¿eh?

—Es un buen título para contar la historia de cómo volvimos a enamorarnos, ¿no te parece? —le contesté, y él asintió.

—Yo nunca dejé de estar enamorado de ti y, por lo que he leído aquí —alzó el libro—, tú tampoco me habías olvidado.

—Claro que no. Es imposible olvidarse de ti, Jack Halliday. —Le rodeé el cuello con los brazos—. Si echo la vista atrás, estás presente en cada uno de mis recuerdos. Siempre has estado ahí. En lo bueno y en lo malo. Empecé a escribir el libro cuando tenía dieciséis años, después de nuestra primera cita. Escribía sobre nosotros en papeles desperdigados y en notas del móvil. A veces lo que sentía contigo era tan especial que no quería olvidarlo. La noche antes de que me mudase a Nueva York me regalaste un cuaderno rojo. Al día siguiente, según me monté en el avión, empecé a traspasar ahí todo lo que tenía escrito. Solía releerlo cuando te echaba de menos...

Jack sonrió y yo seguí:

—Me entregaste tu corazón al levantar el Polaris de las cenizas, yo te entrego el mío escrito con mis palabras. Fuiste mi primera historia de amor, y la primera que escribí. Hace unos meses se me ocurrió que quería que esta historia la tuvieses tú. Así que le encargué una portada a mi diseñadora y aquí está el libro.

—¿Se lo vas a mandar a tu editora? —me preguntó.

—No. Este es solo para ti.

—Dios, Mia, yo te digo que te quiero y tú me escribes un libro. ¿Ahora qué te regalo yo?

Sonreí. La respuesta era evidente.

—Otra Navidad —le dije antes de ponerme de puntillas y besarlo.

Cuando nos apartamos, cogí el gorro de Santa Claus que descansaba en la mesa y se lo puse.

—Venga, vamos, que te están esperando.

Cinco años más tarde

Jack cogió a nuestro hijo en brazos y lo alzó para acercarlo al buzón rojo del Polaris.

—¡Muy bien, cariño! —Aplaudí emocionada cuando metió la carta por la ranura.

Tenía cuatro años y era la primera vez que escribía a Santa. Quería grabar aquella imagen tan adorable para siempre en mi memoria. Era increíble lo rápido que crecía.

Jack le dio un beso en la mejilla y yo me acerqué a ellos para hacer lo mismo.

—Mami, ¿puedo conocer a Santa?

—Claro. —Le sonreí—. El día de Navidad entrará por esa puerta. —Señalé el comedor del Polaris—. Con el saco lleno de regalos.

Él se recostó sobre el pecho de Jack y me sonrió. Había heredado el hoyuelo de su padre y estaba muy gracioso con su jersey de renos. Sus ojos brillaban ilusionados y alumbraban tanto como la decoración navideña del *bed and breakfast*.

—¡Abuela! —exclamó al ver a Carol.

Jack le dejó en el suelo y él correteó hasta ella. Los observé encandilada durante unos segundos. Después, me giré hacia el hombre del que estaba enamorada. Estaban empezando a salirle algunas canas a la altura de las sienes. Le agarré la mano y durante un instante me limité a suspirar por los ojos color miel que tanto me gustaban.

—Jack, creo que ha llegado el momento de volver a Sunnyside.

—¿Estás segura?

—Sí. —Sonreí—. Me gustaría que el niño se criase aquí. Además, así podremos ayudar a Carol con el Polaris. ¿Tú qué opinas?

Él me acarició la mejilla con dulzura y dijo:

—A mí me da igual donde vivir mientras sea contigo.

Se inclinó y me dio un beso tierno con el que se aceleró mi corazón. Cuando nos separamos, me acerqué al buzón y metí mi carta.

—¿Y la tuya? —le pregunté a Jack—. Quiero leerla luego.

—Me parece que ya sabes lo que pone.

—Sí. —Sonreí—. Lo mismo que en la mía.

Cuando creía que no podía enamorarme más, él se acercó a mí y dijo:

—No necesito nada porque todo lo que quiero sois vosotros.

Agradecimientos

Lo primero que voy a decir es que no me creo que esté escribiendo los agradecimientos de mi quinto libro (inserte aquí emoticono de la cara llorando). Este sueño no para de crecer y yo no quiero despertarme. Han sido meses de muchos cambios en mi vida y escribir esta novela ha sido una de mis constantes. Lo segundo es que nunca he llorado tanto por tener que despedirme de unos personajes como lo he hecho con este libro (te quiero muchísimo, Jack Halliday). Igual que le pasa a Mia, un trozo de mi corazón se ha quedado en Sunnyside y en el lago Tahoe (un sitio que siempre será muy especial para mí).

Pasando a los agradecimientos; me gustaría dar las gracias a las lectoras y a la comunidad de bookstagram por confiar en mis libros y por apoyarme. A todas las personas que dedicáis un ratito de vuestro tiempo a escribirme por Instagram solo puedo deciros: ¡un millón de gracias! A todas las que habéis venido a mis presentaciones, eventos y/o Feria del Libro de Madrid: GRACIAS EN MAYÚSCULAS. A día de hoy sigo alucinando con haber salido hasta en el periódico. Espero que os haya gustado esta historia y que les hayáis cogido el mismo cariño infinito a los personajes que yo.

Pasando a mis agradecimientos especiales:

Adri, GRACIAS por apoyarme, por meterte en mis historias, por animarme cuando estoy triste, por creer en mí cuando yo no lo hago, por empujarme hacia arriba y por comprarme chocolate cada vez que recibo una buena noticia. Eres el mejor compañero de aventuras, de verdad. La vida contigo es una comedia romántica de la que no quiero salir jamás. *I can do it with a broken heart* porque te tengo a mi lado.

Tamm, madre mía lo que hemos *fangirleado* por Jack es cosa de otro mundo (me da hasta la risa). Gracias por ser mi lectora cero, por estar al otro lado de la pantalla siempre, por animarme con fotos risotas, y por ser uno de los pilares de mi vida.

A mi *parabatai*, Inma, gracias por ser mi lectora más crítica una vez más, por ser la mejor actriz de mis vídeos para las redes. Las risas que nos hemos pegado con los bomberos de Nueva York no nos las quita nadie. Te has convertido en una persona muy importante para mí. Gracias por confiar siempre en mí y por estar ahí. Lo que me lleva a darle las gracias a Edu también (por la parte bomberística neoyorquina, entre otras cosas, jajaja).

A mi editora, Clara, un millón de gracias por estar al otro lado de la pantalla, especialmente con la diferencia horaria, por escuchar mis ideas, por ayudarme a salir de los atascos, por tratarme con tanto cariño y por tus ideas marketinianas (esto lo pongo porque te gusta mucho esa palabra, jajaja).

Paloma, gracias por escucharme hacer un pitch de dos minutos de esta novela después del Crush Fest, por tus dotes interpretativas en mis vídeos y por haber estado ahí.

Ana, gracias por nuestro pódcast, nuestros cócteles mágicos y por tu apoyo incondicional. Ali, gracias por ser mi diseñadora «no oficial», tengo las mejores pegatinas de Zac gracias a ti, jajaja. Raquel gracias por tu apoyo, por enseñarme tu tierra (y llevarme a comer croquetas) y por enamorarte de todos mis protas.

Agradecimiento especial a Anna con dos enes, Mimi y Marta en la luna por sus palabras tan bonitas siempre hacia mis libros, y por participar en el anuncio de *Todo lo que quiero eres tú*.

Al resto de mis amigas y a mis hermanos: Ceci, Maru, Lau, Silvia, Leyre, Erica (gracias por haber volado desde Suecia solo para verme en el Crush Fest), Carlos y Beto, os quiero mucho a todos. Gracias por venir a mis presentaciones, por acompañarme cuando salen mis libros y por mandarme siempre fotos cuando los veis en las librerías.

También quería dar las gracias a los bomberos del cuerpo 02 de Madrid, que me enseñaron las instalaciones y me estuvieron contando su día a día cuando estaba documentándome para el libro.

Por último, pero no menos importante, gracias a todo el equipo de Penguin que ha formado parte de esto: mi editora técnica Marta, que es la mejor; mis correctoras Mari Carmen (me hizo mucha ilusión conocerte en la Feria del Libro de Madrid, mil gracias por venir a verme) y Mercedes, Anna Puig, Camino y Sandra. Ana Hard, gracias por la mejor portada del mundo mundial.

¡Nos leemos en la siguiente novela!

Si te has enamorado de Jack Halliday 🔥,
espérate a conocer
a los hermanos Anderson...

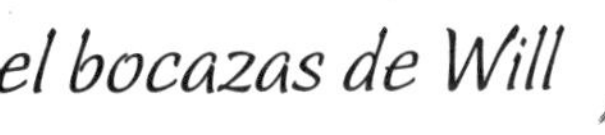

el bocazas de Will

el creído de Zac

Bilogía Quererte

… y la historia de Marcos y Elena 🦋

Bilogía Mis Razones